BUR

Della stessa autrice in BUR

Le indagini di frate Matthew

Il mercante di lana

Il signore del falco

Il monaco inglese

Il manoscritto dell'imperatore

Altri romanzi

La ribelle

La prigioniera del silenzio

Valeria Montaldi

Il signore del falco

BUR

ISBN 978-88-17-08061-3

Prima edizione BUR marzo 2015

Cartina di pagina 9:
Civica Raccolta delle Stampe Achille Bertarelli, Milano -

Seguici su:

Twitter: @BUR_Rizzoli www.bur.eu Facebook: BUR Rizzoli

Il signore del falco

A Giulio

Ποταμῶι γὰρ οὐκ ἔστιν
ἐμβῆναι δὶς τῶι αὐτῶι

Non ti bagnerai due volte
nella stessa acqua

(Eraclito)

Legenda

In parentesi è indicato il nome attuale dei luoghi.

1. Basilica Maggiore (piazza del Duomo)
2. Via San Pietro all'Orto
3. Porta Orientale (corso Venezia, angolo via Senato)
4. Braida degli Umiliati (via Brera)
5. Monastero di San Simpliciano (via San Simpliciano)
6. Porta Comacina (via Pontaccio, angolo via Mercato)
7. Broletto (piazza Mercanti)
8. Chiesa di San Satiro (via Falcone)
9. Porta Vercellina (piazzale F. Baracca)
10. Monastero Maggiore (corso Magenta, angolo via B. Luini)
11. Pusterla dei Fabbri (via C. Correnti)
12. Pusterla della Chiusa (via della Chiusa)
13. Torre dell'Imperatore
14. Chiesa di Sant'Eustorgio (piazza Sant'Eustorgio)
15. Monastero di San Celso (corso Italia)
16. Porta Romana (corso di Porta Romana, angolo via F. Sforza)
17. Monastero del Lentasio (via Lentasio)
18. Basilica Apostolorum (piazza San Nazaro in Brolo)
19. Palazzo Arcivescovile (via San Clemente, angolo via delle Ore)
20. Ospedale del Brolo (piazza Santo Stefano)
21. Chiesa di San Calimero (via San Calimero)
22. Bosco del Quadronno (zona Vigentina - Lodovica)
23. Ospizio di San Lazzaro (largo Crocetta)
24. Pusterla del Bottonuto (via F. Sforza, giardino della Guastalla)
25. Strada per Lodi (piazzale Medaglie d'Oro)

MILANO NEL 1243

■ Porta o Pusterla
● Edificio civile o religioso

Prologo

Milano, 1226

L'acqua torbida del canale formava mulinelli scuri che si allargavano a poco a poco in onde lente e pigre: tra i ciottoli della riva, un'erba stenta assorbiva a mala pena frange di schiuma untuosa. Le bolle biancastre brillavano solo per un attimo, prima di esplodere, depositandosi sulle ultime bave d'acqua.

Serrando fra i denti un bastoncino di legno, un cane dal pelo fulvo correva lungo l'argine, inseguito da un bambino che lo chiamava a gran voce. L'animale si voltava di tanto in tanto, come a valutare la distanza che lo separava dal suo piccolo padrone, poi riprendeva la corsa. Dopo aver evitato di misura le ruote di un carro carico di merci, il cane parve calmarsi e, lasciato cadere a terra il legnetto, scese cautamente verso il canale, attento a non scivolare tra i sassi viscidi. Era assetato, e la sua lingua stava già per lappare l'acqua della riva, quando la sua coda si abbassò e il suo pelo si fece ritto: era immobile come una scultura di pietra, con il muso proteso. Soltanto le narici vibravano, odorando frenetiche la superficie della corrente. D'improvviso dalle sue fauci si levò un latrato possente: il bambino, che lo aveva quasi raggiunto, si bloccò sull'argine, spaventato. L'animale ululò di nuovo, ma il suono si spezzò quasi subito in un guaito doloroso.

«Cosa succede, piccolo? Che cos'ha il tuo cane?»

La voce proveniva dalle sue spalle: il bambino si voltò a guardare l'uomo alto che gli parlava. La bocca sottile e gli occhi chiari sorridevano benevoli nel volto scurito dal sole: le mani callose reggevano un sacco vuoto, unto e lacero.

Il bambino non rispose, richiamato nuovamente dai guaiti del cane che, a passi guardinghi, si stava inoltrando nell'acqua.

«Fermo, Martino! Fermati subito!»

L'animale obbedì, senza tuttavia smettere il suo lamento sonoro: il bambino, terrorizzato dalla possibilità che il cane venisse trascinato via dalla corrente, corse giù per l'argine, inciampando più volte tra i ciottoli. Giunto a una spanna dal cane, spiccò un ultimo salto e ne afferrò affannosamente la coda, lasciandosi cadere in ginocchio sulla ghiaia. L'uomo alto, che lo aveva seguito, si fermò dietro di lui.

«Ma insomma, Martino, smettila! Si può sapere cosa ti è preso? Non ti ho mai visto fare così...»

Le parole di rimprovero del bambino suonavano spaventate: l'animale tremava, pur mantenendo le zampe anteriori saldamente piantate nell'acqua. Le narici dilatate annusavano convulse, il pelo era talmente irto da nascondere quasi del tutto la forma delle orecchie.

L'uomo alto si avvicinò: dopo aver posato una mano rassicurante sulle spalle del bambino, osservò attentamente il canale, percorrendone con gli occhi la superficie. La sua lunga dimestichezza con quell'ansa della Vettabbia gli aveva insegnato che la corrente pigra e sporca trasportava spesso le cose più orribili: il suo lavoro di scaricatore di barche lo aveva abituato a trovare sulla riva ogni genere di lordura, dagli escrementi depositati poco più in là fino alle carcasse di animali morti. E proprio di quest'ultimo penoso tipo di rifiuto temeva si trattasse, considerando il comportamento del cane in prossimità dell'acqua. Stava già per condurre via il bambino, aiutandolo a trascinarsi dietro il suo riluttante compagno di giochi, quando i suoi occhi indugiarono su un punto del canale, non lontano dall'approdo delle barche. Sulla superficie, appena sotto il pelo dell'acqua, galleggiava qualcosa di strano: sembrava una massa biancastra, allungata come un grosso pesce, ma non altrettanto compatta. Nei lenti movimenti della corrente, appariva e scompariva, trascinandosi dietro una sorta di viluppo di alghe scure. L'uomo guardò meglio, socchiudendo gli occhi contro il riflesso del sole: quando la sua mente recepì il messaggio inequivocabile che gli mandarono le sue pupille, un incontenibile conato di vomito gli salì in gola. Appoggiandosi con le mani sulle ginocchia, trasse un respiro profondo e si voltò: il bambino lo fissava, stupito dal suo improvviso pallore.

«Vai via, piccolo, torna a casa... Subito!»

Spaventato più dal tremito della voce, che dal tono imperioso dell'uomo, il bambino si allontanò, strattonando per la collottola il cane e voltandosi indietro ad ogni passo. Solo quando lo vide al sicuro sull'argine e ormai diretto lungo la strada, l'uomo osò guardare ancora il canale. Il cadavere si stava avvicinando alla riva, lentamente. La forma del corpo si andava a poco a poco delineando: ora galleggiava una gamba, ora si intravedeva un piede, mentre quello che era parso un intrico di alghe si stava allargando, accarezzato dalla corrente, in un lungo velo di capelli neri.

«Per Dio... per Dio... per la Santa Vergine...»

Incapace di articolare altre parole, la voce rauca si spense in un sussurro. L'uomo fissò ancora per un lungo momento il cadavere, senza riuscire a muovere un solo muscolo: poi, con un repentino guizzo di tutti i tendini del corpo, come se uno sciame di api lo avesse assalito, si raddrizzò e prese a correre lungo la sponda, verso l'approdo delle barche.

«C'è un morto in acqua! Correte, correte tutti, c'è un morto in acqua!»

La voce era tornata, usciva potente dalla sua gola: per un attimo, il brusio quotidiano che accompagnava la vita su quella sponda del canale si fermò. Molte teste si girarono verso quell'uomo urlante che stava raggiungendo l'ancoraggio: i carrettieri fermarono i cavalli, le serve interruppero le loro chiacchiere, i barcaioli rimasero con le balle di merci a mezz'aria.

Senza più fiato, lo scaricatore si arrestò sulla riva, vicino ai pali dell'attracco che affondavano massicci nell'acqua: mentre tentava di ritrovare il respiro, appoggiandosi al bordo di una chiatta in secca, due barcaioli gli si avvicinarono, chiedendo spiegazioni. Senza rispondere, l'uomo indicò l'acqua con la mano: il corpo era quasi giunto a riva, grottesco fantoccio grigiastro e ora ben distinguibile. L'orrore si dipinse evidente sul volto dei due interlocutori: a bocca spalancata, rimasero immobili a fissare il cadavere che affiorava dall'acqua, sostenuto in superficie dalla danza macabra della corrente.

«Venite qua, venite qua, per Dio, venite a vedere!...»

Le voci sguaiate dei barcaioli si sovrapponevano, le loro braccia gesticolavano scomposte: in pochi istanti l'argine si svuotò e la sponda si riempì di gente, fremente di lugubre curiosità. Il brusio eccitato andò a poco a poco calando, finché si spense del tutto in un silenzio attonito, quando l'ultima onda depositò con grazia sulla riva il corpo gonfio e seminudo di una donna. Ormai immobile sulla ghiaia imbevuta di acqua lurida, soltanto i lunghi capelli neri ondeggiavano pigri nella risacca leggera: una camicia strappata, di cui restava soltanto una manica integra, e un paio di brache di lino incrostate di fango erano gli unici indumenti che rivestivano il cadavere. L'uomo alto si avvicinò di qualche passo, arrestandosi tuttavia quasi subito per il ripugnante lezzo di morte. Nel viso tumefatto gli occhi spalancati sporgevano dalle orbite; dalla bocca aperta pendeva la lingua gonfia, coperta di limo nero. Pesci e granchi avevano fatto il loro lavoro: mani, piedi e braccia apparivano rosicchiati qua e là.

«Le guardie, bisogna chiamare le guardie, e poi il prete...»

La voce dello scaricatore si levò decisa sopra il mormorio circostante della gente, affascinata da quello spettacolo orrendo: uno dei barcaioli, dopo essersi fatto il segno della croce, si voltò e, di corsa, risalì l'argine, diretto verso la pusterla, dove avrebbe avvisato il corpo di guardia.

«Allora, è questo il medaglione di cui mi parlavate, magistra?»

Il segretario particolare dell'arcivescovo rigirava tra le mani un prezioso ciondolo d'argento: al centro del tondo era finemente sbalzata la sagoma di una piccola torre, alla cui base, circondata da una voluta di foglie, era incisa un'elaborata lettera G, ricoperta di smalto azzurro, lievemente scrostato.

Gli occhi della badessa fissavano quelli sfuggenti del prete: il viso rugoso assunse un'espressione attenta, la bocca severa si aprì appena.

«Se questo non fosse il medaglione, non vi avrei mandato a chiamare, frate Algiso» sibilò la vecchia monaca. «Poiché sappiamo entrambi di che cosa si tratta, mi pare inutile stare qui a cianciare... Avete avvisato l'arcivescovo?»

Il segretario annuì e, avvolto strettamente il medaglione in una pezzuola di lino, lo fece sparire sotto la tonaca.

«L'arcivescovo è informato, magistra: quando questo gingillo sarà nelle sue venerabili mani sarà sua premura farlo riavere alla legittima proprietaria...»

«Un po' difficile, non trovate?» La voce della badessa si era fatta tagliente e tradiva un'indignazione faticosamente controllata. «Considerando che quella povera donna è già stata seppellita, non credo che avrà più bisogno dello stemma della sua famiglia!»

Il frate impallidì e, alzandosi rigidamente dalla panca, aprì la bocca per controbattere, ma la badessa lo precedette.

«Basta, frate Algiso! Non aggiungete menzogna a menzogna: ho abbastanza anni sulle spalle per saper distinguere la verità dalle macchinazioni con cui si tenta di modificarla, adattandola alle circostanze. Certo, sarebbe stato meglio per tutti se la corrente della Vettabbia avesse strappato anche questo medaglione dal corpo di quella sfortunata, ma poiché le cose non sono andate così, è stato mio preciso dovere renderne conto...»

Dominando la voce irata, che si abbassò in un sussurro, la monaca continuò, sostenendo decisa lo sguardo del frate. «Il problema, e voi lo sapete benissimo, è che quasi sicuramente quella donna è stata uccisa. Oh, non interrompetemi...» aggiunse stizzita, bloccando con un gesto della mano le parole di replica che stavano per uscire dalla bocca del suo interlocutore, «lasciatemi dire la verità! Nulla di quanto vi sto raccontando uscirà da questi muri, però, almeno qui, cerchiamo di rendere giustizia a quella povera ragazza, visto che in vita ne ha avuta ben poca... Non ci voleva certo un medico per vedere quel profondo segno annerito che circondava il collo del cadavere: quando è stato portato qui al nostro monastero, la sorella che ha ripulito e preparato il corpo per la sepoltura mi ha mandato a chiamare, in preda a una grande agitazione. Il solco nel collo era talmente profondo che la catena del medaglione era affondata nella carne e questo, forse, ha impedito all'assassino di toglierla. No, frate Algiso» aggiunse stancamente, prevenendo la domanda che stava per essere posta, «non saprete mai, né voi né l'arcivescovo, il nome della sorella che ha eseguito quell'ingrato compito: non intendo mettere a repentaglio la vita delle mie protette, qui al monastero! Oh certo, se si fosse trattato di una popolana, il fatto non avrebbe interessato nessuno! Ma quell'incisione, quelle iniziali... Chi non conosce la famiglia Gisalbertini di Calepio? Chi non sa che è in rapporti stretti con la casata del nipote dell'arcivescovo?»

Il segretario, sommerso da quella tempesta di parole, si era lasciato ricadere sulla panca: i suoi occhi, sempre più allarmati, seguivano i gesti delle mani con cui la badessa accompagnava il suo discorso.

«Vedete, frate Algiso, il fatto che le nostre bocche cantino le lodi del Signore, non impedisce alle nostre orecchie di ascoltare quanto accade fuori di qui: la città ha bisogno di noi per mille incombenze e, inevitabilmente, tra queste mura giungono notizie e pettegolezzi legati alle necessità della gente, sia essa di vile o di alto lignaggio. Come potete pensare che io ignorassi la relazione tra Caterina Gisalbertini e il nipote dell'arcivescovo, Lanfranco Calgario, se la mia stessa famiglia di origine è imparentata con un ramo della sua? Voi non potete nemmeno immaginare l'orrore che mi ha invasa quando ho avuto tra le mani quel medaglione: in un attimo, tutto mi è stato chiaro... Ho passato ore nella mia cella a pregare il Signore affinché mi illuminasse su quello che avrei dovuto fare e probabilmente mi ha ascoltato, perché ho deciso che non avrei potuto tacere. Per questo ho voluto che informaste l'arcivescovo: dipenderà dalla sua decisione far sì che lo scandalo esploda oppure no. Se prevarrà il silenzio, allora sarà la sua coscienza a farsene carico, non la mia.»

La badessa tacque. Le mani giunte davanti al petto tremavano leggermente, la pelle arrossata del viso testimoniava una tensione tenacemente controllata: gli occhi pungenti, tuttavia, non lasciavano nemmeno per un attimo il volto del segretario che, ripiegato su se stesso, ascoltava in silenzio. Dopo aver tratto un lungo sospiro liberatorio, la vecchia monaca si alzò, avviandosi verso la porta. Frate Algiso, incapace di trovare adeguate parole di risposta, la seguì: mentre stava per congedarsi, la badessa lo fermò, ponendo il suo vecchio corpo rinsecchito tra lui e la porta.

«Mi aspetto notizie dall'arcivescovo, e con grande urgenza. Per sollecitare la sua attenzione, riferitegli anche questo: Caterina Gisalbertini recava sul corpo le tracce evidenti di un parto avvenuto da pochi giorni...»

Gli occhi del segretario si dilatarono, la sua bocca si spalancò in cerca d'aria. Con un sorriso teso, la monaca aprì la porta, invitandolo ad uscire.

«Andate in pace, frate Algiso, e portate in fretta la mia ambasciata...»

Dopo che il pesante battente si fu richiuso alle sue spalle, la badessa si lasciò scivolare sulla panca, abbandonando le braccia lungo la veste, in un gesto di enorme stanchezza: i suoi occhi si chiusero e il respiro si fece più affrettato. Finalmente, le lacrime, trattenute caparbiamente fino a quel momento, scesero lungo le guance avvizzite, rotolando copiose lungo il soggolo.

Il rimbombo di un tuono ancora lontano risuonò sordo lungo il vicolo adiacente al monastero.

Capitolo 1

Milano, 1243

L'acqua del fossato rifletteva il disegno delle mura, rendendole tremule nello scorrere della corrente. Non lontano dal ponte che immetteva in città attraverso la Porta Comacina, le possenti ruote di un mulino da grano affondavano i loro meccanismi in una roggia defluente: il portico della grande costruzione a due piani era ingombro di persone che entravano e uscivano, reggendo sulle spalle grandi sacchi rigonfi. Qualche oca correva starnazzando tra i carri fermi lungo la sponda, disturbando la quieta attesa dei cavalli da tiro e dei muli.

Mentre osservava stupito quanto brillante fosse il colore dell'erba anche sui terraggi a ridosso delle mura, frate Matthew si inoltrò lungo il ponte. Giunto a metà della lieve pendenza, si fermò a considerare l'ampiezza del fossato: non doveva essere meno largo di trenta braccia e appariva anche piuttosto profondo. La corrente, vigorosa e limpida, trasportava, a tratti, branchi di pesci che nuotavano appena sotto il pelo dell'acqua.

«Allora, frate, ti sposti o no? Non vedi che il carro non passa se stai lì a guardare le rane?!»

Matthew si voltò di scatto, giusto in tempo per evitare lo zoccolo scalciante di un vecchio cavallo spelacchiato che trainava un carretto carico di legname: l'uomo che lo conduceva, rosso in volto, lo stava fissando con aria minacciosa. Il frate farfugliò delle scuse e percorse in fretta i pochi piedi che lo separavano dallo slargo che si apriva davanti alla porta. Chiusi fino alla metà superiore da pesanti saracinesche ferrate, i fornici d'ingresso si appoggiavano a due alte torri di pietra, che interrompevano massicce la cerchia delle mura. Una decina di guardie formavano due capannelli ai lati della porta: sebbene i loro occhi scrutassero attenti il passaggio di uomini e merci, i loro volti apparivano rilassati e le loro voci pacate.

Frate Matthew superò l'entrata, voltandosi a guardare la fitta serie di impalcature di legno che correva lungo il lato interno delle torri, formando camminamenti sovrapposti: qui altri soldati erano di pattuglia, pronti a difendere la città in caso di assalto. Sebbene avesse varcato già più volte quell'ingresso, Matthew non finiva mai di stupirsi per il continuo andirivieni di persone, carri, cavalli, muli, coinvolti in un'attività incessante e frenetica. Il vociare dei carrettieri si confondeva con quello dei mercanti affacciati alle botteghe, con il latrato dei cani alla catena, con le risate acute delle serve cariche di panieri colmi di cibo. Ogni volta che entrava in città, il frate si soffermava a pensare a quanto più tranquilla fosse la vita a San Simpliciano, il monastero che lo ospitava da un po' di tempo. L'edificio era appena fuori dalle mura, a un tiro d'arco dalla Porta Comacina e anche là, come qui, le giornate erano scandite dal lavoro: i monaci e i loro fattori si occupavano del funzionamento dei mulini, delle bestie da allevare, della tosa della lana, di semine e innesti, dei ponti da costruire sopra le rogge, delle strade da coprire con la ghiaia. Eppure, nonostante il fervore operoso delle persone, l'aria, gli odori, i rumori erano quelli del contado: era stata proprio questa atmosfera di pace, rassicurante e simile ai ritmi che Matthew aveva vissuto per tanti anni nel suo originario monastero di St Albans nella lontana Inghilterra, a convincerlo a fermarsi a Milano. In tutti i monasteri che lo avevano accolto lungo il suo viaggio dalla valle Augusta alla pianura la diffidenza verso di lui si era manifestata in modo più o meno esplicito, facilitata forse anche dal clima di sospetto che, in quegli ultimi anni, avvolgeva tutti gli stranieri. Troppe erano state le battaglie tra l'imperatore Federico e i signori di quelle terre fertili e ricche, perché gli abitanti e anche gli stessi religiosi si potessero fidare di chiunque parlasse un altro idioma: ogni forestiero, perfino un frate, avrebbe potuto essere una spia mandata dal legato pontificio o dall'imperatore stesso per conoscere piani, trame e tradimenti. Matthew, che pensava di aver già vissuto un tempo lunghissimo della sua vita a doversi districare fra strategie e accadimenti voluti da altri, si era stupito nel constatare la difficile condizione della gente che popolava le terre che si era trovato ad attraversare. Quanto più limitate e semplici erano state le schermaglie tra i feudatari della valle Augusta, a confronto di questa infinita e tormentata guerra di pianura che vedeva opposti l'imperatore, la Chiesa di Roma e i governi delle città! Frate Stephen, camerario presso l'Hospitale Scotorum, vicino a Vercelli, dove Matthew si era fermato durante l'inverno precedente, aveva passato molte ore a spiegargli le ragioni di quel conflitto, ma, nonostante i suoi sforzi, non tutto gli era ancora chiaro. Perché il papa scomunicava l'imperatore, perché alcune città lo appoggiavano mentre altre lo contrastavano, che ruolo poteva mai avere la volontà di Dio in tutte quelle dispute che generavano inutili carneficine? Eppure Federico, a quanto gli avevano detto, si era dimostrato un sovrano liberale, amante delle lettere e dell'arte e promotore di editti magnanimi: com'era possibile, dunque, che avesse contro addirittura il pontefice? L'abate di San Simpliciano, Arnolfo da Sala, per conto del quale stava entrando in città, aveva tentato di illustrargli la particolare situazione di Milano: questa gente, gli aveva detto, si sente libera e vuole essere senza padroni. Il Comune era nato per questo, tanti anni prima, e ora i milanesi non avrebbero tollerato il giogo di un nuovo imperatore: era stato sufficiente aver sperimentato già una volta la penosa sottomissione a un altro Federico che, quasi un secolo prima, aveva raso al suolo la città, imponendo il proprio potere con la forza. Anche la Chiesa, aveva aggiunto Arnolfo, aveva avuto e continuava ad avere la sua buona parte in queste dispute: il papa non nutriva minori mire su tutta l'Italia di quante ne avesse l'imperatore, mentre la chiesa metropolita di Milano, per parte sua, cercava di barcamenarsi, con lo scopo preciso di salvaguardare la propria autonomia. Era ovvio pensare che, in questa perenne situazione di conflitto, fossero sempre i più miseri a patire: frate Matthew aveva sentito di contadini strappati alla loro terra per essere mandati a combattere contro questo o quel nemico, di interi villaggi dati alle fiamme, di donne e bambini uccisi barbaramente, di frati e preti in fuga verso altri monasteri. E ora, in un momento tanto delicato, l'abate di San Simpliciano aveva incaricato proprio lui, umile frate inglese, dello svolgimento di una missione riservata e complessa: si era giustificato affermando che, appunto per essere forestiero e quindi al di sopra di ogni sospetto di appartenenza a questa o quella fazione, avrebbe potuto indagare, più discretamente di chiunque altro, sulla vicenda che lo preoccupava. Quanto al fatto di poter essere scambiato per una spia, l'abate lo aveva rassicurato: non essendo le vicende da inquisire legate alla politica, ma trattandosi sostanzialmente di un episodio privato, nessuno avrebbe potuto sospettare alcunché.

Mentre andava rimuginando con amarezza su quanto gravoso fosse il voto di obbedienza e come questo avesse pesantemente segnato gli ultimi due anni della sua vita, Matthew fu quasi investito da un ragazzino che correva a perdifiato nella sua direzione: lo inseguiva, urlandogli dietro improperi coloriti, una popolana inviperita.

«La borsa dei soldi, maledetto... mi ha rubato la borsa dei soldi! Prendetelo, per Dio, prendetelo quel figlio di puttana!...»

Le grida della donna si confondevano con il più generale frastuono: il frate si voltò per vedere dove fosse finito il ragazzo, ma non lo vide più, scomparso probabilmente in uno dei tanti vicoli che attraversavano la città. Malgrado il suo furto non fosse da giustificare, Matthew sorrise tra sé, contento che il piccolo furfante non fosse stato agguantato: l'espressione che aveva visto dipinta sul volto della donna non prometteva nulla di buono e, nei panni del ladruncolo, lui stesso si sarebbe dato a una fuga precipitosa.

Sotto i portici che seguivano la via per tutta la sua lunghezza si andavano infittendo botteghe e bancarelle: pere, mele, verdure, polli, forme di formaggio, botticelle di vino, pezze di lana, stoviglie di coccio, coltelli, sacchi di sabbia, fascine di legna, e quant'altro potesse tornare utile alle necessità della vita quotidiana erano esposti sui banchi, all'attenzione dei compratori che affollavano la strada. Mentre la calca si addensava verso il Broletto Nuovo, dove era diretto, osservò che l'aspetto delle persone che incontrava andava variando: mescolati a popolani, facchini, mercanti e servitori, altri personaggi più riccamente abbigliati si muovevano tra la gente. Incuranti della polvere che i loro abiti raccoglievano strusciando al suolo, passeggiavano a piccoli gruppi e parlavano fittamente tra loro, sebbene il frastuono circostante non permettesse di cogliere il senso dei loro discorsi. Il frate, che, stretto tra la folla camminava a fianco di una coppia di uomini, udì qualche frammento della loro conversazione: dalle parole colte a malapena, gli parve di capire che si trattasse di un notabile e di un ecclesiastico. Le loro vesti non erano dissimili: sopra il guarnello di tessuto fine, la tunica di panno leggero era trattenuta in vita da una cintura di cuoio, impreziosita da rilievi in argento; entrambi indossavano calze suolate e portavano sulle spalle un mantello di seta. Soltanto una piccola croce d'argento appesa al collo, e quasi invisibile tra le pieghe abbondanti della veste, identificava uno dei due come uomo di chiesa. Mentre il frate si chiedeva per quali motivi molti preti di Milano avessero preferito all'abito talare le apparenze vestimentarie dello stato laicale, i due uomini si fecero incontro a una donna che avanzava in senso opposto. Elegantissima e altera, indossava una lunga veste di seta ricamata, le cui maniche, segnate in tutta la loro lunghezza da una fila di maspilli d'argento, erano talmente strette da non permetterle alcun movimento di braccia: una preziosa acconciatura di lino candido le fasciava morbidamente il capo, lasciando sfuggire qua e là maliziosi riccioli biondi. Una serva giovanissima la seguiva dappresso, mantenendo lo strascico della veste sollevato da terra. I due uomini si fermarono davanti a lei e, dopo essersi inchinati, presero a parlarle in modo ossequioso. Matthew, incuriosito, avrebbe volentieri indugiato ad ascoltare, ma fu sospinto inesorabilmente in avanti dal procedere della folla. Dalla quantità di gente che percorreva le vie, si sarebbe detto che, quel mattino, tutti i milanesi si stessero dirigendo verso il centro della città. Evitando per un soffio di finire sospinto dentro la vasca di pesci vivi che un mercante esponeva fuori dalla sua bottega, il frate giunse finalmente in vista del Broletto.

«Vuoi un po' di compagnia, fraticello? Guarda che sono brava e per gli uomini di chiesa faccio un prezzo speciale...»

Matthew si sentì sfiorare la spalla nello stesso istante in cui udì quella voce roca e sensuale: voltatosi di scatto, si vide di fronte un viso pesantemente imbellettato, contornato da una folta chioma rossiccia. La prostituta sorrideva, rigirando fra le labbra semiaperte la punta della lingua: il seno, quasi del tutto scoperto, sporgeva rotondo e sodo dalla profonda scollatura della veste. Il frate arrossì e scosse la testa in un gesto di diniego: la donna, che non dimostrava più di vent'anni, gli fece scivolare delicatamente la mano lungo la tonaca, in una accennata carezza lasciva poi, continuando a sorridere, si voltò verso un altro possibile cliente. Non era la prima volta che Matthew riceveva questo tipo di profferte: Milano pullulava di prostitute che esibivano la loro merce ad ogni angolo di strada. L'abate gli aveva detto che il loro numero era considerevolmente aumentato da quando era in corso la guerra con l'imperatore: le donne erano giunte anche dal contado, dopo aver subito le scorrerie degli eserciti sui loro campi, ed erano andate ad ingrossare le fila delle meretrici già presenti in città; inoltre, il gran numero di soldati che di continuo si avvicendavano dentro e fuori Milano aveva favorito il crescere di quegli squallidi commerci.

Come sempre dopo ognuno di questi incontri, Matthew provava un'ansia profonda: il suo pensiero correva a Marthine, che aveva visto per l'ultima volta a Rochester, quasi due anni prima, nella stessa miserevole condizione. Chissà se era fuggita, chissà se era riuscita a sottrarsi a quella vita di abiezione? Incolpevole vittima di una situazione assurda, la donna aveva dovuto lasciare il suo villaggio, colpita da un'infamante accusa di stregoneria e si era rifugiata in una città dove nessuno la conosceva: qui, non avendo altro mezzo di sostentamento, era stata costretta a prostituirsi, per non morire di fame. Quella stessa accusa aveva causato l'uccisione di un'altra innocente, Mary, che Matthew, nella sua pochezza, non era stato in grado di salvare. Sebbene fosse passato tanto tempo, il frate non riusciva a spogliarsi del suo senso di colpa che, lungi dall'affievolirsi, di tanto in tanto si ripresentava accresciuto e straziante.

Mentre andava rimuginando questi pensieri, Matthew oltrepassò la Porta Cumana, che immetteva nel Broletto Nuovo: qui, sovrastanti il brusio della folla, si levavano stentoree le voci di due banditori del comune che, issati su un panchetto allestito davanti al palazzo, declamavano a turno i consueti divieti che la cittadinanza era tenuta a rispettare.

«...e inoltre si ordina che nessun uomo giochi o presti denaro per giocare alla biscazza né ad altro gioco equivalente, sotto pena di sessanta soldi. Si impone altresì che qualunque altro gioco considerato come lecito sia vietato di notte, nelle strade, nelle taverne o in ogni altro luogo, potendosi esso svolgere soltanto nelle ore del giorno. Per quanto concerne i delitti, si stabilisce che qualunque persona, di qualunque sesso, purché maggiore di dodici anni, compia furto di cose che valgano più di sei denari, pagherà ammenda di venti soldi. Chiunque prenderà il ladro e non lo consegnerà all'arciprete o al suo messo, sarà multato di sessanta soldi...»

Apparentemente incurante delle annoiate voci dei banditori, la folla proseguiva i suoi traffici: sotto l'enorme portico che costituiva il piano terreno del palazzo comunale, mercanti riccamente vestiti contrattavano fra loro, mescolati a notai e ufficiali giudiziari, provenienti dalle contigue carceri della Malastalla. Sei cavalli, bardati con le insegne del podestà, erano legati ai pilastri che reggevano gli archi del portico, segno che in quel momento nella sala superiore si stava svolgendo una riunione di notabili.

Gli occhi di Matthew si soffermarono sul rilievo di pietra che, una ventina d'anni prima, era stato posto sulla facciata del palazzo, dedicato al podestà che aveva dato inizio alla costruzione del Broletto. L'uomo era raffigurato a cavallo, in severa attitudine guerresca: un'iscrizione sottostante lo identificava in Oldrado da Tresseno, sottolineandone l'importanza come persecutore di eretici. «Catharos, ut debuit, uxit» citava l'epigrafe: malgrado il tepore della giornata estiva, il frate rabbrividì, nel leggere quelle parole che, ancora una volta, lo riportavano indietro nel tempo. Anche qui, come in terra di Francia, come nella valle Augusta, come ovunque ormai, si parlava di eresie, di uomini e donne torturati e uccisi per essersi discostati dalla fede di Roma. L'abate di San Simpliciano, pur non conoscendo i veri motivi che avevano condotto il frate in Italia fin dalla lontana Inghilterra, gli aveva raccomandato cautela per i contatti personali che avrebbe avuto in città: bastava poco in quei tempi, gli aveva detto, perché qualcuno fosse tacciato di eresia. Gli stessi appartenenti all'ordine degli umiliati avevano subito reprimende da parte del papa, con conseguente imposizione di una nuova regola canonica, poiché le loro abitudini di vita comunitaria erano in odore di eresia: eppure, aveva aggiunto Arnolfo, si trattava di confratelli degnissimi, dediti alle più dure fatiche dei campi nel contado e alla produzione di lana, attività in cui erano maestri. Matthew si era stupito delle parole pietose dell'abate, ben sapendo quanto spesso i vari ordini religiosi fossero in oscuro contrasto l'uno con l'altro. Evidentemente Arnolfo, nonostante i suoi importanti legami con i più svariati membri del potere milanese, era un uomo giusto, capace di distinguere la buona dalla cattiva fede, attento soprattutto alla salute spirituale delle anime che gli erano state affidate. Nutriva una certa diffidenza verso i frati minori, che, incaricati dall'arcivescovo Leone da Perego a perseguire l'eresia, con spietata determinazione cercavano e denunciavano chiunque a Milano fosse sospettato di discostarsi dalle regole della Chiesa di Roma. Allo svolgimento di questo ingrato lavoro inquisitorio collaboravano anche i domenicani: l'abate aveva raccomandato a Matthew di tenersi lontano dai membri di questi due ordini durante lo svolgimento delle indagini, per evitare il rischio di essere coinvolto suo malgrado in maneggi oscuri e pericolosi. Lui, per parte sua, avrebbe invece dovuto continuare a mantenere rispettosi rapporti di collaborazione con gli inquisitori, per non incorrere nelle ire dell'arcivescovo, della cui benevola protezione avrebbe avuto bisogno anche San Simpliciano.

Un improvviso sbuffo di vento, insinuatosi tra le arcate che immettevano nel Broletto, portò alle narici di Matthew un odore intenso: proveniva dalla Porta Orientale, dove era in piena attività il mercato del pesce. Sorridendo tra sé all'idea che quel puzzo arrivasse di tanto in tanto anche tra le sacre navate della vicina Basilica Maggiore, il frate proseguì verso la sua meta. Uscito dal Broletto, si avviò tra i vicoli che lo avrebbero condotto verso il monastero di Santa Maria al Lentasio.

Capitolo 2

Bella si rivestì in fretta. L'odore dolciastro dell'uomo che aveva appena giaciuto con lei impregnava ancora l'aria: nemmeno la stretta porta che metteva in comunicazione il fondo della stanza con l'orto retrostante riusciva a dar sfogo al caldo soffocante di quel primo accenno di estate. Dopo aver rassettato il giaciglio, la donna si sedette sul panchetto e rovesciò sul tavolo una piccola borsa di denari. Detergendosi la fronte sudata, li contò attentamente, impilandoli uno sull'altro; quando fu certa di aver calcolato con precisione il suo guadagno della giornata, ripose le monete in un sacchetto di cuoio, stringendone accuratamente i lacci. Poi, lanciando uno sguardo furtivo verso la porta, ad assicurarsi che nessuno la vedesse, lo nascose in una fenditura del muro, ben celata dalla testata del cassone di legno che conteneva il pagliericcio.

Le tremavano le mani. Come sempre, dopo gli incontri con Lanfranco la assaliva la paura di essere stata riconosciuta, sebbene fossero passati quasi vent'anni e il suo viso di ragazzina avesse assunto le fattezze della donna matura, segnato, per di più, dalla sofferenza. Quel mestiere, esercitato per necessità, le aveva cambiato l'anima, oltre che il corpo. Bella sapeva di essere diventata, anche fisicamente, un'altra persona: eppure, ogni volta, gli occhi duri di quell'uomo la frugavano, la studiavano, come in cerca della risposta a un dubbio che avrebbe potuto generare un sospetto o, Dio non volesse, una certezza. Si era sempre chiesta per quale tortuosa ragione del destino Lanfranco avesse eletto proprio lei, fra le tante prostitute della città, come abituale sfogo per i vigorosi appetiti che, malgrado l'età non più giovanissima, nutriva ancora. Anche se le sue visite non andavano soggette a scadenze fisse, erano passati ormai quattro anni da quella prima volta in cui, incontrandola nei pressi del Broletto in attesa di clienti, l'uomo l'aveva abbordata. Fissandola con curiosità crescente, le aveva chiesto il suo nome. «Bella» aveva risposto. «Bella e poi?» aveva insistito lui con tono inquisitorio. «Bella e basta, signore» aveva replicato dura, mentre i suoi occhi ingaggiavano una sfida con quelli del suo interlocutore. Lui non aveva indagato oltre e l'aveva accompagnata nella sua casupola, incastrata tra molte altre, appena al di fuori delle mura, oltre la Porta Romana. Lei non lo aveva riconosciuto subito. Anche il suo volto portava i segni degli anni: le guance si erano imbolsite, conferendogli una espressione mansueta, smentita, tuttavia, da frequenti lampi di ferocia nello sguardo. Era stata proprio una di quelle occhiate, scoccata all'atto del pagamento di una delle sue prestazioni, ad averle fatto finalmente capire chi quell'uomo le ricordasse. E con la memoria era venuta la paura, trasformatasi in terrore quando, in occasione di un successivo incontro, era riuscita a farsi dire il nome della sua famiglia. Da allora, aveva vissuto con un'inquietudine crescente, con l'angoscia continua che, prima o poi, anche lui avrebbe ricordato: tuttavia, non era stato possibile evitarne la compagnia che, al contrario, era diventata un'opprimente consuetudine.

Lanfranco Calgario era stato l'assassino di Caterina, la sua padrona.

Diciassette anni prima, Bella non era che una giovanissima serva di casa Gisalbertini, a Calepio. Quando, due anni dopo la morte della madre, Caterina si era invaghita del giovane e prestante pronipote dell'arcivescovo di Milano, che frequentava con regolarità il palazzo di famiglia, lei era già la sua domestica personale. Aveva seguito con apprensione il protrarsi di quella storia, temendo future possibili conseguenze, che, di fatto, si erano verificate. Il padre di Caterina, prostrato per la scomparsa della moglie, si era ammalato e, in capo a sei mesi era morto. La giovane si era ritrovata sola: suo fratello Gerardo era partito l'anno prima per la Lomellina, al seguito di una spedizione contro i Pavesi, e non aveva più fatto ritorno. Caterina, troppo giovane e inesperta per raccogliere su di sé la responsabilità di un'intera casata, aveva a lungo rimandato le decisioni da prendere riguardo al palazzo di famiglia e alle terre della proprietà. Sopraffatta da troppi lutti, aveva cercato rimedio al dolore tra le braccia avide di Lanfranco che, nel giro di qualche mese, l'aveva messa incinta. Bella ricordava ancora la gioia trepidante sul viso della sua padrona quando l'aveva informata del suo stato, raccomandandole il segreto con chiunque, fino a dopo la nascita del bambino. Lanfranco, aveva aggiunto, l'avrebbe sposata l'anno successivo, al suo ritorno da Genova, dove, insieme ad altri notabili di Milano, stava per recarsi in qualità di ambasciatore, a definire i termini della pace tra quella città e Alessandria, in guerra tra di loro fino a pochi mesi prima.

In attesa del suo ritorno, Caterina aveva affidato il palazzo e la conduzione delle terre a Montenario Goldanica, il notaio di suo padre, incaricandolo di stipulare dei contratti di livello con la famiglia dei Bernate, lontani cugini e unici parenti rimasti. Aveva poi licenziato tutti i servitori, ad eccezione di Bella: con lei si era trasferita in una cascina di proprietà della famiglia, poco lontano dal Lambro. Qui, i due vecchi fattori, che la conoscevano fin da bambina, l'avevano accolta comprensivi e avevano protetto il suo segreto per tutta la durata della gravidanza. «Non posso permettere che si sappia che sono rimasta incinta prima del matrimonio!» aveva detto a Bella. «Quando Lanfranco tornerà, ci sposeremo in sordina e nessuno potrà sapere quando è nato il bambino.» Bella, per parte sua, nutriva seri dubbi sul fatto che una famiglia importante come quella dei Calgario avrebbe acconsentito a passare sotto silenzio il matrimonio di uno dei suoi rampolli più promettenti. D'altra parte, non sarebbe stato certo compito suo mettere in guardia Caterina: lei, in fondo, era una serva e la confidenza di cui la sua padrona l'aveva fatta partecipe, mossa dall'ansia e dalla paura, avrebbe potuto trasformarsi in una rabbiosa autodifesa. Bella era poco più che una ragazzina, ma aveva già ben chiaro che per riempire la pancia è necessario lavorare: se avesse perduto quel lavoro a causa di una qualche parola imprudente detta alla sua padrona, sarebbe rimasta sulla strada. Quindi aveva taciuto.

Ora, mentre nel rettangolo di cielo che si apriva sopra l'orto vedeva inseguirsi veloci le nuvole scure di un temporale imminente, si ritrovò a pensare a quella terribile notte di tanti anni prima. Anche allora c'era tempesta e il fragore dei tuoni aveva coperto qualsiasi altro rumore. Caterina dormiva, spossata dalle fatiche del parto recente e dalla lunga poppata di Dorotea. Poco prima, la piccola, sdraiata nella culla appesa sopra il letto della madre, aveva accennato un inizio di pianto: allora Bella, per non disturbare il sonno della padrona, l'aveva presa in braccio e, cullandola, l'aveva portata con sé nel suo giaciglio, situato nel sottotetto. Dopo aver ritirato la scala, aveva riaccostato la botola, affinché la voce della bambina non arrivasse alle orecchie della madre. Dorotea si era riaddormentata quasi subito.

Lo sbattere violento della pioggia che si riversava a ondate ventose sul tetto aveva impedito a Bella di avvertire lo scalpitare degli zoccoli dei cavalli, ma uno schianto violento, troppo forte per non essere udito, l'aveva fatta sobbalzare: spaventata, dopo aver deposto la bambina sul suo pagliericcio, aveva socchiuso la botola. L'oscurità sottostante era spezzata dall'intermittente chiarore dei lampi che, a tratti, illuminavano il vano della porta spalancata. Aveva già deciso di riprendere la scala a pioli e scendere a richiudere il battente, quando, alla luce di una saetta più vivida delle altre, aveva intravisto l'ombra di un uomo, seguita dappresso dalla figura indistinta di un altro.

La sorpresa e la paura l'avevano bloccata. Era rimasta lì, immobile, trattenendo il respiro. Attraverso la fessura della botola, aveva scorto i due uomini avvicinarsi al fondo della stanza, dove, fuori dalla portata del suo sguardo, era sistemato il giaciglio di Caterina. E poi, pur senza vedere nulla, era stato un crescendo di terrore: mentre i suoi occhi frugavano inutilmente il buio sottostante, le sue orecchie avevano cominciato a percepire suoni spaventosi. La voce impastata della sua padrona, risvegliata bruscamente da un sonno pesante, si era trasformata in un urlo acuto, soffocato subito dopo in un lungo, interminabile rantolo. Nel silenzio che era seguito, interrotto solo da qualche tuono che si andava facendo sempre più lontano, Bella aveva udito le voci smorzate dei due uomini, riconoscendo con orrore quella concitata di Lanfranco che, rovesciando mobili e arredi, cercava Dorotea. «Dove hanno messo la bambina, per Dio, dov'è quella figlia di cagna? E la serva, dov'è la serva?» Bella, con le braccia e le mani che tremavano violentemente, aveva riaccostato con grande cautela il coperchio della botola e ci si era seduta sopra, senza far rumore. L'unico suono che udiva, più forte di quello della pioggia sul tetto, era quello del suo cuore che batteva all'impazzata, impedendole di respirare. Il suo sguardo, ormai abituato al buio del sottotetto, spiava il pagliericcio dove giaceva Dorotea. La bambina non si era svegliata. Bella aveva cominciato a pregare, con la voce della mente: un rosario dopo l'altro, aveva invocato la Vergine e tutti i santi di cui ricordasse il nome. Aveva proseguito per un tempo che le era parso lunghissimo, mentre dal piano di sotto continuavano a provenire tonfi, sbattimenti e imprecazioni durati fino all'arrivo del vecchio cavallo del fattore, che, scalpicciando gli zoccoli nel fango, trascinava il carro dei suoi padroni, di ritorno alla cascina dopo una giornata intera trascorsa al mercato di Milano. Allora, mentre Dorotea cominciava a lanciare qualche timido vagito, aveva sentito altre urla terrorizzate, seguite dal nitrito nervoso dei cavalli, due dei quali erano ripartiti quasi subito al galoppo. Poi il silenzio, rotto solo dal suono lamentoso che usciva dalla gola del vecchio ronzino del fattore.

Bella era rimasta nel sottotetto fino alle prime luci dell'alba, cullando Dorotea che ora strillava tutta la sua fame: le aveva messo tra le labbra una pezzuola intrisa con l'acqua della sua bacinella, nella speranza che si riaddormentasse, ma la piccola l'aveva rifiutata, piangendo ancora più forte.

Quando i primi raggi di un sole spavaldo si erano fatti strada tra le larghe fessure del tetto, Bella, cercando di dominare il tremito che le indolenziva i muscoli, aveva cautamente riaperto la botola e aveva guardato di sotto. La stanza era vuota. Il cassettone era rovesciato, svuotato di tutto il suo contenuto, che giaceva ammassato in mucchi aggrovigliati sul pavimento. La panca era a gambe all'aria e, per quel che poteva vedere lì dall'alto, il pagliericcio appariva trascinato in mezzo alla camera. Con circospezione, tendendo l'orecchio a nuovi rumori, aveva calato la scala a pioli e, ignorando le urla di Dorotea, era scesa.

Caterina era sparita. Una lunga striscia umida e maleodorante correva sul pavimento, macchiandolo fino alla porta. La culla della bambina era stata divelta dalle sue corde e giaceva rovesciata contro una parete. Strisciando lungo il muro, Bella si era diretta verso il battente, che era rimasto spalancato. Giunta sulla soglia, i suoi piedi avevano calpestato qualcosa: atterrita, aveva abbassato gli occhi di scatto. Sotto di lei, illuminata dal sole, c'era una delle pianelle rosse della sua padrona. Bella l'aveva raccolta e aveva allungato lo sguardo a cercare l'altra, senza trovarla. Quello che i suoi occhi avevano invece colto, sia pure di sfuggita, era un ammasso scuro di stracci, che giaceva vicino al carretto, lungo il muro laterale della cascina. Con il respiro mozzo, intuendo già che cosa avrebbe visto, era uscita all'aperto. Distesi di fianco al cavallo, il fattore e sua moglie coprivano la terra battuta con i loro corpi, scomposti a tal punto da sembrare fantocci: sotto di loro si allargava una grande macchia di sangue, ormai dilavata dalla pioggia della notte. Al suo arrivare, il cavallo aveva voltato la testa a guardarla: dalle sue froge umide usciva il fiato che, nell'aria fredda del mattino, si condensava in brevi sbuffi di vapore. Sostenendosi con una mano al muro, Bella era avanzata di qualche passo verso i due cadaveri: i suoi occhi dilatati erano fissi sulle gole, tagliate da parte a parte. Le sue orecchie si erano chiuse ai suoni del mondo circostante: le urla sempre più acute di Dorotea le giungevano ovattate, come da una enorme distanza. La voce, che avrebbe voluto esploderle dal corpo in un grido di raccapriccio, era rimasta confinata nelle profondità della sua bocca, consentendole solo un debole mugolio lamentoso, simile a un guaito.

Ripensandoci, molto tempo dopo, non avrebbe saputo dire per quanto tempo fosse rimasta lì, immobile, a guardare quei due poveri vecchi, uccisi come cani randagi. Era stato il silenzio della bambina, percepito d'un tratto tra il noioso cinguettio dei passeri, a risvegliare la sua coscienza. Allora, era corsa in casa e, come una furia, si era arrampicata nel sottotetto: qui aveva trovato Dorotea esausta, senza più fiato, lordata dalle sue feci. Dopo averla ripulita e cambiata con mani tremanti, aveva fatto un fagotto delle sue poche cose, aveva avvolto la piccola in uno scialle di lana fine e aveva raggiunto la stalla, poco distante dalla casa del fattore. Qui, aveva munto una pecora, raccogliendone il latte in un piccolo otre e aveva preso uno dei muli. Dorotea respirava a fatica e, apparentemente, dormiva. Tenendola stretta al petto, Bella era montata sulla cavalcatura e, spronandola con le ginocchia, l'aveva lanciata in una folle corsa lungo la strada per Milano.

Si era fermata solo una volta, sul ciglio della strada, sotto l'ombra di un gelso, per dare il latte alla bambina. All'inizio Dorotea lo aveva rifiutato, ma poi, spossata dal lungo digiuno, aveva succhiato avidamente dal beccuccio della botticella: le sue piccole labbra, abituate a un ben più soffice arnese, avevano sparso sulla vestina più latte di quanto ne avessero sorbito. Tuttavia, la stanchezza aveva avuto il sopravvento sulla fame e, sebbene non sazia, la bimba si era riaddormentata subito.

Ora, mentre ispezionava il pollaio in cerca delle uova di quella giornata, Bella ricordava la cavalcata fino alla città. Sulla sua strada aveva incontrato mercanti e contadini in cammino verso Milano, ma, nella sua frenetica agitazione, non aveva parlato con nessuno di loro, temendo di ravvisare sotto qualsiasi copricapo o cappuccio da pellegrino le fattezze di Lanfranco. Poco fuori le mura, le si era d'improvviso mostrata la facciata di una basilica. Aveva deciso in pochi attimi: aveva avvolto la bambina ben stretta nello scialle e l'aveva deposta nel grande cesto sistemato accanto a una entrata laterale del monastero, adiacente la chiesa. Aveva pianto tutte le sue lacrime mentre la abbandonava in quel modo, pur sapendo che l'affido alle monache sarebbe stata l'unica via di salvezza per Dorotea. Come lei, Bella non aveva più nessuno al mondo, e, sebbene fosse già affezionata a quella piccola come a una creatura sua, non avrebbe certo avuto di che nutrirla e farla crescere. Dopo un ultimo sguardo al visino pallido della piccola, era rimontata in fretta sul mulo ed era fuggita come una ladra verso la città.

Qui aveva vagato per giorni e giorni, disputando ai maiali che scorrazzavano liberamente per slarghi, vicoli e coperti gli avanzi di cibo gettati in strada. Aveva cercato un lavoro che non aveva trovato, non avendo nessuno che garantisse per lei; a malincuore, aveva venduto il mulo, ricavandone i pochi soldi che le erano serviti per sopravvivere a malapena un mese. Insieme con altri diseredati, aveva trovato riparo in una vecchia baracca di assi sconnesse, abbarbicata al terraggio fuori dalla pusterla del Bottonuto dove, una notte, aveva brutalmente perduto la sua verginità ad opera di un soldato ubriaco e puzzolente, in partenza per una delle tante campagne contro Pavia. Era cominciata così la sua nuova vita: dopo la violenza, aveva capito che, se non avesse voluto morire di fame, avrebbe dovuto andare a ingrossare l'esercito di prostitute della città. A poco a poco si era abituata a vendere il proprio corpo e, nel giro di un anno, era riuscita a mettere insieme abbastanza soldi per poter pagare la pigione di quella piccola, ma decorosa abitazione appena fuori dalle mura. Molte volte, nei diciassette anni trascorsi, aveva avuto la tentazione di tornare al monastero di San Celso, dove aveva lasciato Dorotea, per avere notizie della bambina, ma aveva sempre trattenuto quell'impulso, sapendo che sarebbe stato inutile e, forse, pericoloso.

Anche ora, come le accadeva sempre più spesso, il pensiero della piccola le procurò una fitta dolorosa alla fronte. Reggendo in una mano le uniche due uova che aveva trovato nel pollaio, Bella alzò gli occhi al cielo: grosse gocce di pioggia cominciavano a cadere, lucidando l'erba stenta dell'orto. Rientrò in casa e, posate le uova sul tavolo, si prese la testa fra le mani, premendole contro le tempie: il male alla fronte sarebbe passato, lo sapeva, solo dopo un po'. Si trattava di aspettare. Col buio, sarebbe tornato Remigio e allora avrebbe potuto sfogare le sue preoccupazioni e le sue paure. In attesa di giacere tra le sue braccia forti e gentili, Bella cercò di non pensare a nulla. L'acqua cadeva violenta, sollevando ad ogni goccia uno spruzzo nuovo dalla terra polverosa del vicolo. Un cane randagio si riparò per un istante rasente il muro, ansimando con la lingua penzoloni: poi, scrollatosi con decisione il mantello inzaccherato, ripartì di corsa verso la città.

Capitolo 3

Due colombi planarono insieme dal tetto, atterrando tra le aiole fiorite del chiostro. Le loro teste si muovevano ritmicamente avanti e indietro, mentre zampettavano in cerca di cibo. Gli altri, che già occupavano lo spiazzo erboso, ostentavano indifferenza verso i due nuovi venuti e continuavano a spulciarsi, becchettandosi le penne e la coda o grattandosi il becco con le rosse zampe sottili. Soltanto uno, accovacciato sotto un cespuglio con il capo affondato tra le piume del petto, era assolutamente immobile, tanto da sembrare morto.

Matthew, in piedi accanto a una porticina esterna, osservava i volatili, perso nei suoi pensieri. Stava aspettando di essere ricevuto dalla badessa e l'attesa si stava facendo lunga: la novizia che lo aveva accompagnato lo aveva pregato di attendere nel piccolo giardino del monastero.

La virtù della pazienza, ormai ben radicata nell'animo del frate, non gli impediva, tuttavia, di avvertire l'abituale rimescolio dei visceri, segnale inequivocabile dell'ansia che, in breve, avrebbe avuto la meglio sulla calma che si era imposto.

Un fruscio alle sue spalle lo fece voltare: con un sorriso timido, la giovane monaca gli fece cenno di seguirlo.

«La badessa vi riceverà nella sua cella» sussurrò la

novizia, con tono di scusa «perché le risulta molto faticoso camminare: la scala che conduce al parlatorio è ripida e le causa già abbastanza dolore doverla percorrere per scendere alle funzioni...» Matthew annuì, e procedette dietro alla giovane lungo una galleria interrotta a tratti da strette finestre ad arco, che gettavano una luce discreta sul pavimento di pietra. In fondo, poco oltre una pesante porta di quercia a due battenti, il corridoio svoltava a destra: nell'angolo retto formato dalle due pareti perpendicolari si innalzava una stretta scala a chiocciola. La novizia la imboccò senza esitazione, precedendo il frate sugli scalini ripidi. Al piano superiore un altro andito, gemello della galleria sottostante, si allungava nella penombra interrotta soltanto da quattro piccole finestre quadrate: il lato verso il chiostro era scandito da una serie di porte, una delle quali era aperta. La giovane monaca si avvicinò al battente e, con molta delicatezza, lo colpì con le nocche delle dita, annunciando il visitatore.

«Il frate, magistra...»

Dall'interno rispose una voce smorzata.

«Che entri...»

Matthew faticò a vedere: la cella era buia. Il battente di legno della finestrella era accostato quasi per intero alla parete esterna, lasciando soltanto una fessura da cui entrava una lama di luce. Il frate esitò sulla soglia, incapace di abituare gli occhi a quell'ombra fitta.

«Allora, frate, volete restare lì in eterno?»

La voce severa della badessa lo scosse e, sforzandosi di discernere forme e oggetti, entrò. Stava già per inginocchiarsi di fronte alla figura indistinta seduta in fondo alla cella, quando la vecchia monaca parlò di nuovo.

«Aprite l'imposta, frate... Dimentico spesso che i miei postulanti vogliono vedermi in faccia, quando mi rivolgono le loro richieste... I miei occhi, sapete, non sono più quelli di una volta e la luce è diventata un vero tormento...»

Matthew scostò il battente e, insieme con il chiarore del giorno, entrò anche una folata di aria fresca, inaspettata per quei primi giorni estivi.

«Sedetevi, c'è un panchetto vicino alla porta. Così voi siete il monaco inglese mandato dall'abate di San Simpliciano... Perché siete qui, frate, cosa volete da me?»

Matthew, stupito da tanta franchezza, non sapeva da dove cominciare. Arnolfo gli aveva raccomandato cautela e ora, distinguendo meglio le fattezze della badessa, i suoi timori andavano aumentando. La donna era minuta e, sebbene la veste ne celasse le forme, era evidente come il passare degli anni avesse lasciato pesanti segni di lei: il suo dorso disegnava una larga curva che le impediva di appoggiarsi completamente all'alto schienale; i piedi gonfi sporgevano dai bordi delle pianelle scure, mentre le mani, percorse da un reticolo di vene, poggiavano deformate sui braccioli della sedia. Lo sfacelo del corpo contrastava, tuttavia, con la vivacità del volto. Sebbene solcato da rughe e avvizzito come un frutto vecchio, conservava due occhi lucidi e penetranti, capaci di turbare qualsiasi interlocutore.

Il frate esitò. Malgrado Arnolfo gli avesse spiegato che si trattava di una faccenda accaduta molti anni prima, e che forse, proprio per questo, la badessa avrebbe potuto non ricordare, quello sguardo acuto e indagatore, che gli esplorava il volto in attesa di una risposta appropriata, lo mise a disagio.

«Ecco... l'abate mi ha parlato di una vostra consorella morta da tempo...»

Le pupille di Eufrasia si strinsero, la bocca divenne rigida, l'espressione si indurì.

«Quale consorella?» chiese con voce tagliente. «Ne sono passate tante tra queste mura e molte di loro sono state chiamate prima di me a raggiungere l'Altissimo nella Gerusalemme Celeste!»

Il poco coraggio che Matthew aveva cercato di darsi prima di quel colloquio svanì del tutto, di fronte a quel tono intimidatorio.

«Credo che... l'abate mi ha detto...» balbettò «...credo che Arnolfo mi abbia parlato di una certa sorella Benedicta...»

Le mani della badessa artigliarono i braccioli della sedia mentre il suo viso perdeva colore. Eufrasia chiuse gli occhi e, per un lungo istante, smise di respirare. Poi, dopo aver emesso un lungo sospiro, spalancò le palpebre e fissò il frate: il suo sguardo era diventato duro come pietra. Quando infine aprì la bocca per parlare, la voce che ne uscì sembrava il suono stridulo di un coltello affilato sulla cote.

«Chi siete mai voi, frate, per venirmi a chiedere di sorella Benedicta? E per quale idea bislacca Arnolfo da Sala ha gravato voi, in città da pochi mesi, di una ambasciata tanto sgradevole?»

«Ma io...» tentò di difendersi Matthew.

«Tacete!» replicò violenta Eufrasia. «Cosa credete, che non mi informi sui miei visitatori prima di riceverli? Anche se sono vecchia, ho pur sempre grandi responsabilità sul mio monastero: non posso certo dare udienza a chiunque me la chieda, senza prima sapere chi ammetto a varcare questa cella! So tutto di voi, frate Matthew, o, almeno, so tutto quello che di voi si sa in San Simpliciano... Quello che non mi è chiaro, tuttavia, è il motivo per cui Arnolfo si fidi così ciecamente di voi: cosa avete da spartire con lui, frate, oltre all'appartenenza allo stesso ordine? L'amore per le lettere, con cui l'abate tenta di riempire le ore dedicate alla meditazione, la cura maniacale per il sacramentario miniato di cui va tanto fiero, la consuetudine con i politicanti di questa città? Chi siete voi, frate, chi vi manda davvero a Milano? Il papa, l'imperatore o i loro leccapiedi?»

L'impeto di quelle parole, pronunciate senza controllo, le aveva stravolto i lineamenti. Il pallore del volto si era tramutato in un diffuso rossore, gli occhi mandavano lampi, una bava di saliva le scendeva da un lato delle labbra.

Matthew era stordito. Non si sarebbe mai aspettato una reazione tanto rabbiosa, per di più da una monaca, apparentemente fragile e sfinita dagli anni. Doveva trattarsi di una questione grave e non, come gli aveva spiegato Arnolfo, di una semplice faccenda privata: l'abate gli aveva fatto solo qualche accenno alle angosce di sorella Benedicta, penose e spesso manifestate in confessione, anche se, ovviamente, non aveva potuto rivelargliene l'origine, in quanto tenuto al segreto del sacramento. Matthew sospettava, ora più che mai, che Arnolfo conoscesse già i fatti che avevano causato il grave turbamento della monaca tanti anni prima, e che ora andasse cercando la conferma definitiva ai suoi sospetti, che solo la badessa avrebbe potuto fornirgli. Quello che anche il frate si chiedeva era per quale motivo l'abate avesse incaricato proprio lui della ricerca della verità. Una rabbia sorda, inusuale cominciò a invaderlo: verso Arnolfo, che lo stava usando per chissà quali scopi, e verso Eufrasia che lo aveva investito gratuitamente con parole ingiuste e una diffidenza del tutto sproporzionata.

Risollevando le spalle e guardando dritto negli occhi la badessa, le rispose: con un certo sforzo, riuscì a controllare quasi del tutto il tremito della voce.

«Magistra Eufrasia, perdonatemi se vi ho importunato. Non intendo affliggervi oltre con questioni di cui non conosco l'origine e che, evidentemente, turbano la vostra tranquillità. Vi ringrazio per avermi ricevuto, ma ora me ne vado. Riferirò all'abate Arnolfo che la mia persona è assolutamente inadatta a svolgere questo compito: spero che qualche altro confratello più degno, o lui stesso, possa in futuro incontrarvi e risolvere...»

La badessa alzò una mano, a fermare il discorso di Matthew: «Basta, frate. Trattenete la vostra ira e abbiate pietà di una vecchia: avete detto una cosa giusta, dovete andarvene. Lasciatemi qui a pensare, a riflettere, a pregare. Quando sarò pronta per rispondere alle vostre domande vi manderò a chiamare».

Eufrasia chiuse gli occhi e chinò la testa in avanti mentre le braccia le scivolavano in grembo. Era un commiato. Matthew la fissò per un istante e poi si alzò. Dopo un rispettoso inchino, si avviò verso la porta della cella e uscì.

Rigido e con le mani strette a pugno lungo i fianchi, riguadagnò la scala e scese. La novizia che lo aveva accompagnato era scomparsa. Nel più completo silenzio, rotto soltanto dal ritmico tubare dei piccioni, il frate si diresse all'ingresso del monastero dove la monaca portinaia gli aprì il massiccio portone. Per strada, alzò gli occhi al cielo: nuvole scure si stavano ammassando, provenienti da ovest e l'aria si era fatta più umida. Ignorando gli spasmi dei muscoli, ancora contratti dalla tensione, Matthew si incamminò rapido lungo la via Porticata, per ritornare a San Simpliciano.

Eufrasia avvicinò un po' di più la candela di sego al centro del tavolo e, trattenendo i bordi della pergamena con le dita, rilesse la lettera. Le dolevano le ginocchia: la funzione dei vespri di quella sera l'aveva stancata più del solito, forse per colpa delle sue articolazioni ormai inefficaci a garantire la scioltezza dei movimenti, o forse per l'agitazione che l'aveva colta dopo la visita del frate inglese.

Aveva pensato a lungo, mentre cenava insieme alle consorelle nell'austero silenzio del refettorio: sebbene la sua mente cercasse di aggirare il problema, alla fine aveva dovuto accettare il fatto che qualcun altro, oltre a lei stessa, fosse a conoscenza di quel terribile misfatto avvenuto quasi vent'anni prima.

Sicuramente Arnolfo sapeva di Caterina. E, con tutta probabilità, sapeva anche che aveva partorito un figlio. Quello che non poteva conoscere era il sesso del bambino, perché nemmeno sorella Benedicta ne era stata al corrente: solo lei aveva scoperto che si trattava di una femmina, ma le sue ricerche erano state molto discrete. Perché mai, si chiedeva angosciata, adesso, dopo tutto quel tempo, l'abate riscopriva quella storia? E perché proprio lui? Probabilmente Benedicta gliene aveva parlato in confessione e ora, per qualche oscuro motivo, la vicenda stava tornando a galla. Quali malefiche implicazioni avrebbe potuto avere con il presente un avvenimento tanto lontano negli anni? Eufrasia non aveva risposte: appena il frate aveva preso congedo, si era ritrovata, suo malgrado, a maledire quella sciocca monaca che non aveva saputo mantenere il silenzio su un evento che, pur in tutto il suo orrore, era ormai compiuto e ineliminabile. Poi, ricordando quanto la consorella avesse sofferto negli anni successivi, faticando a reggere il peso di quel segreto, si era rimproverata per la sua eccessiva durezza: Benedicta era morta ormai da quattro anni, e il giudizio su di lei era già stato sicuramente pronunciato. Non spettava certo a magistra Eufrasia sostituirsi all'Unico Vero Giudice, di fronte al quale, entro breve tempo, lei stessa si sarebbe ritrovata.

Accertatasi che l'inchiostro fosse ormai asciutto, arrotolò la pergamena e vi impresse il sigillo di cera, appena scaldato sulla fiamma della candela. Il messaggio per Arnolfo era stato preparato: l'indomani avrebbe mandato sorella Anna a consegnarlo in San Simpliciano. Si rialzò con fatica dalla sedia: non le rimaneva nemmeno più la forza per pregare. In silenzio, chiese perdono a Dio per quella mancanza e si avviò verso il giaciglio dove si spogliò della veste. Dopo aver spento quel che restava della candela, si infilò sotto la pesante coltre di lana: percorsa da un lungo brivido impossibile da reprimere, Eufrasia fissò il buio con gli occhi sbarrati e restò immobile, in attesa del sonno.

Capitolo 4

L'ago da ricamo si infilava rapido e sicuro appena sotto la superficie del tessuto, trascinandosi appresso il filo di seta che, a poco a poco, formava un prezioso disegno di fiori, steli e foglie.

Rachele sospinse il panchetto vicino alla porta: i piccolissimi boccioli gialli a punto pieno richiedevano il massimo della luce per essere ricamati alla perfezione e il resto della stanza non era abbastanza luminoso.

«Cosa fai, Rachele, cos'è stato questo rumore?»

La voce di Isaac giunse lamentosa dall'angusto locale sul retro dell'abitazione, dove erano collocati i giacigli.

«Sono qui a lavorare, padre, non preoccupatevi, sono qui...»

La giovane sospirò. Entro tre giorni avrebbe dovuto terminare quell'abito, destinato, le era stato detto, a un aristocratico. La veste era appartenuta, in precedenza, a uno dei consoli di giustizia di Milano che, dopo averla portata per due anni, l'aveva venduta al sarto del podestà, il quale, a sua volta, l'aveva rivenduta a colleghi di minor rango, come era solito fare: questi ultimi ricucivano i vestiti usati in un nuovo modello, eliminando le imperfezioni, sostituendo tessuto laddove fosse sdrucito o aggiungendo ricami a coprire macchie indelebili o lisature. Questo mercato di abiti di seconda mano era fiorente già da tempo e permetteva ai notabili della città di seguire la moda senza spendere somme eccessive. Il sarto, che apprezzava le straordinarie capacità di ricamatrice della giovane, le aveva suggerito un'idea del ricamo richiesto, lasciando però alla sua fantasia e alla sua abilità la scelta di punti e ombreggiature.

Rachele era molto abile nel ricamo e sua madre, finché era vissuta, era stata un'ottima sarta. Quando, pochi mesi dopo la sua morte, lei e suo padre erano giunti a Milano, Rachele aveva cominciato quel lavoro come un'occupazione temporanea, che permettesse loro di sopravvivere, in attesa di poter raggiungere Montpellier. Allora Isaac pensava ancora di poter esercitare la sua vera professione, come aveva fatto fino ad allora in molte delle città attraversate lungo il cammino da Salerno a Milano, ma, ben presto, si era reso conto che in quest'ultima città i medici ebrei non erano i benvenuti. Era stato minacciato: gli avevano intimato che, se avesse osato curare qualunque cristiano, sarebbe stato chiamato in giudizio e allontanato immediatamente. Gli avevano chiesto se avesse capitale sufficiente per aprire un banco di pegni, unica attività lecita concessa ai giudei: umiliato, Isaac aveva risposto che a Salerno aveva appreso la professione medica, non le arti dell'usura. In quell'occasione Rachele aveva temuto per la loro vita: ricordava ancora con paura la collera che aveva letto nello sguardo del funzionario di giustizia a quella replica sdegnata di suo padre. A quell'occhiata irosa, tuttavia, non era seguita nessuna vendetta: l'uomo aveva detto loro di cercarsi un tetto fuori le mura e di non attardarsi mai in città oltre il calar del sole. Se fossero riusciti a trovare di che vivere avrebbero potuto fermarsi per qualche tempo, in caso contrario avrebbero fatto bene a ripartire quanto prima. Avevano trovato una stamberga cadente, addossata a molte altre, nei pressi dell'ospedale di San Lazzaro, fuori dalla Porta Romana. Il locatario, un vecchio sdentato e male in arnese, aveva chiesto loro un affitto basso malgrado li sapesse di fede ebraica: il motivo della sua generosità era legato alla cronica penuria di inquilini nella casa di sua proprietà, causata dall'inquietante vicinanza con quell'ospizio, unico lebbrosario della città. Aveva aggiunto, comunque, che nessun segno esteriore della loro religione avrebbe dovuto essere manifestato sotto il suo tetto, perché lui non voleva seccature: alla minima inosservanza di quel patto, li avrebbe cacciati.

Isaac aveva dovuto accettare: aveva avvolto la *menorah*, il *tallit* e i *tefillin* in un panno di lana pesante, nascondendoli poi nel forziere insieme con i suoi testi di medicina; l'unica testimonianza della sua fede che non aveva avuto il coraggio di eliminare alla vista era stata la *mezuzah*, che aveva appeso allo stipite destro della porta d'ingresso, celata sotto una provvidenziale sporgenza del muro. Alla fine, aveva ripiegato la sua veste di medico: Rachele lo aveva visto piangere, mentre lisciava delicatamente con le mani il tessuto rosso cupo. Avrebbe voluto consolare la disperazione di suo padre, ma non aveva osato, anche perché le parole non sarebbero state di utilità: lei stessa si sentiva orfana di tutto quello che, fino ad allora, aveva costituito il fondamento della sua vita. Sua madre era rimasta a nutrire la terra del piccolo cimitero ebraico vicino a Siena, gli insegnamenti che avevano accompagnato la sua infanzia e la sua adolescenza non potevano più essere messi in pratica, suo padre aveva perduto tutto quello a cui aveva dedicato un'esistenza intera. Anche se Isaac le aveva continuato a ripetere che, in capo a qualche mese, si sarebbero lasciati quella situazione alle spalle e sarebbero ripartiti per Montpellier, ben presto Rachele aveva capito che la vita di suo padre si sarebbe conclusa a Milano. Isaac si era ammalato: lui, ottimo diagnosta e altrettanto valido terapeuta, non aveva avuto la forza di opporsi alla melancolia. Lei, che fin da bambina aveva sentito parlare di umori, di flegma, di sangue e di urine, e aveva sovente spiato le visite fatte ai pazienti da suo padre, aveva ben presto intuito come quel progressivo indebolimento fosse da attribuirsi all'eccesso di bile nera, la causa principale di quella malattia subdola e devastante. All'inizio, con molta delicatezza, aveva convinto Isaac a sottoporsi alle medesime cure che gli aveva visto imporre ai suoi clienti: così, lei stessa aveva imparato a praticare salassi, a preparare evacuanti, a mescolare impiastri. Era stato tutto inutile. Suo padre stava sempre peggio e, negli ultimi mesi, non si era più levato dal giaciglio.

Rachele sapeva che, di lì a poco, sarebbe rimasta sola al mondo e questo pensiero torturava le sue notti insonni. Il lavoro di sarta e ricamatrice non le dispiaceva, anche se, per la sua vita da adulta si era prefigurata tutt'altra professione: avrebbe desiderato diventare medico. Non che fosse facile per una donna, ma le sue speranze di riuscita erano confortate dall'aver visto che la scuola di medicina di Salerno ne aveva accolte alcune tra i suoi allievi. Isaac, quando ancora era in grado di sostenere argomentazioni con lei e con chicchessia, le aveva spiegato quanto più facili sarebbero state le sue possibilità di intraprendere la professione se avesse frequentato la scuola di Montpellier, famosa per i suoi grandi medici arabi e spagnoli.

Ora, mentre passava e ripassava il filo di seta sul rovescio del tessuto per fermarlo senza intrecciare nemmeno un nodo visibile, le si velarono gli occhi: non riuscendo a ricacciare indietro le lacrime, depose l'abito a terra per non macchiarne la stoffa. Con il dorso della mano si deterse le palpebre e, deglutendo a forza, scrollò la testa all'indietro: il gesto rabbioso fece sfuggire i suoi capelli neri dal largo pettine di corno che li tratteneva sulla nuca, sciogliendoli morbidi sulle spalle.

«Rachele... Rachele... vieni Rachele... ho bisogno il pitale!»

«Vengo, padre, vengo...»

La giovane ripose l'abito sul panchetto, insieme con il rocchetto di filo e gli aghi, e, rassettatasi la veste si diresse verso il locale posteriore. Passando davanti alla parete dove era appeso, lasciò cadere lo sguardo sullo specchio d'argento sbalzato che era appartenuto ai genitori di sua madre: la superficie lucida le rimandò l'immagine di un viso stanco in cui solo gli occhi scurissimi conservavano una scintilla di vita. Presto, rifletté, quello specchio avrebbe dovuto essere ricoperto con un panno...

«Rachele... Rachele dove sei? Vieni, presto!»

«Eccomi, padre, sono qui.»

Varcando la soglia della stanza, dove ristagnava un pungente odore di urina, Rachele fu scossa da un brivido intenso e si appoggiò allo stipite. Il cagnolino nero che dormiva acciambellato sulla stuoia ai piedi del pagliericcio si alzò di scatto con il pelo ritto e il dorso inarcato: restò così per un lungo istante fissando la sua padrona che avanzava verso il giaciglio. Poi, dopo aver stirato con forza le zampe, si scrollò e, trotterellando rasente il muro, scomparve dietro la porta.

Capitolo 5

Arnolfo si svegliò di soprassalto, madido di sudore. Il sogno era tornato. Come sempre, quando usciva da quell'incubo, l'abate impiegava qualche minuto a riprendere coscienza del presente. Irritato, scalciò via la preziosa coperta di lana inglese e appoggiò i piedi sul pavimento: puntando le mani sui bordi del paglericcio, lasciò cadere la testa in avanti e cercò di riportare il suo respiro affannoso a un ritmo normale. Quando gli parve di avere raggiunto il controllo, si alzò e andò alla finestra, che spalancò del tutto per fare entrare quanta più aria possibile. Dall'esterno proveniva la luce fioca della luna, che illuminava con discrezione le mura del monastero e tutto il contado circostante. Lo sciacquio calmo della roggia era l'unico suono: tutti dormivano in quell'ora che precedeva la funzione del mattutino e quel silenzio universale rendeva ancora più difficile separare la coscienza dalla fantasia del sogno.

Erano ormai mesi che quell'incubo lo tormentava. Nessuno avrebbe detto, osservando l'immagine che Arnolfo riusciva a dare di sé, che l'abate fosse capace di provare tanto turbamento. Nel suo volto nobile e austero, circondato da una folta chioma appena ingrigita dagli anni, spiccavano due occhi incredibilmente verdi che sovrastavano un severo naso aquilino; la bocca morbida e vagamente femminea si piegava raramente al sorriso, pur conservando nell'espressione un atteggiamento benevolo. La sua figura, per nulla segnata dall'età, appariva slanciata e forte, rivelando nel portamento le sue origini aristocratiche. Eppure, dietro a quell'apparenza distaccata, si celava un carattere partecipe e misericordioso che ne aveva fatto un personaggio amato dai confratelli e rispettato dalle gerarchie ecclesiastiche. Malgrado ciò Arnolfo era profondamente solo. Se soltanto avesse avuto qualcuno a cui confidare l'inquietudine che quel sogno ricorrente gli provocava! E poi, che significato poteva mai avere quella visione di morte che spezzava i suoi sonni?

Il sogno era cominciato in pieno inverno, quando la campagna era ancora coperta di neve. Quella prima notte, dopo una giornata come tante altre, passata tra incombenze e preghiera, aveva sognato di una giovane, bellissima donna che, appoggiata alla spalletta del ponte sulla roggia, gli parlava. Con voce soave e tranquilla gli aveva confidato che, di lì a poco, sarebbe morta, uccisa da un feroce assassino, ma che non sarebbe stata la sola a perdere la vita. «La città» aveva detto «la città intera soccomberà a una mano nemica e il fuoco brucerà alto fin oltre le torri delle mura, fino al cielo...» Poi, scostando il soggolo della sua veste verginale, gli aveva mostrato una profonda ferita sul collo: seguendone i contorni con le dita affusolate aveva aggiunto che quel segno avrebbe dato testimonianza. «Di che cosa?» aveva chiesto inorridito Arnolfo, con la voce muta del sogno. Ma lei non aveva risposto, lasciandosi invece scivolare al di là del ponte, verso l'acqua della roggia che, d'improvviso, si era fatta turbinosa e scura. Arnolfo aveva allungato disperatamente le braccia per afferrarla, ma la donna aveva continuato a sfuggirgli, finché la corrente non l'aveva inghiottita. Allora, dall'erba alta dell'argine, era spuntato un bimbetto che, pur camminando appena, aveva percorso con decisione la china verso l'acqua, lasciandovisi cadere a sua volta. L'ultima immagine era stata il sorriso radioso del piccolo che lo fissava, prima di essere sommerso da un gorgo d'acqua che si era aperto davanti a lui.

Arnolfo si era svegliato urlando. Gli ci erano volute molte ore per riprendersi, tanto la parvenza della visione era stata nitida. Quando poi era riuscito a calmarsi, si era convinto a non dar peso a quell'incubo, giustificandolo con la stanchezza e le preoccupazioni che il suo governo gli imponeva. Tuttavia, dopo qualche giorno, il sogno si era ripresentato uguale e poi ancora, per una decina di volte. Era arrivato al punto di temere il sonno: aveva preso l'abitudine, prima di coricarsi alla sera, di inserire nelle abituali orazioni una personale preghiera all'Altissimo, affinché gli risparmiasse quell'incubo terribile, che tuttavia non era cessato. Allora, Arnolfo aveva cominciato a riflettere su quale significato potesse nascondere una simile visione: aveva concluso che quella tortura continua doveva avere un senso, anche se non immediatamente comprensibile. Forse si trattava di un messaggio divino. Solo dopo molti sforzi, chino sul sacramentario o chiuso nel silenzio della biblioteca, aveva cominciato a ricordare quello che la sua mente aveva pietosamente celato per tanti anni. A poco a poco, agganciati l'uno all'altro come i grani di un rosario, erano riemersi frammenti di frasi pronunciate da persone diverse: apparentemente slegati fra loro, essi riconducevano la sua memoria ancora confusa a qualcosa di reale, anche se non definito. Poi, mentre una mattina percorreva il chiostro per raggiungere l'interno della basilica, un pensiero del tutto estraneo alla sua volontà lo aveva colpito come una frustata e, di colpo, aveva ricordato tutto. Le reiterate confessioni di suor Benedicta che, malgrado ogni sforzo da parte sua, non era mai riuscito a rendere meno penose e qualche voce udita, e subito dimenticata, su Caterina Gisalbertini di cui, quasi vent'anni prima, si era persa ogni traccia. Qualcuno diceva che fosse fuggita, qualcun altro affermava che i troppi dolori l'avessero fatta impazzire e che stesse terminando i suoi giorni in chissà quale lazzaretto. Arnolfo aveva ragionato a lungo e, dopo aver messo insieme le poche tessere del mosaico di cui disponeva, aveva deciso di interpellare magistra Eufrasia, che aveva conosciuto bene Benedicta, per esserne stata la badessa. Tanti anni prima, in confessione, la monaca gli aveva parlato di una donna uccisa e poi gettata nel fiume. La giovane presentava una vasta ferita al collo, nella quale era conficcata una pesante catena d'argento con cui probabilmente era stata strangolata; inoltre, la povera donna recava sul corpo i segni di una gravidanza conclusa da poco, anche se del bambino non era stata trovata traccia. Se le angosciate parole di Benedicta erano sincere, e non aveva motivo di dubitarne, la badessa del Lentasio doveva saperne di più. Chi era l'annegata? Era stata veramente assassinata? E il bambino, se mai c'era stato, dove era finito? Era a questo che il suo sogno ricorrente voleva spingerlo, a scoprire la verità? Ma perché così tardi, perché dopo tutto quel tempo? E di quale fuoco andava profetizzando la sua inquietante visitatrice notturna? Pur non riuscendo a trovare una spiegazione soddisfacente, Arnolfo aveva deciso che, in ogni caso, avrebbe dovuto risolvere quell'enigma. Aveva incaricato il frate inglese, che da un paio di mesi soggiornava al monastero, di investigare per lui: senza metterlo a parte dei suoi sospetti, gli aveva solo detto di chiedere a magistra Eufrasia qualche notizia sulle incombenze che suor Benedicta aveva svolto all'interno del monastero. Per parte sua, lui sapeva soltanto che la monaca era originaria della città di Colonia e che era giunta al monastero del Lentasio già da molti anni, insieme con altre due consorelle germaniche. A Matthew non aveva raccontato nulla del suo sogno e tantomeno dei suoi dubbi su Caterina Gisalbertini. Il frate era un forestiero e non conosceva le trame e gli intrighi che si tessevano in città, quindi sarebbe stata la persona più adatta per scoprire la verità, senza farsi fuorviare da giudizi precostituiti.

La campana della cappella annunciava il mattutino. Arnolfo richiuse il battente della finestra e si diresse alla sacrestia, dove avrebbe rivestito i suoi paramenti sacri: la lettura delle laudi avrebbe dato inizio a una nuova giornata.

«...MCCXLIII die martis XII mensis Iunii, Eufrasia Frassaneto, magistra monasterii Sanctae Mariae ad Lentasium, scripsit.»

L'abate rilesse per l'ennesima volta la lettera, lisciando con il palmo della mano la pergamena incurvata: sul tavolo, a poca distanza dal foglio, le scaglie di cera raschiate dal sigillo formavano un mucchietto biancastro.

Eufrasia gli aveva scritto. Era passata una settimana da quando Matthew era stato bruscamente congedato dalla badessa e ormai Arnolfo pensava di aver commesso un grave errore affidando al frate un compito tanto delicato. Avrebbe dovuto occuparsene lui stesso, si rimproverava, e probabilmente, avendo mandato quel messaggero inesperto, aveva pregiudicato le sue possibilità di arrivare a conoscere la verità. E invece la badessa, con parole semplici e chiare, gli comunicava la sua disponibilità a ricevere ancora il frate inglese: aveva capito, scriveva, le ragioni della prudenza che avevano spinto Arnolfo a inviare una persona estranea alla vita della città, e, per parte sua, approvava quella scelta. Aggiungeva di immaginare il motivo per cui l'abate andava cercando notizie su sorella Benedicta, anche se le riusciva difficile comprendere perché questa curiosità avesse tardato tanti anni a manifestarsi. In ogni caso, poiché riteneva che la sua vita terrena fosse ormai quasi del tutto conclusa, affermava che avrebbe preferito presentarsi al cospetto di Dio senza quel tremendo peso sulla coscienza. Quindi, lo pregava di comunicare al frate inglese che, questa volta, sarebbe stato il benvenuto nella sua cella.

L'abate alzò gli occhi dalla pergamena, fissando un punto imprecisato sul muro di fronte a sé. Non capiva: che cosa significava "quel tremendo peso sulla coscienza"? A quale spaventoso avvenimento si riferiva Eufrasia? Evidentemente la badessa dava per scontato che lui sapesse ogni cosa e che da lei andasse cercando solo una conferma. Ma lui non aveva nulla in mano, se non l'inquietudine provocata da un sogno. E tuttavia, rifletté, forse sarebbe stato meglio così: se frate Matthew fosse stato abile, avrebbe potuto sapere molto di più di quanto lui stesso non potesse sperare. Ringraziando l'Altissimo per avergli mandato quella visione, Arnolfo si alzò e ripose la pergamena nel piccolo forziere ai piedi del giaciglio. Doveva parlare con il frate inglese e subito: a quel punto, anche se avrebbe preferito non farlo, avrebbe dovuto metterlo al corrente del sogno e dei suoi sospetti su Caterina Gisalbertini. Sarebbe stato assolutamente necessario che il frate ascoltasse con cognizione di causa quanto aveva da raccontargli la badessa, senza farsi sfuggire nulla. Probabilmente ci sarebbe riuscito, pensava: l'apparente mitezza di quell'uomo sembrava celare, ad un occhio attento, un carattere caparbio, sostenuto da una notevole intelligenza. E poi, pur non capendo da dove gli venisse quell'intuizione, Arnolfo era convinto che anche lui, venuto da tanto lontano senza un motivo plausibile, avesse qualcosa da nascondere. Il vedere le stesse debolezze rispecchiate in un altro essere umano, meditò, avrebbe potuto alleviare in qualche modo il peso delle proprie.

L'abate uscì dalla sua cella, diretto a quella di Matthew, dove lo attendeva un lungo, difficile discorso.

Capitolo 6

«Vi piacciono queste piccole pere, frate Matthew: qui le chiamiamo "pere martine"...»

«Il nome di un santo attribuito a un frutto?» chiese il frate sbalordito, mentre un rivolo di succo dolciastro e appiccicoso gli scivolava veloce tra la corta barba rossiccia.

La badessa sorrise: la sua espressione appariva mutata rispetto a quella mostrata durante la visita precedente. Sebbene rughe e grinze continuassero a solcarne il volto, il suo sguardo era diventato benevolo, la sua bocca aveva perso quella piega amara che, solo una settimana prima, aveva accompagnato parole dure e rabbiose.

«No, frate, san Martino non c'entra. È che a Milano chiamiamo "martino" qualunque sciocco che non abbia un nome suo proprio, come fanno i monelli per strada rincorrendosi l'un l'altro... Forse queste pere, che abbondano qui nel nostro contado, sono state denominate così proprio per essere molto comuni da queste parti.»

«Sono buonissime» annuì Matthew, asciugandosi la bocca con la manica della tonaca. Osservando le cinque pere rimaste sul piatto di stagno, contornate da pezzetti di formaggio duro e larghe fette di pane bianco, il frate non finiva di meravigliarsi per la diversa accoglienza riservatagli in questo secondo incontro. Dopo le dettagliate spiegazioni ricevute da Arnolfo seguite da accorate raccomandazioni sul modo di comportarsi e di ascoltare, la sua ansia era aumentata. Aveva cercato di convincere l'abate sulla sua inadeguatezza a svolgere una missione così delicata, tanto più dopo essere stato messo a parte dei dubbi e dei sospetti che gravavano su quella vicenda. Arnolfo era stato irremovibile: dopo avergli ripetuto che il suo essere forestiero sarebbe stato una garanzia di obiettività, gli aveva fatto capire, neanche troppo velatamente, che, rifiutando quell'incarico, la sua permanenza in San Simpliciano avrebbe potuto considerarsi conclusa.

Ora, sebbene lievemente rinfrancato da quella indulgente offerta di cibo, fatta, oltretutto, nella cella della badessa dove, di norma, non venivano consumati pasti, Matthew attendeva con inquietudine crescente l'inizio del discorso di Eufrasia. Arnolfo gli aveva dato una lettera di accompagnamento, che l'anziana monaca aveva appena finito di leggere. Gli aveva anche detto di non porre alcuna domanda, ma di limitarsi ad ascoltare con attenzione. Tutte le questioni da porre, aveva aggiunto, erano già scritte sulla pergamena. «Fa' come se le tue orecchie fossero le mie» lo aveva esortato «e usa la bocca soltanto se strettamente necessario.» Chiedendosi ancora una volta perché l'abate non avesse voluto compiere quell'investigazione di persona, e rammaricandosi della propria incapacità a opporsi con più forza a quel mandato, Matthew aveva infine obbedito, senza porre altre obiezioni.

Sollevando gli occhi velati a fissare il rettangolo di cielo che si indovinava al di là della finestrella, Eufrasia cominciò a parlare.

«Era l'aprile del 1226, quando fu portata qui da noi una donna annegata nella Vettabbia. Mi parve subito strano che il corpo della poveretta fosse giunto fino al Lentasio, mentre ben più vicino al luogo del ritrovamento sorgeva un altro monastero: d'altra parte, come ben sapete, l'abito che vestiamo ci obbliga a prestare le ultime cure a chiunque... Pensai che se l'Altissimo aveva voluto che quel povero cadavere martoriato fosse lavato e rivestito da una delle nostre consorelle, sarebbe stato inutile cercare spiegazioni terrene sui motivi che lo avevano condotto fino a noi. Ho scoperto solo dopo molti anni che uno dei soldati di guardia alla pusterla della Chiusa, adiacente al luogo dove il corpo era affiorato dalla corrente, era il fratello di una delle nostre novizie. Probabilmente era stato lui, preso dall'orrore di quel ritrovamento, a proporre di portare da noi il cadavere, nella convinzione di affidarlo in mani pietose. Fu sorella Benedicta a occuparsene. Ricordo ancora il suo viso terreo quando, dopo aver composto il corpo nella bara, venne da me chiedendo udienza. Benedicta curava un po' tutti, qui al monastero, e aveva grande esperienza in fatto di malattie ed erbe medicinali: ognuna di noi si affidava a lei, in presenza di un morbo grave o di un semplice acciacco passeggero. Potete ben capire, dunque, come le forme visibili del corpo umano non avessero segreti per lei e quanto fosse forte e determinata di fronte alla sofferenza. Fu quindi con grande stupore che ascoltai la sua voce rotta dal pianto, mentre mi spiegava che la morte dell'annegata non era dovuta alle acque del fiume, ma ad un assassinio. La donna era stata strangolata e successivamente gettata nella Vettabbia.»

Un lungo sospiro interruppe le parole della badessa. Gli occhi, fissi sulla finestra, si erano ristretti in due fessure inespressive; le mani, fino a poco prima appoggiate in grembo, si erano strettamente intrecciate l'una all'altra, rivelando sotto la tensione della pelle sottile, un gonfio reticolo di vene superficiali.

«Forse sapete, frate» riprese Eufrasia, guardando in faccia il suo interlocutore «che da più di vent'anni questa città combatte contro l'imperatore Federico, che vorrebbe farne un suo dominio: questa lunga guerra ha portato lutti e abomini di tutti i generi, privando Milano dei suoi giovani più valorosi, come a Cortenuova, sei anni fa, dove dicono che l'imperatore abbia schierato in campo addirittura gli elefanti, quei mostruosi, enormi animali di cui parlano gli storici latini... Solo un mese prima che la povera donna annegata giungesse al nostro monastero, Milano aveva formato una nuova alleanza con molte altre città, in vista di nuove aspre battaglie con Federico. Potete immaginare, dunque, il fermento e l'agitazione che regnavano ovunque: le merci rincarate da mercanti avidi e senza scrupoli, contadini che giungevano a frotte entro le mura per evitare le razzie dei soldati nelle loro terre, cortei di armigeri che attraversavano senza sosta la città, consoli e podestà in seduta continua, lo stesso arcivescovo...»

Nel pronunciare quell'ultima parola, la voce della badessa si spezzò in una specie di singulto trattenuto, mentre i suoi occhi si chiudevano di scatto, come a non voler vedere oltre. Un diffuso, lento rossore risalì dalle guance fino alle palpebre.

Sebbene il turbamento fosse evidente sul volto di Eufrasia e gli trasmettesse angoscia, Matthew, memore delle raccomandazioni dell'abate, non osò aprire bocca. Grato della luce alle spalle, che gli manteneva il viso in ombra, il frate osservava le trasformazioni che si producevano nell'espressione dell'anziana monaca. In silenzio, attese.

La badessa riaprì gli occhi, che ora fissavano pungenti il suo interlocutore.

«Siete un ottimo ascoltatore, frate Matthew» riprese con un'ombra di asprezza nella voce, «è al vostro convento che vi hanno insegnato il silenzio, o è stato Arnolfo a consigliarvelo?»

Matthew aprì la bocca per rispondere alle parole amare di Eufrasia, ma fu subito zittito da un gesto imperioso della sua mano.

«La mia domanda non richiede risposte, frate! Tacete e lasciatemi finire. Dunque, Milano era in grande subbuglio, come stavo dicendo, e ognuno badava a salvare i propri averi e la pelle, senza porre grande attenzione alla salvaguardia della propria anima. Anche l'arcivescovo... sì, anche lui aveva già tantissimi grattacapi: pochi anni prima era stato cacciato dalla città, insieme con una nutrita schiera di famiglie aristocratiche, di cui si diceva che curasse gli interessi a scapito dei ceti popolari. Non so se questo fosse vero, ma sono certa che profondeva tutto il suo impegno nel mantenere l'autonomia della chiesa metropolita. Tutto sommato, credo che Enrico da Settala sia stato un buon arcivescovo per Milano. Comunque sia, Enrico aveva un nipote, figlio di una cugina per parte di madre: quest'uomo si chiamava Lanfranco Calgario...»

Nell'udire quel nome, che aveva già sentito dalle labbra dell'abate, Matthew si irrigidì, mentre i suoi occhi si dilatavano in un moto di sorpresa. Alla badessa non sfuggì il nuovo atteggiamento del frate.

«Vedo che Arnolfo vi ha già parlato di lui e, probabilmente, anche di Caterina Gisalbertini! L'abate, tuttavia, non conosce tutta la storia, anche se sorella Benedicta deve avergli confidato quanto più poteva... Ebbene, dovete sapere che i Gisalbertini erano imparentati alla lontana con la mia famiglia d'origine. Da bambina, quando ancora non sapevo che la mia vita si sarebbe consumata in monastero, i genitori di Caterina venivano, di tanto in tanto, in visita al nostro palazzo. Ricordo ancora il mio stupore di fanciulla di fronte alla ricchezza dei loro abiti ma, soprattutto, alla straordinaria bellezza di Clelia, la madre di Caterina. Il suo volto, incorniciato dal velo, assomigliava al ritratto della Madonna che conserviamo nella cappella, il suo sguardo era allegro e dolce, le sue mani bianche e affusolate avevano sempre una carezza per noi bambini. E poi ricordo il suo medaglione: lo portava adagiato sul petto, appeso a una lunga catena. Era un tondo d'argento smaltato, su cui spiccava lo stemma della famiglia. Non se ne separava mai, o, quantomeno, lo portava tutte le volte in cui l'ho incontrata. Ah se sapeste, frate, quanto quel ciondolo ha sconvolto la mia vita di meditazione e di preghiera!...»

Mentre Eufrasia proseguiva il suo racconto, Matthew ascoltava: emozioni diverse si alternavano nella sua mente, nell'apprendere una così lunga serie di disgrazie e di orrori. La pietà per il rapido sfacelo di quella famiglia, la rabbia verso quell'uomo che aveva biecamente approfittato dell'innocente debolezza di Caterina, l'incredulità per il silenzio che aveva coperto l'assassinio, il disgusto per le macchinazioni dei potenti che, come già più volte aveva sperimentato nella sua vita, si svolgevano sempre a danno dei più indifesi.

Le parole uscivano ora come un fiume in piena dalle labbra della badessa. La sua voce si incrinò soltanto quando parlò del figlio che Caterina aveva partorito.

«Non posso saperlo con certezza, ma credo che si trattasse di una bambina, e vi spiegherò più avanti il motivo di questa mia supposizione. Come vi ho detto, non appena Benedicta me lo ha mostrato, ho immediatamente riconosciuto il medaglione che portava al collo l'annegata. Era quello di Clelia, ereditato dalla figlia dopo la morte della madre. Per questo avevo convocato presso il monastero frate Algiso, il segretario dell'arcivescovo, nella speranza che Enrico da Settala promuovesse una qualche azione inquisitoria contro Lanfranco che, sospettavo, doveva aver avuto molto a che fare con la morte di Caterina. Ah, quanto mi illudevo! Evidentemente, non rientrava nei suoi interessi politici perseguire un altro membro dell'aristocrazia, anche se di minore lignaggio. Inoltre, il fatto che Lanfranco fosse un suo parente, seppur alla lontana, deve averlo indotto a non fomentare nessuno scandalo che potesse in qualche modo sfiorare la sua figura di capo della chiesa milanese. La mia richiesta, quindi, ha avuto un ben misero risultato: non solo l'arcivescovo non ha intrapreso nulla verso suo nipote, ma mi ha addirittura inviato velate minacce. Approfittando di una questione in corso con uno dei nostri fittavoli nel contado, inadempiente da anni nei confronti del monastero, ne ha preso le parti difendendolo e prospettando la confisca di una parte consistente dei nostri beni, nel caso che avessimo continuato la nostra azione contro di lui. Se le cose fossero andate così, il monastero sarebbe stato chiuso, nessuna di noi avrebbe più avuto un tetto sotto cui pregare... Quante volte mi sono pentita della mia sottomissione ai voleri dell'arcivescovo! Avrei dovuto ribellarmi, rivolgermi all'autorità civile...»

Gli occhi della badessa si erano riempiti di lacrime. Matthew, non riuscendo più a controllare la compassione per quella povera vecchia che la disperazione aveva spogliato di una dignità puntigliosamente perseguita, allungò le braccia verso di lei, in un gesto di partecipe solidarietà. Eufrasia lo guardò. Le lacrime scivolavano libere lungo le guance, il pudore verso le proprie emozioni era scomparso dal suo viso: la badessa era nuda di fronte alla pietà di Matthew. Dopo aver emesso un profondo sospiro, gli sorrise.

«Adesso capisco perché Arnolfo ha mandato proprio voi a parlarmi: la misericordia alberga nel vostro cuore, frate Matthew, e non potete immaginare quanto la vostra comprensione mi aiuti...» Raddrizzando le spalle e tirando su col naso, Eufrasia lo guardò dritto in faccia e riprese il filo del discorso.

«Vi dicevo della bambina: ero quasi riuscita a cancellare dalla mia mente l'ossessione per quell'omicidio, quando, circa un anno dopo, percorrendo con le mie novizie la via Porticata per raggiungere la Basilica Maggiore, mi trovai ad osservare le botteghe con la merce esposta. Era una bella giornata di primavera ed eravamo in anticipo per la funzione: che male c'era a guardare cose che noi non avremmo mai potuto possedere? Le mie protette erano felici di quella novità e correvano come bambine da un banco all'altro, soffocando risolini di eccitazione, attente a che tutta quella contentezza non fosse troppo palese. Anche i miei occhi guardavano le mercanzie, seppur con maggiore distacco. A un certo punto mi fermai, annichilita da ciò che avevo appena visto. Appoggiato su un panno bigio teso tra due cavalletti, in mezzo a molte altre cianfrusaglie e ninnoli da due soldi, faceva bella mostra di sé un medaglione identico a quello dei Gisalbertini. L'unica differenza era costituita dalle dimensioni: questo era molto più piccolo dell'altro e pendeva da una catena d'argento più sottile. Mi sentii morire. Per un lungo istante il mondo intorno a me si mise a girare vorticosamente: i banchi, la folla, le consorelle fluttuavano nell'aria senza fermarsi. Quando riuscii a riprendere coscienza di dove mi trovavo, mi resi conto che la venditrice di quei gingilli mi scrutava preoccupata: dovevo essere sbiancata come un telo di lino. Con la voce un po' incerta, che lei probabilmente attribuì alla mia età, le chiesi dove si fosse procurata quel ciondolo, che aveva tutta l'aria di provenire da una famiglia aristocratica. A quella domanda innocente seguì, da parte sua, un repentino cambiamento di espressione: i suoi occhi mi fissarono spaventati e la sua bocca prese a tremare mentre farfugliava parole confuse. Non riuscendo a ottenere una risposta sensata e avendo ormai poco tempo a disposizione, la invitai a presentarsi al monastero l'indomani. La donna, agitatissima, non poté rifiutare: mentre mi allontanavo, la intravidi raccogliere in fretta e furia tutte le sue mercanzie e lasciare precipitosamente la bancarella...»

Il profumo intenso delle pere troppo mature ormai riempiva la stanza, rendendone l'aria greve. Una fila lunghissima di formiche aveva da poco raggiunto il bordo del piatto di stagno: dopo aver pazientemente risalito una delle gambe del tavolo, seguendo il percorso di una crepa nel legno, stavano ora attraversando il drappo di Fiandra che lo ricopriva.

Le prime avanguardie di quell'esercito minuscolo stavano già navigando nel succo colato dai torsoli e formavano piccole macchie nere che andavano lentamente allargandosi sul grigio traslucido del piatto. Mentre la badessa continuava il suo racconto senza accorgersi di quella frenetica e famelica attività, Matthew manteneva gli occhi bassi, osservando meccanicamente il lavorio degli insetti.

«...avete capito cosa era accaduto, frate Matthew? La donna lo aveva rubato quel medaglione! Tra le lacrime mi confessò che fino a un anno prima viveva nel contado, vicino al Lambro, non lontano da una cascina che sapeva appartenere a una famiglia nobile. Quando si era sparsa la notizia che i due fattori erano stati uccisi dai briganti e che la cascina era momentaneamente incustodita, lei e il marito erano andati a frugare la casa, nella speranza di trovare del denaro nascosto in qualche anfratto dei muri. Lo avevano trovato, infatti, e in più, in un piccolo stipo nella stanza a pianterreno, tra vestine e fasce da neonato, lei aveva scovato quel medaglione. Con il piccolo capitale messo insieme con quel furto si erano poi trasferiti appena fuori le mura della città, dove venivano ogni giorno a fare mercato dei loro oggetti. Piangeva e si disperava, implorandomi di non denunciarla alle autorità: diceva che, da quel giorno di un anno prima, non aveva rubato più nulla e che quel ciondolo le aveva solo portato sfortuna. Suo marito era morto, investito dal cavallo imbizzarrito di un soldato, e lei stessa era malata: le restava soltanto un'unica figlia ebete e muta, che lei si trascinava dietro ovunque andasse e a cui nessuno avrebbe potuto badare, quando lei fosse morta. Non so se fosse tutto vero, come non posso sapere se quella sia stata la loro prima e unica ruberia, perpetrata per bisogno, come mi disse la donna: in ogni caso, non me la sentii di riferire a nessuno di quel furto e la lasciai andare, raccomandandole l'onestà per il futuro. Di lì a sei mesi, non l'ho più vista al suo banco sulla via Porticata: ignoro quale sia stata la sua fine, nessuno me lo ha saputo dire...»

«E il medaglione?» osò interloquire Matthew, nel tentativo di accelerare la fine del racconto, che si faceva sempre più dettagliato, senza giungere alla conclusione che lui attendeva.

«Il medaglione rimase nelle mie mani, com'era giusto che fosse, ed è stata la prova che i miei sospetti sulla morte violenta di Caterina erano fondati. Forse voi non sapete, frate, che qui le famiglie aristocratiche usano distinguersi l'una dall'altra con segni esteriori che riportano lo stemma della casata: il ciondolo rubato, come vi ho già detto, era identico a quello di Clelia Gisalbertini, anche se in dimensioni ridotte. Un ciondolo, cioè, creato appositamente da un maestro orafo per un neonato, anzi, meglio, per una neonata, visto che sono le bambine a portare questi piccoli gioielli di famiglia... Capite adesso, frate? In quella cascina è sicuramente passata una Gisalbertini, o forse addirittura due! Le voci di una gravidanza di Caterina, giunte fino al convento non so ancora per quali vie, erano probabilmente fondate, mentre della sua successiva scomparsa nessuno mi ha mai saputo rendere ragione. Potete capire, quindi, come le mie supposizioni sull'identità dell'annegata siano diventate ben più che un sospetto, dopo il ritrovamento di questo secondo ciondolo. Ho fatto svolgere indagini discrete da uno dei nostri fittavoli, un uomo fidato e molto legato al monastero, e ho saputo che, insieme con Caterina, era svanita nel nulla anche la sua domestica. Pur essendo molto giovane, la ragazza era alle sue dipendenze da tempo: mi è stato detto che le era particolarmente affezionata e che per nessun motivo l'avrebbe abbandonata. Il fittavolo non è riuscito a ritrovarne alcuna traccia e quindi i casi sono due: o è stata uccisa e fatta scomparire anche lei, oppure è fuggita, forse portando con sé la bambina.»

«Ma,» la interruppe Matthew «come avrebbe potuto badare a se stessa e alla neonata, senza un luogo dove andare? Perché, se fosse andata da qualche parte nel contado voi lo avreste saputo, non è vero?»

«Certamente. E infatti, ho subito pensato a un monastero, dove la bimba potrebbe essere stata esposta: San Celso è il primo che chiunque provenga dalla zona del Lambro incontra entrando in città. Immaginavo che, in caso di fuga dalla cascina, la domestica si sarebbe diretta verso Milano, e avrebbe potuto abbandonare la piccola proprio lì. Ricordo di aver parlato a lungo con il prevosto di allora, chiedendogli di fare indagini, ma lui mi ha subito scoraggiata dicendomi che nessuno avrebbe potuto identificare la bambina, considerando il numero di neonati esposti ogni anno! Me ne sono andata delusa, portando con me soltanto l'elenco di nomi delle balie a cui i bambini erano stati affidati nella primavera del 1226: lo conservo ancora, ma non l'ho mai usato. Oh, lo so che avrei dovuto cercare ancora, ma non l'ho fatto, perché temevo che avrei rischiato di rendere pubblici i miei sospetti. Le voci girano, sapete... anche se questa è una grande città, l'arte del pettegolezzo è molto coltivata, tanto più tra le mura di conventi e monasteri, dove ogni frammento di vita mondana contribuisce a rendere meno gravosa la solitudine. Così ho lasciato perdere, illudendomi di poter spegnere dentro di me quella che era cresciuta come un'ossessione, forse senza fondamento: ho cercato di dissuadere anche sorella Benedicta dai suoi pensieri tormentosi ma, come vi è stato detto da Arnolfo, non ci sono riuscita. E ora, dopo tutti questi anni, sulla soglia della morte, mi ritrovo ancora a dover rendere conto di questa grave omissione: come potrò mai presentarmi al cospetto dell'Altissimo con questo peso sulla coscienza? Come potrò giustificare la mia ignavia, se con un po' di fervore in più avrei forse potuto salvare una vita umana?»

Il volto della badessa era terreo, gli occhi socchiusi fissavano il pavimento. Come due rami spezzati ancora attaccati al tronco da un'esile striscia di corteccia, le sue braccia ciondolavano inerti in grembo. Soltanto le punte dei piedi, che a malapena arrivavano a toccare l'impiantito, strusciavano nervose sulle giunture della pietra.

Matthew la guardava, incerto se rispondere con una frase consolatoria a quello sfogo ormai inutile. Dopo un lungo momento di silenzio, Eufrasia alzò gli occhi a fissare il frate.

«Questo è tutto quello che ho da dirvi: dubito che queste informazioni siano sufficienti per Arnolfo. D'altra parte, poiché l'abate dimostra un interesse così vivo per questa vicenda, mi sento di fargli una richiesta: che prosegua lui le ricerche della bambina, che la trovi e le restituisca la dignità che le spetta di diritto. Voi non avete idea di quanto sia difficile la vita qui a Milano per una creatura senza protezione! Se la piccola è sopravvissuta alla madre, sarà ormai quasi una donna e potrebbe vivere dovunque, in un ospedale a fare la serva ai malati, in un monastero a spazzare i pavimenti o, Dio non voglia!, sulla strada a vendere il suo corpo. Trovatela, frate, vi supplico, trovatela...»

L'espressione di Eufrasia si era fatta febbrile, i suoi occhi mandavano lampi inquieti, la bocca tremava. Appoggiandosi faticosamente ai braccioli della sedia, si alzò: nello sforzo, una delle sue ginocchia cedette e la fece barcollare pericolosamente. Matthew si precipitò a sorreggerla, evitandole solo per un soffio una rovinosa caduta. La badessa lo ringraziò e, dopo essersi ricomposta, lo accompagnò alla porta della cella. Qui, dopo un breve indugio, estrasse dalla tasca della veste un cartiglio consunto che consegnò nelle mani del frate, spiegandogli che si trattava dei nomi delle balie. «L'abate saprà farne buon uso» aggiunse. Poi, dopo un attimo di indecisione, gli parlò ancora.

«Dite anche un'altra cosa all'abate: nel caso che venga ritrovata, quella povera ragazza non avrà nemmeno una tomba su cui piangere sua madre. L'annegata, infatti, era stata sepolta nel nostro cimitero ma, come forse vi avrà spiegato Arnolfo, il Lentasio ha cambiato sede dopo qualche anno da quei fatti. Eravamo vicino alla Basilica Maggiore: poi, per dare inizio alla costruzione del Broletto, il monastero è stato spostato qui sul limitare delle mura, dove lo vedete ora. Del vecchio monastero non è rimasta nemmeno una pietra, tutto il complesso è stato abbattuto per fare spazio ai nuovi palazzi podestarili: anche il cimitero, ovviamente, non esiste più. Chissà dove sono finite quelle povere ossa...»

Un brivido percorse il corpo rinsecchito della vecchia badessa, mentre i suoi occhi rivelavano una stanchezza antica e non più sanabile. Matthew annuì rispettosamente e promise che avrebbe consegnato l'elenco all'abate, riferendogli ogni singola parola di quell'udienza. La badessa lo congedò, proprio mentre la piccola campana della cappella rintoccava l'ora sesta. Eufrasia si riaggiustò il soggolo della veste e, a passi brevi, si diresse verso l'andito esterno: qui una novizia l'avrebbe guidata lungo la scala che conduceva alla cappella, dove sarebbero stati letti i Salmi.

Lo sbuffo d'aria che percorse la cella all'apertura della porta non disturbò le formiche che, diventate legioni, occupavano ora l'intero piatto di stagno. Pere, torsoli, formaggio e pane erano completamente neri: sarebbero addirittura parsi carbonizzati, se il brulichio degli insetti non avesse conferito a quelle forme inanimate una sorta di lentissimo movimento che, nella penombra della stanza, era a malapena percettibile.

Capitolo 7

«Cos'è tutta questa puzza, padre?»

Bartolomeo annusava l'aria, girando la testa incuriosito: la sua bocca aveva assunto una smorfia di disgusto. Anche il cavallo che montava sembrava patire quel lezzo: le froge fremevano, mentre la coda che spuntava dalla gualdrappa finemente ricamata sventolava all'intorno, come a scacciare il tanfo fastidioso.

Aimone sorrise. Suo figlio, poco avvezzo alla pianura, non aveva mai sperimentato i miasmi delle città.

«Questa "puzza", come la chiami tu, proviene da quel laboratorio che vedi laggiù, dove mettono a macerare gli steli del lino. Per diventare il tessuto che tu ben conosci, la pianta deve prima essere lavorata in un modo particolare: le fibre erbacee vengono ammollate nell'acqua e, quando sono abbastanza morbide e filamentose, si fanno asciugare. Solo allora si potrà ricavarne il filato che, avvolto in matasse, servirà per tessere.»

Bartolomeo annuì, fingendosi soddisfatto della risposta: in verità, se aveva compreso come si svolgesse il processo di lavorazione del lino, non aveva ancora ben chiaro perché tutta quell'operazione producesse un odore tanto nauseabondo. Non volendo infastidire oltre suo padre, cercò di stringere le narici e di pensare ad altro.

Erano quasi arrivati a Milano, gli aveva detto poco

prima Aimone. Il luogo dove ora si erano fermati per dare ristoro ai cavalli si chiamava San Pietro all'Olmo, un piccolo borgo fatto di un pugno di casupole, una chiesa e un fiume, sulle rive del quale sorgevano la fabbrica del lino e, poco discosto, un mulino da grano. Il corso d'acqua era poco più che un rigagnolo torbido, ben diverso dalle acque chiare e possenti della Dora che Bartolomeo era abituato a costeggiare a cavallo insieme con suo padre.

Aimone era il castellano di Graines, nella valle Augusta e, sebbene il suo feudo fosse poca cosa rispetto ai possedimenti dei signori di Challant, molte erano le incombenze e le preoccupazioni che segnavano le sue giornate. Bartolomeo, il suo unico figlio, aveva undici anni: era un ragazzino sveglio ma giudizioso, che era stato capace di crescere nel modo giusto anche senza la presenza rassicurante della madre. La moglie di Aimone, infatti, era morta appena dopo il parto: la balia prima e gli istitutori poi erano stati i compagni d'infanzia del bambino. Il castellano, per parte sua, aveva contribuito alla sua istruzione, insegnandogli le arti della cavalleria e, cosa più importante, il comportamento rispettoso verso qualunque persona, fosse essa un aristocratico o un popolano. Aimone non aveva voluto risposarsi: troppo grande era stato il dolore per la perdita della moglie, che aveva amato teneramente, e di cui non aveva mai accettato fino in fondo la scomparsa. Nessun'altra donna, pensava, avrebbe potuto sostituirla nel suo cuore e, quindi, aveva preferito dedicare tutte le sue energie alla cura del feudo e all'educazione di suo figlio. In quei giorni era in viaggio verso Milano, su incarico di Gotofredo di Challant, il signore più importante della valle Augusta. Gotofredo gli aveva affidato una missione delicata, da svolgere con discrezione e sagacia. Lo Challant, che a poco a poco stava estendendo il suo potere su quasi tutti i feudi della valle, era preoccupato per le continue scorrerie compiute nelle immediate vicinanze dei suoi territori dalla soldataglia dell'imperatore o dai nobili ribellatisi alle nuove autonomie comunali delle grandi città di pianura. Sconfinamenti e scaramucce improvvise tra gli alleati di Federico e quelli di Milano turbavano la pace delle strade che collegavano la valle con il resto della Lombardia, stravolgendo i commerci verso sud e l'oriente. Molti mercanti provenienti da Venezia, abituali fornitori alla corte del visconte, lo avevano avvisato che, se le rotte commerciali verso la valle si fossero mantenute così rischiose e insicure ancora per molto, avrebbero preferito portare le loro merci verso altri mercati. Sebbene Gotofredo avesse subito intuito che le lamentate difficoltà di collegamento da parte dei commercianti non fossero altro che un facile pretesto per alzare i prezzi in modo incontrollabile, tuttavia non aveva voluto rischiare di perdere le cospicue entrate dei pedaggi che, sostenute dallo scambio di ogni tipo di mercanzia, costituivano la base della florida situazione finanziaria dei suoi feudi. Gotofredo era un politico troppo abile per volersi schierare da una delle due parti in lotta fra loro. Milano era un centro importante: tutti i traffici, mercantili e di potere, passavano di lì e il visconte aveva assoluta necessità di mantenere buoni rapporti con la città. Inoltre, nonostante i milanesi fossero guidati da un governo comunale, così diverso nei suoi fondamenti dalla gestione di un feudo, lui stesso aveva udito voci di una prossima restaurazione aristocratica, fomentata dallo scontento di alcune famiglie di alto lignaggio costrette all'esilio dagli attuali notabili della città. Federico di Hohenstaufen, d'altro canto, era solo l'ultimo dei tanti imperatori germanici che bramava di possedere l'Italia intera: malgrado fosse nato sul suolo italiano, restava pur sempre un tedesco ed era, per di più, nipote di quell'altro Federico che aveva già dimostrato tanta ferocia verso Milano e la Lombardia. Non c'era motivo, quindi, almeno per ora, di aggregarsi alle file dei suoi estimatori: il tempo, pensava Gotofredo, avrebbe risolto i suoi dubbi. In fondo, gli imperatori passano, mentre il suo feudo era stabile e in attesa di essere governato dai suoi figli, ancora per molti anni.

I suoi rapporti con Aimone erano di cauto buon vicinato: un paio d'anni prima, una contesa scatenata da una improvvida incursione di suo fratello Bosone nei territori del castellano di Graines aveva rischiato di provocare frizioni pericolose tra i due feudi, ma una serie di circostanze fortunate aveva in seguito permesso di ristabilire una intesa cordiale, anche se prudente. L'attuale necessità di chiarire i termini della situazione confusa di Milano aveva spinto Gotofredo a chiedere l'aiuto di Aimone, che conosceva per essere un politico abile e accorto: la missione a cui lo aveva pregato di adempiere era, in realtà, un obbligo dal quale il castellano non avrebbe potuto esimersi, pena il nuovo inasprirsi dei rapporti con il visconte. Consapevole del proprio potere su di lui, Gotofredo lo aveva incaricato di incontrare il podestà di Milano e, possibilmente l'arcivescovo, per riuscire a indovinare dalle loro parole quali sarebbero state le future mosse dell'amministrazione cittadina nei confronti dell'imperatore e del papato.

Sebbene fosse ben cosciente del ricatto perpetrato ai suoi danni dal visconte, Aimone aveva accettato di buon grado. Un rifiuto gli avrebbe alienato chissà per quanto tempo la benevolenza di Gotofredo: inoltre, pur essendo il suo feudo molto piccolo, la posizione strategica del suo castello avrebbe potuto attirare in futuro l'ingordigia del visconte o di qualcuno dei suoi fratelli. Era stato, quindi, con rassegnazione che aveva intrapreso il viaggio verso Milano. Per sentirsi meno solo e, soprattutto per offrire a suo figlio un motivo di distrazione, aveva proposto a Bartolomeo di accompagnarlo: il ragazzo aveva accettato con entusiasmo quel diversivo. Fino ad allora, i suoi spostamenti a cavallo in compagnia del padre non si erano mai spinti oltre Augusta e la prospettiva di visitare una grande città di pianura lo aveva eccitato.

Ora, mentre quel puzzo fetido non abbandonava le sue narici, Bartolomeo non era più così sicuro di voler continuare il viaggio. Il cammino fin lì non era stato privo di complicazioni: soldati da tutte le parti, ponti abbattuti a colpi di accetta, lunghe deviazioni per vallette laterali, villaggi bruciati e cadaveri. Sebbene suo padre avesse tentato di distogliere la sua attenzione quando passavano accanto a quei poveri corpi abbandonati nei campi, più di una volta, dall'alto della sua cavalcatura, il ragazzo si era ritrovato a rabbrividire fissando occhi ciechi e membra disarticolate, tragici fantocci di carne. Un giorno, vicino a un borgo di cui non ricordava più il nome, avevano visto quattro bambini morti, sgozzati senza pietà: accanto a loro, giaceva la madre, decapitata. Bartolomeo aveva chiesto ragione di tanta ferocia a suo padre, ma Aimone, turbato quanto lui da quella visione agghiacciante, non aveva saputo rispondere: aveva invece ordinato a due dei loro servi di dare sepoltura a quelle povere creature. Subito dopo quell'operazione pietosa, erano ripartiti in fretta, senza più parlare.

«Ci fermiamo alla locanda per stanotte, Bartolomeo, i cavalli sono troppo stanchi per proseguire ora. Domani mattina, ripartiremo con la prima luce del sole e saremo a Milano in poco più di un'ora. Vedi quella porta che reca sopra l'infisso una frasca di nocciolo? È lì che siamo diretti: mentre i servi ricovereranno i cavalli nella stalla, noi mangeremo qualcosa e poi ci faremo una bella dormita... sei contento, figlio mio? Probabilmente nella locanda non si sentirà più questo odoraccio nauseante, ci saranno invece profumi di zuppa e di carni! Dunque, lascia il cavallo e andiamo!»

Aimone aiutò Bartolomeo a scendere dalla sua cavalcatura. Una volta a terra, il bambino barcollò: gli dolevano le natiche e i muscoli delle cosce erano intorpiditi. Il padre lo trattenne per le spalle per permettergli di recuperare l'equilibrio: poi, appoggiatagli una mano sul dorso, si diresse con lui alla locanda. Sulla soglia, una donna corpulenta li attendeva, ravviandosi ansiosamente i capelli scarmigliati: quello era un giorno speciale. In poche ore erano arrivati ospiti illustri, come era raro che accadesse nella sua taverna: prima un medico, paludato nella sua veste purpurea, scortato da tre attendenti armati; adesso quest'uomo dall'atteggiamento aristocratico, accompagnato da un ragazzo, che probabilmente era suo figlio. Rammaricandosi di non aver cambiato d'abito quella mattina, la donna cercò di conferire una forma più leggiadra al suo zinale stropicciato e, con un sorriso servile sul volto, si fece incontro ai due nuovi stranieri.

«E così voi siete il castellano di Graines?» bofonchiò il medico con la bocca ancora per metà piena.

Aimone, che aveva già terminato la cena, sorseggiava svogliatamente un boccale di vino scipito e vagamente acidulo. Al tavolo della locanda erano rimasti solo loro due: Bartolomeo e i servi si erano già ritirati nel grande stanzone superiore, dove l'ostessa aveva approntato i giacigli. Il castellano era incuriosito da quell'uomo massiccio che, dimostrando apprezzamento per le vivande, non finiva più di mangiare. I capelli erano folti come le sopracciglia che, lievemente ingrigite, sovrastavano due occhi scuri e penetranti; le mani che portavano alla bocca la cacciagione erano grandi, ma rivelavano, nei movimenti, un che di delicato. L'uomo si era presentato come Enrico da Bergognone, medico lucchese: gli aveva spiegato che si trovava lì, nei pressi di Milano, sulla via del ritorno da Montpellier, dove si era recato sei mesi prima per approfondire alcuni aspetti della sua professione. In quella città di Francia, aveva detto, esisteva già da tempo una ottima scuola di medicina dove convenivano i più grandi fisici arabi, spagnoli, francesi e addirittura inglesi per studiare ancora, perfezionare metodiche, scambiare esperienze. Lui, per parte sua, durante il soggiorno colà, aveva appreso e sperimentato una nuova tecnica utile a non far percepire il dolore fisico nel corso di operazioni da taglio, come le amputazioni di arti: la chiamavano anestesia, diceva, e si praticava facendo odorare al paziente, prima di procedere con gli strumenti, una spugna imbevuta di oppio e giusquiamo opportunamente miscelati in alte dosi. La chiamavano "spongia soporifera" e i suoi effluvi facevano scivolare il malato in un sonno artificiale che, privandolo della coscienza per un po', permetteva al chirurgo di lavorare su carni, tendini e ossa rese insensibili al dolore. Di fronte allo stupore di Aimone, aveva chiarito che la difficoltà stava nel calibrare perfettamente la quantità dei due rimedi, perché l'eccesso di anche una soltanto delle due sostanze avrebbe potuto provocare la morte. Aveva aggiunto compiaciuto che lui non aveva perso nemmeno un paziente e che, forte della sua esperienza, avrebbe introdotto la nuova tecnica nella sua città, verso la quale era diretto. Prima però avrebbe dovuto fermarsi per qualche giorno a Milano, dove il podestà, a conoscenza della sua abilità di fisico e chirurgo, ne aveva richiesto la presenza: un messaggero, latore di una sua lettera, lo aveva raggiunto a Magenta. Le parole del podestà erano chiare: lo aspettava quanto prima per un consulto, a causa di un malanno imprecisato che lo tormentava da tempo e del quale i medici di Milano non erano riusciti a venire a capo in modo definitivo.

Aimone, lievemente infastidito dall'ostentazione con cui il medico descriveva le sue capacità professionali, ma cosciente della sua effettiva importanza, era stato ad ascoltarlo, anche se lo scricchiolio doloroso delle sue giunture avrebbe reclamato un urgente riposo nel giaciglio, accanto a Bartolomeo. Temendo che alla domanda di Enrico sulla sua qualifica di castellano se ne sarebbero aggiunte altre dettate dalla curiosità sui motivi che lo stavano conducendo a Milano, il castellano rispose brevemente, adducendo le ragioni della stanchezza. «Se vorrete condividere con noi il resto del viaggio, avremo modo di parlare ancora: ora devo raggiungere mio figlio e proteggere il suo sonno: sapete, è la prima volta che mi segue in un viaggio tanto lungo e, come avete visto, è ancora un bambino e ha bisogno di compagnia...»

Il medico sorrise condiscendente e Aimone si congedò: si sarebbero rivisti all'alba e insieme avrebbero ripreso la strada per la grande città. Mentre i gradini di legno che portavano al piano superiore gemevano sotto il peso del castellano, la locandiera, seminascosta nella penombra dell'angolo più lontano della sala, calcolava silenziosamente sulle dita il conto che avrebbe presentato l'indomani. Sommando la cacciagione, il pane, il vino e l'affitto dei giacigli avrebbe ricavato un bel po' di denaro da quegli ospiti illustri: inoltre, considerando l'atteggiamento aristocratico che entrambi mostravano, avrebbe anche potuto aumentare le sue abituali tariffe, certa che avrebbero pagato senza battere ciglio. Soddisfatta del suo proposito, si alzò e si diresse verso la cucina dove, con grande attenzione, spense il residuo di fuoco che ancora ardeva tra i tizzoni del focolare: si era levato il vento e anche un solo ritorno di fiamma avrebbe potuto rivelarsi pericoloso per la struttura di legno della sua locanda. Dopo aver sprangato la porta, ramazzò la paglia lurida che copriva il pavimento e la radunò in un mucchio contro la parete. Poi, sbadigliando rumorosamente, raggiunse il suo saccone dove si lasciò affondare esausta.

Capitolo 8

Aimone aprì la minuscola finestrella che dava sul loggiato. Era l'alba, ma il cielo era già chiaro: anche se l'aria di Milano non era fina come quella che era abituato a respirare a Graines, una brezza lieve agitava la tenda appesa sullo stipite esterno del battente e contribuiva a rendere più gradevole il caldo già estivo. Proprio davanti a lui la lunga stanga orizzontale della veranda sosteneva una gabbia di giunco, dove un uccellino si profondeva in gorgheggi acuti e melodiosi; poco più in là, una fune di canapa reggeva un cesto sospeso sopra il vicolo, verso il quale, all'occorrenza, sarebbe stato calato; appena oltre, sul limitare più esterno, un fascio di coperte era steso a prendere aria.

«Buon giorno, signore!» esclamò, per nulla intimidita, una giovane serva che era spuntata dalla soglia laterale del loggiato. Con un sorriso schietto nel volto rubicondo, la ragazza accennò un inchino poi, fatto un fagotto delle coperte, le raccolse tutte insieme nelle braccia forti e scomparve all'interno dell'abitazione. La casa che ospitava Aimone era di proprietà del Monastero Maggiore e occupava una parte dell'area appartenente alla chiesa di Santa Maria al Circo, da esso dipendente. Sorgeva in una zona densamente popolata e non era lontana da un fiume, che lì chiamavano Nirone, lungo il quale il castellano aveva visto due mulini da grano. "Per lo meno questi non emaneranno troppa puzza!", aveva sorriso tra sé Aimone, ricordando il disgusto provato da suo figlio tra gli effluvi di San Pietro all'Olmo. Si era stupito, entrando in città tre giorni prima, di quanti corsi d'acqua bagnassero Milano: il grande fossato che circondava le mura era intersecato per ogni dove da altri fiumiciattoli, torrentelli, rogge, che si inserivano, attraverso percorsi tortuosi, tra le chiese e i vicoli. Piccoli orti e grandi braide occupavano ogni spazio lasciato libero dalle case: dal loggiato, che dominava alto sul quartiere, Aimone poteva vedere una vasta area cintata, dove, ordinatamente disposti, filari di alberi da frutta si alternavano a piante di vite. Già a quell'ora antelucana, nelle vie sotto di lui si notava un grande movimento: servi che si avviavano al mercato, carretti che faticavano a infilarsi nello stretto spazio tra i vicoli, cavalli che venivano strigliati, cani che si fermavano a tutti gli angoli per odorare le scie dei loro simili...

Forse, pensò, tutto quel brulicare di gente dipendeva anche dal fatto che non lontano da lì si trovava la beccaria, dove, esposte sui banchi, erano in vendita le carni più gustose della città. Gli avevano detto che i beccai di Porta Vercellina rifornivano tutte le bocche di Milano, da quella del podestà fino a quelle di chi poteva permettersi anche solo una gallina al mese. Si chiese se anche il Monastero Maggiore avesse necessità di acquistare all'esterno le vettovaglie utili al suo mantenimento, ma decise che, probabilmente, non ce n'era bisogno, considerando la palese ricchezza di quella congregazione, talmente opulenta da possedere un intero quartiere di case da affittare ai forestieri. Il medico Enrico da Bergognone, ospite come lui del monastero, era stato sistemato in un'abitazione poco lontana, presso la chiesa di Santa Valeria. Si trattava di una casa signorile, quasi un palazzo: evidentemente la sua qualifica professionale, unita all'aspetto altero, avevano indotto le religiose che lo avevano accolto ad offrirgli un alloggio consono alla sua autorevole figura.

Quel pomeriggio lo avrebbe incontrato: Enrico gli aveva dato appuntamento per l'ora nona, nella piazza del Broletto. Il medico aveva già visitato una prima volta il suo importante paziente, ma, gli aveva spiegato la sera prima, avrebbe dovuto tornare ancora al palazzo per dare inizio alla cura. Era stato piuttosto reticente sul tipo di morbo che secondo lui affliggeva il podestà, rimandando i chiarimenti all'indomani. Aimone sapeva bene che l'etica professionale dei medici impediva loro di divulgare notizie sulla salute dei loro malati e che questo era uno dei punti più significativi del loro giuramento: ciononostante, lui ed Enrico erano entrati in una sorta di familiarità, favorita probabilmente dalle parole sincere e disincantate con cui il castellano di Graines aveva descritto la vita del suo feudo e le sue preoccupazioni per il futuro del figlio. Forse per affinità di carattere, o forse anche per non inimicarsi un aristocratico che, in qualche modo avrebbe potuto divulgarne la fama, il medico aveva perduto un po' della sua patina altezzosa e si era dilungato ancora con passione sui discorsi relativi alla diagnosi e alla terapia.

Ora, mentre i suoi occhi vagavano per i tetti, le logge, i vicoli e le ortaglie di quella grande città sconosciuta, un entusiasmo nuovo riempì il petto di Aimone. In fondo, meditava, gli restavano da fare ancora un sacco di cose nella vita e, non necessariamente sempre uguali a se stesse: il viaggio che aveva intrapreso sarebbe servito ad aprirgli nuovi orizzonti, a modificare le sue convinzioni, perfino, forse, ad alleviare le sue ossessioni. Un vago sorriso, di cui non si rese conto, gli illuminò il volto mentre un sospiro liberatorio gli svuotò i polmoni. Voltatosi, rientrò nella stanza per svegliare Bartolomeo.

«Il tarassaco, capite?, sono mesi che lo curano con il tarassaco! Ma come si fa, buon Dio, a non capire che quella pianta è un ottimo diuretico, ma che non cura affatto la gotta? È ovvio che quel pover'uomo sia senza forze a questo punto, a furia di orinare tutto il giorno! Ma che razza di medici ci sono in questa città? E dire che è piena di ospedali...»

Enrico da Bergognone gesticolava tutta la sua indignazione di fronte ad Aimone: la taverna in cui erano andati a conversare era vicina alla pusterla del Bottonuto, quasi a ridosso delle mura. In quel locale, per la verità, non giravano solo vino e cibarie, ma, su richiesta dei clienti, anche prostitute. Tutta quella zona, d'altra parte, brulicava di meretrici e Aimone sospettava che la scelta del medico fosse caduta su quella locanda proprio per uno scopo preciso: forse Enrico aveva intenzione di concedersi un convegno erotico, dopo quell'abboccamento con lui; o forse, avendo saputo della sua solitudine, aveva pensato di prestarsi come sensale, supponendo la sua disponibilità a una eventuale serata più allegra delle altre.

«L'ortica ci vuole, ve lo dico io!» continuava il medico, infervorandosi sempre più nel discorso. «Il succo di ortica ingerito per via interna stimola gli umori della bile gialla alleviando il decorso del morbo. Se poi all'infuso si aggiunge anche l'impiastro sull'articolazione colpita, l'urticazione prodotta dalla pianta sarà così bruciante, che il dolore vero e proprio non verrà più avvertito...»

«Ma» chiese incuriosito Aimone «che cos'è questa gotta, di cui mi avete parlato? Da che cosa è provocata?»

La domanda stimolò Enrico che, riacquistando un po' del suo atteggiamento saccente, appoggiò il boccale di vino sul tavolo e, giunte le mani sotto il mento, si accinse a rispondere.

«La gotta è una malattia da uomini, ma da uomini potenti, di quelli che mangiano troppe carni e bevono troppo vino. Vedete, Aimone, in un individuo sano gli umori del corpo devono restare in equilibrio: quando la giusta proporzione tra di loro viene turbata da un'alimentazione sbagliata o eccessiva, o quando la melancolia è così forte da sovrastare qualunque altra passione, allora uno di questi umori ha il sopravvento sugli altri e scatena il morbo. Nel caso del podestà» aggiunse sottovoce e guardandosi cautamente attorno, per essere certo che nessuno lo sentisse «la gotta è sicuramente stata causata dal cibo. Ho ben visto oggi la quantità di pietanze che arriva alla sua mensa! Carne di bue, di porco, selvaggina, formaggio molle, e vino, non avete idea di quanto vino... E allora gli umori, e in particolare la bile gialla, si depositano negli interstizi di ossa e cartilagini, soprattutto di braccia e gambe, e provocano gonfiori e impossibilità deambulatorie o di movimento. Il problema è che, se non è curata nel modo corretto, la gotta, dopo qualche anno, produce deformazioni permanenti...».

Stupito dalla considerazione che il medico nutriva verso di lui, per averlo messo a parte non soltanto di una parte della sua dottrina, ma anche della diagnosi operata sul podestà, Aimone restò a bocca aperta, fissando Enrico. Quest'ultimo, notando la sorpresa del suo interlocutore, manifestò un certo imbarazzo, temendo di aver detto troppo. Piegandosi verso di lui attraverso il tavolo, lo guardò con atteggiamento complice e, mettendosi l'indice davanti alla bocca, sussurrò: «Conservate il silenzio su quanto vi ho detto: se mai qualcuno dovesse venire a conoscenza delle confidenze che vi ho fatto sulla salute di un personaggio pubblico, avremmo entrambi a patirne, ve lo assicuro...».

Aimone lo rassicurò, rispondendogli che non ne avrebbe mai parlato con nessuno: lo ringraziò, invece, per il grande riguardo di cui lo aveva fatto oggetto con le sue confidenze.

«Oh, a proposito» soggiunse il medico «vorrei mettervi in guardia per un'altra questione che concerne direttamente la vostra persona. Pensavo... non vorrete presentarvi con questi abiti che indossate ora, al cospetto delle autorità cittadine, vero? Sapete, Aimone, qui nelle grandi città, è tenuto in grande considerazione l'aspetto esteriore... Ora, non che le vostre vesti non vi identifichino come un aristocratico, ma, forse un tantino di eleganza in più...»

Confuso, il castellano lo fissò con aria interrogativa.

«Sì, insomma, non offendetevi, voglio dire... la vostra tunica è di lana, fine, ma sempre lana... Vi ci vorrebbe un bell'abito di seta, intonato a un mantello dai colori sgargianti, ricamato magari, e una cintura d'argento... Se volete» aggiunse con fare cospiratorio «conosco un sarto qui in città, che rimette a modello vesti appartenute a notabili e indossate per una sola stagione. Sapete, non è la prima volta che passo da Milano e ormai conosco molte cose e molte persone di questa città...»

Sebbene una punta di umiliazione gli inacidisse lo stomaco, Aimone capì che il medico aveva ragione: il suo abbigliamento, pur signorile, era adatto alla sua valle, ma non a Milano, dove tutti gli aristocratici andavano in giro paludati come se fossero stati al seguito del papa! Anche se non condivideva affatto quell'ostentazione di ricchezze e di potere, comprese che, se avesse voluto portare a termine l'incarico affidatogli da Gotofredo nel migliore dei modi, avrebbe dovuto presentarsi con le stesse affettate maniere di tutti gli altri. Fu quindi con gratitudine che si rivolse ancora a Enrico, ringraziandolo del consiglio e chiedendogli l'indirizzo del sarto.

Con un mozzicone di carboncino, il medico scribacchiò qualcosa su un foglio stropicciato che levò dalle profonde tasche della sua veste. Dopo averlo teso ad Aimone attraverso il piano del tavolo, lo incitò a recarsi subito dal sarto perché, gli disse, ci sarebbe voluto del tempo per avere una veste nuova: la scelta del modello, le prove e il ricamo finale avrebbero richiesto qualche giorno di attesa. Quindi, aggiunse, se riteneva imminente il suo colloquio con le autorità, avrebbe fatto meglio ad affrettarsi.

Le ultime parole fecero capire ad Aimone che il medico avrebbe preferito progettare da solo il resto del proprio pomeriggio e della successiva serata. Sollevato da questa certezza e grato per non dover opporre un rifiuto a una eventuale condivisione di compagnia mercenaria, il castellano si congedò. Si sarebbero rivisti l'indomani presso l'abitazione di Enrico, dove si sarebbero informati a vicenda sui rispettivi impegni dei giorni a venire.

Erano quasi i vespri, e la brezza di quella mattina era diventata più decisa, trasformandosi in vento. Aimone socchiuse gli occhi per evitare la polvere che, a mulinelli, si levava dalla terra battuta dei vicoli. Mentre si dirigeva verso la bottega del sarto, non lontana dall'ospedale di Sant'Antonio, si imbatté in una grande quantità di porci che, grufolando indisturbati, divoravano ogni genere di rifiuto trovato lungo le vie. Nessuno se ne curava, nemmeno i cani, che percorrevano numerosi i coperti e gli androni: evidentemente la loro mole massiccia li dissuadeva dal disputare loro qualunque avanzo di cibo. Non comprendendo le ragioni della grande libertà di movimento lasciata a quelle bestie immonde, Aimone si ripromise di chiederne il motivo a una delle monache del monastero, non fosse altro che per fornirne spiegazione a Bartolomeo. Era sicuro che suo figlio si sarebbe meravigliato di quella promiscuità tra uomini e porci, anche perché aveva paura di quegli animali: da quando, tre anni prima, aveva ricevuto un violento colpo di grugno da una scrofa che difendeva la cucciolata dalla sua ingenua e maldestra curiosità di bambino, Bartolomeo aveva sempre evitato di passare vicino ai porcili che, ben recintati da robuste palizzate di legno, sorgevano accanto alle casupole dei loro villici, nella parte più bassa del feudo, vicino alla Dora.

Riflettendo ancora una volta su quanto fossero diverse le abitudini tra città e contado e su come i comportamenti differenziassero la vita quotidiana dei loro abitanti, Aimone giunse all'abitazione del sarto che, intento a congedare un altro cliente, era fermo sulla soglia. Non appena l'artigiano capì che quell'uomo, vestito finemente ma dal chiaro atteggiamento forestiero, era in attesa dei suoi servizi, lo gratificò di un largo sorriso e gli si fece incontro, invitandolo ad entrare.

Capitolo 9

«Quel sarto è un ladro, lo sanno tutti in città!»

In contrasto con la sua figura allampanata e austera, la voce della monaca portinaia risuonò chioccia come quella di una comare al mercato. Aimone, tornato alla sua provvisoria abitazione dopo la visita infruttuosa al laboratorio del sarto, aveva incontrato sorella Eleonora proprio sulla soglia. In uno slancio di cortesia verso quel nobile insolitamente garbato, la donna gli aveva chiesto notizie sulla sua permanenza in città: Aimone, poco avvezzo alla cordialità ipocrita che si respirava a Milano, le aveva incautamente risposto di essere alla ricerca di un artigiano che gli rinnovasse il guardaroba, senza immaginare che ne avrebbe ricavato una replica tanto indignata. Si era subito pentito della familiarità dimostrata alla monaca: ogni giorno passato in quella città aumentava il suo stupore. Milano era un luogo pieno di chiese e monasteri, nei quali, tuttavia, le preoccupazioni mondane superavano di gran lunga quelle spirituali: abati invischiati nelle faccende politiche, arcivescovi guerrieri, frati amministratori di grandi patrimoni, monache di lignaggio aristocratico che faticavano a dedicare la loro vita a Dio, rimpiangendo invece le loro nobili origini... Meravigliandosi sempre di più delle profonde differenze tra questi religiosi e quelli, umili e partecipi, che popolavano il suo feudo, Aimone rispose a sorella Eleonora con un sorriso incerto, sperando che la sua invettiva contro la disonestà dei sarti fosse conclusa. Si sbagliava. La donna lo prese in disparte e, guardandosi intorno furtivamente, questa volta sussurrò.

«Voi siete forestiero, non potete capire... Quando vedono uno straniero, soprattutto un aristocratico, gli artigiani milanesi tentano sempre di turlupinarlo, maggiorando i prezzi o rifilando merci scadenti, nella certezza che, una volta ripartito, non potrà più lamentarsi dei loro servigi. Ah, sapeste signore, quanto è dura questa città! Ma, se vorrete ascoltarmi, vi posso dare io un buon consiglio: non lontano dalle mura, lungo la via Porticata, poco prima del monastero del Lentasio, c'è la bottega di Amizone Laudesi. So che anche la badessa di quel monastero, di tanto in tanto, gli fa rimettere a modello le tonache delle consorelle defunte per adattarle alle sue novizie. Ho sentito dire, inoltre, che quel sarto dispone anche di un'ottima ricamatrice che, per pochi soldi, esegue lavori di gran pregio. Sono certa che il suo compenso sarà più che onesto e voi potrete fare la vostra bella figura con le autorità che vi accingete a incontrare...»

Aimone rimase a bocca aperta. Come faceva quella monaca ad essere a conoscenza dei motivi per cui lui era a Milano? Chi poteva mai avergliene parlato? Il medico Enrico, unica persona ad essere a parte dei suoi progetti, risiedeva altrove e non aveva mai incontrato sorella Eleonora; a Bartolomeo, a cui pur le aveva spiegate, aveva raccomandato di non parlare con nessuno delle ragioni del loro viaggio. E allora? Che suo figlio gli avesse disobbedito? Stava già per farsi prendere da una punta di collera verso il bambino, quando la monaca, intuendo di essersi spinta troppo in là con le confidenze, abbassò pudicamente gli occhi e parlò ancora.

«Perdonate, non volevo essere invadente... Non ho alcun diritto di importunarvi con le mie curiosità, signore...

È solo che pensavo... sì, insomma, un aristocratico del vostro rango... cosa ci fa qui a Milano se non deve avere un abboccamento con qualcuno dei suoi pari? È che...» proseguì sorella Eleonora, ormai chiaramente in difficoltà e in grave imbarazzo con le parole «...insomma, non è cosa frequente che un nobile importante come voi sia così alla mano e se ne vada in giro con il proprio figlio ancora bambino! Pensavo che... oh, perdonate!...»

La monaca si girò di scatto, rossa di vergogna, e rientrò in casa. Aimone, rassicurato sull'obbedienza di Bartolomeo, sorrise e salì a sua volta la scala esterna, che lo avrebbe condotto nella stanza superiore dove suo figlio lo aspettava.

Da una piccola feritoia interna dello studiolo dove lo avrebbe ricevuto di lì a poco, il segretario del podestà osservava Aimone di Graines. Ben distinguibile dagli altri postulanti per l'aspetto dimesso dell'abito, il feudatario si guardava intorno nel grande salone delle udienze, ammirando gli affreschi sulle pareti e la sobria eleganza degli arredi. Quel giorno le sofferenze alle gambe di Catelano de' Carboni si erano fatte ancora più acute del solito e il podestà lo aveva pregato di dare udienza in sua vece. Baldo Oldrati, in qualità di segretario particolare, godeva della piena fiducia di Catelano: gli ultimi mesi erano stati particolarmente impegnativi e Baldo si era dimostrato abile al punto giusto nel far filtrare all'esterno le decisioni del podestà. Le sue innate doti diplomatiche, ne era certo, gli avrebbero permesso di continuare a lavorare per l'amministrazione cittadina, anche quando fossero cambiati i vertici: i podestà provenivano da altre città e questo fatto era stato stabilito tanti anni prima per garantire indipendenza politica all'interno del comune; la loro carica aveva la durata massima di circa un anno, allo scadere del quale un altro forestiero si sarebbe insediato al

Broletto a incarnare la massima autorità di Milano. Se l'avvicendarsi dei podestà aveva cadenza annuale, questo non accadeva sempre per i loro collaboratori. Baldo, che abitava all'interno delle mura vicino a Porta Orientale, aveva iniziato la sua carriera l'anno prima con Luca Grimaldo, il genovese che aveva preceduto Catelano nell'amministrazione della città: allo scadere del suo mandato, Grimaldo lo aveva caldamente raccomandato al suo successore che, dopo un breve periodo di prova, gli aveva affidato l'incarico. Conscio delle proprie capacità e fiducioso che avrebbe potuto esercitarle ancora per molti anni, Baldo aveva già letto la pergamena con cui Aimone aveva annunciato i motivi della sua visita. Con quel castellano avrebbe dovuto essere molto cauto: sapeva che la casata degli Challant, che già estendeva il proprio potere su buona parte della valle Augusta, era governata dalla mente abile e ambiziosa di Gotofredo. Se Aimone di Graines era stato mandato a Milano come suo rappresentante, questo significava che lui stesso possedeva indubbie qualità di negoziatore: in caso contrario, il visconte non gli avrebbe affidato una missione tanto delicata.

Sospirando rumorosamente, Baldo si raddrizzò dalla sua scomoda posizione e, lisciatasi la veste, atteggiò il volto nella sua consueta espressione altera. Poi si rivolse al domestico in attesa sulla porta dello studiolo, ordinandogli di far entrare il castellano di Graines.

Aimone, stupito di essere stato ammesso alla presenza del segretario prima di altri postulanti che attendevano già da tempo, varcò la soglia con una sorta di prudente circospezione: l'aspetto dell'uomo che aveva di fronte contribuì ad aumentare la sua cautela. Il corpo minuto e dall'apparenza fragile si ingobbiva vistosamente sul dorso, formando una curiosa mezzaluna talmente accentuata, da far sollevare da terra di circa una spanna l'orlo posteriore del prezioso abito di seta ricamata. La testa grossa, circondata da radi capelli spioventi sulla nuca, era sostenuta da un collo così corto da sembrare un proseguimento della schiena. L'apparenza grottesca di quell'uomo, che ricordava ad Aimone un giullare di corte, era tuttavia smentita dal suo sguardo: gli occhi, piccoli ma puntuti come quelli di un orso pronto all'attacco, si avvicinavano alla radice del naso, adunco come il becco di un falco. Le labbra, quasi invisibili sotto quella protuberanza affilata, disegnavano una linea sottile da un lato all'altro del viso.

«Salute, Aimone di Graines» modulò con voce fessa il segretario, mentre i suoi occhi esploravano quelli grigi di Aimone «ho ricevuto la vostra lettera e, come vedete, ho deciso di ricevervi subito! So bene quanto i Savoia e il vostro visconte tengano alle buone relazioni con Milano e, credetemi, anche il nostro podestà desidera mantenere buoni alleati lungo le strade che attraversano le Alpi...»

Sostenendo deciso il suo sguardo, Aimone represse il brivido che il tono melato di Baldo gli aveva provocato lungo la schiena. Quell'uomo gli ricordava una di quelle serpi che, immobili al sole fra due sassi, tentano di mimetizzarsi con il terreno ma solo fino a quando una mano o un piede non si avvicinino troppo: allora, scattano, inaspettate come fruste, a mordere la carne viva. Il segretario stirò la bocca in un sorriso ipocrita e, continuando a parlare, fece cenno al suo ospite a seguirlo verso un alto scranno dove si sedette, affondando le natiche ossute in un cuscino di seta rossa dai cui lati pendevano due nappe bianche. Aimone si accomodò di fronte a lui, su uno squadrato sedile di quercia finemente intagliata.

«Perché vedete,» continuò Baldo, lisciandosi meccanicamente i pochi capelli sulla nuca «in questo periodo dobbiamo provvedere alla difesa della città contro le truppe dell'imperatore e abbiamo quindi bisogno di tutti gli alleati possibili... Oh, lo so che il conte di Savoia ha già i suoi grattacapi... È giunta fino a qui la notizia che, poco meno di un anno fa il visconte Gotofredo ha preso possesso del castello di Bard, espropriandone il suo signore... Ugo, se non ne sbaglio il nome. So anche» proseguì, fissando intensamente Aimone «che quel castello è stato un'importante acquisizione per Gotofredo, in quanto fonte di consistenti pedaggi, soprattutto in occasione del transito delle poderose macine di cui le cave della valle Augusta riforniscono tutti i mulini della Lombardia. Abbiamo troppa considerazione per le virtù politiche del visconte per temere una sua presa di posizione contro di noi e a favore di Federico: credo che una guerra condotta nei vostri territori non gioverebbe a nessuno, né a Milano né al conte. Come sicuramente saprete, proprio in questi giorni uno dei nostri alleati, il marchese del Monferrato, ha occupato il castello di Rivoli per poter esercitare il controllo sulla Dora: ora, sappiamo entrambi che l'accesso attraverso questo fiume fa gola a tutti perché garantisce le comunicazioni con la Francia e il Cenisio, ma sappiamo anche che la nostra presenza sulle sue sponde è giustificata soltanto da esigenze di difesa. Lo stesso assedio di Torino, che i nostri alleati stanno mantenendo proprio in questi giorni, ha come scopo di impedire che il figlio dell'imperatore, Federico di Antiochia, ne faccia un suo presidio. Se sapeste quanto tutto questo dispiegamento di uomini e macchine militari stia dissanguando le finanze di Milano! E tutto per un regnante straniero che, opponendosi perfino al papa da cui ha già ricevuto due scomuniche, si intestardisce a voler possedere l'Italia intera!»

Mentre pronunciava quel fiume di parole, apparentemente appassionate, il volto del segretario si manteneva impenetrabile: la sua voce monocorde non tradiva alcuna emozione, i suoi occhi si mantenevano duri e distanti. Aimone ascoltò, in silenzio, senza osare interrompere, non sapendo quando il discorso si sarebbe potuto considerare concluso.

«Dovete capire» continuò Baldo, dopo aver esalato un sospiro annoiato «che Milano non potrà mai tollerare di sottostare ad un barbaro che venticinque anni fa ha osato incatenare uno dei nostri podestà al carroccio fatto trainare per le strade di Cremona dagli elefanti del suo serraglio! Milano è un comune libero, non il feudo di qualunque re voglioso di allargare i suoi domini!»

Per un istante gli occhi del segretario brillarono finalmente di indignazione. Ma fu cosa breve: come se sapesse di aver tradito una involontaria passione, Baldo abbassò le palpebre e tacque. Poi, alzatosi in piedi, e riacquistando la maschera noncurante del diplomatico, aggiunse ancora qualche parola.

«Portate questo messaggio a Gotofredo di Challant: Milano andrà avanti per la strada che le è stata assegnata dalla storia. Dio, nella figura del papa, è dalla nostra parte e nessuno riuscirà ad opporsi alla Sua volontà. Abbiamo soci fedeli, siamo orgogliosi della nostra libertà, i nostri concittadini hanno saputo costruire una città florida e forte: non ce la faremo rubare da nessun predatore e non permetteremo che nessun altro feudatario ingordo sfrutti una situazione apparentemente instabile per stabilire nuove alleanze che modifichino a nostro danno i confini della Lombardia.»

Quelle ultime parole erano state pronunciate quasi con ferocia. Immobile davanti ad Aimone, Baldo lo fissava con espressione di sfida, come se attendesse una qualche replica inopportuna. Troppo esperto per cadere nella sua trappola verbale, il castellano non rispose, limitandosi ad annuire con un rispettoso cenno del capo. Soddisfatto per il risultato ottenuto, il segretario accompagnò il suo saluto con un sorriso compiacente. Aimone accennò un inchino e uscì.

Sebbene l'aria della piazza del Broletto fosse già quasi afosa e gravida di un miscuglio di odori sgradevoli, Aimone la respirò con gratitudine. La visita al segretario del podestà gli aveva rinserrato il petto in una morsa opprimente: i modi di quell'uomo, falsamente cortesi, avevano rivelato un voluto atteggiamento intimidatorio. Rammaricandosi per non aver potuto incontrare direttamente il podestà, che aveva fama di essere una persona pacata e di grande equilibrio, si chiese come avrebbe potuto portare avanti la sua missione. Baldo era stato fin troppo chiaro: se il conte di Savoia e il suo rappresentante Gotofredo avessero inteso appoggiare l'imperatore, la valle Augusta sarebbe stata il prossimo scenario di guerra dei milanesi e dei loro alleati. In fondo, si disse, era proprio questa la possibilità temuta dallo Challant che lo aveva incaricato di venire fin lì, appunto per sondare il terreno. Il visconte, d'altra parte, lo aveva esortato a cercare risposte anche presso l'arcivescovo, ben sapendo quanta influenza conservasse ancora la chiesa metropolita nelle stanze del potere. Aimone era certo che il risultato del prossimo colloquio sarebbe stato pressoché identico e, considerando con quanto malcelato disprezzo lo avesse trattato il segretario, si sorprese a pensare alla propria inadeguatezza riguardo al compito che lo aspettava. Sorrise beffardo su se stesso, sul suo piccolo feudo, sullo stesso visconte: cosa pensavano loro tutti, dai lontani e ben fortificati manieri della valle Augusta, pensavano forse di possedere lo stesso peso politico delle grandi città di pianura, abituate da secoli a gestire potere e intrighi? Pensavano forse di poter contrastare la "longa manus" del papato, opponendosi a Milano e appoggiando Federico? La scarsa conoscenza delle situazioni, pensò, crea aspettative ingiustificate che poi, all'atto pratico, si trasformano in amare disillusioni.

Mentre si allontanava di buon passo dal Broletto, facendosi largo tra la consueta folla che riempiva i vicoli, urtò involontariamente un vecchio frate che proveniva in senso opposto, facendolo inciampare nella tonaca. Dopo essersi scusato e averlo aiutato a rimettersi in piedi, lo guardò allontanarsi con una stretta al cuore: il suo pensiero corse a quell'altro monaco che aveva condiviso con lui buona parte dell'anno precedente. Non aveva saputo più nulla di frate Matthew: dov'era finito? Si era forse diretto veramente a Roma, a visitare le reliquie di san Pietro? Era ritornato verso la sua terra? Dove mai avrebbe potuto cercarne notizie? La compagnia di quell'uomo gli mancava, ma soprattutto mancava a suo figlio a cui per qualche mese il frate aveva fatto da tutore: di tanto in tanto, il bambino gli domandava di lui, ma Aimone non aveva mai potuto fornire risposte. Sempre più avvilito, affrettò il passo. Bartolomeo gli aveva strappato la promessa che quella sera avrebbero finalmente disputato la partita a scacchi a lungo rimandata. Non poteva deluderlo: anche se i suoi servi lo tenevano occupato tutto il giorno, conducendolo a visitare la città, il ragazzo aveva già fatto intendere al padre che, sebbene fossero interessanti, a quelle sortite preferiva le sue abituali passeggiate a cavallo lungo la Dora. La permanenza a Milano si sarebbe protratta ancora per un po', Aimone ne era certo, e quindi avrebbe fatto meglio a non trascurare suo figlio. L'abito nuovo, di cui pur aveva urgenza per l'abboccamento con l'arcivescovo, avrebbe dovuto aspettare: si sarebbe recato l'indomani lungo la via Porticata a cercare la bottega del sarto Amizone. Per ora, un impegno più importante lo attendeva.

Capitolo 10

Il falco si agitò sul pugno del suo padrone, conficcando più a fondo gli artigli nel cuoio spesso del guanto.

«Stai ferma, bestiaccia!» esclamò Lanfranco, stringendo la presa sulla campanella che pendeva da una delle due zampe dell'animale. Il suo passo era troppo veloce: il rapace si riassestò in precario equilibrio, cercando di assecondare il movimento dell'uomo.

Il cavallo, legato a uno dei primi alberi del bosco, sbuffava nervoso. Potenti soffi di fiato uscivano dalle sue froge, formando piccole nuvole di vapore che si scioglievano quasi subito nell'aria umida del mattino. Al di là degli arbusti più alti di nocciolo che affollavano disordinati il terreno sotto la foresta di pioppi, si apriva una radura.

Lanfranco si avvicinò cauto, rallentando il passo fin quasi a fermarsi. L'erba era alta e lucente, ancora stillante le gocce d'acqua del temporale notturno. Sapendo che gli steli fitti e apparentemente immobili celavano grandi quantità di prede in tacita attività, l'uomo fissò attentamente lo spiazzo verde, attento a cogliere il minimo movimento di quel lago d'erba. Il silenzio non era totale, come qualunque cacciatore avrebbe desiderato: sopra i fruscii propri della foresta, si udivano, smorzate ma ben distinguibili, le grida dei carrettieri che incitavano i cavalli lungo la via verso Lodi, che correva non lontana dal bosco del Quadronno.

Si era quasi pentito di aver scelto proprio quel luogo per esercitare l'arte della caccia col falcone: avrebbe potuto andare più lontano dalla città, verso est, lungo le rive del Lambro, dove boschi ancora più ricchi di selvaggina e liberi da qualunque divieto signorile gli avrebbero garantito un ricco bottino. Ma, sebbene lo negasse perfino a se stesso, quel fiume gli metteva paura. Ogni volta che si trovava a passare in quella zona, la vista delle acque gonfie e turbinose lo calava in un incubo da cui, impotente, non riusciva a ridestarsi, se non dopo aver violentemente spronato il cavallo ad allontanarsi. Anche se aveva cercato di cancellarlo dalla mente, il ricordo di quella notte di tanti anni addietro tornava prepotente alla sola vista del ponte, dei salici che sfioravano le onde, dei pali d'attracco affondati nella corrente. No, quella non sarebbe stata una buona zona per la caccia: il falco avrebbe avvertito il suo nervosismo e si sarebbe agitato, mancando sicuramente le prede. Inoltre, la sua abilità di falconiere non era ancora perfetta. Meglio avrebbe fatto, dunque, ad esercitarsi ulteriormente, lontano da occhi indiscreti: qui, nel bosco del Quadronno, al massimo si poteva trovare qualche servo che faceva correre i cani del podestà o, a voler dare ascolto alle dicerie delle comari del contado, si poteva incontrare qualche strega che dimostrava la sua lascivia al lussurioso amante infernale. Streghe a Milano, figurarsi! Lanfranco sogghignò all'idea delle orge consumate fra quegli innocenti noccioli e sotto le alte fronde dei pioppi: forse, qualche contadina più sprovveduta delle altre aveva assistito proprio lì al convegno particolarmente concitato di una prostituta con il suo cliente, scambiandolo per un sabba...

Il corso dei suoi pensieri fu interrotto da un brusco sussulto del falco. Osservando attentamente la radura, notò un lieve e discontinuo movimento che, dal terreno, si propagava fino alla sommità degli steli d'erba, facendoli vibrare in modo appena percettibile. Non c'era il minimo alito di vento a far stormire la vegetazione, quindi doveva trattarsi di selvaggina. Lanfranco decise di liberare il falco. Con un gesto meno fluido di quanto avrebbe voluto, allontanò da sé il braccio, alzandolo verso l'alto: il rapace, dopo un attimo di incertezza, spiccò il volo, levandosi oltre le cime degli alberi. Dopo aver compiuto una decina di giri in tondo sopra la radura mutò improvvisamente la sua posizione e, raccolte le ali contro il corpo, si gettò a capofitto nell'erba alta. Maledicendosi per non aver condotto con sé anche il cane, Lanfranco corse a perdifiato verso il luogo dove aveva visto sparire l'uccello. Doveva fare presto, se non voleva che il suo falco lanario distruggesse la preda: fino ad allora, infatti, tutti i suoi tentativi di addestrarlo a ritornare da lui roteando il logoro erano andati delusi. A recuperare la selvaggina, di solito, pensava il suo cane che però quel giorno era rimasto a casa, tormentato da accessi continui di vomito. Certo, se avesse posseduto un falco pellegrino invece che quel modesto e un po' stupido lanario, tutte quelle difficoltà di addestramento non ci sarebbero state: d'altra parte, quello era l'unico tipo di rapace che le sue finanze, non del tutto floride, gli avevano consentito di acquistare.

Evitando di poco un ramo caduto che lo fece quasi inciampare, Lanfranco giunse al lato sud della radura: pochi passi davanti a lui una piccola zona d'erba appariva meno omogenea del resto del prato. Il falco doveva essere là. Lanfranco scostò con le mani gli steli più alti e si chinò a guardare, pronto ad afferrare la selvaggina dagli artigli del rapace. Il falco era a terra, e con le ali ricopriva il corpo della sua preda, a cui aveva già squarciato la gola con il becco. Una pozza di sangue fresco imbeveva il terreno tutt'intorno, impedendo a Lanfranco di distinguere il tipo di cacciagione. Dopo aver bloccato il falco con la mano guantata, si chinò a guardare meglio: quasi del tutto mozzata, la testa di un gattino giaceva seminascosta tra l'erba, mentre il dorso del minuscolo animale appariva straziato dagli artigli; ciuffi di pelo nero erano sparsi qua e là.

«Un gatto!» alitò Lanfranco con voce arrochita. I suoi occhi dilatati dalla sorpresa correvano da quella preda inconsueta all'improvvido cacciatore, mentre lo stupore si andava rapidamente tramutando in una rabbia sorda e violenta. Si rialzò: il suo volto si era fatto rubizzo, le gambe gli tremavano.

«Un gatto, per Dio!» Questa volta urlò e la sua voce rimbombò per la radura, facendo levare in volo un piccolo stormo di allodole. La mano guantata che reggeva il falco si strinse intorno al suo collo: accecato dall'ira, Lanfranco prese a scuotere l'uccello da una parte all'altra. Emettendo stridii rauchi, il falco si dibatteva e cercava invano di affondare gli artigli sul braccio del suo padrone, mentre un gran numero di piume cominciava a volteggiare nell'aria. Dopo un'ultima poderosa stretta al collo dell'animale, Lanfranco ne roteò due o tre volte il corpo intorno a sé e lo lanciò lontano, verso il limite estremo della radura. Poi, dopo aver sferrato un calcio alla carogna del gatto, tornò sui suoi passi, verso l'albero a cui aveva legato il cavallo.

La donna attese che Lanfranco si allontanasse. Quando la sua figura massiccia scomparve dietro gli ultimi alberi del bosco, si alzò dal cespuglio dietro il quale si era acquattata e, mantenendosi bassa, mosse alcuni passi verso il centro della radura. Il suo sguardo saettava veloce all'intorno, attento a scoprire la presenza di altri eventuali cacciatori. Quando fu certa di essere rimasta sola, tralasciò ogni prudenza e si mise a correre. Non fu difficile trovare il luogo dove il suo gatto era stato ucciso: l'erba, i sassi, la terra erano schizzati di sangue. La donna si chinò verso la carogna dell'animale e, senza curarsi di trattenere le lacrime, si sfilò lo zinale dove poi lo avvolse. Dopo essersi guardata ancora una volta alle spalle, si strinse al petto quel misero fagotto e corse rapida verso la sua casupola. La costruzione, fatta di assi e fango, sorgeva ben nascosta nella parte più fitta del bosco, non lontano da una minuscola roggia che, più a nord, sfociava nel profondo fossato che circondava le mura della città. La luce del giorno penetrava a malapena tra le fronde degli alberi: protetta dalla penombra, la donna si diresse verso la parte posteriore della capanna dove, appoggiata alla parete, c'era una pala. Deposto a terra lo zinale con il suo macabro contenuto, la afferrò e, spostatasi di pochi passi, si mise a scavare una piccola buca. Il dolore e la rabbia aumentavano le sue forze: le mani stringevano salde il manico dell'attrezzo, mentre i muscoli delle braccia si gonfiavano evidenti sotto il tessuto leggero della camicia. Il sudore che le colava dalla fronte si mescolava alle lacrime, la bocca era contratta in una smorfia. Quando le parve che la buca fosse abbastanza profonda, la donna vi depose lo zinale, non prima di aver sfiorato con le dita, in una breve carezza pietosa, quel che restava del suo gatto. Dopo aver ricoperto la minuscola fossa e avervi deposto sopra un gran numero di sassi, per evitare che qualche predatore del bosco potesse riaprirla, si voltò verso la radura. Le sue braccia, fino ad allora serrate contro i fianchi, si levarono a poco a poco verso l'alto, fino a formare una croce con il corpo. Con le palme delle mani rivolte al cielo la donna cominciò a parlare: la sua voce, dapprima sommessa, si fece a mano a mano più forte, fino a diventare un lungo, interminabile grido.

«Domani, fra un mese, fra un anno l'infame demonio dell'inferno sceglierà fra tutte le genti la vittima che gli spetta e allora tu, sconosciuto cacciatore, sarai la sua preda: sarai la sua lepre, il suo cinghiale, il suo cervo... Qualunque bestia tu sia quando Satana ti troverà, sii certo che le sue corna infilzeranno la tua carne, i suoi zoccoli schiacceranno il tuo cuore fino a farlo scoppiare, la sua lingua biforcuta lapperà tutto il sangue che sgorgherà dalle tue vene recise! Sarai strappato per l'eternità dalla stirpe degli umani!»

L'urlo rabbioso si spense in un singhiozzo. La donna si voltò e, asciugandosi le ultime lacrime con la manica della camicia, entrò nella casupola. La porta si richiuse, sbattendo sbilenca dietro di lei.

Più lontano, tra le radici di un pioppo che si allungavano poderose sul terreno sotto il tronco, il falco giaceva immobile. Dalle arruffate piume bianche del petto spuntavano le corte zampe gialle. Un ratto si avvicinò e, annusando fremente, urtò con il naso la campanella che pendeva inerte tra le penne: a quel suono inaspettato spiccò un repentino balzo indietro e, spaventato, fuggì tra l'erba alta verso la sua tana.

Capitolo 11

Allegranza immerse la pezzuola di lino nel secchio d'acqua: ormai era torbida, avrebbe dovuto andare al pozzo a sostituirla. Strizzando tra le mani il tessuto morbido, rifletté che quello era l'unico lusso concesso ai malati dell'ospedale del Brolo: per detergere il viso e il corpo dei sofferenti non si sarebbe certo potuta usare la canapa, troppo ruvida per ripulire carni già piagate dalla malattia.

La vecchia che aveva davanti stava per morire. I suoi occhi la fissavano vacui, un tremito continuo ne scuoteva le membra avvizzite, affondate nella veste lacera e troppo larga. La ragazza passò la pezza bagnata sulla fronte della donna, la strofinò delicatamente ai lati delle palpebre incrostate di siero, inumidì le labbra secche e fissurate da cui usciva un rantolo rasposo, sempre più intenso.

Dopo aver sistemato in qualche modo il drappo tarmato che fungeva da coperta, Allegranza afferrò il secchio e il pitale colmo di liquido scuro e uscì: giunta al canale che scorreva oltre il portico dell'ospedale, li svuotò nell'acqua corrente e li immerse più volte per risciacquarli. Poi si mise in fila al pozzo, dove altre famule attendevano il loro turno: il cigolio della carrucola che portava in superficie l'acqua era continuo. Le sue compagne approfittavano della breve pausa nel lavoro per scambiare qualche parola.

«Hai sentito?» disse una di loro. «Dicono che stanno per eleggere un nuovo papa...»

«Ah, finalmente!» ribatté un'altra. «Ma... e l'imperatore? Cosa farà adesso Federico? Non sarà che ora il prossimo pontefice ci porterà via da Milano quel sant'uomo del legato, quel Montelongo di cui tutti parlano come dell'unica nostra difesa contro il bastardo tedesco?»

«Ma no...» aggiunse un'altra. «Non credo che convenga a nessuno: ieri ho seguito per un po' i discorsi che il chirurgo Obizone faceva con un nuovo medico, venuto da Vercelli al seguito del Marchese di Monferrato. Ebbene, costui diceva che il Montelongo ha concesso a Vercelli di poter governare sulle valli del Po, della Dora e del Sesia, e tutto questo in nome del papa. Milano ha ormai un sacco di alleati contro l'imperatore e Obizone aggiungeva che, qualunque papa venga eletto, non avrà motivo di abbandonare la Lombardia nelle mani dello svevo: a questo punto, è una questione di principio...»

«Oh, se è per questo» intervenne una donna più anziana delle altre «ho sentito dire che anche Novara e i Biandrate sono passati dalla parte della lega...»

«Insomma, basta! Che cos'è tutto questo chiacchierare mentre i malati aspettano le vostre cure?!» gridò una monaca grassa che sopraggiungeva affannata dal portico. «Là dentro c'è gente che urla, che vomita, che muore! E voi siete qui a blaterare come comari al mercato! Vergognatevi... l'acqua che avete raccolto basta a riempire il Ticinello! Via, via, tornate subito al lavoro!»

La monaca batté le mani, come a disperdere un branco di galline starnazzanti: spaventate, le famule sciolsero il capannello e si affrettarono verso l'interno dell'ospedale.

Allegranza, che aveva soltanto ascoltato quei discorsi, senza parteciparvi direttamente, si avviò veloce verso la corsia, ravviandosi, con la mano libera, le ciocche di capelli sfuggite dal bordo della cuffia. Il colore grigio del fustagno da poco prezzo che le circondava il viso metteva curiosamente in risalto le sfumature dorate dei suoi occhi castani: le ciglia, lunghe e folte, ombreggiavano gli zigomi appena arrossati; il naso, piccolo ma deciso, sovrastava la bocca morbida, in quel momento atteggiata in una smorfia preoccupata. Come l'acqua che, a ogni passo, traboccava dal secchio, i suoi pensieri si accavallavano nella mente, sfuggendo sparsi al suo controllo. Cosa sarebbe successo alla città in caso di attacco, sarebbe stata distrutta come i vecchi dicevano fosse già accaduto tanti anni prima per opera di un altro imperatore dal medesimo nome? Cosa ne sarebbe stato della gente, avrebbe dato battaglia, sarebbe fuggita e dove? Come avrebbero reagito il podestà, l'arcivescovo, i capitani di giustizia... E tutti quei malati, immobilizzati nel loro giaciglio senza possibilità di fuga, cosa ne avrebbero fatto gli invasori? Un lungo, interminabile brivido le percorse la schiena: sebbene la fatica e lo spettacolo di quei poveri relitti umani che attendevano le sue cure ne distraesse l'attenzione, il suo cervello non smetteva di arrovellarsi nel trovare risposte a quelle domande angosciose. Non era la prima volta che sentiva parlare della guerra tra il papa e l'imperatore, di scomuniche inflitte da Roma, di battaglie aspre e sanguinose. Malgrado fosse molto giovane, Alleganza seguiva con attenzione i discorsi pronunciati in giro per la città: lungo la via Porticata, che percorreva ogni giorno, passava una grande quantità di persone ognuna delle quali portava notizie, chi dal contado, chi da più lontano. Mercanti, pellegrini e soldati provenienti da sud entravano in città dalla Porta Romana e ognuno di loro si faceva un punto d'onore nel riferire quanto aveva visto e saputo lungo il cammino percorso fin lì. Anche i suoi genitori parlavano spesso della situazione in città: suo padre, Graziolo de' Compagnoni, era uno dei servitori del podestà e passava le sue giornate nelle stanze del

Broletto a occuparsi di faccende di ordinaria amministrazione domestica, dalla manutenzione del guardaroba allo scarico delle immondizie nella grande fossa circolare di mattoni, posta appena dietro al palazzo podestarile. Considerando il continuo viavai di personaggi, anche di qualche rilievo politico, che frequentavano il Broletto, era naturale che quello fosse il luogo della città dove si raccoglievano le voci più disparate, spesso prive di fondamento ma, talvolta, del tutto veritiere. E poiché i muri di ogni palazzo signorile hanno occhi e orecchie, era altrettanto naturale che i domestici, di qualunque ordine e grado, fossero tra i primi a essere a conoscenza delle novità. Sebbene suo padre fosse un uomo molto equilibrato e poco incline al pettegolezzo, di notte lo aveva spesso udito sussurrare a sua madre, dal buio del loro giaciglio, la sua preoccupazione per le sorti della città. Sua madre, per parte sua, cercava di tranquillizzarlo, sostenendo che in ogni caso non avrebbero potuto fare altro che affidarsi alla volontà divina. «Noi non siamo signori» diceva spesso «nessuno ci può rubare niente, se non la vita: preghiamo Dio che ci sia risparmiata la morte, almeno non prima di aver confessato tutti i nostri peccati.»

Sua madre si chiamava Angiolina e, in realtà, non era affatto sua madre, proprio come Graziolo non era suo padre. Erano stati loro a raccontarle la verità, al compimento dei suoi sette anni. Molto tempo prima, le avevano detto, abitavano entrambi nel contado non lontano da Parabiago, dove Angiolina aveva partorito un bambino, che però era sopravvissuto soltanto un mese. Come spesso accadeva in casi di questo genere, la donna si era allora recata presso uno dei monasteri cittadini che accoglievano bambini esposti e si era offerta come balia. La somma con cui sarebbe stata pagata, sebbene esigua, avrebbe permesso a lei e al marito di finire di racimolare il denaro necessario per l'affitto di un'abitazione in città.

Graziolo, infatti, dopo che una furiosa inondazione aveva distrutto per la seconda volta il suo mulino, e, soprattutto, dopo la prematura morte del figlio aveva deciso di abbandonare quell'attività e quei luoghi: a Milano, diceva, avrebbe svolto qualunque lavoro, anche servile, a patto che non richiedesse da parte sua un iniziale impiego di capitali. Avevano trovato casa appena fuori le mura della Porta Romana, non lontano dalla basilica di San Calimero. Qui Angiolina aveva portato la neonata che le era stata affidata dal monastero di San Celso e, da subito, la piccola aveva colmato il suo dolore per la perdita di quel bambino che non aveva nemmeno fatto in tempo ad amare. Le monache, non sapendo se avesse già un nome, l'avevano battezzata con quello di Allegranza: e, di fatto, mai nessun nome si era dimostrato più adatto. Fin dai primi mesi, la bambina sprizzava gioia e voglia di vivere e il suo sorriso sdentato allietava le giornate di Angiolina che, d'accordo con il marito, ne aveva ben presto richiesto l'affido, che, dopo qualche tempo, era stato concesso. Il suo compito, quindi, non si sarebbe esaurito con il periodo di baliatico, ma sarebbe proseguito come quello di qualunque madre naturale. Allegranza sapeva che in seguito Angiolina e Graziolo avevano nuovamente cercato di procreare figli, ma ogni tentativo si era rivelato vano. Forse era stato per questo motivo che, sette anni prima, avevano accolto volentieri nella loro casa un nuovo bambino, affidato loro questa volta dal domestico di un capitano di giustizia. Il piccolo aveva tratti arabi e si diceva fosse figlio di una concubina di Federico, scelta con molte altre a Lucera, dove l'imperatore aveva installato una numerosa comunità di saraceni. La donna, che aveva seguito la corte imperiale durante i suoi frequenti spostamenti attraverso l'Italia, era morta di febbri nelle campagne presso Ferrara e il bambino, che nessuno voleva, aveva infine mosso a compassione la moglie di un mercante in viaggio verso Milano: la donna se ne era occupata fino all'arrivo in città, dove lo aveva poi consegnato nelle mani pietose di un domestico al servizio di aristocratici, da anni amico di suo marito. Questa, almeno, era la storia che avevano raccontato a Graziolo e lui, non avendo né la possibilità né l'interesse di verificarne l'autenticità, aveva generosamente deciso di sfamare anche quella nuova bocca: la presenza del piccolo avrebbe contribuito ad alleviare il dolore di Angiolina per le sue ripetute, mancate maternità e inoltre, crescendo, il bambino avrebbe potuto cominciare ad aiutarlo nelle sue incombenze. Il lavoro che svolgeva al Broletto, per fortuna, era ben retribuito e anche sua moglie, che si prestava come lavandaia per la vicina basilica di San Calimero, riusciva a portare a casa qualche soldo: la loro vita, tutto sommato, procedeva tranquilla e ordinata. Allegranza, che aveva trovato nel piccolo Hamid un vivace compagno di giochi, aveva imparato ad amarlo come un fratello di sangue. Da subito, aveva dovuto difenderlo dallo scherno degli altri bambini del quartiere che lo canzonavano crudelmente per il colore ambrato della sua pelle e per i suoi capelli, crespi e neri come carbone. Anche gli adulti, dapprima, avevano espresso diffidenza verso il piccolo saraceno e manifestato un infastidito stupore verso Graziolo e Angiolina che lo avevano accolto con loro: poi, a poco a poco, lo avevano accettato, anche in virtù dell'ottimo carattere di Hamid che, incapace di rancore verso i suoi compagni di giochi, aveva conquistato tutti con la sua allegra irruenza.

Persa nei suoi pensieri, Allegranza non si accorse subito di essere stata chiamata per nome. Fu quindi con un sussulto che si voltò, udendo una voce severa appena dietro le sue spalle.

«Sei diventata anche sorda, figliola, oltre ad avere quelle dita difettose?» sibilò la monaca, guardandola con astio.

Allegranza arrossì violentemente e, d'istinto, nascose la mano sinistra sotto lo zinale.

«Perdonate, sorella, non vi avevo sentito...»

«Me ne sono ben accorta che non mi avevi sentito! Ma forse, oltre all'udito e alle mani, ti fa difetto anche la vista! Perché non hai avvisato della morte di quella vecchia, là, all'inizio della corsia? Cosa aspettavi a dirlo, che passasse il medico a scoprirne il cadavere?! Non sai forse quanto si inquieta Ambrogio de Berasio quando non sgombriamo per tempo un posto qui all'ospedale? E il prete? Quella povera donna non ha neanche potuto avere un prete sul suo letto di morte!»

«Perdonate, sorella, ma poco fa, quando sono passata a lavarla, quella donna era ancora in vita e io non potevo sapere...»

«Poco fa, poco fa... Sarà passata almeno mezz'ora! Certo che, se invece che attendere ai vostri compiti caritatevoli, voi famule vi sollazzate a chiacchierare al pozzo, i malati fanno in tempo a morire! Vai, ora, e sbrigati: quel pagliericcio deve essere ripulito prima dell'ora sesta!»

La monaca si voltò rabbiosa e si allontanò. Allegranza, confusa e mortificata, restò per un attimo a guardarla: poi, rassettandosi la veste, si diresse verso il giaciglio della vecchia, dove altri due famuli stavano già provvedendo a sollevarne il corpo. Mentre attraversava la lunga corsia, cercò di non ascoltare le molte voci lamentose che, a ogni suo passo, chiedevano aiuto. Pur rammaricandosi per non poter offrire una parola di conforto a ognuno di quei derelitti, si affrettò: se non avesse obbedito subito, avrebbe rischiato un'altra lavata di capo da parte della monaca o di qualche medico. Doveva far presto, anche perché il suo turno di quella giornata al Brolo stava per finire: all'ora nona un appuntamento importante attendeva sua madre, e Angiolina l'aveva pregata di accompagnarla.

Reprimendo l'ondata di nausea che la colpì inaspettata all'ormai consueto odore della morte, Allegranza afferrò con entrambe le mani il paglericcio vuoto e lo rivoltò: una nuvola di polvere e paglia, levatasi dai numerosi strappi del saccone, la fece tossire a lungo. Dopo aver rovesciato sull'impiantito circostante il secchio dell'acqua, con una ramazza radunò in un mucchio la poltiglia nerastra che si era formata e, in ginocchio, la raccolse con uno straccio. Poi, deposti i suoi attrezzi nel cubicolo presso il portico, si diresse verso l'uscita. Il sole di quella giornata limpida le ferì gli occhi con violenza, dopo la penombra greve della corsia. Con un sorriso si ripulì le mani sullo zinale e, a passi leggeri, si avviò verso casa.

Capitolo 12

Nella piccola sala l'aria si era fatta pesante. Le persone, arrivate alla spicciolata, occupavano tutte le panche disponibili disposte lungo le pareti. Circondata dai suoi fedeli, Guglielma sedeva su uno sgabello, appoggiando la schiena al muro di pietra. Il piccolo palazzo di San Pietro all'Orto, non lontano dalla Pusterla Nuova, le era stato concesso in uso dai cistercensi di Chiaravalle, che, da non molto tempo, l'avevano acquistato insieme ad altri nella stessa zona. Era un edificio di pregio, costruito in pietra: soltanto il tetto e i balconi, aggettanti sulla via, erano di legno. Nonostante le sue iniziali proteste per l'eccessiva eleganza della casa, i monaci erano infine riusciti a convincere Guglielma ad abitarvi.

Le sue riunioni settimanali, avevano detto, attiravano molte persone e necessitavano quindi di uno spazio sufficiente ad accoglierle tutte. In città erano rare le abitazioni che disponessero di una sala: generalmente un unico ambiente serviva da cucina e zona di lavoro, mentre una stanza più piccola fungeva da camera da letto. Qui, invece, i due locali a pianterreno erano sovrastati da altri due piani, dove Guglielma aveva sistemato il suo giaciglio e qualche altro pagliericcio, utile ad alloggiare per la notte gli eventuali ospiti venuti da fuori città. Una scala esterna collegava i vari ambienti: l'uscita posteriore introduceva in una piccola corte dietro alla quale si indovinava la vegetazione rigogliosa di un orto.

Angiolina e Graziolo sedevano vicino alla porta, insieme con Allegranza e Hamid: il bambino, che partecipava per la seconda volta a quelle riunioni, si guardava intorno con occhi curiosi, attento a riconoscere le fattezze di persone già note, alle quali riservava sorrisi disarmanti. I suoi piedi, che non arrivavano al pavimento, dondolavano impazienti. Non vedeva l'ora di sentire le parole di Guglielma. Quella persona inconsueta, avvolta in una veste color cenere, lo affascinava: i suoi capelli, lasciati liberi dal velo o dalle cuffie che abitualmente portavano le donne, erano raccolti in una crocchia sulla nuca e avevano un colore insolito, ancora più chiaro della paglia nuova che sua madre usava per riempire i sacconi dei pagliericci. Nel suo viso, tondo e benevolo, un particolare inquietante colpiva Hamid: i suoi occhi, verdi come l'erba appena germogliata, sembravano sempre lucidi di febbre e parevano incatenare qualunque interlocutore. Lui stesso, la prima volta che Angiolina l'aveva condotto lì, aveva dovuto subirne la malia: sebbene l'incontro si fosse poi concluso con un sorriso rassicurante e una carezza da parte di Guglielma, aveva avuto paura. Quello sguardo indagatore, che passava chiunque da parte a parte, lo aveva rimescolato dentro, muovendo perfino le profondità dei suoi intestini: suo malgrado e vergognandosene da morire, aveva dovuto lasciar andare un peto che, per fortuna, si era rivelato silenzioso.

Un brusio ovattato percorreva la sala: i partecipanti si scambiavano sottovoce i convenevoli di rito. Allegranza salutò con un cenno rispettoso il medico Giacomo da Forno, che incontrava spesso all'ospedale del Brolo: anche lui, come il giudice Pagano da Garbagnate, Bonadeo Corentano e sua moglie Bellacara, Amizone Aicardo, Giovanni Gerusio e molti altri partecipavano quasi sempre ai convegni. Mentre la riunione stava per avere inizio, Guglielma bisbigliò qualcosa ai due assistenti seduti ai suoi lati. Poi, alzando lievemente una mano, a concludere le chiacchiere, cominciò a parlare.

«Grazie per essere venuti. Oggi, come sempre, parleremo della bontà di Dio che, attraverso mille avvenimenti, spesso misconosciuti, si manifesta quotidianamente ai nostri occhi e nutre la nostra anima. Ma prima, lasciate che io possa prendermi cura di una giovane che è stata condotta qui, in preda alla sofferenza...»

A un suo cenno, Bellacara si levò dalla panca e prese delicatamente per il gomito una ragazza che era seduta al suo fianco, incitandola ad avvicinarsi a Guglielma. La giovane tremava visibilmente e le sue braccia ciondolavano avanti e indietro senza controllo. Il suo viso era contratto in una smorfia: le labbra irrigidite erano livide e sbavavano saliva, le narici dilatate cercavano aria, gli occhi guizzavano all'intorno terrorizzati come quelli di un animale braccato.

Guglielma si alzò. La sua statura elevata dominava la sala: portatasi di fronte alla ragazza, le pose le mani sulle spalle e la fissò intensamente negli occhi.

«Come ti chiami?» le chiese.

«G... Giacoma...» biascicò la giovane, abbassando lo sguardo.

«Giacoma, adesso tu guarirai, con l'aiuto del Padre, del Figlio e dello Spirito Santo. E se qualche demone ha scatenato la tua malattia, esso se ne andrà. Adesso inginocchiati e abbassa la testa.»

Con molta fatica, Giacoma piegò le gambe sull'impiantito, mentre Bellacara le tratteneva le braccia dietro la schiena, tentando di fermarne gli spasmi. Guglielma chiuse gli occhi e respirò profondamente: poi, in un silenzio palpabile, le impose le mani sulla testa. La cuffia di panno della ragazza scivolò di lato, rivelando una folta e lucida chioma castana. Le labbra di Guglielma si muovevano, mormorando un'incomprensibile, lunghissima preghiera. A poco a poco, il tremito scomparve dalle membra di Giacoma, che alla fine, pesante come un sacco di segale, cadde inerte sul pavimento. Bellacara si chinò a sorreggerla e, con l'aiuto di Bonadeo, la trascinò verso la panca. Tutti gli occhi, eccetto quelli di Guglielma che restavano serrati, erano puntati su di lei: dopo un tempo che parve lunghissimo, la ragazza mosse una gamba, poi un braccio. Infine rialzò il capo a guardarsi intorno. Il suo sguardo appariva confuso. D'un tratto, dalla sua gola emerse un suono soffocato che, in breve, divenne un gemito lamentoso per trasformarsi poi in un pianto dirotto. Bellacara circondò con le braccia il corpo sottile di Giacoma e, reclinandone amorevolmente la testa sul proprio petto, la cullò dolcemente, sussurrandole parole consolatorie. A poco a poco i singhiozzi si smorzarono e la ragazza si calmò. Sollevando gli occhi sull'assemblea circostante, si guardò intorno incerta, ma subito la vergogna ebbe il sopravvento, inducendola a richiuderli e a rifugiarsi ancora tra le braccia di Bellacara.

«Ringraziamo l'Altissimo per la grazia che ci ha appena concesso...»

Tutti gli sguardi si rivolsero verso Guglielma, che, sedutasi, aveva ripreso a parlare. La donna appariva stanca, come se il suo corpo avesse appena compiuto un enorme sforzo: la sua stessa voce, dalla lieve inflessione straniera, suonava affaticata. Riprendendo a poco a poco il controllo, Guglielma continuò.

«Questa fanciulla è stata risanata, ma non è certo a me che va resa grazia per questo fatto. Io sono soltanto stata il mezzo che Dio ha scelto per operare il Suo prodigio e la mia e la vostra preghiera dovranno ancora levarsi alte a Lui, affinché la salute che è stata ridata a questa povera infelice possa continuare ad albergare in lei. Prima che questa assemblea sia sciolta, pregheremo dunque insieme e ciascuno di noi lo farà ancora domani e dopodomani e ogni giorno fino a quando non ci ritroveremo di nuovo qui. Che nessuno di voi dimentichi di ringraziare l'Altissimo per quello che è successo oggi in questa casa! E ricordate: il Signore ha detto di amarci e onorarci l'un l'altro. Sarà questo amore vicendevole che attirerà la benevolenza di Dio, sarà l'amore di noi tutti a guarire l'anima e, insieme ad essa, il corpo...»

Nessuno fiatava: dodici paia di occhi erano puntate su Guglielma, attente a non perdere nemmeno una parola del suo discorso. La voce della Boema andava a mano a mano riprendendo il suo consueto vigore, tingendosi di una sfumatura lievemente risentita. Il suo sguardo penetrante andava dall'uno all'altro degli astanti, senza trascurare nessuno: anche il piccolo Hamid, rannicchiato contro il fianco di Allegranza, ricevette la sua parte di attenzione.

«E poi vi dico: io non sono Dio! Tutti voi mi conoscete come Guglielma, e tale io sono. Non ho mai detto di incarnare lo Spirito Santo, non ho mai mostrato alcuna stigmata, non sono circonfusa da alcuna aura di santità! Nessuno, dico, nessuno!, dovrà mai attribuirmi meriti che non possiedo! Queste nostre riunioni sono nate per rendere grazie al Signore, per diffondere il Suo verbo, per riflettere sulla Sua inestimabile grazia che abbiamo il dovere di meritarci... La mia umile vita su questa terra è dedicata a questo compito: e se, in questo compito, rientra anche il dono, da me non cercato, di chiedere all'Altissimo la misericordia per i malati, gli inetti, i derelitti, ebbene questo non fa di me una santa! Qualcuno, mi è stato riferito, ha detto che io incarno lo Spirito Santo... Allora io vi dico: se non farete penitenza per queste parole blasfeme, saranno i diavoli dell'Inferno ad ascoltarle! Io non sono Dio, io non sono lo Spirito Santo, io non sono una santa, sono soltanto Guglielma!!! Queste sono le parole che dovete diffondere in città, questa è la verità...»

Stupore e smarrimento riempivano gli sguardi. Meravigliati da quello sfogo violento, inconsueto sulle labbra di Guglielma, i presenti si interrogavano l'un l'altro con gli occhi, per capire il motivo che lo aveva scatenato. Nessuno di loro aveva mai sostenuto la santità di quella donna, anche se le sue azioni avrebbero ben potuto giustificarla: al massimo, in città se ne parlava come di una guaritrice o di una "segnata da Dio". E allora, chi mai aveva potuto mettere in giro quelle voci? Quei discorsi avrebbero potuto far diventare Guglielma facile bersaglio per un'accusa di eresia! Angiolina e Graziolo si guardavano ansiosi, capendo fin troppo bene quanto pericolosa avrebbe potuto essere la loro assidua frequentazione alle riunioni. Lo stesso pensiero stava probabilmente attraversando la mente di Giacomo da Forno, che, lisciandosi meccanicamente la manica della veste, fissava la punta delle proprie scarpe, mentre una ruga profonda di preoccupazione gli attraversava la fronte.

Guglielma di alzò e, preceduta da una coppia di devoti che manifestavano una singolare familiarità nei suoi confronti, si diresse verso il piccolo altare allestito in una nicchia della parete. Ecco chi potevano essere stati i responsabili del rabbioso turbamento della Boema!, pensò Graziolo. Quei due, a quanto ne sapeva lui per averne sentito blaterare nelle stanze del Broletto, erano due ambiziosi profittatori che, sfruttando le doti generose di Guglielma, avevano intenzione di procurarsi fama e ricchezze alle sue spalle. E lui, malgrado la sua servile vicinanza con i palazzi del potere, era stato tanto stupido da non ascoltare voci, da non capire quanto l'ambizione mondana, mascherata da fervore religioso, potesse distruggere qualunque reale messaggio divino! Turbato da un'angoscia profonda che gli stringeva lo stomaco, Graziolo partecipò meccanicamente alle preghiere. Spinto da un'inusuale urgenza ad abbandonare quella sala, al termine delle invocazioni prese per il braccio Angiolina e si avviò verso la porta. Allegranza stava per seguirli, quando un tocco delicato sulla spalla la fermò. Voltatasi, si trovò di fronte il viso severo di Guglielma che la fissava con occhi febbrili. Stupita, si stava già chiedendo in che cosa avesse mancato, ma la donna ne prevenne qualunque parola.

«Mostrami le tue mani, Allegranza» ordinò.

A questa richiesta, la ragazza arrossì violentemente e rimase immobile, guardando spaventata la sua interlocutrice.

«Non avere paura, Allegranza. Non è me che devi temere: mostrami, dunque, le tue mani.»

Con lo stesso sforzo che avrebbe impiegato se avesse dovuto alzare un'enorme balla di fieno, la ragazza sollevò le braccia e portò le mani davanti al petto: un tremito incontrollabile le scuoteva. Con gentilezza, Guglielma le prese tra le sue e le esaminò.

«Questa mano offesa» disse, indicando il lembo di pelle che univa le ultime due dita della sinistra «sarà la tua salvezza. Questi, che gli uomini chiamano difetti di nascita, sono i sigilli di Dio: Egli ha voluto fartene dono e per te sarà il segno che ti permetterà di avere salva la vita e l'anima...»

Gli occhi spalancati di Allegranza seguivano increduli le parole della Boema: non capiva. Come sarebbe stato possibile che quella menomazione, che lei aveva sempre tentato di nascondere e che era a malapena tollerata dai malati e dagli infelici che assisteva quotidianamente al Brolo, diventasse la sua salvezza? Cosa ne sapeva mai quella donna della vergogna profonda che aveva accompagnato tutta la sua infanzia, dei lazzi dei suoi compagni di giochi, delle difficoltà a compiere certi gesti, naturali e spontanei per tutti gli altri? Tutta la sua vita fin lì era passata nel nascondere, sotto lo zinale, dietro la schiena, tra le pieghe della veste, quella mano diversa e inefficiente. E ora, questa donna, parlava di "sigillo di Dio"! Allegranza si sorprese a pensare che la volontà dell'Altissimo doveva essere ben bizzarra se, per additare i suoi eletti, li privava della misericordia dei loro simili! Pentendosi subito di quella riflessione blasfema, stava già per chiederne perdono all'Onnipotente, quando Guglielma riprese a parlare, abbassando la voce in un sussurro.

«Ascoltami, Allegranza, e tieni ben a mente quello che sto per dirti. Conosco un medico, un giudeo, che è qui in città. No, non interrompermi...» soggiunse, bloccando sul nascere la protesta di Allegranza, «...è un giudeo, sì, ed è molto esperto. È venuto a Milano da Salerno, dove esiste una importante scuola di medicina: ha fatto un viaggio lungo e faticoso, e resterà a Milano per un po', prima di ripartire per la Francia. Mi hanno detto che è malato anche lui, ma mi auguro che Dio gli risparmi la vita... Non guardarmi così, Allegranza! Cosa credi, che l'Altissimo faccia differenza tra cristiani, giudei o saraceni per decidere chi potrà oltrepassare le porte del Suo regno? Oh, lo so bene che questi sono discorsi che molti potrebbero tacciare di eresia, ma non sarai certo tu a denunciarmi... E poi, se anche tu o altri mi mandaste al rogo, saranno sempre meglio le fiamme terrene di quelle eterne dell'inferno! La mia fede è ferma, la mia certezza che abbiamo tutti un unico Dio e che la Sua misericordia abbracci la totalità delle creature senza far distinzioni tra il loro credo, è per me incrollabile. Vedi bene, quindi, quanto sia irrilevante che questo medico sia giudeo: si chiama Isaac ben David e abita con la figlia non lontano dall'ospedale di San Lazzaro. Vai da lui, ma senza che si sappia in giro, perché, come sai, i medici giudei non possono esercitare qui in città. E, soprattutto, non farne parola con alcuno al Brolo, dove lavori: se mai dovesse giungere alle orecchie sbagliate la notizia che Isaac presta le sue cure a una cristiana, sarebbe la rovina per lui e anche per te. Il rischio che ti esorto a correre è giustificato: quell'uomo non è soltanto un fisico, ma applica anche la chirurgia e, quindi, saprà trovare il modo per dividere le tue dita. Questo non è in contrasto con quanto ti ho detto prima sulla volontà di Dio nei tuoi riguardi: il Suo disegno della tua vita comprende anche Isaac e sua figlia... Non chiedermi come posso saperlo» aggiunse, infastidita dalla crescente incredulità dipinta sul viso di Allegranza, «lo so e basta. Se farai come ti dico, sarai salva: sta a te decidere...»

Guglielma lasciò le mani di Allegranza che, fino a quel momento, aveva tenute strette tra le sue. Una stanchezza profonda le appesantiva i tratti del viso, molte ciocche di capelli si erano sciolte dalla crocchia sulla nuca e pendevano ribelli ai lati delle guance. Allegranza ritirò le mani, nascondendole, in un gesto ormai più che consueto, sotto lo zinale. Scottavano. Il calore trasmesso loro da quelle di Guglielma sembrava quello irradiato dalle braci ardenti del focolare, quando la fiamma, nascosta sotto la legna, brucia ancora silenziosa.

«Farò come dite, domina Guglielma, obbedirò...» sussurrò la ragazza, incerta.

«Non devi obbedire, Allegranza» replicò la Boema con una dolcezza nuova nella voce «devi capire. Sono certa che l'Altissimo ti illuminerà. E ora vai in pace.»

Guglielma si voltò e raggiunse i suoi assistenti che la aspettavano irrequieti, meravigliati da quel lungo e imprevisto interludio con la giovane famula. Allegranza, rossa in volto e con il cuore che batteva all'impazzata, si diresse alla porta, oltre la quale la attendeva Hamid: irrequieto, disegnava ghirigori con un bastoncino nella ghiaia di fianco alla casa.

«Cosa ti ha detto? Cosa ti ha detto la Boema?» la assalì

eccitato, non appena la vide comparire sulla soglia. Mentre il piccolo le saltellava intorno, in attesa di una risposta, Allegranza cercò di calmarsi: il batticuore se ne stava andando, ma ora le tremavano le gambe e faticava a procedere.

«Nulla di importante, Hamid, nulla di importante...»

Deluso, il bambino la guardò torvo, non credendo affatto alle parole appena pronunciate dalla sorella. Con uno sbuffo risentito, le lanciò contro una piccola manciata di ghiaia che conservava ancora nella mano e si mise a correre verso casa.

Il sole stava calando: nel vicolo si incominciavano a indovinare le fiammelle delle candele appena accese che, baluginando dalle porte aperte, creavano ombre inquietanti sui muri. Con un brivido, Allegranza affrettò i suoi passi verso la via Porticata.

Capitolo 13

Matthew si fermò. Sul lato sinistro della strada, accanto al sacello di San Satiro, una lunga fila di penitenti ostruiva quasi completamente il passaggio che immetteva nelle vie degli armaioli. Arnolfo gli aveva spiegato di non meravigliarsi se, passando di lì, avesse visto una moltitudine di persone in attesa, perché la ressa che avrebbe incontrato dipendeva da un motivo specifico, anche se piuttosto curioso.

Tutto era cominciato circa un anno prima, quando si diceva fosse avvenuto un miracolo. Uno squilibrato, un certo Massazio da Vigonzone, aveva pugnalato il quadro raffigurante la Vergine, esposto fuori dalla porta del sacello e l'immagine della Madre di Cristo aveva cominciato a sanguinare copiosamente. I monaci che si occupavano della chiesa e dell'annesso xenodochio avevano immediatamente gridato al miracolo, e ora un gran numero di persone si recava quotidianamente in San Satiro per offrire denaro e impetrare indulgenze. Arnolfo non conosceva la sorte di Massazio, ma correva voce che fosse stato accolto in qualche monastero per espiare la sua colpa e ravvedersi. L'abate aveva aggiunto che quello era l'unico miracolo avvenuto da parecchio tempo e che, proprio per la cronica scarsità di prodigi in città, l'avvenimento aveva provocato un certo scalpore, attirando sempre più fedeli presso il sacello. Le parole di Arnolfo, mentre gli raccontava del miracolo, avevano avuto un che di disincantato, come se lui stesso fosse stato scettico sulla sua veridicità. Matthew non se ne era meravigliato più che tanto, avendo imparato a riconoscere nella personalità dell'abate una mente acuta sostenuta da un carattere pratico. Lui stesso, d'altra parte, ricordava come anche in Inghilterra si continuasse a sollecitare la credulità popolare e a stimolare l'affluenza di fedeli nelle chiese sfruttando prodigi e reliquie. Di queste ultime, poi, aveva saputo come si facesse addirittura uno squallido commercio: maneggioni di ogni tipo sostenevano di averle avute da presunti crociati di ritorno dalla Terrasanta e, in cambio di denaro sonante, le rivendevano ad abati e vescovi. Avendo colto quel distacco diffidente nelle parole di Arnolfo, non aveva osato chiedergli se anche a Milano esistessero traffici dello stesso tipo: se la sua permanenza in città si fosse prolungata, certamente ne sarebbe venuto a conoscenza da solo.

Dopo essere finalmente riuscito a superare la calca e aver oltrepassato il coperto che immetteva nel quartiere delle armi, Matthew fu accolto da un rumore assordante. Decine di martelli battevano sul metallo, scintille sfuggivano dal buio degli anditi dove erano sistemate le incudini, fuochi ben alimentati crepitavano nelle fucine dei fabbri. Appoggiati alle pareti esterne delle botteghe, armi e corredi guerreschi erano esposti in bella mostra, ma ben custoditi dagli occhi attenti dei servi degli armaioli: spade, pugnali, scudi, elmi, catene, mazze, speroni, cotte di maglia, gambali e ogni altro strumento che potesse servire a operazioni militari. A questi oggetti di offesa e protezione si aggiungevano anche altri manufatti di più grandi dimensioni, come giunti di plaustrelle, i micidiali carri falciati usati in battaglia, o massicci longheroni di legno muniti di punte taglienti, utili a difendere i fossati come fortezze mobili.

Anche qui un enorme numero di persone occupava ogni spazio della via, ma, questa volta, erano quasi tutti uomini. Armigeri, cavalieri, notabili, capitani: ognuno di loro osservava le merci esposte, qualcuno ne soppesava consistenza e qualità, qualche altro contrattava il prezzo, altri ancora facevano ordinazioni. Matthew rifletté come quella folla vociante e disordinata gli ricordasse uno sgangherato gioco di bambini che, fieri di aver escluso qualunque presenza femminile dal loro divertimento, manifestavano tutta la loro violenta irruenza. Evidentemente, la vista di tante armi ammassate in uno spazio piuttosto ristretto risvegliava i loro entusiasmi infantili verso il gioco della guerra. Il frate si meravigliava sempre di quanto l'atteggiamento degli uomini mutasse in rapporto a chi li circondava: quando erano soli o con pochi amici fidati, rivelavano il lato migliore o peggiore di sé, ma, in qualche modo, il loro carattere era definibile. Quando, invece, per i motivi più diversi, i singoli entravano a far parte di una massa più vasta di individui simili a loro, il contegno cambiava e, con esso, la personalità: Matthew lo aveva già notato tra i confratelli in Inghilterra, tra i coloni e i mercanti incrociati lungo il cammino attraverso la valle Augusta, tra gli uomini incontrati a Milano, fossero essi popolani, religiosi o aristocratici. I loro modi diventavano più arroganti, la loro voce e i loro sguardi più sicuri, come se il fatto di appartenere a un gruppo omogeneo ne giustificasse ogni azione, anche la più riprovevole. Questa fusione di caratteri, pensava il frate, era sicuramente utile in battaglia, quando l'aggregazione di tanti uomini diversi era finalizzata a ottenere un obiettivo comune. Ma altrove? Che senso potevano mai avere i lazzi osceni, le bestemmie, le volgarità pronunciate in gruppo davanti a una bottega, se, all'interno delle loro case, di fronte a mogli e figli, nessuno di loro avrebbe mai osato ripeterle? Non capiva: d'altra parte, si rendeva conto che il lungo periodo di segregazione, passato lontano dalla sua terra e dalle sue abitudini, lo aveva in parte privato di una serena capacità di giudizio. Aveva compiuto un lungo e difficile viaggio attraverso l'Europa, aveva condiviso avvenimenti drammatici con persone sconosciute, aveva scoperto amici della cui sincerità non avrebbe mai potuto dubitare, ma aveva anche dovuto affrontare la malevolenza e l'odio di nemici che avrebbe preferito non aver incontrato. Era stanco e confuso. L'atmosfera stessa della città lo turbava: Milano era un grande, complesso agglomerato urbano dove ogni cosa, ogni persona poteva essere diversa da ciò che sembrava. Come gli aveva spiegato Arnolfo, i personaggi di spicco e gli avvenimenti che li vedevano protagonisti avevano la caratteristica di mutare con una rapidità impressionante, la gente cambiava fazione di continuo. Per questi e altri motivi che non riusciva a definire, ma che gli procuravano una certa inquietudine, Matthew avrebbe voluto andarsene da Milano, ma il recente impegno assunto per l'abate e la consapevolezza di non avere una meta immediatamente raggiungibile lo trattenevano in città. Cercava quindi di ignorare le fitte di nostalgia che, sempre più frequentemente, gli facevano rimpiangere il suo ormai perduto monastero di St Albans, ma tentava anche di scacciare dalla sua mente il più recente, e inaspettato, struggimento per la valle Augusta, che aveva lasciato da poco meno di un anno. Sebbene a quel viaggio tra montagne e vallate fosse stato costretto dall'imperscrutabile volontà divina e sebbene la sua permanenza colà fosse stata accompagnata da eventi drammatici, ora Matthew si sorprendeva a rimpiangere il silenzio di quei luoghi e la semplice schiettezza delle persone che li abitavano. E poi forse, pensava, la sua fede stava vacillando, persa dietro all'enorme quantità di accadimenti a cui, non per sua scelta, aveva dovuto far fronte negli ultimi due anni.

In fondo, si giustificava, erano stati i suoi genitori ad aver stabilito che la sua vita sarebbe stata dedicata a Dio, quando lo avevano affidato come oblato ai buoni frati del monastero e, sebbene là avesse fatto tesoro degli insegnamenti ricevuti, restava pur sempre un semplice monaco, figlio di contadini. In qualche modo sentiva che la stanchezza accumulata durante il suo interminabile pellegrinaggio penitenziale, lo stava rendendo inadeguato ad affrontare gli intrighi, le doppiezze e le strategie che, ne era certo, avrebbe dovuto fronteggiare per portare a termine la missione affidatagli da Arnolfo.

Perso dietro ai suoi pensieri, Matthew non si accorse di essere giunto al Broletto. Qui la sua attenzione fu attratta da un altro schiamazzante capannello di persone che, facendo cerchio intorno al pozzo, nascondeva alla sua vista l'oggetto di tanto strepito.

Incuriosito si avvicinò e, intrufolandosi tra due serve che confabulavano animatamente tra di loro, riuscì a vedere di che cosa si trattava. Un uomo con le brache calate fino ai piedi era seduto a terra: il suo deretano, bianco e molliccio, si allargava su una pietra lunga e stretta, mentre le sue mani legate tra di loro con una spessa corda di canapa scendevano a coprire malamente il pube. Anche le caviglie erano legate a due ceppi, conficcati nel terreno a fianco della pietra: le gambe, innaturalmente divaricate, accentuavano l'oscenità della posizione. L'uomo piangeva: il suo volto, rosso di vergogna, era abbassato sul petto, scosso da singhiozzi silenziosi.

«Hai visto, frate» disse quella delle due serve che, voltandosi, si era ritrovata a fianco Matthew «cosa succede ai mercanti disonesti?»

«Ma perché?» chiese il frate. «Cos'ha fatto quest'uomo?»

«È fallito, non vedi? Non vedi che l'hanno messo lì a culo nudo sulla pietra? Ma da dove vieni, frate?» proseguì la donna, incuriosita dall'accento forestiero del suo interlocutore. «Non sai cosa fanno qui a Milano ai mercanti falliti? Li mettono alla gogna, li mettono! E fanno solo bene! Ma non sai che questo furfante si era fatto prestare un sacco di soldi per comprare del cotone e poi, dopo averlo venduto ai fustagnari, ha speso tutto il ricavato in bordelli e taverne, senza restituire nemmeno un terzolo?! E stava pure per fuggire dalla città, il porco! Meno male che lo hanno preso: pensa, era già quasi fuori dalle mura quando le guardie lo hanno fermato con l'ingiunzione del giudice! Eh, se tutti i mercanti che ci sono a Milano facessero come lui saremmo proprio a posto! Meglio fargli acculasciare la pietra ai mascalzoni, così tutti gli altri imparano a comportarsi bene! Il mio padrone lo dice sempre: trova un mercante onesto e troverai un tesoro...»

«E quanto tempo lo lasciano lì, adesso? E poi, cosa ne faranno?»

«Starà lì tutt'oggi, e stasera lo porteranno alle carceri della Malastalla. Quando verrà giudicato non si sa, ma credo che sarà presto...»

Matthew, stordito dalle parole irose della donna, fissava il mercante. Nonostante capisse quanto il discorso della serva fosse giustificato, provava un sentimento di pena per quell'uomo, il cui aspetto non più giovanile era reso ancor più sfatto dall'ignominia di quella gogna oscena. Turbato, rifletté sul fatto che i suoi simili usavano da sempre l'esposizione delle loro nudità per gli scopi più diversi: da un lato, le prostitute ostentavano seni e cosce ad ogni angolo di strada per incrementare i loro squallidi commerci, dall'altro il corpo nudo di un malfattore o di un condannato fomentava lazzi crudeli e oscenità da parte dei passanti. Ma allora dove stava la differenza, che significato andava attribuito al pudore, se era soltanto la diversità delle situazioni a stabilirne il valore? L'effettiva uguaglianza degli uomini, si ritrovò a pensare, risiedeva proprio nella loro nudità ed erano le vesti, più o meno ricche, che permettevano di distinguere il castellano dal contadino: erano solo delle pezze di tessuto, cucite alla buona o finemente ricamate, quelle che facevano mutare l'atteggiamento della gente verso i propri simili. L'apparenza dell'abito condizionava i modi, il rispetto: chi mai avrebbe interpellato un popolano lacero, vestito di stracci, con la stessa deferenza usata nei confronti di un aristocratico o di un ricco mercante?

Rimuginando su quanto le azioni umane fossero vincolate dalla futilità delle abitudini, Matthew si diresse a passo veloce verso il monastero di San Simpliciano: all'ora nona avrebbe dovuto incontrare Arnolfo, per ricevere ordini sul suo mandato.

Capitolo 14

«È chiaro che, a questo punto, dobbiamo cercare la balia...»

Matthew osservava il volto eccitato di Arnolfo. Aveva sperato, dopo avergli riferito il discorso di magistra Eufrasia, che l'abate avrebbe rinunciato a proseguire nelle ricerche della figlia di Caterina. Considerando quanti anni fossero passati e quanto grande fosse la città, il frate riteneva assolutamente impossibile ritrovare la ragazza, ammesso che fosse ancora viva o che, addirittura, fosse mai esistita. Tutta quella storia, che gli era parsa drammaticamente reale mentre ascoltava le parole della badessa, ora, un paio di settimane dopo, gli sembrava una inverosimile costruzione mentale, elaborata dalla fantasia malata di un'anziana monaca e di un abate visionario.

«Non sarà facile» interloquì Matthew «anche perché, dopo tutto questo tempo, la donna sarà ormai vecchia e forse non ricorderà nulla: di norma, le balie non accudiscono un bambino soltanto, in tutta la loro vita fertile, e quelle di San Celso potrebbero non ricordare tutti i piccoli a cui hanno prestato le loro cure...»

Gli occhi di Arnolfo fissarono Matthew con durezza.

«Voi mi credete un pazzo, vero, frate? Non avete il coraggio di confessarmi che considerate questo mio assillo come la perdita di tempo di un abate che non abbia nulla di più urgente a cui pensare? Ebbene, non è così! C'è un altro, e ben più grave, motivo per cui devo conoscere la sorte di quella discendente dei Gisalbertini! Non volevo parlarvene, finché non aveste portato a termine la ricerca, ma ora la vostra palese incredulità mi costringe a farvi sapere...»

Arnolfo si interruppe. Abbassò le palpebre e chiuse gli occhi: appoggiando i gomiti sulle cosce ricoperte dal saio scuro, si raggomitolò su se stesso, sollevando le mani affusolate a massaggiare nervosamente le guance. Confuso dall'atteggiamento turbato dell'abate, Matthew attese.

Dopo un tempo che gli parve lunghissimo, Arnolfo si risollevò, raddrizzando lentamente il dorso lungo lo schienale della sedia: il suo viso era pallido, ma l'espressione mostrava una calma determinazione.

«Adesso ascoltatemi bene, frate Matthew, e cercate di capire fino in fondo quale sia la vera questione. Anche se siete forestiero e non conoscete questa città, non posso credere che laggiù, nella vostra terra d'Inghilterra, non esistessero intrighi politici e avidità di potere e che voi, pur dalla pace del vostro monastero, non li abbiate colti, non ne abbiate sentito dire... Quindi, poiché di questo si tratta, sono certo che comprenderete. Dimenticate per un momento la vicenda di Caterina e di sua figlia. Ricordate che sia io che la badessa vi abbiamo parlato di Lanfranco Calgario? Bene: il notaio Bonprando, con cui sono in contatto continuo poiché è lui a occuparsi delle finanze del monastero, mi ha detto che quest'uomo vive ancora in città e che sta trafficando indegnamente per essere nominato capitano di giustizia. In realtà, nelle stanze podestarili nessuno lo vuole, perché è noto a tutti per essere una persona umorale e, a tratti, violenta: come potete immaginare, questa carica richiede invece equanimità ed equilibrio da parte di chi la esercita. Di questi tempi basta l'insipienza di uno solo a provocare disordini e sommosse! Sebbene Lanfranco abbia fatto di tutto per nascondere il suo passato e vada sbandierando in giro ricchezze che in realtà non possiede, al notaio sono giunte voci di un suo lontano coinvolgimento in vicende poco chiare e che sarebbero più che sufficienti per impedire la sua ascesa a questa carica. Niente più che pettegolezzi, intendiamoci, e senza l'ombra di prove, ma ora io mi chiedo: non si tratterà per caso della sua storia con Caterina Gisalbertini? Non ci sarà qualcun altro che lo sospetta di omicidio? Può essere che qualcuno di cui non sappiamo né io né Eufrasia sia a conoscenza di altri fatti che lo vedono coinvolto? Capite ora perché è assolutamente necessario che, se è qui, ritroviamo la figlia di Caterina? La ragazza, una volta accertatane senza ombra di dubbio l'identità, sarebbe la prova vivente del suo misfatto! Anche un solo dubbio sulla condotta morale di Lanfranco impedirebbe che egli possa diventare capitano di giustizia, e, soprattutto, indurrebbe il podestà ad allontanarlo dalla città...»

Arnolfo riprese fiato, fissando il volto del suo interlocutore per scorgervi la giusta attenzione alle sue nuove spiegazioni. Lo stupore dipinto sul volto del frate lo convinse dell'efficacia delle sue parole. Matthew stava cercando di mettere ordine nei suoi pensieri. Era indispettito dal fatto che l'abate gli avesse raccontato tutta la storia a pezzi e bocconi: evidentemente, la fiducia che nutriva verso la sua persona non era poi così completa e questo atteggiamento lo infastidiva.

D'altra parte, lui stesso che, a seguito di una visione non dissimile da quella di Arnolfo, aveva dovuto dare un corso del tutto inaspettato alla propria vita portando una sinistra profezia in una terra sconosciuta, non era certo il miglior giudice per emettere sentenze sul comportamento umano. Il tempo passato dal suo pellegrinaggio nella valle Augusta era troppo breve perché non si ricordasse fin troppo bene l'angoscia vissuta, il timore di parlare a chiunque della sua premonizione, il terrore che il puntuale verificarsi di quella profezia aveva provocato in lui. Poteva, quindi, ben comprendere le esitazioni di Arnolfo e la sua paura di non essere creduto, anche se il suo sogno aveva poi trovato un incredibile riscontro nelle confidenze di Eufrasia e negli avvenimenti in corso.

«Va bene, Arnolfo» disse Matthew, alzando le mani in segno di resa «ho capito. Proseguirò le ricerche delle balie: ma voi, vi prego, abbiate fiducia in me. Non ho la veste per giudicare i comportamenti di chicchessia: se è stato l'Altissimo a guidare la vostra visione, sarà ancora Lui che ci permetterà di trovare la figlia di Caterina... Ditemi, dunque, che cosa devo fare.»

Un sorriso timido, insospettabile in quel volto fiero, illuminò l'espressione dell'abate. Rassicurato dal tono deciso del frate, atteggiò il volto in un'espressione cospiratoria e, giunte le palme delle mani nell'abituale gesto di preghiera, cominciò a parlare.

Ignara dei discorsi che si svolgevano qualche cella più in là, una delle colombe allevate con dedizione dai monaci di San Simpliciano si posò sul davanzale della minuscola stanza di Matthew. Zampettando fin sul margine interno della finestrella si guardò intorno e, non cogliendo alcuna presenza umana, prese a becchettarsi il dorso e la coda, per ripulirli dalla polvere e dagli insetti. Quando ebbe terminato questa operazione, si mise in bilico sul margine esterno del davanzale e, dopo un attimo, volò verso il tetto della basilica. Lieve come un filo d'erba trasportato da una brezza appena percettibile, una piuma si staccò dal corpo della colomba e planò lenta sul pavimento di pietra, andando a posarsi nella sacca di frate Matthew, che giaceva aperta sotto la finestra. Quasi del tutto nascosta dai pochi indumenti del monaco, la piuma si fermò tra le pieghe del cuoio, proprio accanto a un mazzolino di ginepro, con i cui rami, ormai secchi, confuse il proprio calamo.

Rachele osservava suo padre. Si era addormentato da poco, dopo aver passato tutto il pomeriggio a tossire e vomitare. Il suo respiro irregolare usciva faticoso dalla gola, raschiante e catarroso. A tratti, sembrava che si arrestasse del tutto, per riprendere pochi istanti dopo ancora più sibilante. La ragazza, seduta su uno sgabello ai piedi del giaciglio, aveva sulle ginocchia un grosso tomo scritto in ebraico e ne passava i fogli a uno a uno, in cerca di quello che le serviva. Isaac stesso lo aveva consultato innumerevoli volte, quando i dubbi suscitati da particolari malattie che aveva dovuto curare non erano confortati da sufficiente esperienza. Sapeva che quel libro enorme era opera di un famoso medico ebreo di Cordova, un certo Moshe ben Maimon, e che suo padre lo conservava come una reliquia. A Salerno, dove era nata, Rachele aveva ricevuto un'ottima istruzione da un precettore giudeo che suo padre aveva pagato volentieri, affinché le insegnasse le basilari nozioni di ebraico, latino e greco. Sapeva di essere una privilegiata, perché era raro che a una bambina fosse permesso avere una conoscenza così vasta delle lettere. Anche se le amiche con cui aveva condiviso l'infanzia e la prima adolescenza a Salerno avevano imparato a scrivere in ebraico in una piccola scuola tenuta da una donna della loro comunità, la sua padronanza della lingua scritta andava ben oltre le poche nozioni elargite alle sue compagne, utili, tutt'al più, a poter vergare la corrispondenza tra parenti. L'apprendimento delle lingue classiche le aveva permesso di scoprire gli autori latini e greci, le cui opere l'avevano incuriosita e affascinata, invogliandola a studiare poi la storia antica di quelle genti le cui vicende si erano, in più di un'occasione, intrecciate con quelle del suo popolo. Le sarebbe piaciuto poter leggere anche la *Torah*, ma quel testo, lo sapeva, era interdetto alle donne. Anche se con una punta di rammarico, suo padre glielo aveva detto più di una volta: quella era materia vietata. Forse per compensarla della delusione, o forse anche per trasmetterle il grande amore che nutriva verso la sua professione, Isaac l'aveva invece aiutata a studiare e capire la dottrina di Moshe ben Maimon, spiegandole che cosa significassero tutte le parole difficili scritte su quel poderoso volume di materia medica che ora aveva tra le mani.

Mentre la candela di sego sistemata sul tavolo a fianco si andava lentamente consumando, Rachele sforzava gli occhi tra le righe del lungo capitolo dedicato ai sintomi. Se solo avesse potuto tentare una diagnosi sulla malattia che stava consumando suo padre! Era melancolia, di questo era quasi certa, e sapeva che questo morbo provocava altre gravi sequele, come il cancro o la pazzia. Ma, si chiedeva, compulsando febbrilmente il libro, se la melancolia è prodotta da un eccesso di bile nera, se questo è uno dei quattro umori del corpo e se, come le aveva insegnato Isaac, questo umore possiede secchezza, perché mai tutte le manifestazioni fisiologiche di suo padre erano improntate all'umidità? Sudore, catarro, urine copiose non erano tutti segni di umore umido? E allora? Che si trattasse invece dell'umore del sangue, che più di ogni altro genera umidità? Ma allora, se non era la melancolia la causa originaria del suo male, cos'altro poteva essere? Se solo avesse potuto richiedere l'assistenza di un altro medico! Ma, a quanto ne sapeva lei, in città esercitavano solo fisici cristiani che, oltre a disprezzare i loro colleghi giudei, avrebbero anche potuto denunciarne la presenza, mal tollerata a Milano: in questo caso avrebbero dovuto andarsene, scacciati senza alcuna pietà da quella miserevole stamberga che a malapena avevano trovato. No, con suo padre in quelle condizioni, non avrebbero potuto intraprendere alcun viaggio: avrebbe dovuto pensarci lei, tentando di curarlo, facendo tesoro di quanto aveva visto fare per tanti anni da lui. Avrebbe studiato ancora e, osservando i sintomi, avrebbe azzardato una diagnosi. Poi, quando fosse stata ragionevolmente sicura delle conclusioni raggiunte, avrebbe cercato il rimedio: in fondo, il forziere di suo padre straripava di impiastri, di pillole, di coppette per salassi, di evacuanti. Qualcosa avrebbe trovato, qualcosa avrebbe funzionato.

Stropicciandosi gli occhi affaticati dalla lettura alla luce fievole della candela, Rachele radunò le pagine del tomo e le legò insieme con la robusta fune di canapa fissata alle estremità della copertina di cuoio. Riposto il libro nello scrigno di quercia, si avvicinò al giaciglio per controllare il sonno di suo padre: Isaac dormiva profondamente adesso, il suo respiro si era fatto più regolare. Tranquillizzata, la giovane si diresse verso il pagliericcio, non prima di aver spento del tutto il mozzicone di candela. Il cane, che per tutto il tempo era rimasto accucciato ai suoi piedi, la seguì scodinzolando e, intuite le intenzioni della sua padrona, con un agile salto la precedette sul giaciglio, sistemandosi soddisfatto sul fondo del saccone.

Capitolo 15

Nuvole scure e gravide di pioggia avanzavano veloci da sud verso nord, creando un singolare contrasto nell'aria: era come se una cortina nera corresse a incastrarsi dal basso nell'altra metà di cielo, azzurro come un lapislazzulo. L'inspiegabile mancanza di vento a terra rendeva l'atmosfera irreale. Matthew, infastidito da quell'afa che gli appiccicava la veste al corpo, fu costretto a fermarsi, appena dietro a un carretto di legname. Il contadino che lo conduceva urlò qualcosa ad alcuni uomini che, chini su vanghe e badili, occupavano tutta la carreggiata antistante.

«Ma vi pare questa l'ora per riparare la strada, per Dio! E adesso come faccio a passare, eh, me lo dite voi come faccio a passare?!...»

Continuando a spargere la ghiaia sulla terra battuta, gli uomini gli risposero qualcosa che Matthew non capì, ma che doveva essere una frase beffarda, perché il contadino si infuriò: alzatosi di scatto sul carretto, si voltò e, dal mucchio accatastato, afferrò un pezzo di legno grosso quanto un braccio. Poi, bestemmiando pesantemente, lo scagliò davanti a sé, sulla carreggiata. Il ciocco rimbalzò a poca distanza dai piedi di uno degli uomini, sollevando uno schizzo di ghiaia e una nuvola di terra. L'uomo, stupito dalla violenta reazione del contadino, appoggiò al suolo il badile e lo guardò: poi, mentre il suo viso si faceva rosso di collera, si avvicinò al carretto, pronto a dare battaglia. Anche i suoi compagni avevano sospeso il lavoro e, chini sui loro attrezzi, seguivano la scena con sguardi minacciosi.

«Allora, cos'è tutto questo parapiglia? Non vedete che sta per cominciare un temporale? Muoversi, muoversi, bisogna finire prima che cominci la pioggia, o la ghiaia scivolerà tutta nei fossati laterali! Svelti, dunque! E tu... non hai niente di meglio da fare che imbestialirti con la gente che lavora per il monastero e bestemmiare tutti i santi del Paradiso?»

Le parole risolute che riempirono sonore l'aria ferma appartenevano a un prete: la bassa statura e il corpo magro contrastavano con il piglio deciso della sua voce e con l'atteggiamento imperioso. Sebbene la sua ira non fosse affatto sbollita, il contadino dovette rinunciare a proseguire la lite: sedutosi nuovamente sul carretto, non rispose, limitandosi a dare ostentatamente le spalle al monaco. Fu così che scorse Matthew, che stava in piedi in attesa, appena dietro al carro.

«Frati, solo frati, preti, monache e puttane in questa città di merda! Basta, giuro che non ci vengo più a Milano a farmi spennare le tasche e l'anima...» bofonchiò il contadino, riassestando rabbioso i ciocchi sulla catasta di legna.

Mentre gli uomini procedevano rapidi a spargere e livellare la ghiaia, Matthew si spostò di lato al carretto e, attento a non scivolare nel fossatello laterale, lo superò, facendosi incontro al prete.

«Ah, finalmente, tu sei frate Matthew Willingtham, vero? Oh, come si pronuncia difficile il tuo nome! Perdona, ma io non sono abituato alla lingua d'Inghilterra, mi suonano molto più facili quei tremendi appellativi tedeschi che da anni ci sputano addosso i soldati dell'imperatore... Ti aspettavo, Arnolfo da Sala mi ha annunciato la tua visita: vieni, entriamo nel monastero.»

Sebbene, nella foga del discorso, il prete non avesse pronunciato il proprio nome, Matthew suppose che si trattasse di Cosimo da Landriano, il prevosto di San Celso. La sua congettura trovò subito conferma: dopo aver superato il piccolo ponte di legno che immetteva nell'area del convento, il prete lo guidò verso il fianco della basilica dove, addossata alla parete sud, sorgeva una bassa costruzione in legno e pietra.

«Vedi», soggiunse mentre lo introduceva nella sua abitazione «noi non abbiamo il lusso e le comodità di San Simpliciano. Questo è un monastero povero, la nostra unica fonte di sostentamento è il contado. Qui abbiamo, da tantissimi anni, un ospedale che si occupa di offrire cure all'anima e al corpo, oltre che ad ospitare i pellegrini di passaggio: sapessi quanti sono quelli che, lungo il loro viaggio verso Roma o la Terrasanta, si fermano anche da noi per avere un giaciglio e un po' di ristoro! E poi ci sono i bambini. Povere creature che nessuno vuole, lasciate qui in una cesta, in attesa di trovare una donna che offra loro il suo seno! Eh, abbiamo molto da fare, frate Matthew, molto da fare... Ma, piuttosto» proseguì Cosimo, invitando Matthew a sedersi su uno sgabello a lato del tavolo, «non è proprio per sapere delle nostre balie che sei qui? O, forse, non ho ben inteso dalla lettera che mi ha fatto consegnare Arnolfo?»

Matthew, che per indole e per prudenza acquisita, era solito affrontare le questioni con maggiore cautela, rimase sorpreso dall'immediatezza del prevosto e dovette fare uno sforzo su se stesso per rispondere a tono.

«Sì, sì, avete inteso benissimo» replicò, cercando con attenzione le parole, «l'abate di San Simpliciano ha avuto l'incarico di ritrovare una bambina che si suppone sia stata esposta da voi. Il problema è che sono passati molti anni e, non avendo notizie precise della piccola che ormai sarà diventata una donna, Arnolfo non ha altro mezzo che ricercarne la balia, per sapere se, per caso, lei ne abbia conservato memoria.»

«Eh, non sarà facile, frate! Sapessi quanti sono i bambini che abbiamo affidato...»

«Ecco, appunto, l'abate spera che la balia a cui la bambina fu consegnata ne abbia richiesto in seguito l'affido: se questo fosse avvenuto, sarebbe possibile ritrovarne le tracce...»

«È vero, ma forse tu, venendo da tanto lontano, non sai come funziona la pratica del baliatico qui da noi. Dunque, lascia che ti spieghi: il bambino esposto viene dato a balia, generalmente alla moglie di uno dei nostri fittavoli e rimane con lei nel contado fin verso i due, tre anni. Poi, scaduto il termine del contratto, il piccolo viene riportato qui all'ospedale dove le brave monache hanno istituito un ricovero in cui, insieme con tutti gli altri, verrà accudito e sfamato fino a che abbia raggiunto un'età che gli permetta di essere autosufficiente. Verso i dieci anni, alcuni di questi ragazzini vengono avviati al lavoro qui o in altri ospedali, dove prestano la loro opera come famuli, oppure sono collocati presso qualche artigiano, dove imparano un mestiere. Nel caso delle bambine, il loro futuro non si discosta molto da una vita di servizio presso qualche famiglia, a meno che la badessa non decida di avviarle alla vita claustrale. E poi talvolta, ma ti assicuro che accade di rado, la balia sceglie di richiedere l'affido, cioè di continuare ad allevare il piccolo presso di sé. Questa è sempre una buona cosa, perché, oltre a garantire un futuro decoroso al bambino, gli permette di vivere un'esistenza quasi normale: in questo caso, per esempio, le bambine hanno la possibilità di godere di una dote che, sia pur limitata, permetterà loro di trovare un marito. Vedi dunque, frate, quanto sia difficile la vita di questi piccoli, rifiutati da tutti...»

Attento a cogliere nelle parole del prevosto lo spunto

in cui inserire la sua domanda più importante, Matthew rifletteva, ancora una volta, sulla imperscrutabile volontà divina che, come nell'odioso gioco della biscazza, stabiliva a chi dare e a chi togliere, senza fornire immediate spiegazioni sulla scelta del privilegiato o dello sfortunato. Pentendosi immediatamente di quella valutazione profana, tanto lontana dagli insegnamenti della Chiesa, il frate riportò la sua attenzione sul ragionamento di Cosimo.

«Ecco, per tornare alla richiesta di Arnolfo, se tu hai, come mi è stato comunicato, un elenco di balie risalente a una ventina di anni fa, forse magistra Isabella, che allora si occupava proprio degli esposti, potrebbe ricordare qualcosa, per lo meno per chi e quando sia stato richiesto l'affido...»

Liberando finalmente un sospiro che gli premeva nella gola, Matthew interruppe precipitosamente le parole del prete, troppo lente e pacate per spegnere la sua ansia.

«Sì, l'elenco è qui nelle mie mani e, se potessi parlare con la badessa...»

Stupito dall'impazienza del frate, Cosimo lo osservò per un lungo istante. Poi, comprendendo all'improvviso quale potesse essere il suo imbarazzo nel dover adempiere a un compito così difficile e inusuale in terra straniera, tra mille incomprensioni e possibili sospetti, lo gratificò di un sorriso caloroso che rese il suo volto magro buffo come quello di un giullare.

«Vieni, frate, vieni con me. Andiamo nell'orto, magistra Isabella ci aspetta là. Oggi è giorno di raccolta dei semplici e la badessa sta insegnando alle novizie a distinguere le erbe...»

Mentre Cosimo si alzava, un tuono rumoreggiò lontano, ma già minaccioso.

«Presto, frate, presto, o l'orto diventerà un pantano! Oh povero me, speriamo che le monache facciano a tempo a finire il loro lavoro: le erbe ci servono subito, abbiamo innumerevoli decotti da preparare, e diverse varietà di piante da raccogliere proprio ora, quando la fioritura è al culmine... se si infradiceranno foglie e fiori, ci vorrà molto più tempo per farle seccare secondo le giuste regole!»

Il prevosto si diresse deciso verso la porta, seguito dappresso da Matthew. Nel silenzio della stanza, il frusciare delle loro tonache fu l'unico suono: l'aria ferma attendeva il temporale come una liberazione.

Quello che Cosimo aveva definito come orto, si rivelò agli occhi stupiti di Matthew un rigoglioso giardino. Racchiuse in uno spazio di circa venti tese, cinque lunghe aiuole, suddivise l'una dall'altra da una fila ordinata di pietre conficcate nella terra, contenevano una grande e variopinta quantità di piante. L'orto si allungava in fondo alla costruzione del monastero, nello spazio che lo separava dalla piccola abside della chiesa: era disposto da est verso ovest, ed era circondato da alberi non troppo imponenti e ben distanziati tra loro. Un muretto a secco, alto circa tre braccia, chiudeva la vista al contado circostante.

La badessa era in piedi, sul limitare dell'ultima aiuola, circondata da quattro novizie che, chine sui cespugli, staccavano delicatamente foglie, fiori e radici, riponendoli poi in due capaci panieri. Avvicinandosi, Matthew udì la voce dell'anziana monaca, ancor prima di distinguerne le fattezze: con parole ferme ma gentili, magistra Isabella incitava, correggeva, spiegava.

«Attenta, sorella Maddalena! Non è quella l'achillea! Non vedi come a fiori simili corrispondano foglie diverse? L'achillea ha rametti delicati che reggono filiformi foglioline giustapposte, mentre il carvi, che tu stai scambiando per achillea, ha foglie talmente piccole da sembrare aghi: non ricordi che del carvi si usano i frutti, mentre dell'achillea si impiegano le foglie e i fusti? Non bisogna sbagliare, sorelle, perché poi, quando i nostri malati avranno necessità del rimedio questo dovrà essere appropriato: può far più danno un rimedio errato di quanto non ne faccia la stessa malattia, tenetelo a mente!»

Cosimo precedette Matthew, inoltrandosi lungo il bordo di un'aiuola densa di cespugli di rosa canina, dove il rosso brillante di fiori e boccioli era reso violaceo dalla luce livida e sempre più plumbea del cielo. Notando l'approssimarsi del prevosto, la badessa congedò le novizie, che, cariche dei loro panieri, si avviarono verso la foresteria dove, nella grande cucina, avrebbero provveduto a suddividere le erbe raccolte. Matthew, fermatosi per discrezione qualche passo più indietro, vide Cosimo parlare per un po', finché magistra Isabella non si voltò a osservare il nuovo ospite con curiosità. I suoi occhi, affondati tra le pieghe gonfie di un volto rubicondo, erano di un azzurro ancora incredibilmente vivo; le mani, che gesticolavano nell'aria nel fervore della conversazione, erano piccole e tozze, del tutto consone al resto del corpo, basso, rotondo e decisamente grasso. L'aspetto complessivo era quello di una donna anziana dall'aria benevola e materna.

Ad un cenno del prevosto, Matthew si avvicinò. Dopo le presentazioni di rito, la badessa gli chiese di seguirlo nello scriptorium, dove, disse, erano conservati tutti gli atti riguardanti le vicende del monastero, compresi gli affidi degli esposti e i contratti dei baliatici.

«E così, mi diceva poco fa il prevosto, voi state cercando i nomi delle nostre balie di vent'anni fa...»

«In verità, più che le balie» rispose Matthew «speravo che voi riusciste a ricordare una bambina particolare. Come forse vi è stato detto, anche magistra Eufrasia del monastero del Lentasio ha avuto per le mani un elenco di madri putative e forse, confrontando quei nomi con i vostri, si riuscirebbe a stabilire l'identità di quella che cerchiamo e, confidando nella vostra memoria, potremmo risalire alla bambina affidata...»

In silenzio, l'anziana monaca fissò il frate con sguardo acuto, come per verificarne la sincerità. Poi, apparentemente soddisfatta dell'impressione ricevuta, gli sorrise e lo invitò a sedere su una delle panche accostate ai lunghi tavoli da scrittura, mentre lei si dirigeva con piccoli passi affrettati verso un grande stipo di quercia scura che, una volta aperto, rivelò strati ben ordinati di pergamene accatastate una sull'altra e legate insieme con cordicelle di canapa o cuoio. Mentre Matthew attendeva che la ricerca della badessa producesse i risultati sperati, i suoi occhi vagarono sui fogli stesi sui tavoli, pronti per essere vergati e miniati dai monaci dell'adiacente monastero. Quasi tutti recavano, già completata, la lettera iniziale della scrittura, sapientemente elaborata e tinta in rosso brillante: lungo i bordi della pagina, fregi preziosi raffiguranti foglie, fiori e frutti, si alternavano a figure ieratiche di santi e angeli. Le immagini erano abbozzate con nerofumo di galla, in attesa di essere colorate con inchiostri di indaco e carminio, contenuti in boccette sistemate in file regolari lungo le estremità dei tavoli.

«Ecco, ecco, ho trovato!» esclamò eccitata magistra Isabella, alzandosi pericolosamente sulle punte dei piedi per riuscire ad afferrare un voluminoso pacco di fogli che giaceva sul ripiano più alto dello stipo. «Sono qua, sono tutti qua gli elenchi di quegli anni e c'è anche il fascicolo degli affidi!»

Con un sorriso radioso e con un minimo di affanno, la monaca tornò al tavolo, reggendo tra le braccia il suo tesoro.

«Adesso, frate, mostratemi le carte in mano vostra: con un po' di pazienza, riusciremo a confrontarle e, a Dio piacendo, a ritrovare la bambina...»

Mentre Matthew e Isabella passavano a uno a uno i

fogli di pergamena, spuntando date ed eliminando nomi, il temporale annunciato arrivò. Le gocce d'acqua, dapprima rade, si trasformarono in pochissimo tempo nello scroscio di una cascata: all'interno dello scriptorium il rimbombo prodotto dalla violenza della pioggia sul tetto di legno fece temere a Matthew, anche se solo per un attimo, la possibilità di un crollo. Quasi leggendogli nel pensiero, e pur continuando a consultare febbrilmente gli elenchi, la vecchia monaca lo rassicurò.

«Non abbiate paura, frate Matthew, la struttura dell'edificio è solida e il tetto viene costantemente controllato dal nostro carpentiere: non sarà certamente un temporale estivo a seppellire i nostri preziosi documenti! Piuttosto» disse alzandosi dalla panca, «lasciatemi chiamare una consorella per farmi portare un tizzone del focolare dalla cucina: la luce è troppo fioca per vedere, abbiamo bisogno di una candela.»

La monaca si allontanò verso l'ingresso dello scriptorium, vicino al quale pendeva una campanella: dopo che l'ebbe fatta tintinnare tre volte, una giovane novizia bussò sul battente appena accostato e, accolta la richiesta della badessa, scomparve verso le cucine. In attesa del suo ritorno, Isabella si avvicinò a una delle finestre della sala: più larghe e più alte di tutte le altre ricavate nei muri del convento, per permettere il passaggio della luce naturale necessaria al paziente lavoro dei monaci sui manoscritti, in quel momento, tuttavia, le lunghe aperture rimandavano all'interno una luminosità livida e malata, che dilatava gli angoli bui in ombre inquietanti.

Con le mani appoggiate sul ventre prominente, la badessa fissò Matthew che, malgrado la penombra, sforzava gli occhi sulle pergamene.

«Aspettate, frate... Non si può leggere nulla al buio! È questione di un minuto, poi la novizia tornerà: ma, ditemi, invece, da quanto dura questo vostro pellegrinare e quale colpa avete mai commesso per essere costretto a subire una penitenza tanto severa?»

Stupito, Matthew alzò di scatto gli occhi dai fogli e guardò dritto in faccia la sua interlocutrice. L'espressione della monaca era pietosa, un sorriso benevolo le increspava le labbra rugose. Chiedendosi cosa la badessa potesse mai aver sospettato della sua vita tormentata, stava per rispondere con un'altra domanda, quando Isabella lo fermò.

«Lasciate perdere, frate, lasciate perdere... Sono vecchia ormai e, come potete immaginare, ne ho viste tante finora. Non voglio sapere niente di voi, non ho alcun diritto di penetrare nella vostra discrezione solo per appagare la mia curiosità. Vi dico solo che gli anni che mi porto sulle spalle mi hanno insegnato a riconoscere la sofferenza negli occhi di chi mi sta davanti, e voi ne avete sopportata quanto basta perché traspaia dal vostro sguardo. Ebbene, frate, qualunque sia il vostro destino, siate certo che Dio è con voi e lo sarà sempre. L'Altissimo, talvolta, dona patimenti e dolori a chi è in grado di sopportarli, cioè ai più forti, mentre è clemente con i deboli e gli inetti: è, appunto, compito dei valorosi e dei pazienti confortare e aiutare questi ultimi. E la partecipazione generosa ai tormenti altrui stanca, distrugge, spesso offusca la giusta visione delle cose. Ah, sapeste quanta carità io stessa ho dovuto elargire, senza per questo aspettarmi ricompense! D'altra parte, come ben sappiamo, la scelta di vita che entrambi abbiamo compiuto è incentrata proprio sulla misericordia e sulla pietà: il problema sta nel fatto che gli anni scorrono via veloci e le forze non sono più quelle di una volta...»

Il discorso accorato della badessa venne interrotto dall'arrivo della novizia. Nella destra reggeva un ramoscello infuocato che copriva a coppa con il palmo dell'altra mano, per ripararlo dalle raffiche di vento che ora percorrevano improvvise e inaspettate l'andito laterale allo scriptorium.

Isabella prese il piccolo tizzone e con la sua fiamma accese una candela di sego che sistemò ben salda in mezzo al tavolo, appena dietro ai fogli ancora da leggere.

«Allora, dove eravamo rimasti? Sì, ecco qui, all'anno 1226. Ricordo bene quella primavera, sapete, perché era appena stata fondata la lega contro l'imperatore: armigeri ovunque, pellegrini che si rifugiavano al monastero e bambini, quanti bambini!, abbandonati da famiglie in rovina e da povere donne violentate dai soldati! Guardate qui, frate» indicò Isabella, facendo scivolare il dito grassoccio in fondo al foglio «ventinove esposti tra gennaio e dicembre... E di questi, diciassette erano femmine! Ditemi voi come faremo a individuare la bambina che state cercando! Dunque, fatemi ragionare» proseguì, concentrando la sua attenzione su nomi e luoghi scritti ordinatamente nella colonna laterale «di queste femmine solo quattro sono state richieste in affido dopo il periodo di baliatico, tutte le altre sono tornate al nostro ricovero. Allora, controlliamo... due di loro, come vedete scritto qui, sono finite ad abitare a Vaprio, ognuna con la sua famiglia affidataria; un'altra è stata presa sotto tutela dal mugnaio de' Compagnoni di Parabiago; l'ultima era stata accolta da una balia di Porta Orientale a Milano, ma, come si legge qui, è morta dopo pochi anni. E ora? Come facciamo a identificare la vostra bambina? E poi, sarà questo l'anno che vi interessa o quello successivo?»

Matthew, confuso da quella profusione di nomi e date, guardò smarrito la badessa.

«Non lo so... io... come faccio a dirvi, come posso...»

«Su, su...» riprese decisa la badessa «non vorremo rinunciare adesso! Il prevosto mi ha spiegato che Arnolfo da Sala, per conto del quale state facendo questa ricerca, sostiene che la ragazza dovrebbe avere meno di diciott'anni: e dunque, con le date ci siamo, se non è questo l'anno, sarà quello successivo, non credete? Piuttosto, non avete nessun'altra indicazione da fornirmi circa la possibile identità della bambina, in modo che la mia memoria ne venga in qualche modo stimolata?»

Il lampo bluastro di una saetta illuminò d'improvviso la sala, accompagnato dallo schiocco secco e vicinissimo del tuono. Matthew e la badessa sobbalzarono all'unisono, spaventati da quel suono, capitato inaspettato nello scrosciare continuo della pioggia, che fino ad allora aveva costituito un coro monotono e incessante ai loro discorsi. Riflettendo in fretta su quanto fosse opportuno rivelare e quanto fosse necessario nascondere, il frate azzardò infine una frase.

«Ci potrebbe essere la possibilità che la bambina che cerchiamo sia stata la figlia di una nobildonna...»

Gli occhi azzurri di Isabella, fino ad allora animati solo dalla curiosità, mandarono un lampo di irritazione e si strinsero impercettibilmente. Frugando il volto di Matthew, in cerca di altre risposte che non vennero, la badessa tacque per un lungo momento. Poi, esalato un lungo sospiro, parlò, conferendo alla sua voce una nota di indignazione, fino ad allora assente dai suoi modi.

«Dovevo immaginarlo che si trattava della progenie di un'aristocratica! Perché, altrimenti, tutta questa ricerca dopo quasi vent'anni? Da quand'è che gli abati si mettono a investigare per ritrovare figli di contadini, di serve o di prostitute? Come se la vita di queste creature portasse il marchio di chi li ha concepiti! Non capisco, frate, non capisco... che differenza può mai esserci tra il pianto disperato di un neonato partorito da una popolana e quello abbandonato da una nobile? Chi deve decidere quale dei due ispiri maggiore pietà?»

Le guance della badessa si erano fatte rosse, nel fervore dello sdegno. Matthew, non osando ribattere, aveva abbassato gli occhi a fissare il pavimento. Dopo un lungo istante di silenzio, magistra Isabella riprese a parlare.

«Perdonate, frate, la mia ira: dovrò chiederne subito perdono a Dio. Non è il caso che io giustifichi a voi tutte le umiliazioni e la rabbia che ho dovuto subire in questi lunghi anni di servizio, non è il caso che vi faccia partecipe del dolore provato centinaia di volte nello stringere fra le braccia un esserino urlante a cui non potevo spiegare perché sua madre non lo aveva voluto tenere con sé. Io non sono mai stata madre, frate, ma è come se lo fossi stata per tutta la vita, e a quelle donne sciagurate che hanno dovuto abbandonare i loro figli mi accomuna l'impossibilità di goderne i primi passi, le prime parole... Per questo mi indigna che sia fatta differenza tra bastardi e primogeniti di qualche illustre casata! E, comunque, detto questo» proseguì, lisciando nervosamente immaginarie pieghe nella tonaca «torniamo al nostro problema: una nobile, avete detto... Lasciatemi pensare...»

La badessa congiunse le mani sul petto e, chiudendo gli occhi, sembrò isolarsi dall'ambiente circostante. La pioggia continuava a cadere violenta: dai davanzali delle finestre aperte rivoli d'acqua cominciavano a scivolare all'interno, gocciolando copiosi sul pavimento di pietra. Matthew, che non aveva più aperto bocca, osservava la candela che andava consumandosi adagio, creando lungo tutta la sua circonferenza riccioli scuri di grasso. D'improvviso, Isabella aprì gli occhi e fissò il frate.

«Forse..., ma non sono sicura che si tratti proprio di quell'anno... Dunque... era primavera, di questo sono certa perché le giornate cominciavano ad allungarsi: un giorno abbiamo trovato nella cesta fuori dalla porta del ricovero una neonata. Mi ricordo che piangeva forte, come tutti i bambini abbandonati, del resto. Ma questa, a differenza degli altri, si era subito calmata, non appena l'avevo presa in braccio: era molto piccola, avrà avuto sì e no un mese, forse meno, ed era avvolta in uno scialle di lana. Ecco, rammento che sia la copertina sia la lunga vestina che indossava mi avevano colpito per la loro finezza: la lana era ben ritorta e morbida, mentre l'abitino era di lino, preziosamente ricamato ai bordi. È raro che un bimbo esposto sia vestito con tanta ricercatezza: di solito ce li lasciano qui con un pannicello e due stracci addosso... È questo il motivo per cui me ne ricordo ancora e, anzi, adesso che mi ci fate pensare, sono certa di aver sospettato anche allora che avrebbe potuto trattarsi della bambina di qualche dama di Milano. Poi, sapete come vanno queste cose, l'urgenza di sfamare la piccola e di trovarle subito una balia mi hanno fatto dimenticare presto ogni altro pensiero sulle sue origini. Tra l'altro, se non mi sto confondendo con un'altra neonata, quella bambina aveva una particolarità che mi aveva colpito: le ultime due dita di una mano, non ricordo quale, erano unite insieme da un lembo di pelle, sapete, come le zampe delle anatre, come le chiamano...?»

«Intendete dire le dita palmate?» suggerì Matthew.

«Sì, ecco, giusto! Aveva le dita palmate e rammento che, quando la affidammo alla balia, temevo che la donna l'avrebbe rifiutata per quel difetto...»

«Rifiutarla, e perché?» si stupì il frate.

«Ma perché l'ignoranza è più forte della carità, frate Matthew. Non sapete forse che qualunque imperfezione fisica che sia già presente alla nascita viene interpretata come un segno della presenza del demonio presso il giaciglio dei genitori? È così, purtroppo» proseguì Isabella, sospirando di fronte allo sguardo stupefatto del frate «è così, e non saremo certo noi due a estirpare le superstizioni dalla testa della gente! In ogni caso, la balia si dimostrò benevola e accettò la bambina: probabilmente aveva urgente bisogno di denaro, non so, forse non poteva permettersi di opporre un rifiuto. Ecco, questo è tutto quello che riesco a rammentare, se poi stiamo parlando della piccola che voi state cercando, questo non saprei dire...»

«E il nome?» osò chiedere Matthew, con la gola resa secca dall'emozione.

«Il nome... ah, questo non lo ricordo! Aspettate, vediamo se è stato segnato sul registro...»

L'indice destro dell'anziana monaca percorse la pergamena, arrestandosi circa alla metà del foglio. La fiammella della candela, mossa dalle folate di vento che penetravano discontinue dalle finestre, guizzava, creando ombre tra le righe della scrittura minuta che riempiva la pagina.

«Ecco, ecco qui... riuscite a leggere, frate? Vediamo: "...cui nomen datur Dorothea, Hortensia, Allegrantia, Abundantia"... Allegranza! Ecco come l'avevamo chiamata, Allegranza! Adesso ricordo, povera piccola, l'avevamo chiamata così perché, pur essendo tanto piccina, sorrideva già a tutti: chiunque la vezzeggiasse solo un po', riceveva in cambio sorrisi e gorgoglii di gioia!»

La voce di magistra Isabella si ruppe. Le lacrime presero a scendere improvvise sulle sue guance arrossate: la monaca chiuse gli occhi, come a volerle ricacciare indietro, ma non ci riuscì. Imbarazzato, Matthew avrebbe voluto consolare quella vecchia donna, il cui rimpianto per una vita forse non scelta di propria volontà, seppur ben nascosto in fondo al cuore, non era mai stato lenito. Asciugandosi le guance con il bordo della manica, e tentando di nascondere la sua commozione con un colpo di tosse, la badessa riprese a parlare.

«Perdonate, frate, il mio turbamento ma, si sa, la vecchiaia rende fragili il corpo e la mente. Amavo molto il mio compito di accoglienza dei piccoli esposti, forse perché la loro presenza mi donava l'illusione della maternità: da quando sono stata chiamata alla guida delle consorelle di questo monastero ho dovuto lasciare ad altri questo incarico e, sebbene io svolga volentieri questa missione di servizio, tuttavia i bambini mi mancano. Tenerli fra le braccia, cullarli, cantare loro le ninne-nanne per farli addormentare... Vedete dunque quanto il mio cuore si sia fatto fiacco, stare qui a raccontare le mie assurde nostalgie a un confratello che incontro per la prima volta! Perdonate, frate Matthew, perdonate... Ma, piuttosto, per tornare al motivo che vi ha condotto qui, credete che siamo riusciti a identificare la bambina? Io non ne sono affatto certa, forse mi confondo con qualcun'altra.»

«Non so,» rispose Matthew «ma l'elenco che mi avete appena mostrato riporta anche il nome della balia, vero?»

«Sì,» replicò Isabella, cercando ancora sulla pergamena «si trattava della moglie del mugnaio de' Compagnoni, una certa Angiolina. Però, dopo l'affido, il monastero non ha più saputo niente di loro: vedete qui?, non c'è scritto più nulla, non sono mai tornati a San Celso a dare notizie della piccola...»

Leggendo la delusione sul volto del frate, la badessa recuperò in un attimo tutta la forza di carattere che, in anni lontani, le aveva consentito di svolgere con grande capacità il suo lavoro di accoglienza. Fissandolo burbera, aggrottò le sopracciglia e, con una sfumatura di severità nella voce, lo rimproverò.

«Non vorrete darvi per vinto così presto, vero frate? In fondo, abbiamo trovato un nome e un luogo: cercate ancora, e, se volete un consiglio, cercate anche a Milano. Sono tante le famiglie che si sono spostate in città dal contado in questi ultimi vent'anni e, chissà, magari la ragazza vive ancora con i genitori. Più di così non posso fare per aiutarvi, frate, ma vi suggerisco di guardarvi intorno: parlate con la gente, chiedete al mercato, al Broletto, per le strade... Se è destino che la fanciulla sia ritrovata, l'Altissimo guiderà i vostri passi.»

Matthew, a cui quell'ultimo anno di pellegrinaggio in terra straniera aveva insegnato la giusta valutazione di tempi e persone, capì che il suo colloquio con la badessa era terminato. Alzatosi, la ringraziò e le promise che non avrebbe lasciato nulla di intentato: avrebbe riferito i risultati delle sue ricerche all'abate di San Simpliciano e, obbedendo alla sua volontà, avrebbe deciso come proseguire.

Magistra Isabella lo congedò con un sorriso. «Abbiate cura di voi, frate Matthew, e portate i miei saluti ad Arnolfo da Sala.»

Il temporale era quasi cessato: la pioggia si era fatta più sottile, quasi novembrina. Oltre il ponte di legno, la ghiaia appena sparsa sulla strada scricchiolò sonora sotto i piedi di Matthew: gli operai del monastero avevano fatto un buon lavoro, nemmeno la furia della bufera era riuscita a rovinarne la buona livellatura. Mantenendosi sul bordo del fossato laterale, per evitare di essere investito dai carretti che avevano ripreso a percorrere la strada, il frate si incamminò verso Milano.

Capitolo 16

Il coperto che immetteva nella via degli armaioli era stipato di gente. Tutte le volte che si trovava a passare di lì, Allegranza sapeva che sarebbe stata costretta a farsi largo tra la folla, ma quel giorno era ancora più caotico del solito. Aristocratici, cavalieri, scudieri e comuni armigeri occupavano tutto lo spazio disponibile della via: al consueto frastuono delle botteghe si sovrapponeva il rumore stridente degli oggetti metallici spostati, sollevati, lasciati ricadere. Chiedendosi il motivo di tutta quella calca, Allegranza avanzò a fatica verso il fondo della strada: doveva raggiungere suo padre al Broletto, per consegnargli una missiva che le era stata affidata quella mattina stessa dal prevosto di San Calimero. Il prete l'aveva pregata di andare subito: la ragazza non conosceva il contenuto di quel piccolo rotolo di pergamena, ma pensava che si trattasse di una comunicazione importante, considerando la fretta che le aveva messo il prevosto. Sperava che la lettera non contenesse una qualche ingiunzione collegata alla loro frequentazione con Guglielma e, sebbene cercasse di ignorare quel sospetto, un'ansia fastidiosa e incontrollabile le agitava le viscere. Inoltre, la vista di quella grande quantità di persone in cerca di armi da acquistare non contribuiva a calmare la sua inquietudine: giravano voci che il marchese di Monferrato, alleato di Milano, avesse dato inizio all'assedio di Torino, dove Enzo, il figlio dell'imperatore, si preparava a dare battaglia. Probabilmente era quello uno dei motivi per cui giravano tanti uomini armati: forse i soci della lega avevano bisogno di rinforzi e la città si stava preparando a una nuova fase di guerra.

Tentando di scacciare quei pensieri angosciosi, Allegranza procedeva a fatica, ricevendo spintoni e gomitate da ogni parte. Mentre stava per superare una bottega che prolungava il suo banco fin quasi in mezzo alla via, un grosso mastino, sfuggito al guinzaglio del suo nobile padrone, le si avventò tra le gambe ringhiando. Senza nemmeno capire cosa l'avesse colpita, Allegranza cadde a terra e, in un attimo, si ritrovò sul viso l'alito caldo e la bava vischiosa dell'animale, che ansimava con le fauci spalancate. Atterrita, la ragazza urlò. Dopo un attimo, che le parve un secolo, il ringhio sordo del cane si trasformò in un uggiolio strozzato: il suo muso fu tirato indietro con forza dalle mani del padrone che, afferratolo per il collare, lo strattonò, colpendolo duramente sul dorso con un frustino. Stordita, la ragazza rimase a terra, immobile, le palpebre serrate: un flusso gelato le percorse le ossa e i muscoli, mozzandole il respiro.

«Siete ferita? Riuscite a rialzarvi?»

Allegranza riaprì gli occhi, per incontrare, appena sopra i suoi, quelli verdi di un giovane che la scrutava preoccupato. Una corona di riccioli, nerissimi e scomposti, gli incorniciava il volto, la bocca ben fatta era atteggiata in un sorriso incerto.

«Sì» riuscì a dire, sebbene la voce uscisse arrochita dalla sua gola «sto bene... Ho solo preso un grande spavento...»

«Grazie a Dio!» esclamò il ragazzo. «Quei cani sono pericolosi, lo dico sempre a mio padre che vorrebbe averne uno! Da quando i monaci di Chiaravalle li allevano per il podestà sono diventati di moda e adesso non c'è notabile di Milano che non voglia possederne almeno una coppia! Meglio i levrieri, molto meglio... più tranquilli, più obbedienti, hanno solo bisogno di correre e non sono per niente feroci...»

Senza rispondere, Allegranza si piegò sulle ginocchia, per rimettersi in piedi. Improvvisamente imbarazzato per essersi lasciato andare a parole troppo confidenziali proferite di fronte a una sconosciuta, il ragazzo assunse una espressione più seria, che tuttavia, rese il suo volto buffo come quello di un bambino colto in fallo dopo una marachella.

«Aspettate, vi aiuto...» disse arrossendo e sostenendola delicatamente per un gomito. Intimidita da quella gentilezza, inconsueta tra i giovani della città, Allegranza si spolverò la veste con gesti nervosi e controllò se la pergamena fosse ancora al suo posto nella bisaccia che portava legata in vita. Le tremavano le gambe: lo spavento, non ancora passato, le fece dimenticare per un attimo di nascondere la mano. Quando si rese conto che il giovane la stava ancora fissando, si ricordò improvvisamente delle sue dita e le nascose rapida sotto le pieghe dell'abito. Il ragazzo, tuttavia, rapito dalla bellezza di Allegranza, non aveva fatto caso alle sue mani: la sua attenzione era invece rivolta al viso e alla figura armoniosa della giovane. Gli occhi castani, grandi e contornati da ciglia folte, sovrastavano un naso piccolo e una bocca carnosa; la pelle, sebbene ora illividita dalla paura, aveva la trasparenza delle perle. Il corpo era sottile, ma ingentilito da un seno generoso che si indovinava sotto il tessuto da poco prezzo della veste.

«Bene...» rispose Allegranza, a disagio sotto lo sguardo scrutatore del giovane «vi ringrazio, ma ora devo andare...»

«Aspettate!» esclamò in fretta il ragazzo. «Non mi sono neanche presentato! Mi chiamo Damiano Martinengo e sono il figlio di Gerardo l'armaiolo. Lavoro qui, in questa bottega con mio padre e... se passate ancora di qui... quando?... oh mio Dio, non so nemmeno come vi chiamate...»

«Il mio nome è Allegranza» rispose timidamente la ragazza.

Il suono aspro di una voce irritata uscì improvviso dalla bottega, superando in potenza il frastuono della via. «Allora, Damiano, vogliamo riprendere il lavoro o hai intenzione di passare la giornata in ciance da strada?!»

Il giovane arrossì violentemente e, voltatosi verso l'uscio aperto, gridò di rimando: «Arrivo, padre, arrivo subito!». Poi, guardando Allegranza con occhi resi febbrili dalla fretta, sussurrò: «Quando potrò rivedervi?».

La giovane aprì la bocca per parlare, ma dalle sue labbra non uscì alcun suono. Il cuore le batteva forte, e non era più per la paura di poco prima: un nuovo calore si stava diffondendo nel suo petto e, languido, risaliva verso la gola che, seccata dei suoi umori, restava serrata ad ogni parola. Con uno sforzo, e tentando di ricacciare indietro il rossore che, ne era certa, le stava invadendo il viso, Allegranza infine rispose.

«Forse ripasserò fra due giorni, se dovrò tornare al Broletto... ma voi...»

Il volto di Damiano si aprì in un sorriso luminoso, i suoi occhi verdi brillavano. Piegando il busto in un inchino goffo, le disse: «Io sarò qui e vi aspetterò». Poi si voltò e rientrò svelto in bottega.

Dopo averlo visto scomparire tra le armature e gli usberghi affastellati sui banchi, Allegranza riprese il cammino. I suoi passi si erano fatti leggeri, le sembrava di levitare sul terreno, i suoi piedi non inciampavano, le sue spalle non urtavano più i corpi degli altri. Non udì nemmeno le scuse che, poco più avanti, le rivolse il padrone del mastino, ora trattenuto saldamente al guinzaglio e accucciato tranquillo contro il muro di una bottega.

Giunse al Broletto e, prima di salire al palazzo podestarile, si riaggiustò le pieghe della veste e i lacci della cuffia. Era quasi l'ora sesta, si era fatto tardi: in quel momento Graziolo sarebbe stato impegnato a dare ordini alla servitù per stabilire le portate del pranzo del podestà e dei suoi ospiti e l'arrivo inaspettato di sua figlia lo avrebbe sicuramente distratto dai suoi compiti. Doveva affrettarsi: all'ora nona avrebbe dovuto essere all'ospedale dove la attendeva il suo turno di quella giornata.

«Ho paura, Graziolo, ho paura... Hai sentito che cosa dicono di Guglielma? Perfino al lavatoio oggi non si parlava d'altro e tutti la dipingevano come un'eretica! Dio mio, Graziolo, cosa ne sarà di noi? Ci cercheranno, ci metteranno sotto processo, ci bruceranno sul rogo...»

La voce spaventata di Angiolina, sebbene attutita dalla pesante tenda di panno che circondava il giaciglio, giunse fino alle orecchie di Allegranza. Sollevatasi sul gomito per prestare maggiore attenzione, la ragazza fece scricchiolare la paglia del suo saccone.

«Sst, parla piano, Angiolina» sussurrò Graziolo «o sveglierai tutti... E stai calma! Cosa vuoi che importi alla gente se qualcuno ci ha visto passare dalle parti della casa di Guglielma! In quanti partecipiamo alle sue riunioni, in venti, in trenta? E poi, noi non siamo nessuno, chi vuoi che si interessi a noi? Il medico, piuttosto, o il giudice dovrebbero preoccuparsi... loro sì che sono persone conosciute in tutta la città. E, dunque, se non hanno timori loro, ti pare che dovremmo averne noi? E poi, non hai sentito cosa ha detto la Boema? Che lei non è né Dio, né lo Spirito Santo... E quindi! Di quale eresia dovrebbero mai incolparla, se tutta la sua predicazione gira e rigira sull'amore di Dio?...»

«La predicazione, appunto... Lo sai che preti e frati, guidati dalla Chiesa di Roma, vogliono essere gli unici autorizzati a diffondere la parola di Dio! E invece lei spiega, ammonisce, opera guarigioni... Come potrebbe la Chiesa tollerarla, dimmi, marito mio?»

Grato del buio che impediva a sua moglie di vedere l'espressione tesa che era certo di avere sul volto, Graziolo esitò a rispondere. Non aveva detto nulla ad Angiolina della lettera ricevuta quella mattina dal prevosto di San Calimero, non voleva allarmarla. Il prevosto, con parole accorate che rivelavano tutta la sua preoccupazione, lo aveva messo in guardia: il vecchio prete, che li conosceva da molti anni ed era al corrente della loro devozione a Guglielma, lo avvertiva che in città cominciavano a girare voci di eresia riguardo a quella donna e che, per quanto aveva sentito dire, i minori e i domenicani avevano dato inizio a indagini discrete sulla sua dottrina e i suoi seguaci. Anche se era certo che le affermazioni della Boema non si allontanassero più di tanto dal dogma, tuttavia Graziolo sapeva bene che il loro rispettoso proselitismo nei suoi confronti avrebbe potuto rivelarsi una fonte di guai. La Chiesa era inflessibile verso gli eretici: non era forse stato il podestà Bonaccorso che, quattordici anni prima, aveva creato una commissione delegata a perseguitare l'eresia catara che in quei tempi imperversava nel contado? E non era stato forse il suo successore Oldrado da Tresseno a farne catturare e bruciare alcuni a Milano? Un brivido gelato gli percorse la schiena. Con un tremito involontario nella voce, che tentò di nascondere schiarendosi la gola, Graziolo infine rispose.

«Non preoccuparti, Angiolina. Vedrai che non ci accadrà niente di male: in ogni caso, per ora, non parteciperemo più alle assemblee di Guglielma, almeno fintantoché non saremo sicuri che si siano calmate le acque. E che Dio ci perdoni per la nostra ingratitudine e per la nostra vigliaccheria...»

Nella piccola stanza tornò il silenzio. Allegranza si

sdraiò di nuovo, attenta a non fare rumore. Fingendo di dormire, si girò su un fianco: la sua mente vagava, impaurita ed eccitata. L'incontro con Damiano, quel mattino, aveva acceso nel suo petto un fuoco che non sapeva di possedere: desiderava rivederlo, parlargli ancora, sapere di lui e della sua famiglia. Ma aveva anche paura: cosa sarebbe successo poi? Come poteva illudersi che il figlio di un ricco mercante di armi potesse innamorarsi proprio di lei, figlia adottiva di un domestico? Probabilmente, si diceva, voleva solo possedere il suo corpo: le altre giovani famule dell'ospedale le avevano spiegato, tra risatine trattenute e maliziose strizzate d'occhio, che i ragazzi aspiravano soltanto a quello, a palpeggiare seni e natiche e a usare con le donne quel grottesco arnese che avevano tra le gambe... Eppure, non riusciva a immaginare Damiano in quelle pose oscene che spesso spiava tra i suoi genitori, attraverso le fessure della tenda che avvolgeva il loro pagliericcio. I suoi genitori... Ecco un'altra preoccupazione: le loro parole, appena udite, e le altre, quelle che le aveva rivolto pochi giorni prima Guglielma. Qual era la verità? Quella donna era davvero una eretica, malgrado tutta la generosa partecipazione che dimostrava agli altri? E se lo era, quale avrebbe mai potuto essere il suo diabolico scopo? Diffondere l'Anticristo, abbattere il papato di Roma, o cos'altro? Eppure, con lei era stata quanto mai comprensiva, quasi materna. "Mia madre..." si ritrovò a pensare tra gli ultimi confusi sprazzi di veglia "...chi sarà stata la mia vera madre? Dove sarà adesso? La ritroverò un giorno?"

Il sonno, avvolgente e pesante come un mantello, la travolse all'improvviso. I suoi occhi si chiusero, le mani, fino a poco prima contratte, si rilassarono sul ventre: Allegranza si addormentò, inconsapevole al mondo. Accanto a lei, Hamid, russando appena, sognava di correre dietro a una palla, tra i vicoli della città.

Capitolo 17

I colpi alla porta diventavano sempre più forti e rabbiosi. Bella, sospettando chi fosse il cliente che la cercava a quell'ora inconsueta del mattino, d'impulso aveva pensato di non aprire, fingendo di non essere in casa. In silenzio, aveva chiuso il cane fuori dall'uscio dell'orto, per impedirgli di segnalare la sua presenza con abbaiate nervose. Era stato inutile: il cane si era fatto sentire ugualmente e, contemporanea al suono insistente della sua voce, dal vicolo si era levata, tonante e furiosa, quella dell'uomo, che aveva ripreso a picchiare i pugni sul battente di legno.

Alla fine aveva aperto. La figura imponente di Lanfranco occupava tutta la soglia: il suo viso era arrossato dall'ira, mentre i suoi occhi mandavano lampi furibondi.

«Si può sapere cosa facevi?» sbraitò, facendosi largo nella minuscola stanza con la stessa impudenza che avrebbe mostrato se fosse stata casa sua.

«Ero nell'orto, non vi ho sentito subito...» mormorò Bella, accennando un gesto verso l'uscio chiuso.

«Ah sì?! Ma mi ha udito il tuo cane, mi pare...»

Mentre pronunciava queste parole, spalancò con forza la porta sull'orto: il cagnolino, che fino a quel momento aveva ringhiato nervoso, spiccò un balzo per avventarsi contro le gambe dell'ospite sgradito. Lanfranco fu più veloce di lui: lo afferrò al volo per la collottola e, con un ampio gesto fluido, lo lanciò al di là della soglia. L'animale atterrò rovinosamente tra i cespugli: per un attimo l'urlo di Bella sovrastò i suoi guaiti. La donna stava per lanciarsi in soccorso del suo cane, ma Lanfranco le strinse il braccio in una morsa che la immobilizzò e richiuse con violenza la porta.

«Non penserai di farmi perdere tempo con uno stupido cane, vero?» gridò, strattonando Bella attraverso il locale. «Tu adesso stai qui buona e ti spogli alla svelta: ho fretta oggi, devo andare al Broletto a parlare con il segretario del podestà. Quale miglior viatico, prima di un colloquio tanto importante, di una buona chiavata mattutina? Muoviti, Bella, e togliti tutto: non voglio sentire la puzza di quei miseri panni che ti porti addosso...»

Trattenendo i singhiozzi, la prostituta obbedì. Il suo corpo, scosso da un tremito, si andava a poco a poco raggelando: la sua pelle era percorsa da brividi, le sue braccia pativano spasmi improvvisi, che ne rallentavano i movimenti.

«Hai paura di me, eh, brutta puttana?» esclamò compiaciuto Lanfranco, che, in piedi davanti a lei, ne osservava ogni gesto. «Meglio, vuol dire che mi divertirò di più!» aggiunse, solleticandole un capezzolo con le frange del suo frustino da cavallo.

Bella capì subito, dall'atteggiamento dell'uomo, che il convegno di quel giorno non sarebbe stato come gli altri. L'aria soffocante della stanza si andava a poco a poco impregnando di un odore asprigno che, lo sapeva bene, preludeva a una situazione violenta: aveva già percepito quel tanfo, quando i suoi incontri prezzolati si erano svolti con soldati di ritorno dal campo di battaglia. Gli umori del corpo, spinti all'eccesso dall'impeto della lotta appena conclusa e dall'aspettativa della successiva lussuria, si mischiavano al sudore e producevano quel lezzo di selvatico. Temendo, quindi, che l'incontro di quel mattino avrebbe potuto causare ulteriori nefandezze nella sua vita già abbastanza sfortunata, Bella rimase in silenzio: nuda di fronte a Lanfranco, lo guardò in faccia, in attesa di ordini.

L'uomo la squadrò. I suoi occhi risalirono le gambe magre, si soffermarono sul ciuffo nero del pube e sulla rotondità dei fianchi, indugiarono a lungo sul seno pesante e sulla curva delicata del collo. Lo sguardo di Lanfranco, fino ad allora concupiscente e febbrile, divenne improvvisamente duro quando incontrò quello spaventato di Bella.

«Eppure...» disse, facendo schioccare sonoramente le nocche delle dita «il tuo viso non mi è nuovo... sono ormai anni che ti frequento, ma ricordo che, fin dal nostro primo convegno, mi ero chiesto chi fossi e dove ti avessi già visto...»

Le labbra di Bella tremarono. Con uno sforzo enorme, stirando in modo innaturale i muscoli del volto, la donna riuscì a sorridere. La sua voce era ferma, quando rispose.

«Ci siamo incontrati la prima volta quattro anni fa, non vi ho mai conosciuto prima: forse mi confondete con qualcun'altra.»

Lanfranco tacque, frugando ancora gli occhi della donna, in cerca di conferme ai suoi sospetti confusi. Dall'orto continuavano a provenire, deboli e lamentosi, i guaiti del cagnolino. Cercando di ignorarli, Bella avanzò di un passo, con le braccia abbandonate lungo il corpo: fingendo un atteggiamento rilassato che non provava affatto e che le costava una grande concentrazione, parlò ancora.

«Ditemi, cosa volete che io faccia per voi oggi?»

La mente di Lanfranco, ancora impegnata a scavare in ricordi che non tornavano, fu riportata al presente dalle parole della prostituta. Senza risponderle, appoggiò sul paglericcio il frustino e prese a spogliarsi: sfilata la cintura di cuoio e argento che gli cingeva la vita tozza, si tolse la veste di seta verde, appoggiandola con cura sul panchetto. Dopo aver sciolto i lacci del collare della camicia, si levò le brache, restando con le calze lunghe delle grandi occasioni. Il membro, già rigido e violaceo, svettava impaziente tra le sue gambe.

Con un cenno della mano, ordinò a Bella di avviarsi verso il pagliericcio, ma quando lei fece l'atto di sdraiarsi sulla schiena, Lanfranco le afferrò rudemente un braccio, facendola mettere carponi. Comprendendo che quel giorno l'uomo l'avrebbe presa come fanno i cani, la prostituta obbedì. Detestava quel modo di offrire il suo corpo, perché, con la testa voltata, non riusciva ad avere il controllo della situazione: non potendo, tuttavia, scegliere soltanto clienti di suo gradimento, Bella era costretta a soddisfarne le esigenze, tanto più ora, in balia di quell'uomo di cui aveva paura.

Stava già per mimare le consuete movenze del piacere, quando un dolore acuto le strappò un grido: le profondità del suo sesso avevano accolto ben altro rispetto a quanto si sarebbe aspettata. Abbassando faticosamente il capo a guardare tra le proprie cosce, mentre Lanfranco le teneva premuta una mano possente sul dorso, la donna intravide, attraverso le ciocche di capelli che le piovevano sugli occhi, il manico del frustino che spuntava dalla sua vagina. Con violenza, la mano destra dell'uomo lo spingeva dentro e fuori, mentre la sinistra era impegnata a strofinare con impeto il membro poderoso.

Bella urlò ancora, tentando di divincolarsi, ma Lanfranco la immobilizzò del tutto, piantandole un ginocchio nelle reni: mentre lottava per rialzare la schiena, un feroce manrovescio sulle natiche la fece ricadere sul pagliericcio. Senza fiato, la donna tentò di puntellarsi a qualcosa, ma i suoi gomiti affondarono inermi nel saccone sfondato, senza consentire alcuna presa alle sue mani.

Lanfranco continuò la sua barbara violenza: i suoi ansiti, intercalati da una sorta di risata gutturale, si andavano facendo sempre più ravvicinati. Ogni tentativo di reazione si spense in Bella. Il dolore era talmente forte da concentrare tutti i suoi sensi là, in mezzo alle gambe: era come se le sue viscere, sbattute come un fagotto di stracci bagnati, lottassero per uscire dal suo corpo. A poco a poco la coscienza l'abbandonò: udì vagamente il grido roco che segnò il culmine del godimento di Lanfranco, ma non si accorse dello spruzzo caldo che le colò sulla schiena nuda, né dell'ultimo affondo del frustino nelle sue carni.

L'uomo si raddrizzò, ancora ansante, e strattonò lo scudiscio fuori dal corpo della sua vittima: un fiotto di sangue colò tra le gambe della donna, allargandosi sul saccone. Dopo essersi rivestito, Lanfranco si chinò a guardare il viso della prostituta: gli occhi erano chiusi, la pelle aveva il colore della cenere. Il dorso si sollevava appena in un respiro rapido e superficiale. Afferratane una spalla, l'uomo la scosse deciso.

«Sveglia, sveglia! Non sei morta, vero? Sveglia, dunque!»

Bella non mosse nemmeno un muscolo. Allora Lanfranco si guardò intorno nel misero locale, in cerca di acqua. Non trovandola, aprì la porta che dava sull'orto: in fondo, al confine con la casupola adiacente, vide il pozzo. Bestemmiando fra sé per quell'ulteriore seccatura, lo raggiunse e fece risalire il secchio pieno, poi lo portò all'interno. Il cane, che ormai da tempo si era zittito, giaceva raggomitolato nell'erba: ansimava con la lingua penzoloni, perdendo una bava giallastra da un lato della bocca. Lanfranco lo ignorò e, rientrato all'interno, gettò sul corpo inerte della donna una secchiata d'acqua: il liquido torbido inondò il pavimento e fluì rapido fino al gradino sull'orto, gocciolando di fuori.

Bella riprese coscienza, ma non riuscì a muoversi. I suoi occhi stupefatti incontrarono quelli irridenti di Lanfranco che, chino su di lei, teneva fra le dita qualche moneta.

«Questa è la tua mercede, Bella! Vedi quanto sono generoso: io le pago sempre le mie donne, sempre, anche quando la soddisfazione me la procuro da solo!»

Ridendo, Lanfranco gettò il denaro sul tavolo: le monete tintinnarono fesse sul legno per rotolare subito dopo sul pavimento.

Bella udì sbattere la porta: il suo cliente se n'era andato. A fatica, si levò seduta. Un'esplosione di dolore tra le gambe le fece emettere un grido strozzato: tentando di ignorare la sofferenza, provò ad appoggiare i piedi sul pavimento, ma un'improvvisa vertigine la costrinse ad afferrare il saccone che scivolò insieme a lei sull'impiantito. Una nausea violenta le salì alla gola: cercando di ricacciare indietro i conati, si trascinò sulle cosce nude fino al tavolo, dove, puntellandosi con le mani, riuscì finalmente ad alzarsi. La stanza le fluttuava intorno, le gambe non la sostenevano. Appoggiandosi alla parete, tornò al pagliericcio dove si lasciò ricadere di peso: cercando a tentoni la coperta che giaceva arrotolata di fianco al saccone, se la tirò addosso e chiuse gli occhi.

«Devo dormire...» mormorò «devo dormire...»

Erano i vespri, quando Remigio tornò. Lo spettacolo che si presentò ai suoi occhi, dopo aver varcato la soglia, fu quanto di più simile all'inferno avesse mai potuto immaginare. Bella, infagottata nella coperta, era accoccolata sul pavimento e stringeva tra le braccia il cagnolino tremante: lei stessa batteva i denti, dondolandosi meccanicamente avanti e indietro. I suoi occhi vacui si spostavano da una parte all'altra della stanza: il pavimento era bagnato e il saccone mostrava una larga macchia scura.

Inorridito, Remigio si avvicinò alla sua compagna.

«Cos'è successo, per Dio? Cos'è successo?...»

Bella, improvvisamente cosciente della sua presenza, lo guardò e aprì la bocca per parlare, ma dalle sue labbra uscì soltanto un lungo rantolo. Spaventato da quel suono inconsueto, il cane si sciolse a fatica dalle braccia irrigidite della donna e scivolò zoppicante sul pavimento. Remigio si inginocchiò e prese tra le mani il viso di Bella.

«Chi ti ha fatto questo, dimmi, chi è stato?»

La prostituta chiuse gli occhi, strizzando con forza le palpebre, mentre grosse lacrime cominciavano a rotolare sulle guance: sugli zigomi, ai lati della bocca, sul collo, dove per ore si era portata le mani insanguinate in ripetuti gesti di disperazione, lunghe strie rossastre segnavano la sua pelle. I singhiozzi, finalmente, liberarono il suo petto dall'oppressione, riportando una parvenza di voce nella sua gola.

«Lanfranco...» mormorò. «È stato Lanfranco Calgario...»

Remigio sentì drizzarsi i peli della nuca, mentre una sorta di cerchio gelido gli chiuse il capo in una morsa. Una rabbia sorda gli attraversò il corpo, facendone vibrare violentemente i muscoli. Remigio sapeva di Lanfranco e Caterina: quando, dieci anni prima, dopo che alla lussuria mercenaria si era sostituito in entrambi l'amore inducendoli a condividere la vita, Bella gli aveva raccontato tutto. Sapeva anche che, per una curiosa e crudele beffa del destino, quell'uomo temibile frequentava la loro casa; ne avevano parlato molte volte e Bella gli chiedeva sempre, con la paura nella voce, come avrebbe potuto allontanarlo da sé, senza provocare in lui reazioni violente. L'unico modo, le aveva risposto più di una volta Remigio, sarebbe stato quello di smettere di praticare quel mestiere: avrebbero dovuto andarsene da Milano, trasferendosi nel contado, ma, per il momento, il denaro non bastava. Il lavoro di miniera era pagato pochissimo e il proprietario di quel pezzo di montagna dove si cercava l'argento avrebbe avuto a disposizione almeno altri dieci minatori pronti a prendere il suo posto, nel caso che lui avesse chiesto una paga anche solo lievemente superiore. Sebbene Remigio rischiasse ogni giorno la vita in quei pozzi bui e profondi scavati nel ventre della Grigna, le monete accumulate nella bisaccia nascosta nel muro dietro al giaciglio non erano ancora sufficienti per cambiare vita. Mentre strisciava nei cunicoli della miniera, circondato dalla terra che gli franava intorno, il suo pensiero correva a Bella che, proprio in quel momento, a molte miglia da quel pozzo, accoglieva nel suo giaciglio uomini sconosciuti a cui vendere il corpo. Pur essendo certo che, un giorno, le cose sarebbero migliorate, il gravame della loro vita attuale lo riempiva di disperazione e di disgusto. E ora, all'abiezione quotidiana, si aggiungeva anche quell'ignobile violenza...

A poco a poco, con frasi spezzate, intercalate dai singhiozzi, Bella riuscì a spiegargli che cosa aveva dovuto subire da Lanfranco. Ben presto, a mano a mano che ascoltava, nella mente di Remigio l'orrore e la collera furono sostituiti dalla preoccupazione. Dopo averle lungamente accarezzato i capelli scarmigliati, si alzò a raccogliere il saccone che rimise al suo posto sull'intelaiatura di legno del giaciglio: poi, dopo averla aiutata a stendervisi sopra, le scostò delicatamente le gambe, per capire se sanguinasse ancora. Il sangue, ormai scuro e raggrumato, le lordava le cosce, ma pareva non fluire più dal suo corpo. Lievemente confortato, Remigio le chiese se avvertisse ancora dolore.

«Ho un male terribile, mi sembra di avere una torcia infiammata che brucia nelle viscere...»

«Hai bisogno un medico, Bella, non puoi restare qui così...»

La bocca di Bella si torse in una smorfia amara.

«Un medico? Un medico che si occupa di una puttana?! Remigio, non sai quel che dici...»

Consapevole della verità di quelle parole, il minatore si mise a pensare febbrilmente. Bella non esercitava il suo mestiere in un bordello autorizzato dove un fisico, incaricato a questo scopo dalle autorità cittadine, compiva controlli periodici: nessuno, quindi, sarebbe mai passato di lì a verificarne lo stato di salute. D'altra parte, la barbarie di quella violenza aveva probabilmente causato delle ferite profonde che avrebbero potuto mettere in pericolo la vita di Bella: doveva trovare una soluzione, e in fretta.

Mentre si tormentava le mani ruvide e piagate, riflettendo su dove cercare aiuto, gli occhi di Remigio caddero sul cagnolino: zoppicando, si aggirava inquieto per la stanza, annusava ora il pagliericcio ora il pavimento; di tanto in tanto, raspava il bordo del saccone con una delle zampe anteriori, tentando di richiamare l'attenzione della sua padrona. Anche il cane!, pensava Remigio, un'altra bocca da sfamare in quella situazione già disperata... Se fosse stato per lui, quel piccolo animale pulcioso sarebbe già stato abbandonato da tempo, ma Bella non voleva nemmeno sentirne parlare: era affezionatissima a quella creatura che, gli aveva detto, un giorno era spuntata sulla soglia di casa e non aveva più voluto andarsene. La compagnia della bestiola le alleviava la solitudine e la distraeva dalla vergogna della sua professione, oltre a fare buona guardia a quelle quattro misere mura. Milano era piena di cani, rifletteva Remigio, cani per le strade, cani nelle stanze del podestà, nei palazzi aristocratici, nei boschi intorno alla città a cacciare la selvaggina al seguito dei loro padroni... Ce n'erano di tutte le razze: mastini e levrieri, appannaggio delle famiglie nobili, o bastardi di lignaggio indefinibile, come il cagnolino di Bella o quello della giovane sarta ebrea che viveva non lontano di lì, vicino a San Lazzaro... La giovane Rachele! Ecco a chi poteva rivolgersi per far curare Bella! Nel quartiere si diceva, seppure a mezza bocca, che suo padre fosse un medico: sapeva che, in quanto giudeo, gli era vietato esercitare la professione, tuttavia aveva sentito mormorare che qualcuno gli si era rivolto, con grandi cautele e in segreto, per avere consiglio su cure e medicamenti.

Un sorriso radioso illuminò il volto di Remigio. Bella che, stordita dal dolore al ventre, lo fissava impaurita, non capì il motivo dell'espressione eccitata che vide nei suoi occhi.

«Vado a parlare con la giovane ebrea! Suo padre è un fisico, le chiederò se può venire a curarti: oh, stai tranquilla» continuò, respingendo l'inizio di una protesta da parte di Bella «sarò più che discreto. Nessuno saprà di te e quella ragazza, Rachele, ha tutto l'interesse a non far trapelare nulla: in giro si dice che lei faccia la ricamatrice e che con il suo lavoro mantenga il padre vecchio e malato. Sarà anche vero, ma io so per certo che hanno già curato qualcuno... quindi, che cosa rischiamo a chiedere il loro aiuto?»

Senza la forza per controbattere, Bella richiuse gli occhi: il tremito era ripreso e i suoi denti battevano violentemente. Anche se le pareva assurdo, considerando quanto l'aria della stanza fosse soffocante, aveva freddo. Nemmeno la coperta in cui Remigio l'aveva avvolta le trasmetteva calore: si sentiva umida e sporca e avrebbe voluto alzarsi e lavarsi e indossare la veste pulita, ma non riuscì neppure a muovere la testa. Uno strano torpore la avvolse: si rannicchiò, tirando le ginocchia verso il petto, senza più avvertire dolore.

Dopo un lungo momento di panico, durante il quale temette che la vita l'avesse abbandonata, Remigio le vide sollevare le spalle in un respiro affrettato ma continuo. La guardò dormire ancora per qualche istante, poi, dopo aver deposto il cagnolino ai suoi piedi sul pagliericcio, accostò la porta sull'orto e uscì, sprangando bene il battente che dava sul vicolo. L'abitazione di Rachele non era lontana, ci avrebbe impiegato solo pochi minuti: mentre camminava di buon passo, si guardava furtivamente intorno. Se avesse incontrato qualcuno che conosceva, avrebbe dovuto cambiare strada: nessuno avrebbe dovuto vederlo a colloquio con l'ebrea, nessuno avrebbe dovuto sapere.

Capitolo 18

L'involto dell'abito era voluminoso. Oltre alla lunga veste di diaspro, conteneva un guarnello e un paio di brache di lino sottile, calze lunghe alla coscia, un mantello corto e una cintura di seta intrecciata. Su quest'ultima Rachele aveva dovuto eseguire un ricamo particolarmente impegnativo, disegnando motivi di foglie di edera: il filato d'argento con cui aveva lavorato era talmente sottile da spezzarsi alla minima tensione e quell'impresa le aveva richiesto molto più tempo di quanto avesse previsto. Aveva ricamato anche di notte, alla luce tremula della candela, mentre il respiro affannoso di suo padre le rimbombava nelle orecchie. Aveva sistemato gli indumenti ben ripiegati, uno sopra l'altro, affinché non si sciupassero e ora, mentre si dirigeva verso Porta Vercellina, stava ben attenta a non farsi urtare da nessuno. Cercava di ignorare i muscoli delle braccia che, irrigiditi sotto il peso, andavano a poco a poco intorpidendosi: gli abiti avrebbero dovuto restare distesi per non acquistare false pieghe o grinze che ne avrebbero peggiorato l'apparenza. Dopo tutto quel faticare, Rachele desiderava che il suo lavoro venisse apprezzato dall'aristocratico che, le aveva detto il sarto Amizone, era il destinatario di quel guardaroba rinnovato.

Appena prima del mulino sul Nirone, non lontano dalla chiesa di Santa Maria al Circo, i conducenti di due carretti provenienti in senso opposto stavano urlandosi addosso coloriti improperi, utili, secondo loro, a stabilire a chi sarebbe spettata la precedenza lungo la strada. In attesa che quell'alterco giungesse a termine, Rachele si appoggiò al muro di un vicolo, tenendo ben sollevato il prezioso fagotto. Il suo cagnolino, che la seguiva sempre durante gli spostamenti in città, le si accucciò al fianco, ansimante. Mentre rifletteva sulla violenza che, ben celata sotto le regole della convivenza comune, covava inevitabilmente sotto le ceneri di una tolleranza solo apparente, le tornò in mente un altro cane, ancora più malconcio del suo. Lo aveva trovato, zoppicante e stordito, nella casupola di Bella. Ricordava ancora con pena quando, una settimana prima, si era recata da lei, dopo l'arrivo inaspettato di Remigio: l'uomo, disperato, le aveva spiegato cosa era accaduto e le aveva chiesto di trovare una cura per la sua donna. Dapprima Rachele aveva rifiutato, motivando il suo diniego con i divieti imposti ai giudei dall'amministrazione cittadina; poi, di fronte alle lacrime di Remigio, aveva ceduto e gli aveva promesso che, se l'avesse accompagnata lui, facendole scudo con il suo corpo, si sarebbe recata da Bella la notte successiva: il cielo sarebbe stato senza luna, e, il buio avrebbe protetto i loro passi lungo il breve tragitto che separava le loro abitazioni.

Quando, dopo un'ispezione sommaria, si era resa conto delle condizioni della prostituta, Rachele aveva sentito nascere dentro di sé una rabbia profonda. Perché mai, aveva pensato, la donna doveva essere sempre considerata l'oggetto del piacere, anche violento, cercato dall'uomo? E, anche quando riusciva a evitarne la sopraffazione, perché la sua vita doveva ridursi alla produzione di figli, che, molto spesso, morivano prima di raggiungere l'età dei giochi? Perché i desideri della donna non venivano mai considerati? Fosse essa aristocratica o popolana, il suo destino era deciso da circostanze imprevedibili o da altri: matrimoni o definitive reclusioni in monastero erano già stabilite prima che l'interessata ne fosse messa a conoscenza e l'accettazione supina di volontà diverse dalla propria era data per scontata. La sua stessa religione, che il padre le aveva insegnato con tanta dedizione, prevedeva per la donna un ruolo del tutto subalterno a quello dominante dell'uomo, che, in determinate occasioni, doveva addirittura rifuggire il corpo della moglie, considerato impuro... Consapevole che la collera che stava provando ne avrebbe offuscato la capacità di giudizio, Rachele aveva fatto uno sforzo per concentrare la sua attenzione sulle ferite di Bella che, in preda alla febbre, la fissava con occhi spaventati. Dopo aver fatto allontanare Remigio, aveva compiuto una visita più approfondita, simile a quella che avrebbe potuto fare una levatrice: le sue mani avevano toccato ferite, lacerazioni, umori, ma, per fortuna, il sangue si stava coagulando in fretta. Lievemente rassicurata, Rachele aveva pensato che forse il riposo e qualche impiastro sulle lesioni avrebbero favorito una cicatrizzazione più rapida. Sforzando la memoria, aveva ricordato che suo padre aveva curato più di una volta soldati feriti in battaglia, ponendo sulle loro carni straziate un composto ricavato dalle foglie di capsella macerate nell'aloe. Era certa che con quel rimedio le piaghe si sarebbero rimarginate in un tempo ragionevolmente breve: il suo unico timore era che quella violenza efferata avrebbe potuto far suppurare gli umori del corpo, causando un morbo interno ancora più grave delle lacerazioni visibili. Rachele sperava che la fibra di Bella fosse abbastanza forte da permetterle di sopravvivere: per buona misura, raccomandò a Remigio di farle bere due volte al giorno un decotto a base di radici di zenzero che, a quanto ne sapeva, aiutava a purificare le viscere. «Domani notte» gli aveva detto «vieni da me: ti farò trovare le erbe che occorrono e ti insegnerò ad usarle. Nel suo forziere, mio padre conserva ancora una grande quantità di semplici disseccati secondo le giuste regole. È meglio che te li dia io stessa, invece che andarli a cercare in giro per la città: qualcuno potrebbe insospettirsi e farti un sacco di domande sui motivi per cui hai bisogno di erbe curative... Ti prego soltanto di essere cauto: nessuno dovrà vederti mentre bussi alla mia porta. Se scoprissero che esercito la medicina, io e mio padre saremmo immediatamente cacciati da qui e, chissà, forse lapidati e uccisi...» Remigio aveva obbedito e la sua prudenza era stata premiata: nessuno lo aveva scorto mentre varcava la soglia della casupola di Rachele. Aveva ascoltato con attenzione, ripetendo a voce alta più e più volte le istruzioni ricevute e poi, ringraziandola timidamente, se n'era andato con il suo sacchettino di erbe. Anche se sua figlia non se n'era accorta, quella notte Isaac era sveglio e insolitamente lucido: sebbene l'ansia che gli trasmettevano le parole udite dalla bocca di Rachele gli stringesse i visceri in una morsa dolorosa, aveva finto di dormire, sforzandosi di controllare l'affanno. Pur ammirando l'audacia di sua figlia e grato che i suoi insegnamenti non fossero andati perduti, aveva tremato pensando al rischio che entrambi stavano correndo. Non era tanto della propria vita che si preoccupava, quanto di quella di Rachele: nei rari momenti in cui la ragione non si offuscava lasciando spazio a un confuso torpore, Isaac aveva piena coscienza del fatto che il suo tempo su questa terra stava per concludersi. Cosa sarebbe accaduto dopo la sua morte? Cosa avrebbe fatto sua figlia della sua vita? Sarebbe riuscita a coronare il suo sogno di raggiungere Montpellier per apprendere le arti della medicina? Avrebbe resistito fino a quel giorno, sola, donna ed ebrea? L'angoscia che i discorsi furtivi appena uditi gli avevano procurato lo aveva ben presto fatto scivolare in un dormiveglia agitato, nel quale i pensieri si accavallavano senza più ordine. Alla fine, l'oppressione al petto si era fatta tanto acuta da impedirgli qualunque altro sforzo che non fosse quello di inspirare l'aria viziata della stanza. Quando, a notte fonda, Rachele era andata a controllarne il sonno aveva trovato suo padre addormentato: la sua bocca semiaperta emetteva il sibilo consueto, le mani erano chiuse a pugno sotto le costole.

Ora, mentre i due litiganti concludevano il loro diverbio spostando rabbiosi i carretti dal centro del vicolo, la giovane riuscì finalmente a passare. L'abitazione verso cui era diretta, nei pressi della chiesa di Santa Maria al Circo, non era molto distante. Sperava che le vesti ricamate sarebbero state gradite e che l'aristocratico che le aveva ordinate non avrebbe fatto obiezioni a questa o quella rifinitura, facendole perdere tempo: a casa l'aspettava suo padre da sfamare e un nuovo abito da cominciare con urgenza. Amizone le aveva fatto fretta, dicendole che, poiché le ordinazioni andavano aumentando, avrebbe avuto bisogno di cercare un'altra lavorante, nel caso in cui lei non fosse stata abbastanza veloce. Temendo che quel discorso preludesse alla perdita del lavoro, Rachele lo aveva assicurato che avrebbe passato le notti con l'ago in mano, se non fosse stato sufficiente il giorno: pur essendo certa che le parole del sarto costituissero una velata minaccia, era ben conscia di come la bottega di Amizone fosse l'unica possibilità concessale per sopravvivere. Quell'uomo era al corrente della malattia di Isaac e, come le aveva sussurrato quando l'aveva assunta, sapeva che erano giudei: non li avrebbe denunciati, aveva aggiunto con un sorriso ipocrita, a patto che il suo lavoro di ricamo lo avesse soddisfatto. Ripensando a quel primo, penoso incontro con il sarto, un nodo le strinse la gola. Quanto avrebbe dovuto ancora aspettare, prima di essere una donna libera? Lo sarebbe mai diventata? Scacciando con uno sforzo quei pensieri, osservò a una a una le porte delle abitazioni: Amizone le aveva spiegato che la soglia della casa che ospitava il suo cliente aggettava sul vicolo con una travatura su cui erano incise le parole *«Ad Sanctam Mariam»*. Come se conoscesse la scrittura, il cagnolino si fermò davanti a uno degli ultimi usci e cominciò ad abbaiare: alzando gli occhi sullo stipite ligneo, Rachele lesse l'iscrizione e capì di essere giunta alla sua meta. Discretamente bussò alla porta e rimase in attesa.

Il panchetto sotto la piccola finestra che dava sul loggiato era occupato da una scacchiera sulla quale i pezzi del gioco erano disposti in modo disordinato. Evidentemente aveva interrotto una partita, disputata forse tra l'aristocratico e quel bambino che, al suo arrivo, era scivolato silenzioso fuori dalla stanza. La domestica che l'aveva annunciata l'aveva lasciata lì, sul limitare della soglia: intimidita, Rachele esitava a varcarla. L'uomo che la aspettava era chino sulla scacchiera, intento a raddrizzare le pedine. Quando si voltò finalmente verso di lei, facendole cenno di entrare, la giovane ne distinse soltanto la figura alta e massiccia, stagliata contro il riverbero del sole che illuminava una parte dell'ambiente, penetrando vivido dalla finestrella. Socchiudendo le palpebre alla luce, troppo intensa per i suoi occhi affaticati dalle ultime ore di lavoro notturno, si avvicinò e depose l'involto sul grande giaciglio. Un drappo di lana fine, decorato al centro, scendeva a coprire i tre lati del cassone di legno, terminando con una fila di nappine di seta rossa. La vista di quella preziosa ricopertura, sicuramente di proprietà dell'uomo che aveva davanti, aumentò la sua ansia. Se quell'aristocratico era solito viaggiare con un simile corredo, cosa mai si sarebbe aspettato di trovare nell'involto del sarto? Avrebbe gradito il tipo di ricamo e, soprattutto, il disegno scelto sarebbe stato all'altezza della casata di appartenenza? Amizone non le aveva indicato alcuno stemma da sovrapporre al tessuto e lei, in assenza di suggerimenti, si era limitata a riportare sul diaspro motivi floreali, alternati a lunghe greche.

Senza osare guardare in volto il suo ospite, si accinse a sciogliere i nodi della fune che tratteneva il fagotto. Le tremavano le mani. Il silenzio che accompagnò i suoi gesti non fece che aumentare la sua inquietudine: si sarebbe aspettata una qualche parola da parte dell'uomo, un qualche commento, mentre allargava sul giaciglio il panno che racchiudeva gli abiti. Sempre più nervosa, riuscì infine a districare le dita gelate da pieghe e angoli della canapa, sollevando e distendendo in tutta la sua lunghezza la veste sul giaciglio. Come una crisalide a lungo prigioniera del suo bozzolo si risveglia non appena distende le ali ai raggi del sole, così il diaspro prese vita sotto la luce che penetrava imperiosa dalla finestra. Le minuscole sfere a punto pieno proiettavano la loro ombra sul tessuto traslucido, mentre le teorie ordinate del filo d'argento creavano inconsueti sentieri sulla seta dove, qua e là, germogliavano foglie e frutti, trapunti con sapiente perfezione.

Dopo aver estratto dall'involto anche il mantello, ricamato con gli stessi motivi della veste, Rachele sciorinò sul letto anche le calze e le brache, ultimi componenti di quel provvisorio corredo. Solo dopo aver esposto tutte le sue mercanzie, osò alzare lo sguardo su colui che le aveva ordinate.

Il volto dell'uomo, ora chiaramente visibile, la spaventò. I suoi occhi erano spalancati, ma non guardavano gli abiti: fissavano lei, con un'espressione stupefatta. La bocca, seminascosta nella barba ben curata, pendeva aperta in una smorfia sbigottita. Intorno al viso pallido, quasi cinereo, si arricciavano i capelli scuri, appena solcati da qualche filo grigio: per un lungo istante, le parve che, dotati di vita propria, si rizzassero in una sorta di repentina corona intorno al cranio. Le braccia pendevano inerti lungo i fianchi della veste di lana leggera: l'uomo non muoveva un muscolo, immobile in mezzo alla stanza.

«Mio signore...» balbettò Rachele, senza riuscire a nascondere la paura che quella visione demoniaca le aveva suscitato «...mio signore, questi sono i vostri abiti, mio signore... io non pensavo di essere inopportuna... io... posso tornare, se credete... io...»

Mentre pronunciava quelle parole senza senso, la giovane si allontanò inconsapevolmente dal giaciglio, strisciando i piedi indietro, verso la porta da cui era entrata.

Il terrore che percepì nella voce di Rachele riscosse Aimone. Respirando rumorosamente, tentò di riguadagnare il fiato che fino ad allora era rimasto sepolto nelle profondità del suo petto: una vertigine inaspettata lo fece barcollare.

«Perdonate, non intendevo mettervi in imbarazzo» riuscì a dire con voce arrochita «è che... sapete... il vostro viso... voi somigliate moltissimo a una persona che conoscevo tanti anni fa e vedervi qui, così all'improvviso... mi ha turbato, ecco..., mi ha confuso...»

Incapace di continuare, Aimone abbassò gli occhi e arrossì violentemente. Quasi sulla soglia, Rachele si fermò, in attesa. Dopo un lungo istante di silenzio, il castellano sollevò lo sguardo su di lei e accennò un sorriso timido. Poi, avvicinatosi al giaciglio, cercò di dedicare tutta la sua attenzione ai preziosi ricami della veste. I suoi occhi percorrevano il tessuto, assenti, come se un'altra più estatica visione occupasse lo spazio circostante. Le lacrime, che premevano impellenti dietro le palpebre, riuscirono a scivolare rapide lungo le guance: Aimone le strofinò subito via con il dorso delle mani e rimase voltato finché non fu sicuro che il suo turbamento non fosse più visibile.

«Avete fatto un ottimo lavoro» disse, schiarendosi la gola secca «ma, ditemi, è da tanti anni che prestate la vostra opera come ricamatrice qui a Milano?»

Rachele non capiva. Fino a poco prima quell'uomo le era sembrato l'incarnazione del demonio e ora, con poche parole pronunciate a fatica, tornava ad essere una persona amabile e gentile. Osservandolo meglio, le parve addirittura che i suoi occhi fossero lucidi di pianto trattenuto: com'era possibile? Era lei che, stordita dalla stanchezza, aveva avuto un irragionevole istante di smarrimento di fronte alla sua figura imponente in quella stanza troppo piccola, oppure, senza saperlo, era al cospetto di un folle?

«Ricamo da molto tempo» mentì, incerta «ma abito da poco in questa città. Io e mio padre veniamo da Salerno.»

Gli occhi di Aimone la scrutavano inquieti, mentre le sue mani lisciavano meccanicamente un lembo del diaspro della sua veste nuova. Con uno sforzo che le circostanze non avrebbero richiesto, le chiese impacciato: «Posso conoscere il vostro nome?».

Il cuore di Rachele mancò un battito. Come avrebbe potuto rispondere, senza manifestare la propria appartenenza di fede? Tutti sapevano che il suo era uno dei più comuni nomi che i giudei attribuivano alle figlie femmine: non le era mai capitato che uno dei clienti del sarto dimostrasse interesse verso di lei e, quindi, fino a quel giorno non aveva dovuto porsi il problema di pronunciarlo. Nel suo quartiere, abitato da diseredati e prostitute, quei pochi che la conoscevano non si davano pena di occuparsi della sua fede religiosa, avendo altre, ben più incalzanti incombenze quotidiane. Ma ora? Che avrebbe dovuto fare? Di quali altre disgrazie stava per gravarla l'incontro con quell'aristocratico? Incapace di fingere e troppo pressata dall'urgenza del momento, sussurrò la sua risposta.

«Mi chiamo Rachele.»

Nel tentativo di prolungare quel colloquio, Aimone stava per aggiungere un'altra domanda, quando, annunciato da uno strillo acuto seguito da una sonora risata, Bartolomeo fece irruzione dalla porta aperta, seguito dal cagnolino di Rachele che, spiccando grandi salti, cercava invano di addentargli il guarnello.

«Fermo, Nisan! Fermo ti ho detto!» urlò Rachele, all'indirizzo del cane.

L'animale la fissò per un momento con le orecchie ritte, poi, senza badare al suo richiamo, riprese le sue corse in tondo, dietro le gambe di Bartolomeo che, eccitato, ansimava e rideva.

Rachele, temendo che quella sarabanda finisse proprio sul letto dove giacevano ancora ben distese le nuove vesti di Aimone, si precipitò a sollevarle tra le braccia, appena un attimo prima che i due piccoli contendenti si tuffassero insieme proprio al centro della preziosa coperta ricamata.

«Nisan, scendi subito di lì!» esclamò furibonda, mentre si guardava freneticamente intorno per cercare un ripiano dove appoggiare gli abiti. «Scendi di lì, stupido cane!»

Né il bambino né l'animale obbedirono, continuando invece a rivoltolarsi felici tra le pieghe del tessuto, che, a quel punto, si stava ammassando su uno dei lati del pagliericcio. Il largo drappo era quasi scivolato sul pavimento, quando il cane si ritrovò tra le zampe una delle nappine di seta: evidentemente incuriosito dal nuovo gioco, si mise a mordicchiarla con impegno.

Rachele aveva appena appoggiato con cautela il suo fardello su una delle due sedie che arredavano la stanza, quando, con la coda dell'occhio vide Nisan intento alla sua opera distruttrice. Con un balzo, accompagnato da un grido di disappunto, si lanciò sul cane e, dopo avergli strappato la nappina dai denti, lo sollevò per la collottola, tenendolo poi ben stretto fra le braccia.

«Perdonate, signore...» balbettò, rossa in volto e ansimando «non pensavo che il cane sarebbe entrato in casa... oh, mio Dio, che cos'ho fatto!... perdonate... penserò io a riaggiustare la vostra coperta... la laverò... oh mio Dio, cosa posso fare adesso?...»

Aimone aveva seguito immobile tutta la scena. Dopo il primo istante di sorpresa all'inaspettato arrivo del cagnolino, la sua attenzione era stata catturata dall'espressione di gioia pura che aveva visto sul viso di suo figlio: da molto tempo Bartolomeo non rideva a quel modo, manifestando la sua felicità con tutto il corpo. Gli occhi lucenti di eccitazione erano spalancati nel volto arrossato, le mani battevano sui fianchi mentre, accosciato sul giaciglio, tentava ancora di richiamare a sé il cane.

Nisan, per parte sua, allungava la testa in direzione del bambino, tentando invano di sfuggire alla stretta di Rachele.

Mentre un'inspiegabile, nuova felicità gli gonfiava il petto, Aimone finalmente riprese vita e, con un cenno benevolo a suo figlio, lo esortò a scendere dal letto. Poi, rivolto a Rachele, le parlò con dolcezza, accompagnando le parole con un largo sorriso.

«Non avete nulla di cui scusarvi, Rachele. Il vostro cane ha fatto divertire mio figlio e Dio sa se ne ha bisogno! Non preoccupatevi per quella coperta, non sarà un piccolo strappo quello che toglierà calore alla lana. Quando tornerò al mio castello, ci sarà qualcuno che la riparerà, anche se sono certo che l'abilità dei miei domestici non potrà mai gareggiare con la vostra arte. La veste che avete lavorato per me è magnifica: raramente ho visto un ricamo così raffinato e preciso! Chi vi ha insegnato a usare l'ago con tanta cura?»

Rachele, che si era aspettata uno scatto d'ira da parte dell'uomo, rimase sbalordita: non soltanto non l'aveva rimproverata per il vergognoso comportamento del suo cane, ma addirittura la lodava per il suo lavoro! Con un filo di voce e fissando l'orlo della propria veste, rispose: «Mia madre, quando ero ancora una bambina...».

«Andate da lei e ringraziatela, allora. Vi ha assicurato il futuro, facendovi imparare la sua arte!»

Rachele alzò gli occhi sul viso di Aimone.

«Non posso farlo, mio signore. È morta.»

Aimone tacque. Il rimpianto e il dolore erano talmente evidenti nello sguardo della giovane, che qualunque parola sarebbe stata di troppo.

«Anche la mia è morta.» La voce di Bartolomeo si levò sommessa nella stanza. «È successo tanti anni fa, subito dopo che io sono nato. Non l'ho mai conosciuta.»

Stupito dalla frase di suo figlio, inattesa manifestazione di familiarità nei confronti di un'estranea, Aimone lo fissò severamente, ma solo per un attimo: alla riprovazione si sostituì immediatamente la pena per quel piccolo che soffriva, silenzioso e schivo, e la consapevolezza della sua insospettata maturità. Conscio di aver parlato senza esserne richiesto, il bambino spiò un rimprovero nel viso di suo padre, ma, confortato dalla sua espressione indulgente, mosse un passo verso Rachele e accarezzò la testa di Nisan, che lo ricambiò con una immediata leccata.

Rendendosi conto di dover concludere quell'incontro, anche se avrebbe voluto protrarlo per molto tempo ancora, Aimone disse a Rachele che l'indomani sarebbe passato dalla bottega del sarto per saldare il conto.

Mentre, con il cane stretto al petto, Rachele stava per varcare la soglia, Bartolomeo tirò la manica di suo padre e gli sussurrò qualcosa all'orecchio. Incerto se dargli retta, Aimone esitò: poi, arrossendo di nuovo, diede voce alla richiesta di suo figlio.

«E...» aggiunse, incerto «se mio figlio volesse giocare ancora con il vostro cane, dove potremmo trovarvi?»

Rachele si bloccò sull'uscio e fece correre il suo sguardo dall'uno all'altro, senza riuscire a parlare. Poi, controllando a fatica l'agitazione che quella domanda le aveva procurato, rispose in fretta.

«Tornerò io, mio signore.»

Prima che qualche altra parola fosse pronunciata, si voltò e scese le scale a precipizio. Nisan, sballottato tra le sue braccia, uggiolò la sua protesta, raspandole nervoso la manica della veste.

Aimone, preso alla sprovvista dalla repentina fuga della giovane, per un lungo istante rimase immobile. Poi, dopo aver farfugliato un ordine a suo figlio, lasciò in fretta la stanza e la seguì. Bartolomeo, senza capire l'improvvisa urgenza di suo padre, si chiedeva cosa mai gli fosse preso: non gli pareva che fosse adirato con lui, e nemmeno che avesse qualcos'altro da chiedere alla ricamatrice, quindi la sua partenza frettolosa gli risultava del tutto inspiegabile. Con un sospiro deluso, si avvicinò alla scacchiera e cominciò una solitaria partita. Da qualche parte lì vicino, la campana di una cappella rintoccò l'ora sesta.

Aimone era sconvolto. In seguito, si sarebbe chiesto spesso quale incontrollabile impulso lo avesse spinto a seguire Rachele e quale coraggio lo avesse animato: non era certo usuale per lui lasciarsi prendere da un comportamento degno del più rozzo dei suoi villici e, mentre correva affannato tra vicoli e slarghi che non conosceva, la vergogna cominciava a rallentare i suoi passi. Si sarebbe fermato forse, se, appena prima della Porta di San Michele al Gallo che immetteva nel Broletto, non avesse intravisto Nisan che orinava, alzando la zampa contro l'uscio di una bottega. Aguzzando lo sguardo, gli parve di cogliere, pochi passi davanti a lui, l'ondeggiare affrettato della veste di Rachele. La vista della ragazza sciolse ogni remora: Aimone allungò il passo e, camminando discreto lungo i muri, continuò l'inseguimento, confuso tra la consueta folla che animava il centro commerciale della città.

Mentre teneva gli occhi puntati sulla figura della giovane, per non farsela sfuggire, la sua mente si ribellava a quella follia. I suoi pensieri tornavano all'incontro appena concluso e, pur tentando di ordinarli secondo un processo logico, non riusciva a legarli fra loro.

Quel volto, Dio mio, quel volto... In un primo, lunghissimo istante, Aimone aveva avuto la certezza di vedere un fantasma: Rachele era identica a sua moglie! Gli stessi occhi neri, le stesse ciglia arcuate che ne velavano le pupille, la stessa bocca piena, gli stessi denti piccoli, bianchi come perle... Intorno all'ovale perfetto del viso, qualche ciocca di capelli corvini, sfuggita dal bordo della cuffia di panno bigio, era scesa ad accarezzare il collo, nascosto appena dal tessuto della camiciola.

Quella visione lo aveva stordito. Il respiro si era fermato, un sudore freddo gli aveva percorso il corpo. Mai, in tutta la sua vita, gli era accaduto di essere così assente da se stesso: per un lungo, interminabile momento, durante il quale l'aria della stanza si era fatta sempre più spessa e soffocante, Aimone aveva rivissuto ogni singolo istante trascorso con sua moglie, fino all'ultimo, quando i suoi occhi ciechi lo avevano fissato dal letto di morte. Era stata questa immagine, tanto diversa da quella viva e vibrante che aveva di fronte, a riscuoterlo, a renderlo cosciente che quel bel volto che lo spiava intimorito non era quello di un fantasma. Eppure, nonostante la consapevolezza fosse tornata, il tumulto del suo animo aumentava, provocandogli una frenesia nuova che, degna del più ingenuo degli adolescenti, lo aveva spinto a quell'inseguimento assurdo.

Ora, dopo aver percorso la via Porticata, ed essere passato davanti alla bottega del sarto Amizone senza nemmeno essersi accorto di averla superata, si ritrovò all'improvviso di fronte le torri della Porta Romana. Dalla base alla sommità, massicce pietre bugnate si sovrapponevano l'una all'altra, interrotte da impalcature di legno che, a varie altezze, costituivano i camminamenti per i soldati. Una delle due torri appariva più alta dell'altra, che era forse ancora in corso di fabbricazione: adiacenti al doppio fornice di ingresso, due costruzioni angolari ospitavano il corpo di guardia. Davanti alla porta, in mezzo alla folla che attendeva di poter varcare il ponte sul fossato per uscire dalla città, seminascosta tra due carretti, Aimone scorse Rachele: stringendo al petto il cagnolino, per non rischiare di smarrirlo nella calca, la ragazza stava rispondendo alle domande di un soldato che, quasi subito, le fece cenno di passare.

Cercando di non perderla di vista, il castellano spiccò una corsa concitata che, dopo spintoni e bestemmie irose pronunciate al suo indirizzo da parte di carrettieri e popolani, si concluse di fronte allo stesso armigero che aveva fermato la ragazza. In fretta, Aimone estrasse il suo lasciapassare e, dopo averlo mostrato alla guardia sbalordita da tanta foga, attraversò il ponte a falcate convulse, guardandosi intorno agitato. Al di là del terraggio, subito oltre il fossato, un alveare di catapecchie occupava tutto lo spazio, allargandosi disordinato ai lati della via. Vicoli maleodoranti dividevano un gruppo di casupole dall'altro, qualche ortaglia stenta spuntava oltre il bordo di bassi muretti di fango: bambini laceri schiamazzavano tra le immondizie accatastate dietro gli angoli, condividendo allegri giochi di strada.

Rachele era sparita. Aimone si fermò, tentando di dominare l'affanno: non l'avrebbe più trovata, ne era certo, in quel dedalo di viuzze. Per di più, la sua presenza lì stava cominciando ad attirare le occhiate dei bambini: avevano cessato le loro corse e lo osservavano incuriositi. Imbarazzato, stava già per tornare sui suoi passi, quando, da un vicolo più stretto degli altri, spuntò Nisan. Con la coda e le orecchie ritte si fermò sull'angolo e puntò i suoi grandi occhi castani su Aimone: dopo un attimo di incertezza, scodinzolò allegro e trotterellò deciso verso di lui. Ringraziando il Cielo per la benevolenza che gli era stata accordata, il castellano si chinò a vezzeggiarlo: delusi per la piega banale che aveva preso la situazione, i monelli ripresero i loro giochi, mentre Nisan, dopo aver ricevuto la sua dose di carezze, si voltò, diretto verso casa.

Aimone lo seguì. Di tanto in tanto, il cane si fermava, girando la testa verso il suo inseguitore, come ad assicurarsi della sua presenza. Il tragitto fu breve: appena dietro una bassa costruzione angolare che doveva essere un ricovero per pellegrini o un ospedale, un gruppo di minuscole casupole a un solo piano occupava l'intero vicolo. Nisan entrò dalla porta spalancata di una di esse e scomparve. Aimone mosse ancora qualche passo cauto fino a trovarsi di fronte a quella misera abitazione. L'ombra proiettata dai muri delle case, ammassate le une sulle altre, gli oscurava il volto, impedendo a chiunque di riconoscerlo. Il suo sguardo non riuscì a penetrare oltre il buio della soglia, ma le sue orecchie udirono, chiara e dolce come una melodia, la voce di Rachele. Alle sue parole rispondevano quelle fioche di un uomo, probabilmente quel padre di cui lei gli aveva parlato.

Il cuore di Aimone batteva scomposto nel suo petto, la testa gli ronzava.

L'aveva trovata. Ora sapeva dove abitava Rachele.

Come ad avvisarlo di un pericolo imminente, Nisan ricomparve sulla porta e abbaiò. Rapido, il castellano riguadagnò la via verso la città e, distribuendo sorrisi benevoli ai bambini che gli si facevano incontro, frugò nelle tasche in cerca di qualche soldo. Dopo aver soddisfatto le aspettative dei piccoli mendicanti, si diresse con passo leggero verso l'entrata della città: l'acqua del fossato, illuminata dal sole, mandava barbagli brillanti che ferivano la vista. Aimone ripercorse in fretta la strada per la quale era venuto, riuscendo a riconoscere, suo malgrado, slarghi, coperti, vie e piazze. Giunto di fronte alla propria abitazione, alzò lo sguardo verso il loggiato: i suoi occhi incontrarono quelli di Bartolomeo che, appoggiato al corrimano di legno, scrutava il vicolo, in attesa del suo ritorno. Con un largo sorriso, gli rivolse un saluto con la mano e scomparve all'interno: rassicurato, il bambino, rientrò nella stanza. Finalmente avrebbero potuto consumare il loro pasto abituale e poi, forse, suo padre avrebbe disputato un'altra partita a scacchi con lui.

Capitolo 19

Una zaffata greve e nauseabonda giunse improvvisa alle narici di Matthew. Meravigliato, si guardò intorno alla ricerca dell'origine di quel fetore: nulla, lì vicino, sembrava generare miasmi. La strada che stava percorrendo, appena al di qua delle mura, si snodava tra chiese, abitazioni e piccoli orti che, ben irrigati dalle acque della vicina Vettabbia, mostravano il pieno rigoglio della primavera da poco conclusa. Poco più oltre, proseguendo lungo il cerchio delle fortificazioni, i mulini degli armaioli lavoravano a pieno ritmo per fabbricare, arrotare, lucidare i corredi guerreschi dei signori milanesi.

Giunto alla Pusterla della Chiusa, Matthew la oltrepassò: al di là del ponte era già contado. Spingendo lo sguardo sui campi più vicini, il frate capì la provenienza del tanfo di poco prima: aggettante su una roggia, un grande mulino da lino girava incessante la sua ruota, diffondendo nell'aria quel puzzo marcescente che, a ondate discontinue, arrivava fino in città. Sulla destra, semiaffondata nelle acque del fossato, una grande saracinesca in lento movimento regolava il flusso della corrente, mentre, appena più in là, una tozza rocchetta fortificata costituiva una sorta di prolungamento delle mura. Arnolfo gli aveva spiegato che quella costruzione, molto antica, era chiamata "torre dell'imperatore", dal nome di un antico re bizantino che l'aveva voluta come baluardo difensivo per quella parte della cerchia. Aveva anche aggiunto che, non appena l'avesse vista, sarebbe arrivato più o meno alla sua meta.

Dopo il colloquio con la badessa di San Celso, Matthew aveva riferito i risultati delle sue indagini all'abate: avevano parlato a lungo e Arnolfo si era dimostrato soddisfatto. A quel punto, gli aveva detto, sarebbe stato ancora compito suo aprire bene occhi e orecchie, informandosi in giro: essendo a conoscenza del nome della ragazza e, soprattutto, della sua imperfezione fisica, non avrebbe faticato a trovarla, a patto che fosse ancora in vita e abitasse a Milano.

Il frate, che si aspettava quell'ulteriore richiesta da parte dell'abate, aveva sospirato paziente, chiedendogli consigli sui modi e i tempi di quella nuova ricerca. Arnolfo gli aveva suggerito di cominciare dal luogo del ritrovamento del cadavere di Caterina. «Tu conosci poco la città,» aveva aggiunto «e una familiarità più approfondita con strade e piazze non potrà farti che bene nello svolgimento delle tue indagini. Chissà che l'acqua della Vettabbia, insieme con la volontà di Dio, non risvegli nel tuo animo qualche intuizione utile a ritrovare la giovane.» Matthew era dubbioso sulle virtù prodigiose di un fiume e quella proposta lo aveva stupito: sembrava che l'abate riponesse le sue speranze, come un tempo facevano i latini e i greci, nell'essenza divina dei corsi d'acqua. Quel pensiero superstizioso lo aveva infastidito, ma poi, pur accettando di malavoglia la proposta di Arnolfo, aveva deciso di obbedire, come, del resto, stava facendo da molti, forse troppi, anni.

Ora, mentre i carretti carichi di mercanzie causavano il consueto frastuono sulle assi sconnesse del ponte, Matthew scese cautamente l'argine, per avvicinarsi all'acqua. Le onde, causate dal traffico continuo di barche che navigavano lungo il fossato dirette ad altri luoghi di approdo, si susseguivano potenti in mezzo al canale, per arrivare, private della loro forza, a lambire con scie schiumose i ciottoli della riva.

Raccogliendo i lembi della tonaca intorno alle gambe, Matthew si accucciò tra l'erba. Poco più in là, grossi pesci color del piombo si lasciavano trascinare a pelo d'acqua: giunti quasi alla sponda, guizzavano repentini verso il centro del fiume, scomparendo nella corrente. Appena sul limitare della riva, dove le ultime bave d'acqua imbevevano il terreno senza tuttavia coprirlo del tutto, qualche piccolo granchio morto faceva luccicare al sole la sua corazza rosata.

Il frate raccolse un sasso, e, fattolo scivolare per qualche istante da una mano all'altra, lo lasciò infine ricadere nella prima schiuma.

«Suffre that deade men birie ther deade, but go thou and tel the kingdam of God!»

La voce lo colpì come una frustata. Matthew si voltò di scatto.

In piedi al suo fianco, una donna alta lo guardava. Gli occhi verdi spiccavano nel viso pallido, i capelli, più chiari del grano, erano raccolti in un rotolo sulla nuca, liberi da qualunque copricapo: solo un grosso pettine di osso, conficcato nelle ciocche folte, impediva loro di sciogliersi lungo le spalle.

«Chi siete?» boccheggiò Matthew, talmente sorpreso nell'aver udito una frase nella sua lingua d'origine, da riuscire a malapena a respirare.

La donna lo fissava, senza rispondere.

Rendendosi improvvisamente conto della sua posizione goffa, il frate si rialzò. Gli occhi della donna lo scrutavano: quello sguardo, fermo e penetrante, gli provocò un singolare rimescolio nelle viscere. Deglutendo a fatica la saliva nella gola arida, ripeté la sua domanda.

«Chi siete?»

«Sono Guglielma, e mi chiamano la Boema.»

Quel nome non gli fornì alcuna risposta. Pensando di trovarsi di fronte a una persona bizzarra ma innocua, cercò di riguadagnare un atteggiamento più dignitoso.

«Non vi conosco: anche se vi esprimete nella mia lingua, non so chi voi siate, non ho mai sentito parlare di voi...»

La donna sorrise enigmatica e, con la punta delle dita, gli sfiorò una spalla.

«Mi chiamano la Boema, frate Matthew, ma non sanno: io vengo dalla vostra terra, anche se da un'altra contea. Vengo dal nord.»

Sbigottito nell'udire il proprio nome pronunciato da quella sconosciuta, il frate impallidì. Mentre la mano di Guglielma restava posata su di lui, un lunghissimo brivido caldo gli percorse il corpo, terminando nelle gambe che, a quel punto, presero a tremare.

«Non dovete temermi, frate,» proseguì la donna, ritirando la mano e lasciandola ricadere lungo il fianco «non abbiate paura. Gesù ha detto di lasciar riposare i morti e di cercare i vivi, per annunciare loro il regno di Dio. Questo è quello che avete appena ascoltato: avete dimenticato la nostra lingua o forse il vostro lungo peregrinare vi ha fatto scordare le parole dei Vangeli?»

Gli occhi di Matthew si spalancarono: come faceva quella donna, quella Guglielma, a sapere del suo pellegrinaggio? Come poteva immaginare che il suo monastero originario era situato nel sud dell'Inghilterra? Sempre più sbalordito e lievemente irritato per la severità che aveva colto nelle sue ultime parole, stava per replicare, quando la donna si chinò sulla sponda e, afferrati cinque ciottoli ancora luccicanti di spuma, li distese sulle mani, porgendoli a Matthew.

«Ecco, vedete?, voi siete come questi sassi: chi li ha portati fin qui dalla montagna da cui si sono staccati? Chi li ha lavati dalle loro impurità? Chi li ha levigati fino a farli diventare tondeggianti, consentendo loro di rotolare fino a una meta sconosciuta? Chi li ha resi tanto compatti da resistere a qualunque tempesta, senza sgretolarsi? Chi ha fatto tutto questo, ditemi, se non l'Altissimo?»

I sassi, bianchi e traslucidi, bruciavano nella mano di Matthew, dove Guglielma li aveva posati. Richiudendogli le dita a pugno sui ciottoli, la donna parlò ancora.

«Voi avete già compiuto una missione, frate, ma non è stata l'ultima. Ne avete un'altra, ancora più gravosa, da portare a termine. Fatelo con animo sereno, e, soprattutto, confidate nell'Onnipotente. Voi troverete colei che cercate, ma dovete farlo in fretta perché la sua vita è in pericolo... Andate in pace, Matthew Willingtham.»

Senza preavviso, gli occhi di Matthew si riempirono di lacrime. Confuso dalla propria ingiustificata commozione, fissò Guglielma, tentando di parlare.

«Io... ma voi come sapete... dovete dirmi... chi siete voi?... Io non...»

«Non chiedete più, frate, non chiedete altro. Ci incontreremo ancora.»

In silenzio, la donna si voltò e, a passi rapidi, risalì la china del terraggio. In pochi attimi la sua veste grigia scomparve oltre l'imboccatura della pusterla.

Matthew la seguì con lo sguardo. Quando i suoi occhi appannati dalle lacrime tornarono a vedere, riaprì la mano che serrava i ciottoli e li osservò: una lieve sfumatura di muschio, là dove erano stati appoggiati al terreno, ne ombreggiava la superficie. Con delicatezza li ripulì, strofinandoli con le dita: poi, dopo che un lungo sospiro spezzato gli ebbe fatto vibrare la gola, li ripose nelle profondità delle tasche della sua tonaca e risalì la china.

«Guglielma, avete detto?, Guglielma la Boema?!»

La voce di Arnolfo aveva assunto un suono stridulo, che Matthew non gli aveva mai conosciuto. Gli occhi, dilatati dallo stupore, lo fissavano increduli.

«Così mi ha detto di chiamarsi. È una donna alta, sottile, che non porta né velo né cuffia ed è vestita di panno bigio, quasi come una monaca...»

«È lei, non c'è dubbio» mormorò sbalordito l'abate. «Ma cosa ci faceva lungo il fossato e perché ha interpellato proprio voi?»

La domanda non prevedeva alcuna risposta: Arnolfo si rendeva conto fin troppo bene che, non conoscendo la fama di quella donna, Matthew non avrebbe potuto replicare alcunché. Sostenendo lo sguardo imbarazzato del frate, cercò di dominare l'ansia che quel nuovo sviluppo della situazione gli comunicava. A quel punto, avrebbe dovuto spiegare ancora, chiarire posizioni, mettere in guardia: Matthew appariva confuso e, dovendo portare a termine il compito di cui l'aveva incaricato, sarebbe stato necessario che nessuna ulteriore incertezza albergasse nel suo animo. Socchiudendo gli occhi e appoggiandosi all'alto schienale del sedile, respirò a fondo due volte e cominciò a parlare.

«Vi ho già detto, vero frate?, delle eresie che per molti anni hanno infestato Milano e la Lombardia? Ebbene, alcune di esse sono già state lungamente combattute dai podestà e dalla Chiesa: tuttora, come mi pare di avervi già accennato, i minori e i domenicani sono delegati a trovare e perseguitare qualunque persona sospetta. Non più tardi di sei mesi fa, in via della Palla, è stata rasa al suolo l'abitazione di un uomo, un ricco mercante di formaggi, proprietario di numerose cascine nel contado: le voci del quartiere dicono che fosse un simpatizzante, piuttosto attivo, dell'eresia catara e che nei suoi possedimenti si svolgessero continue riunioni con altri seguaci. Con la distruzione della sua casa, che ospitava anche il magazzino, l'uomo ha perso tutto qui in città ed è stato costretto a fuggire. Se non l'avesse fatto, in breve tempo i minori lo avrebbero arrestato e portato in giudizio: dicono che ora sia nascosto nel castello di Gattedo, protetto da Roberto Patta di Giussano, uno dei nobili che, in spregio alle direttive del comune, ospitano gli eretici fuggiaschi...»

«Ho già sentito parlare di questi catari,» intervenne Matthew «ma non ho ancora ben chiaro in che cosa consista la loro eresia.»

Per un lungo istante Arnolfo fissò il frate, incerto se fornire spiegazioni convincenti o se sorvolare sulla sua, pur giustificata, curiosità. Optando per la prima possibilità, in omaggio all'acuta intelligenza del suo interlocutore, riprese a parlare.

«Questi eretici pensano di essere i "perfetti", cioè gli unici uomini liberati dal Cristo dai vincoli della materia. Vivono di penitenze rigorose e con un assoluto distacco dal mondo; dicono che la Chiesa sia corrotta e la definiscono addirittura "la grande meretrice"!... Conducono una vita di preghiera e digiuno, non mangiano carne, evitano come la peste qualunque rapporto con il potere politico; predicano la loro dottrina ovunque e, pur non avendo un preciso luogo di culto, le loro idee hanno attecchito come la zizzania. Non li spaventa nemmeno la morte sul rogo, promessa loro dalla Chiesa, perché nel martirio essi vedono la liberazione finale delle loro anime, fino ad allora imprigionate nella materia. Attraverso il sacrificio di sé, essi vedono l'espiazione della colpa primigenia verso Dio, pensano di liberare la propria piccola parte di divinità: in questo modo, sono certi di raggiungere la patria celeste... Capite, dunque, quanto grave sia questa eresia, quanto pericolosa potrebbe diventarne la diffusione se non venisse stroncata con ogni mezzo?»

Matthew, che aveva ascoltato paziente, alle ultime parole dell'abate tradì un repentino moto di ribellione, che non sfuggì agli occhi attenti di Arnolfo.

«Sentite, frate Matthew» proseguì, pacato. «Mi rendo conto che, apparentemente, questi e altri eretici non provocano il male di nessuno: conducono la loro vita in eremitaggio, praticano la virtù della rettitudine, non rubano, non uccidono... ma predicano! Vanno diffondendo in giro una dottrina che non è quella della Chiesa di Roma, pronunciano anatemi contro di essa, sono arroganti nella loro apparente mitezza... Dicono di non voler prostituirsi ad alcuna forma di potere politico, ma, cosa credete?, che nessun potente sfrutti le loro parole per sostenere la propria causa? Considerate solo quei nobili, scacciati dalla città negli ultimi anni, che li nascondono e li mantengono a proprie spese! Pensate che lo facciano per bontà d'animo o non piuttosto per precostituirsi un esercito apparentemente imbelle, ma più pericoloso di mille armati, pronto a sostenerli quando sarà venuto per loro il momento di riappropriarsi della città?! E la Chiesa? Cosa ci sta a fare il papa, cioè il rappresentante della volontà divina, se chiunque può confutare la sua dottrina, sostituendola con un'altra, creata a suo comodo e piacimento? Non dimenticate che il Cristo ha detto all'apostolo "Tu sei Pietro e su questa pietra io fonderò la mia chiesa". Quale certezza più grande potremmo avere noi tutti che l'unica vera chiesa sia quella di Roma?»

Mentre all'inizio la voce di Arnolfo si era mantenuta controllata, a mano a mano che il suo discorso procedeva, il suono delle sue parole si era fatto più vibrante, trasformandosi in una sorta di concitata invettiva. Matthew, che stava ascoltando con attenzione, non capiva se la rabbia che vedeva crescere nell'abate fosse diretta verso gli eretici o verso la sua propria persona, obbligata a giustificare, pur non condividendolo del tutto, l'atteggiamento persecutorio della Chiesa. Il frate ricordava quando, durante uno dei loro primi colloqui, Arnolfo lo aveva messo in guardia dall'invadenza di minori e domenicani, esortandolo a evitarne la frequentazione. Ma allora?, si chiedeva adesso, quale era il vero pensiero dell'abate? Erano state sincere quelle prime, caute e assennate parole, o erano vere queste ultime, che parevano assolvere gli inquisitori da ogni colpa, stigmatizzando invece i danni prodotti dall'eresia? Rifletté che, qualunque fosse la sua personale posizione nei confronti degli eretici, l'importante carica che Arnolfo ricopriva all'interno della chiesa metropolita non gli avrebbe concesso altra strada che quella dell'ortodossia.

Come se avesse indovinato il dubbio nello sguardo di Matthew, l'abate riprese a parlare in fretta.

«Vi ho spiegato dei catari per farvi capire quali siano le implicazioni del vostro incontro con Guglielma...»

«Fa parte anche lei della loro congregazione?» lo interruppe Matthew.

«No, ma lasciatemi spiegare. Dicono che questa donna sia la figlia di un re boemo e che sia giunta a Milano, spinta da una visione: un angelo, apparsole in sogno nella sua terra natale, le avrebbe ordinato di venire nella nostra città a evangelizzare gli abitanti, troppo presi da traffici e imprese guerresche per poter essere toccati dalla grazia divina. Questo, almeno, è quello che i suoi seguaci vanno raccontando in giro. In tutta questa storia non ci sarebbe nulla di nuovo: in fondo, da sempre, Milano pullula di folli, di furbi, di reietti, di pie donne più o meno caritatevoli. Il problema è che Guglielma predica la dottrina e voi sapete bene che solo gli uomini di chiesa possono tenere sermoni e diffondere le Scritture! E invece lei, donna per giunta, parla, spiega, interpreta a modo suo le parole del Cristo... Dice, sì, come già Lui aveva insegnato, che dobbiamo amarci e onorarci l'un l'altro, ma sostiene anche che chiunque si penta dei suoi peccati potrà un giorno varcare le porte del Paradiso, sia esso cristiano, o giudeo, o saraceno!... Dice ancora di essere soltanto un'umile donna spinta dalla fede, ma i suoi seguaci la dipingono addirittura come lo Spirito Santo! E poi, c'è un'ultima cosa: dicono che sia una guaritrice. Non chiedetemi come, non chiedetemi quando, ma so da fonte certa che Guglielma, durante le riunioni con i suoi accoliti, impone le mani. Qualcuno mi ha riferito, per averlo visto con i suoi occhi, che i malati escono risanati dalla sua casa. Non so, frate, non so... Quello che è certo è che le stesse voci giunte fino a me sono arrivate alle orecchie degli inquisitori che stanno incominciando proprio in questi giorni a raccogliere informazioni, a identificare i suoi seguaci... Vedete bene anche voi, dunque, quanto mi turbi il vostro incontro con lei: Guglielma, quasi sicuramente un'eretica, a colloquio con un emissario dell'abate di San Simpliciano! Quanti occhi avranno seguito il vostro convegno, quante orecchie avranno udito le sue parole?»

L'inquietudine, non più celata ora che lo aveva messo a parte delle sue angosce, segnava il volto di Arnolfo: due occhiaie scure ne appesantivano lo sguardo, mentre rughe profonde stiravano i lati della bocca in una smorfia amara. Matthew avrebbe voluto rassicurarlo, raccontandogli con quanta dolcezza Guglielma gli aveva parlato, ma tacque. Non aveva certo dimenticato il brivido che gli aveva procurato il contatto con la sua mano, il rimescolio di visceri provocato dai suoi occhi febbrili, le frasi enigmatiche che aveva ascoltato dalla sua bocca. E poi, perché tutti la chiamavano "la Boema", se lei parlava la sua lingua e aveva affermato di essere inglese? E come faceva a conoscere il suo nome? Troppi erano stati negli ultimi due anni gli avvenimenti rimasti senza spiegazione e il loro misterioso susseguirsi aveva tracciato la strada che lui, suo malgrado, aveva dovuto percorrere. Ora un'altra inesplicabile visione stava per segnare in qualche modo la sua vita. Quasi a convincersi di non avere sognato, Matthew tastò con le dita il fondo della sua tasca: no, non aveva soltanto immaginato, i ciottoli erano lì, pesanti come pietre contro la sua coscia.

«Forse ho sbagliato» riprese Arnolfo, strofinandosi pensoso il mento con il dorso della mano, «non avrei dovuto nemmeno iniziarla questa indagine... E, d'altra parte, come avrei potuto? Anche se avessi ignorato le mie assurde allucinazioni notturne, questa faccenda sarebbe scoppiata ugualmente. Ricevo continue pressioni da parte delle autorità per riuscire a smascherare la vera natura di Lanfranco Calgario: nessuno lo vuole a rivestire la carica di capitano e questo del presunto omicidio di Caterina sembra essere l'unico spunto da cui prendere le mosse per bloccarlo. Dobbiamo andare avanti: continuate a cercare, frate, mentre io pregherò l'Altissimo di vegliare su di voi. Ora che sapete molto più di prima, ora che conoscete pericoli e intrighi, dovrete essere ancora più cauto. Io, per parte mia, tenterò di tenere a bada i miei interlocutori, temporeggiando il più possibile. Inoltre, chiederò un abboccamento con frate Gaudenzio: è uno dei minori che si occupano delle eresie qui in città ed è una delle poche persone fidate che conosco in quell'ordine. Penso di poter fare assegnamento su di lui, anche perché mi deve un favore: sono certo che potrà aggiornarmi sulle intenzioni dei suoi superiori nei confronti della Boema. Ora andate, frate Matthew, e, se potete, evitate incontri pericolosi.»

L'espressione di Arnolfo rivelava una stanchezza profonda, il suo corpo si era ripiegato su se stesso. Mentre prendeva congedo, Matthew provò pena per quell'uomo: gravato di responsabilità che non aveva sicuramente cercato e che non avrebbero dovuto far parte della sua missione pastorale, tuttavia ottemperava con determinazione ai suoi compiti. Obbedienza, obbedienza, sempre obbedienza... Era quello il fulcro della vita religiosa, non tanto la fede e la carità che, essendo parte integrante di qualunque uomo di chiesa, erano comunque date per scontate: era l'obbedienza a incatenare tutti, dal più umile monaco fino all'abate, a una Chiesa che, talvolta, invece che madre generosa e partecipe, si dimostrava una matrigna severa. Era forse il giogo più pesante da tollerare, soprattutto perché l'obbedienza era dovuta senza condizioni, anche in presenza di evidenti ingiustizie.

Un acuto senso di ribellione si impadronì di Matthew. Lo aveva già provato spesso durante il lungo periodo di pellegrinaggio e, malgrado ogni volta ne avesse chiesto tacito perdono a Dio, non riusciva ad allontanare da sé quella sensazione: come un bambino che compie una marachella e poi, spaventato per essere stato scoperto e sgridato, promette di non ripeterla più, pur sapendo in cuor suo che accadrà ancora, così il frate era consapevole di tutta la sua inadeguatezza a condurre quella vita di obbedienza senza riserve. Il rimpianto per un'esistenza che avrebbe potuto essere diversa, calata in una realtà meno rigorosa di quella a cui era costretto, si insinuava con sempre maggiore frequenza nella sua mente: irritato con se stesso, Matthew si diresse con passo pesante verso la sua cella. Lì, inginocchiato davanti alla croce, avrebbe chiesto, ancora una volta, l'indulgenza di Dio e la forza per proseguire la sua missione.

Capitolo 20

I tre bambini erano nascosti nell'angolo buio di uno dei vicoli che, dalla via Porticata, conducevano verso l'ospedale del Brolo. Uno di loro, in piedi, era paludato in un cencio rosso ormai sbiadito e teneva tra le mani alcune fettine sottili di rapa che distribuiva con fare solenne sulle lingue protese degli altri due, inginocchiati davanti a lui. Le risate con cui accompagnavano i gesti uscivano soffocate dalle loro bocche: nessuno, lì intorno, avrebbe dovuto sorprenderli mentre si divertivano con il gioco della "rapa-ostia", che, lo sapevano bene, era severamente proibito dai preti. La vicinanza con l'adiacente basilica degli Apostoli, invece che trattenerli, stimolava la loro audacia: un gran numero di religiosi passava abitualmente attraverso quel dedalo di viuzze e sfuggire ai loro sguardi mentre compivano una azione sacrilega avrebbe aumentato il sollazzo.

Quel mattino, tuttavia, il gioco non riuscì come al solito. Un piccolo frammento di rapa si incastrò nella gola di uno dei bambini, che, nel tentativo di non soffocare, cominciò a tossire in modo convulso. Il suono sibilante dei suoi rantoli attirò l'attenzione di un prete che aveva appena superato l'angolo: voltatosi indietro, prese il ragazzino per le spalle e, con decisi colpi tra le costole, lo aiutò a espellere quello che gli aveva bloccato il respiro. Stava già per andarsene, sollevato dall'aver evitato un guaio al bambino, quando si accorse degli altri due che, ammutoliti dalla paura, lo fissavano immobili: ci mise solo un attimo a capire quale fosse stato il loro gioco fino a quel momento. La rapa, affettata per metà, giaceva ancora a terra, mentre piccoli pezzi dell'ortaggio erano sparsi sul lurido cencio che copriva le spalle del ragazzino più grande. Il prete spalancò gli occhi e dalla sua bocca uscì una specie di ruggito. Le sue parole, tuttavia, furono più pronte delle sue gambe, che si rivelarono meno veloci di quelle dei bambini: spaventati dalla prospettiva di una solenne sgridata e dal successivo pubblico ludibrio a cui sarebbero stati sottoposti in chiesa, fuggirono a gambe levate per i vicoli adiacenti. Il prete, irritato dalla propria lentezza di riflessi e dalla dabbenaggine dimostrata, si voltò e riprese la strada verso la basilica. Borbottando tra sé stizzito, meditava che qualcuno avrebbe dovuto provvedere per fermare quello sconcio: quel gioco blasfemo era in voga tra i bambini di Milano dai tempi del Barbarossa e nessuna punizione, per quanto severa, era riuscita fino ad allora a estirparlo. Ci sarebbe voluta un'ordinanza comunale, pensava, come quelle che già regolavano i giochi degli adulti: ne avrebbe parlato con l'abate e, se non fosse bastato, avrebbe interpellato perfino l'arcivescovo. Quella burla sacrilega doveva finire, ci avrebbe pensato lui a smuovere le acque...

Mentre il prete varcava bellicoso il portale della basilica, tre vicoli più in là la fuga concitata di uno dei ragazzini era finita rovinosamente tra le gambe di Lanfranco che, abbigliato con i suoi abiti migliori, si dirigeva verso il Brolo dell'arcivescovo. Lì, nel suo palazzo, lo attendeva il segretario di Leone da Perego, a cui aveva chiesto un abboccamento. Sarebbe stato un giorno fondamentale quello, stava riflettendo, per riuscire a ottenere la sua carica: nessuno avrebbe potuto rifiutargliela, dopo che avesse constatato quale tipo di dono lui intendeva fare alla chiesa e alla città. I suoi pensieri vennero fastidiosamente interrotti dal violento colpo agli stinchi che ricevette dai piedi del piccolo fuggitivo, il quale, dopo aver inciampato, gli era ruzzolato addosso.

«Ma dove guardi, per Dio?! Non vedi a un palmo dal naso?! Perché non vai a correre lungo il fossato, così ci caschi dentro e ti mangiano i pesci?!» gli urlò furibondo, mentre controllava se il suo mantello di seta avesse subito dei danni. Il bambino si rialzò: terrorizzato dalla luce feroce che vide negli occhi dell'uomo, non osò nemmeno scusarsi, ma, con lo stesso impeto che lo aveva condotto fin lì, riprese la sua fuga. Sperando che i suoi amici avessero avuto più fortuna di lui, decise che sarebbe tornato subito a casa: quella non era giornata buona, ne era sicuro, forse quel gioco che avevano fatto già tante volte portava sfortuna, forse avrebbe convinto i suoi compagni a non ripeterlo più. In fondo, ormai era grande, avrebbe potuto cominciare a giocare ai dadi: tante volte aveva visto suo padre sfidare le regole comunali che vietavano ogni gioco notturno. Protetto dal buio della loro stamberga, si riuniva con gli amici nel sottoscala, dove, rischiarato solo da un mozzicone di candela, continuava a tirare dadi fino a notte fonda, ignorando le proteste preoccupate della moglie. Lo avrebbe fatto anche lui, ma di giorno e ben nascosto: sapeva bene dove suo padre teneva riposti i dadi e, senza dare nell'occhio, li avrebbe presi e avrebbe imparato a usarli. Confortato da questa nuova prospettiva, sorrise fra sé e, senza curarsi del bruciore alla ginocchia sbucciate, affrettò il passo verso casa.

«Il velo di sant'Agata, dite?»

Ugone Balbo, il segretario particolare dell'arcivescovo, rigirava con circospezione tra le mani un malconcio frammento di lino: la pezzuola, non più grande di un palmo, appariva grigiastra e strinata in più punti; da un lato, il tessuto si allungava in una sorta di coda, sfilacciata e apparentemente bruciacchiata.

«Sì, eccellenza, si tratta proprio di una reliquia!» rispose mellifluo Lanfranco. «Come saprete, la santa subì il martirio del fuoco, dopo le altre nefande torture a cui era stata sottoposta, e dicono che le fiamme, pur avendo consumato il suo corpo, abbiano invece risparmiato il velo in cui era avvolto. Questo, gelosamente conservato dalle pie consorelle, è stato fatto oggetto di culto là nella lontana Sicilia e dicono anche che, portato in processione davanti alla montagna che sputa diavoli...»

«Non ho certamente bisogno di essere istruito sulla vita dei santi!» esclamò seccato Ugone, fissando severamente Lanfranco. Quell'uomo non gli piaceva: dietro quell'aria cerimoniosa e servile, si intuiva una natura affatto diversa. Ugone era avvezzo a considerare le persone senza pregiudizi, ma una certa qual particolare sensibilità gli aveva sempre permesso di coglierne in anticipo le caratteristiche: e quella che trasudava in maniera evidente dall'uomo che aveva davanti era una sorta di crudeltà trattenuta. E poi non aveva certo rispettosa dimestichezza con le gerarchie ecclesiastiche se si permetteva di spiegare a lui, al segretario della massima autorità religiosa di Milano, chi fosse stata e come fosse stata martirizzata la santa! E la montagna che sputa diavoli, poi! Ma con chi credeva di parlare, con un popolano superstizioso e credulone? Chiunque avesse studiato anche solo un po' sapeva che l'Etna era un vulcano e che dalle sue viscere uscivano fuoco e lava! Cercando di dominare l'irritazione crescente, Ugone ripose la pezzuola di lino nel piccolo scrigno che fino ad allora la aveva contenuta: poi, osservando con occhi penetranti quelli sfuggenti di Lanfranco, gli parlò ancora.

«E, dite, da chi l'avreste avuta questa reliquia?»

«È una storia lunga» rispose Lanfranco, riguadagnando la sua abituale baldanza. «Non so nemmeno io da dove provenga, ma colui che me l'ha data sostiene che sia stata sottratta addirittura dal sepolcro della santa da alcuni saraceni scacciati dalla corte di Federico: pare che quegli infedeli, per vendicarsi dei torti subiti, prima di fuggire lontano abbiano profanato quella e altre tombe di martiri...»

«Ma è stato un sacrilegio! E voi osate consegnarmi il frutto di un sacrilegio?!» lo interruppe sdegnato Ugone.

«Aspettate, aspettate: la storia non è finita. Dunque, dicevo, la fuga dei saraceni si è risolta in un'ecatombe: sono morti tutti, chi travolto dalle onde, chi ucciso da un fulmine, chi schiacciato da un masso... L'ultimo di quegli uomini, poco prima di morire fra atroci tormenti, si è reso conto che la reliquia rubata aveva scatenato una maledizione a cui nessuno di loro aveva potuto sottrarsi: allora, con il poco fiato che gli restava, ha confessato il crimine commesso al servo di un mercante, pregandolo di riportare la reliquia dove era stata sottratta. Cosa abbia fatto in seguito il servo, non so: dicono, però, che passando di mano in mano, il velo della santa abbia cominciato a fare miracoli. I malati che lo sfioravano venivano risanati, le acque dei torrenti in piena si fermavano se solo lo si esponeva lungo gli argini, il fuoco degli incendi si spegneva senza bisogno d'acqua. Vedete dunque anche voi come si tratti di una vera reliquia...»

«Non mi avete ancora detto come ne siete venuto in possesso voi» lo interruppe nuovamente Ugone, sempre più infastidito dal tono falsamente conciliante che udiva dalla bocca del suo interlocutore.

«L'ho avuta da un frate mendicante. L'ho incontrato, poco tempo fa, lungo la strada per Lodi: era appena sfuggito a una delle consuete devastazioni che i soldati dell'imperatore compiono nel nostro contado. Non mangiava da giorni, era lacero e disperato: quel pover'uomo mi ha impietosito e così gli ho offerto del cibo e un tetto in una locanda. Per ripagarmi della mia generosità, ha voluto offrirmi la reliquia, spiegandomene la provenienza, nei termini che vi ho appena raccontato. Lui, per parte sua, mi ha detto di averla avuta da un pellegrino diretto a Santiago di Compostela.»

La falsità di quelle affermazioni era tanto palese, da provocare nel segretario un malessere fisico: il suo stomaco gorgogliava, le mani, serrate a pugno tra le pieghe della tonaca, cominciavano a tremare. Ugone sapeva bene che quei primi sintomi preludevano ad un accesso di rabbia: per dominarla, si sedette sull'alto scranno posto sotto la finestra dello studiolo e chiuse gli occhi. Nell'ambiente mancava l'aria: le due pareti adiacenti alla porta erano coperte per intero da alti stipi pieni di pergamene, libri, registri. Su una scansia a fianco dello scranno, due preziosi codici miniati erano aperti su brani dei Salmi, mentre il resto delle pareti era ricoperto da preziosi arazzi, ricamati con scene bibliche. L'odore della pergamena che abitualmente impregnava l'aria del piccolo locale, era ora appesantito anche da un vago olezzo dolciastro, sicuramente proveniente da Lanfranco. Nauseato all'idea che quell'uomo si profumasse come una prostituta, Ugone respirò a fondo e riaprì gli occhi.

«Quindi, in definitiva, cosa vorreste da me, o meglio, dall'arcivescovo?»

Il tono tagliente del segretario non scoraggiò Lanfranco. Con un sorriso servile, prese in mano lo scrigno con la reliquia e, porgendolo a Ugone, rispose in fretta.

«Desidero fare dono di questa reliquia alla chiesa metropolita e alla città, nella speranza che sant'Agata la protegga da eventi luttuosi, da guerre, da incendi, da carestie... Credo che sia il minimo che io possa fare, dal momento che questo velo sacro è giunto nelle mie umili mani. Quando sarò nominato capitano di giustizia, la consapevolezza di aver in qualche modo favorito le sorti della città mi sarà di aiuto per svolgere al meglio le mie funzioni.»

Ecco, l'aveva detto. Finalmente, nella sua infinita arroganza, quell'uomo aveva dimostrato tutta la sua stupidità. Era lui, allora, quell'aristocratico di mezza tacca, quel violento di cui si sussurrava nelle stanze del Broletto! Il suo istinto non aveva sbagliato nel giudicarlo infido. Cosa avrebbe potuto fare adesso? Leone da Perego era assente dalla città e non sarebbe tornato prima di un paio di settimane: non poteva certo arrogarsi lui stesso il potere di cacciare dalla sede arcivescovile quella specie di serpe che aveva davanti, senza essere in possesso di un motivo grave. In fondo, pensava, anche se con quella presunta reliquia, sicuramente falsa, Lanfranco avesse voluto garantirsi l'appoggio della chiesa milanese per l'ottenimento di una carica pubblica, la decisione ultima sarebbe spettata al potere civile. Sarebbero state quindi le autorità comunali a decidere della sua richiesta: lui, per parte sua, avrebbe parlato quanto prima con Baldo Oldrati, il segretario del podestà, per metterlo in guardia contro quell'uomo.

Ugone si alzò: le sue gambe, irrigidite dalla tensione, faticarono a muoversi. In silenzio, prese dalle mani di Lanfranco lo scrigno e, mascherando il senso di repulsione che il solo contatto con quell'oggetto gli provocava, lo depose sulla scansia, accanto ai codici.

«Non appena l'arcivescovo rientrerà a Milano, gli mostrerò la vostra reliquia e, se verrà ritenuto opportuno, sarete convocato alla sua presenza. Per ora, non ho altro da dirvi. Andate in pace.»

Deluso da quel congedo frettoloso, Lanfranco si inchinò e, senza riuscire a mascherare del tutto la rabbia che stava cominciando ad arrossargli il volto, uscì dallo studiolo.

Dopo essere rimasto per un momento a fissare la seta da poco prezzo del mantello del suo postulante, Ugone si voltò e aprì la finestra: poi, chinatosi sullo scrigno d'argento su cui brillavano mediocri pietre colorate che fingevano di essere preziose, lo aprì e osservò il frammento di tessuto che conteneva. Per quello che ne sapeva lui, avrebbe potuto essere un pezzo di camiciola di una qualsiasi delle prostitute della città.

Lanfranco aveva buttato a terra gli abiti, senza curarsi della sporcizia che il suo domestico non aveva ancora provveduto a ramazzare via dal pavimento. «Quell'uomo lavora sempre di meno!» borbottò stizzoso. Anche se erano mesi che non veniva pagato, rifletté, in fondo cosa avrebbe potuto avere mai da lamentarsi? Aveva un tetto sulla testa e, per di più, approfittava largamente delle sue provviste, senza trascurare il vino della sua dispensa... A torso nudo, con l'unica copertura delle brache che non arrivavano a nascondere i polpacci nerboruti, si avvicinò alla finestrella spalancata. L'aria del primo pomeriggio era pesante, umida: lontano, oltre le mura, una striscia compatta di nubi plumbee, apparentemente immobili nel cielo, annunciava un temporale imminente. Dall'apertura che dava sul loggiato del suo palazzotto, Lanfranco poteva osservare il consueto andirivieni di carri, soldati, servi e signori provenienti dalla Porta Orientale e diretti verso il centro della città. La vista di tutta quell'umanità affaccendata in occupazioni banali e sempre uguali a se stesse lo nauseò: un rigurgito acido risalì le sue viscere, provocandogli un acuto bruciore alla gola. Sempre più irritato, si voltò, in cerca della brocca del vino: mentre lo versava nel boccale, si accorse che il beccuccio era sbreccato e che, da una sottile fessura sul fondo, il liquido aveva trasudato sul tavolo, formando numerosi cerchi appiccicosi sul legno. Rabbioso, gettò il boccale sul pavimento, dove il vino si allargò in una pozza scura, formando quasi subito una poltiglia densa con i grumi di polvere che ricoprivano le assi di legno. Il rigurgito tornò, ancora più violento, seguito da un doloroso accesso di tosse. Trattenendosi il petto con le mani, Lanfranco si alzò, in cerca d'aria. Quando il suo respiro tornò normale, si impose di calmarsi e cominciò a riflettere: quando sarebbe rientrato l'arcivescovo a Milano? Perché il segretario lo aveva trattato con tanto sussiego, non aveva forse creduto alla veridicità della sua reliquia? Quest'ultimo pensiero disegnò una smorfia beffarda sul suo volto: se avesse saputo come si era procurato quel lurido pezzo di stoffa, Ugone lo avrebbe cacciato a calci dallo studiolo! La smorfia si trasformò presto in un sogghigno per esplodere poi in una lunga, solitaria risata catarrosa. Quel "velo di sant'Agata", come lo aveva fantasiosamente definito, non era altro che il brandello della camicia di Caterina che era rimasto nelle sue mani dalla notte dell'omicidio!... Lo aveva conservato gelosamente, pensando che un giorno, in qualche modo, avrebbe potuto tornargli utile: e infatti, ora che quella carica pubblica era quasi sua, cosa ci sarebbe stato di meglio per aumentare il suo prestigio che propiziarsi anche il potere ecclesiastico offrendo una rara reliquia? Con grande attenzione aveva bruciacchiato i bordi del tessuto alla fiamma di una candela: poi lo aveva affondato nella terra dell'orto del suo palazzo, dove i vermi e le muffe gli avrebbero conferito l'apparenza di un oggetto antico, a lungo maneggiato. In seguito, aveva fatto cesellare da un mediocre artigiano del contado quel piccolo scrigno d'argento: il risultato finale del manufatto non aveva del tutto soddisfatto le sue aspettative. D'altra parte, il prezzo pagato era stato veramente basso e quindi si era accontentato, non prima, tuttavia, di aver strapazzato l'orafo per il suo lavoro dozzinale. Quanto aveva pensato e ripensato alla storia da raccontare all'arcivescovo su quella reliquia! Nella sua mente, aveva ricreato una vicenda plausibile, cambiandola più volte, migliorandola, limandola fino ad ottenere la versione finale, giusta e convincente. Era certo che lo avrebbero creduto: quegli idioti dei preti, sempre affamati di miracoli e prodigi, avrebbero accolto la reliquia come manna dal cielo, riponendola nel tesoro di una delle numerose basiliche cittadine. Si sarebbe trattato solo di avere ancora un po' di pazienza, poi, con il ritorno dell'arcivescovo e del podestà, le cose si sarebbero sistemate. Nessuno avrebbe potuto rifiutargli quella carica, nessuno conosceva il suo passato...

Rinfrancato dalla logica del suo ragionamento, Lanfranco si stese sul giaciglio: era sudato. Scalciò via le brache e restò completamente nudo: i suoi occhi socchiusi scesero lungo il corpo, indugiando sul pene. Anche se in quel momento era floscio, rivelava, nelle dimensioni, tutta la sua possanza. Un sorriso soddisfatto gli illuminò il volto: giratosi verso la parete, si accinse a dormire.

All'altro capo della stanza, un lungo rivolo del vino rovesciato era colato lungo la pendenza del pavimento, arrivando a lambire il bordo della veste gettata scompostamente sulle vecchie assi di ciliegio: una vasta macchia rosata si andava allargando a poco a poco sulla seta, creando un nuovo, inconsueto decoro.

Capitolo 21

«Non posso, capite?, non posso fare una cosa del genere... Non ne sono capace, non sono un chirurgo!»

Gli occhi pieni di compassione di Rachele fissavano il volto di Allegranza. Alla luce tremula della candela, le sue guance bagnate di lacrime apparivano lucide e arrossate. La mano, abbandonata inerte in grembo, mostrava le due ultime dita unite da un lembo di pelle, lattea e trasparente come un velo. Le falangi congiunte formavano una sorta di piccolissimo ventaglio.

«Ma quella donna mi ha detto di venire da voi, assicurandomi che sareste stata in grado! Oh mio Dio, siete voi a non capire... non posso più nascondere questa mano! Fino a poco tempo fa questo mio difetto mi imbarazzava, non lo nego, ma a poco a poco avevo fatto l'abitudine all'impedimento che mi causa, allo scherno degli altri. Ma ora... ora non posso più...» Le parole di Allegranza si spezzarono in un singhiozzo affannoso.

«Ora siete innamorata, non è così?» le chiese dolcemente Rachele, sfiorandole con delicatezza i capelli scarmigliati.

Allegranza la guardò e, senza riuscire a pronunciare parola, annuì con il capo, mentre le lacrime, sempre più copiose, continuavano a rigarle il viso.

«E pensate che l'uomo che amate vi rifiuterebbe solo

per questa vostra piccola imperfezione? O non ne è ancora al corrente? Ditemi, avete sempre nascosto le mani fino ad oggi, quando eravate in sua compagnia?»

Allegranza ansimò e, senza riuscire a frenare i singhiozzi, rispose che, anche se lei aveva tentato di celare le sue dita palmate, il suo innamorato le aveva scoperte già al loro secondo incontro.

«E ora non vi vuole più?» domandò Rachele, temendo già una risposta affermativa.

«No, anzi, lui dice sempre che mi ama e mi amerà sempre, e che la mia mano è un segno del Cielo, che le mie dita sono unite come saremo noi due dopo il sacro vincolo del matrimonio...»

«Ma allora, perché vi disperate tanto?»

«Vedete,» proseguì Allegranza, riuscendo finalmente a calmare l'affanno e le lacrime «lui è il primogenito di un mercante e sono già sicura che quell'uomo non mi accetterà come sposa di suo figlio: sono ricchi, appartengono alla corporazione degli armaioli, mentre io ho una dote modesta che i miei genitori, con grandi fatiche, hanno appena finito di accumulare. Siamo troppo diversi per censo, perché io venga benevolmente accolta in quella casa: con questo difetto poi... diranno che è il marchio del diavolo, che sono una strega... Capite ora il motivo per cui sono qui da voi? Non potrò mai presentarmi alla sua famiglia con questa mano, suo padre lo dissuaderà dal frequentarmi, e lui obbedirà... il nostro amore morirà, invece di crescere. Speravo che voi... almeno questo ostacolo...»

I singhiozzi, sebbene soffocati, ripresero violenti, interrompendo quel flusso disordinato di parole. Rachele, impotente di fronte alla sua disperazione, tacque.

Era preoccupata. In poche settimane, già due persone erano venute a chiedere il suo aiuto: prima Remigio e ora questa giovane sfortunata. Questo significava che qualcuno nel quartiere era a conoscenza delle cure che saltuariamente prestava in giro. Pur raccomandando ogni volta il segreto, evidentemente una persona più sprovveduta delle altre aveva parlato troppo. La sua situazione si stava facendo sempre più rischiosa: avrebbe dovuto smettere di improvvisarsi medico, avrebbe dovuto fare solo il suo lavoro di ricamatrice. La verità, amara come fiele, era che non avrebbe mai potuto abbracciare la professione. D'improvviso la commiserazione per quella ragazza poco più giovane di lei si mescolò a quella per se stessa e Rachele non trovò altre parole con cui consolare entrambe.

D'un tratto, mentre si voltava a controllare che il mozzicone di candela non si spegnesse del tutto, nella penombra della stanza i suoi occhi colsero un movimento inaspettato. Spaventata, si alzò di scatto: sulla soglia della camera posteriore, si stagliava la figura di Isaac. Curvo, appoggiato a un bastone, avanzava a passi lenti e strascicati verso di loro.

«Padre!! Cosa fate alzato?! Sapete che non avete le forze, padre...»

Isaac la guardò senza rispondere e, dominando come poteva l'affanno, continuò la sua marcia faticosa. Anche Allegranza si alzò, stupita: nel buio, sforzava gli occhi ancora appannati dalle lacrime per distinguere le fattezze dell'ebreo. La lunga barba, ormai quasi del tutto bianca, gli incorniciava il volto, mentre i capelli, ugualmente canuti, scendevano arruffati fino alla base del collo. Gli occhi scuri, resi acquosi dall'età avanzata, erano contornati dalle palpebre gonfie e arrossate. La mano destra, magra e nodosa, artigliava l'estremità del bastone, mentre la sinistra si muoveva cautamente all'intorno per afferrare qualunque altro sostegno che, all'interno della stanza, potesse garantire un più sicuro equilibrio. Ad ogni passo, la veste logora ondeggiava intorno al corpo scheletrico dell'uomo.

Dopo un tempo che parve interminabile, Isaac giunse

al panchetto che fino a poco prima occupava Rachele e, appoggiandosi al braccio della figlia, vi si lasciò pesantemente ricadere. La fatica di quel brevissimo tragitto lo aveva sfinito: chiuse gli occhi e per un lungo momento impegnò tutte le forze residue a recuperare il ritmo del respiro. Poi, fatto cenno ad Allegranza di sedere davanti a lui, le chiese di mostrargli la mano. Intimidita, la giovane lasciò che l'ebreo gliela sollevasse nelle sue.

«Avvicina la candela, Rachele.»

La voce arrochita di Isaac uscì ansimante dalla sua gola. Talmente sbalordita da non essere capace di proferire parola, la ragazza obbedì. L'uomo osservò a lungo le dita di Allegranza, le rigirò, le fletté, le sovrapposè, fece ruotare il polso, richiuse la mano a pugno. Alla fine, fissando la giovane con lo sguardo penetrante che nemmeno la malattia era riuscita a spegnere, parlò.

«Ho già fatto questo tipo di intervento, molti anni fa, a Salerno: un chirurgo arabo mi ha insegnato una tecnica nuova, in cui al coltello si sostituisce il cauterio. In questo modo la separazione delle dita risulta perfetta e restituisce la giusta mobilità all'intera articolazione. Avendo già sperimentato questo metodo, non vedo il motivo per non tentare di ripeterlo ora. Sarò io a operare: mia figlia non possiede ancora le capacità necessarie.»

L'enormità di ciò che aveva appena udito riscosse Rachele che, pallida come un cencio, ritrovò la voce.

«Ma, padre, voi non potete, voi siete malato... Io... cercherò un altro medico che possa compiere l'operazione... voi non potete... padre...»

Isaac sollevò faticosamente la testa verso sua figlia. I suoi occhi brillavano: per un attimo a Rachele parve di rivedere la luce di quell'intelligenza viva che, molti anni prima, aveva alimentato i suoi sogni di bambina. Incapace di trattenere le lacrime, Rachele si lasciò travolgere dalla commozione e dall'assurda speranza che quella malattia sarebbe cessata, che suo padre avrebbe potuto tornare quello che era stato un tempo.

«Nessun altro chirurgo lo farebbe» disse Isaac, fissando severamente la figlia. «Tu credi che nessun fisico dell'ospedale dove lei lavora come famula abbia ancora notato la sua mano? Il nostro giuramento ci impone di prestare le cure a chiunque ne abbia bisogno: quindi, se nessuno finora si è ancora offerto di intervenire, questo può significare soltanto due cose. O questa ragazza non ha chiesto nulla, sapendo di non poter pagare, o non c'è qui in città alcun chirurgo in grado di compiere l'operazione.»

Lo sforzo di pronunciare in modo chiaro e convincente quel discorso fece tornare l'affanno nella voce di Isaac, ma fu cosa breve: come se la prospettiva di ricominciare in qualche modo a esercitare la professione gli avesse d'improvviso restituito forza e vigore, il vecchio si alzò e, appoggiandosi nuovamente al bastone, si rivolse a sua figlia.

«Controlla se nel mio forziere ci siano sufficienti pannicelli di lino: se non bastassero, procurati una spanna di tessuto e tagliala in strisce lunghe e strette. Dopo averle bollite, le farai asciugare al sole e le metterai da parte, ben avvolte in un cencio pulito. Dovrai anche lavare e detergere con attenzione gli strumenti chirurgici che sono nello scrigno di legno. Nel forziere troverai l'oppio e l'unguento verde corrosivo da applicare come antisettico e poi le altre erbe necessarie alla completa guarigione: achillea, capsella, corteccia di salice e aglio. Quanto a te» proseguì, rivolto ad Allegranza «tornerai qui una settimana da oggi, all'alba: fa' in modo che nessuno ti segua e che nessuno sappia.»

Senza attendere alcuna risposta, Isaac si voltò e lentamente scomparve oltre la soglia del locale posteriore.

La mente di Rachele lavorava freneticamente. A quel

primo stupore e al successivo turbamento, si era ora sostituita una nuova consapevolezza: suo padre non sarebbe guarito, questo era certo, ma forse, con quella coraggiosa dimostrazione di responsabilità professionale stava mandando un ultimo messaggio d'amore a lei, alla figlia che, come lui ben sapeva, avrebbe voluto abbracciare la sua stessa disciplina. Era come se, con le parole gravi di poco prima, avesse inteso spronarla a perseguire i propri scopi, senza temere difficoltà e pericoli. Come lui stesso, pur vicino a una morte che sentiva imminente, ignorava la sua personale sofferenza per alleviare le pene di un'altra creatura, così avrebbe dovuto fare lei dopo che lui se ne fosse andato. Pur ammirata dal coraggio di suo padre, Rachele aveva paura: chi le assicurava che il giorno stabilito per l'operazione Isaac non avrebbe avuto una crisi più grave delle altre, magari favorita dall'agitazione per quell'intervento difficile? Chi poteva essere certo che le sue mani, deformate dalla vecchiaia, avrebbero saputo cauterizzare nel punto giusto? Quanto grande era il rischio che tutti loro stavano correndo?

La moltitudine di riflessioni disordinate che le affollava la mente si acquietò di colpo quando, abbassando gli occhi su Allegranza, ne colse l'espressione di assoluta felicità. La ragazza, perduta nelle proprie fantasie, sorrideva, fissando la sua mano imperfetta sorretta nel palmo dell'altra.

«Grazie» mormorò, sollevando lo sguardo su Rachele. «Come potrò mai dimostrarvi la mia riconoscenza? Io, sapete, non posso pagare, almeno per ora...»

«Nessuno vi ha chiesto nulla, Allegranza, state tranquilla almeno per questo. Ci sarà tempo per il compenso, ci sarà tempo...»

La ragazza si alzò e, abbassando gli occhi, accennò un inchino che Rachele interruppe immediatamente, trattenendola per le spalle.

«La Boema mi aveva detto che mi avreste guarito,» sussurrò in un soffio Allegranza «ma non mi aveva spiegato quanto voi e vostro padre siate buoni e generosi...»

Una nuova, intensa ondata di commozione travolse le due giovani che, incuranti di ogni pudore, si abbracciarono. Nisan, che fino a quel momento era rimasto accucciato in un angolo della stanza, si alzò di scatto e si diresse veloce verso Rachele a cui, con evidente nervosismo, prese a raspare la veste con una zampa. Alla vista del cane, una risata liberatoria sgorgò dalla gola di entrambe e sciolse finalmente la tensione.

Allegranza si congedò e scomparve nel buio del vicolo. Rachele, dopo aver richiuso la porta per la notte, si avviò a passi silenziosi verso il giaciglio di suo padre: Isaac era già addormentato e il suo respiro era regolare. Rachele gli sistemò meglio la coperta e, dopo essersi spogliata, si distese sul suo paglericcio. Nisan, per parte sua, andò alla ciotola dell'acqua da cui bevve avidamente: poi, dopo essersi vigorosamente scrollato, saltò sul fondo del saccone dove si accoccolò rassicurato.

Capitolo 22

«...habeat cirotecam in manu, super quam portare debet falconem, longam usque ad cubitum et amplam, ut cito possit indui et extrai. Que debet esse de corio crosso, nam falco cum unguibus suis minus adherebit cirotece, et cum rostro et unguibus minus eam poterit penetrare...»

Era l'alba. L'uomo posò la lunga penna d'oca e si alzò dalla panca di pietra incuneata nella strombatura della finestra. Guardò fuori: la luce, che aveva già illuminato le colline e la piana, stava entrando discreta nello studiolo. A poco a poco, ogni oggetto scivolava fuori dall'ombra per riprendere la sua forma consueta: il giaciglio, ricoperto da un prezioso drappo di zendado, recava ancora i segni del corpo di chi lo aveva occupato. Sul tavolo di quercia finemente intagliato, un piccolo elefante di bronzo reggeva sulla groppa la lucerna che, fino a poco prima, aveva rischiarato la stanza. Accanto, su un sedile pieghevole, era appoggiato un cospicuo blocco di fogli di pergamena, ordinatamente disposti uno sull'altro.

L'uomo stiracchiò le membra intorpidite e si lasciò andare a un sonoro sbadiglio. Quella notte aveva faticato ad addormentarsi, così, dopo qualche ora passata a rivoltolarsi inquieto tra le sue coltri raffinate, aveva deciso di alzarsi e proseguire la stesura del trattato. Di solito non dormiva nello studiolo, avendo a disposizione altre stanze più confortevoli e meglio arredate; la sera precedente, tuttavia, dopo una lunga riunione con il gran camerario, aveva preferito restare lì, per esaminare ancora in solitudine i documenti. Forse era stato proprio tutto quello sfogliare registri che lo aveva innervosito, impedendo l'arrivo del sonno ristoratore. In ogni caso, quella notte di veglia non lo turbava: non sarebbe stata né la prima né l'ultima. I suoi continui spostamenti su e giù per le provincie dell'impero e per tutta l'Italia lo avevano abituato a dosare le ore di sonno.

Passandosi una mano tra i lunghi capelli rossicci, sforzò gli occhi contro il cielo limpido: in lontananza, qualche raro uccello migratore, ultima retroguardia di un ben più consistente esercito già passato sopra quelle colline, volava verso nord. Con un sospiro di rammarico per dover abbandonare, seppur per breve tempo, quella residenza tanto amata, si avviò alla porta dello studiolo e suonò vigorosamente la campanella che chiamava la servitù. Tarik, un saraceno di Lucera che da molti anni era il suo fedele ed efficiente domestico personale, si presentò immediatamente. Dopo avere ordinato che gli venisse preparato il bagno quotidiano, l'uomo tornò presso la finestra e, raccolto il foglio di pergamena vergato quella notte, lo mise sopra gli altri, riponendo poi tutto il blocco, ben legato con una corda di canapa, nel forziere da viaggio. Quel trattato lo avrebbe seguito ovunque: non permetteva ad alcuno di porvi mano e per nessun motivo lo avrebbe lasciato a prendere la polvere in uno dei suoi castelli durante le sue numerose assenze. Quella dissertazione si prospettava ancora molto lunga e, se avesse voluto portarla a termine prima della fine della vita, avrebbe dovuto approfittare di qualunque momento libero da impegni militari o di rappresentanza: per questo motivo, anche quel giorno, nell'imminenza di un viaggio diverso dagli altri, il trattato lo avrebbe seguito insieme con il resto dei bagagli. Gelosamente custodito da Tarik, lo avrebbe accompagnato verso la Lombardia dove, nel più rigoroso incognito, si sarebbe recato personalmente: la mancanza di chiarezza dei suoi informatori sulla situazione di Milano lo aveva indotto a quella decisione azzardata. Sotto le spoglie di un comune pellegrino e con la sola compagnia di qualche attendente discreto si sarebbe recato in quella città: forse, vedendone con i suoi occhi il contado, le mura e i palazzi avrebbe capito meglio il carattere di quella gente e avrebbe trovato il modo più appropriato per ridurla finalmente alla sottomissione.

Il domestico ritornò, annunciando che la sala del lavacro era pronta. L'uomo sorrise tra sé, pensando a quanto stupore avesse destato all'inizio del regno la sua bizzarra abitudine alla pulizia quotidiana: tutti ormai ne erano al corrente, perché, dovunque fosse ospitato, nessuno mancava mai di fargli trovare il conforto di un bagno, fosse anche soltanto una tinozza colma d'acqua riscaldata sul braciere.

Dopo aver calzato degli zoccoli di legno, s'incamminò verso la torretta laterale, dove era stata ricavata la sala del bagno: nel silenzio mattutino, rotto dai rumori smorzati che giungevano dalle cucine, affondate nei sotterranei, i suoi passi risuonarono sonori sul marmo rosato della galleria.

Nello studiolo, il domestico rassettò il giaciglio e controllò che la lucerna fosse del tutto spenta. Poi, dopo aver usato una lunga chiave per chiuderne la serratura, fece passare sotto il forziere quattro robuste cinghie di cuoio e le intrecciò insieme: il bagaglio più prezioso del suo signore era pronto per essere caricato sul cavallo.

«Ho deciso, verrai anche tu ad accompagnare il mio viaggio.»

La saracena, che stava strofinando delicatamente la schiena del suo signore, lo fissò. I grandi occhi castani si sgranarono nel bellissimo viso bruno, la bocca piena si aprì in una smorfia di stupore. L'uomo sorrise e, con la punta delle dita bagnate, sfiorò i grandi capezzoli che si indovinavano sotto la leggera camiciola di lino che scendeva a malapena a ricoprire i fianchi della donna.

«Verrai anche tu, Aisha, e danzerai per me.»

Soddisfatto della sua improvvisa risoluzione, l'uomo si lasciò scivolare nella grande vasca di marmo verde, scavata nel pavimento: la massa del suo corpo fece traboccare l'acqua. Incurante della camicia bagnata, la saracena continuò in silenzio il suo lavoro, mentre l'accenno di un sorriso le illuminava il volto.

Capitolo 23

«Cosa stai dicendo, Hamid?!»

La voce stridula di Angiolina coprì le ultime parole farfugliate dal bambino. I singhiozzi gli scuotevano il petto, le mani salivano nervose ad asciugare le lacrime sulle guance.

«Io... non è colpa mia... Allegranza mi ha fatto giurare che non ti avrei detto nulla...»

Il volto di Angiolina era bianco come un telo di lino, i suoi occhi, ancora più infossati del solito, mandavano lampi di collera. Hamid non osava guardarla, nell'attesa terrorizzata di una reazione violenta. Sebbene accadesse raramente che sua madre gli mettesse le mani addosso, la sua espressione sconvolta gli faceva temere che questa volta sarebbe accaduto. Gli sembrava profondamente ingiusto che dovesse prendersela con lui: cosa aveva fatto di male, in fondo? Aveva soltanto obbedito ad Allegranza, promettendole di mantenere il segreto. E allora? A chi avrebbe dovuto obbedire d'ora in poi, a sua sorella o a sua madre? E poi, perché doveva sempre e soltanto obbedire? Cosa pretendevano tutti quanti da lui? Incapace di parlare, si lasciò scivolare sul pavimento, dove, abbracciandosi le ginocchia, continuò il suo pianto disperato.

Guardando il tremito di quel corpo minuto, raggomitolato su se stesso, Angiolina comprese l'inutilità della propria rabbia: il bambino non aveva colpe. Imponendosi faticosamente la calma, sedette sulla panca e, appoggiato il capo alla parete, chiuse gli occhi e respirò a lungo, prima di ricominciare a parlare.

«Non piangere, Hamid, e dimmi, invece, dov'è ora Allegranza. Ma spiegati bene, perché probabilmente lei ha bisogno del nostro aiuto, anche se non lo sa.»

Non fu quell'unica frase, ma piuttosto il tono della voce a indurre il bambino a sollevare timidamente lo sguardo sulla madre: la collera pareva essersene andata, gli occhi che lo fissavano erano quelli di sempre, dolci e benevoli. Raccogliendo tutto il suo coraggio, Hamid tirò su col naso e, intercalando brevi singhiozzi residui alle sue parole, cercò di spiegare. «Allegranza è nella casa di quei due giudei, fuori dalla Porta Romana, sai la ricamatrice e il medico? Ecco, è andata da loro perché qualcuno le ha detto che lui avrebbe potuto dividerle le dita... Io l'ho scongiurata di non farlo, ma lei era decisa e questa mattina all'alba l'ho sentita alzarsi di nascosto: credo che sia andata là... Io le avevo detto di aspettare, di parlarne prima con te, ma lei non ha voluto darmi ascolto! Le ho anche detto che tu ti saresti tanto arrabbiata e che l'avresti certamente punita se avesse fatto tutto di testa sua, ma lei niente, non mi stava neanche a sentire! Sembrava addirittura un'altra, mentre mi parlava, calma, tranquilla, senza un briciolo di paura... Ha anche litigato con la monaca dell'ospedale quando l'ha avvisata che per qualche giorno non sarebbe andata al lavoro: pensa che quella vecchiaccia voleva perfino denunciarla all'economo! E tutto questo pasticcio l'ha combinato nel giro di una settimana! Tre sere fa mi ha preso da parte, mi ha detto tutto e mi ha fatto giurare solennemente di tacere fino a quando non fosse tornata. Io... Cosa dovevo fare?... Tu mi hai insegnato che lo spergiuro è una colpa grave, io non sapevo...»

Le lacrime tornarono a gonfiare gli occhi di Hamid, che riprese a piangere in silenzio.

Angiolina cercava di pensare in fretta. La ragazza mancava da casa da quella mattina: quando all'alba si era avvicinata al suo giaciglio per svegliarla lo aveva trovato vuoto, ma ancora caldo. Doveva essere uscita di soppiatto quando faceva ancora buio: scacciando a forza dalla mente la visione di sua figlia sola nella notte, facile preda per chiunque nei vicoli fuori dalle mura, tentò di ragionare con lucidità. Era quasi l'ora terza e, immaginando che quel tipo di intervento richiedesse un tempo piuttosto lungo, suppose che Allegranza fosse ancora nella casa del medico giudeo. Con uno scatto improvviso si alzò: i muscoli del dorso, contratti dalla tensione, le procurarono una fitta acuta di dolore. Hamid, che giaceva ancora accasciato sul pavimento, levò stupito gli occhi verso sua madre: temendone un nuovo, violento rabbuffo, si rannicchiò ancora di più, riparandosi il capo con le braccia. Angiolina non lo guardò nemmeno: avviatasi verso la stanga che reggeva i vestiti, ne tolse uno scialle e la cuffia, che indossò con gesti rapidi e nervosi.

«Tu resti qui» ordinò severamente al bambino. «A chiunque mi dovesse cercare, compreso tuo padre, dirai che avevo da compiere una commissione per il prevosto di San Calimero e che sarò di ritorno presto.» Il tono non ammetteva né repliche né domande: Hamid era abbastanza sveglio da capire che sua madre sarebbe andata dall'ebreo. Dopo aver annuito, si alzò da terra e, ripulendosi sulle brache le mani sporche di lacrime e di muco, la seguì sulla soglia, da dove la vide allontanarsi in fretta.

Non erano che pochi passi dal suo sestiere a quello del medico, ma la via era bloccata: un consistente drappello di armigeri, proveniente da Lodi, ostruiva tutta la carreggiata. I cavalli, disposti a file di quattro, occupavano tutto lo spazio disponibile tra i due lati della strada, arrivando a sfiorare con i loro fianchi possenti i muri delle case. Dietro di loro, un nutrito corteo di soldati a piedi si trascinava arrancando nelle armature pesanti e polverose: i segni di una battaglia sostenuta da poco si indovinavano nelle fasciature rudimentali che avvolgevano teste, braccia e gambe di molti uomini. Angiolina tentò di passare, strisciando lungo la parete di una stamberga: schivando di pochissimo il posteriore di un cavallo che stava per schiacciarla, capì che non ce l'avrebbe mai fatta. Avrebbe dovuto aspettare, come tutti gli altri. Appoggiata allo stipite di una porta sconosciuta, ricominciò a pensare: perché mai sua figlia non si era confidata con lei, prima di prendere quella decisione? Temeva forse un suo rifiuto? Ma come aveva potuto immaginare, buon Dio, che lei, sua madre, non avesse visto, non avesse capito... Molte volte, sotto i coperti, lungo il terraggio del fossato, negli angoli più bui dei vicoli, l'aveva vista con quel bel giovane, che aveva già notato al lavoro nella bottega dell'armaiolo: aveva gioito per lei, felice che sua figlia avesse finalmente incontrato l'amore. Lo meritava, povera fanciulla, Dio se lo meritava! Buttata via come un cencio usato appena nata, e, in più, con quel tormentoso difetto alla mano... Poteva ben intuire come, in un momento tanto delicato della sua vita, Allegranza odiasse ancora di più le sue dita palmate! Lei stessa aveva cominciato a pensare a un chirurgo e ne aveva anche parlato a Graziolo che, seppur non comprendendo fino in fondo la necessità di un'operazione, aveva dato il suo consenso: le aveva suggerito di chiedere consiglio al medico Giacomo da Forno, che incontravano spesso alle riunioni con Guglielma, sollecitandola anche a informarsi discretamente sull'entità della somma dovuta per quel tipo di intervento. Se fosse stata troppo alta, non avrebbero potuto permettersi di pagare: dovevano ancora finire di mettere insieme la dote che, seppur minima, avrebbe permesso ad Allegranza di sposarsi. Forse aveva sbagliato. Forse avrebbe dovuto parlare a cuore aperto con sua figlia, spiegandole che sapeva di lei e del suo innamorato, mettendola a parte dei loro progetti riguardo alla sua mano, rassicurandola sul loro affetto e la loro comprensione... "Sono solo una povera stupida contadina," pensò con amarezza "capace solo di ramazzare e fare bucati! Come potevo credere di riuscire ad allevare figli nel più decoroso dei modi in una grande città come questa, dove il confronto è continuo e il disprezzo degli altri ti entra in gola come l'aria che respiri? Cosa ne so io di tutte le umiliazioni e gli sberleffi e le cattiverie che Allegranza ha dovuto sopportare in tutti questi anni a causa delle sue dita? Oh mio Dio, perdonami, figlia mia perdonami..." Gli occhi di Angiolina si appannarono di lacrime: i soldati che sfilavano davanti a lei divennero una massa confusa, solo il tintinnare delle cotte di maglia e il suono flebile dei loro lamenti arrivava alla sua coscienza.

Fu un odore acuto che riscosse infine la sua mente. L'ultimo mulo del corteo, carico di un basto enorme, si fermò proprio davanti a lei, depositando ai suoi piedi un cumulo fumante di escrementi. Con una smorfia di disgusto, Angiolina si tirò di lato e, osservando il fondo della via, constatò che finalmente avrebbe potuto passare. Con un sospiro di sollievo, si rimise in marcia verso la casa dell'ebreo.

Le quattro candele poste su uno sgabello a lato del giaciglio illuminavano la mano di Allegranza, abbandonata tra quelle di Rachele che la sostenevano.

«Non tremare, figlia mia, tieni salde le mani, o non potrò portare a termine quello che sto facendo.»

La voce di Isaac uscì in un sussurro dalla sua gola, ma il tono era fermo. Rachele, puntando più indietro i gomiti contro i propri fianchi, obbedì. Il taglio era stato fatto alla perfezione: due lembi di pelle, quasi invisibili, erano rimasti attaccati ai lati delle dita, che, tuttavia, erano divise. Dopo aver deposto il cauterio in una vaschetta di bronzo, suo padre prese dal tavolo una ciotola colma di aceto e, con molta cautela, versò il liquido sulla ferita, lasciandolo gocciolare sulla paglia stesa sul pavimento. Poi rapidamente, prima che le dita fossero asciutte, aiutandosi con una spatola, le cosparse con l'unguento di verderame.

«Ecco,» mormorò tra sé Isaac «questo linimento cicatrizzerà in fretta la ferita. Ora si tratta di avvolgere con la massima cautela le dita, in modo che l'articolazione rimanga mobile: se si stringe troppo, muscoli e tendini non adempieranno più alla loro funzione...»

Nonostante la prudenza appena manifestata con le parole, la mano del medico procedeva sicura. Rachele, che respirava a malapena per non impregnare la ferita con i propri umori, continuava a reggere la mano di Allegranza, ignorando con determinazione il cerchio gelato che le avvolgeva la nuca: era la prima volta per lei e, sebbene da bambina avesse spesso spiato il lavoro di suo padre, la partecipazione diretta a un'operazione cruenta era ben diversa dalla semplice osservazione. D'altra parte, in quel frangente suo padre aveva assolutamente bisogno del suo aiuto: non avrebbe potuto permettersi di lasciare spazio a emozioni o raccapriccio, pena la cattiva riuscita di tutto l'intervento. Imponendo alla sua mente di non riconoscere l'odore di carne bruciata, cercò di isolare la sua attenzione solo sui gesti di suo padre.

Allegranza gemette. Supina sul giaciglio, i suoi occhi erano aperti, ma non vedevano nulla all'intorno. Il suo corpo, abbandonato sul saccone, non si muoveva: solo il suo petto si alzava e si abbassava nel ritmo affrettato del respiro. La bevanda a base di oppio che Isaac le aveva somministrato prima di iniziare l'aveva privata del tutto della coscienza: di tanto in tanto un gemito roco usciva dalle sue labbra aride, come se la ragazza fosse preda di un sogno angoscioso.

Dopo aver terminato il bendaggio delle due dita, il medico le riunì morbide tra di loro, richiudendo tutta la mano in un'unica larga fasciatura.

Come se la sua mente intorpidita si fosse improvvisamente ridestata, Allegranza spalancò gli occhi e girò la testa verso il lucore tremulo delle candele.

«Madre,» biascicò con voce impastata «siete qui, madre? Madre, cos'è questa luce...?»

La coscienza durò solo un attimo: lo sguardo della ragazza si rifece vacuo e il suo capo restò inerte sul saccone.

«Dormirà ancora per un po', poi a poco a poco si sveglierà. Quando sarà il momento, falle odorare l'aceto rimasto nella ciotola, la farà tornare in sé più in fretta: in ogni caso, è meglio che rimanga qui almeno fino all'ora sesta, in modo che tu possa controllare se i suoi sensi siano vigili. Prima di congedarla, dille che dovrà tornare ancora una volta al giorno durante la prossima settimana, in modo da poterle rinnovarle la medicazione e le fasciature. Dille anche di assumere regolarmente le pozioni che hai preparato per lei, senza dimenticarne nessuna: è importante, per evitare che gli umori interni del corpo si facciano troppo caldi e sopravvenga la febbre...»

Sebbene il tono di Isaac fosse fermo e sicuro, la sua voce andava affievolendosi. Rachele guardò suo padre: gli occhi febbrili e arrossati rivelavano una stanchezza profonda, le mani, fino ad allora salde sugli strumenti chirurgici, cominciavano a tremare. Con uno sforzo che gli procurò una momentanea vertigine, il medico si rialzò dallo sgabello e, in silenzio, si avviò verso il suo giaciglio, nella stanza adiacente.

Allegranza era scossa dai brividi: Rachele la ricoprì con l'unica coperta di lana che possedeva, rimboccandogliela fino al mento. Dopo aver radunato gli strumenti in un recipiente colmo d'acqua, dove li avrebbe fatti bollire, raccolse la paglia intrisa che fino ad allora aveva coperto il pavimento e la radunò in un mucchio accanto alla porta. Dall'uscio provenne un raspare nervoso e concitato: Nisan era stato chiuso fuori dall'abitazione poco prima dell'inizio dell'intervento. Suo padre era stato categorico: per ragioni igieniche, Nisan non avrebbe dovuto essere presente durante l'operazione. Rachele aveva obbedito, mandandolo in strada: ora, risentito, il cane sembrava aver esaurito tutta la sua pazienza e pretendeva rumorosamente di rientrare. Dopo un'ultima occhiata ad Alleganza, Rachele aprì, accogliendo con il suo corpo l'impeto gioioso di Nisan. Il cane, grato per essere stato riammesso in casa, le leccò il viso e le mani, ma subito si bloccò, annusando fremente: il suo fiuto sensibile aveva colto un odore inconsueto. Balzato dalle braccia di Rachele, si diresse verso il cumulo di paglia che studiò con attenzione da ogni lato. Dopo aver starnutito violentemente, si diresse verso il giaciglio studiandolo perplesso: poi, sfregandosi il naso con la zampa, si accucciò sotto il tavolo. Rachele aprì la porta sul retro, lasciando che finalmente la luce penetrasse nella stanza. Fino a quel momento ogni apertura era rimasta chiusa, per evitare che occhi indiscreti potessero spiare quello che stava accadendo nella casa del medico giudeo. Aiutandosi con la fiamma dell'ultima candela, accese il fuoco sopra il quale avrebbe messo a bollire gli attrezzi chirurgici: il rumore lieve delle fascine che prendevano fuoco non le impedì di udire il respiro di suo padre, che, a poco a poco, andava facendosi più affannoso. Con una stretta allo stomaco, si diresse nell'altro angusto locale: sebbene avesse richiuso di scatto gli occhi per fingere il sonno, Isaac non riuscì a ingannare sua figlia. Il viso contratto dalla sofferenza e le mani chiuse a pugno contro le costole rivelarono a Rachele che quel breve interludio di normalità si era concluso. Angosciata, la ragazza si chiese se l'enorme sforzo prodigato nell'intervento avrebbe minato ancor di più la già fragile salute di suo padre: cercando di dominare la propria ansia, tornò ad attizzare il fuoco.

«È là che abitano i due giudei: la vedete quella casa appena dietro all'ospizio per i lebbrosi, quella bassa col tetto che spiove quasi sulla strada? Ecco, è là...»

Il viso incartapecorito che la fissava con malevola curiosità le diede i brividi. Angiolina ringraziò in fretta e, senza voltarsi, si avviò verso la casupola: chiamarla "casa", come aveva fatto quel vecchio sdentato e maligno, denotava sicuramente una disposizione d'animo troppo condiscendente. Il tetto cadeva quasi sul vicolo, allungando tegole instabili a sfiorare il terreno, la porta sbilenca recava una fenditura da un lato del legno, marcio e scrostato, l'unica finestrella era larga meno di due braccia. Intimorita, Angiolina si avvicinò alla soglia e, appoggiata allo stipite, allungò le orecchie a udire un qualsiasi suono proveniente dall'interno. Le rispose il silenzio. Sempre più confusa, provò a bussare. L'abbaiare eccitato di un cane le comunicò che l'abitazione non era disabitata. Bussò ancora, dapprima piano, poi sempre più forte: quando, ormai esasperata, stava per gettarsi contro l'uscio con tutto il peso del corpo, il battente si aprì di un piccolo spiraglio. Dalla penombra le si presentò il viso di una giovane: una folta massa di capelli neri, raccolti in una crocchia, incorniciava lineamenti forti ma delicati, due grandi occhi scuri la fissavano guardinghi.

«Sono Angiolina, la madre di Allegranza, so che mia figlia è qui, voglio vederla!»

L'irruenza delle sue parole spaventò Rachele che, dopo aver guardato cauta lungo il vicolo, aprì un po' di più la porta: prima che Angiolina avesse potuto fare anche un solo passo oltre la soglia, Nisan, con il pelo arruffato e le orecchie basse, le si parò davanti ai piedi ringhiando.

«Nisan! Fa' cuccia, zitto!» sussurrò Rachele. La voce era sommessa, ma il tono severo non ammetteva repliche. Il cane obbedì, rinculando fino ai piedi del tavolo, dove si sedette sulle zampe posteriori, in atteggiamento vigile. Angiolina, intimorita dall'accoglienza ostile dell'animale, oltrepassò la soglia con circospezione: faticando a distinguere arredi e oggetti a causa della luce insufficiente che entrava dalla piccola porta sul retro, si guardò intorno in cerca di sua figlia. Rachele non avrebbe saputo dire, in seguito, se Allegranza avesse riguadagnato proprio in quell'istante la coscienza riconoscendo la figura di sua madre stagliata nel riquadro della porta, o se invece ne avesse soltanto colto la presenza in una sorta di comunicazione magica con lei. Di fatto, la ragazza emise un lungo sospiro e poi, con voce arrochita chiamò: «Madre, siete qui, madre?».

Angiolina, che fino ad allora non era riuscita a ravvisare nel fagotto informe che si allungava sul giaciglio l'apparenza di un essere umano, all'udire la voce di sua figlia scattò verso il paglericcio come punta da un'ape. Giunta davanti a lei, le scostò delicatamente la coperta dal braccio e la guardò. La mano giaceva abbandonata lungo il corpo, avvolta in uno spesso strato di bende. Le lacrime, trattenute fino a quel momento, sgorgarono senza freno. Angiolina si inginocchiò accanto ad Allegranza e con grande tenerezza prese ad accarezzarle i capelli. La ragazza si voltò verso di lei e, sforzandosi di recuperare i sensi appannati, balbettò ancora qualcosa.

«Il medico... le mie dita sono separate... finalmente, madre... perdonatemi... chi vi ha detto?...»

La fatica di coordinare i pensieri alle parole la stordì: gli occhi si richiusero e la bocca rimase aperta nel respiro pesante del sonno.

«È a causa dell'oppio» sussurrò Rachele, che si era accostata ad Angiolina «ci vorrà ancora qualche ora perché l'effetto della droga sia esaurito. Non temete per vostra figlia: l'intervento è riuscito, ora si tratta di aspettare che le ferite si rimarginino. Sono certa che i farmaci che le ha prescritto il medico avranno effetto e che il dolore e la convalescenza saranno poca cosa...»

Angiolina la fissò.

«È vostro padre il chirurgo?» chiese, asciugandosi le lacrime con il dorso della mano.

Presa alla sprovvista da quella domanda personale, e imbarazzata dallo sguardo penetrante della donna, Rachele annuì.

«E vostra madre?»

Rachele aprì la bocca per rispondere, ma la voce non uscì. Deglutendo a forza, infine riuscì a mormorare: «È morta».

Gli occhi di Angiolina la scrutarono a lungo. Poi, in silenzio, la donna si rialzò e, dopo aver estratto da sotto la veste la borsa con il denaro, ne sciolse goffamente i lacci, rovistando all'interno con la mano.

«Quanto dobbiamo pagare al chirurgo per il suo intervento?» chiese seccamente.

«Mio padre non ha parlato di parcella... Non so, gli chiederò... In questo momento riposa, quando si sveglierà...»

Angiolina fece correre lo sguardo all'intorno per quella stanza angusta: tutto, negli arredi e nelle suppellettili, faceva intuire una povertà che, seppur decorosa, assomigliava molto all'indigenza. Stupita, per un attimo si chiese la ragione di tanta miseria, considerando la professione prestigiosa esercitata fra quelle mura, ma poi, rammentando la fede religiosa del medico e di sua figlia, capì. Senza parlare, estrasse qualche moneta dalla borsa e la posò sul tavolo.

«Sicuramente questo denaro non basterà a ripagare il

valore di vostro padre,» disse «ma, in ogni caso, consideratelo un anticipo: io e mio marito abbiamo un lavoro e quello che mancherà lo aggiungeremo a poco a poco. Nessuno saprà dalla mia bocca che un medico giudeo ha curato mia figlia: sapete, conosco una donna che afferma che Dio ama tutti noi, senza fare distinzione fra cristiani, ebrei e saraceni... Se fino a ieri avessi avuto dei dubbi sulle sue parole, oggi voi e vostro padre me le avete confermate...»

Allegranza si lamentò. Con calma, Angiolina le si avvicinò e si sedette sul panchetto accanto a lei.

«Posso restare qui finché si sarà svegliata del tutto? A casa ho detto di non aspettarmi: quando riuscirà a camminare con le sue gambe, la riaccompagnerò.»

Rachele annuì. Un groppo di commozione le stringeva la gola, impedendole di parlare. Dalla porta aperta sul retro, un improvviso refolo d'aria penetrò nella stanza, portando con sé un mulinello di polvere.

Capitolo 24

Il chiostro era in penombra. Sotto una delle colonne prospicienti il grande giardino fiorito, si indovinavano due figure intente a parlare fra loro. Nel sogno, vivido come realtà, Matthew non riconosceva del tutto le forme consuete del monastero di St Albans: la pietra grigia era sostituita, qua e là, da pareti di mattoni rossastri, i fiori che spuntavano tra l'erba si mostravano molto più rigogliosi di quanto lui ricordasse. Incuranti del bizzarro aspetto del monastero, i suoi occhi erano invece attratti dalle movenze di due persone sul fondo. Si avvicinò lieve: i suoi piedi non toccavano terra, le sue orecchie non percepivano alcun suono. D'improvviso una delle due figure si voltò verso di lui: un gemito di stupore sfuggì dalle labbra socchiuse di Matthew. William di Trumpington, l'abate di St Albans, lo guardava: un sorriso beffardo gli stirava la bocca mentre, con una mano, scostava il cappuccio che ricopriva il viso della donna che aveva al fianco. Una corona di capelli rossi ricadde disordinata sulle spalle della giovane, mentre i suoi occhi dorati fissavano il frate.

Matthew urlò, ma dalla sua gola la voce uscì fioca nell'incoscienza del sonno. Avrebbe voluto parlare, chiedere, ma la sua bocca non emise alcun suono. Le sue gambe, fattesi di piombo, rimasero inerti. Fu la donna a muoversi verso di lui. A mano a mano che si avvicinava, il suo volto mutava fattezze: i riccioli ramati diventavano chiari come la paglia, il colore intenso degli occhi si stemperava in un azzurro pallido, la pelle luminosa e delicata si faceva più compatta. A poco a poco l'immagine della giovane svanì, per trasfigurarsi nel viso grave della Boema. La donna lo guardava in silenzio. A disagio, Matthew frugò intorno con gli occhi: nella falsa coscienza del sogno, ogni altra figura era scomparsa. Continuando a fissarlo senza proferire parola, Guglielma estrasse dalla veste una bisaccia di cuoio e gliela porse. Il peso inaspettato di quella piccola sacca lo fece barcollare: dopo aver abbassato gli occhi sulle proprie mani, per capire di che cosa si trattasse, li rialzò verso la donna, ma non la ritrovò. Di fronte a lui, l'infilata del chiostro si stendeva vuota.

Con dita incerte, Matthew sciolse i cordoni della bisaccia e ne rovesciò il contenuto a terra: una cascata di piccoli ciottoli bianchi si sparse ai suoi piedi, formando un cumulo irregolare. Mentre si chinava a guardarli, le mura intorno a lui si aprirono, lasciando spazio all'argine di un fiume. Gli occhi del frate, stupiti, si soffermarono sul lento defluire della corrente: quando li riportò sui sassi che aveva sparso sul terreno, questi erano spariti, sostituiti da una colomba bianca che lo fissava inclinando il capo. Dopo un attimo di esitazione, l'uccello si alzò in volo e si allontanò: il battito sordo delle sue ali era l'unico rumore percepibile. Senza rendersene conto, Matthew la seguì librandosi in aria dietro alla sua scia: sotto di lui si susseguivano tetti, strade, chiese, rogge, mulini. All'improvviso la colomba si posò sul davanzale di un loggiato: la casa era di pietra chiara e si distingueva dalle abitazioni circostanti per una certa qual eleganza. Il frate, ritrovatosi inaspettatamente a camminare nella polvere di un vicolo che era certo di aver già percorso, sollevò lo sguardo: i suoi occhi caddero sul portone del palazzo. Il legno di quercia era sbalzato a profondi riquadri entro cui si stagliavano rombi riccamente intagliati: sullo stipite sovrastante, un'incisione recava le parole "*Domus Claravallensis MCC...*"

Matthew non finì di leggere la data. Un repentino spostamento d'aria gli frullò sul viso sudato, svegliandolo di soprassalto. Il buio della cella era rischiarato soltanto dalla luce della luna che penetrava pallida dalla finestrella lasciata aperta. Faticando a riprendere la coscienza della veglia dopo quel sogno tanto vivido, si sedette sul giaciglio e si deterse la fronte madida. Il caldo estivo cominciava a farsi sentire, soffocante e appiccicoso. Stava per alzarsi a bere dalla brocca dell'acqua, quando, con la coda dell'occhio, colse un impercettibile movimento alla sua sinistra: inquadrata nella strombatura della finestra, una piccola colomba si becchettava le piume. Il frate si alzò: il frusciare delle sue brache ruvide allarmò l'uccello, che volò via.

Bevve avidamente: sebbene ormai intiepidita, l'acqua gli ristorò la gola secca. Avvolto dall'oscurità della cella, Matthew ripensò al sogno appena concluso: che significato poteva mai avere avuto quel succedersi di volti, di luoghi, di oggetti? Solo un'altra volta gli era accaduto di rivedere in sogno Mary, la giovane di St Albans ingiustamente accusata di stregoneria che, nonostante i suoi tentativi per scagionarla, aveva dovuto subire la condanna al rogo. Era stato quell'incauto gesto di carità a portare un rivolgimento inaspettato nella sua vita: l'abate lo aveva cacciato, obbligandolo a un perpetuo pellegrinaggio penitenziale. Quando, pochi giorni dopo la sua partenza dall'Inghilterra, Mary gli era apparsa in sogno, messaggera di un'angosciosa profezia che si era rivelata veritiera, il destino lo aveva ancora una volta trascinato verso altre contrade. Ora, il timore che anche questa seconda visione annunciasse nuove sciagure, gli procurò una stretta alle viscere. D'altra parte, rifletté, nessuno aveva pronunciato parole nel sogno, nessuno lo aveva ammonito: solo figure, vie, ciottoli... Preso da un'ansia improvvisa, si alzò e, a tentoni, cercò la sacca dove aveva riposto i piccoli sassi di Guglielma: frugò affannosamente all'interno, finché li ritrovò sul fondo, dove il loro stesso peso li aveva fatti scivolare. Ritirando le mani, le sue dita furono solleticate da qualcosa di lieve: stupito, si accorse che nel polso della camicia era rimasta impigliata una piuma bianca. La sollevò verso la fioca luce della luna: era la piuma di una colomba, forse di quella stessa che, poco prima, si era posata sulla finestra. L'ombra di un sorriso gli passò sul volto: che fossero davvero premonitori quegli uccelli tanto amorevolmente allevati al convento di San Simpliciano? Arnolfo gli aveva raccontato che, poco meno di un secolo prima, tre colombe sollevatesi in volo dal tetto della basilica avevano volteggiato a lungo sul carro di battaglia con cui i milanesi e i loro alleati avevano combattuto contro quell'altro imperatore, detto il "barbarossa". L'inattesa vittoria riportata in quell'occasione, dopo tante drammatiche sconfitte, aveva convinto i Lombardi di godere della protezione divina, miracolosamente manifestata dal volo di quei timidi volatili. A ricordo dell'avvenimento prodigioso, i monaci avevano dipinto tre colombe bianche sullo stendardo rosso del monastero, che da allora erano rimaste come stemma della basilica. Il sorriso di Matthew si trasformò in una smorfia amara: era mai possibile che in questa città, apparentemente smaliziata, l'ingenua credulità popolare avesse bisogno della superstiziosa ricerca di miracoli? Che la gente sentisse la necessità di dimostrazioni tangibili per rafforzare la propria fede, troppo fragile per credere soltanto alle parole degli apostoli? Quanto più facile sarebbe stato il credo di ciascuno se il Cristo fosse stato ancora presente, se i suoi piedi avessero ancora calpestato la polvere delle strade! D'altro canto, le lusinghe ingannevoli del demonio erano realtà quotidiana, lui stesso lo aveva sperimentato più volte nel corso degli ultimi due anni trascorsi lontano dal suo monastero; per questo comprendeva bene come qualunque segno, anche solo illusorio, della vicinanza divina potesse confortare la fede, sgravandola dal dubbio e dalla fatica. Le colombe di San Simpliciano, il miracolo di san Satiro, le reliquie che spuntavano qua e là per mezza Europa, il magico ramo di ginepro che lo aveva accompagnato lungo il suo pellegrinaggio penitenziale, l'incomprensibile dono dei ciottoli da parte di Guglielma, le visioni notturne che accomunavano il suo spirito tormentato a quello di Arnolfo... Cos'era mai tutta quell'accozzaglia di elementi magici e soprannaturali?

Matthew scosse la testa, come a liberarsi dal cappuccio di una tonaca altrui. Con le mani appoggiate al davanzale della finestra, guardò ancora fuori: in lontananza, la sottile striscia di un vago chiarore si allungava là dove le terre fertili del contado confondevano i loro contorni con il cielo. Stava per sorgere l'alba. Quella promessa di luce, lungi dal placarlo, gli infuse un'eccitazione nuova: con gesti rapidi si rivestì, preparandosi con largo anticipo per il mattutino. Dopo aver partecipato con gli altri monaci alla funzione, sarebbe tornato in città e avrebbe ripreso con più lena le sue ricerche. Quella ragazza doveva essere ritrovata, e in fretta. Se l'urgenza di Arnolfo era più che giustificata, lui stesso bramava il momento in cui sarebbe finalmente stato libero di decidere del proprio futuro: finché non avesse assolto l'incarico di cui lo aveva gravato l'abate, non avrebbe potuto andarsene da Milano.

Dopo aver bevuto un'altra sorsata d'acqua, uscì dalla cella e richiuse piano la porta. Il buio avvolgeva ancora il lungo andito: tastando il muro con la mano per non perdere l'orientamento, si diresse verso la stretta scala che conduceva alla cappella. Era troppo presto per la funzione: incurante dell'oscurità, avrebbe atteso nel giardino del chiostro, godendone la frescura. Il silenzio lo avrebbe aiutato a riflettere.

«Sono stato convocato da Ugone, il segretario dell'arcivescovo. Nella lettera che mi ha fatto recapitare si parla di Lanfranco e di una presunta reliquia che ha donato alla chiesa metropolita. Il tono della missiva non ammette ritardi da parte mia e la foga con cui Ugone mi chiama al suo cospetto mi fa sospettare che i miei guai siano appena cominciati... Il segretario aggiunge che il ritorno di Leone e del legato pontificio da Vercelli, previsto per questi giorni, sarà dilazionato di un paio di settimane. Questa notizia mi fa temere il peggio: spero solo che non si pretenda una mia condivisione di responsabilità sui metodi con cui sbarazzarsi di quel maledetto Calgario!...»

La voce di Arnolfo da Sala vibrava di preoccupazione. Lo sguardo febbrile correva da una parte all'altra dello scriptorium, senza tuttavia fermarsi su alcun oggetto. Matthew, che aveva già vissuto più volte quella stessa sensazione di malessere e di inadeguatezza, era in piedi davanti a lui e taceva.

«E per di più» proseguì l'abate, misurando la sala a lunghi passi nervosi, «è stata richiesta la mia presenza anche a una riunione tra l'autorità religiosa e quella civile in cui si discuterà dei provvedimenti da adottare verso gli eretici. Ma non basta ancora! In risposta alle voci che cominciano a circolare su Guglielma, i cistercensi di Chiaravalle hanno fatto chiaramente capire che quella donna è sotto la loro protezione e che per nessun motivo permetteranno che venga accusata di eresia, pena un grave scontro con l'arcivescovo! Tu non lo sai, ma quei monaci sono molto potenti, possiedono un sacco di terre e le fanno fruttare al meglio, allevano cani, falchi e cavalli, ogni giorno costruiscono una nuova cascina, hanno affari con mezza Milano!... Non bastano le cure e le preoccupazioni per il monastero, di cui quotidianamente devo rendere conto a tutti, dal più umile dei miei frati fino all'arcivescovo, ci mancavano anche questa guerra non dichiarata fra ordini religiosi e la richiesta di collaborazione da parte mia per risolvere la questione di Lanfranco!»

Nonostante fossero premute con forza contro il piano di un lungo scrittoio, le mani di Arnolfo tremavano. A mano a mano che il suo sfogo procedeva, l'accorata preoccupazione iniziale si andava trasformando in indignazione e rabbia: il volto si era fatto pallido e il corpo appariva irrigidito. Se ne avesse avuto il coraggio, Matthew avrebbe ricordato all'abate, come faceva sovente con se stesso, quanto la volontà divina sia imperscrutabile e quanto faticosa sia la missione che ogni creatura umana deve portare a termine per poter sperare di giungere al cospetto dell'Onnipotente. Ma, sebbene colpito dall'evidente turbamento di Arnolfo, non osò proferire parola: la loro familiarità non era stretta a tal punto, da consentire a lui, umile frate benedettino, di rivolgersi a un superiore con frasi che, sebbene consolatorie, avrebbero potuto essere interpretate come biasimevoli. Dopo un lungo silenzio, l'abate si voltò: il viso aveva ripreso colore, l'espressione sembrava più pacata. Dopo aver fissato intensamente il suo interlocutore, Arnolfo gli parlò ancora.

«Vi ringrazio, frate Matthew: vi sono grato per la pietà che custodite nel cuore, anche verso di me. Sono un abate, è vero, esercito un certo potere e godo del rispetto di molti: sono pochi, tuttavia, quelli che capiscono fino in fondo quanto questa carica sia onerosa e quanto, nonostante tutto, colui che la esercita sia soltanto un uomo come tutti gli altri, con le sue incertezze e le sue paure. Forse la vostra fede è più salda della mia, frate, e io ringrazio l'Altissimo per avervi condotto sulla mia strada: il vostro silenzio di fronte alla mia manifestazione di pavidità è più eloquente di molte parole... Andate, frate Matthew, andate a proseguire la vostra missione: io cercherò di portare avanti la mia, traendo esempio dalla vostra forza.»

Stupito e imbarazzato da quella professione di umiltà, Matthew stava per replicare, ma Arnolfo non gliene diede il tempo: senza più guardarlo, gli voltò le spalle e uscì in fretta dallo scriptorium. Il frate rimase solo. Dopo qualche istante, i rintocchi della campana che chiamava alla liturgia delle laudi cominciarono a diffondersi per il monastero. Matthew si incamminò verso la cappella: dopo la funzione, sarebbe andato in città. Il sogno di quella notte e le parole di Arnolfo lo avevano in qualche modo confortato, chiarendogli le idee: la ragazza che entrambi cercavano era a Milano, a questo punto ne era certo. Quale altro scopo avrebbe avuto tutto quel susseguirsi di avvenimenti, apparentemente confusi e ingarbugliati come una matassa di canapa non ancora cardata, se non quello di permettere a qualcuno di ristabilire una parvenza di giustizia? Nulla era casuale nel disegno divino, lo sapeva bene: se l'Onnipotente pretendeva che fosse lui a dipanare parte di quel groviglio, avrebbe obbedito. Affidandosi alla misericordia del Padre, avrebbe cercato ancora, portando a compimento questo nuovo mandato, come già aveva fatto l'anno prima in altri luoghi e come aveva sempre tentato di fare durante tutta la sua vita fino a quel giorno. Ci impiegasse una settimana o un anno, alla fine avrebbe ritrovato Allegranza.

Capitolo 25

Il lungo corteo di pellegrini era quasi terminato. Gli ultimi penitenti incappucciati procedevano lentamente, accompagnati dal suono lamentoso del "tintinnabulum": i sonagli dello strumento erano agitati da un giullare, ingobbito e zoppicante, che alternava al suo ritmico scampanio il grido «a Compostela, a Compostela!».

Matthew aveva incontrato quella processione prima ancora di varcare le mura. La vista del corteo diretto a Santiago lo aveva turbato, stringendogli il petto in un affanno improvviso: poco più di un anno prima, lui stesso era stato sul punto di unirsi a un altro pellegrinaggio verso la medesima destinazione, ma per circostanze il cui ricordo gli sembrava ancora incomprensibile, non lo aveva fatto e la sua strada aveva preso un'altra, ben più difficile direzione.

Cercando di allontanare da sé lo sgradevole presentimento che l'incontro con questa nuova processione avrebbe segnato per la seconda volta i destini della sua persona, Matthew si incamminò verso il centro della città. Come sempre, la folla rallentava i suoi passi e, nel tentativo di evitare la confusione del Broletto, si addentrò in vicoli sconosciuti che, con un giro più largo, avrebbero dovuto condurlo nei pressi della Basilica Maggiore, dove aveva intenzione di recarsi.

Lungo la strada, la sua attenzione fu richiamata da una vasta e rigogliosa braida, entro il cui perimetro sorgevano due mulini e numerose costruzioni: una grande quantità di monaci si aggirava indaffarata tra l'una e l'altra. La facciata di una chiesa minuscola dava direttamente sul vicolo: incuriosito, Matthew si avvicinò e, leggendo l'iscrizione sul portale, sospettò di essere giunto presso la casa degli umiliati: Arnolfo gliene aveva parlato più di una volta, spiegandogli quanto fossero maestri nella lavorazione della lana. A conferma della sua intuizione, nei pochi minuti passati davanti alla braida, una decina di carri tirati da cavalli e muli entrarono e uscirono, carichi di balle gonfie di lana grezza o di enormi involti di tessuto, accatastati l'uno sull'altro.

Stava per riprendere il cammino, quando si sentì battere sulla spalla. Un monaco giovanissimo lo fissava timido: quando gli rivolse la parola, un diffuso rossore riempì il suo viso da bambino.

«Scusate, fratello, se vi importuno... Volevo chiedervi aiuto... Ecco, vedete, i confratelli della braida mi hanno appena ordinato di consegnare queste pezze di lana a un mercante che abita nei pressi della via Porticata e... So come arrivarci, ma... vedete... È la prima volta che mi danno questo incarico e il carretto è strapieno... Temo che gli involti con la lana cadano... Ecco, insomma... Mi chiedevo se non potreste salire sul fondo del carro e badare a che la merce rimanga al suo posto... Io... Non vorrei causare danni, non vorrei essere redarguito... Ma se non potete, se siete di fretta, non importa, vedrò di fare da solo...»

Le parole del giovane si erano accavallate precipitose le une sulle altre: ora che aveva pronunciato la sua richiesta, sembrava essersene pentito. Gli occhi si erano abbassati sui sandali e non osavano rialzarsi a guardare Matthew. Intenerito dall'atteggiamento impacciato e vergognoso del confratello, che gli riportava alla memoria i suoi primi anni da oblato a St Albans, il frate sorrise.

«Certo che ti aiuto» rispose «lasciami solo salire e poi sprona il cavallo.»

Il volto del giovane monaco si aprì in una luminosa espressione riconoscente e, mentre Matthew si sistemava in equilibrio instabile sul retro del carretto, partì alla volta della sua meta. Come di consuetudine, strade e vicoli erano affollati: più di una volta il fraticello dovette lasciare il passo ad altri carri più carichi del suo e sostare in attesa. Dopo aver superato vie, chiese e sestieri che Matthew non conosceva, giunsero nei pressi di uno slargo, fiancheggiato da rigogliose ortaglie.

«Ecco» gridò, voltandosi indietro verso di lui il giovane monaco, «siamo quasi arrivati, manca ancora poco alla via Porticata.»

Con una punta di rammarico, Matthew si rese conto di aver perso l'orientamento. Guardandosi intorno per capire quali vicoli avrebbe dovuto percorrere per raggiungere la Basilica Maggiore, i suoi occhi si soffermarono su un palazzo che non gli sembrava del tutto nuovo. Probabilmente, aveva già attraversato quel quartiere ed era quindi plausibile che in un'altra occasione avesse intravisto, senza far caso, quella costruzione. Ora, tuttavia, i suoi occhi non riuscivano ad abbandonare il loggiato, la pietra chiara e il portone di quercia sbalzata: dopo un attimo di stordimento, capì. Era il palazzo del sogno.

«Ferma, ferma!» urlò al giovane umiliato.

Pensando che qualcuna delle sue preziose pezze di lana fosse scivolata giù dal carro, il monaco bloccò il cavallo e balzò a terra per controllare. Matthew, che era sceso prima di lui, aveva già mosso qualche passo verso la casa di pietra. Resosi conto di non aver perduto alcun involto e vedendo allontanarsi senza spiegazioni il suo compagno di viaggio, il giovane rimase per un istante indeciso sul da farsi: poi, pressato dall'urgenza di portare a compimento il suo incarico, sbuffò e risalì sul carretto, infilandosi tra i vicoli che ancora lo separavano dalla sua meta.

Matthew, dimentico di ogni altra cosa, si era immobilizzato davanti alla porta. «*Domus Claravallensis MCCXXXII.*» Ora, ben sveglio e presente a se stesso, riusciva a leggere tutta la data: quel palazzo era stato costruito undici anni prima dai cistercensi di Chiaravalle. Insieme con lo stupore per aver già vissuto nel sogno quella situazione, a poco a poco un sospetto si fece strada nella sua mente. Arnolfo gli aveva parlato dei monaci di Chiaravalle come dei protettori di Guglielma e aveva aggiunto che le avevano offerto una casa a Milano: l'abitazione sorgeva in una via piuttosto larga, nei pressi della chiesa di San Pietro, detta "all'Orto". La certezza di essere giunto di fronte al palazzo della Boema lo colpì come una frustata: una repentina cappa di gelo gli avvolse la nuca, accompagnata da una vertigine che lo fece barcollare. Appoggiandosi al muro con una mano, alzò gli occhi verso il loggiato per cogliervi qualche segno di vita: era deserto. Per un attimo, pensò di bussare a quel portone sbarrato, ma subito desistette. Non c'era motivo, rifletté, perché si presentasse a Guglielma: l'abate gli aveva raccomandato di evitarne la compagnia e lei stessa non gli aveva chiesto nulla. Gli aveva detto che si sarebbero incontrati ancora, ma questo non significava che fosse lui a doverla cercare.

Dopo un'ultima occhiata al palazzo e alla via, Matthew si voltò e, a passi abbastanza lenti da permettergli di riguadagnare la calma, si avviò senza meta. Giunto nei pressi delle mura, si sedette su uno sconnesso cumulo di antiche pietre addossate alla pusterla del Bottonuto. Accanto a lui, quasi a sfiorare i suoi piedi, uno dei maiali allevati dai monaci della vicina chiesa di Sant'Antonio grufolava rumorosamente sul terreno: altri porci si muovevano tranquilli per i vicoli dei quartieri, intrufolandosi agili e indisturbati nel passaggio continuo di persone, carri e soldati. Era stato ancora Arnolfo a spiegargli come quegli animali, pur laidi e repellenti, fossero tenuti in gran considerazione e rispetto in città: i monaci li allevavano perché si diceva che con il loro grasso cutaneo si potesse curare una grave malattia della pelle, chiamata, appunto, "fuoco di Sant'Antonio". Per chi li rubava era previsto il processo, mentre gravi multe erano comminate a chi fosse stato sorpreso a molestarli.

L'animale, grosso e grigiastro, si fermò di fronte a Matthew e lo fissò, facendo vibrare il grugno, quasi a sfidarne una qualche reazione. Deluso dall'immobilità del frate, il porco si allontanò quasi subito verso altri luoghi più promettenti.

Con un sospiro di sollievo, Matthew si alzò, incamminandosi verso l'ospedale del Brolo: giunto qui, pensava, avrebbe saputo trovare facilmente la strada che lo avrebbe condotto alla basilica. Aveva fatto solo pochi passi, quando, improvvisamente, si sentì tirare per la manica della tonaca. Si voltò: alla sua sinistra, appiattito contro il muro di una casupola diroccata, un ragazzino lo fissava. I capelli crespi incorniciavano un viso sveglio, gli occhi grandi lo guardavano incerti: dalla pelle scura si sarebbe detto che fosse saraceno.

«Sei tu il frate inglese?» esordì timidamente il bambino.

«Sì» rispose stupito Matthew, «sono inglese, ma tu come fai a...?»

«E ti chiami... Matiù?» proseguì il piccolo, esitando nell'articolare quel nome inconsueto.

«Beh, quasi» replicò sorridendo il frate «il mio nome è Matthew e si pronuncia in un modo lievemente diverso, ma non è importante... tu, piuttosto, dimmi, come sai chi sono?»

Prima di rispondere, il bambino si guardò cautamente intorno poi, fatto cenno a Matthew di seguirlo, scomparve oltre la soglia dell'edificio. Incuriosito, il frate entrò a sua volta: quella che dall'esterno sembrava una casupola, danneggiata ma ancora in piedi, si rivelò invece uno spazio aperto, in cui erba e rovi crescevano alti fra assi annerite, travi spezzate e poche pietre. Il tetto, completamente sfondato, portava ancora i segni del furioso incendio che, molto tempo prima, doveva aver distrutto quella povera casa.

Il bambino si inoltrò con passi sicuri tra le sterpaglie, andando a fermarsi di fronte a un vecchio pozzo in rovina: qui, saggiando con un piede la stabilità delle pietre poste intorno all'imboccatura, si sedette. Matthew gli si avvicinò e, raccolta la tonaca intorno alle gambe, si sedette a sua volta, in attesa.

Il ragazzino lo fissò per un momento, poi, abbassando gli occhi, cominciò a parlare.

«È stata una donna a dirmi di seguirti: si chiama Guglielma. È una specie di monaca e abita qui vicino. Io la conosco perché sono stato qualche volta a casa sua: è un tipo strano, ha due occhi che bruciano chi li guarda... All'inizio io ne avevo paura, ma poi mi è passata perché tutti dicono che è buona e che fa del bene alle persone: poco fa, mentre passavo sotto il suo poggiolo, mi ha chiamato e mi ha dato una moneta, ordinandomi di venirti dietro e di riferirti alcune precise parole...»

Ignorando lo sbalordimento dipinto sul volto del frate, il bambino strinse gli occhi nello sforzo di ricordare.

«...tu incontrerai un uomo che fa combattere il vescovo contro il re e sarà la regina a condurre le sorti della battaglia e dopo che lo avrai incontrato tutti i nodi si scioglieranno e le corde si stenderanno ordinate una vicino all'altra come spighe di grano tagliate e allineate sul campo.»

Riaprì gli occhi: aveva parlato tutto d'un fiato, per non dimenticare nemmeno una parola. Soddisfatto per essere riuscito a riferire il messaggio per intero, guardò finalmente il frate. Matthew era impallidito: le pupille dilatate fissavano il bambino senza vederlo, la sua espressione era sconvolta. Il piccolo si spaventò. Piano piano, senza fare rumore, si alzò dalla pietra e, strisciando i piedi fra l'erba, si allontanò di qualche passo. Non capiva: fino a poco prima il frate aveva un'aria dolce e paterna, poi, dopo aver ascoltato il suo messaggio, il suo viso si era trasformato in quello di un indemoniato...

Doveva andarsene di lì, e subito. Il fruscio degli sterpi calpestati riscosse Matthew dal suo torpido stupore. Rendendosi conto di aver impaurito il bambino, si sforzò di calmarsi e lo richiamò.

«Aspetta, non andartene,» ansimò «dimmi almeno come ti chiami...»

Il piccolo si fermò incerto e, osservando il frate, rifletté se fosse il caso di rispondere. Eppure, pensava, gli occhi di quell'uomo sembravano buoni: forse le parole di Guglielma lo avevano turbato a tal punto da farlo apparire cattivo. Cosa ne sapeva lui, in fondo, del significato che poteva avere quella frase strana che aveva appena pronunciato? Magari era una minaccia, magari una predizione nefasta: in questo caso sarebbe stata comprensibile la paura da parte del frate... Decise di ignorare la sua e rispose.

«Mi chiamo Hamid» mormorò con voce meno ferma di quanto avrebbe voluto.

Cercando di non far trasparire il turbamento che non lo abbandonava, Matthew si alzò, si avvicinò al bambino e si inginocchiò davanti a lui: i loro occhi erano alla stessa altezza. Fissandolo intensamente, gli accarezzò i capelli ricciuti e gli sorrise.

«Sei un bravo bambino, Hamid, e hai un bel nome. Ti

sono grato per la tua ambasciata: vorrei avere qualcosa con cui ripagarti, ma non ho nulla...»

Guardandosi intorno fra le sterpaglie, Matthew intravide un ramo spezzato, probabilmente appartenuto a uno stento alberello che una volta ingentiliva l'orto di quella casa.

«Aspetta un momento...» disse al bambino, mentre si chinava a raccoglierlo. Dopo averne staccato con uno schiocco secco l'estremità più sottile, la divise ancora in due parti e le dispose a forma di croce. Poi, frugatosi in tasca alla ricerca di una qualche cordicella, trovò infine una lunga strisciolina di tessuto che si era strappata dalla camicia: dopo averla arrotolata fra le dita, la avvolse più volte intorno all'incrocio dei due legnetti e la fermò con un nodo.

«Ecco» disse, porgendo ad Hamid la croce improvvisata «questo è il mio dono: non è granché, ma è pur sempre il simbolo del Cristo: tu credi in Cristo, vero?»

Il dubbio che il piccolo saraceno non fosse battezzato gli balenò nel cervello mentre pronunciava le ultime parole. Come se gli avesse letto nel pensiero, il bambino assunse un'espressione meravigliata e rispose risentito.

«Certo che credo in Cristo e anche nel Padre e nello Spirito Santo!...»

Matthew sorrise.

«Posso andare, ora?» chiese Hamid, stringendo al petto la piccola croce. Sebbene gli ultimi gesti del frate lo avessero rassicurato sulle sue intenzioni, voleva uscire di lì e tornare a casa: sua sorella aveva ancora la febbre e sua madre aveva bisogno di lui.

«Vai, piccolo, che Dio ti benedica e... grazie.»

Il bambino corse fuori, senza voltarsi.

Matthew si appoggiò allo stipite malconcio della porta e lasciò che il tremito fino allora faticosamente controllato gli percorresse le membra. Il respiro si era fatto affannoso e una vertigine gelata gli chiudeva il capo in una morsa. Alzando gli occhi al rettangolo di cielo che si indovinava sopra il tetto diroccato, gridò.

«Perché, Padre, perché ancora?!»

La sua voce si spezzò. Le lacrime gli velarono la vista, la sua bocca cominciò a tremare. Senza rendersene conto, si lasciò scivolare adagio a terra e, raccogliendo le braccia intorno alle ginocchia, lasciò libero sfogo al pianto. Non udì nulla, né lo stridio del merlo che, curioso, zampettava verso di lui, né il vociare consueto che proveniva dal vicolo al di là della soglia.

Non avrebbe saputo dire per quanto tempo fosse rimasto lì. Alla fine si rialzò e, asciugando gli occhi con la manica della tonaca, cercò di ricomporsi. I pensieri, a cui tentava di dare una forma definita e conseguente, sfuggivano da tutte le parti per poi ritornare, ossessivi, sempre allo stesso punto: cosa stava diventando la sua vita? Da due anni stava fuggendo dagli altri e forse da se stesso, ad ogni nuovo incontro gli venivano richieste comprensione e obbedienza, virtù indissolubilmente legate, secondo l'opinione comune, alla dignità della veste che portava. E lui? Chi l'avrebbe mai concesso a lui il calore di quella carità che tutti pretendevano dalla sua persona? La verità, amara e sconfortante, era che la stanchezza aveva avuto il sopravvento sulla sua forza d'animo e, forse, anche sul vigore della sua fede. Un'idea, improvvisa e agghiacciante, gli saettò nella mente: avrebbe potuto abbandonare la tonaca, avrebbe potuto rinunciare al suo mandato. Per un istante boccheggiò, travolto dall'enormità di quel pensiero. Poi, strofinando con dita tremanti la croce che gli pendeva sul petto, chiese perdono a Dio per la sua pavida stupidità. Dopo aver tratto un lungo sospiro, si guardò la tonaca: fili di erba secca punteggiavano il tessuto, l'orlo era imbrattato di terra. Cercò di scuotere via la sporcizia con le mani, ma il risultato non fu pari alle aspettative. Anche se la sua veste appariva indecorosa, sarebbe andato ugualmente alla basilica: l'urgenza di pregare l'Altissimo affinché illuminasse ancora una volta il suo cammino e la sua mente era più forte di qualsiasi altra preoccupazione.

Si avviò lungo il vicolo. In mezzo all'erba che aveva appena calpestato, una lucertola sgusciò cauta da sotto un sasso e, guizzando veloce, salì sulla vera del pozzo, dove si immobilizzò al sole.

Capitolo 26

Aimone oltrepassò la Porta Romana. La mattinata era ventosa come non accadeva da giorni e l'acqua del fossato, mossa dalla brezza, rifletteva il grande stendardo rosso che sventolava sulla torre delle mura.

Ora che era quasi giunto alla casa di Rachele, il castellano faticava a controllare l'eccitazione. Aveva riflettuto per più di una settimana sul da farsi, aveva tentato in tutti i modi di scacciare la ragazza dai suoi pensieri, si era imposto la coerenza, rimproverando se stesso per essersi lasciato travolgere da quella sciocca infatuazione. La sua venuta a Milano, si ripeteva, aveva uno scopo ben preciso che, peraltro, non era ancora stato assolto: i giorni passavano, ma l'arcivescovo non tornava. Tutte le udienze erano state rimandate e lui stesso non avrebbe potuto fermarsi in città ancora per molto tempo: sebbene il suo castello fosse adeguatamente protetto da un valido corpo di guardia e da armigeri fedeli, la sua assenza non avrebbe potuto protrarsi oltre la metà dell'estate. Malgrado si rendesse conto che queste, e soltanto queste, avrebbero dovuto essere le preoccupazioni degne del suo ruolo, la sua mente fuggiva in altre direzioni: gli sforzi della ragione non riuscivano a dominare l'eccitazione del cuore. Infine aveva deciso: sarebbe andato da lei a chiederle di riportare Nisan, anche per una sola volta, a giocare con suo figlio Bartolomeo. Forse, rivedendola, sarebbe finalmente riuscito a calmarsi, a capire che quella che gli era sembrata passione non era stata altro che la momentanea insania di un uomo solo da troppo tempo.

La porta della casupola era accostata. Dopo un attimo di incertezza, Aimone bussò all'uscio semiaperto: dall'interno gli rispose l'abbaiare del cane, zittito invano dalla voce di Rachele. In pochi istanti Nisan fu sulla soglia: come vide Aimone, l'abbaio che gli usciva furibondo dalle fauci si sciolse in un uggiolio di gioia. Spalancando l'uscio con un deciso colpo di muso, si precipitò fuori e cominciò a spiccare salti giocosi verso il castellano.

«Ma insomma, si può sapere cosa sta succeden...?»

Rachele si bloccò appena dietro la soglia. Il suo volto, già atteggiato a una severa riprovazione nei confronti del cane, si immobilizzò in un'espressione sbalordita. La bocca si spalancò per la sorpresa e le parole le morirono in gola.

Alla vista della giovane, il cuore di Aimone mancò un battito: tutti i suoi propositi di ragionevolezza e di equilibrio svanirono come una fragile bolla di spuma. La bocca secca faticava ad articolare le frasi che, con tanta cura, aveva predisposto nella mente quella mattina. Rachele, per parte sua, lo fissava rossa in volto, altrettanto incapace di parlare. Alla fine fu Nisan a sciogliere la tensione: rientrato come una saetta in casa, ne riuscì dopo un istante con una palla di stracci fra i denti. Depostala ai piedi del castellano, prese a scodinzolare e a guaire, in attesa che il suo nuovo compagno di giochi gliela lanciasse. Sorridendo, Aimone recuperò finalmente la voce.

«Salute, Rachele... Sono venuto a chiedervi se uno di questi giorni voleste tornare alla mia abitazione: Bartolomeo non fa che tormentarmi e pregarmi di invitare ancora voi e Nisan a giocare con lui! Se accetterete di passare qualche ora da noi, sarei onorato di avervi ospite alla nostra tavola...»

Non riuscì a continuare. Gli sembrava che il suo cuore fosse risalito dal petto alla gola e che lì battesse come un tamburo, impedendo il fluire del respiro. Si sentì un idiota: dov'era finito Aimone di Graines, politico accorto, feudatario abile e lungimirante? Chi c'era in quel momento dentro a quel corpo molle di paura?

A Rachele non sfuggì il turbamento negli occhi del castellano. Se fosse stata meno stanca, dopo le ultime due notti di veglia passate presso il giaciglio di suo padre, avrebbe potuto forse comprenderne e assolverne l'imbarazzo, ma lo sfinimento e la preoccupazione l'avevano resa irritabile. Fu per questo che la risposta all'invito di Aimone uscì concitata dalle sue labbra.

«Come diavolo avete fatto a trovarmi? Non ricordo di avervi detto dove abitavo! Mi avete forse fatto seguire?!»

Aimone, che non si aspettava una reazione tanto violenta, barcollò come se avesse ricevuto uno schiaffo in pieno viso. Aprì la bocca per parlare, ma subito la richiuse. Mortificato come un bambino colto in fallo, non sapeva come rispondere. Leggendo l'umiliazione nel suo sguardo, Rachele si ravviò i capelli scarmigliati e cercò di calmarsi: stava per parlare, quando un lamento stridulo e prolungato arrivò fin sulla soglia. La ragazza si voltò di scatto e rientrò in casa.

Il castellano non sapeva che fare. Il suo primo impulso fu quello di andarsene: l'accoglienza dimostratagli non era stata certo delle più incoraggianti. D'altra parte, i gemiti provenienti dalla casupola si facevano sempre più acuti: forse Rachele avrebbe avuto bisogno di aiuto. Esitò. Nisan, ormai deluso nella sua aspettativa di gioco, era fermo davanti alla porta e lo fissava con il capo inclinato da una parte. Decise di entrare: con cautela, cercando di fare il meno rumore possibile, avanzò nella stanza. Sul panchetto giaceva una veste di seta simile alla sua, ricamata per metà: fili e ago erano abbandonati disordinatamente sul tessuto. Un tavolo malconcio, due sedie e un forziere su cui era distesa una veste purpurea da medico costituivano tutto l'arredamento; sul gradino del focolare erano disposte due pentole, qualche piatto di stagno, due boccali e una brocca. L'apertura sul retro lasciava indovinare un orto minuscolo. Un'altra porta, bassa e stretta, immetteva nel secondo locale, appena rischiarato dalla luce di una feritoia ricavata nella parete. In punta di piedi, Aimone raggiunse questa seconda soglia e si fermò. Prima ancora che i suoi occhi vedessero, furono le sue narici a fargli capire: un tanfo umido e greve di urina, vomito e sudore lo avvolse come una cappa. Rachele era china sul giaciglio dove un uomo anziano, seduto a metà, si comprimeva il petto con le mani: i capelli bianchi e arruffati incorniciavano un volto livido, la bocca spalancata cercava aria. La ragazza sosteneva il vecchio per le spalle e mormorava incomprensibili parole di conforto.

«Chi è quell'uomo?» biascicò Isaac faticosamente, mentre, senza muovere la testa, indicava con un dito ossuto verso la porta. Rachele si voltò, sorpresa: non immaginava che il castellano l'avesse seguita. Troppo esausta per irritarsi ancora, lo guardò e, in silenzio, gli fece cenno di allungarle la ciotola che giaceva sul pavimento, poco lontano dal paglericcio. Aimone gliela porse: sulla superficie torbida del liquido che conteneva, galleggiavano foglie macerate e chiazze di grasso.

«Chi è quell'uomo, ho detto?» chiese ancora l'ebreo. La sua voce stizzita si spense in un accesso violento di tosse che gli procurò un affanno interminabile: i rantoli uscivano rochi dalla sua gola, ai lati della bocca fissurata due bave vischiose scendevano nella barba ispida.

«Calmatevi, padre, calmatevi,» sussurrò Rachele, con la stessa dolcezza che avrebbe usato con un bambino «quest'uomo è un cliente del sarto Amizone: è passato per caso di qui, adesso se ne andrà...»

Mentre lo rassicurava, le sue mani esperte prelevavano il cataplasma dalla ciotola e lo disponevano sul petto ansimante di suo padre; dopo aver ricoperto l'impiastro con una spessa pezza di lana, gli sistemò il dorso contro un guanciale di paglia appoggiato a capo del giaciglio.

«Ecco, padre, adesso riposate: qualunque cosa abbiate bisogno, io sono qui. Ora congedo questo signore, poi sarò nell'altra stanza a lavorare: non avete che da chiamare...»

Il vecchio annuì: l'affanno non gli permise di pronunciare altre parole, ma i suoi occhi, ancora vigili malgrado la sofferenza, scrutarono a lungo Aimone. Poi, a poco a poco, si fecero più stretti e infine si richiusero: con il capo reclinato sulla spalla, Isaac si assopì.

Dopo aver esitato ancora qualche momento davanti al pagliericcio, Rachele si voltò, facendo silenzioso cenno al suo ospite di seguirla nell'altra stanza. Confuso e turbato da quanto aveva visto, Aimone si sentiva a disagio: l'eccitata aspettativa di poco prima si era tramutata in un vergognoso imbarazzo per aver in qualche modo violato l'intimità di Rachele. In piedi di fronte a lui, la ragazza lo fissò a lungo. Poi, ravviandosi stancamente i capelli, si sedette e cominciò a parlare.

«Non so quale sia il vero motivo che vi ha condotto qui, signore, anche se posso immaginarlo. Sono stata tanto stupida da dirvi il mio nome e ormai voi avete capito che siamo giudei. In più, come avete potuto constatare dalla veste purpurea che ho tolto dal forziere, l'uomo agonizzante che giace sul pagliericcio esercitava fino a poco tempo fa la professione di medico: non dovremmo essere qui, gli ebrei non sono ben tollerati in questa città, per i fisici giudei vige l'interdetto. Malgrado tutto, dobbiamo essere grati all'avida indifferenza del nostro affittuario verso le regole del comune: se non ci avesse concesso di abitare in questa stamberga, staremmo ancora vagando per la Lombardia e, chissà, forse mio padre sarebbe già morto... La gente di questi vicoli è stata buona con noi: probabilmente sanno chi siamo, ma ci tollerano. Forse la loro è solo pietà, ma, in ogni caso, nessuno finora ci ha tradito. Se siete venuto con l'intenzione di verificare la nostra appartenenza di fede per poterci denunciare all'autorità civile, ebbene fatelo: a mio padre resta poco da vivere, non farà a tempo a soffrire anche questa vergogna... Io, per parte mia, me ne andrò: sono sola al mondo, non devo rendere conto a nessuno. Troverò un posto dove vivere...»

La voce si spezzò. Le lacrime scivolarono veloci sulle guance, la bocca tremò. Rachele nascose il viso tra le mani e pianse in silenzio.

Aimone era senza fiato. I suoi occhi sbarrati fissavano la giovane, mentre la testa gli pulsava: com'era potuto accadere? Quale enorme equivoco aveva generato la sua venuta fin lì? Quanta sofferenza e quanta paura stava provocando in quella sfortunata ragazza la sua arrogante audacia? Doveva parlare, doveva spiegarle subito, prima che la sua avventatezza potesse causare altri danni. Si sforzò di radunare in fretta i pensieri, affinché le sue parole suonassero veritiere alle orecchie diffidenti della giovane. Ignorando il groppo di dolore che sentiva diffondersi nel petto, Aimone si inginocchiò di fronte a Rachele e parlò. Le raccontò di sé e del suo feudo, della moglie perduta da tanti anni, di suo figlio, del suo viaggio a Milano. Mentre raccontava, le lacrime smisero di scorrere sul viso di Rachele: accarezzando il pelo di Nisan che le era saltato in braccio, la ragazza scrutava attentamente il suo interlocutore, forse per cogliere nelle sue parole l'ombra della menzogna.

«Quanto al motivo che mi ha condotto da voi» proseguì Aimone, arrossendo violentemente, «ecco... oltre al desiderio di Bartolomeo di giocare con il vostro cane, la verità è che... io... insomma, perdonate la mia follia... il vostro volto... ecco... i vostri lineamenti ricordano moltissimo quelli della madre di mio figlio e io... non so... mi illudevo... oh mio Dio, perdonatemi...»

La voce di Aimone si spense in un sussurro. Chiuse gli occhi, rendendosi improvvisamente conto di non essere in grado di dire altro: il suo comportamento era stato assurdo, stupido, degno di un adolescente sprovveduto. Avrebbe voluto essere lontano da lì: quel viaggio gli stava sconvolgendo la vita, le sue certezze si stavano sgretolando, travolte dall'atmosfera bizzarra di quella città sconosciuta.

Si alzò. Rachele lo stava fissando: lo stupore aveva sostituito l'espressione diffidente di poco prima.

«Ma cosa dite, signore?... Io credevo che...»

Dall'altra stanza provenne un rantolo agghiacciante, seguito da un doloroso accesso di tosse: Rachele balzò in piedi, precipitandosi al capezzale del padre. Nisan, ruzzolato malamente a terra, uggiolò, risentito. Aimone rimase immobile, senza osare un solo movimento: respirando appena, ascoltò la rumorosa agonia del vecchio. Avrebbe dovuto andarsene di lì: non appena la crisi fosse passata, si sarebbe scusato ancora e avrebbe preso definitivo congedo. Bartolomeo sarebbe rimasto deluso, ma avrebbe dovuto imparare: non sempre dalla vita si può ottenere tutto quello che si desidera, si tratti della compagnia di un cagnolino o di quella di una donna.

«Signore, vi prego... oh mio Dio... signore... potete venire un momento?...»

Sebbene attutita dalla parete divisoria, la voce di Rachele giunse chiara alle sue orecchie. Con quattro lunghi passi, Aimone fu nell'altro locale: lo spettacolo che vide lo spaventò. Il vecchio era in preda alle convulsioni: la schiena inarcata sussultava violentemente, le braccia roteavano scomposte, le pupille erano dilatate, gli occhi sbarrati affondavano nel viso livido, dalla bocca uscivano fiotti di vomito alternati a rivoli di bava giallastra. Rachele cercava di trattenerlo per le spalle, ma il suo stesso tremito non le permetteva di fare presa adeguata sul corpo di suo padre. Aimone si avvicinò e, senza curarsi dei fetidi umori con cui Isaac lordava la sua veste, aiutò Rachele: mentre lui bloccava con le sue braccia forti il torso del vecchio, la ragazza gli mise le dita nella bocca, tentando di abbassarne la lingua che, rivoltata indietro, stava per soffocarlo. Il loro respiro affannoso si mischiava ai gemiti rochi di Isaac che, senza coscienza di quanto gli stava accadendo intorno, continuava a sobbalzare sul pagliericcio. Poi, improvvisa com'era cominciata, la crisi finì. Con un lunghissimo sospiro spezzato, il vecchio ricadde sul saccone, inerte. Rachele si immobilizzò: il suo sguardo febbrile ne scrutò il volto. Incerta, sfiorò le labbra bluastre: un lieve soffio caldo le avvolse le dita. Solo allora, confortata dalla certezza che per il momento suo padre era ancora in vita, guardò Aimone. L'aspetto del castellano la stupì: sulla veste di lana fine larghe macchie rossastre si allargavano come fiori appassiti, descrivendo lunghe scie umide fino all'orlo. Vergognandosi per quello sconcio che lei stessa aveva provocato con la sua improvvida richiesta di aiuto, stava per cercare le parole adatte a scusarsi, quando i suoi occhi incontrarono quelli di Aimone. L'uomo la stava fissando. Poche altre volte, in tutti quegli anni, Rachele aveva colto nello sguardo di qualcuno tanta compassionevole partecipazione: turbata, si domandò chi fosse l'oggetto di quella pietà, se lei stessa, suo padre o la palpabile miseria che impregnava quella casa. Le lacrime tornarono improvvise: umiliata, cercò di ricacciarle indietro, ma non ci riuscì. In silenzio, Aimone si avvicinò e, con grande delicatezza, le prese le mani.

«Non piangete, Rachele» disse il castellano con voce ferma. «Vostro padre ha bisogno delle vostre cure, non delle vostre lacrime. Dimenticate, vi prego, le sciocchezze che vi ho detto poco fa, non sono degne di un uomo maturo quale dovrei essere. Perdonate la mia arrogante stupidità e lasciate piuttosto che vi aiuti: quest'uomo deve essere visitato da un altro medico, non si può lasciarlo soffrire così...»

Rachele scosse la testa sfiduciata: tentando di dominare i singhiozzi, sussurrò sottovoce, per non svegliare Isaac.

«Chi volete mai che si scomodi a curare un giudeo? Conoscete bene le menzogne che i medici cristiani mettono in giro sul conto dei loro colleghi ebrei! Dicono che sono maghi temibili, che avvelenano l'acqua dei pozzi per uccidere i cristiani... No, signore, nessuno dovrà sapere, nessuno verrà fra queste mura: la mia famiglia, come quella di molti altri giudei, è stata maledetta da Agrat, la malefica regina dei demoni. Nessun amuleto, nessuna *mezuzah*, riuscirà più a riportare in vita mia madre né a risanare mio padre.»

Gli occhi di Rachele erano diventati asciutti. L'amara rassegnazione che aveva espresso con le parole l'aveva riportata, suo malgrado, alla realtà. Senza sciogliere le mani dalle sue, Aimone la guardò.

«No, Rachele, nessun demone vi perseguiterà più finché il mio Dio, che è anche il vostro, mi conserverà le forze e la ragione. Conosco un ottimo medico e posso garantire sulla sua discrezione: gli parlerò e, con il vostro permesso, cercherò di farlo venire qui.»

Augurandosi che la sua fiducia verso il riserbo di Enrico da Bergognone fosse ben riposta, il castellano attese la risposta di Rachele. La ragazza lo fissò intensamente e, dopo essersi voltata a spiare ancora una volta il respiro di Isaac, annuì in silenzio.

Aimone si congedò, promettendo che, di lì a un paio di giorni, sarebbe tornato portando notizie. Rimasta sola, Rachele si lasciò cadere sul suo pagliericcio: mentre Nisan la osservava incuriosito, chiuse gli occhi e cercò di riflettere. Quell'ultima crisi di suo padre era stata davvero grave e, se non ci fosse stato quell'uomo ad aiutarla, probabilmente Isaac sarebbe soffocato. Chi era Aimone di Graines? Quale scherzo del destino lo aveva condotto nella sua vita? Avrebbe dovuto fidarsi di lui? E lei, come avrebbe potuto continuare a lavorare per il sarto Amizone, rispettando tempi e consegne, ora che la malattia di Isaac stava peggiorando tanto in fretta? Suo padre avrebbe avuto bisogno di assistenza costante e nessuno avrebbe potuto sostituirla al suo capezzale...

Come le onde dell'oceano che si infrangono alte sull'arenile e subito defluiscono per poi tornare, ancora più minacciose, a erodere la sabbia, così la mente di Rachele correva ossessiva da un pensiero all'altro. A poco a poco, la stanchezza accumulata nelle due ultime notti di veglia e la tensione delle ore appena trascorse ebbero il sopravvento: le mani, fino ad allora intrecciate saldamente sul petto, si disgiunsero e scivolarono ai lati del corpo. La testa si piegò di lato e giacque inerte sul saccone: il sonno giunse ristoratore. Senza comprendere il motivo di quel riposo fuori orario, Nisan fissò per un po' la sua padrona, poi, deluso, andò a rincantucciarsi sotto il tavolo e si sdraiò a sua volta, in attesa vigile.

I suoi piedi si muovevano veloci, sfiorando appena il terreno. Incurante degli sguardi dei passanti che ne osservavano curiosi la veste macchiata, Aimone si affrettava verso casa. Si sentiva leggero, come non gli accadeva da molto tempo: malgrado gli ultimi avvenimenti non la giustificassero, provava una sorta di euforica eccitazione. Avrebbe cercato il medico Enrico e gli avrebbe parlato del vecchio giudeo: sebbene lo conoscesse da poco, il suo intuito gli diceva che avrebbe potuto contare su di lui. E forse, se Dio lo avesse concesso, insieme sarebbero riusciti a salvare il padre di Rachele... Perso nei suoi pensieri, non si accorse di una donna che, vestita di un abito bigio, lo osservava da lontano, ferma presso una bottega della via Porticata. Quando fu scomparso alla sua vista, la donna sorrise: le pedine erano ormai sulla scacchiera, rifletté, e forse, con la benevolenza dell'Onnipotente, tutti i nodi si sarebbero sciolti. Grata per il dono che le era stato concesso, la donna si avviò verso casa.

Capitolo 27

Nella locanda si soffocava. Malgrado fossero aperte la porta d'ingresso e quella sul retro, un miscuglio di odori ristagnava nell'aria: il profumo stuzzicante della carne arrostita era sovrastato dal sentore acido del pesce, mentre su tutto dominava l'effluvio greve e umido di una zuppa troppo cotta. Enrico fissava il tavolo: diversamente dal solito, non aveva terminato il cibo, i cui avanzi untuosi galleggiavano sulla superficie del piatto di coccio. Dopo aver portato distrattamente il boccale alle labbra, una smorfia di disgusto si dipinse sul viso del medico.

«Il vino sembra piscio di gatto in questa taverna! E dire che fino a due anni fa qui si mangiava bene: gamberi di fiume, pernici, verdure dell'orto stufate a puntino e il vino... Non avete idea di quanto fosse buono il vino! L'ostessa mi aveva confidato che era frutto delle vigne di San Colombano, una collina che si leva vicino al Lambro, quasi alla confluenza con il Po: ora, probabilmente, quelle campagne sono state devastate dalle continue scorribande dei soldati dell'imperatore e non sono più coltivate perché, ne sono certo, il vino non è più lo stesso...»

Aimone ascoltava, domandandosi perché Enrico, invece che replicare adeguatamente alla sua richiesta, si dilungasse in quei discorsi inutili. Durante il pasto, gli aveva parlato con calma, cercando di non far trapelare ansia ed emozioni: gli aveva spiegato di Rachele e di suo padre, gli aveva chiesto se, ignorando per una volta l'abituale rivalità tra medici cristiani e giudei, avrebbe potuto fare qualcosa per il vecchio Isaac. Lo aveva blandito, facendo leva sulla sua vanità, e, soprattutto, lo aveva pregato insistentemente di non tradire i due ebrei, denunciando la loro presenza in città. Enrico era stato a sentire, dapprima sorpreso, poi apparentemente annoiato. Non aveva commentato, continuando a piluccare svogliatamente le vivande che una serva gli aveva portato. Aimone non aveva osato sollecitarne una risposta rapida, temendo che la sua fretta avrebbe potuto produrre un esito negativo. Ora, tuttavia, sentendolo parlare di sciocchezze, la sua ansia andava aumentando: forse aveva fatto male a interpellare quell'uomo, forse il suo tentativo di aiutare Rachele, lungi dal giovarle, avrebbe causato altri danni.

«Ditemi,» sbottò Enrico, distogliendo improvvisamente lo sguardo dal boccale e fissando intensamente Aimone «pensate forse che io sia uno stupido?»

Il castellano, stupito da quella domanda repentina e apparentemente insensata, lo guardò a bocca aperta.

«No,» proseguì il medico, sottovoce «non credo, altrimenti non mi avreste messo a parte di questo segreto, che potrebbe rivelarsi rischioso per entrambi. Se proprio a me avete chiesto un parere e un po' d'aiuto, la vostra scelta può possedere solo due motivazioni: o sono l'unico medico che conoscete qui in città, oppure vi fidate della mia professionalità. Ora, mentre sono abbastanza certo del primo motivo, conservo qualche dubbio sul secondo. In ogni caso, vi siete esposto a un bell'azzardo: come fate ad essere sicuro che, uscito di qui, io non vada al Broletto a denunciare quei due giudei? Sono troppo vecchio per non saper riconoscere blandizie e adulazione quando sono rivolte alla mia persona in vista dell'ottenimento di qualche scopo...»

Aimone lo fissava esterrefatto: che razza di risposta gli stava dando quell'uomo? E perché lo stava rimproverando come si fa con i bambini impudenti? Una punta di collera gli strinse la gola: in fondo, Enrico stava parlando con il reggente di un castello, non con l'ultimo villico del contado! Come si permetteva, dunque, di mettere in discussione le sue parole che, oltretutto, erano state pacate e ragionevoli?

Dopo un momento di silenzio, passato a scrutarne il volto teso, il medico si rivolse nuovamente ad Aimone, mentre un sorriso beffardo gli attraversava il viso.

«Vi ho irritato, eh, castellano? Vi sentite offeso nella vostra dignità aristocratica dalle parole di un medico? Cosa sono in fondo i medici, state pensando, se non maghi e alchimisti? Come possono competere con il valore militare dei cavalieri o l'abilità politica dei reggenti? Oh, certo, noi siamo al servizio di chi ci paga meglio, come fanno le prostitute di questa taverna, ma è l'unica affinità che condividiamo con loro: tutto il resto è studio, è arte, è applicazione. Avete idea di quanti anni passiamo sui libri e facendo pratica non remunerata, prima di poter anche solo esaminare e giudicare nel modo corretto la matula delle orine, o prima di poter praticare un salasso? Ippocrate, il padre di tutti i medici, ha chiamato "arte lunga" la nostra professione, proprio per queste ragioni, perché conduciamo l'intera vita a investigare, a riflettere, a soppesare, a confrontare...»

Sebbene pronunciate in un sussurro, le parole di Enrico si andavano caricando di rabbia: il suo volto si era fatto rubizzo, i suoi occhi mandavano lampi. Aimone, turbato a sua volta, lo guardava senza osare interromperne lo sfogo. Chiedendosi quante umiliazioni avesse dovuto sopportare quell'uomo nel corso della sua esistenza, per dimostrarsi tanto suscettibile di fronte a una persona che conosceva appena, attese che il discorso di Enrico terminasse.

«E comunque,» proseguì il medico, abbassando ancora di più la voce «per quello che riguarda i vostri giudei, sappiate che non rientra nelle mie abitudini denunciare alcuno o alcunché. Mai una volta nella mia professione ho abiurato al nostro giuramento, che ci impone il segreto e la discrezione sulla vita dei nostri pazienti, e non intendo cominciare adesso. Inoltre, anche se cerco di tenere per me questa opinione, non ho mai considerato né pericolosi né degni di disprezzo i medici ebrei. A Lucca, la mia città, esiste una folta comunità ebraica: ebbene, al suo interno, sono numerosi i fisici e i chirurghi e, anche se finora non mi è capitato di dover operare un consulto con qualcuno di loro, ne ho sempre sentito dire più che bene. Non ho mai pensato che un differente credo religioso possa influenzare una diagnosi o una cura: gli umori del corpo restano sempre quattro, sia che io sia cristiano o che io sia giudeo, così come uguale rimane il numero delle ossa, dei denti e delle vene. A Montpellier, da dove sto tornando, esiste da quasi un secolo una fiorente scuola di medicina, ai cui maestri tutti noi guardiamo come alla massima fonte del sapere: orbene, in quella università non si fanno distinzioni, ci sono studiosi arabi, ebrei, cristiani e tutti badano soltanto alla trasmissione dell'arte medica, al confronto di esperienze, alla scoperta di nuove cure e rimedi...»

Le ultime frasi pronunciate da Enrico avevano mutato il tono della sua voce: la rabbia di poco prima era svaporata. Ora, mentre descriveva la sua professione, i suoi accenti erano quelli di un resoconto appassionato. Rendendosi conto di aver parlato troppo a lungo da solo senza lasciare spazio agli interventi del suo interlocutore, il medico si lisciò il mento glabro con una mano e tacque.

Ancora incerto sulla risposta che avrebbe ricevuto, sebbene la conclusione del discorso gli sembrasse confortante, Aimone non osava interrompere il corso dei pensieri di Enrico che, rifletté, forse avrebbe avuto ancora qualcosa da aggiungere.

Dopo aver tratto un lungo, rumoroso sospiro, il medico fissò il suo commensale e disse: «Tornate da quella giovane giudea e ditele che domani, all'ora di compieta, mi recherò da lei per visitare suo padre: in verità, sarebbe preferibile la luce del giorno per compiere un esame approfondito, ma, per la mia e la sua sicurezza, sarà meglio approfittare delle tenebre, quando la gente di questa città meschina sarà sprofondata a russare nei propri giacigli... Raccomandatele di approntare delle candele e di sprangare bene porte e finestre: nessuno dovrà vedermi. Non che io abbia nulla da temere per la mia persona: la mia fama è abbastanza consolidata anche qui e il podestà ha ancora bisogno delle mie cure... È per quei due giudei che mi preoccupo e per voi: ditemi, Aimone, cos'è che vi lega a quelle persone, e, soprattutto, siete sicuro di voler correre un simile rischio per loro?»

Preso alla sprovvista dalla domanda, Aimone esitò: poi, senza soddisfare la curiosità del medico, si limitò ad annuire in silenzio. Non sarebbe stato necessario, pensava, che un'altra persona venisse a conoscenza dei suoi sentimenti verso Rachele: lui stesso li trovava ridicoli e senza fondamento alcuno. Che immagine avrebbe mai potuto dare di sé, se avesse rivelato il suo segreto?

Dopo averlo osservato per un momento con espressione perplessa, Enrico depose qualche moneta sul tavolo e si alzò. Aimone lo imitò e lo seguì fuori dalla taverna.

«Allora siamo d'accordo, all'ora di compieta... Aspettatemi presso la basilica degli Apostoli, lungo la via Porticata: da lì mi guiderete all'abitazione dei giudei. Salute, Aimone, a domani.»

Il congedo frettoloso del medico non stupì più che tanto il castellano. Gli aveva detto che, quello stesso pomeriggio, avrebbe dovuto recarsi nuovamente dal podestà: in città si sussurrava che la sua salute andasse nettamente migliorando da quando Enrico aveva dato corso alla nuova cura.

Incerto se tornare a casa da Bartolomeo o se andare ad avvisare subito Rachele, decise per la seconda ipotesi: suo figlio avrebbe potuto aspettare, anche perché sarebbe stato occupato in una delle consuete visite alla città. Quel giorno, uno dei suoi servi più fidati lo avrebbe accompagnato a visitare la basilica di San Simpliciano che, come gli era stato spiegato dalla monaca portinaia, si poteva annoverare tra le chiese più antiche della città. Aimone sperava che sull'altare fosse esposto il prezioso sacramentario, il libro liturgico riccamente miniato di cui aveva sentito parlare, e si augurava che Bartolomeo potesse ammirarlo. Il crescente interesse che suo figlio dimostrava per le arti e per le lettere lo inorgogliva ed era un motivo in più per fargli conoscere quella città che, nel giro di poche settimane, avrebbero lasciato. Quest'ultimo pensiero gli strinse il petto in una morsa che, per un attimo, gli bloccò il respiro: se ne sarebbero andati di lì, non appena lui avesse portato a termine la sua missione diplomatica e Rachele sarebbe uscita dalla sua vita. Per sempre. Si fermò: no, non era possibile, non avrebbe potuto rinunciare a lei, non dopo che il destino l'aveva condotta sulla sua strada. Non era stato forse Seneca, ricordò stupefatto da quell'inopinato bagliore della memoria, a scrivere "Ducunt fata volentem, nolentem trahunt"? E allora, se il fato stava guidando i suoi passi, perché opporvisi, perché ignorarne i segnali? Forse era pazzo, forse la passione troppo a lungo sopita stava avendo la meglio sulla sua razionalità... Non aveva risposte da dare a se stesso: in mancanza di certezze, per una volta avrebbe seguito l'istinto. Se poi le sue azioni si fossero rivelate sconsiderate, ne avrebbe umilmente sopportato le conseguenze.

Con passo deciso, si avviò verso la Porta Romana. Poco lontano, la campana della basilica degli Apostoli scoccò l'ora nona.

Capitolo 28

Il mulo era nervoso. La sosta forzata ai margini di quella palude piena di mosche infastidiva anche il suo cavaliere, che, tuttavia, l'aveva ritenuta necessaria. L'uomo aveva mandato in avanscoperta i suoi due attendenti per verificare se fosse possibile oltrepassare la Muzza attraversando i campi, invece che seguendo la strada per Melegnano, dove sapeva che i milanesi stavano fortificando fossati e canali per impedire l'avanzata delle truppe imperiali. Troppi soldati lungo le strade avrebbero potuto significare maggiori difficoltà nel mantenere l'incognito: non pensava certo che tutti gli armigeri della lega conoscessero le sue fattezze, ma la prudenza sarebbe stata preferibile alla sventatezza. Il mulo si agitò ancora.

L'uomo sospirò: se solo le sue ginocchia avessero potuto stringere i fianchi poderosi del suo morello Dragone, invece che quelli tozzi di quel misero animale da soma!

D'altra parte, come avrebbe potuto farsi passare per un pellegrino, se avesse montato un cavallo di razza? Nessuno avrebbe mai creduto alla sua falsa identità, mentre, per la buona riuscita del suo progetto, sarebbe stato fondamentale che la sua persona passasse del tutto inosservata.

Una delle sacche appese ai lati del mulo, si mosse irrequieta, come dotata di vita improvvisa. Sentendo quel fremito dietro le cosce, l'uomo si voltò e allungò una sorta di carezza sul tessuto ruvido.

«Buono, sta' buono ancora per un po'! Tra non molto ci fermeremo e potrai cacciare quanto vorrai...»

Calmato dalla voce che conosceva tanto bene, il falco si immobilizzò. Mentre sistemava meglio la sacca, affinché durante la marcia non sbattesse contro il fianco del mulo, l'uomo vide tornare Tarik, seguito dagli altri due servi.

«Ci sono soldati ovunque, signore,» disse affannato, mentre scendeva dalla propria cavalcatura «ma sono tutti imperiali. Da Lodi si stanno dirigendo verso Salerano, sul fiume Lambro, dove si dice abbiano intenzione di dare battaglia. Fino a lì non dovremmo avere problemi: i contadini sono fuggiti, sono rimaste solo vacche, pecore e galline e qualche vecchio che vaga inebetito per i campi... Dopo aver attraversato il fiume, potremo prendere la strada verso Vidigulfo e poi, da Landriano che è poco distante, avremo la via libera verso Milano, entrando dal contado...»

«Lungo la strada che viene da Pavia, dici?» intervenne il cavaliere. «Quella dove si allargano le cascine degli umiliati?»

«Proprio quella» rispose Tarik. «Ho pensato che, poiché il grosso dei milanesi e dei loro alleati si sta muovendo lungo la via per Lodi, la zona del pavese sarà più sguarnita...»

«E quindi più sicura...» continuò per lui il suo interlocutore. «Tarik, sono proprio soddisfatto di te, sei un perfetto informatore e potrei perfino eleggerti mio consigliere militare! E ora andiamo, togliamoci da questa palude mefitica: voglio arrivare a Vidigulfo prima che faccia buio...»

Senza attendere oltre, l'uomo spronò il mulo e, calatosi il cappuccio sugli occhi, precedette i suoi compagni verso il folto del bosco che costeggiava la palude di Selvagreca: dietro di lui, Aisha trotterellava sulla sua cavalcatura. Anche il suo volto, come quello del suo signore, era celato dal cappuccio: nessuno, al vederla, avrebbe potuto riconoscerla come una saracena.

Capitolo 29

Per la seconda volta in quella giornata, Bella bevve la sua pozione: era amara e bruciava i visceri, ma in poco più di una settimana l'aveva liberata dalla febbre. Anche il decotto di capsella, con cui ogni giorno detergeva le ferite, si era dimostrato un rimedio efficace: ora riusciva a sedersi e a camminare normalmente, senza più avvertire quel dolore pungente in mezzo alle gambe. Stava guarendo, ne era certa, e anche le sue forze stavano tornando a poco a poco. Sarebbe stata grata per sempre a quella giovane giudea che l'aveva curata con tanta abilità: senza il suo aiuto probabilmente sarebbe morta, divorata dalle febbri e consumata dall'emorragia. Remigio avrebbe voluto ripagare in qualche modo i servigi che l'ebrea aveva prestato, ma Rachele aveva rifiutato. «Non sono un medico» gli aveva detto «e non posso pretendere alcuna parcella per quella visita che ho fatto a Bella.» Aveva accettato solo le due monete che Remigio le aveva messo in mano, quale pagamento per le erbe medicinali che aveva fornito, raccomandandone ancora una volta l'uso corretto: «Dite alla vostra donna» aveva ribadito «di dividerne la quantità secondo le istruzioni che le ho dato: se se ne sbaglia la dose, i rimedi possono diventare veleni».

Dopo averle riferito quella conversazione, Remigio aveva descritto a Bella la misera condizione in cui viveva la ragazza ebrea aggiungendo che, a quanto aveva intravisto e udito, il padre era gravemente malato, forse addirittura moribondo. «Cosa potrà fare se resterà orfana?» si era chiesto. «Come può continuare a vivere in questa città una giovane giudea sola al mondo? A chi potrebbe rivolgersi, se non ai pochissimi correligionari che tengono banchi di pegno qui a Milano? E cosa credi, che la prenderebbero sotto la loro protezione, solo perché è ebrea, presi come sono dai loro traffici con i cristiani, siano essi aristocratici o leccapiedi del podestà? La serva le farebbero fare, nient'altro che la loro serva!...» Pur nel delirio della febbre, Bella aveva ben compreso la situazione di Rachele e, nell'immaginare la sua futura vita raminga, aveva rivissuto la sua amara esistenza: come lei, quella giovane sfortunata avrebbe dovuto rinunciare ai suoi sogni, avrebbe dovuto confrontarsi con l'indifferenza, la crudeltà, lo sfruttamento. Insieme con Remigio, avevano deciso che, non appena avesse riguadagnato le forze, sarebbero tornati alla sua abitazione e le avrebbero offerto qualunque aiuto lei avesse avuto bisogno: in fondo, pensavano, che differenza poteva mai esserci tra una prostituta cristiana e una giovane giudea, se entrambe condividevano la stessa miseria?

Lei, per parte sua, viveva nella paura di udire bussare alla porta. Da quando aveva subito quella feroce violenza, non si era più mossa di casa: aveva fatto sapere in giro di essere malata e aveva aggiunto che, per un certo periodo, non avrebbe accettato clienti. Sperava che quella voce fosse giunta anche alle orecchie di Lanfranco: sebbene per il momento non si fosse ripresentato, la prospettiva di vederselo comparire di fronte all'improvviso la atterriva. Remigio aveva sentito dire che stava ordendo intrighi per ottenere un'importante carica pubblica presso il comune e lei sperava che questo nuovo impegno lo rendesse più cauto, distogliendolo dalle sue consuete, violente abitudini. Molte volte aveva accarezzato l'idea di denunciarlo, accusandolo di quel lontano, immotivato assassinio, ma aveva sempre rinunciato: chi mai avrebbe creduto alle parole di una prostituta? E poi, se le sue accuse non avessero trovato riscontri e lui fosse rimasto libero, cosa ne sarebbe stato di lei? Lanfranco l'avrebbe uccisa sicuramente, come aveva fatto con Caterina, con i due poveri fattori e, probabilmente, con il servo che lo aveva aiutato a portare a termine i suoi misfatti tanti anni prima... E inoltre c'era Dorotea. Bella pensava spesso alla bambina: la rivedeva, minuta e piangente avvolta nel mantello, a urlare tutta la sua fame e la sua disperazione lungo la strada verso Milano. Quando l'aveva lasciata sulla soglia di San Celso, spaventata a morte da quello che stava per fare, aveva pianto a lungo e poi, in un estremo saluto, le aveva baciato la testolina e quelle due piccole dita unite da un lembo di pelle... Dov'era finita Dorotea? Era ancora viva? Sarebbe mai riuscita a sapere chi era stata la sua vera madre? E se ne avesse scoperto l'identità, come avrebbe potuto sopportare il dolore scoprendo che era stata tanto barbaramente assassinata?

Dopo aver finito di sorseggiare la pozione, Bella uscì nell'orto. Il caldo si stava facendo soffocante: il rettangolo di cielo che si apriva fra i tetti delle case adiacenti era velato da una cappa opaca, che ne spegneva l'azzurro estivo. La donna sollevò il secchio dal pozzo e, a fatica, ne rovesciò l'acqua sulla terra arida dove crescevano le rape e qualche stento ciuffo di insalata. L'attenzione del cane, che come sempre seguiva ogni gesto della sua padrona, fu immediatamente catturata dal planare leggero di un passero che si era posato sull'erba: con un balzo accompagnato da una sonora abbaiata tentò di prenderlo, ma l'uccello fu più veloce di lui e volò via.

«Anche tu sei guarito, vedo...»

Accarezzandogli affettuosamente la testa, Bella sorrise

all'animale e, afferratolo per la collottola, lo ricondusse all'interno dell'abitazione. Quel pomeriggio, per la prima volta, sarebbe uscita: si sarebbe recata tra le poche bancarelle di quel misero mercato che, una volta alla settimana, si teneva tra i vicoli del suo quartiere. Non si trattava, in realtà, di un mercato autorizzato come quelli che quotidianamente si tenevano all'interno delle mura: qui i venditori erano pochi, poveri contadini che portavano i loro prodotti dal circondario, nella speranza di arrotondare così i magri proventi del loro lavoro sui campi e nelle stalle. L'atmosfera che si respirava fra quei banchi era inquieta e guardinga: più di una volta, Bella aveva assistito all'arrivo improvviso dei messi del podestà che, minacciando il carcere e pesanti sanzioni pecuniarie per i commercianti e i loro clienti, tentavano di far rispettare le regole imposte dal comune su mercati e fiere. In quelle occasioni, i contadini riponevano concitatamente le loro mercanzie e si disperdevano rapidamente verso la campagna, mentre i compratori riguadagnavano di corsa la via di casa. Quelle incursioni dell'autorità costituita, tuttavia, non avevano fino ad allora cambiato le cose: Bella sorrise amaramente tra sé, pensando che, nonostante il comune avesse istituito le proprie norme amministrative, tutti, in quella città, vivevano come pareva loro meglio. Lei stessa non esercitava la sua professione in un bordello organizzato, ma contro ogni regola, riceveva i clienti presso la propria abitazione: tutti lo sapevano, come tutti sapevano che oltre il fossato si teneva mercato una volta alla settimana. E allora? Che senso avevano tutte quelle proibizioni, se poi nessuno era in grado di farle rispettare? Che significato aveva, in fondo, un'autorità che, dopo vent'anni, non si era ancora chiesta dove fosse finita una giovane aristocratica, senza nemmeno essere sfiorata dal dubbio che la sua inesplicabile scomparsa potesse essere attribuibile a un assassinio? Come e da chi avrebbe potuto essere smascherato Lanfranco Calgario che ora, per di più, stava per entrare a far parte di quella cerchia di potere?

Una fitta improvvisa al ventre interruppe i suoi pensieri. Bella si sedette: doveva stare tranquilla, non poteva permettere che l'angoscia mai sopita per la sorte della sua padrona si trasformasse in rabbia contro il mondo intero. In fondo, era ancora giovane e aveva ancora molti anni da vivere: se lei e Remigio fossero riusciti a risparmiare abbastanza denaro, nel giro di poco tempo se ne sarebbero andati dalla città, trasferendosi magari sulle pendici di quelle montagne dove lui scavava l'argento. Lì avrebbero potuto costruirsi una piccola casa e, allevando galline e qualche pecora, sarebbero stati finalmente liberi. Improvvisa, le salì alla gola la voglia di pregare.

«Ave Maria, gratia plena, benedicta tu in...»

Come continuava quell'orazione? Come erano le parole che, da bambina, le aveva insegnato sua nonna storpiandone il latino, e che poi aveva appreso nel modo corretto dalla madre di Caterina? Da quanto tempo non recitava l'Ave Maria o il Pater Noster? Da quanti anni non varcava la soglia di una chiesa?

D'impulso, si alzò e si rassettò la veste: ai vespri, decise, sarebbe andata a San Calimero, il luogo di culto più vicino a casa sua, appena fuori le mura. Lì, restando nell'ombra della navata in modo che nessuno la vedesse, avrebbe ricordato le parole, avrebbe pregato, lasciandosi avvolgere dai canti e dalle invocazioni con cui gli altri, come lei, chiedevano protezione all'Altissimo.

Capitolo 30

Le quattro candele illuminavano il locale. Sul tavolo che Rachele e Aimone avevano trascinato vicino al pagliericcio di suo padre, la matula delle orine attendeva di essere investigata da Enrico. Il riverbero delle fiammelle disegnava ombre inquietanti e fugaci sul viso del medico: i suoi occhi attenti stavano ancora frugando il corpo di Isaac. Gli aveva palpato l'addome, gli aveva appoggiato l'orecchio sul dorso e sul petto, aveva ruotato le articolazioni di braccia e gambe, aveva osservato a lungo la lingua e la sclera degli occhi, aveva odorato il fiato. Il vecchio ebreo, ben cosciente di essere sottoposto alla visita da parte di un collega abile almeno quanto lui, si era lasciato esaminare con rassegnazione, nascondendo il disagio che quei maneggii esperti infliggevano al suo pudore. Isaac conosceva di fama Enrico da Bergognone e, quando due giorni prima Rachele gli aveva annunciato che proprio quel medico si sarebbe recato al suo capezzale, aveva concitatamente rifiutato la visita: aveva detto che non aveva bisogno di nessun consulto, che la diagnosi della sua malattia se l'era già fatta da sé e che le cure che gli prestava sua figlia sarebbero state più che sufficienti a guarirlo. Erano state le lacrime di Rachele a rabbonirlo: la ragazza, comprendendo molto bene che suo padre aveva ormai rinunciato a vivere, si era lasciata andare a un lungo pianto inconsolabile. Turbato dalla disperazione dimostrata da sua figlia, Isaac allora aveva accettato la visita, a condizione che Rachele non fosse presente nella stessa stanza: aveva accampato le ragioni della pudicizia, ma, in realtà, non voleva che Rachele ascoltasse dalle labbra del medico cristiano una diagnosi che, ne era certo, sarebbe stata dichiarata infausta.

Ora, mentre il collega si accingeva a ispezionare le sue orine, Isaac chiuse gli occhi, in attesa. Dopo aver fiutato il liquido ambrato contenuto nella matula, Enrico vi affondò le dita, valutandone la consistenza tra i polpastrelli. Poi, depostane una goccia sulla punta della propria lingua, ne assaggiò il sapore; infine, alzando il vaso contro la luce tremula delle candele, osservò il colore e la trasparenza.

«Orina crocea...» mormorò tra sé il medico «strano...»

Perplesso, senza far agitare il liquido, sollevò nuovamente la matula e guardò ancora.

«Se ne direbbe più torbido il corpo centrale che non il fondo o la superficie...»

Isaac riaprì gli occhi e, sollevandosi faticosamente sul saccone, osò finalmente rivolgere la parola a Enrico.

«Vi prego,» sussurrò «non comunicate la vostra diagnosi a nessun altro all'infuori di me e, soprattutto, non fatene parola con mia figlia. Credo di conoscere già le conclusioni a cui siete arrivato e sono certo che siano anche le mie...»

In silenzio, Enrico depose la matula sul tavolo e, sedutosi sul panchetto di fronte al giaciglio, fissò Isaac che, con determinazione, ne resse lo sguardo.

«A mio parere,» cominciò il medico «è la bile gialla che ha scatenato il morbo. Il problema è che... credo che essa abbia invaso molti visceri e che l'epidosis della malattia abbia ormai raggiunto l'akmè... non so se ci sarà la chàlasis a questo punto...»

«In altre parole,» continuò Isaac per lui «non siete certo che il morbo sia guaribile. Ebbene, lasciate che per una volta sia il paziente a confermare la diagnosi: la malattia non guarirà. Non è curioso?,» proseguì il vecchio, stirando le labbra in una smorfia beffarda «che io abbia molte volte curato le febbri delle paludi e che sia proprio questa la malattia che mi porterà alla morte? Sono stati tanti gli acquitrini che abbiamo attraversato lungo il nostro viaggio da Salerno e, come immagino sappiate, il soggiorno presso questi luoghi malsani provoca spesso vomito, dissenteria e febbri... Ecco, mi sono chiesto sovente quale sia la causa di queste febbri e, sebbene abbia a lungo studiato e compulsato testi, non sono ancora riuscito a capire: quello che ho visto nei miei pazienti, e che ora sto verificando su me stesso, è che, se la malattia febbrile non guarisce nel giro di qualche settimana, i visceri subiscono una sorta di progressiva consunzione. La splene si ingrossa, il fegato, i polmoni, lo stesso sangue non svolgono più la loro giusta funzione, gli umori intossicano l'intero organismo e il malato muore. Sembrerebbe quasi che il corpo ospiti e faccia prosperare a suo proprio danno un qualche malefico e vorace demone delle paludi... Ditemi, ne sapete forse voi più di me su questo particolare aspetto della materia medica?»

L'affanno stava tornando: la lucidità mentale con cui Isaac aveva espresso il suo pensiero non corrispondeva ad altrettanta forza fisica. In attesa di una risposta da parte di Enrico, allargò le braccia puntando i gomiti e si chinò su se stesso per respirare meglio.

Stupefatto da quel discorso articolato che mai avrebbe sospettato potesse essere espresso da una persona tanto sofferente, il medico fissò il vecchio con grande rispetto e scosse la testa in segno di diniego.

«Vedete, dunque,» proseguì roca la voce di Isaac «come ogni cura sia ormai inutile. Tutti gli impiastri, i cataplasmi, i pessari di cui io fossi a conoscenza sono già stati impiegati: Rachele mi ha somministrato perfino la triaca e anche quel potente rimedio non ha sortito effetti. Nulla può più servire. So che la morte è ormai vicina: non la desidero, certo, ma nemmeno la temo. Ho vissuto a lungo e ho esercitato con coscienza la mia professione: l'unico mio rimpianto è quello di aver perso mia moglie troppo presto e di dover lasciare mia figlia. Lei avrebbe voluto intraprendere la nostra stessa arte, lo sapete? Sperava che l'avrebbero accettata alla scuola di Montpellier, dove eravamo diretti, ma ora non so, non credo... senza una garanzia da parte di un medico già esperto... Non ditele, vi prego, quanto la mia fine sia prossima, lasciatele qualche speranza...»

La bocca di Isaac restò aperta, come se il vecchio volesse parlare ancora, ma dalle sue labbra non uscì più alcun suono: gli occhi si richiusero e il corpo, scosso da un violento brivido, si afflosciò sul saccone. Enrico lo osservò per un attimo, poi, dopo aver rimboccato la coperta, gli pose la mano sulla fronte e gli tastò il polso. La febbre era ritornata e il battito, pur appena percepibile sotto la pelle sottile, era molto accelerato.

Il medico si alzò e, dopo aver spento tre delle quattro candele, aprì la porticina che immetteva nell'altra stanza. Pallida e rigida, Rachele stava in piedi appena oltre la soglia. Osservando il suo volto atterrito, Enrico sospettò che avesse udito tutto: forse, la lunga consuetudine a cogliere anche il più sommesso fiato di suo padre ne aveva aguzzato l'udito, o forse, più semplicemente, aveva origliato, ben sapendo che Isaac avrebbe voluto tenerla all'oscuro della diagnosi.

Aimone, che lo aveva accompagnato, per discrezione era rimasto accanto alla porta d'ingresso: mentre nell'altra stanza si svolgeva la visita, non aveva osato aprire bocca. Sebbene l'impulso lo spingesse ad avvicinarsi a Rachele per confortarla, prudenza e rispetto lo avevano indotto a restarsene in un angolo.

Dopo averne studiato per un lungo momento l'espressione, Rachele si rivolse al medico. La sua voce tremava.

«Signore, so che il vostro giuramento vi impedisce di comunicare a chicchessia la diagnosi, ma, poiché sarò io a dover prestare le cure a mio padre, desidererei almeno conoscere la vostra opinione al riguardo, sapere se i semplici utilizzati fin qui siano adatti e in qualche modo di giovamento...»

Enrico fissò la ragazza: i suoi occhi, lucidi di ansia febbrile, lo frugavano in attesa di una risposta. Un'ondata di pietà, insolita per lui, gli strinse la gola: schiarendosi la voce e scegliendo con cura le parole, rispose.

«La malattia di vostro padre, come già avete capito da voi, è piuttosto grave. Le cure che fino ad oggi gli avete prestato sono tra le più appropriate e, sicuramente, allevieranno la sofferenza e diminuiranno le crisi. Quello che potreste aggiungere agli altri rimedi già adottati è la radice di crespino, che, secondo la mia esperienza, si è rivelata molto efficace contro le febbri da bile gialla. Il colore croceo delle orine che ho appena esaminato ben si appaia a quello dei fiori di crespino: come sicuramente saprete, l'apparenza del rimedio deve essere la stessa del morbo, quindi che il simile curi il suo simile... Non userete, però i fiori della pianta, ma la scorza della radice che, una volta messa in infusione, produrrà un denso succo giallo. Gli darete da bere questa pozione al mattutino, all'ora nona e a compieta, in tutto tre volte al giorno: vedrete che la nuova terapia, in aggiunta alle altre, si dimostrerà efficace a migliorare, a rallentare il... la...»

Gli mancarono le parole con cui concludere quella discettazione professionale: turbato dallo sguardo acuto di Rachele, che lo fissava muta, non riuscì a pronunciare l'ultima, definitiva parola. Irritato con se stesso per quella prova di scarsa competenza oratoria, stava per riprendere il filo del discorso, quando la giovane lo prevenne.

«L'agonia, volete dire?» sussurrò con voce ferma Rachele. I suoi occhi, gonfi di pianto trattenuto, lo guardavano pungenti.

«Signore,» continuò, decisa «la vostra compassione verso di noi è stata grande, e ve ne sarò grata per sempre. Voi siete un valido medico, come lo era mio padre, e le vostre capacità professionali sono dimostrate anche dalla vostra indulgente pietà verso due giudei: nessuno vi avrebbe obbligato a venire in questa casa, eppure lo avete fatto, a rischio della vostra sicurezza e della vostra reputazione. Mi conforta sapere che fra i medici cristiani ne esista almeno uno che antepone la sua arte all'invidia e alla superstizione, preferendo studiare le malattie, da qualunque corpo, cristiano o giudeo, esse provengano. Mio padre mi ha insegnato molto e in tutti questi anni ho potuto osservare e sperimentare insieme a lui. Sebbene la mia età sia ancora giovane, ho imparato a distinguere un morbo guaribile da uno fatale: in questo caso, il malato non guarirà, il miasma delle paludi è penetrato dentro di lui e ha ormai raggiunto il fegato, gli intestini, il cuore... Non ingannatemi, dunque, con una diagnosi pietosa ma menzognera: ditemi, piuttosto, quanto tempo, secondo voi...»

Rachele tacque, abbassando finalmente gli occhi, come in attesa di una condanna da lungo tempo prevista. Enrico, incredulo per aver ascoltato quel discorso pacato e sapiente dalle labbra di una donna tanto giovane e apparentemente indifesa, osservò Rachele con una considerazione nuova. Prima di rispondere, lanciò uno sguardo ad Aimone, leggendo nei suoi occhi la sua stessa ammirata sorpresa: il castellano, dal suo angolo in fondo alla stanza, aveva udito tutto e ora lo fissava a disagio.

«Sentite, Rachele?» cominciò Enrico, indicando con un gesto della mano un'immaginaria direzione fuori dalla casa. «Le campane di un qualche monastero qui vicino stanno annunciando il notturno, e domani suoneranno le laudi e i vespri e poi ancora il notturno... Quanti giorni passeranno ancora, nei quali voi conterete le ore, senza conoscere quale sarà quella che vi separerà da vostro padre? Non lo sapete, così come non lo posso sapere io: non credo che alcuna scienza, compresa la mia, ci permetta di prevedere l'istante della nostra morte. Lasciamo che sia il nostro Dio, o il vostro, di cui non si può pronunciare il nome, a deciderla: non pretendiamo di conoscere tutto. State vicina a vostro padre e cercate di alleviargli la sofferenza del cuore, più che quella del corpo. Altro, per ora, non posso dirvi...»

Rachele annuì. Voltatasi verso il forziere, lo aprì e ne estrasse una piccola borsa di cuoio da cui fece scivolar fuori alcune monete: poi, incerta, le porse a Enrico. Meravigliato da quell'offerta di pagamento che non aveva preteso, il medico stava per rifiutarla con fastidio, quando Aimone lo prevenne. Avanzando a passi rapidi attraverso il locale, si fece accanto a Rachele e la esortò a riporre il denaro.

«Il medico non ha richiesto parcella,» disse in fretta «la sua è stata una visita di cortesia. Conservate quelle monete, Rachele, potranno tornarvi utili in un'altra occasione...»

La ragazza arrossì violentemente e, balbettando delle scuse, rimise il sacchetto al suo posto. Poi, cercando di non farla cigolare sui cardini arrugginiti, aprì piano la porta che divideva le due stanze e restò in ascolto del respiro di suo padre.

«Dorme, Rachele, non preoccupatevi...» disse Enrico, leggendo l'ansia sul viso della giovane. «Per qualche ora il suo sonno sarà tranquillo: quando si sveglierà, dategli la prima pozione di crespino. Ecco,» aggiunse, frugando nella sua capace borsa da medico «qui c'è la radice della pianta: è tutta quella che ho, al momento, e basterà per due o tre giorni. Me ne procurerò dell'altra presso la farmacia del Brolo e quando tornerò a vedere il malato la porterò con me...»

Rachele accolse nel palmo aperto delle mani il lungo bulbo nodoso e, con la punta delle dita, ne accarezzò la corteccia ruvida. Poi, alzò lo sguardo su Enrico, accennando con le labbra un sorriso di muto ringraziamento. Turbato da quegli occhi penetranti e dalla singolare bellezza della giovane, che nemmeno la fatica era riuscita ad appannare, il medico si voltò rapidamente e si diresse alla porta.

«Resterò a Milano ancora per un paio di settimane» disse, burbero, senza più guardare la ragazza. «Fra qualche giorno verrò ancora qui, a verificare l'efficacia della cura.» Fatto un rapido cenno di saluto, uscì nel vicolo. Rivolgendosi allora a Rachele, Aimone pronunciò un'unica, breve frase.

«Se me lo permettete, tornerò domani o dopodomani: potreste avere ancora bisogno del mio aiuto...»

Lo sguardo supplice del castellano era stato molto più eloquente delle sue parole: Rachele capì. Dopo aver annuito con un timido gesto del capo, mormorò un ringraziamento e lo accompagnò fin sulla soglia. Fuori, il buio era fitto, rotto solo, in lontananza, dal fioco barbaglio delle torce dei soldati di ronda sulle mura. Il medico, in attesa impaziente del suo compagno, sforzava gli occhi verso il fossato, per verificare se, malgrado l'ora tarda, fosse ancora possibile entrare in città.

Le campane avevano da poco smesso di suonare il notturno. I due uomini affrettarono il passo: nell'arco di pochi minuti, la Porta Romana sarebbe stata richiusa e nessuno, anche se munito di salvacondotto, avrebbe più potuto oltrepassarla.

Nisan, finalmente riammesso in casa dall'orto dove era stato confinato durante la visita di Enrico, corse ad annusare fremente il giaciglio di Isaac: rassicurato dalle sensazioni ricevute, tornò scodinzolando da Rachele e le leccò le mani. Perplesso, fiutò l'insolito odore che colse sulla sua pelle, e starnutì sonoramente. Sorridendo, la ragazza lo sollevò e, depostolo sul saccone, vi si lasciò cadere a sua volta, senza nemmeno spogliarsi. Era esausta. A poco a poco, la sua coscienza scivolò nel sonno: la notte che ancora restava da compiersi sarebbe stata breve.

Capitolo 31

Le orecchie del cavallo pendevano in avanti, verso la parte superiore del muso dove, appena sotto il ciuffo nero, si disegnava una lunga macchia bianca che andava a perdersi tra i grandi occhi a mandorla. Il mantello dell'animale era di un bel marrone ambrato, reso lucente dal sudore della galoppata conclusa da poco: poderose sopra i garretti slanciati, le cosce mostravano un reticolo di vene che andava prolungandosi fin sotto il ventre. Di tanto in tanto, la lunga coda nera frustava l'aria, sfiorando i cespugli del sottobosco.

Damiano era accucciato tra gli arbusti alla base di un grande pioppo, intento a spezzettare con le mani una larga focaccia di segale. Davanti a lui, ridendo spensierata, Allegranza attendeva di essere servita: la mano fasciata giaceva in grembo, mentre l'altra riceveva i bocconi che il suo innamorato le porgeva. Intorno a loro saltellava qualche passero, in cerca delle briciole nascoste tra l'erba.

«Adesso mancherebbe solo che ti facessi imboccare come un bambino appena svezzato!» biascicò Damiano. Dalla sua bocca, occupata contemporaneamente a ridere, masticare e parlare, un grumo di cibo schizzò sulla veste di Allegranza. Alla vista del bolo di focaccia spiaccicato sul suo corpetto, la ragazza proruppe in una risata irrefrenabile che ben presto ebbe la meglio sull'espressione mortificata che si era disegnata sul viso di Damiano. Il giovane rise con lei e le loro voci felici risuonarono per la radura.

Distolto d'improvviso dal suo brucare, il cavallo rialzò la testa e, rizzando le orecchie, scosse la criniera: un nitrito nervoso si levò alto nel silenzio del bosco, fino ad allora rotto solo dal cinguettare degli uccelli.

«Zitto, Fulmine!» lo redarguì Damiano, smettendo di ridere. «Taci, o ci scopriranno!»

L'animale fissò inquieto il suo padrone e, dopo un attimo di incertezza, riabbassò il muso fra l'erba.

«Non possiamo restare ancora per molto» disse Allegranza, rialzandosi e spolverando la veste dalle briciole. «Mia madre non sa che ti avrei incontrato oggi e, anche se sospetta qualcosa, non penserebbe mai che siamo venuti fin qui al Quadronno! È meglio andare, Damiano: prima di rientrare a casa dovrò avere il tempo di togliermi di dosso l'odore del tuo cavallo o Angiolina capirà...»

Il ragazzo la guardò: dopo averle sfiorato il palmo della mano fasciata con un bacio leggero, la afferrò per la vita e la avvicinò a sé. I loro occhi si incontrarono, lucidi di desiderio.

«No, fermati...» disse Allegranza, in un sussurro affannato «non possiamo, lo sai... Ci sarà tempo, io non...»

Le parole morirono nella gola della ragazza, spente dalle labbra di Damiano che si posarono sulle sue. Allacciato a lei, il suo compagno la sospinse contro il tronco del pioppo: le mani esploravano la veste, scivolando timide sui seni e lungo i fianchi, risalendo verso il collo delicato e fra i lunghi capelli setosi.

«Basta, ti prego, basta... Dobbiamo andare!» ansimò Allegranza, sciogliendosi a fatica dalle braccia del suo innamorato. Damiano, rosso in volto e malfermo sulle gambe, la fissò per un lungo istante in silenzio: poi, raccolta da terra la bisaccia, si avviò verso il cavallo. Allegranza lo seguì. Giunta accanto all'animale, attese che il ragazzo la aiutasse a salire. Damiano indugiò nei movimenti, come se volesse dilazionare il momento della partenza. Finalmente, mentre nell'espressione di Allegranza si andava dipingendo lo sconcerto, le parole a lungo trattenute in gola, uscirono esasperate dalle labbra del ragazzo.

«Io ti amo, lo sai? Ti amo e ti desidero oltre ogni limite... tu devi capire... il mio corpo non mi obbedisce... come posso aspettare ancora?... Perché non vuoi?...»

Gli occhi di Allegranza si spalancarono: nello spazio di un attimo, allo stupore si sostituì una consapevolezza antica, maturata da generazioni di donne vissute prima di lei. La sua bocca si piegò in un sorriso, complice e tuttavia materno.

«Anch'io ti amo, più di quanto abbia mai amato mia madre o mio padre o il mio stesso fratello. Il sentimento che provo è qualcosa di nuovo per me e non so definirlo: tu sai che Angiolina e Graziolo sono soltanto genitori putativi e che Hamid, come me, è stato adottato. Ebbene, io li rispetto e mi preoccupo per loro, insomma credo di amarli. Tuttavia... come posso sapere in che modo avrei amato la mia vera madre o il mio vero padre? Come posso distinguere i diversi gradi dell'amore se non ho potuto sperimentare quello di colei che mi ha partorito? Come posso essere sicura che il mio trasporto verso di te non sia causato solo da un incauto turbamento dei sensi? Aspettiamo, dunque, Damiano. Aspettiamo ancora un po', almeno fino a quando tu avrai avuto assicurazioni da parte della tua famiglia, riguardo a questo matrimonio: in fondo, i tuoi genitori non mi hanno ancora incontrata, non sanno ancora che la mia è soltanto una famiglia di popolani... E poi, questa mano? Guarirà del tutto la mia ferita, riuscirò mai a tener celato a chicchessia che, quando sono nata, il diavolo ha sfiorato le mie dita?»

Gli occhi di Allegranza, che fino ad allora si erano mantenuti asciutti, a poco a poco si andavano gonfiando di lacrime. Damiano la abbracciò stretta e, tentando di scacciare il nodo che gli aveva chiuso la gola, la baciò ancora delicatamente. Poi, senza commentare le sue parole, la issò sul cavallo e montò a sua volta. L'animale, spronato dalle ginocchia del suo cavaliere, si voltò e, affondando gli zoccoli nell'erba alta, si avviò adagio verso il margine del bosco, in direzione della città.

Juditha attese che anche l'ultimo passero fosse volato via dallo spiazzo erboso sotto l'albero. Poi, guardandosi cautamente intorno e ascoltando ogni fiato della foresta, si scostò dal folto cespuglio di nocciolo dietro al quale si era nascosta, avviandosi verso il pioppo. Giunta sotto il fitto fogliame che spandeva la sua ombra sulla radura sottostante, rimase immobile: chiuse gli occhi e, respirando appena, volse le palme delle mani aperte verso il terreno. Dopo un lungo momento, fu scossa da un violento brivido: gli occhi si spalancarono, rivelando le pupille dilatate, la bocca si allentò in una smorfia di orrore. Un grido le salì alla gola e, per soffocarlo, Juditha si coprì le labbra con le braccia. Poi, cercando di dominare il tremito delle mani, estrasse dalla profonda tasca del suo zinale un rametto di ginepro e, tenendolo teso davanti a sé, fece tre giri intorno all'area dove fino a poco prima erano stati seduti i due giovani.

«Hemen Aquerra hetan! Hemen Aquerra hetan!» proruppe violenta, trattenendo tuttavia il suono della voce, per non farsi udire. «Satana, angelo scellerato, non riuscirai a privare della vita questa vergine! Io, Juditha del Quadronno, caccerò da lei e da questo luogo il tuo spirito malvagio! Vattene, capro maledetto, torna da colui che già possiedi e che è nato per dispensare la morte! Vai, e che le tue corna infilzino il cuore di chi ti è figlio! Har goteh damal!...»

L'ultima maledizione uscì rasposa dalla sua gola: Juditha si umettò le labbra aride e si inginocchiò. Dopo aver strappato qualche ciuffo d'erba, con l'estremità appuntita del ramo di ginepro incise profondamente il terreno sottostante, disegnando una spirale strettamente richiusa su se stessa. Scavandone il centro, ricavò un buco dove conficcò nove aghi e sette bacche di ginepro. Poi, raccolto il terriccio che aveva smosso, richiuse la piccola cavità e sparse intorno altra terra, livellandola accuratamente. La spirale non era più visibile. Dopo aver ricoperto tutto con erba e foglie, Juditha si rialzò. Il sudore che le colava lungo il viso le appiccicava i lunghi capelli rossicci alla fronte e al collo, rendendoli simili a una aggrovigliata matassa di canapa tinta con la grana. Improvviso, un alito di vento giunto da chissà dove, glieli scompigliò: grata per quell'inatteso segnale di cui solo lei conosceva il significato, Juditha finalmente sorrise. Rassettatasi la veste, si voltò e, a lunghi passi decisi, si diresse verso la sua casupola.

Due passeri, che all'arrivo della donna si erano posati su altri rami, planarono di nuovo sotto il pioppo in cerca delle ultime briciole, ma subito volarono via. Il vento, repentino come era venuto, se ne andò, restituendo al bosco l'umidore greve dell'afa estiva.

«Vediamole, dunque, queste dita...»

Mentre svolgeva con delicatezza le bende che avvolgevano la mano di Allegranza, Angiolina sorrideva. L'odore aspro del cavallo ristagnava ancora sugli abiti di sua figlia: sebbene l'avesse vista scuotersi vigorosamente la veste addosso poco prima di entrare in casa, alcuni steli di erba secca erano rimasti attaccati all'orlo. La ragazza non era riuscita a celare al suo olfatto fino e ai suoi occhi acuti il luogo del suo incontro con Damiano. Angiolina non aveva fatto mostra di aver notato alcunché: malgrado fosse stupita con se stessa per la sua nuova indulgenza verso i propri figli, aveva preferito tacere. Forse, pensava, la risolutezza dimostrata da Allegranza nell'interpellare il medico giudeo aveva fatto mutare la sua opinione sulla propria funzione di madre. Sebbene, come chiunque altra, avesse patito ogni sorta di ansia verso i propri figli adottivi, ormai il suo compito poteva dirsi quasi concluso, per lo meno nei confronti di Allegranza. La ragazza che aveva allevato si stava rivelando una donna, determinata e consapevole, decisa a vivere la propria vita in modo autonomo e Dio sapeva se in quella città ci fosse bisogno di gente forte! Angiolina si era informata, con molta discrezione, sul giovane Damiano e sulla sua famiglia, ricevendone informazioni rassicuranti. Nonostante fosse un commerciante agiato, il padre era noto per non manifestare l'abituale prosopopea degli altri appartenenti alle corporazioni mercantili. Forse questo era dovuto al fatto che la sua fama di armaiolo, cresciuta col tempo, derivava soltanto dalle sue intrinseche capacità: Gerardo Martinengo, nato popolano, nel corso degli anni non si era mai schierato con alcuna fazione politica all'interno del comune, e ciò lo rendeva diverso dagli altri mercanti che, non appena potevano, si legavano a questo o a quel partito per accrescere la loro reputazione e le loro fortune. Angiolina era quindi ragionevolmente fiduciosa sull'accoglienza che sarebbe stata tributata ad Allegranza all'interno di quella famiglia: in fondo, sia lei che Graziolo erano persone dignitose, che avevano sempre lavorato duramente per garantire a se stessi e ai loro figli il rispetto della comunità.

Ora, liberando le dita di sua figlia dalle fasce che le proteggevano, si illudeva che, forse, con quel matrimonio, Allegranza avrebbe potuto godere di una vita più tranquilla della sua.

«Oh, madre, vedete come si è rimarginata bene la ferita!»

Allegranza, col viso illuminato da un sorriso, osservava la mano, sollevandola contro la luce, rigirando il palmo di sotto in su, allargando le dita.

«Piano, Allegranza, fai piano con quelle dita e lasciami vedere...»

Le prime due falangi delle ultime dita erano libere: della pelle che una volta le univa era rimasta soltanto una minuscola falda che si arricciava, ormai quasi del tutto disseccata, lungo il percorso inferiore dell'articolazione. La cute tutto intorno appariva diafana, ma compatta e elastica.

«Hai una mano degna di una marchesa, figlia mia!» esclamò Angiolina, ammirando quell'incredibile lavoro di precisione. «Penso che ora tu possa smettere la fasciatura: la giovane Rachele mi aveva detto di farti mantenere le dita coperte per non più di una ventina di giorni e poi, una volta che i rimasugli di pelle accennassero a staccarsi, aveva raccomandato di lasciare la mano all'aria e alla luce. Basta che tu faccia un po' di attenzione» aggiunse, ammiccando divertita a sua figlia «e non affondi le dita tra i rovi o ti metta a strigliare il pelo dei cavalli...»

Allegranza alzò di scatto lo sguardo su sua madre: lo stupore le aveva dilatato gli occhi in un'espressione impaurita che, tuttavia, durò solo un attimo. La benevola condiscendenza che lesse nel volto di Angiolina sciolse immediatamente i suoi timori. Sorrise timidamente e, in uno slancio di affetto che non aveva bisogno di parole, la abbracciò stretta. Mentre un nodo di commozione cominciava a serrarle la gola, Angiolina la accolse fra le braccia e le accarezzò i capelli, trattenendole il viso contro il suo petto.

«Madre... madre... Che cosa succede, madre?» gridò Hamid. Il bambino, arrivato all'improvviso dal vicolo, si era immobilizzato sulla soglia. La sua voce, ansimante per la corsa appena fatta, si era subito incrinata, nel vedere la madre e la sorella in quell'atteggiamento di reciproca consolazione.

«Vieni, Hamid, vieni qui anche tu» disse Angiolina, sciogliendosi dall'abbraccio e strofinandosi le palpebre umide «vieni anche tu ad ammirare la mano di tua sorella!...»

Pur senza capire il motivo di quegli occhi gonfi, Hamid obbedì.

«È proprio bella come la mia, adesso!» esclamò il bambino, ponendo la propria mano accanto a quella di Allegranza. La risata che accolse quella frase lo tranquillizzò: pur non comprendendo il motivo dell'ilarità che aveva suscitato, pensò che forse, dopotutto, non era accaduto niente di male. Rassicurato, andò a frugare sotto il giaciglio da dove estrasse la palla di pezza: dopo averla attentamente esaminata, la portò ad Angiolina.

«Madre, c'è uno strappo nella palla: per ora spunta solo un filo di paglia, ma se si allarga il foro, la paglia uscirà tutta... come farò a giocare con i miei amici con una palla rotta?»

«Lasciala qui» rispose la donna «te la aggiusterò prima di sera. Per ora, tu e i tuoi compagni dovrete trovarvi qualche altro passatempo, oppure...» soggiunse, burbera «potresti aiutarmi a raccogliere la cenere per il bucato...»

A quelle ultime parole, il bambino si voltò in fretta e, veloce come un ratto, corse fuori di casa. Le due donne scoppiarono in una sonora risata.

«L'attitudine al lavoro di tuo fratello è decisamente scarsa!» esclamò divertita Angiolina. «A proposito di lavoro, che cosa ti ha detto l'economo Aicardo riguardo alle tue mansioni all'ospedale? Potrai continuare ad aiutare le monache della farmacia, come hai fatto nelle ultime settimane, o dovrai tornare in corsia?»

«No, madre, mi è stato concesso di restare a riporre le erbe nei loro vasi, insieme a sorella Giuliana. Lei è molto contenta del mio impegno e credo che abbia convinto l'economo a confermarmi presso di lei: sono convinta che, a questo proposito, abbia anche avuto un diverbio con quella bisbetica d'una monaca che, in corsia, non faceva che sgridarmi ogni giorno! Non capisco perché, se le ero così invisa, voleva che tornassi ancora a lavorare con lei!»

«Ma per avere qualcuno da strapazzare, è chiaro! Non c'è niente di peggio che assistere i malati e i moribondi, per diventare scontrosi e duri di cuore: se poi a questo aggiungi la vecchiaia e la solitudine... Eh, figlia mia, di santi ce ne sono pochi in giro, e, credimi, passare tutta una vita al servizio di chi si lorda col proprio vomito e con le proprie feci, o ti riempie le orecchie con lamenti che non hanno più nulla di umano non è certo cosa che migliori il carattere! Cosa ne sai tu di quello che quella povera vecchia monaca si aspettava dalla sua vita, prima di entrare in monastero? È stata anche lei una giovane piena di speranze proprio come te, e ora che sono andate tutte deluse e la sua esistenza sta volgendo al termine, come vuoi che possa esercitare la benevolenza verso gli altri, se non la possiede nemmeno per se stessa? Non coltivare mai il risentimento, Allegranza: anche se quella donna ti ha reso la vita difficile, cerca di nutrire compassione. Prega, piuttosto, per lei e per tutti noi...»

Angiolina si alzò, dirigendosi verso la soglia. Fuori nel vicolo, con la schiena appoggiata al muro, suo figlio cantilenava una filastrocca ad occhi chiusi, mentre due ragazzini gli giravano intorno furtivi, cercando un luogo dove nascondersi. Si stava levando un vento pesante e umido: di lì a poco, sarebbe scoppiato un temporale.

Capitolo 32

«Padre, dovete credermi! Perché non volete credermi?...»

La voce di Bartolomeo si stava facendo stridula e la sua bocca aveva assunto una smorfia che preludeva al pianto. Nel suo volto arrossato dall'eccitazione, gli occhi andavano riempiendosi di lacrime di rabbia. L'incredulità che il ragazzo aveva nuovamente letto nello sguardo severo di suo padre lo indignava. Come poteva sospettare che, da tre giorni, gli stesse raccontando la stessa menzogna? E con quale scopo, poi? Quando, appena tornato da San Simpliciano, si era precipitato da lui per dirgli chi aveva visto nel chiostro della basilica, aveva pensato che Aimone avrebbe condiviso la sua sorpresa e la sua gioia: invece, dopo avere ascoltato con diffidenza le sue parole, lo aveva duramente rimproverato per l'impudenza con cui, secondo lui, si era inventato tutto. Lo aveva ammonito a non costruirsi delle fantasie che, aveva aggiunto, non sarebbero comunque servite ad abbreviare il loro soggiorno a Milano. «Non è certo colpa mia» aveva chiarito «se l'arcivescovo a cui debbo chiedere udienza non è ancora tornato al suo palazzo! Io stesso credevo che questo viaggio sarebbe stato più breve e, anche se mi dispiace che tu sia ormai annoiato da questa città, sappi che non potremo andarcene di qui, finché non avrò assolto alla mia missione.» All'immediata delusione per non essere stato creduto una prima volta, si era sostituito lo sdegno, quando, il giorno dopo, aveva ripetuto la sua storia: ora, dopo che per la terza volta aveva rammentato a suo padre il suo mancato incontro a San Simpliciano e che, ancora non era stato creduto, la collera traspariva furibonda dal suo sguardo, appannato dalle lacrime.

Aimone, stupito dall'inefficacia delle sue severe e reiterate parole di riprovazione, osservava suo figlio. Era perplesso. Non era mai accaduto che, dopo un rimprovero, Bartolomeo continuasse pervicacemente a sostenere le sue ragioni: inoltre, le bugie gratuite, tanto frequenti negli altri bambini, non facevano parte del carattere schivo di suo figlio, fin troppo coscienzioso per la sua età. Domandandosi se, per un caso fortuito e del tutto incredibile, Bartolomeo non avesse veramente visto la persona di cui parlava, si sedette sul panchetto e, tiratosi vicino il ragazzo, gli chiese di raccontargli di nuovo che cosa era accaduto.

«Il vostro servo mi ha accompagnato alla basilica» cominciò Bartolomeo, con gli occhi fissi a terra «per mostrarmi il sacramentario, ma non abbiamo potuto vedere nulla, perché la chiesa è piena di impalcature e di carpentieri e manovali che stanno facendo dei lavori sulle volte. L'altare era spoglio da ogni arredo e, lungo le pareti delle navate, un pittore e i suoi aiutanti stavano dipingendo degli affreschi: il servo voleva andare a chiedere ai monaci se per caso il sacramentario fosse visibile nella cappella, ma gli operai ci hanno detto che in quel momento si stava svolgendo la liturgia dell'ora terza. Allora il servo ha deciso che saremmo tornati un'altra volta. Siamo usciti dalla basilica, indugiando per un momento sul portico, per riabituarci alla luce: là dentro era piuttosto buio e il sole del mattino per un attimo ci aveva accecato. Mentre strizzavo gli occhi, ho visto...».

Bartolomeo deglutì a forza, ingoiando aria: poi, dopo aver esalato un profondo sospiro, riprese a parlare.

«Ho visto una figura che mi pareva di conoscere: camminava veloce, aveva appena svoltato l'angolo della chiesa ed era diretta verso il chiostro del monastero. Aveva i capelli corti, biondicci, la barba un po' più grigia e la solita tonaca nera che svolazzava intorno al corpo. Era...»

«Era?...» chiese pacato Aimone.

«Era frate Matthew, padre! Sono sicuro di quello che dico, lo riconoscerei ovunque, era frate Matthew!»

Negli occhi del ragazzo, alzatisi a fissare il padre, si mescolavano la paura e la sfida. La sua voce, mantenuta monocorde fino a quel punto del racconto, si era levata acuta e vibrante.

«E lui, il frate, non ti ha visto?» chiese il castellano.

«No, padre, non credo: andava troppo di fretta e noi eravamo in penombra, sotto le colonne del portico. Sono certo che non mi abbia visto: se si fosse accorto di me, sarebbe sicuramente venuto a salutarmi, si sarebbe sorpreso di trovarmi qui a Milano, mi avrebbe abbracciato...»

Bartolomeo tacque, incerto. La domanda postagli da suo padre lo aveva turbato: e se si fosse sbagliato? Se avesse scorto un monaco soltanto somigliante a Matthew? Chi lo assicurava, d'altra parte, che il frate si sarebbe ancora ricordato di lui dopo tutti quei mesi, e che, al rivederlo, lo avrebbe addirittura abbracciato? Forse il suo rimpianto per quell'uomo lo aveva indotto a vederne l'immagine dove non c'era... Mortificato, riabbassò gli occhi a terra.

Aimone osservò suo figlio. Il dolore e il dubbio dipinti sul suo viso lo convinsero definitivamente: il ragazzo non mentiva. Forse aveva solo immaginato di vedere Matthew, ma, in ogni caso, non si era inventato a bella posta quella storia. Rimproverandosi silenziosamente per l'eccessiva severità dimostrata nei confronti di Bartolomeo, pensò a come rimediare. Gli avvenimenti di quei giorni, e soprattutto il pensiero di Rachele, lo avevano distolto dai suoi doveri di padre, privandolo della giusta sensibilità verso suo figlio. Mordendosi un labbro, si rivolse al ragazzo.

«Sai cosa faremo? Torneremo insieme a San Simpliciano e chiederemo ai monaci se per caso è loro ospite un frate benedettino inglese...»

«E quando andremo?» chiese di slancio Bartolomeo, rincuorato dalla nuova credibilità accordatagli da suo padre e dalla prospettiva di ritrovare Matthew.

Riflettendo su quanto poco bastasse per riguadagnare la fiducia di suo figlio, Aimone si vergognò ancora di più: prendendogli le mani, finalmente gli sorrise.

«Andremo oggi stesso, se vuoi, all'ora nona. Il temporale di ieri ha rinfrescato un po' l'aria, non dovrebbe fare troppo caldo...»

Gli occhi di Bartolomeo si spalancarono in un'espressione di gioia pura. Non riuscendo a contenere l'eccitazione, spiccò un salto compiendo una piroetta su se stesso. Poi, dopo aver farfugliato un precipitoso ringraziamento, sparì fuori dalla stanza.

Aimone rimase seduto a fissare la porta spalancata. Reggendosi il mento con la mano, in un atteggiamento che gli era abituale ormai da molti anni, rifletteva sulla propria solitudine: quanto avrebbe pagato perché quella fugace visione apparsa a suo figlio fosse stata reale! La presenza di frate Matthew a Milano lo avrebbe riempito di consolazione: a lui avrebbe forse potuto confidare le sue incertezze sul proprio ruolo di educatore e addirittura, se fosse riuscito a superare l'imbarazzo, avrebbe potuto chiedere consiglio riguardo al turbamento provocatogli dall'incontro con Rachele. Così facendo, avrebbe sicuramente abdicato alla sua immagine pubblica di personaggio di potere, rivelandosi invece per quell'uomo solitario e dubbioso che era: d'altra parte, non avrebbe certo temuto di aprire il proprio animo a frate Matthew che, nei mesi trascorsi presso il suo castello di Graines, si era rivelato un compagno rispettoso, fedele e, in qualche modo, affine a lui.

Sospirando, si alzò e uscì sul loggiato. Dalle cucine, dove le monache stavano preparando il pranzo per i loro pensionanti, si levava un delicato profumo di zuppa: quasi certamente, mescolata alle verdure, doveva esserci la mentuccia, il cui aroma inconfondibile si spandeva per l'aria. Aimone sorrise, ripromettendosi di ordinare a Teodoro, il frate elemosiniere di Graines, di seminarla nell'orto della foresteria.

Davanti al lavatoio, un giovanissimo novizio ramazzava il pavimento di pietra. A mano a mano che si avvicinava all'ingresso del refettorio, posto a poche braccia dalla fontana, i suoi gesti si facevano più rapidi. Aimone, lievemente intimidito, era affacciato all'ingresso del chiostro: dietro di lui, Bartolomeo spiava ogni angolo, nella speranza di veder comparire da dietro una colonna l'oggetto della sua ricerca. Il novizio si avvicinò.

«State aspettando qualcuno?» domandò con gentilezza.

«No, cioè, forse...» rispose imbarazzato il castellano. «In verità, vorremmo parlare con l'abate, se fosse possibile, ma lui non è informato della nostra presenza qui: stiamo cercando una persona che potrebbe essere qui al monastero...»

Il giovane monaco lasciò scivolare lo sguardo sulle vesti di Aimone: doveva trattarsi di un aristocratico, pensò, e anche quel ragazzino che lo accompagnava non era certo abbigliato come un popolano. C'era la possibilità che fossero personaggi importanti e, se non avesse soddisfatto la loro richiesta, avrebbe potuto rischiare una ramanzina da parte dell'abate: anche se il frate cellerario gli aveva raccomandato di far presto a svolgere le sue incombenze quotidiane, avrebbe dovuto tralasciarle per un momento.

«Se volete, posso domandare al mio superiore: se l'abate è qui, sono sicuro che vi riceverà.»

Aimone lo ringraziò. Il novizio, dopo aver appoggiato al muro la grossa scopa di saggina, sparì svelto oltre una delle basse porte che immettevano nell'andito laterale. Il sole, ancora alto nel cielo, illuminava i mattoni rosati dell'intera costruzione, conferendo all'abside e al campanile una solenne, pacata imponenza.

Abbarbicata lungo un fianco del pozzo che sorgeva in mezzo al chiostro, un'unica pianta di clematide allungava i suoi rigogliosi steli rampicanti, fioriti di corolle bianche e verdi. Cespugli ordinati di rosa selvatica facevano corona tutto intorno creando, con il rosso pallido dei loro boccioli, un piacevole contrasto con il verde ancora incredibilmente acceso dell'erba. Da un lato, un giovane ciliegio, ormai spoglio dei suoi frutti, ombreggiava il terreno.

D'improvviso, mentre gli occhi di Aimone seguivano affascinati il volo di due colombe che, dai contrafforti esterni della basilica, planavano con grazia sulla vera del pozzo, dal passaggio che conduceva al parlatorio uscì un vecchio frate che si diresse deciso verso di lui.

«Salute, signore. Il novizio mi ha informato che siete qui per chiedere udienza all'abate: io sono frate Giustino, il camerario di San Simpliciano. Posso sapere con chi ho l'onore di parlare?»

«Salute, fratello. Sono Aimone di Graines e questo è mio figlio Bartolomeo: veniamo dalla valle Augusta e siamo di passaggio a Milano. In verità, oltre che portare i nostri omaggi all'abate, volevamo chiedere notizie di un monaco del vostro stesso ordine che, forse, potrebbe essere ospite presso di voi. È un forestiero e...»

«Di frati stranieri ce n'è più d'uno in questo momento qui al monastero,» lo interruppe il camerario «potete ben capire, con tutto questo andirivieni di delegazioni tra il papa, l'arcivescovo, l'imperatore... Ospitiamo soprattutto confratelli francesi, ma c'è anche un tedesco e perfino un inglese...»

Il cuore di Aimone mancò un battito. Accanto a lui, Bartolomeo boccheggiò per un istante: i suoi occhi sbarrati fissavano il frate camerario. Senza accorgersi dello sbalordimento che le sue ultime parole avevano provocato nei suoi interlocutori, frate Giustino continuò il suo discorso.

«Questo è uno dei più grandi monasteri della città e accade spesso che i confratelli di altre contrade vengano in visita, quando si trovano a sostare a Milano. Il nostro abate, Arnolfo da Sala, non ha mai respinto nessuno, fosse il monaco di un piccolo monastero o il rappresentate dell'arcivescovo... In ogni caso, in questo momento l'abate è nella sala capitolare, dove sta conferendo con il notaio del monastero. Non appena avrà concluso il suo abboccamento, gli dirò della vostra visita: pensate di poter aspettare ancora per un po'?»

Aimone annuì, ancora incapace di rispondere a tono. Il frate, inorgoglito dalla buona accoglienza delle sue parole da parte di un aristocratico dai modi tanto squisiti, aggiunse un consiglio.

«Potreste ingannare l'attesa rendendo omaggio ai nostri martiri Sisinio, Martirio e Alessandro, le cui reliquie sono conservate da secoli nel sacello dietro al transetto della basilica. Se volete, vi posso accompagnare là: non appena l'abate sarà disponibile, tornerò a chiamarvi...»

Aimone lo ringraziò e, afferrando saldamente la spalla di Bartolomeo, si accinse a seguirlo.

«Ma, padre,» mormorò Bartolomeo, camminandogli incerto al fianco «non è meglio restare qui nel chiostro, nel caso passasse...»

«Zitto!» sussurrò Aimone, stringendo ancora di più il braccio di suo figlio. «Il camerario è stato gentile con noi, non possiamo far mostra di disprezzare i tesori della basilica: per ora andiamo dove ci sta conducendo, poi, una volta che avremo parlato con l'abate, si vedrà.»

Deluso, il ragazzo chinò il capo e proseguì. Dopo aver costeggiato la parte esterna dal transetto, si trovarono di fronte a una piccola costruzione in laterizio: l'ingresso, sovrastato da una bassa volta a botte, immetteva in un ambiente a croce greca, chiuso in fondo da una minuscola abside. Al centro, sul pavimento di coccio pesto, uno zoccolo di pietra sorreggeva un sarcofago riccamente scolpito: dalle strette aperture dell'abside filtrava una luce fioca.

«Ecco,» disse sottovoce frate Giustino «vi lascio qui: sono certo che la sacralità di questo luogo vi renderà più facile l'attesa.»

Soddisfatto per aver abilmente risolto il suo compito di accoglienza, il camerario tornò svelto sui suoi passi.

Bartolomeo, reso vagamente inquieto dall'atmosfera spettrale del sacello, restava attaccato alla veste di suo padre, senza osare muovere un muscolo.

«Vieni, figlio mio» lo esortò Aimone «avviciniamoci alle reliquie e diciamo una preghiera: chissà che questi martiri non intercedano per noi, consentendoci di ritrovare il tuo frate...»

Si inginocchiarono di fronte al sarcofago e, con le mani giunte e il capo chino, cominciarono a pregare. Pur nel fervore dell'invocazione, il latino ripetuto meccanicamente permise loro di far scivolare via la mente dalle parole che stavano pronunciando. I pensieri di Aimone correvano a Rachele, mentre quelli di Bartolomeo tornavano ai lunghi pomeriggi trascorsi con frate Matthew, quando, un anno prima, gli insegnava la lingua dei latini e la loro storia.

Persi in una sorta di stato ipnotico, trasmesso loro dalla sacralità di quel luogo pervaso di silenzio, continuarono a pregare. Fu la progressiva mancanza di luce a riscuoterli: d'un tratto, senza riuscire a immaginare da quanto tempo fossero lì, si ritrovarono al buio. Una penombra fitta e inquietante riempiva il sacello: Bartolomeo fu scosso da un lungo brivido e guardò suo padre. Aimone, ben comprendendo l'irrazionale timore di suo figlio, che lui stesso in parte provava, si alzò e lo prese per mano.

«Andiamo, Bartolomeo, abbiamo pregato abbastanza. Se frate Giustino non è ancora tornato a chiamarci, credo che questo significhi che per oggi non ci sarà concessa udienza. Adesso andiamo a cercarlo e gli chiediamo di fissarci un abboccamento fra qualche giorno: vedrai che, prima o poi, riusciremo a...»

Le sue parole furono interrotte da due voci concitate che, dall'esterno, si stavano facendo sempre più vicine e percepibili. Meravigliati da quello strepito improvviso, Aimone e suo figlio si accingevano a varcare la soglia del sacello, quando due figure si stagliarono contro l'arco di mattoni: sebbene il sole fosse ormai basso dietro le mura del monastero, il residuo di luce diurna ferì le loro pupille, dilatate fino ad allora dal buio del sacrario. Fu Bartolomeo a riscuotersi per primo. Dimenticando per un attimo tutte le maniere signorili che fino a quel momento gli erano state insegnate, spiccò un balzo in avanti e si fermò, spalancando gli occhi.

«Frate Matthew!!!»

I tre uomini erano immobili. Aimone, impallidito per lo stupore, era fermo sul gradino di pietra: le sue braccia scendevano lungo i fianchi, rigide come quelle di una statua. Frate Giustino, con la bocca aperta e i pochi capelli arruffati, faceva guizzare gli occhi dall'uno all'altro, senza capire il motivo di quello scompiglio. Matthew, rosso in viso, aveva le mani contratte sulla piccola croce d'argento che gli pendeva sul petto. Bartolomeo che, dopo quelle due parole uscite di getto, si era bloccato davanti al frate, mosse un paio di passi cauti verso di lui. Matthew aprì la bocca per parlare, ma dovette deglutire più volte, prima che la voce uscisse dalla sua gola.

«Bartolomeo! Cosa ci fai qui?! Signore,» aggiunse, volgendo lo sguardo stupefatto sul castellano «signore, ma siete proprio voi? Qui?... A Milano?!...»

Aimone finalmente ritrovò il respiro, rimasto fino ad allora serrato nel suo petto. Mentre un largo sorriso gli inondava il volto, avanzò verso Matthew e, senza parlare, lo strinse in un abbraccio commosso.

«Sì, frate, siamo noi, e siamo venuti al monastero proprio per cercare te! È stato Bartolomeo, sai, a dirmi di averti visto qui e io non gli credevo, ma alla fine ha tanto insistito nel convincermi, che il dubbio che mi dicesse la verità si è impadronito anche di me...»

Le parole di Aimone si accavallavano frettolose, senza riuscire a chiarire alcunché né al suo interlocutore, né al frate camerario che, sempre più confuso, guardava i due uomini.

«Ma, cosa vi ha condotto fino a Milano?» chiese infine Matthew, ignorando l'espressione perplessa di frate Giustino.

«È una faccenda complicata: te la spiegherò strada facendo. Ma tu, piuttosto, non avresti dovuto proseguire per...?»

Aimone si fermò appena in tempo. Le parole che, spinto dall'entusiasmo, stava per pronunciare avrebbero potuto suonare indiscrete alle orecchie del camerario: non conoscendo le ragioni che Matthew aveva addotto con i suoi ospiti per giustificare la sua presenza in città, preferì tacere. Il frate lo fissò, grato per la prudenza dimostrata nei suoi confronti e, invece di rispondere, sorrise a Bartolomeo scompigliandogli affettuosamente i capelli.

«E tu? Come procedono i tuoi studi? E gli scacchi? Riesci finalmente a battere tuo padre?»

«Sì, qualche volta,» rispose il ragazzo, abbassando gli occhi timido «ma più spesso è lui a vincere e poi... non abbiamo molte occasioni di giocare...»

«Ebbene,» intervenne Aimone allegramente «quale migliore opportunità di questo inaspettato incontro con frate Matthew per disputare una buona partita? Magari, potresti farti consigliare le mosse da lui: chissà che tu non riesca ad avere ragione delle mie strategie di gioco? A questo proposito,» aggiunse, rivolto al frate «spero che i tuoi impegni qui in città ti permetteranno di trovare il tempo per essere ospite alla nostra tavola!»

Frate Giustino, che in un silenzio sbalordito seguiva i due uomini, da tutti quei discorsi aveva capito soltanto che, probabilmente, l'aristocratico non aveva più necessità di incontrare l'abate, essendo proprio quello il frate straniero che era venuto a cercare al monastero. Soddisfatto per aver, in ogni caso, risolto anche quel problema, stava per congedarsi, quando, dalla porta del capitolo uscì Arnolfo.

Incuriosito dall'aver notato il frate inglese in festosa compagnia di un uomo e un bambino mai visti prima, l'abate si diresse verso di loro.

Dall'ombra del cunicolo laterale alla basilica, uno sconosciuto seguiva ogni suo movimento. Addossato alla base dell'arco d'ingresso al transetto, l'uomo aveva il volto coperto da un pesante cappuccio da pellegrino. Era immobile: solo le mani, nascoste sotto le pieghe della veste, rivelavano un lieve tremito. Mantenendosi rasente alla parete di mattoni, senza fare alcun rumore strisciò verso l'estremità aperta della galleria, poco lontano dal sacello. La luce ormai smorzata del pomeriggio dilatava le ombre create dalla struttura basilicale, allungandole sul terreno.

«Ecco l'abate!» esclamò frate Giustino, rivolto ad Aimone. «Anche se penso che ormai non vi serva più la sua assistenza,» aggiunse con tono pratico «credo che sarebbe una scortesia nei suoi riguardi non indugiare a salutarlo, tanto più se siete amico di frate Matthew...»

Vagamente divertito dalla superflua lezione di civiltà ricevuta dal frate, Aimone annuì indulgente e, preso per mano Bartolomeo, si accinse a farsi incontro ad Arnolfo.

Lo sconosciuto, scivolato fuori dall'oscurità del cunicolo, si mosse adagio nella stessa direzione, precedendo di una ventina di passi il castellano: la schiena ingobbita e il cappuccio abbassato lo rendevano del tutto simile a uno dei tanti penitenti che trovavano frequente ospitalità presso la foresteria del monastero. Arnolfo, il cui viso era atteggiato in un'espressione di benevolenza verso i nuovi ospiti, non notò neppure quel pellegrino che stava per incrociare il suo percorso.

Solo nel momento in cui lo sconosciuto gli giunse di fronte, i suoi occhi ne colsero la presenza. Stava già per mormorare un saluto, quando l'uomo, sollevando il cappuccio ed ergendosi in tutta la statura, alzò d'improvviso il braccio dalle pieghe della veste.

La sua mano stringeva uno stiletto.

Alla vista dell'arma, gli occhi di Arnolfo si dilatarono per l'orrore. Senza dargli il tempo di pronunciare una sola sillaba, lo sconosciuto si avventò e colpì. Con un lamento strozzato, l'abate cadde a terra, stringendosi il petto.

«Oh, Vergine Santa, cosa sta succedendo?!» urlò frate Giustino. Quasi contemporaneo al suo, si levò il grido di Bartolomeo.

«Ma cosa...?» balbettò Matthew, incespicando nell'erba.

L'uomo, chinatosi sull'abate, stava per colpire ancora, quando si sentì afferrare saldamente per le spalle.

«Cosa stai facendo, bastardo?!» sibilò Aimone, mentre le sue braccia forti immobilizzavano il falso pellegrino.

Con il guizzo degno di una serpe velenosa, l'uomo si svincolò dalla stretta del castellano e rivolse l'arma contro di lui.

Aimone fu più veloce. Nella sua mano comparve all'improvviso un corto pugnale: in un attimo, la lama penetrò nella schiena dell'avversario, che cadde scompostamente a terra. Chino sopra di lui, il castellano lo fissava.

«Padre, oh mio Dio, padre, cosa avete fatto, padre...?!»

Il terrore nella voce di suo figlio riscosse Aimone. Bartolomeo, in piedi dietro di lui, guardava con occhi sbarrati la larga pozza di sangue che, sotto la veste dell'uomo, si allargava sull'erba.

«Oh, Vergine Santa, abate... Rispondetemi, abate...» Accosciato di fianco ad Arnolfo, frate Giustino gli sollevò il capo sulle proprie ginocchia: l'abate spalancò gli occhi e aprì la bocca per parlare, ma dalle sue labbra uscì solo un gorgoglio roco.

«Per misericordia, chiamate qualcuno!» gridò il camerario, rivolto a nessuno in particolare. «Correte a chiamare il frate infermiere, presto!»

Matthew, che teneva stretto Bartolomeo contro la propria tonaca, lo lasciò andare e si precipitò verso la foresteria. Il bambino, privo del sostegno pietoso del monaco, si afflosciò a terra come un sacco vuoto. Aimone, che stava ancora osservando il suo assalitore ormai inerte, si voltò verso il figlio.

«Va tutto bene, Bartolomeo» disse, smentendo con l'affanno della voce le parole appena pronunciate. «Va tutto bene. Si è trattato di un'aggressione di cui non conosco i motivi, ma nessuno di questi due feriti corre pericolo di vita: fra poco arriverà qualcuno che si prenderà cura di entrambi.»

Quasi a confermare il suo discorso, dalla porta laterale del chiostro uscirono di corsa due monaci, seguiti da Matthew. Mentre i due frati sollevavano l'abate per trasportarlo nella sua abitazione, Giustino rivoltava il falso pellegrino, esaminandone la ferita alla schiena.

«Te la caverai, figlio d'un cane...» mormorò, livido in volto. Poi, rendendosi conto che la sua ingiuria era stata udita da Matthew, prono accanto a lui, aggiunse: «Perdonate, fratello, la mia ira, ma, sapete, per tutti noi l'abate è come un padre e vederlo fatto oggetto di un'aggressione tanto brutale... Non capisco... Ma perché mai assalire un sant'uomo come Arnolfo? Per fortuna, questa ferita non è grave: caccia sangue, è vero, ma il pugnale non ha leso organi vitali. Come vedete, il respiro di questo mascalzone è solo un po' affrettato e, anche se ha perso conoscenza, non dovrebbe morire. Datemi una mano a portarlo in infermeria: lì lo libereremo dalla veste, puliremo la ferita e appronteremo una fasciatura stretta che blocchi il deflusso del sangue. Questo individuo deve riprendersi e alla svelta: dovrà dare delle spiegazioni e dovranno essere molto convincenti...».

Aimone, bianco come un telo di lino, si sedette sull'erba, tirandosi vicino suo figlio. Bartolomeo batteva i denti: le sue piccole mani tremanti si avvinghiarono alle spalle del padre. Affondando il volto nella sua veste, riuscì finalmente a liberare il pianto, convulso e incontrollabile. Aimone lo strinse a sé, senza parlare, mentre una stanchezza profonda gli appannava la mente. L'enormità di quello che aveva appena fatto lo annichiliva. Non era stata certo la prima volta che, per difendere qualcuno, sfoderava il pugnale: oltre alle doti politiche, la sua veste di castellano contemplava anche una certa qual attitudine allo scontro, alla lotta. Tuttavia, mai avrebbe immaginato che durante la sua trasferta a Milano avrebbe dovuto far ricorso alle armi. Si pentì amaramente di aver condotto con sé Bartolomeo in quella città spietata: il ragazzo, assolutamente impreparato a conoscere il lato guerresco di suo padre, era ancora troppo giovane per poter capire. Ora avrebbe dovuto spiegare, giustificare, iniziare a far comprendere a suo figlio che le vicende della vita erano ben più complesse di quanto fino ad allora lui stesso aveva potuto sperimentare nella pacifica consuetudine del suo castello. Con una stretta dolorosa al petto, si chiese che cosa sarebbe successo da quel momento in poi: come avrebbe potuto condurre a termine la sua missione diplomatica, dopo aver assalito un uomo, sia pure per difesa? Qualcuno lo avrebbe sicuramente denunciato alle autorità, avrebbe dovuto rendere conto delle sue azioni di fronte a un giudice... Mentre lacrime di rabbia premevano per uscire dai suoi occhi, il pensiero corse a Rachele: dopo quello che era successo lì a San Simpliciano, era certo che non sarebbe più riuscito nemmeno a vederla, a congedarsi da lei... Il medico Enrico! Ecco con chi avrebbe dovuto parlare ancora! Lo avrebbe implorato di prendersi cura della ragazza e di suo padre: in fondo, quell'uomo si era rivelato generoso ed equilibrato, qualcosa avrebbe potuto fare...

Mentre le ombre della sera avvolgevano di un uniforme colore cinereo le mura del monastero, la campana della cappella rintoccò i vespri.

Capitolo 33

La cella era in penombra. Il battente della finestrella era accostato, per proteggere il riposo di Arnolfo. Sul piccolo scrittoio accostato alla parete nuda, una ciotola di stagno piena per metà di un liquido scuro spandeva nell'aria un sentore amaro. Sul panchetto, una pila di bende candide formava una piccola torre. Gli occhi dell'abate, sottolineati da due occhiaie ancora più scure del solito, fissavano Matthew: il frate, seduto sul bordo dello sgabello a fianco del letto, ascoltava, lasciando vagare lo sguardo lungo le fessure del pavimento di pietra.

«Capite, frate Matthew?» proseguì Arnolfo, lisciando le pieghe della coperta leggera che gli ricopriva le gambe. «Capite ora a che cosa alludo? Capite finalmente le ragioni della prudenza che io stesso ho raccomandato a voi durante tutti i nostri colloqui? Vedete, dunque, fino a che punto possa arrivare l'arrogante potere degli inquisitori?»

«Ma, abate...» osò interloquire Matthew «mi sembra talmente incredibile che i minori abbiano progettato di attentare alla vostra persona... I minori, gli eredi di quel Francesco che predicava l'amore verso tutte le creature! Io non posso credere che...»

«Santo Francesco si rivolterebbe nella tomba,» proruppe violento Arnolfo «se sapesse cosa ne è stato dei suoi insegnamenti! Vi volete convincere, o no?!, che i frati minori insieme con i domenicani sono diventati il braccio armato della Chiesa di Roma contro l'eresia? Che, per spegnere ogni parvenza di eterodossia presente nei comportamenti dei francescani, l'ultimo papa li ha inglobati nella gerarchia, incaricando proprio loro di perseguire chiunque si discosti anche solo un po' dal dogma di Roma?! Non solo perseguitano gli eretici, ma tentano di eliminare anche chi, secondo il loro punto di vista, non ne denuncia la presenza! Cosa ha confessato quell'Antonino da Lurate, quel maledetto che ha osato alzare la sua arma su di me? Ha detto che era stato incaricato da un non meglio precisato frate mendicante del mio assassinio e che costui aveva promesso di pagarlo, una volta portata a termine la sua opera, assicurandogli un sicuro ricetto nel contado più lontano! Chi sarà stato mai, secondo voi, quel presunto frate, se non un emissario dei minori? Antonino non lo aveva mai conosciuto prima e non vi pare curioso che, appena il giorno dopo l'attentato, frate Gaudenzio, ancora all'oscuro di tutto, si sia precipitato qui per mettermi in guardia? Oh, pover'uomo, mi ricordo ancora la sua espressione sconvolta nello scoprire che ormai il misfatto era compiuto! Frate Gaudenzio è un caro amico: anche se non apparteniamo allo stesso ordine, condividiamo l'amore per le lettere e per le arti. Lui è un meraviglioso miniaturista, la sua mano scivola delicata sulla pergamena quando decora con il carminio e l'indaco le pagine dei salmi...»

«Ma,» intervenne, perplesso, Matthew «il vostro arcivescovo, quel Leone da Perego che è appena tornato in città, non appartiene anche lui all'ordine dei frati minori? E allora, come è possibile? Non mi vorrete dire che sia stato lo stesso arcivescovo a ordinare...»

«Tacete, frate Matthew!» boccheggiò l'abate, allungando una mano verso il frate. «Non diciamo idiozie!

Non è certo all'arcivescovo che va ascritta la ricerca di sicari da assoldare contro chicchessia! Sebbene la sua famiglia sia di origini aristocratiche, Leone ha saputo conquistare la stima di tutti i milanesi, anche dei popolani e dei diseredati e sapete perché? Perché è un eccezionale predicatore: le sue parole di fede, unite alla lungimiranza politica, oltre ad aver reso naturale la sua candidatura al soglio arcivescovile, hanno diffuso grandemente la considerazione per l'ordine dei minori...»

«Ma allora...» mormorò Matthew, sempre più confuso.

«Allora, se da un lato Leone è un uomo dall'indubbio valore personale, dall'altro la crociata che sta conducendo contro l'eresia può far comodo a molti. Sapete, frate Matthew, le parole possono mutare significato a seconda di chi le ascolta: ammettiamo che io sia inviso a qualcuno nelle stanze del potere civile o ecclesiastico a causa del mio carattere o del modo di gestire il monastero: quale migliore occasione di una presunta trascuratezza da parte mia nel denunciare gli eretici di cui io sia venuto a conoscenza, per sbarazzarsi di me e sostituirmi con un abate più adattabile e condiscendente? Non è stato certamente l'arcivescovo ad armare la mano di Antonino, anche perché, come sapete, da tempo è assente dalla città. Potrebbe essere stato, invece, qualcuno della sua cerchia che, dopo aver ascoltato la sua vibrante predicazione, ha pensato bene di cavalcare l'onda dello sdegno per eliminare un ostacolo dai suoi piani. Nella fattispecie, quell'ostacolo sono io: voi forse lo ignorate, frate, ma questo monastero gode, da moltissimi anni, di privilegi elargiti dal potere civile e di indulgenze e protezioni concesse da quello religioso. Da più di due secoli, San Simpliciano riceve continue donazioni utili a mantenere poveri e malati, molti benefattori ci hanno lasciato in eredità le loro sostanze e le loro terre nel contado: in una parola, siamo ricchi. E, come penso ben sappiate, la ricchezza degli altri fa gola a chi non la possiede, scatenando i peggiori istinti anche in persone insospettabili... Noi uomini di chiesa dovremmo essere immuni da queste miserie, lo so, ma purtroppo non è così: se non è il denaro, è la sete di potere quella che conduce a compiere le azioni più nefande e, in questo caso, credo che qualcuno all'interno dell'ordine dei minori abbia smarrito la giusta percezione delle cose...»

Il lungo, accorato discorso aveva spossato l'abate. Sebbene nel viso gli occhi infossati brillassero di indignazione, il suo corpo giaceva raggomitolato su se stesso, in preda a un leggero tremito. Sotto la larga camicia che lo rivestiva, si indovinava il rigonfiamento della spessa fasciatura che attraversava il petto da parte a parte. Il frate infermiere, dopo averlo medicato, aveva consigliato ad Arnolfo di non indossare la tonaca che, con il suo peso, avrebbe rischiato di schiacciare la ferita: così, da cinque giorni, la veste pendeva da un gancio infisso accanto alla porta della cella, dalla quale l'abate non si era più mosso. I pasti gli venivano portati da un novizio, incaricato a questo scopo dal frate cellerario. Sebbene fosse ancora piuttosto debole, Arnolfo aveva comunicato al frate infermiere che, entro un paio di giorni, sarebbe tornato a esercitare le sue abituali funzioni, ponendo fine a quell'isolamento: il monastero aveva bisogno di lui, aveva detto, e anche i confratelli.

Ora, sopraffatto dalla stanchezza, per un lungo istante chiuse gli occhi. Pensando che il colloquio al quale era stato convocato fosse giunto al termine, Matthew, in silenzio, fece per alzarsi e lasciare la cella.

«Vi devo dire ancora qualcosa...» riprese Arnolfo, fermando il frate con un gesto della mano. «Riferite a quel valoroso Aimone di Graines che gli sarò grato per sempre per avermi salvato la vita. Ditegli anche che nessuno denuncerà il suo gesto: ho fatto in modo che la notizia dell'aggressione di cui sono stato vittima non oltrepassasse le mura del monastero. Ho parlato a lungo con i monaci che hanno assistito alla scena e con gli altri che mi hanno soccorso: vi posso assicurare che nessuno di loro aprirà bocca. Voi mi avete spiegato che il castellano sta svolgendo una delicata missione diplomatica per conto del visconte Gotofredo: motivo in più perché il suo incarico non venga turbato da dicerie e calunnie inutili. Quanto a voi... Avete più incontrato la Boema?»

«No, abate,» rispose Matthew, che da un istante all'altro si aspettava quella domanda «non l'ho più vista...»

L'incertezza che accompagnò le parole del frate, allarmò Arnolfo. L'abate lo fissò intensamente, come a cogliere nei suoi occhi l'ombra di una menzogna.

«Badate, frate Matthew,» proseguì, severo «di non tenermi all'oscuro di nulla. Come penso che ormai avrete intuito, è proprio su Guglielma e sui suoi accoliti che si sta istruendo un'inchiesta da parte degli inquisitori. La stessa aggressione che ha coinvolto la mia persona potrebbe aver avuto origine dalla convinzione, maturata nella mente di qualcuno, che io non abbia doverosamente collaborato nell'investigare sulla sua predicazione; se poi, per colmo di sfortuna, qualcuno vi avesse colto a colloquio con lei, allora sarebbe ancora più comprensibile... In ogni caso,» continuò, passandosi stancamente una mano sugli occhi «se durante le vostre ricerche sulla giovane Gisalbertini vi doveste imbattere ancora nella Boema, vi prego di riferirle che l'abate di San Simpliciano vuole conferire con lei: come e quando, se alla luce del sole o di nascosto da tutti, questo lo stabiliremo poi. E adesso andate, frate: ho bisogno di riposare...»

Arnolfo si lasciò ricadere sul letto: malgrado la sua schiena fosse sorretta da un morbido guanciale di piume, una smorfia di dolore si dipinse sul suo volto.

Matthew si alzò e in silenzio si diresse alla porta. Dopo averla richiusa adagio, si incamminò verso la sua cella.

Era stordito. Se da una parte aveva ben compreso il significato del lungo discorso dell'abate, dall'altra non riusciva a capacitarsi dell'enormità di quanto aveva appena udito: era davvero possibile che una minoranza sfuggita al controllo di un ordine religioso avesse ordinato l'assassinio di Arnolfo? E, se fosse stato vero, quante altre volte e in quali altri modi quelle persone avrebbero riprovato a ottenere i propri scopi per mezzo della violenza? E lui stesso, legato suo malgrado alla volontà dell'abate, cosa avrebbe rischiato? Ripensando all'unica omissione compiuta nei riguardi di Arnolfo, si chiese se avesse agito per il meglio, non informandolo del messaggio ricevuto da Guglielma attraverso il piccolo ambasciatore saraceno. Aveva deciso di tenere per sé quel segreto, in parte perché era certo che l'abate si sarebbe adirato con lui per la sua dabbenaggine, ma soprattutto perché l'incontro con quella donna lo aveva in qualche misura segnato. Avrebbe voluto rivederla, ascoltare ancora dalla sua bocca quelle parole testimoni di un credo profondo e inattaccabile: ma, tutto questo, avrebbe voluto farlo da solo, senza nessuno a cui rendere conto del suo turbamento. Forse aveva sbagliato, forse la sua era stata l'arrogante superbia di un uomo stanco e confuso... Facendo scivolare fra le dita i ciottoli affondati nella tasca della tonaca, Matthew elevò una silenziosa preghiera all'Onnipotente affinché illuminasse la sua mente e gli concedesse la grazia di una fede più salda.

Antonino era steso sul suo paglericcio. Le costole gli dolevano a ogni respiro: sebbene il frate infermiere gli avesse suturato la ferita e gli avesse avvolto il tronco in una stretta fasciatura, il dolore non se ne andava. Quando, quasi una settimana prima, il giudizio del capitolo lo aveva condannato alla reclusione forzata al monastero, aveva pensato che, tutto sommato, se l'era cavata a buon mercato. Anche se l'abate aveva ordinato che, a guarigione avvenuta, avrebbe dovuto entrare in un monastero nel contado dove avrebbe passato il resto dei suoi giorni in penitenza, lavoro e preghiera, era certo che, in qualche modo, sarebbe riuscito a evitare quel futuro così poco allettante. Una volta ristabilitosi, sarebbe riuscito a fuggire da lì: quello che gli seccava era non aver potuto ricevere il denaro promesso. Come poteva essere stato tanto stupido da non averne preteso almeno una parte a titolo di acconto, prima di accettare quel lavoro sporco? Non che fosse poi così importante: lui era sempre disponibile, bastava che lo pagassero... Alla prossima occasione, si sarebbe fatto furbo e avrebbe aspettato di vedere i soldi, prima di agire. E poi, un'altra volta, avrebbe scelto meglio il luogo: la strada ci voleva, un vicolo popoloso dove la folla avrebbe coperto la sua fuga, non un ambiente circoscritto come quello di un monastero! Se solo quel frate mendicante non avesse avuto tanta fretta, avrebbe potuto studiare con calma il modo e il momento per eliminare l'abate... D'altra parte, chi poteva mai immaginare che quell'aristocratico dall'espressione bonaria si sarebbe rivelato un simile ostacolo?! Aveva avuto un bel coraggio, rifletté, a difendere l'abate e, per di più, davanti ad altri monaci e a un bambino! Massaggiandosi le dita delle mani, intorpidite dalla stretta della fasciatura che gli cingeva anche le spalle, chiuse gli occhi, cercando di dormire.

Dalla soglia dell'infermeria, il giovane oblato attese che il russare di Antonino diventasse sonoro. Quando fu certo che l'uomo fosse profondamente addormentato, si diresse verso il paglericcio, a fianco del quale depose una ciotola di zuppa ormai fredda. Guardandosi cautamente intorno e facendo scudo con il corpo ai propri gesti, sparse nel liquido denso una manciata di polvere scura. Poi, ignorando i lamenti dell'altro monaco ricoverato, assopito in un sonno agitato, scivolò silenzioso fuori dallo stanzone.

«È morto! Correte, correte! Antonino è morto!»

La voce stridula del frate infermiere risuonava per il corridoio che conduceva al refettorio. Arnolfo, che, reggendosi il fianco con una mano, sedeva sbilenco su una delle panche della biblioteca intento a controllare i registri del monastero, la udì come tutti gli altri monaci. A fatica, si alzò e si diresse alla porta. Il frate infermiere, pallido come un cencio, stava per varcare la soglia del refettorio.

«Dite, frate Andrea, cosa succede?» chiese al confratello.

«È morto, abate, Antonino è morto! L'ho trovato poco fa, steso sul suo giaciglio. Aveva gli occhi fuori dalle orbite e la lingua gli usciva gonfia dalla bocca spalancata: braccia e gambe erano scomposte come se avesse lottato con una belva feroce...»

«Ma,» lo interruppe l'abate «non mi avevate detto che quell'uomo era in via di guarigione?»

«Sì, lo era, e nulla faceva pensare che avrebbe avuto una crisi di tale gravità! E poi, non capisco, sembrerebbe quasi che sia morto in preda alle convulsioni e, credetemi, le cure che gli ho prestato sono state più che adeguate... non credo di aver trascurato... gli ho perfino...»

Balbettando confuso, nel timore di una reprimenda da parte dell'abate, il vecchio monaco spalancava gli occhi e roteava le braccia, mentre il suo volto si faceva sempre più livido.

«Calmatevi, fratello, e conducetemi al suo giaciglio: voglio vedere.»

Appoggiandosi al braccio tremante di frate Andrea, Arnolfo di diresse a passi lenti e affaticati verso l'infermeria.

L'effluvio dolciastro della morte, mischiato con l'odore di orina ed escrementi, aveva già impregnato la stanza. L'unico altro infermo, che occupava un paglericcio poco lontano, si teneva premuto sul volto un lembo della veste, a riparare il suo olfatto da quel tanfo. Quando vide comparire l'abate sulla soglia, si mise a urlare.

«Portatemi via di qui, per misericordia, portatemi via di qui! Non voglio restare a condividere la corsia con un cadavere! Se sapeste cosa ha sofferto quel poveretto, prima di rendere l'anima a Dio!... Si agitava tutto e gridava e si teneva i visceri come se avessero dovuto schizzargli fuori dal ventre! E poi, alla fine, non trovava più aria da respirare: spalancava la bocca, strabuzzava gli occhi, buttava braccia e gambe di qua e di là... Oh, Santa Vergine, non ho mai visto niente di simile in tutta la mia vita!»

Arnolfo ascoltò lo sfogo del vecchio monaco infermo senza rispondere. Si avvicinò al giaciglio di Antonino e, cercando di evitare quegli occhi ciechi che lo fissavano, osservò il cadavere. Negli spasmi dell'agonia, quell'uomo si era strappato la fasciatura e la ferita sulla schiena appariva chiaramente visibile, ormai disseccata di tutti i suoi umori.

«Non capisco...» mormorò frate Andrea, torcendosi nervosamente le mani «non capisco... Cosa può aver causato...»

«Cosa c'era lì dentro?» chiese l'abate, indicando la ciotola che, piena per metà, era ancora in equilibrio instabile sul fondo del saccone.

L'infermiere la sollevò e, rigirandola fra le mani, rispose sicuro.

«La zuppa, abate, c'era la zuppa. Ma, aspettate...» aggiunse, agitando adagio il liquido rimasto nel fondo del recipiente «ma cos'è questa poltiglia nera?»

Inquieto, avvicinò la ciotola agli occhi: il suo olfatto,

reso sensibile dai molti anni passati a utilizzare semplici e rimedi, colse immediatamente un fetore ben conosciuto.

«Oh mio Dio! Oh Santa Vergine!... Ma questo è... non è possibile!... Questo è ... è ... è aconito!»

Frate Andrea era annichilito. Il suo sguardo correva dal fondo della ciotola al viso terreo dell'abate.

«È un veleno, vero?» chiese Arnolfo, con una strana calma nella voce.

«Sì, abate, è un veleno potentissimo. Le radici di questa pianta, se vengono mangiate, procurano una morte atroce... Non capisco, non c'è aconito nel nostro orto: proprio per evitare pericolose confusioni con altri arbusti simili nell'aspetto, siamo molto attenti a estirparla, nel caso dovesse nascere spontanea in mezzo alle altre erbe... Oh, mio Dio, abate, non sarà stato...»

«Sì, fratello,» rispose Arnolfo «è stato un assassinio. Qualcuno voleva che quest'uomo tacesse per sempre. Ditemi,» proseguì, pacato «chi può avere accesso alle cucine?»

Frate Andrea, ammutolito, fissò l'abate con gli occhi sbarrati. Dopo un attimo di panico, rispose che qualunque novizio poteva essere incaricato dal cellerario di portare il cibo agli ammalati dell'infermeria e che, in quei giorni, essendo presenti solo due infermi, era soltanto uno il giovane monaco incaricato di quel compito.

«Bene, convocatelo subito alla mia presenza. Avvisate il cellerario: entro mezz'ora, mi troverà nel capitolo.»

Dopo aver lanciato un'ultima, pietosa occhiata al cadavere, Arnolfo si voltò e, camminando adagio, scomparve oltre la soglia dell'infermeria.

Mentre l'abate conferiva nella sala capitolare con il cellerario e con un novizio terrorizzato, uno dei servi del mulino situato appena fuori dal monastero osservava perplesso la tonaca inzuppata. L'aveva appena trovata, deposta dalla corrente della roggia sull'erba della riva. Pareva la veste di uno dei monaci, ma, non riuscendo a capire che cosa ci facesse lì, il ragazzo se la rigirava fra le mani, incerto sul da farsi. Dopo aver lungamente riflettuto, pensando se avrebbe potuto ricavarne la stoffa per un abito da lavoro, decise che avrebbe fatto meglio a riportarla ai frati: lui, tutto sommato, lavorava da poco per il monastero e il furto di un abito religioso non avrebbe certo costituito un buon viatico per la buona prosecuzione del suo incarico. Fischiettando un motivo che aveva appreso da bambino, si diresse verso l'entrata del monastero.

Capitolo 34

La rabbia del giorno prima era sbollita: Lanfranco aveva passato metà della notte a rimuginare. Il caldo soffocante che gravava da qualche giorno sulla città non gli aveva impedito di passeggiare inquieto per la stanza: sebbene avesse spalancato la porta sul loggiato, l'afa non era diminuita. Sul tavolo, accanto alla brocca del vino, era deposto lo scrigno con la reliquia, malamente avvolto in un telo di canapa.

Quando, il pomeriggio precedente, un domestico del palazzo arcivescovile gli aveva riportato il cofanetto, accompagnato da una lettera di pugno di Ugone, la sua prima reazione era stata di incredulità, a cui, a poco a poco, si era aggiunta l'ira. Ci aveva impiegato mezz'ora a leggere: nonostante le parole scritte fossero chiare, lo stile ampolloso del segretario dell'arcivescovo si dilungava in complicati giri di frasi che, in definitiva, non avevano altro significato che un deciso rifiuto. Ugone diceva che Leone da Perego, pur apprezzando la sua generosa offerta, si vedeva costretto a rifiutarla: in quel periodo, spiegava, altre e ben più urgenti erano le questioni a cui l'arcivescovo doveva far fronte, essendo impegnato a stabilire, insieme con il legato pontificio Montelongo e con tutti gli alleati, una valida strategia volta a contrastare i progetti dell'imperatore. In tempi tanto difficili, aggiungeva, era bene che la volontà dei cittadini fosse finalizzata solo alla lotta contro Federico, senza distrazioni di altro genere: inoltre, l'accettazione di una nuova reliquia da parte della chiesa metropolita avrebbe richiesto un importante cerimoniale alla cui organizzazione nessuno avrebbe potuto, per il momento, dedicare le dovute cure. La lettera concludeva dicendo che, quando i tempi fossero stati maturi e più tranquilli, l'arcivescovo sarebbe stato onorato di riavere fra le mani la reliquia, anche per poterla sottoporre all'esame di esponenti della Chiesa di Roma, sicuramente più esperti di lui nel verificarne l'autenticità.

Dopo avere riletto più volte il consunto foglio di pergamena, Lanfranco aveva capito: né Leone né il suo segretario avevano mai creduto, nemmeno per un istante, che quello che lui aveva consegnato loro fosse il velo di sant'Agata. Non avrebbero accettato la reliquia, così come non avrebbero mai accettato che lui esercitasse le funzioni di capitano di giustizia! Furibondo con se stesso per essersi comportato come uno sprovveduto e per aver scelto gli interlocutori sbagliati, aveva cominciato subito a congetturare nuovi piani d'azione: se non voleva rischiare che i suoi sforzi venissero vanificati, avrebbe dovuto cercare un altro protettore, magari di minor rango nella scala gerarchica cittadina, ma ugualmente potente.

Dopo ore trascorse a spiaccicarsi addosso le zanzare che, a nugoli, entravano dal loggiato, era finalmente giunto a una decisione. Sarebbe andato da Aicardo da Alzate, l'economo dell'ospedale del Brolo, un vecchio amico con cui, in gioventù, aveva condiviso battute di caccia e baldorie. Aicardo, rampollo di una famiglia dal lignaggio ben più consolidato del suo, in seguito aveva intrapreso lo studio delle leggi che gli aveva consentito, nel giro di qualche anno, di dirimere controversie e di prestare la sua opera di consulenza per gli affari amministrativi di chiese e conventi. Dal 1240, aveva assunto la carica di economo dell'ospedale e Lanfranco aveva sentito dire che, grazie ai suoi contatti con il potere religioso e civile della città, era diventato un uomo di grande autorità. Quale migliore interlocutore avrebbe potuto trovare per perorare la sua causa? In fondo, la cappella dell'ospedale del Brolo, piuttosto squallida e frequentata solo dai derelitti che riempivano le corsie, avrebbe avuto bisogno di nuovi arredi sacri e di qualcosa che attirasse un maggior numero di persone alle funzioni. La notizia di una rara reliquia sarebbe stata l'ideale, per ridare lustro a quel luogo di preghiera: insieme con i fedeli e con un significativo aumento della devozione, sarebbe arrivato denaro fresco nelle casse dell'ospedale. Aicardo gliene sarebbe stato grato per sempre e, senza dubbio, quella magnanima donazione non cercata lo avrebbe indotto a muovere tutte le pedine necessarie a fargli ottenere la carica.

Dopo aver deciso le sue prossime mosse, era uscito sul loggiato. La città sotto di lui era buia: solo le torce sui camminamenti delle mura spandevano i loro barbagli che, tuttavia, non arrivavano a illuminare più in là di due braccia. Era tornato nella stanza e si era buttato ancora vestito sul saccone, addormentandosi quasi subito.

Poco dopo, un piccolo pipistrello, ancora troppo giovane per possedere un orientamento perfetto, era entrato dalla finestra spalancata e, svolazzando scomposto, era arrivato fino al tavolo: qui, appendendosi cauto nell'angolo interno sotto le vecchie assi del ripiano, era rimasto immobile a trascorrere la notte.

«Non saprei, Lanfranco, devo pensarci. Questa reliquia potrebbe veramente giovare non solo alla cappella, ma addirittura all'intero ospedale: in fondo, la protezione di una santa martire può sempre risultare utile! L'unico problema sono i decani e l'arcivescovo: sai bene quanto delicati siano i rapporti con questi benedetti frati, che, qui dentro, fanno il bello e il cattivo tempo! Anche se siamo noi laici a dover amministrare il patrimonio dell'ospedale, loro sono attentissimi, vogliono sempre metterci il naso... Pensa che si preoccupano perfino di regolare l'eccesso di elemosine: non devono essere troppe, solo quanto basta alle necessità dei malati! Ma ti rendi conto?! E i lasciti in denaro? Ma sai che con questi soldi non possiamo acquistare nulla di estraneo alle finalità dell'ospedale? Quindi, non possiamo comperare case, per esempio, e non solo: se un benefattore ci lascia in eredità il suo palazzo, dobbiamo stabilire se valga la pena di tenerlo e non sia meglio venderlo e, credimi, finora sono quasi sempre stato costretto a seguire questa seconda possibilità... E il ricavato, chiederai tu? Nel contado, nelle cascine, in tutto ciò che garantisca una rendita più che sicura. Vedi bene, dunque, come sia difficile per me l'accettazione di qualsiasi donazione, si tratti anche di una santa reliquia. Di questi tempi, poi, mentre l'arcivescovo da uomo di chiesa si trasforma in guerriero, mentre le gerarchie ecclesiastiche sono impegnate a fare massa compatta contro Federico, a chi vuoi che importi più che tanto della reliquia di una martire, oltretutto originaria della lontana Sicilia, proprio la culla del potere dell'imperatore? Ma anche tu, per Dio, non potevi trovare un santo di queste parti, non so, magari un lombardo o un genovese?...»

«Aicardo,» lo interruppe duramente Lanfranco «mi stai forse dicendo che non vuoi la reliquia? Che questo prezioso velo di sant'Agata non ti interessa?»

L'ira stava arrossando il volto di Lanfranco: i suoi occhi, ridotti a due fessure, fissavano Aicardo, in attesa di una risposta.

In un attimo, l'economo comprese il pericolo imminente trasmesso da quello sguardo. Ricordava bene i violenti scatti di rabbia del suo antico compagno di gioventù e non intendeva sperimentarne un altro proprio ora: lui era cambiato, la vita gli aveva insegnato a valutare, a soppesare, a tollerare, mentre, con ogni evidenza, gli anni non avevano operato la stessa trasformazione su Lanfranco. Sforzandosi di atteggiare il viso in un'espressione benevola, sorrise.

«No, mio carissimo, non ho detto questo. Lasciala qui, la tua reliquia. Ti prometto che, quanto prima, la mostrerò al decano e farò in modo di convincerlo. Quanto alla tua carica... ne parlerò direttamente con il podestà. Ora che sembra tornato in salute, sarà sicuramente ben disposto verso qualunque richiesta: devo vederlo proprio in questi giorni e, ti farò una confidenza, Catelano ha un debito con me... Non ti posso rivelare di che cosa si tratta, ma credimi se ti dico che è un grosso favore quello che mi deve: quale migliore occasione, dunque, per perorare la tua causa?»

I muscoli del viso di Lanfranco si rilassarono. Sebbene il sospetto non avesse abbandonato il suo sguardo, Aicardo capì che, per il momento, sarebbe riuscito a levarselo di torno.

«Ti manderò a chiamare» concluse, accompagnandolo alla porta. «Non appena avrò notizie certe riguardo a entrambe le questioni, ti manderò a chiamare...»

Fingendo un calore che non provava affatto, abbracciò Lanfranco e lo congedò.

Dopo aver richiuso il battente, vi si appoggiò con tutto il suo peso e, chiudendo gli occhi, si lasciò andare a un profondo sospiro. Quando li riaprì, il suo sguardo cadde sullo scrigno della reliquia, che campeggiava ancora al centro del suo scrittoio. Riflettendo a quanto singolari e bizzarri potessero essere i mezzi utilizzati da Satana per diffondere il male fra gli uomini, lo sollevò e, in fretta, come se gli bruciasse le dita, lo ripose nell'ultimo ripiano in basso dello stipo. Poi, dopo averlo nascosto alla vista coprendolo con il telo di canapa, richiuse le ante con una lunga chiave che, subito dopo, lasciò cadere nella tasca della veste. Lo attendeva un pomeriggio di lavoro, a quel problema fastidioso avrebbe pensato l'indomani.

Seccato per non aver ancora ricevuto un'assicurazione definitiva, Lanfranco percorreva a passi rapidi il portico dell'ospedale: era diretto alla taverna che sorgeva poco distante, nello slargo che era detto "del pantano". Lì, avrebbe sfogato in qualche boccale di vino l'inquietudine che lo tormentava: i tempi per proporre le candidature alla carica di capitano di giustizia si andavano restringendo, e, fino a quel momento tutti i suoi sforzi per conquistarsi un garante sicuro non erano approdati a nulla.

Stava per superare il piccolo arco d'ingresso, quando, preceduta dal rumore di uno scalpiccio precipitoso, una giovane gli finì addosso. Proveniente dall'orto dei semplici, situato in fondo alla costruzione, la ragazza correva verso i locali della farmacia, adiacenti allo studio dell'economo. Spinta dalla fretta e concentrata sul grosso cesto che reggeva fra le braccia da cui spuntavano alla rinfusa foglie, fiori e radici, la giovane non aveva badato al basso gradino sottostante l'arco, e aveva malamente inciampato. Sarebbe finita a terra se, appena al di là dell'angolo, non ci fosse stato quel provvidenziale aristocratico a frenarne la caduta con il proprio corpo.

«Oh, signore, vi prego di scusare!» balbettò confusa Allegranza, mentre si chinava a raccogliere le erbe scivolate fuori dal cesto. «Scusate, signore, io non volevo...»

La stizza che, violenta come sempre, stava già per fargli uscire di bocca un profluvio di parole rabbiose, si spense improvvisa, non appena Lanfranco vide il volto che aveva di fronte. Un capogiro lo fece barcollare. Appoggiatosi con la mano al muro di mattoni, osservò meglio la giovane, mentre, rossa di vergogna, si rialzava senza osare sollevare lo sguardo su di lui. La somiglianza era impressionante: lo stesso ovale del viso, lo stesso naso, la stessa fossetta a un lato della bocca. Quando Allegranza riuscì finalmente a controllare l'imbarazzo e ad alzare lo sguardo, il respiro di Lanfranco si fermò: le ciglia folte che ombreggiavano i suoi occhi lasciavano a malapena intravedere due iridi castane, spruzzate di pagliuzze chiare.

Gli occhi di Caterina.

La vertigine tornò, più violenta di prima. Vedendolo impallidire, Allegranza gli si rivolse ancora.

«Signore... vi sentite bene, signore?... Volete che chiami un medico?... Oh, mio Dio, spero di non essere stata io la causa di... vi ho forse colpito con il bordo del cesto, vi ho fatto male?...»

Anche la voce. Limpida, lievemente cantilenante: identica a quella di Caterina.

Lanfranco respirò a fondo. A poco a poco, il terreno sotto i suoi piedi ridivenne stabile e le pareti smisero di ondeggiare. La ragazza, in piedi di fronte a lui, lo fissava preoccupata, in attesa di una risposta.

«No,» riuscì infine ad articolare «non ho nulla, è solo stanchezza... Ma voi, piuttosto...»

«Allegranza! Quanto ti devo aspettare ancora?!»

Il rimprovero era chiarissimo nel tono di voce di sorella Giuliana. Con le mani sui fianchi, la monaca la osservava dall'ingresso della farmacia: la sua espressione severa non prometteva nulla di buono.

«Arrivo, sorella, arrivo!... Perdonate, signore, ma devo andare...»

Con un movimento aggraziato dei fianchi, Allegranza aggirò la figura imponente di Lanfranco e corse verso la farmacia, dove scomparve, scortata dalla monaca.

Ancora profondamente turbato, Lanfranco la seguì con lo sguardo. Allegranza... Non era certo il nome che Caterina aveva imposto a sua figlia! Se la memoria non lo ingannava, prima che lui partisse per Genova gli aveva preannunciato che, nel caso si trattasse di una femmina, l'avrebbe chiamata Dorotea... In seguito, il suo servo gli aveva confermato che era nata una bambina e, sebbene lui non l'avesse mai vista, non aveva motivo per credere che Caterina avesse mutato le sue intenzioni riguardo al nome. E dunque? Come poteva quell'Allegranza essere figlia sua? E, d'altra parte, com'era possibile che quel volto fosse tanto somigliante alle fattezze della sua antica amante? Quegli occhi, quel naso e quella bocca... quella bocca, su cui aveva colto un tremito di paura, era la sua! Le labbra piene, turgide, non erano certo quelle dei Gisalbertini, erano quelle dei Calgario! Un fremito improvviso gli rimescolò le viscere: quella ragazza era sua figlia! Sì, non poteva essere altrimenti, Allegranza doveva essere sua figlia! Pensando febbrilmente, concluse che anche l'età coincideva: quella giovane era uscita da poco dall'adolescenza e i diciassette anni passati dall'assassinio confermavano i suoi sospetti.

Un sudore freddo prese a colargli lungo la schiena. Quella notte, la neonata non era stata trovata nella casa dei fattori e, sebbene per un certo periodo lui stesso avesse fatto svolgere ricerche discrete, sembrava che la bambina fosse scomparsa nel nulla. Dopo un breve periodo di preoccupazione, aveva lasciato perdere: in fondo, aveva pensato, la piccola avrebbe potuto essere già morta di febbri o esposta in qualche convento... Un monastero... per Dio, ecco la risposta! La bambina doveva essere stata lasciata alla ruota di qualche monastero e presa a balia da chissà chi... Quanto era stato stupido! Come aveva potuto organizzare l'omicidio di Caterina, senza portarlo fino in fondo? Come aveva potuto tralasciare di eliminare anche la bambina e la serva, che seguiva la sua padrona come un'ombra? La serva... Dov'era finita la serva? Era mai possibile che entrambe non fossero lì, quella notte sciagurata? Come aveva potuto essere tanto stupido da non controllare più a fondo tutta l'abitazione? La bambina era troppo piccola per capire, ma la serva... Ben nascosta da qualche parte, avrebbe potuto vedere, avrebbe potuto testimoniare...

Cercando di calmarsi, rifletté che, dopo tutto quel tempo, nessun crimine avrebbe potuto essere portato in giudizio e, tuttavia, anche il minimo dubbio, la minima diceria sul suo conto avrebbero potuto pregiudicare l'ottenimento dell'incarico a cui aspirava. Avrebbe dovuto fare qualcosa: la ragazza andava ritrovata e, se necessario, avrebbe dovuto sparire. Nessuno doveva intralciare i suoi piani, questo era certo: aveva già ucciso più di una volta, avrebbe potuto farlo ancora.

Stordito dall'enormità di quelle riflessioni, rimase immobile, senza accorgersi del continuo viavai di frati, di famuli, di monache che, passando sotto l'arco, osservavano stupiti quell'aristocratico perso nei suoi pensieri. Fu un converso che lo riscosse: vestito dei suoi abiti laicali, l'uomo lo interpellò, chiedendogli se aspettasse qualcuno. Biascicando una risposta senza senso, Lanfranco uscì in fretta dall'ospedale. Il converso, stupefatto dall'espressione alterata che lesse sul suo volto, lo seguì con lo sguardo finché non scomparve alla vista. Poi, scuotendo il capo, si avviò verso le corsie.

Capitolo 35

La piazza del Broletto era ancora stipata di gente. La portantina dell'arcivescovo, appena passata fra due ali di folla, si dirigeva ora verso la Basilica Maggiore. Di tanto in tanto, Leone da Perego si affacciava alle larghe feritoie aperte nelle pareti di legno del veicolo: il suo viso austero accennava un sorriso benevolo, mentre la sua mano destra, ornata del "charbunculum", l'anello di rubino distintivo del potere arcivescovile, si sporgeva a benedire i cittadini che facevano calca intorno a lui. Un lucente drappo di seta rossa avvolgeva quasi per intero il tetto e i fianchi della portantina, terminando con preziose nappe argentate, lunghe tanto da sfiorare il terreno.

La portantina era preceduta e seguita da un folto corteo: frati, preti, monache, il podestà con i suoi notabili, cavalieri, soldati a cavallo, domestici e servi formavano una lunga processione che si faceva strada a fatica tra la calca. La festa di quella mattina era stata annunciata solo due giorni prima dai banditori del comune, che avevano battuto tutta la città sostando in ogni vicolo, ogni strada, ogni slargo per chiamare tutti i milanesi a manifestare il loro omaggio a Leone dopo il suo ritorno trionfale da Vercelli dove, insieme al Montelongo, aveva ottenuto un importante trattato di concordia con Milano.

A mano a mano che il corteo procedeva, lo spazio retrostante si andava riempiendo di gente che, rimasta fino ad allora a fare ala alla sfilata ufficiale, sciamava disordinata, formando capannelli, in un vociare confuso e allegro.

In un angolo della piazza, quasi di fronte alla Porta Cumana, accompagnati dalle note di un liuto e dal battere cadenzato di un tamburello, un uomo e una donna si esibivano in una danza singolare: la donna, in equilibrio sulle spalle del compagno, muoveva il corpo al ritmo della musica, roteando con grazia il capo e le braccia. Poco lontano, un ragazzo avanzava svettando sulla folla, issato su due alti trampoli, mentre un altro, paludato come un vescovo, reggeva in mano un cerchio dentro il quale faceva saltare una volpe ammaestrata. Dall'altro lato, poco lontano dalla Porta Ferrea, un giullare era circondato da un gruppo di persone che lo ascoltavano in silenzio, incantate dalla sua voce ispirata: la canzone, ben conosciuta a tutti i milanesi, era antica.

Come diruto Mediolano
de Barbarossa com la mano
li militi se botano a Maria
ke laudata sia.
Questi erano li militi humiliati
quali in epsa civitati
solvono li boti sinceri
dicete un'ave, o passeggeri.

«Cosa significano queste parole, padre?» chiese Bartolomeo che, in piedi davanti al giullare, lo osservava, attento a capire il senso di quelle strofe dal linguaggio ormai desueto.

«Non lo so, Bartolomeo, ma, a giudicare dalla tristezza di cui sono intrise e dal nome del Barbarossa, suppongo che si tratti di una canzone nata tanti anni fa, quando l'imperatore Federico rase al suolo Milano...»

«Ma, padre, come può essere? Non è forse adesso che l'imperatore Federico sta combattendo contro la città?»

«Ma no, figlio mio,» sorrise Aimone, scompigliando affettuosamente i capelli di Bartolomeo «non è la stessa persona! Quel Federico, detto il Barbarossa, era suo nonno e odiava Milano forse più del nipote! Sai, se un sovrano decide di appropriarsi di tutta l'Italia, il rifiuto alla sottomissione di una città potente come questa costituisce un pericolo, una spina nel fianco. Milano è una città ricca e i suoi governanti sono determinati a conservare le proprie libertà. Questo è un comune: qui non ci sono feudatari, come da noi, ma rappresentanti della popolazione guidati da un podestà e poi c'è la chiesa, che partecipa attivamente alla gestione del potere civile...»

«Ma, a proposito» intervenne Bartolomeo «l'arcivescovo non dovrebbe fare solo il capo della chiesa? I tuoi servi mi hanno detto che è andato a Vercelli con soldati e ambasciatori e che lo chiamano il "frate guerriero". Perché, padre?»

Le domande di Bartolomeo, sebbene sussurrate a mezza voce, non sfuggirono alle orecchie attente di due mercanti che, accanto ad Aimone, avevano appena finito di ascoltare il cantastorie. I loro occhi incuriositi fissavano l'aristocratico e suo figlio senza capire del tutto le parole, pronunciate in una lingua molto simile a quella di Francia. Aimone, a cui non era sfuggita un'ombra di sospetto nei loro sguardi, tirò suo figlio per la manica e si allontanò.

«Devi stare attento a parlare, Bartolomeo, quando siamo in mezzo alla gente! In questo periodo gli aristocratici non sono molto amati in questa città e non vorrei che le mie spiegazioni alle tue domande venissero male interpretate... Non credere che, per il fatto di parlare un linguaggio diverso dal loro, i milanesi non capiscano quello che ci diciamo: qui ci sono un sacco di mercanti, che girano in lungo e in largo per l'Europa intera, e che, quindi, conoscono benissimo anche il nostro idioma! Dobbiamo essere cauti, figlio mio: come hai già potuto sperimentare alla basilica di San Simpliciano, basta poco per mandare all'aria la mia missione che, come sai, non è ancora conclusa. Devo solo ringraziare quel benedetto abate se nessuno ha saputo nulla di quanto è successo e se posso ancora camminare libero per le strade... Ti spiegherò, Bartolomeo, ti dirò quali sono le differenze tra la gestione del nostro feudo e quella di una grande città come Milano, ma lo farò tra le mura sicure della nostra abitazione. E ora andiamo, è già passata l'ora sesta: il nostro pranzo sarà già pronto per essere servito. Non hai fame?»

Intimidito dalle parole di suo padre, Bartolomeo annuì, senza osare chiedere altro.

A fatica, si fecero largo tra la folla e, passando accanto alle botteghe degli orefici, riguadagnarono la strada verso il loro sestiere.

Mentre il domestico lo aiutava a indossare la veste, Aimone passò le mani lungo la seta. Rabbrividì, come se le sue dita, invece che il tessuto, avessero sfiorato la pelle di colei che l'aveva ricamato. Quanti giorni erano trascorsi, dall'ultima volta in cui aveva visto Rachele? Per tutto quel tempo si era sforzato di allontanarne il pensiero dalla mente, ma, nonostante gli avvenimenti drammatici di cui era stato protagonista, non ci era riuscito che per poco. Il medico Enrico, che su sua richiesta era tornato a controllare le condizioni di Isaac, gli aveva riferito che il suo stato di malattia era stabile, ma che, secondo quanto gli suggeriva l'esperienza, da un momento all'altro si sarebbe potuto verificare un tracollo. Enrico gli aveva anche detto che la sua permanenza a Milano stava per concludersi e che, una volta partito, nessun altro avrebbe voluto prendersi cura del vecchio giudeo. «Tornate voi di tanto in tanto da quella ragazza» aveva aggiunto. «Cosa farà da sola, al momento del trapasso? Come potrà rendere a suo padre gli onori funebri che la loro religione impone? Non potrà certo seppellirlo in una fossa comune con i cristiani, non credete? Avrà bisogno di assistenza, i suoi gesti pietosi dovranno avvenire lontano da occhi indiscreti... Quella giovane è sola al mondo: se tenete alla sua vita e alla sua sicurezza, avete il dovere di aiutarla. In fondo, voi siete uno straniero, fra un po' tornerete al vostro feudo, cosa vi importa se qualche milanese più impiccione degli altri saprà che avete preso a cuore la causa di due giudei?» Lo sguardo penetrante con cui Enrico lo aveva fissato mentre pronunciava le ultime frasi aveva convinto Aimone che il medico avesse capito molto più di quanto non fosse stato detto. Era dunque così evidente il suo turbamento nei confronti di Rachele? Dov'erano finiti tutta la sua saggezza, tutto il dominio che per anni aveva esercitato su se stesso prima che sugli altri? Anche se si sentiva in certa misura confortato dall'appoggio e dalla comprensione di Enrico, il dubbio sui propri comportamenti dell'ultimo mese continuava a tormentarlo.

Sforzandosi di liberare la mente dall'immagine di Rachele, si concentrò sull'incontro che, di lì a poco, avrebbe avuto con il segretario dell'arcivescovo. Finalmente la sua richiesta di un abboccamento era stata accolta e, dopo quel colloquio, la missione a Milano avrebbe potuto considerarsi esaurita.

Bartolomeo, seduto nell'angolo più lontano della stanza, osservava in silenzio i gesti di suo padre. Era stanco: aveva voglia di tornare al castello, a respirare l'aria fina di Graines, invece che restare in quella città caotica dove il caldo soffocante appiccicava le vesti al corpo... Lo spavento provato alla basilica, quando davanti ai suoi occhi stava per essere perpetrato un assassinio, lo aveva prostrato, ne aveva spento ogni entusiasmo. Anche la speranza, coltivata per giorni, di poter giocare ancora una volta con il cagnolino della giovane ricamatrice, era andata delusa: Rachele non era più tornata e suo padre sembrava avere dimenticato la sua promessa. L'unica vera gioia di quei giorni era stata l'incontro con frate Matthew: Bartolomeo, anche se non aveva ancora osato chiederne conferma ad Aimone, sperava che il frate inglese sarebbe tornato con loro nella valle Augusta.

Mentre suo padre, dopo un saluto frettoloso, spariva oltre la soglia, il ragazzo mise in ordine i pezzi sulla scacchiera: avrebbe cominciato una partita solitaria, fingendo di avere di fronte un avversario agguerrito che ne mettesse a dura prova l'abilità. In questo modo avrebbe evitato di pensare ad altro e quel che restava della giornata sarebbe passato più in fretta.

Come sempre, la sala delle udienze era affollata. Aimone era in piedi, accanto ad Arnolfo. Il castellano, spinto dall'ansia per quel colloquio che si annunciava delicato, era arrivato con largo anticipo e, vagamente imbarazzato, si era sistemato dietro un tozzo pilastro di mattoni, disponendosi a una lunga attesa. La sua meraviglia era stata grande quando, dopo qualche tempo, aveva visto entrare l'abate di San Simpliciano. Anche Arnolfo, come lui, doveva essere ricevuto dal segretario dell'arcivescovo: evidentemente, Ugone aveva fatto in modo di concentrare la maggior parte delle udienze proprio in quel pomeriggio. L'abate lo aveva salutato senza particolare calore, solo con la dovuta cortesia di circostanza: in realtà, l'espressione intensa dei suoi occhi e la stretta forte delle mani avevano comunicato ad Aimone molto più di quanto Arnolfo non volesse far trasparire. Nessuno lì dentro aveva motivi per pensare che la loro fosse qualcosa di più di una conoscenza casuale e l'atteggiamento volutamente distaccato dell'abate aveva rassicurato il castellano sul segreto accuratamente mantenuto riguardo all'attentato.

Arnolfo era stato chiamato fra i primi e il suo colloquio con il segretario si era prolungato per una buona mezz'ora. Dopo essere uscito dallo studiolo, si era avvicinato ad Aimone e, senza farsi udire da orecchie indiscrete, lo aveva invitato al monastero: ci sarebbe stato anche frate Matthew, aveva aggiunto, e, insieme, avrebbero parlato delle molte cose rimaste in sospeso. Se n'era poi andato in fretta. Mentre attendeva il suo turno, Aimone aveva notato un frate domenicano che, per l'atteggiamento imperioso e per il numero di confratelli che lo circondavano ossequiosi, dava l'impressione di essere un personaggio autorevole. Mentre si chiedeva chi mai potesse essere, l'usciere lo chiamò. Raccogliendo tutto il suo coraggio, Aimone lo seguì al cospetto del segretario.

«E così voi siete Aimone di Graines...» gli disse Ugone, muovendo qualche passo verso di lui. «Ho già sentito parlare di voi: non siete forse il nipote di Nantelmo, l'abate di Saint Maurice, nel Vallese, e il vostro castello non sorge forse nella valle Augusta?»

«Sì, segretario...»

«E venite con un'ambasceria da parte di vostro zio Nantelmo, dunque?»

«No, segretario, sono qui per conto del visconte Gotofredo della famiglia Challant...»

«E che cosa vuole sapere lo Challant da Leone da Perego?»

Stupito da quell'approccio diretto che, d'altra parte aveva già sperimentato in occasione del suo incontro con il segretario del podestà, Aimone cercò con cura le parole.

«Ecco... il visconte mi ha incaricato di portare il suo saluto all'arcivescovo e al podestà di Milano... Sapendo quanto in questo periodo il governo della città sia difficile a causa della guerra in corso tra l'imperatore Federico e i comuni della lega, Gotofredo desidera far sapere alle massime autorità di Milano che Amedeo di Savoia, per conto del quale egli governa la valle Augusta, pur non intendendo opporsi alle necessarie operazioni di guerra, che peraltro non lo coinvolgono, è tuttavia preoccupato per il prolungarsi della situazione di conflitto che, come potete immaginare, oltre a causare perdite umane, è causa di pena anche nei territori della valle Augusta, vicina alle zone di battaglia e percorso di passaggio obbligato per i commerci verso il nord dell'Europa...»

Fermatosi un attimo per riprendere fiato, Aimone stava per proseguire il discorso, ma Ugone fu più svelto di lui.

«Ma ditemi, non è stato forse il conte Amedeo a promettere fedeltà all'imperatore, otto anni fa? Non è forse stato lui, parlando a nome di Federico, a sottoscrivere un patto di tolleranza con Torino, impegnandosi a fornire a quella città sessanta cavalieri due volte all'anno? I Savoia non si sono mai schierati contro Milano, è vero, ma, a quanto mi risulta, non hanno nemmeno osteggiato apertamente l'imperatore fino ad oggi... Quello che non mi è chiaro è a quale partito siano favorevoli, se a quello dello svevo o a quello del papa: so che, nel gennaio di quest'anno, Amedeo ha concesso un diploma ai canonici della cattedrale di Augusta, prendendoli sotto la sua protezione e ordinando a tutti i feudatari della valle di salvaguardare i loro beni e le loro persone. Da questo provvedimento, si potrebbe arguire che l'attenzione del conte verso la chiesa si sia fatta più partecipe: ma allora? Da che parte stanno questi Savoia: da quella del papa o da quella di un imperatore più volte scomunicato?»

Aimone esitò. Era chiaro che quella sparata del segretario costituiva una provocazione: se fosse caduto nella sua trappola verbale, avrebbe dovuto ammettere quello che doveva assolutamente tacere, cioè che Gotofredo, e forse anche il conte Amedeo, non avevano intenzione di schierarsi per nessuno dei due contendenti, avendo entrambi a cuore soltanto la sovranità dei loro territori e la salvaguardia dei commerci di valle. Se era vero che qualche anno prima i Savoia avevano appoggiato l'imperatore, era altrettanto vero che ora, dopo aver capito quanto più forte si stesse facendo la lega e quanto più determinato fosse il papa nell'ostacolare i progetti di Federico, non intendevano certo farsi coinvolgere in una guerra che si annunciava lunga e logorante. Pensò in fretta e, finalmente, diede la sua risposta.

«Credo che voi stesso sappiate che la fedeltà alla Chiesa e al pontefice da parte del conte non sia da mettere in discussione. Siete sicuramente a conoscenza dei suoi rapporti con il papa appena eletto, Innocenzo IV, improntati alla massima devozione: Amedeo ha già offerto la sua disponibilità ad accoglierlo con tutti gli onori dovuti, in occasione di qualunque futuro spostamento verso le terre di Francia. Vedete, quindi, come il conte non intenda contrastare la politica del papato contro l'imperatore...»

«Insomma,» lo interruppe Ugone di slancio «mi state dicendo che Gotofredo vorrebbe una sorta di assicurazione da parte dei comuni della lega a che i suoi possedimenti non vengano più che tanto turbati da sconfinamenti, scorribande, devastazioni... È una bella richiesta, non c'è che dire! Ma, dite, perché questa stessa istanza non viene posta a Federico?! È forse troppo pericoloso mandare ambascerie da lui? Lo sapete che il nostro arcivescovo negli ultimi mesi ha attraversato campi di battaglia, ha affrontato sfibranti trattative, ha, insomma, messo a repentaglio la sua stessa vita e la sua reputazione per garantire la salvezza di Milano e della Lombardia? E il vostro visconte, dal sicuro ricetto dei suoi castelli, arricchito dai pedaggi che i mercanti milanesi devono pagare per poter proseguire i loro viaggi, vi manda a chiedere rassicurazioni volte a garantire la salvezza dei suoi traffici?! Non possiamo fornirvi certezze, Aimone di Graines, ditelo allo Challant: siamo noi che ne attendiamo da voi, siamo noi che aspettiamo un segno concreto della vostra fedeltà. I comuni non sono feudi: qui a decidere è la volontà popolare, e non quella più o meno sapiente del regnante di turno! Portate con voi questo messaggio: Milano proseguirà indomita la sua lotta contro l'imperatore, affiancata dal papa e da tutti coloro che hanno a cuore la libertà. Starà a voi decidere con chi schierarvi, non saremo certo noi a garantire alcunché al conte: se ci fornirete il vostro appoggio, la lega dei comuni ve ne sarà grata. In questo momento, in cui da ogni parte si tenta di minare alla base i fondamenti della Chiesa, il papa, l'arcivescovo, i comuni non possono fare altro che mantenere un'unità salda e irremovibile. Combatteremo l'imperatore, così come combatteremo senza tregua le eresie. Se Gotofredo vorrà affiancarci in questa lotta, sapremo come difendere anche lui e i suoi feudi: se, invece, deciderà di chiamarsene fuori, in attesa di vedere a quale dei due contendenti vada la vittoria finale, è libero di farlo. Noi, per parte nostra, non garantiremo nulla.»

Aimone, che aveva ascoltato in un silenzio attonito l'appassionata concione di Ugone, non trovò parole per controbattere. Quell'uomo, come già il segretario del podestà, aveva capito subito quali erano state le finalità della sua visita e il fatto di vestire abiti religiosi invece che civili non aveva minimamente mutato la chiarezza di idee e l'ardore con cui esprimerle. Riflettendo per la seconda volta sulla sua inadeguatezza, anche oratoria, per il buono svolgimento di quella missione, decise che avrebbe riferito a Gotofredo le esatte parole dei suoi due interlocutori, senza ingentilirle con espressioni più garbate. Il visconte avrebbe dovuto comprendere con chi aveva a che fare, avrebbe dovuto rendersi conto che, prima o poi, una scelta politica si sarebbe imposta.

«Vi ringrazio, segretario, per il tempo che mi avete dedicato. Gotofredo di Challant sarà sicuramente soddisfatto della vostra risposta: per ora, vi prego di accettare da parte sua questo piccolo dono per la basilica.»

Nelle mani di Aimone comparve, avvolta in un telo di finissimo lino ricamato, una patena d'argento. Finemente cesellato con motivi di foglie sul bordo esterno, l'oggetto liturgico presentava al centro uno sbalzo tondeggiante, a otto lobi.

Meravigliato da quell'omaggio inaspettato, Ugone lo prese e, rigirandolo fra le mani, ne ammirò la squisita fattura. Poi, mostrando il sorriso che fino ad allora non era comparso sul suo volto, ringraziò il suo ospite.

«Non immaginavo che gli orafi della valle Augusta possedessero tanta finezza di esecuzione! È una patena stupenda e sono certo che Leone la vorrà esporre in basilica durante una delle prossime funzioni solenni. Ringraziate da parte mia il visconte e ditegli che, se dovesse passare da Milano, una sua visita sarà sicuramente gradita. Salute, Aimone di Graines, andate in pace.»

Dopo aver accennato una frettolosa benedizione, Ugone chiamò l'usciere che, comparso immediatamente sulla soglia, congedò Aimone. Altri postulanti, sempre più numerosi, attendevano nella sala. Camminando veloce fra di loro, il castellano uscì dal palazzo arcivescovile senza guardarsi intorno: si sentiva leggero, come se si fosse sgravato di un peso. Aveva fatto il suo dovere, il suo compito era giunto al termine. Ora finalmente avrebbe pensato a se stesso, a suo figlio, al suo ritorno a Graines... No, rifletté, mentre una stretta dolorosa gli chiudeva il petto, c'era Rachele... Enrico aveva ragione, non avrebbe potuto abbandonare quella ragazza e suo padre al loro destino, avrebbe dovuto aiutarli in qualche modo, prima di abbandonare la città... Mentre tentava di convincere se stesso che la preoccupazione per Rachele era dovuta alla pietà e non al forte sentimento che provava per lei, si incamminò a passi svelti verso il Broletto. Nella piazza, i servi delle botteghe ramazzavano vigorosamente il terreno dove, ancora evidenti, restavano le tracce della festa del giorno prima. Gli escrementi di cavallo erano stati ammassati negli angoli dei vicoli da dove, prima dei vespri, sarebbero stati ordinatamente raccolti per andare a concimare le braide della città.

Capitolo 36

Il pellegrino sedeva nell'angolo più buio della locanda. I suoi occhi chiari, ombreggiati dall'orlo del cappuccio che scendeva a coprire quasi tutto il viso, percorrevano il locale, soffermandosi sui volti degli altri avventori. Era solo e nessuno badava a lui. Mentre frugava con le dita tra le cartilagini di un pezzo di lepre coriacea per staccarne tutta la carne, la sua attenzione fu attratta da due uomini che, non lontano dal suo tavolo, stavano cenando con le stesse mediocri vivande. Dalle vesti che indossavano si sarebbero detti due aristocratici. Erano infervorati in una conversazione che pareva essere di grande rilevanza: il più anziano fra i due parlava in fretta, sottolineando spesso con ampi gesti delle mani le sue parole. Incuriosito, il pellegrino tentò di cogliere qualche brano del loro discorso, ma il brusio della taverna affollata non gli permise di capire alcunché. Una giovane serva che reggeva la brocca del vino gli si avvicinò, con l'intenzione di riempirgli nuovamente il boccale: meravigliandosi di trovarlo ancora pieno, guardò l'uomo che, dopo aver abbassato ancora di più il cappuccio sulla fronte, distolse lo sguardo.

«Cos'è, non ti piace il nostro vino? Non è abbastanza raffinato per il tuo palato di penitente?» domandò petulante la ragazza.

«Non bevo vino!» rispose il pellegrino, in un tono che non ammetteva repliche. «Portami dell'acqua.»

Stupita dalla durezza di quella voce, la serva esitò un attimo, incerta se rispondere con altrettanta asprezza: poi, borbottando fra sé, si allontanò verso la cucina.

Nauseato dal sapore troppo unto della selvaggina scadente che si era sforzato di mangiare, l'uomo allontanò il piatto da sé. Da qualche giorno lo tormentava un malessere già conosciuto altre volte: il dolore bruciante sotto il costato si irradiava alla schiena e, di tanto in tanto, gli strappava un lamento di dolore. Si sentiva la febbre: sebbene fosse avvezzo ai lunghi spostamenti, quel viaggio sembrava averlo spossato. Forse, rifletté, si trattava della giovinezza che se ne stava andando o, forse, l'aria soffocante di quella città non giovava alle sue membra, aduse ad altri luoghi dove il clima era più corroborante.

La serva tornò: dopo aver posato con malagrazia la brocca dell'acqua, tentò ancora una volta di spiare le fattezze dell'uomo che aveva di fronte, ma non ci riuscì. Sbuffando delusa, si voltò dirigendosi a uno degli altri tavoli. Badando a tenere abbassato il cappuccio con una mano, il pellegrino bevve avidamente e, dopo aver lasciato qualche moneta accanto al piatto, si alzò e uscì. Non appena fu scomparso oltre la soglia, un saraceno che fino ad allora era rimasto seduto all'altro lato del locale davanti a un piatto di zuppa fredda, si alzò a sua volta e lo seguì.

«Avete notato quanti saraceni frequentino questa città?» domandò Enrico, accennando all'uomo dalla pelle scura che aveva appena lasciato la taverna. «È curioso: l'ultima volta in cui sono passato da Milano non ne avevo notato un così gran numero... Sono quasi tutti servi e dicono che molti di essi siano fuggiti dalla corte di Federico per cercare fortuna altrove. Sapete, dicono anche che l'imperatore sia molto crudele con la servitù: pare che, se uno dei suoi domestici non obbedisce prontamente agli ordini ricevuti, sia condotto al suo cospetto e, se ritenuto colpevole di negligenza, venga sottoposto a un giudizio sommario e insindacabile che generalmente si conclude con una condanna a morte. Non parliamo delle serve, poi! Saprete certo che l'imperatore ha fama di essere un uomo lascivo e gaudente: ebbene, pare che tutte le saracene a servizio nelle sue numerose residenze prima o poi siano convocate a scaldare il suo giaciglio!...»

«Ma saranno voci infondate, esagerate dall'odio verso di lui...» ribatté, dubbioso, Aimone. «In fondo, quanto tempo avrà mai l'imperatore per la lussuria, considerando il suo frenetico attivismo nello spostarsi da una parte all'altra del suo regno a intraprendere battaglie e a cercarsi alleati?»

«Non so, Aimone, non so. Non è facile indagare l'animo umano... in ogni caso, che Federico sia una personalità complessa è cosa nota: all'amore per le lettere e per le arti che dovrebbe farne una persona mite e delicata, affianca una spietatezza rara nei confronti dei propri simili. Ha sicuramente più considerazione per gli animali: dicono che abbia grande cura del suo serraglio, ben fornito di belve feroci, e che allevi cani e cavalli e, soprattutto, falchi: avrete certamente sentito dire che sta redigendo un trattato sulla falconeria dove classifica le diverse specie dei rapaci e ne spiega le abitudini, illustrando le tecniche per il loro addomesticamento. La facilità con cui l'uomo si dispone alla convivenza con gli animali mi ha sempre stupito: in fondo, sono sporchi, sempre affamati, lasciano ovunque i loro escrementi... Un conto sono cavalli, muli, buoi, le bestie da lavoro voglio dire; un altro sono i porci liberi per le strade delle città o tutti quei cani rognosi che coabitano con i cristiani che se li tengono vicini, neanche fossero altri membri della famiglia!»

Aimone stava per ribellarsi a queste ultime parole di Enrico: ricordava ancora la gioia dipinta sul volto di suo figlio durante l'incontro con Nisan, il cagnolino di Rachele, e poteva ben comprendere come la compagnia di una bestiola potesse alleviare molte solitudini. Tuttavia, non replicò, pensando che un uomo di scienza quale era il medico avesse certamente motivi più validi dei suoi per giudicare. Cercando di allontanare il pensiero di Rachele che era tornato con prepotenza a occupargli la mente, Aimone sviò rapidamente il discorso.

«E così, partite domani?» chiese a Enrico.

«Sì,» rispose il medico «o, al più tardi, il giorno dopo. Ormai ho fornito al podestà la giusta cura per il suo malanno, che sembra stia producendo gli effetti desiderati: come vedete, la mia presenza qui non è più necessaria. I miei assistenti di Lucca mi hanno fatto pervenire un messaggio in cui si dice che i clienti stanno facendo la fila fuori dalla porta e che, per di più, un collega della scuola di Bologna mi ha convocato per un consulto. Devo andare, dunque, non posso fermarmi ancora... Tra l'altro, l'atmosfera di questa città sta cominciando a stancarmi: l'aria umida mi affatica il corpo, mentre tutto questo affannarsi di preti guerrieri, di frati a caccia di eretici, di popolani in guerra con gli aristocratici mi confonde la mente. Ho bisogno di serenità d'animo, Aimone, per svolgere al meglio la mia professione e qui a Milano la sto a poco a poco perdendo... Anche voi, suppongo, abituato al vostro castello, avvertirete la mia stessa sensazione: ditemi, quando pensate di tornare a Graines?»

«Presto, molto presto. Ormai la mia missione diplomatica può dirsi conclusa. Devo soltanto definire alcune questioni, poi partirò.»

Enrico lo fissò. Gli era chiarissimo quali fossero le questioni ancora in sospeso: avrebbe voluto scuotere il castellano, incitandolo a lasciar cadere ogni scrupolo nel dichiarare a Rachele i propri sentimenti. Quella giovane aveva bisogno di un uomo al suo fianco, e Aimone sarebbe stato quello adatto: maturo, rispettoso, sapiente e potente quel tanto che bastava a garantirle un futuro tra le mura protettive di un castello. Al piccolo Bartolomeo, d'altra parte, avrebbe giovato vivere la sua adolescenza con il conforto della presenza di una figura femminile. Rachele, pur nella sua giovane età, aveva già lungamente sofferto e il dolore patito, si sa, può aiutare a condividere quello degli altri: sicuramente sarebbe stata in grado di dispensare al ragazzo la comprensione e la tolleranza richieste a una vicemadre. Nonostante fosse convinto che, se le avesse espresse, le sue argomentazioni avrebbero trovato buona accoglienza da parte di Aimone, non parlò. In fondo, chi era lui per poter dare consigli a chicchessia? Nella sua arte, in quella sì, poteva discettare senza grandi timori di essere contraddetto, ma nella vita...

I due uomini si alzarono e, dopo aver saldato il conto di quella misera cena, uscirono nel vicolo, dandosi appuntamento per l'indomani mattina, quando si sarebbero definitivamente congedati l'uno dall'altro.

Aisha si avvolse il capo nel cappuccio e varcò la soglia della stamberga cadente in cui erano alloggiati. Era già buio: la luce della luna, velata da qualche nuvola sfilacciata, rischiarava appena i tetti delle case affacciate sui vicoli. Il suo padrone le aveva ordinato di trovargli qualcuno che potesse lenire in qualche modo le sofferenze di quegli ultimi due giorni. Il dolore al costato si era accentuato e sulla pelle lungo il dorso era comparsa una scia di macchie rosse che, una dopo l'altra, si andavano trasformando in croste sierose. Erano passati molti anni dall'ultima volta in cui aveva patito quel morbo, e, non immaginando che si sarebbe ripresentato proprio durante il viaggio verso Milano, né lui né Tarik avevano pensato a portare con sé l'unguento adatto a far riassorbire quello sfogo doloroso. Sapendo bene che non avrebbe dovuto chiedere aiuto a nessuno dei molti medici della città, perché qualcuno di loro avrebbe potuto ravvisare nelle fattezze del malato un'identità che andava mantenuta segreta, Aisha si era discretamente informata dalla serva della locanda sulla eventuale presenza nel quartiere di qualche donna che sapesse curare con le erbe. Le aveva opportunamente mentito sulla persona a cui erano destinate, spiegandole che il rimedio sarebbe servito a lei che, dopo quel lungo viaggio, aveva i visceri in continuo subbuglio. Le era stato suggerito, con la pressante richiesta a mantenere il segreto, di chiedere consiglio a una giovane giudea che viveva poco lontano di lì, vicino all'ospedale dei lebbrosi. Prima di decidere se consultare la donna, ne aveva parlato con il suo padrone che, in preda a dolori sempre più violenti, l'aveva esortata ad andare quella sera stessa. «Se la giudea avrà bisogno di vedere le mie vesciche per procurarmi la cura» aveva aggiunto «dille che sarò io ad andare da lei e lo farò di notte: la gente è curiosa e qui alla locanda non si deve sapere nulla né di me né della mia malattia. Dille anche che sarà pagata bene.»

La saracena si inoltrò fra i vicoli che si allargavano oltre il fossato. Sforzando gli occhi nel buio, attenta ad evitare i cumuli di immondizie che qua e là si ammonticchiavano sulla strada, giunse infine all'abitazione che le era stata indicata. Dalla fessura che si apriva sul cardine inferiore della porta filtrava una luce fioca. Aisha bussò. Preceduta dall'abbaiare nervoso di un cane, la giudea socchiuse appena il battente: i suoi occhi inquieti spiavano l'oscurità del vicolo, mentre la mano che reggeva una candela di sego si sporgeva in avanti a illuminare il volto dell'ospite inattesa.

«Siete voi la giudea?» sussurrò in fretta la saracena, sollevando il cappuccio per poter essere vista in faccia.

«Sì...» rispose guardinga Rachele «ma voi chi siete?»

«Mi chiamo Aisha, e ho bisogno del vostro aiuto...»

Rachele la guardò. Gli occhi febbrili della saracena esprimevano una supplica muta. Quella donna aveva paura: il suo volto bruno, finemente cesellato, contrastava in modo singolare con la trascurata povertà dei suoi abiti. Pensando quanto disperato dovesse essere stato il coraggio che l'aveva condotta fin lì, a notte tarda e in un quartiere tanto malfamato, Rachele mise da parte il proprio timore e, rinunciando alla prudenza, la fece entrare. Dal suo angolo, Nisan osservava le due donne, emettendo un ringhio sordo.

«Non è di me che si tratta» cominciò Aisha «ma del mio padrone. Sta compiendo un lungo pellegrinaggio verso la Francia e, da qualche tempo soffre molto di una malattia della pelle che gli procura atroci dolori e pustole e vesciche...»

«E perché venite da me, invece che interpellare un medico?» la interruppe Rachele.

«Ecco... il mio signore è un ricco mercante ben conosciuto in questa città e, poiché desidera mantenere segreto il suo pellegrinaggio a chiunque non sia della sua famiglia, non vuole che alcuno sappia della sua presenza a Milano. Per questo non si è rivolto a medici o speziali, ma mi ha ordinato di cercare voi. Oh, lo so,» proseguì Aisha, interrompendo con un gesto della mano la protesta che Rachele stava per pronunciare «i giudei non possono curare i cristiani, ma al mio signore non interessa: lui non fa distinzione di fede tra coloro che devono servirlo e, in ogni caso, voi non esercitate l'arte medica, ma date soltanto consigli sulle cure, non è forse vero? Quindi, non c'è nessun ostacolo a impedire che il mio padrone usufruisca del vostro aiuto. Mi ha detto di riferirvi che i vostri servigi saranno ben pagati.»

Rachele rifletteva. Quella storia non la convinceva

fino in fondo: perché mai un mercante, ricco tanto da avere una serva con una tale proprietà di linguaggio, avrebbe dovuto rivolgersi proprio a lei? E poi, da dove poteva venire quell'uomo che aveva al suo servizio dei saraceni, se non dal regno di Sicilia? Ricordava di aver visto molti mori a Salerno, al seguito di aristocratici e mercanti, mentre pochi erano stati quelli che aveva incontrato risalendo l'Italia durante il suo viaggio verso Nord. Chi poteva mai essere quel mercante tanto indifferente alla sua fede religiosa e quanto era autorevole da potersi permettere il rischio di intrattenere rapporti con un'ebrea? E lei? Quali pericoli avrebbe corso, esercitando ancora una volta l'arte medica, pur non avendone alcuna investitura e, per di più, nei confronti di un altro malato cristiano? L'avrebbero sicuramente accusata di stregoneria, e, forse, l'avrebbero condotta sul rogo. No, non poteva mettere a repentaglio la sua vita, Isaac aveva troppo bisogno di lei: anche se si rendeva conto che il denaro promesso dalla saracena avrebbe fatto loro comodo, decise di rifiutare.

«Non posso farlo» disse in fretta. «Dite al vostro signore che lo hanno male informato: io non sono certo in grado di curare con le erbe. Sono una semplice ricamatrice e le uniche cure che conosco sono quelle che presto a mio padre, che è molto malato. Chiunque mi abbia attribuito competenze che non possiedo ha mentito o si è sbagliato. Non posso fare nulla per voi.»

Aisha, a cui gli anni di servaggio avevano insegnato a leggere nella mente del suo padrone anche quello che le sue labbra non pronunciavano, capì che la ragazza mentiva. Capì anche che, come lei, viveva nella paura. Gli occhi dilatati che la fissavano alla luce tremula della candela e le mani malferme che reggevano il mozzicone di sego tradivano una grande angoscia. Maledicendo in silenzio la malattia del suo signore che, ne era certa, avrebbe causato ulteriori difficoltà a entrambe, rivolse un sorriso stanco a Rachele.

«Non credo che diciate la verità, ma sono propensa a pensare che la vostra menzogna sia giustificata da buoni motivi. Per parte mia non intendo insistere, ma non vi assicuro che il mio signore sarà altrettanto rispettoso della vostra volontà: è abituato ad essere obbedito senza condizioni. Gli dirò che non vi ho trovato, ma non so se mi crederà. In ogni caso, se dovesse presentarsi lui stesso qui a casa vostra, vi prego, mostratevi accomodante: credetemi, un rifiuto troppo deciso verso le sue richieste metterebbe in pericolo la vostra vita.»

Dopo aver riabbassato il cappuccio sul capo, la saracena accennò un rispettoso saluto e si avviò alla porta. Rachele restò a guardarla, immobile. Nel silenzio della casa, il respiro affrettato di Isaac era l'unico suono.

Capitolo 37

La legna del focolare non ardeva quasi più, ma il paiolo sospeso sopra le braci sobbolliva ancora: la zuppa, ormai cotta, diffondeva un profumo invitante di erbe aromatiche a cui nessuno badava. Il silenzio nella stanza era totale, rotto soltanto dal borbottio del brodo e dal ronzio di una mosca solitaria che, di tanto in tanto, si posava sul bordo della pentola.

Gli occhi sbarrati di Angiolina e Graziolo fissavano Giacomo da Forno che, seduto di fronte a loro, lisciava meccanicamente il piano del tavolo, cercando altre parole che, tuttavia, non arrivavano. Il medico, che li conosceva da anni e che per primo aveva portato in quella casa la dottrina di Guglielma, non riusciva a continuare il suo discorso: il terrore che leggeva negli sguardi dei suoi ospiti era anche il suo e, sebbene avesse a lungo riflettuto a come riferire quella cattiva notizia a suoi compagni di fede, ora, nel momento in cui le frasi avrebbero dovuto fluire con facilità dalla sua bocca, ogni tentativo di dare consequenzialità logica al ragionamento gli sembrava forzato. Qui non si trattava di intraprendere una discussione filosofica che, unico approvato metodo di ricerca, investigasse le cause e le cure di una malattia, come discettavano i maestri della medicina... Qui erano in gioco la vita o la morte, sua e di tutti coloro che seguivano gli insegnamenti di Guglielma! Cercando di controllare la propria agitazione per non aumentare quella di Angiolina e Graziolo, fece uno sforzo su se stesso e ricominciò a parlare.

«La situazione è grave, non c'è dubbio, ma vediamo di capire che cosa stiamo rischiando. Ci chiameranno a testimoniare, è vero, ma pensate davvero che questo basterà per fare di noi degli accusati di eresia? Di che cosa potranno incolparci? Di aver ascoltato le parole di una donna saggia e condiviso le sue preghiere? In che modo, vorrei sapere, ci siamo discostati dalla retta via se, come predicava il Cristo e come fa la Chiesa, abbiamo solo aiutato persone sofferenti e bisognose, sentendoci tutti parte di un progetto d'amore? È mai possibile, mi chiedo, che grandi predicatori come Pietro da Verona o come i frati minori non capiscano questa semplice verità e ci taccino di eresia? Non lo credo: sono certo che le nostre risposte saranno interpretate nel modo giusto. Quindi, fratelli, facciamoci coraggio e affrontiamo anche questa prova: quando saremo interrogati, ognuno di noi dovrà rispondere sinceramente. Non abbiamo nulla da nascondere, la nostra vita è limpida, come quella della Boema.»

Angiolina guardava il medico. Il tremito delle sue mani gonfie e arrossate faceva vibrare il tessuto ruvido della veste su cui erano posate. Graziolo, che fissava la parete di fronte a sé senza vederla, continuava a deglutire, cercando di ristorare la sua gola seccata di ogni umore. Giacomo, privato delle forze da quel discorso faticoso pronunciato senza convinzione, si tormentava nervosamente un'ala del naso: sarebbero andate veramente così le cose, come aveva appena profetizzato, o non sarebbero piuttosto finiti tutti sul rogo della Vetra? E Guglielma? Cosa ne sarebbe stato di lei? Le sue riflessioni furono interrotte dalla voce di Angiolina che, tremula e spezzata, arrivò alle sue orecchie come da molto lontano.

«Faremo come dite, Giacomo, ma è assolutamente necessario che i miei figli rimangano fuori da questa storia. Se sarà necessario li nasconderò, chiederò al prevosto di San Calimero di aiutarci: lui saprà trovare un modo, li manderà nel contado, in un monastero lontano...»

Gli occhi, fino ad allora dilatati dalla paura, si gonfiarono d'improvviso: le lacrime scesero copiose mentre profondi singhiozzi scuotevano il petto di Angiolina. In silenzio, Graziolo le cinse le spalle con le sue braccia forti e, dopo un momento di commozione subito dominata, parlò per la prima volta.

«Quando saremo chiamati a testimoniare?» chiese al medico.

«Fra qualche giorno, credo. Mi è stato detto che i minori e i domenicani stanno preparando una lista dei fedeli di Guglielma e che, a gruppi, li convocheranno in capitolo presso la basilica di Sant'Eustorgio: lì saranno interrogati dagli inquisitori. Qualcuno vi manderà a chiamare, fatevi trovare pronti.»

Senza aggiungere altro, Giacomo si alzò e, dopo aver rivolto un cenno di saluto, uscì. Angiolina e Graziolo rimasero immobili. Svuotati di ogni energia, si tenevano per mano, senza nulla vedere né sentire.

«È per domani. Il segretario di Leone da Perego mi ha convocato in Sant'Eustorgio come osservatore: sebbene le parole che ha pronunciato durante l'incontro di una settimana fa siano state molto caute, ho intuito che la mia presenza in capitolo non avrà soltanto un valore testimoniale, ma costituirà un velato ammonimento nei confronti della mia persona e del mio operato. Dopo che avrò ascoltato le confessioni dei seguaci della Boema, pensano gli inquisitori, non potrò più fingere di ignorare l'esistenza di questa nuova eresia: in questo modo mi obbligheranno a collaborare, a segnalare, a denunciare, pena la prosecuzione del mio incarico qui in San Simpliciano. E così, hanno ottenuto quello che volevano, anche da me...»

L'espressione di Arnolfo era stanca e rassegnata. Gli occhi cerchiati rivelavano una notte insonne, passata in riflessione e preghiera. Matthew, smarrito e rammaricato, lo osservava, senza osare interloquire: provava pena per quell'uomo che, nella sua grande intelligenza, aveva capito subito a che cosa preludesse il vile attentato che aveva subito.

Gli ultimi fatti e la convocazione da parte degli inquisitori dimostravano ora, senza ombra di dubbio, chi avesse armato la mano di Antonino da Lurate e chi lo avesse in seguito eliminato. Arnolfo aveva scoperto che il novizio addetto alle cucine del monastero non aveva avuto alcuna parte nell'avvelenamento dell'attentatore, mentre la tonaca consegnata dal servo del mulino aveva confermato i suoi sospetti: qualcuno si era introdotto nell'infermeria travestito da frate e, senza farsi notare, aveva servito quella zuppa venefica.

Matthew continuava a meravigliarsi per la considerazione in cui era tenuto da Arnolfo: non capiva fino in fondo il motivo per cui un abate tanto potente e rispettato avesse messo a parte dei suoi turbamenti e delle sue convinzioni più profonde proprio lui, un umile frate, per di più forestiero. In ogni caso, il suo rispetto verso Arnolfo cresceva di giorno in giorno, e quell'ultima gravosa incombenza di cui l'avevano investito suo malgrado non faceva che aumentarlo. Mentre esitava, incerto se commentare in qualche modo le ultime parole dell'abate, Arnolfo proseguì.

«Verrete anche voi domani, frate Matthew. Mi è data facoltà di condurre con me due confratelli e uno dei due sarete voi.»

Il frate rimase senza fiato. Per un attimo, un lampo di ribellione passò nei suoi occhi, ma si spense subito: il voto dell'obbedienza e la consapevolezza dell'onore di cui era fatto oggetto imponevano l'accettazione incondizionata di questo ulteriore fardello. Chinando il capo, assentì, senza tuttavia riuscire a proferire parola: la prospettiva di assistere a un processo inquisitoriale aveva annientato ogni sua reazione che non fosse puramente fisica. Con le orecchie che pulsavano, Matthew si alzò e attese di essere congedato.

«Ci muoveremo all'alba, frate Matthew. Nessuno dovrà sapere: troveremo le nostre cavalcature già bardate fuori dalla stalla. A domani, dunque...»

Mentre Matthew usciva dalla cella, l'abate mosse qualche passo pesante verso l'inginocchiatoio e vi si lasciò cadere: levando gli occhi verso il crocefisso appeso alla parete, cominciò lentamente a pregare.

La salà del capitolo era buia. Le finestre, piccole e strette, che interrompevano le pareti di mattoni innalzate da poco lasciavano penetrare una luce appena sufficiente a ravvisare le fattezze delle persone. Le torce infisse ai quattro angoli della sala spandevano un odore resinoso asprigno e sgradevole che, di tanto in tanto, provocava accessi di tosse nei presenti. Pietro da Verona era seduto su un alto scanno di quercia, circondato da numerosi confratelli del suo ordine. Le loro tonache candide contrastavano con quelle brune dei frati minori che, in due lunghe file ordinate, sedevano sugli stalli ai lati della sala. A lato dei sette inquisiti che, al centro dell'aula parevano stringersi l'uno all'altro, Arnolfo, Matthew e frate Giustino erano seduti su una lunga panca addossata alla parete. Quella collocazione era stata loro imposta dai minori, quasi che la scelta del luogo servisse già a connotare una loro qualche connivenza con gli indagati.

«Sono chiamati a testimoniare Angiolina e Graziolo de' Compagnoni!»

La voce del frate predicatore che fungeva da segretario a Pietro da Verona si levò stentorea nella sala. Terrei in volto, Angiolina e Graziolo avanzarono fino a trovarsi al cospetto del loro inquisitore. Pietro li fissava severo: la schiena appoggiava rigida lungo lo schienale dello scanno, mentre le mani contratte si intrecciavano in grembo.

«Siete i primi ad essere interrogati e perciò» cominciò Pietro, sollevando l'indice della destra verso i due testimoni «spiegherò a voi, affinché risulti chiaro anche a tutti gli altri che seguiranno, quale sia lo scopo di questa convocazione inquisitoria. Prima di ogni altra investigazione, vi saranno chieste notizie sulla vostra vita: non su quella attuale, di cui sappiamo già tutto, non sulla vostra partecipazione alle riunioni con quella donna, detta Guglielma la Boema, di cui pure siamo a conoscenza, ma sulle vostre vicende precedenti.» A mano a mano che parlava, la voce dell'inquisitore risuonava più alta, acquistando evidenti accenti di asprezza: il suo sguardo duro si andava facendo febbrile e frugava tutti i visi presenti nell'aula. «Vogliamo sapere» continuò «chi siete, da dove venite, chi sono i vostri amici e se è vostra intenzione conformarvi, d'ora in poi, ai "mandata ecclesiae", senza cedere mai più a lusinghe di eresia. Perché di questo specificatamente noi sospettiamo, che Guglielma la Boema sia da considerarsi un'eretica a tutti gli effetti e che nella sua insania abbia fatto in modo di circondarsi di adepti e fedeli, quasi che la sua fosse un'altra Chiesa! Sappiamo che tutti voi qui presenti avete frequentato la sua casa, avete ascoltato le sue farneticazioni, avete pregato con lei... Ebbene, sarete giudicati per questo. Tuttavia, se risponderete alle mie domande con verità e senza nascondere nulla, se soprattutto riconoscerete pubblicamente il vostro errore quando vi sarà ordinato di farlo, allora la vostra vita sarà risparmiata.»

Pietro tacque. La sua grande esperienza di predicatore gli aveva insegnato a intervallare le sue perorazioni con lunghe pause, che avevano il merito di produrre in chi lo ascoltava un'attesa venata di paura. Proprio l'effetto che voleva ottenere.

Dopo aver esalato un lungo e rumoroso sospiro, riprese il discorso, fissando Graziolo direttamente negli occhi.

«Tu, Graziolo de' Compagnoni, da quanti anni sei in questa città? I miei informatori mi hanno riferito che provieni dal contado, è vero?»

Cercando di mantenere un atteggiamento dignitoso, Graziolo raccolse tutto il suo coraggio e, con voce ferma, cominciò a raccontare delle sue origini, del suo vecchio mulino e del suo attuale impiego come domestico. Stava per aggiungere particolari più precisi sull'importanza del suo incarico presso il palazzo podestarile, quando l'inquisitore lo interruppe, conferendo alle sue parole la violenza di una staffilata.

«E, dimmi, chi ti ha fatto conoscere Guglielma la Boema?»

Graziolo boccheggiò. I suoi occhi spauriti saettarono intorno a cercare il volto di Giacomo da Forno: il medico manteneva un'espressione impenetrabile. Quando il suo sguardo incontrò quello del suo involontario accusatore, un sorriso stanco gli stirò le labbra. Graziolo, rendendosi conto di aver ormai già fornito una risposta con quell'occhiata incauta, non poté fare altro che dire la verità.

«È stato il medico Giacomo da Forno, eccellenza, anch'egli qui presente a rendere testimonianza...»

«E chi altri, insieme a te, frequentava l'eretica?»

La sicurezza che, con tanta determinazione aveva deciso di manifestare, stava a poco a poco lasciando il posto al terrore. Di fronte alle domande stringenti del domenicano, si rese conto con orrore che lo scopo primario dell'inquisitore sarebbe stato quello di ottenere i nomi di tutti i seguaci di Guglielma. Ne volevano fare un delatore, tutti loro avrebbero dovuto trasformarsi in spie, se avessero voluto aver salva la vita! Disperato, guardò sua moglie. Angiolina tremava: il suo viso ancora bello di contadina era ridotto a una maschera di paura, le nocche delle sue mani, strettamente intrecciate sul ventre, erano bianche come cera.

«Allora, non vuoi rispondere?» lo sollecitò bruscamente Pietro.

Graziolo alzò gli occhi umidi sul frate e, balbettando a fatica, fece il nome di tutti gli altri che aveva incontrato nella casa di San Pietro all'Orto, tacendo soltanto quello dei suoi figli.

«E tua moglie,» proseguì il predicatore, facendo cenno ad Angiolina di avanzare verso di lui «cos'ha da confessare tua moglie?»

«Vengo da Parabiago, come mio marito» disse la donna, con voce tremante ma chiara «e dopo l'inondazione che ha distrutto il nostro mulino diciotto anni fa, l'ho seguito a Milano. All'inizio ho fatto la balia, poi la caritatevole comprensione del prevosto della basilica di San Calimero mi ha permesso di trovare un'occupazione per sopravvivere: faccio la lavandaia per lui e per tutti i diseredati che frequentano la chiesa...»

Come un fulmine inaspettato che, schiantandosi vicino a un albero faccia sobbalzare un improvvido pastore di pecore a guardia del suo gregge, così, le parole di Angiolina fecero sussultare all'unisono Arnolfo e Matthew. Fino ad allora erano rimasti nel loro angolo, immobili: per entrambi quella sessione inquisitoria era un'esperienza sconvolgente e, sebbene a fatica, cercavano di mantenersi distaccati, sforzandosi di celare il proprio turbamento. Ormai certi che le domande di Pietro da Verona preludessero a futuri dolorosi rivolgimenti sulla vita di tutti gli inquisiti presenti nella sala, ascoltavano con attenzione ogni loro parola. Fu così che udirono dalla bocca di Angiolina il nome del suo borgo di provenienza e le spiegazioni sul suo vecchio impiego come balia. Per un attimo Arnolfo smise di respirare. Matthew, pallido in volto, cercò lo sguardo dell'abate, come a trovarvi la conferma a un incredibile sospetto. Le pupille dilatate di Arnolfo lo fissarono per un istante, rimandandogli il suo stesso dubbio: che fosse proprio quella donna la madre adottiva della giovane Gisalbertini? Gli anni passati dal suo arrivo in città e il luogo di partenza coincidevano con le informazioni in loro possesso. Se fosse stata lei, quale incredibile casualità l'aveva condotta fin lì in quell'aula, alla presenza delle due persone che, più di chiunque altra, desideravano scoprire l'identità di sua figlia? Un muto e identico scambio di pensieri intercorse fra i due uomini. Il primo a riprendere il controllo delle proprie emozioni fu l'abate che, distogliendo di scatto il suo sguardo da quello del frate, ricompose il volto in un'espressione impassibile.

Matthew, ben comprendendo quanto l'atteggiamento di Arnolfo fosse tenuto sotto controllo da parte dei predicatori e quanto rischiosa fosse la manifestazione di qualunque turbamento, evitò di guardarlo oltre, riportando la sua attenzione sulle domande che l'inquisitore continuava a porre ad Angiolina.

«E i vostri figli? Mi dicono che avete in affido una giovane e un ragazzo... Sono mai venuti con voi alle riunioni di Guglielma?» chiese severo il predicatore.

Tutto il sangue defluì dal viso della donna: un sudore freddo le colò lungo il corpo e, per un attimo, temette di cadere. Poi, mascherando con un forzato colpo di tosse il nodo che le era salito alla gola, rispose.

«No, eccellenza, i miei figli non conoscono la Boema.»

«E, ditemi, quali buoni motivi dovrei avere per prestar fede a questa vostra affermazione? Credo che dovranno essere convocati anche loro in quest'aula...»

«Ma, eccellenza,» osò interloquire Angiolina, spinta

dalla disperazione «mio figlio è ancora un bambino e mia figlia...»

«E vostra figlia lavora al Brolo come famula!» tuonò irato Pietro. «Se la sua età le permette di assistere i malati e i moribondi, sarà pur in grado di rispondere alle mie domande, non credete? Sarò io a decidere se e quando ascoltarla: per ora, ritiratevi di qualche passo, con voi ho finito.»

Il predicatore fece un cenno al segretario che, avvicinatosi reggendo in mano una pergamena, gliela mostrò, sussurrando qualcosa. Mentre Angiolina e Graziolo retrocedevano in fondo alla sala, il segretario chiamò il medico Giacomo da Forno.

Era quasi l'ora sesta, quando gli inquisitori terminarono gli interrogatori. I convocati furono lasciati liberi di tornare alle loro case, ma con la tassativa ingiunzione a non lasciare la città: qualunque trasgressione a quest'ordine avrebbe avuto come conseguenza l'immediato deferimento al potere civile. In un silenzio carico di tensione, i testimoni si allontanarono alla spicciolata: Angiolina e Graziolo, appoggiandosi l'un l'altra come se un peso enorme gravasse loro sulle spalle, si inoltrarono verso le mura. Arnolfo suggerì a frate Giustino di precederlo a San Simpliciano: lui e frate Matthew lo avrebbero raggiunto di lì a poco. Interpretando quell'ordine come il desiderio dell'abate di poter parlare con il frate inglese lontano da orecchie indiscrete, Giustino obbedì. Sebbene si chiedesse spesso i motivi di quel recente ma saldo legame fra il suo abate e quel monaco straniero, in quel momento era troppo agitato per pensare ad altro che non fosse un rapido ritorno tra le mura rassicuranti del suo monastero. La sessione inquisitoriale di quella mattina lo aveva spaventato a morte e sentiva il pressante bisogno di una lunga, solitaria preghiera nella cappella.

Capitolo 38

«Vedete bene, Angiolina, come questa sia l'unica soluzione possibile...»

Gli occhi comprensivi del prevosto osservavano la donna seduta davanti a lui. Rattrappita su se stessa, Angiolina fissava una crepa nel pavimento di pietra della sacrestia. Accanto a lei, Allegranza respirava appena: il suo sguardo atterrito correva dal prete all'abate che, in piedi di fianco allo stipo, seguiva attento il discorso di padre Giovanni.

«Credetemi» proseguì il prevosto «è la cosa migliore che possiate fare. Il monastero del Lentasio è un luogo sicuro e la badessa Eufrasia, come avete udito dall'abate, è una persona fidata e di grande esperienza. Là non vi cercherà nessuno,» aggiunse, rivolto ad Allegranza «perché i predicatori penseranno che vostra madre vi abbia nascosto nel contado. Invece, quale miglior nascondiglio di quello meno prevedibile? Resterete lì per un po', fintantoché non si siano calmate le acque e fino al momento in cui i vostri genitori saranno chiamati ancora a testimoniare il loro pentimento. Dopo di allora, si vedrà: se vostro padre riuscirà a trovare un'altra occupazione, potreste andarvene tutti da Milano...»

Le lacrime cominciarono a scendere sul viso pallido di Allegranza. Stava per perdere tutto, l'amore, il lavoro, le amicizie. La sua vita, accettata malgrado le difficoltà, puntigliosamente portata avanti fino a quel giorno, stava per finire. Sarebbe mai riuscita a riunirsi a Damiano? Come avrebbe potuto spiegare alla sua famiglia che la donna che avrebbe voluto sposare era indagata per eresia? E cosa ne sarebbe stato dei suoi genitori e, soprattutto, di suo fratello, ancora troppo piccolo per poter capire l'enormità di quanto stava accadendo?

Arnolfo, oppresso da un'inquietudine profonda per le azioni che stava per compiere, osservava le due donne. Avevano sbagliato: tutti loro, lui compreso, avevano sbagliato a sottovalutare l'ira della Chiesa verso gli eretici. Anche se aveva fondate ragioni per dubitare dell'effettivo pericolo costituito dalle parole della Boema, si rendeva conto che la sua predicazione era comunque un ulteriore ciottolo gettato nello stagno dell'eresia: per parte sua, pensava che i cerchi prodotti da quel sasso minuscolo sarebbero stati minimi rispetto ai gorghi consistenti formati da altre ben più pesanti eterodossie.

Padre Giovanni lo guardava, in cerca di aiuto: la pena che provava per quelle due donne incaute, gli impediva di continuare il discorso che si era meticolosamente preparato. Arnolfo, intuendone l'imbarazzo, parlò per lui.

«Quanto al ragazzo» disse «verrà nel mio monastero. Resterà nascosto nella cella di un monaco verso la cui discrezione nutro la massima fiducia. Non disperate, Angiolina: vedrete che tutto si sistemerà e che, fra non molto, potrete riunirvi ai vostri figli. E ora, preparate la vostra sacca» soggiunse rivolto ad Allegranza «vi accompagnerò io stesso al Lentasio. Ho già parlato con magistra Eufrasia che, vi assicuro, è ansiosa di conoscervi.»

Non disse quanto la notizia del ritrovamento di Allegranza avesse sconvolto la vecchia monaca: al sollievo per saperla viva, si era aggiunta un'enorme amarezza per veder confermati gli antichi sospetti sulla sorte di Caterina. Di fronte all'abate, Eufrasia si era lasciata andare a una commozione di cui si era subito vergognata. Era stata lei, non appena il pianto era cessato, a suggerire ad Arnolfo di nascondere la ragazza al Lentasio e l'abate, grato per la sua generosità, aveva accettato di buon grado quella soluzione.

Ora, mentre madre e figlia davano sfogo a tutte le loro lacrime avvinghiate l'una all'altra, Arnolfo rifletteva in fretta. Lui stesso avrebbe dovuto essere molto cauto. Si sarebbe ripresentato agli inquisitori, facendo le viste di collaborare con loro: quando, come e chi avesse poi contribuito a denunciare, questa era un'altra questione. L'obbedienza alla Chiesa e alle sue gerarchie era dovuta senza discussione, questo era certo, ma l'obbedienza più grande, quella al Cristo, faceva parte della sua coscienza: soltanto a Lui avrebbe dovuto rendere ragione. Ogni errore, ogni incertezza sarebbe infine stata esaminata dall'unico Giudice di cui non avrebbe mai dubitato.

Gli occhi di Hamid, fino ad allora intimiditi da quell'ambiente austero dove era stato condotto, si sgranarono per la sorpresa guardando il volto del frate che lo aveva accolto nella sua cella.

«Ma tu sei Matiù!» esclamò di getto.

Anche Matthew si stupì nel riconoscere, in quel piccolo fuggiasco che gli era stato affidato, il messaggero di Guglielma. Mai avrebbe immaginato che le soro strade si sarebbero incontrate ancora e, soprattutto, non avrebbe mai potuto sospettare che quel ragazzino fosse il fratello di Allegranza. Ringraziando come sempre l'Altissimo per le meraviglie di cui faceva dono ai Suoi figli, rivolse un sorriso rassicurante al bambino.

«Sì, sono io... Sei contento di rivedermi?»

Hamid annuì incerto, senza rispondere, mentre i suoi occhi correvano per la cella angusta dove avrebbe passato i giorni a venire. Un rozzo cassone di legno su cui erano posati un saccone e una coperta ruvida costituiva il giaciglio del frate; addossato alla parete di fronte, direttamente sul pavimento di pietra, era stato sistemato un secondo pagliericcio, proprio a ridosso di un tavolino e un panchetto su cui era posata una grande sacca di cuoio.

«È tua?» chiese il bambino, sfiorandone i legacci.

«Sì» rispose il frate «e ci sono dentro le mie poche cose: vuoi vederle?»

Sollevato per aver trovato un argomento di conversazione più futile rispetto ai motivi che avevano condotto fin lì quel piccolo sfortunato, Matthew aprì la sacca e cominciò a estrarne gli oggetti. Allineati sul tavolo, comparvero due camicie e due paia di brache di lino ruvido, un coltello, un piccolissimo scrigno, una croce di legno rozzamente intagliata, un ramo di ginepro ormai disseccato, una piuma e dei sassolini bianchi.

«Tutto qui, quello che possiedi?» chiese meravigliato Hamid.

«I frati fanno voto di povertà e non possono avere nulla di più di quello che serve loro per sopravvivere, al resto ci pensa l'Altissimo» rispose il frate sorridendo.

«E questo cos'è?» domandò incuriosito il bambino, sollevando il cofanetto tra le mani.

«Contiene una croce preziosa» disse Matthew, aprendo la scatolina. «L'ho ricevuta in dono quasi un anno fa dalla moglie di un mercante: era una donna saggia e molto generosa...»

«Perché dici "era"?» chiese Hamid, ammirando il piccolo gioiello di rubini.

«Perché è morta, insieme con tante altre persone che non avevano colpe...»

«E perché?» domandò il bambino, colpito dal tono di rimpianto percepito nella voce del frate.

«È una storia lunga, te la racconterò un po' alla volta: avremo tanto tempo per parlare, non credi?»

Hamid annuì. Le sue mani scivolarono verso il ramo di ginepro e, subito dopo, sui sassolini e sulla piuma. Non osando chiedere ragione di quegli oggetti, tanto insoliti nel corredo di un monaco, lo guardò, in attesa di una spiegazione che, tuttavia, non arrivò. Dopo aver riposto con cura le sue cose nella sacca, Matthew si sedette sul pagliericcio e, invitando Hamid a fare lo stesso, gli rivolse un sorriso benevolo.

«Poiché dovremo stare insieme per un po' di tempo,» gli disse «sarà bene che prendiamo confidenza l'uno con l'altro, quindi, se ne hai voglia, io ti parlerò dei luoghi dove sono nato e di quelli che ho attraversato per arrivare fin qui. In cambio, però, tu mi dirai tutto di te, dei tuoi genitori, di tua sorella...»

Il bambino lo guardava, ancora incerto se fidarsi o meno di quel frate bizzarro che conservava come tesori dei sassi e dei rametti secchi. Già una volta, nella casa diroccata dove gli aveva portato il messaggio di Guglielma, il suo sguardo allucinato lo aveva spaventato e ora, dopo che l'abate del monastero aveva deciso di porlo proprio sotto la tutela di quel monaco straniero, si chiedeva se avrebbe fatto bene a metterlo a parte dei suoi segreti. D'altra parte, il fatto che la Boema lo conoscesse costituiva di per sé una garanzia. Se Guglielma lo aveva incaricato dell'ambasciata, rifletteva, questo significava che quell'uomo non le era sconosciuto e, quindi, doveva essere degno della sua considerazione: di conseguenza, non avrebbe avuto nulla da temere da lui. Quello che invece lo turbava e gli risultava del tutto incomprensibile, era il fatto che avessero segregato lui e Allegranza in due luoghi diversi, dividendoli dai genitori. Angiolina gli aveva fornito spiegazioni confuse, adducendo il motivo di un viaggio nel contado: lei e Graziolo sarebbero stati via per un po' e, mentre sua sorella sarebbe stata ospitata in un monastero femminile, lui avrebbe dovuto andare a San

Simpliciano. Hamid non capiva: perché quel monastero e non piuttosto la basilica di San Calimero, il cui prevosto lo conosceva tanto bene? Doveva esserci sotto qualcos'altro e, forse, le ragioni del loro allontanamento avevano a che fare con la Boema. «Che non ti esca di bocca nemmeno una volta il nome di Guglielma quando sarai lontano da noi!» gli aveva sibilato all'orecchio sua madre mentre, con gli occhi lucidi, si congedava da lui, sulla soglia della foresteria del monastero. E ora, quel frate gli chiedeva di raccontare, di parlare di sé e di Allegranza: quanto avrebbe potuto dire e che cosa avrebbe dovuto tacere? Con il petto stretto in una morsa, come non aveva mai provato nella sua breve vita, decise che avrebbe dosato le sue confidenze: dopo aver ascoltato quelle del frate e aver stabilito se fossero sincere e credibili, allora, forse, avrebbe parlato anche lui.

Osservando il bambino, Matthew lesse nel suo sguardo paura e diffidenza. Capendo che, se avesse voluto conquistarne la fiducia, avrebbe dovuto raccontare per primo, gli sorrise ancora e cominciò a parlare.

Capitolo 39

Il dolore si faceva sempre più acuto. Ad ogni respiro, quando i muscoli del costato si tendevano, doveva bloccare il fiato a metà: era come se, insieme con l'aria, entrassero nel suo corpo decine di lame di coltello che, piantate nella carne, girassero e rigirassero fino a fargli scoppiare i polmoni. Le vesciche sulla pelle si erano fatte purpuree e alcune sanguinavano. Non poteva aspettare oltre: di lì a un'ora, quando la notte fosse stata fonda, sarebbe andato dalla giudea e l'avrebbe costretta a fornirgli la cura. Si era infuriato quando, due giorni prima, aveva udito dalla bocca di Aisha il rifiuto di Rachele e sarebbe andato subito a sfogare la sua collera contro di lei, se la serva non lo avesse dissuaso. La saracena aveva atteso pazientemente che terminasse la sua replica rabbiosa poi, timorosa e guardinga come sempre, gli aveva spiegato che le misere case affacciate sul vicolo dove abitava la giudea erano talmente addossate le une alle altre, che lo scambio di invettive prodotto da una disputa sarebbe stato avvertito da chiunque. «Non vorrete che qualcuno, udendo la vostra voce irosa, si affacci alla porta per vedere cosa stia succedendo dall'ebrea e vi riconosca, vero, mio signore?» aveva aggiunto. Aveva dovuto ammettere che Aisha aveva ragione: quella donna, che lo serviva fedelmente e che durante quel viaggio si era anche dimostrata capace di alleviare la solitudine del suo giaciglio, sarebbe stata una saggia compagna per chiunque. Quando fossero tornati al castello, aveva pensato, avrebbe anche potuto affrancarla e permetterle così di tornare a Lucera: con un paio di buoi e qualche pecora avrebbe potuto coltivare un pezzo di terra e sfamare la madre e i molti fratelli che erano rimasti in quella città.

Ora però, dopo quegli ultimi due giorni durante i quali il dolore non accennava a diminuire, aveva deciso di andare dalla giudea e, se necessario, costringerla con la forza a procurargli un unguento. La sua permanenza a Milano avrebbe dovuto concludersi e non poteva certo mettersi sulla via del ritorno gravato da una sofferenza simile: una cura, una qualsiasi purché adatta alla malattia, lo avrebbe aiutato a sopportare la fatica della marcia a dorso di mulo.

Tarik, che si era discretamente informato sulla situazione in città, aveva confermato i suoi sospetti e le sue intuizioni: Milano era imprendibile, almeno per il momento. Confuso fra la folla durante la parata in onore dell'arcivescovo, lui stesso aveva potuto verificare quanto i cittadini fossero rispettosi verso le gerarchie ecclesiastiche che, per parte loro, pur conservando una certa indipendenza da quelle di Roma, obbedivano comunque ai voleri del papa. Da troppi anni i milanesi coltivavano l'odio verso l'imperatore perché si potesse sperare di sorprenderli con la guardia abbassata: inoltre, il legato pontificio e l'arcivescovo avevano appena finito di sancire ulteriori alleanze che avevano pericolosamente aumentato il numero dei soci della lega. Anche se la sua trasferta fin lì si concludeva, in fondo, con una delusione, tutto sommato essa era stata utile: se non altro, ora aveva le idee più chiare. Avrebbe aspettato, temporeggiando su quel fronte, in attesa dell'occasione giusta che, ne era certo, si sarebbe infine presentata.

Preceduto da Aisha, che lo attendeva sulla soglia della locanda, uscì nel buio e, abbassato il cappuccio sul capo, si inoltrò fra i vicoli, verso il sestiere di San Lazzaro.

Rachele fu svegliata di soprassalto dai colpi alla porta. Quella notte, il sonno che di solito aveva la parvenza di un inquieto dormiveglia, l'aveva avvolta in una cappa pesante e senza sogni: le ore della giornata appena trascorsa si erano inseguite frenetiche, divise fra le cure da prestare a Isaac e un ricamo da finire per l'indomani. La stanchezza l'aveva colta all'improvviso. Non si era nemmeno spogliata della veste: si era buttata sul paglericcio e, senza rendersene conto, si era addormentata.

Sebbene i colpi sul legno rimbombassero imperiosi nella stanza, faticò a riemergere da quell'inconsueto stato di incoscienza. Furono, infine, gli uggiolii di Nisan a destarla del tutto: mentre il cane, rinunciando al suo consueto atteggiamento irruente, si nascondeva timoroso sotto il tavolo, Rachele si alzò in fretta e indossò la cuffia sui capelli ancora scarmigliati. Poi, dopo aver lisciato con le mani la veste stropicciata, accese il mozzicone di candela e aprì.

Un uomo incappucciato entrò come una furia nella stanza, seguito dalla saracena che si era già presentata qualche giorno prima. Senza lasciarle il tempo di parlare, chiese un rimedio per il suo malanno, affermando di sapere per certo che lei curava con le erbe. Rachele tentò una protesta, subito rintuzzata da un profluvio di parole aspre e minacciose.

«Mi avete capito bene? Non intendo lasciare questa casa finché non mi avrete dato l'unguento che mi serve! E non raccontate altre frottole: potete aver ingannato la mia serva, ma non pensate di poterlo fare con me! Tutti, nel quartiere, sanno che voi conoscete i rimedi con cui alleviare le malattie, come tutti sanno che siete giudea...

Perché credete che tollerino la vostra presenza qui, se non per avere vicino qualcuno che possa curare febbri, tosse e diarrea, senza dover sborsare denaro per un medico?! Siete molto ingenua se pensate che nessuno vi abbia ancora denunciato per troppa bontà d'animo: in questa città gli ebrei non sono ben accetti, sono altri i luoghi in cui vengono apprezzate le loro capacità...»

Dopo quelle ultime parole, l'uomo si zittì d'improvviso, come pentito per essersele lasciate sfuggire di bocca. I suoi occhi, appena visibili sotto il cappuccio calato, la fissavano: mentre il riflesso della candela creava lampi in quelle iridi chiare, la bocca sottile si serrò in una piega amara.

«Badate a voi, ragazza» riprese, dopo quell'attimo di incertezza «se non farete quello che vi chiedo, potrei denunciare la vostra attività illecita, potrei farvi cacciare da qui!»

Rachele non osò replicare oltre. Senza che lei glielo chiedesse, l'uomo abbassò il cappuccio e, con un gesto rapido scoprì anche il costato. Stupita da quella impudica manifestazione del corpo, esitò a guardare.

«Allora, non volete vedere le vesciche, per stabilire la cura?» le chiese, seccato dalla sua indecisione.

Prima che dalle macchie che gli costellavano il petto, l'attenzione di Rachele fu attratta dai suoi capelli. Nonostante la penombra della stanza, riuscì a distinguere una chioma rossastra che, a riccioli scomposti, scendeva a lambire il collo e le spalle: anche se qualche filo grigio ne spegneva la tonalità uniforme, quella sfumatura di colore, insolita in un uomo, la stupì. Dove aveva già visto quella capigliatura? Vaghi ricordi legati alla sua infanzia più lontana le si affastellavano nella mente, senza tuttavia fornire risposte.

Lo sguardo dell'uomo che la fissava cupo, la riscosse dai suoi pensieri. Avvicinata la candela, per esaminare meglio la parte malata, rabbrividì: la pelle del costato era infestata di vesciche, alcune purpuree e gonfie, altre giallastre e spaccate: lunghe scie di siero ormai disseccato scendevano lungo i fianchi e l'addome.

«Allora? Avete il rimedio per questo morbo?» domandò spazientito l'uomo, mentre si ricopriva in fretta.

Rachele annuì. Senza parlare, si diresse al forziere dove suo padre conservava erbe e medicamenti: ne estrasse un'ampollina di stagno, piena fino all'orlo di un unguento oleoso e un piccolo involto di lino.

«È questo il rimedio» disse, porgendoglieli entrambi. «L'unguento viene ricavato dal grasso che cresce sotto la cotenna dei porci ed è preparato dai frati della chiesa di Sant'Antonio, poco lontano dall'ospedale del Brolo. Dicono che, spalmato sulle vesciche, in poco tempo le faccia riassorbire. L'erba contenuta nel sacchetto è invece l'aglio ursino che, aggiunto all'unguento, dovrebbe renderne più efficace l'azione curativa...»

Un'espressione di intenso disgusto si dipinse sul volto dell'uomo. Tenendo in bilico sul palmo delle mani l'ampolla e l'involto, li annusò più volte: poi, rialzati gli occhi febbrili su Rachele, la fissò con ferocia.

«E voi vorreste che io me ne andassi in giro, unto come un cervo pronto per essere arrostito e fetido come un vecchio sacco di grano ammuffito?!» urlò rabbioso. La giovane, presa alla sprovvista da quella reazione inaspettata, retrocedette impaurita verso il muro. Nonostante Aisha sfiorasse, in un gesto pacificatore, il braccio del suo padrone, l'uomo continuò a inveire, seppur trattenendo la voce in un basso ringhio strozzato.

«Siete un'idiota! Ma chi ha mai sentito di grasso di porco e di aglio per curare questo male! Altre, meno graveolenti, sono state le erbe che mi sono state prescritte in occasione del presentarsi di questo morbo! Issopo, se non ricordo male, e majorana... ma già,» proseguì, sempre più alterato «qui siamo a Milano, la grande città di Lombardia, dove tutti sanno tutto, dove nessuno ha bisogno di guida, di comando...»

Nell'ascoltare quelle parole irose, una paura incontrollabile invase la mente delle due donne presenti nella stanza. Mentre Rachele temeva che a quel discorso rabbioso seguisse una qualche azione violenta diretta contro di lei, Aisha tremava all'idea che il suo padrone, in preda alla rabbia, svelasse involontariamente la propria identità.

Nel silenzio carico di tensione che seguì le ultime concitate frasi dell'uomo, un lamento forte e prolungato, come di un animale ferito, si levò dal locale contiguo e, senza cessare, si fece sempre più vicino. Gli occhi di tutti si puntarono sulla porticina divisoria: Rachele, che aveva subito capito che cosa stava per succedere, staccò il corpo irrigidito dal muro e mosse due o tre passi cauti verso l'altra stanza.

Isaac, ansimante, comparve sulla porta. Gli occhi febbrili scrutavano la penombra del locale, la mano destra artigliava il bastone che, mosso dal tremore del corpo, vibrava violento contro l'impiantito. Rachele rimase immobile. L'uomo, stupefatto da quella presenza inaspettata, restò a bocca aperta. Aisha, temendo nuovi violenti sviluppi, si rannicchiò contro la porta d'ingresso.

Il vecchio giudeo avanzò ancora, fino a trovarsi al centro della stanza: si udiva solo il suono rasposo del suo respiro. Con un cenno del capo, si fece dare la candela da Rachele e, con la mano libera, la sollevò sul volto dell'ospite. Dopo averlo osservato a lungo, i suoi occhi si dilatarono: aprì la bocca per parlare, ma non ne venne alcun suono. Deglutì più volte poi, mentre un tremito ancora più forte scuoteva il suo corpo scheletrico, riuscì finalmente a far uscire la voce dalla gola contratta.

«Come osi rimproverare mia figlia?! Chi sei tu per

poter giudicare di rimedi, di arte lunga, di erbe? Oh, lo so che i medici sono riveriti e ben pagati alla tua corte, ma qui non siamo a Melfi, dove tutti pendono dalle tue labbra! Tu...» proseguì, respirando a fatica «...nessuno potrebbe dimenticare il tuo volto, una volta che l'abbia visto per caso, né i tuoi capelli, né i tuoi occhi... Ero molto più giovane quando venisti a visitare la scuola di Salerno, dove allora io insegnavo e noi tutti, medici e praticanti, seguimmo la parata, ascoltammo con ammirazione le parole di sapienza che uscivano dalle tue labbra... Cosa ne è stato, dimmi, di tutta quella sapienza se ora sei qui, in casa di due giudei, travestito da pellegrino a mendicare un rimedio, una cura? Quanto è diminuito il tuo potere se, per camminare per i vicoli di questa città, devi tener nascoste le tue fattezze?...»

«Padre... tornate a stendervi, padre...»

La voce ansiosa di Rachele giunse come un soffio alle orecchie di Isaac. La guardò: i suoi occhi appannati dalle lacrime corsero da lei all'uomo che aveva di fronte. Senza distogliere lo sguardo, puntò contro di lui un dito ossuto e, trattenendo un singhiozzo roco, emise la sua sentenza.

«Tu sei Federico, l'imperatore! Vattene da questa casa, già troppe sono state finora le nostre disgrazie! Vattene, Federico,» ansimò «per pietà, vattene!»

Dopo queste ultime parole che gli costarono uno sforzo enorme, la coscienza abbandonò Isaac. La mano si aprì inerte e il bastone rotolò lontano: afflosciandosi come un sacco vuoto, il vecchio scivolò scompostamente a terra. Con un grido strozzato, Rachele fu immediatamente al suo fianco: sollevandogli la testa in grembo ascoltò il suo respiro e gli socchiuse le palpebre. Rassicurata dalla vita che, per quanto fioca, ancora ardeva in lui, lo afferrò per le spalle e tentò di trascinarlo verso il suo giaciglio. Aisha, mossa a pietà dalla disperazione che vedeva nei gesti della giovane, avrebbe voluto aiutarla, ma la paura la bloccò.

Federico era rimasto immobile. Incapace di proferire parola, fissava senza vederli il vecchio e sua figlia, mentre una miriade di pensieri disordinati gli si affastellava nella mente. Come quell'ebreo, altri avrebbero potuto riconoscerlo: avrebbe dovuto andarsene al più presto, se non voleva che presto o tardi la sua presenza in città fosse scoperta. E poi, chi era mai quel medico di Salerno e perché era venuto fino a Milano? Com'era stato possibile che lui stesso, di solito tanto guardingo, si fosse lasciato andare a uno sfogo tanto incauto? Dovevano essere quel maledetto morbo e quel dolore intenso e bruciante a offuscargli la mente...

«Mio signore,» sussurrò Aisha, riscuotendolo dalle sue confuse riflessioni «mio signore, forse sarebbe meglio andare...»

Federico si voltò e, senza rispondere, depose sul tavolo sbilenco una moneta: alla fiamma tremula della candela deposta poco più in là, il piccolo trifoglio impresso nel metallo baluginò per un attimo. La saracena aprì la porta in silenzio: una folata umida e calda come fiato di drago entrò nella stanza. L'imperatore uscì: le sue mani contratte stringevano ancora l'ampolla di stagno e il fagotto di erbe. Dietro di lui, Aisha richiuse piano l'uscio e lo seguì.

Capitolo 40

La luce dell'alba imminente entrava livida dalla porta sull'orto. Rachele l'aveva lasciata spalancata tutta la notte per far circolare quanta più aria possibile vicino al giaciglio di Isaac. Ora, mentre con il corpo irrigidito dalla tensione ne spiava ogni singolo respiro, non si accorse neppure di quel lieve lucore che annunciava il giorno.

Suo padre non si era più svegliato. Il suo petto si alzava e si abbassava con un ritmo ineguale, la sua bocca affondata nella barba bianca restava spalancata, contornata da spume di saliva che si gonfiavano a ogni rantolo. Sopra gli occhi serrati, la pelle delle tempie e della fronte era lucida di un sudore gelato che Rachele, di tanto in tanto, detergeva con una pezzuola di lino. La notte era stata interminabile. Sola davanti all'agonia di Isaac, aveva pianto a lungo: stava per assistere alla morte di suo padre, ma all'improvviso si era resa conto di non essere ancora pronta per quella prova. La prospettiva di perdere il sostegno della persona che più di ogni altra aveva amato, la paura per un futuro di solitudine, la rinuncia a tutte le aspirazioni che con tanta determinazione aveva coltivato fin dall'infanzia l'avevano sprofondata in una disperazione a cui solo le lacrime avevano potuto dare un temporaneo sfogo.

D'improvviso l'assalì una sete terribile: dopo aver osservato ancora una volta il volto di Isaac, si alzò e andò nell'altra stanza. Sollevato il boccale dal tavolo, stava per versarvi l'acqua della brocca, quando udì bussare piano alla porta. Stupita, la socchiuse: veloce come un fulmine, Nisan si intrufolò nella stretta apertura e, uggiolando di gioia, cominciò a spiccare salti frenetici intorno a lei. Fermo sulla soglia, in attesa che quella fervida dimostrazione di affetto avesse termine, Aimone la guardava.

«Entrate,» sussurrò Rachele «entrate pure...»

Alla pur debole luce dell'alba, l'espressione che il castellano colse sul viso della giovane fu più eloquente di un lungo, articolato discorso. Senza parlare, superò a grandi passi l'angusto locale e si diresse al giaciglio di Isaac.

«Vostro padre...» cominciò, osservando il volto devastato del vecchio. «Cosa è successo? Da quando?...»

«Mio padre sta morendo» sussurrò Rachele. «Lo vedete da voi... Già due giorni fa, poco dopo che ve ne siete andato, le sue crisi si sono fatte più ravvicinate: questa notte poi, è accaduta una cosa incredibile...»

Mentre la sua voce si andava facendo sempre più spezzata da singhiozzi puntigliosamente trattenuti, la giovane raccontò della visita dell'imperatore Federico e della rabbiosa reazione di Isaac a cui era seguito quell'ultimo, irreversibile attacco del male.

Aimone era sbalordito. I suoi occhi correvano dal volto di Rachele a quello di suo padre, come a cercare una impossibile conferma alle inverosimili notizie che stava ascoltando.

«Federico qui a Milano?! E da voi?!... Ma come è potuto accadere?» balbettò confuso.

Rachele stava per dare una risposta stizzita a quella domanda inutile, quando un rantolo più forte degli altri le gelò il sangue: Isaac aveva aperto gli occhi e la guardava.

«Padre...»

Il vecchio richiuse la bocca e si umettò le labbra aride. Poi, dopo averla riaperta in cerca d'aria, tentò di parlare. La voce uscì affannosa e arrochita, a mala pena udibile.

«Io muoio, Rachele... Voi...» proseguì, voltando a fatica la testa verso Aimone «Voi... mia figlia... abbiatene cura... portatela via di qui... vi prego...»

Le pupille di Isaac si spensero. I suoi occhi liquidi rimasero spalancati, senza più vita.

Rachele urlò.

Nisan, col pelo irto e la coda bassa, guardò spaventato la sua padrona e, piegando il capo di lato, rimase immobile. Il grido di Rachele si affievolì a poco a poco, trasformandosi in un interminabile, doloroso lamento. Aimone mosse un passo verso di lei e, abbandonando qualunque ritegno, la prese fra le braccia. La ragazza si afflosciò lentamente contro di lui, lasciandosi finalmente andare a un pianto disperato. Nisan, avvicinatosi cautamente al paglierìccio di Isaac, annusò all'intorno e, alzandosi sulle zampe posteriori, si appoggiò al bordo del saccone: i suoi occhi bruni frugavano la penombra che avvolgeva il corpo del vecchio. Dopo un attimo di incertezza, si rimise a terra e andò a nascondersi dietro il forziere.

Mentre la luce che penetrava dalla porta sull'orto si faceva sempre più chiara, Aimone e Rachele rimasero abbracciati in silenzio. Insieme con un dolore acuto e inaspettato, il castellano si sentì invadere da una sorta di stupita gratitudine verso quel vecchio che, pur nella sua grande sofferenza, aveva saputo intuire la forza del sentimento che lo legava a Rachele. Le ultime parole di Isaac lo avevano in qualche modo assolto: quell'affido, richiesto con l'ultimo fiato della vita, gli avrebbe concesso l'ardire di dichiarare il proprio amore. Senza nascondersi le difficoltà che stava per affrontare, Aimone colse in se stesso i primi germogli di una forza insospettata. Stringendo a sé il corpo tremante di Rachele, cercò di non pensare più a nulla.

Il *tallit* spiccava scuro sul pavimento di pietra. Come voleva la tradizione, Rachele aveva tagliato le frange di uno degli angoli del manto di preghiera: dopo il lavacro, aveva avvolto il corpo di suo padre nelle bende di lino e, aiutata da Aimone, lo aveva deposto al centro del grande scialle. Ora, a mano a mano che il volto e le membra di Isaac scomparivano sotto le volute del pesante panno di lana, Rachele sembrava riacquistare lucidità. Dopo aver tolto dall'impiantito il lume che fino ad allora aveva illuminato i capelli candidi di suo padre, lo spense e a passi rapidi andò verso la parete, dove, con uno spesso cencio di canapa, coprì l'unico specchio della sua misera abitazione. Poi, afferrata la brocca dell'acqua e la ciotola di Nisan, uscì nell'orto e rovesciò il liquido tra i rovi. Aimone, che nulla conosceva dei rituali funebri della religione di Rachele, la osservava in silenzio. Come se avesse intuito la sua perplessità di fronte a quei gesti per lui inconsueti, la giovane lo guardò e disse: «Tutta l'acqua deve essere gettata, affinché l'angelo della morte non possa intingervi la punta della sua spada insanguinata... Questa e poche altre saranno le consuetudini che potrò rispettare nei confronti di mio padre: ditemi, Aimone, come farò a seppellirlo e, soprattutto, dove sarà la terra che lo accoglierà? Chi mi concederà mai l'autorizzazione all'inumazione di un giudeo in questa città che non possiede cimiteri ebraici?».

Ben comprendendo quanto giustificata fosse l'angoscia di Rachele, Aimone cercava di riflettere in fretta. Quell'uomo andava seppellito di nascosto: nessuno in città avrebbe tollerato che un giudeo riposasse per sempre accanto a un cristiano. Mentre cercava di mettere ordine nei suoi pensieri, un colpo alla porta lo fece sobbalzare. Guardò Rachele, che lo fissò spaurita. In silenzio, Aimone le fece cenno di restare dov'era e, a lunghi passi furtivi, si diresse verso l'uscio che aprì solo in uno spiraglio sottile.

«Salute signore... ehm... stiamo cercando Rachele... non abita forse più qui?»

Lo sguardo perplesso di Remigio fissava l'uomo che aveva di fronte e che non aveva mai visto prima in quell'abitazione. La sua voce incerta giunse alle orecchie di Rachele che la riconobbe subito: raggiunta la soglia, vide anche Bella che, immobile dietro il suo compagno, mostrava la sua stessa espressione esitante.

«Mio padre...» balbettò la giovane «mio padre è...»

Le parole le morirono in gola, soffocate da un singhiozzo. Facendo loro segno di entrare, si rannicchiò contro lo stipite. Bella e Remigio mossero alcuni passi nella stanza: il loro sguardo incredulo cadde sul lungo fagotto scuro che occupava il pavimento.

«Oh mio Dio!» ansimò Bella, prendendosi il volto fra le mani. «Oh Santa Vergine!...»

Non riuscì a dire altro. Dietro di lei, Remigio giunse le mani e abbassò il capo. Mentre le lacrime cominciavano a gonfiarle le palpebre, Bella si girò verso Rachele e la strinse in un abbraccio silenzioso.

Pur non conoscendo l'identità delle due persone che aveva davanti, Aimone intuì dal loro atteggiamento partecipe verso Rachele che, in qualche modo, avrebbe potuto contare sulla loro discrezione.

«Chi siete?» sussurrò benevolo a Remigio.

Il minatore esitò: chi era mai quell'individuo, aristocratico nei modi e nelle vesti, e cosa ci faceva in casa dei due ebrei? Confuso, guardò Rachele senza tuttavia ottenerne risposta. Leggendo nei suoi occhi il turbamento e giustificando la sua diffidenza nei confronti di una persona sconosciuta, Aimone non attese la sua replica e, presolo da parte, con poche frasi precise gli spiegò chi fosse lui, aggiungendo i motivi delle circostanze che lo avevano condotto fin lì. Rassicurato dagli accenti sinceri che aveva colto nelle parole del castellano, il minatore lo fissò e disse: «Io sono Remigio e questa è Bella, la mia donna. Abbiamo un debito di riconoscenza nei confronti di Rachele perché lei le ha salvato la vita con le sue cure e le sue erbe. Eravamo venuti per un saluto e mai avremmo creduto di trovarla a piangere suo padre! Sapevamo che era malato sì, ma da qui a immaginare che... Signore,» aggiunse imbarazzato «lo sapete che... sì, insomma... che sono giudei?».

Aimone annuì gravemente, senza osare interrompere l'accorato discorso dell'uomo.

«Ecco...» continuò rinfrancato il minatore. «Allora dovreste sapere che nessun funerale ebraico è permesso in questa città. Ditemi, come faremo a seppellire questo povero vecchio?»

Grato che fosse stato Remigio a porre la questione che già da un'ora lo ossessionava e che non osava discutere con Rachele, Aimone rispose: «Io sono forestiero e non conosco molto di Milano... Lungo le strade che ho percorso per giungere qui in Lombardia, ho notato che ogni ospizio, ogni ricovero per pellegrini possiede un piccolo camposanto, ma certo, avete ragione, sono tutti luoghi di sepoltura cristiana... Come potremmo portarvi un giudeo?».

Saettando gli occhi verso le due donne, attento a che non ne udissero le parole, Remigio abbassò ancora di più la voce che, diventata un sussurro roco, giunse appena percettibile alle orecchie di Aimone.

«Qui dietro, come forse saprete» disse «c'è l'ospedale dei lebbrosi. Ebbene, come è ovvio, ha un cimitero: quei poveri morti non ricevono mai un fiore sulla loro tomba, se non quelli che seminano i frati che li hanno assistiti durante la malattia... Sapete, tutti hanno paura della lebbra, e pensano che anche il solo addentrarsi in un'area che possa essere stata contaminata dai suoi miasmi possa produrre il contagio. Quello sarebbe il luogo dove nessuno andrebbe mai a cercare il cadavere di un giudeo! Certo, si dovrebbe seppellirlo di notte, quando il buio protegge i passi e le persone... Nessuno lo dovrebbe sapere, nemmeno i buoni frati dell'ospizio. Forse, se riuscissimo a trovare il passaggio tra gli orti che collega queste stamberghe con il piccolo campo del cimitero...»

Mentre si tormentava la barba con espressione pensosa, Remigio osservava di sottecchi la reazione che l'aristocratico avrebbe manifestato alla sua proposta per una sepoltura illegale. Senza far trasparire la minima emozione, Aimone gli chiese se avrebbe potuto occuparsi lui della ricerca del sentiero fra i vicoli: nel caso che l'avesse scoperto e che fosse abbastanza largo da permettere il passaggio del corpo di Isaac, quella notte stessa avrebbero provveduto all'inumazione.

Stupito dal coraggio di quell'uomo, tanto audace da voler sfidare le leggi del comune e della Chiesa, Remigio annuì e, dopo aver mormorato qualche parola all'orecchio di Bella, uscì.

«Eravamo venuti...» cominciò la ragazza «eravamo venuti a salutarvi, Rachele, perché fra due giorni lasceremo la città. Anche se non potrò mai ripagare quello che avete fatto per me, desideravo dirvi che... ecco... pur non essendo degna della vostra considerazione a causa del mestiere che faccio, io... se potessi in qualche modo aiutare, se la mia esistenza fosse andata in un altro modo...»

Non riuscì a continuare: le lacrime tornarono a gonfiarle gli occhi, mentre tratteneva a fatica i singhiozzi. Rachele le si avvicinò e con le mani le deterse delicatamente il viso.

«Non dite altro, vi prego. Non avete bisogno di giustificare nulla, tantomeno a me che, come voi, speravo in una vita diversa... Ditemi, piuttosto, dove andrete?»

«Ci trasferiremo a Gromo,» ansimò Bella, cercando di ricacciare giù il groppo che le serrava la gola «nella valle del fiume Serio. Fra quelle montagne c'è una grande miniera d'argento dove Remigio potrà lavorare: io penserò ad allevare qualche pecora e qualche gallina e chissà che uno dei proprietari della miniera non abbia bisogno di una domestica... Non so, in qualche modo ce la caveremo...»

Quello che Bella non disse fu che la loro intenzione di fuggire da Milano, già coltivata da tempo, era diventata oltremodo urgente da quando Lanfranco era tornato da lei, qualche giorno prima. Invece di pretendere le abituali prestazioni, l'aveva scrutata con occhi febbrili, chiedendole notizie sul suo luogo di provenienza e sul suo passato. Sotto la minaccia di quello sguardo malvagio, Bella aveva avuto la certezza che, per cause incomprensibili e inaspettate, Lanfranco stesse per riconoscere in lei le fattezze della domestica di Caterina. Aveva mentito, dicendo che era una trovatella e che non aveva mai conosciuto sua madre. «Come potrei sapere in quale villaggio del contado sono nata, se il ricordo più lontano della mia infanzia è legato a un vicolo polveroso di Milano?» aveva detto, fingendo una sfrontata arroganza. Lanfranco le aveva frugato il volto, senza parlare. Quando se n'era andato Bella si era afflosciata sul saccone, tremante di paura. Quella stessa sera, al ritorno di Remigio, avevano deciso: se ne sarebbero andati dalla città. Il minatore aveva già preso accordi con uno dei suoi compagni di lavoro per trasferirsi a Gromo: giravano voci che lassù fossero stati scoperti molti filoni d'argento e che la proprietà della miniera stesse per essere frazionata fra le mani di più padroni. Sicuramente ci sarebbe stato bisogno di altri minatori e se Remigio fosse arrivato fra i primi, avrebbe facilmente trovato lavoro.

Rachele ascoltava le parole di Bella, mentre i suoi occhi non abbandonavano il *tallit* che racchiudeva il cadavere di suo padre. Anche lei avrebbe dovuto andarsene da quella città, come la giovane prostituta: ma dove sarebbe andata? E come avrebbe potuto abbandonare il corpo di Isaac in una tomba sconosciuta, senza mai più ritornare a deporre un fiore sulla terra che lo avrebbe ricoperto? Aveva già perso sua madre, ma per lei, almeno, aveva il conforto di saperla sepolta in un cimitero ebraico, dove altri correligionari avrebbero recitato al suo posto il *kaddish*... Come se ne avesse intuito i pensieri, Aimone le si avvicinò e, posatale una mano sulla spalla, le parlò dolcemente.

«Non siete sola, Rachele. Finché i riti funebri dovuti a vostro padre non saranno terminati, non mi muoverò di qui. Mio figlio è in buone mani ed è abituato a non vedermi tornare per intere giornate. Dopo che tutto questo sarà finito, verrete con me: non posso lasciarvi qui, abbandonata da tutti. Vostro padre stesso mi ha supplicato di prendermi cura di voi... Se lo vorrete...»

Aimone esitò. Sebbene da tempo quelle parole premessero per uscire dalla sua bocca, capì che quello non sarebbe stato il momento adatto per manifestare apertamente i suoi sentimenti. Ci sarebbe stato tempo: riflettendo all'enormità del passo che stava per compiere, si chiese a quale cumulo di disapprovazione altrui avrebbe condotto la sua decisione di sposare un'ebrea. Né la Chiesa, né il potere civile avrebbero tollerato un simile matrimonio: Rachele si sarebbe mai convertita? Ne dubitava. Avrebbe in qualche modo potuto tenerne nascosta la fede religiosa? Questo, forse, sarebbe stato possibile, ma, a che prezzo per entrambi? E Bartolomeo, come avrebbe reagito Bartolomeo? Una vertigine improvvisa lo avvolse: cosa stava facendo? Su quale incredibile scacchiera l'Altissimo stava predisponendo le sue pedine e lui, il castellano di Graines, quale ruolo avrebbe avuto in quella partita?

«L'ho trovato! Ho trovato il passaggio!»

La voce affannata di Remigio lo riscosse dai suoi pensieri. Dopo aver richiuso la porta dietro di sé, l'uomo spiegò che un pezzo del muro dell'orto, adiacente all'ultima casa prima dell'ospedale, era crollato. Da lì avrebbero potuto agevolmente introdursi nel cimitero. Aggiunse che avrebbe provveduto lui stesso a portare due pale e che, al buio, la sua esperienza di minatore sarebbe stata utile per scegliere la porzione di terreno più cedevole.

Tutti annuirono in silenzio. Per un attimo, il riflesso della brace morente illuminò i muri della stanza, poi anche quell'ultimo guizzo di fuoco si spense.

Non avevano incontrato nessuno durante il loro furtivo corteo funebre. L'unica compagnia era stata la voce arrochita di un soldato ubriaco che, un vicolo più in là, alternava le strofe di una canzonaccia militare a risate gorgoglianti e solitarie.

Remigio aveva individuato in fretta l'area adatta alla sepoltura: tastando il terreno con mani esperte, aveva scelto un rettangolo d'erba vicinissimo al muro di cinta del piccolo cimitero. Lì accanto, un grosso cumulo di rami spezzati e di foglie già disseccate dalla calura estiva era stato ammassato dai frati dell'ospizio, in attesa di essere utilizzato come lettiera. Con l'aiuto di Aimone, l'uomo aveva scavato una fossa abbastanza profonda e vi aveva calato il corpo di Isaac. Rachele era rimasta immobile, fissando intensamente il *tallit* che avvolgeva suo padre: non aveva mosso un muscolo nemmeno quando la terra buttata nella buca aveva cominciato a coprire lo scialle di preghiera, confondendosi con esso. La luce della luna illuminava debolmente i lati della fossa e le rozze croci di legno che, in file ordinate, occupavano quasi tutto il campo. Bella, che era rimasta indietro di qualche passo, continuava a guardarsi intorno: alla paura per l'atmosfera macabra di quel luogo si aggiungeva il timore che quel maledetto chiarore lunare rivelasse a qualcuno la loro presenza.

Dopo aver livellato il terreno con la pala, Remigio lo aveva ricoperto con le fascine e il fogliame, nascondendo abilmente il perimetro della tomba.

Ora, dopo che Rachele ebbe chiesto a tutti loro di allontanarsi per un momento lasciandola sola accanto al sepolcro di Isaac, Aimone divelse dal suolo due zolle di terra che conservavano attaccato qualche ciuffo d'erba. Era l'unica usanza funebre ebraica di cui fosse a conoscenza: quando era ancora un ragazzo, il suo precettore gliene aveva parlato, spiegandogli che, anche se diversa nel contenuto simbolico, quella consuetudine non era poi tanto lontana dal rito cristiano del gettare manciate di terra nella fossa. Aimone sapeva che, al termine dell'inumazione, i parenti erano soliti lasciar ricadere quelle zolle dietro di sé. Con quel comportamento, esprimevano la loro fede in una nuova vita che, dalla pianta divelta, sarebbe tornata subito ad attecchire: come l'erba della piota si sarebbe ricongiunta al terreno, così lo spirito del defunto avrebbe presto raggiunto quello dei padri.

Quando Rachele si voltò e li raggiunse, Aimone le porse una delle zolle. Stupita per quel gesto di partecipe condivisione, la giovane la prese e, seguita dagli altri, si diresse verso il muro diroccato del cimitero. Dietro di loro, una dopo l'altra le due zolle ricaddero tra l'erba. La luna, coperta da una nuvola isolata, non mandava più luce: al buio, guidati dallo sciaguattare della piccola roggia che scorreva a lato del camposanto, riguadagnarono il sentiero verso il vicolo. Un ratto, allarmato dal rumore dei loro passi, si immobilizzò per un istante tra gli arbusti dell'argine poi, con uno scatto agile, si lasciò scivolare nell'acqua.

Capitolo 41

Dall'acqua del fossato si levava una nebbiolina traslucida: i raggi del sole allo zenit la attraversavano, creando baluginii colorati che, dopo un istante di fulgore, morivano nell'aria. Lanfranco, in piedi sull'argine, osservava il continuo fluire delle onde mentre rivoli appiccicosi di sudore gli scivolavano lungo il collo. Detestava l'estate: il caldo afoso di Milano spossava il corpo e ottundeva la mente. In quel momento, dopo le notizie che aveva ottenuto, avrebbe avuto bisogno della lucidità necessaria a prendere la decisione giusta: invece, quella cappa di calore che lo avvolgeva come un sudario rallentava lo scorrere dei suoi pensieri, che si accavallavano, si avviluppavano l'uno sull'altro, come le alghe deposte dalla corrente sulla riva del fiume.

Ormai ne era certo. Allegranza era sua figlia.

Quando era tornato da Aicardo per parlare della reliquia, gli aveva chiesto notizie della giovane che per puro caso aveva incontrato lì al Brolo. L'economo, pur meravigliato che Lanfranco mostrasse interesse per una serva dell'ospedale, gli aveva detto che Allegranza viveva appena fuori le mura, vicino a San Calimero. Aveva aggiunto che, a quanto dicevano le voci raccolte in giro, la ragazza era stata esposta e la famiglia che l'aveva accolta e allevata era affidataria. «Sembra anche che» aveva sussurrato Aicardo con fare cospiratorio «fino a poco tempo fa la giovane avesse un difetto fisico a una mano e che qualche chirurgo, non si sa chi, glielo abbia corretto. Avrei potuto facilmente investigare e scoprire chi si sia occupato dell'intervento ma ho pensato che, chiunque sia stato, lo abbia fatto di nascosto... Sai, la ragazza non è certo ricca e se un chirurgo ha accettato di operarla l'ha fatto o per carità cristiana o per sperimentare nuove tecniche su chi, in un secondo tempo, non avrebbe potuto lamentarsi del risultato. In ogni caso, ora quel difetto non si nota più e Allegranza è una gran brava giovane: lavora di buona lena, dimostra acume nell'imparare e ha sempre un sorriso per tutti. Spero solo che torni presto ad aiutare sorella Giuliana alla farmacia...» «Perché?» aveva chiesto Lanfranco con il cuore in tumulto. «Non è qui, ora?» Aicardo lo aveva fissato a lungo, perplesso. Poi, agitando una mano davanti al volto come a scacciare una mosca, aveva sbuffato e aveva risposto sottovoce: «Dicono, ma sono solo chiacchiere, che sia stata nascosta in qualche monastero. Sai, i suoi genitori sono accusati di eresia: sembra che, insieme a molti altri, siano seguaci della Boema e che, proprio in queste settimane, i frati inquisitori stiano conducendo discrete indagini per identificare ogni adepto. È possibile che qualche badessa compiacente l'abbia accolta nel suo monastero per evitare che venga trovata e portata a rendere testimonianza di fronte ai domenicani. Non so dove sia ma, se l'intelligenza non mi fa difetto, in quale convento potrebbe essere se non nello stesso presso il quale era stata abbandonata? Quali altre monache vorrebbero avere a che fare con una sospetta eretica se non qualcuna di quelle che ancora si ricorda della "sua" neonata con le dita palmate?».

Di fronte allo sguardo allucinato di Lanfranco, Aicardo si era subito pentito per essersi lasciato andare a quella confidenza. Mordendosi le labbra per l'imprudenza dimostrata, non aveva potuto fare altro che sviare rapidamente il discorso e congedare in fretta il suo ospite.

Lanfranco, per parte sua, era uscito dallo studiolo dell'economo in preda a un'agitazione incontrollabile: senza vedere altro che il pavimento di pietra calpestato a lunghe falcate dai suoi piedi, si era diretto verso le mura. Varcata la Pusterla del Bottonuto, aveva attraversato il ponte di legno e, dopo essere sceso lungo l'argine esterno, si era appoggiato contro uno dei pali di sostegno, quasi a contatto con l'acqua. Qui aveva tentato di riprendere fiato e di riordinare le idee.

Sul fatto che Allegranza fosse sua figlia, non c'erano ormai dubbi. Se la somiglianza inquietante con Caterina avrebbe potuto essere una coincidenza, tutto il resto, dall'abbandono presso la ruota di un convento fino al difetto delle mani, costituivano una certezza. Curiosamente Lanfranco lo aveva cancellato dai suoi ricordi, ma, non appena Aicardo ne aveva accennato, nella sua mente si era acceso un lampo: molti anni prima, il suo servo gliene aveva parlato. Quando lo aveva raggiunto a Genova, insieme con la notizia della nascita di sua figlia, aveva anche portato quella della sua deformità. «Mi hanno detto» aveva ridacchiato «che il diavolo vegliava sul vostro giaciglio quando...» Lanfranco aveva riso con lui.

Ora, mentre assolveva la sua dabbenaggine di vent'anni prima, giustificandola con una certa quale eccessiva sconsideratezza giovanile, pensava freneticamente. Dove poteva essere Allegranza? In quale dei numerosi monasteri della città? E se fosse stato invece un monastero fuori le mura? Come avrebbe potuto scoprirlo lui che non aveva la benché minima consuetudine con frati e monache? L'unico rapporto intercorso fino ad allora con l'autorità religiosa di Milano, escludendo le tediose visite giovanili al prozio arcivescovo, era stato quel fallimentare incontro con Ugone in occasione dell'offerta della reliquia... La reliquia! Chi ci pensava più adesso? Altre, e ben più pressanti, erano le precedenze da dare ai suoi comportamenti: per il momento avrebbe dovuto trovare sua figlia... Un sorriso beffardo gli stirò le labbra: sua figlia un'eretica! Ma allora, sogghignò, è proprio vero che buon sangue non mente! La propria audacia e il coraggio di cui andava fiero per averli coltivati con testardaggine tutta la vita erano fluiti senza difficoltà negli umori e nei visceri della sua progenie! Altro che quella fragile e ingenua di Caterina... Nulla doveva essere rimasto di lei in Allegranza, se non il simulacro fallace della somiglianza fisica... Peccato non averla conosciuta prima, peccato doverla uccidere: d'altra parte, rifletté, non avrebbe potuto correre il rischio che qualcuno, prima o poi, la identificasse come l'ultima dei Gisalbertini e che in seguito, rinvangando antichi sospetti, qualcun altro risalisse fino a lui. Anche se il servo che lo aveva aiutato a portare a termine l'omicidio di Caterina era stato eliminato da tempo, anche se i componenti della sua famiglia erano tutti morti, restava sempre la possibilità che uno sconosciuto sapesse qualcosa del suo passato...

Con una smorfia feroce sul volto, Lanfranco raddrizzò le spalle e, dopo un ultimo sguardo alla corrente, si inerpicò sull'argine. La sua decisione era presa. Avrebbe cominciato dai monasteri più vicini: se non avesse scovato la sua preda in città, avrebbe battuto il contado palmo a palmo. Ne era certo: prima o poi l'avrebbe trovata.

La badessa chiuse gli occhi. Durante quel lungo, difficile discorso, la voce era uscita dalla sua gola a tratti monocorde, a tratti accorata. Mentre parlava, il suo sguardo non aveva mai abbandonato i volti delle due donne che aveva di fronte: sebbene nei loro occhi avesse spiato lo sconcerto, l'orrore, la disperazione e la paura, non aveva tralasciato nulla, preferendo raccontare con sincerità ogni particolare. La loro vita, per motivi diversi, era in pericolo: dove avrebbero trovato il coraggio per affrontarlo, se non fossero state a conoscenza delle vicende che le avevano condotte fin lì?

Ora, mentre davanti alle sue palpebre serrate scivolavano subitanei filamenti luminosi, Eufrasia tentava di restituire il giusto ritmo al suo respiro. Le dolevano le mani, fino ad allora contratte sui braccioli della sedia: il formicolio che rendeva insensibili le punte delle sue dita risaliva lungo le braccia, fino alle spalle intorpidite.

In un silenzio denso di domande inespresse, Angiolina e Allegranza la fissavano. Nessuna delle due aveva osato interromperla, durante quell'interminabile cronaca di orrori: intimidite dall'autorevole compostezza della vecchia monaca, avevano ascoltato attonite, mentre un pallore sempre più evidente sbiancava i loro volti.

Eufrasia riaprì gli occhi.

«Io credo» disse, rivolta ad Allegranza «che se l'Altissimo ha voluto che la tua vita fosse risparmiata nel momento in cui essa è stata tolta a Caterina, questa fosse la Sua precisa volontà. Credo anche che sia stata la Sua grande misericordia a condurti proprio da me: insieme con l'abate e a un altro monaco degno della massima fiducia, sono l'unica a conoscere le tue origini. È nostro preciso dovere proteggerti: Lanfranco Calgario, come ti ho detto, vive ancora a Milano e, sebbene io supponga che non sappia della tua esistenza, potrebbe sempre accadere l'imprevisto, potrebbe...»

Per un attimo, il respiro di Eufrasia si arrestò.

«No,» continuò, sforzando le labbra in un sorriso rassicurante «non ti accadrà nulla di male, ma dovremo trovare una soluzione. Quanto a voi,» disse, guardando severamente Angiolina «il vostro errore è ormai stato scoperto. Tuttavia, vi esorto a non temere: anche se sarete chiamati ancora a rendere testimonianza riguardo ai vostri rapporti con la Boema, penso che i domenicani e i minori si mostreranno indulgenti... Ditemi, Angiolina,» continuò, con una punta di stizza nella voce «perché mai avete deciso di offrire la vostra devozione a quella donna? Quanto grande è stata la vostra imprudenza? Non vi ha mai sfiorato il dubbio che la sua predicazione potesse essere il preludio di una nuova malefica eresia?»

Angiolina piangeva. I suoi occhi gonfi e arrossati fissavano il pavimento: la vergogna per essere tanto aspramente rimproverata si mescolava a una profonda ribellione nei confronti di quella monaca. Cosa ne sapeva lei, chiusa nel guscio protettivo del suo monastero, di Guglielma? Come poteva immaginare lei, badessa di origine aristocratica, l'amore che la Boema dimostrava verso i diseredati, verso i più deboli, verso tutte le creature? Che cosa aveva mai fatto di male quella donna, se non comprendere le miserie umane, esortando i suoi seguaci a confidare nel Padre e a seguire gli insegnamenti del Figlio? Di quale enorme arroganza si nutrivano quella vecchia monaca e tutte le gerarchie ecclesiastiche per parlare di "errore"?... Lei non aveva sbagliato, ne era certa: malgrado a questo punto la sua vita fosse in pericolo a causa della sua devozione a Guglielma, se avesse dovuto ricominciare tutto daccapo, si sarebbe comportata ancora nello stesso modo. Dicevano che la Boema fosse una santa: lei non sapeva se questo fosse vero, ma, in ogni caso, quando il Cristo era giunto in terra a portare la novella era stato forse accolto da tutti come il vero Messia? Lo avevano crocefisso, invece, e avevano perseguitato i suoi adepti, proprio come ora stava accadendo con loro! Anche allora avevano parlato di "errore"?!... Anche se la sua ribellione si stava trasformando in rabbia, Angiolina era ben cosciente che non avrebbe mai potuto sostenere le sue ragioni con Eufrasia: la badessa costituiva l'autorità e, per di più, ora doveva proteggere sua figlia. "Sua" figlia... Era sua, sì, quella figlia, anche se un'altra l'aveva partorita, perché era stata lei a offrirle il seno, perché era stata lei a cullarla, a consolarne l'umiliazione e il pianto di bambina ogni volta che gli altri monelli del quartiere la canzonavano per le sue dita palmate! E ora, dopo tutti quegli anni passati a lavorare duramente per garantire un futuro accettabile a lei e ad Hamid, tutto le stava crollando intorno: la sua vera madre uccisa... uccisa dal suo amante, da suo padre! L'enormità di quegli avvenimenti la stava travolgendo: come una valanga che, nata da un piccolo grumo di neve, si gonfia e si ingrossa e strappa alla vita qualunque creatura incontri sul suo cammino, così Angiolina si sentiva trascinata verso un baratro buio e soffocante da cui non avrebbe potuto risalire. O forse no: qualcosa avrebbe potuto fare. Anche se il futuro suo e di Graziolo fosse finito fra le fiamme di un rogo, Allegranza avrebbe dovuto salvarsi. Quel bravo giovane, il figlio dell'armaiolo, la amava e avrebbe potuto assicurarle una vita migliore di quella che aveva avuto lei. Sarebbe andata a parlare con la sua famiglia: avrebbe confessato la sua appartenenza alla cerchia di Guglielma, ma soprattutto avrebbe sottolineato le ascendenze di sua figlia, spiegando che la sua vera madre era stata un'aristocratica. In questo modo, sperava, avrebbe reso più accettabile la presenza di Allegranza nella famiglia dell'armaiolo. Che importanza avrebbe mai potuto avere l'eventuale accusa di eresia pronunciata contro la madre adottiva, se quella naturale proveniva da uno dei più rispettati e floridi lignaggi del contado? In fondo, pensava, il palazzo, le terre e le cascine dei Gisalbertini erano ancora esistenti e, in mancanza di altri eredi, tutta la proprietà sarebbe stata ereditata da Allegranza...

Mentre una determinazione nuova si andava facendo

strada fra i suoi pensieri, Angiolina rialzò gli occhi. Eufrasia la stava osservando attentamente. Come se le avesse letto nel cuore, la badessa parlò ancora.

«Non mi avete risposto, Angiolina: forse non sapete, forse non vi rendevate conto... In ogni caso, qualunque siano le vostre intenzioni attuali, agite con oculatezza. Se lascerete che la prudenza guidi i vostri passi, sono certa che la misericordia dell'Altissimo non trascurerà di ricondurre all'ovile un agnello smarrito...»

La badessa si alzò.

«Potrò tornare a vedere mia figlia?» chiese Angiolina, accennando un rispettoso inchino nei confronti di Eufrasia.

«Per ora, è meglio evitarlo. Gli inquisitori potrebbero farvi seguire e il rifugio di Allegranza verrebbe scoperto. Dobbiamo essere prudenti, lo capite bene anche voi: portate pazienza, Angiolina, portate pazienza...»

Allegranza, rigida al centro della cella, guardò sua madre andarsene. I suoi occhi ne seguirono la schiena curva fino a quando fu scomparsa oltre la porta: avrebbe voluto fuggire con lei, avrebbe voluto ritornare bambina e rifugiarsi fra le sue braccia accoglienti e comprensive. Le tremarono le labbra, nello sforzo di trattenere il pianto: non era quello il tempo, da quel giorno in avanti avrebbe dovuto cavarsela da sola.

Eufrasia si voltò e, dopo aver lungamente scrutato il volto della giovane, le si avvicinò e, prendendole le mani in un gesto partecipe, le disse: «Vieni, Allegranza, ho ancora molte cose da dirti...».

Damiano attendeva fuori dalla porta. I suoi piedi scalpicciavano inquieti lungo il muro che divideva l'ingresso dalla sala dove sua madre era solita ricevere gli ospiti. La spessa porta di quercia era stata richiusa e, sebbene avesse tentato più di una volta di origliare, alle sue orecchie non era arrivato alcun suono. Da oltre un'ora sua madre era a colloquio con Angiolina e, nonostante l'avesse insistentemente pregata di poter partecipare a quell'abboccamento, Fiordebellina era stata irremovibile. Quel nome fanciullesco che portava ancora con grazia malgrado avesse passato da un pezzo i quarant'anni corrispondeva solo in parte al suo carattere: la sua naturale gentilezza, accresciuta nel corso degli anni dalla puntigliosa volontà di far apparire agli occhi del mondo meno minaccioso il mestiere di suo marito, nascondeva una ferrea determinazione nel gestire al meglio la sua attività di moglie e di madre.

Il ragazzo non conosceva il motivo di quel colloquio richiesto il giorno prima da Angiolina e il solo fatto che sua madre potesse incontrarla gli provocava un disagio profondo: oltre alla diversa posizione sociale dei Compagnoni, che avrebbe potuto lasciare insoddisfatte le aspettative di Fiordebellina verso la futura nuora, a preoccupare Damiano era l'accusa di eresia. Lui non aveva detto nulla ai suoi genitori, né del processo, né della successiva segregazione di Allegranza, ma, sapendo che a Milano le voci giravano di bocca in bocca con la velocità del fulmine, sospettava che, almeno suo padre, sapesse qualcosa. Da qualche tempo, lo aveva colto ad osservarlo di sottecchi in bottega, come se si aspettasse una qualche confidenza da lui. Il ragazzo poteva contare su una certa qual condiscendenza di suo padre nei confronti di Allegranza: più di una volta, l'aveva scorta nel vicolo degli armorari a parlottare con lui e le sue occhiate benevole lo avevano rassicurato sulla sua tacita approvazione. Inoltre, qualche settimana prima, senza dar troppo peso, aveva buttato là un discorso sul suo futuro, raccomandandogli di fare buon uso di tutto quanto gli era stato insegnato in famiglia, non ultimo un rispetto doveroso verso chiunque. Damiano aveva capito che le sue parole si riferivano ad

Allegranza e che suo padre in qualche modo paventava la sua esuberante foga giovanile. Aveva chinato il capo, arrossendo, ma, nello stesso tempo, si era sentito orgoglioso per essere finalmente giudicato adulto. Ora, però, temeva che tutta quella considerazione inaspettata sulle sue scelte andasse perduta: cosa avrebbe fatto se i suoi genitori avessero rifiutato Allegranza? Come avrebbe potuto continuare a vivere senza di lei?

Origliò ancora una volta, ma l'unico rumore che udì fu il suono smorzato di una sedia trascinata sul pavimento. Pensando che Angiolina stesse per prendere congedo, si spostò precipitosamente verso la scala che conduceva nella bottega sottostante.

La porta si aprì. Le due donne comparvero sulla soglia: un sorriso timido illuminava il viso di Angiolina, mentre sua madre, atteggiata in un'espressione indulgente, le prendeva le mani in un gesto di saluto. Quando Angiolina gli passò accanto per uscire dalla loro casa, Damiano si accorse che i suoi occhi erano arrossati: la donna non osò guardarlo e scese in fretta.

Fiordebellina, immobile nel riquadro della porta, lo fissava: il suo sguardo era impenetrabile. Ammutolito, il ragazzo la fissò a sua volta: nei suoi occhi si leggeva la paura.

«Vieni qui, figlio mio» disse Fiordebellina, con una punta di tenerezza nella voce. «Vieni, ti devo parlare...»

Mentre le gambe, fattesi all'improvviso molli come burro, lo reggevano a malapena, Damiano obbedì. Quando le giunse accanto, sua madre levò il viso verso di lui e, prendendogli il volto fra le mani, finalmente gli sorrise.

«Non te la porterà via nessuno la tua Allegranza, stai tranquillo. Tuttavia, ci sono alcune cose di cui devo sapere e altre di cui devi essere messo al corrente tu... Angiolina e Graziolo sono brave persone e non ho motivo per pensare che la loro figliola sia diversa. La sincerità è appannaggio di pochi, tienilo a mente, e Angiolina ha dimostrato di possedere questa ricchezza e un grande coraggio nel chiedermi questo colloquio: io e tuo padre abbiamo sempre apprezzato questa virtù, tanto più quando quello che si ha da confessare agli altri potrebbe mettere a repentaglio la nostra stessa onorabilità. Vieni, Damiano, vieni a sederti accanto a me: le cose di cui dobbiamo parlare sono tante, il lavoro può attendere. Quando conoscerà il motivo del tuo ritardo in bottega, tuo padre capirà...»

Madre e figlio si sedettero ai due lati di un tavolo sostenuto da cavalletti e coperto da un drappo di candido lino. Al centro, campeggiava un piatto di prugne che profondevano nell'aria ferma del pomeriggio estivo un vago profumo acidulo.

Fiordebellina ne prese una, la assaporò lentamente e, in un gesto giocoso, ne gettò il nocciolo verso suo figlio, che, preso alla sprovvista, non riuscì ad afferrarlo: il nocciolo rimbalzò lungo il tavolo e, dopo aver lasciato una scia violacea sul drappo bianco, ricadde sul pavimento.

Capitolo 42

Matthew osservava il bambino che, seminudo, dormiva sul paglericcio: la sua piccola mano scura stringeva ancora i ciottoli di Guglielma. Dopo la cena consumata insieme con gli altri pellegrini nella foresteria, Hamid aveva detto al frate che, per quella sera, sarebbe rimasto sveglio ad aspettarlo dopo le funzioni di compieta: «Ti farò una sorpresa!» aveva esclamato eccitato. Al suo ritorno, il bambino lo aveva accolto reggendo in mano i cinque sassolini e, prima che lui potesse chiedergli qualcosa, aveva cominciato a farli roteare uno dopo l'altro fra le mani, lanciandoli verso l'alto come fanno i giocolieri. Dopo qualche giro, i suoi gesti un po' maldestri gliene avevano fatto sfuggire qualcuno. Senza scoraggiarsi e tenendo la lingua fra le labbra in un'espressione concentrata, aveva ricominciato daccapo, riuscendo questa volta a completare almeno otto cerchi. Matthew si era complimentato con lui, chiedendogli dove avesse imparato quel gioco difficile: «Mi ha insegnato Allegranza» aveva risposto serio. «Sai, quando eravamo più piccoli tutti e due e gli altri ragazzini del vicolo la canzonavano per le sue dita palmate, lei si è messa d'impegno e si è esercitata talmente tanto senza che nessuno la vedesse, che alla fine, malgrado il suo difetto alle mani, era l'unica a riuscire a non far cadere i sassi per terra... Mi ricordo bene le facce indispettite degli altri! Comunque, da allora, nessuno ha più osato prenderla in giro... Allora, ho voluto imparare anch'io: sono bravo, eh, frate Matiù?»

Dopo quella orgogliosa dimostrazione di valore, Hamid si era coricato soddisfatto: in pochi istanti si era addormentato, stringendo ancora in mano i sassolini. Matthew, intenerito dalla forza interiore che il bambino stava dimostrando in quella situazione delicata e difficile, lo stava ancora osservando, quando il suo pensiero corse a Guglielma e alle parole che aveva pronunciato nel porgergli quei ciottoli. Che cosa aveva detto la Boema? "...chi li ha lavati, chi li ha resi tanto compatti da resistere a qualunque tempesta?..." Così aveva detto, gli sembrava di ricordare. E ora, com'era possibile che proprio quei sassi, ignare vestigia di una natura selvaggia e millenaria, servissero a regalare qualche momento di felicità a una creatura innocente come un bambino? Era davvero un caso che quei ciottoli fossero passati dalle mani di Guglielma alle sue e poi a quelle del piccolo saraceno, o non si trattava invece di un inafferrabile sortilegio, inquietante almeno quanto il ramo di ginepro che lo aveva accompagnato lungo tutto il suo pellegrinaggio dall'Inghilterra fino a Milano?

Mentre a poco a poco la sua coscienza confusa scivolava nel sollievo del sonno, Hamid si voltò sul paglericcio. La sua mano ciondolò oltre il bordo e, piano piano si socchiuse: dal palmo aperto, i cinque ciottoli bianchi scivolarono sulla pietra dell'impiantito e, rotolando un po' più in là, formarono un cerchio quasi perfetto.

Il cielo era livido: l'aria, pesante e umida, annunciava la pioggia imminente. L'acqua del fossato, di solito limpida e trasparente, aveva assunto un colore fangoso, segno che da qualche parte nel contado il temporale aveva già fatto tracimare gli argini.

Dalla spalletta del ponte, stranamente deserto, Federico guardava la corrente che, a tratti, portava con sé qualche arbusto spezzato. Da quando il dolore era diminuito, riusciva a ragionare più lucidamente: le erbe della giovane giudea stavano facendo effetto e gli stessi effluvi nauseabondi che emanava il suo corpo, alla fine, si erano dimostrati utili. Nessuno osava avvicinarlo e quindi le probabilità di venire riconosciuto andavano diminuendo. Per questo motivo e in attesa che la cura sortisse un beneficio completo, aveva deciso di rimandare di qualche giorno la partenza. Tarik, inoltre, gli aveva comunicato che lungo la strada per Lodi si stavano nuovamente ammassando truppe alleate dei Milanesi: sarebbe stato prudente, gli aveva consigliato, aspettare ancora oppure, in alternativa, uscire dalla città dirigendosi verso Pavia.

Mantenendo ben calato il bordo del cappuccio sulla fronte, alzò gli occhi alle nubi color del piombo: le più basse sembravano sfiorare i camminamenti delle mura. Tre o quattro gocce larghe come monete gli sfiorarono il viso.

«Sta per scatenarsi il temporale...» mormorò fra sé.

«No, non è questa la vera tempesta... Questo è solo un prologo...»

Federico si voltò di scatto. Dietro di lui, una donna con i capelli color della paglia lo fissava: i suoi occhi, chiari come acqua di sorgente e altrettanto calmi, lo scrutavano.

Con un gesto fulmineo l'imperatore abbassò ancora di più il cappuccio sul volto.

«Non nascondetevi, Federico,» disse la donna con un sorriso beffardo «non avete nulla da temere da me...»

«Chi siete?» domandò Federico con voce meno ferma di quanto avrebbe voluto.

«Il mio nome è Guglielma e...»

«Siete la Boema?!» esclamò l'imperatore, sbarrando gli occhi.

«Mi conoscete, dunque. Se la mia fama immeritata è

giunta fino alle vostre orecchie, saprete anche che l'Onnipotente sta conducendo la mia vita terrena verso contrade note solo a Lui. La mia volontà è in balìa della Sua, le mie azioni sono guidate dalla Sua grazia...»

Sollevando appena il cappuccio, Federico studiò il volto della donna che aveva di fronte: già da tempo aveva sentito parlare di una veggente che, in odore di eresia, diffondeva la sua predicazione a Milano. Gli avevano detto che si trattava di un'invasata che, facendo leva sulla credulità della gente, tentava di arricchirsi alle spalle dei monaci di un'abbazia del contado. E, tuttavia, gli occhi calmi e sereni che lo stavano fissando non recavano traccia di esaltazione. Lievemente infastidito dalla totale assenza di soggezione che la donna dimostrava nei suoi confronti, Federico la interruppe.

«Cosa volete da me? E come fate a sapere chi sono?» sussurrò aspro, guardandosi intorno per essere certo che nessun altro udisse le sue parole.

Guglielma sorrise enigmatica.

«Un morto vi ha riconosciuto, Federico, ma questo non costituisce un rischio per voi: il vero pericolo sarà la porta di ferro, vicino alla quale vi coglierà la morte, in un luogo che nel suo nome ricorda un fiore. Non temete, non accadrà in questa città: sappiate che non riuscirete mai a farla vostra, ma sappiate anche che la vostra presenza qui avrà comunque uno scopo, anche se non è quello che vi eravate prefisso con il vostro viaggio. Fra due giorni il fuoco che vi brucia la pelle sarà quasi del tutto spento e allora, prima che un altro ben più ineluttabile rogo fermi i vostri passi, ripartite: non appena avrete oltrepassato le mura, seguite il volo di una colomba che vi condurrà verso un bosco. Lì, lasciate libero il vostro falco e, senza indicargli la preda, attendete che il destino si compia. Il falco distruggerà il rapace e la colomba sarà risparmiata...»

Guglielma tacque e si voltò. I suoi passi risuonarono leggeri sulle assi di legno del ponte e, prima che qualunque altra parola potesse essere pronunciata, la sua figura scomparve al di là della pusterla.

Il volto di Federico era terreo. Le sue mani, avvinghiate a stringere i capi del cappuccio sotto il mento, tremavano leggermente. La sua gola contratta non era riuscita a emettere suono, dopo aver udito quella sinistra profezia: ora, mentre si interrogava sul senso da dare a quelle frasi oscure, una rabbia sorda, ma venata di inquietudine, andava montando nel suo petto. Che cosa aveva voluto dire quella dannata donna? E perché invece di essere lei a temere l'imperatore, era stato lui ad avere paura del suo sguardo e delle sue parole? Perché non l'aveva fermata, chiedendole ancora, perché non aveva osato terrorizzarla con le minacce che erano ormai abituali sulle sue labbra? E di quale colomba andava mai cianciando? E se fosse stato vero che Guglielma era una veggente? Cos'altro sapeva di lui e della sua vita futura?

Mentre un brivido gelato gli percorreva le gambe, Federico alzò gli occhi al cielo: le nuvole si stavano diradando, qua e là si andavano aprendo squarci opachi di azzurro. Quella donna aveva detto il vero: il temporale non sarebbe arrivato. Stringendosi addosso il mantello leggero, l'imperatore si diresse verso la locanda: dopo i vespri avrebbe parlato con Tarik affinché organizzasse il viaggio di ritorno. Quella città maledetta gli aveva fiaccato il corpo e lo spirito. Avrebbe dovuto andarsene: il cammino sarebbe stato lungo e non privo di insidie, ma, alla fine, l'orizzonte rassicurante della Capitanata avrebbe ristorato i suoi occhi e il suo cuore.

«Ma... ma guarda che razza di idiota!...»

La serva, china a raccogliere il contenuto del suo cesto sparso a terra, lanciava occhiate furibonde al novizio che, dopo averla urtata con violenza, si stava allontanando di corsa.

«Di' un po'...» gli urlò dietro. «Ma non ti insegnano la buona educazione al tuo monastero?»

L'orlo della tonaca del ragazzo scomparve dietro l'angolo del vicolo. Rabbiosa, la donna finì di riporre nel paniere le prugne ormai ammaccate, un ciuffo di rape e un involto di tela scura da cui erano scivolati a terra alcuni piccoli pesci di fiume: poco più in là, era rotolata una grossa forma di pane. Sbuffando si rialzò e, continuando a borbottare fra sé, riprese la strada verso casa.

Il novizio era giunto alla sua meta. Il palazzo di pietra chiara si levava alto e stretto davanti a lui. Frugandosi in tasca, per essere certo di non aver perso nulla di quanto di lì a poco gli sarebbe servito, si nascose nell'angolo più buio del coperto che, a metà della via, immetteva in un vicolo laterale. Da quel punto di osservazione avrebbe potuto occhieggiare, senza essere visto, l'abitazione della Boema e, quando fosse giunto il momento più propizio, portare a termine quanto gli era stato ordinato di fare. Le sue mani, nascoste sotto quella tonaca rubata, troppo grande per lui, stringevano uno straccio imbevuto di olio di noce e una selce focaia. Proveniente dal vicolo un improvviso e violento sbuffo di vento fece mulinello intorno a lui. "Il vento... proprio quello che ci vuole!", pensò soddisfatto, mentre un sogghigno beffardo trasformava il suo volto. Per un istante, le sue fattezze acerbe lasciarono trasparire un lampo di avida crudeltà.

Capitolo 43

Il vento, che soffiava teso da est, aveva spazzato la città. Le strade apparivano ripulite dalla consueta lordura, e il cielo terso che si indovinava fra i tetti spioventi dei vicoli era di un azzurro intenso. La luce vivida illuminava i mattoni della basilica, facendone risaltare il profilo severo. Lungo la via Porticata, i commercianti aprivano le loro botteghe, mentre un manipolo di soldati, diretto verso Lodi, stava per oltrepassare la Porta Romana.

Lanfranco si fermò davanti al monastero. Davanti al pesante portone di quercia, appena accostato, era fermo un carretto carico di legname: il vecchio cavallo che lo tirava voltò il muso verso di lui e, dopo averlo fissato per un lungo istante, emise un nitrito sordo e arrochito.

«Cosa c'è da lamentarsi, bestia della malora! Sta' lì buona, che fra un po' abbiamo finito!»

Il carrettiere, spuntato dalla soglia del monastero, si avvicinò al carro per sollevarne una grossa trave di legno. Lanfranco si avvicinò.

«Ehi, voi, sapete dirmi come si fa a entrare in questo posto?» chiese con malagrazia.

Il carrettiere, infastidito dal tono imperioso con cui era stato interpellato, stava per rispondere in malo modo, quando dalla porta uscì la monaca portinaia.

«Signore?...» domandò gentile, osservando le vesti raffinate dell'uomo che aveva di fronte. «Avete bisogno di me, signore?»

«Sì, sorella,» rispose Lanfranco, atteggiando il volto in un'espressione umile e rispettosa «avrei la necessità di parlare con la vostra badessa. L'urgenza della questione che devo discutere mi ha impedito di fare annunciare la mia visita da un servo, ma, se fosse possibile, gradirei vederla ora... Se poteste chiederle, se non sono inopportuno...»

«Entrate, signore, entrate. Mentre vado a cercarla, potrete sostare nel chiostro: vi farei attendere nel parlatorio, ma ci sono in corso dei lavori di carpenteria proprio lì e... Vedete il nostro Eusebio, quanta legna ha scaricato dal carretto? Sarà un lavoro lungo e, per un po' di giorni, il parlatorio non sarà disponibile... Nel chiostro non vi disturberà nessuno, gli operai sono al lavoro e le sorelle sono impegnate nelle loro abituali incombenze. Io stessa mi devo allontanare per qualche minuto: sapeste quante cure richiede il buon andamento di un monastero!... Venite, signore, venite con me...»

Lanfranco la seguì. Il carrettiere, che nel tono melato usato con la monaca stentava a riconoscere lo stesso uomo che aveva parlato con lui, scosse la testa e, brontolando un'imprecazione, riprese il suo lavoro.

I piccioni erano ammassati gli uni sugli altri: in mezzo a quel mucchio indistinto di ali, le code si levavano protese verso l'alto, mentre le teste affondavano nell'erba, scomparendo alla vista.

Morbosamente attratto da quello spettacolo famelico, Lanfranco non si accorse dell'arrivo della badessa.

«Di solito, quando qualcuno chiede udienza, dice almeno il suo nome...»

Il tono severo di Eufrasia lo colse di sorpresa. Si voltò e i suoi occhi videro una vecchia ingobbita, il cui corpo devastato non corrispondeva affatto a quella voce aspra e autoritaria. Chinando il capo in atteggiamento contrito, la sua bocca simulò un sorriso.

«Perdonate, magistra, ma, sapete, spesso la fretta è cattiva consigliera... Mi chiamo Lanfranco Calgario e sono qui per domandare notizie di una persona che forse avete conosciuto...»

Il volto di Eufrasia divenne grigio. I suoi occhi si dilatarono e la sua bocca si aprì in un grido muto. La sua mente fu invasa da un tuono che, rimbombando cupo nelle orecchie, per un lungo istante la privò di qualunque altra percezione del mondo. Cogliendone l'espressione stupefatta, Lanfranco la osservò con più attenzione.

«Ci siamo forse già incontrati, magistra?»

Eufrasia non rispose. Il suo sguardo, divenuto duro come pietra, lo fissava in silenzio. Un tremito, dapprima lieve poi sempre più violento, le scuoteva le spalle. Stupito dal comportamento inaspettato della monaca, Lanfranco stava per parlare ancora, quando, tra le colonne del chiostro, vide comparire una novizia. Sebbene la veste ne nascondesse quasi del tutto le forme del corpo, il viso, pur incorniciato dal velo, era ben riconoscibile. Con un tuffo al cuore, Eufrasia seguì la direzione dei suoi occhi e si voltò: Allegranza era immobile e li guardava.

«Vattene! Torna subito in cella!»

L'urlo della badessa rimbombò alto nel chiostro. I piccioni, spaventati da un suono tanto inusuale fra quelle mura silenziose, svolazzarono scomposti verso il tetto.

Allegranza esitò. Il terrore che aveva colto nella voce di Eufrasia le bloccò i muscoli e il respiro. Sforzando gli occhi, cercò di capire chi fosse l'ospite della badessa: quel viso non le era nuovo, ma non riusciva a ricordare dove l'avesse già visto.

«Allora, mi hai sentito, o sei diventata sorda?» ruggì Eufrasia, mentre muoveva qualche passo minaccioso verso Allegranza.

Lanfranco la seguì e, afferrandola saldamente per un braccio, la fermò.

«Che bisogno c'è, magistra, di essere tanto severi con una povera novizia?»

Eufrasia lo fissò: i suoi occhi liquidi mandavano lampi di sdegno. Artigliando con la propria la mano dell'uomo stretta sul suo braccio, la staccò e, con un moto di disgusto, la allontanò da sé.

«Non osate toccarmi, Lanfranco! Non osate parlare ancora! Andatevene subito da qui! Questo è un monastero, Lanfranco, un luogo sacro! Non è posto per stupratori e assassini! Andatevene!»

Il sorriso falso che fino ad allora si era sforzato di mantenere sulle labbra svanì. In silenzio, Lanfranco guardò le due donne: il suo sguardo correva dalla badessa ad Allegranza e la ferocia, fino a quel momento abilmente celata, proruppe come un torrente in piena dai suoi occhi. Il tremore di Eufrasia si accentuò: faticando a mantenere l'equilibrio, si appoggiò con entrambe le mani a una colonna. Allegranza, cui non era sfuggito il nome uscito dalla bocca della badessa, lentamente capì: un cerchio gelato le avvolse il capo, scendendo piano piano lungo il corpo a fermarne qualunque flusso vitale. Un orrore profondo e doloroso le stravolse il viso, risucchiandone via tutto il sangue. Le sue gambe si erano fatte di piombo e, se anche avesse avuto la volontà di allontanarsi di lì, non ci sarebbe riuscita.

Lanfranco avanzò verso di lei. La mano destra era affondata nella tasca della veste. Eufrasia si raddrizzò e con uno scatto ferino inimmaginabile in una donna tanto vecchia si pose davanti a lui, impedendogli di proseguire.

Lanfranco le appoggiò ruvidamente il palmo della mano sulla veste e, con una spinta violenta, la ricacciò indietro: il suo volto, contratto dall'ira, si andava facendo sempre più spietato.

«Fuggi, Allegranza, fuggi... fuggi... fuggi!...»

Quello che era iniziato come un sussurro accorato nella gola di Eufrasia divenne un grido forte e imperioso che, nella frazione di un attimo, riscosse Allegranza dal suo torpore. La ragazza si voltò e si guardò intorno alla ricerca di aiuto: il chiostro era deserto. Allora si mise a correre verso l'ingresso del monastero.

Con una bestemmia, Lanfranco girò su se stesso per inseguirla, ma Eufrasia fu più veloce di lui: con un balzo disperato che la fece cadere a terra, gli afferrò l'orlo della veste e lo tenne stretto nelle mani. Lanfranco incespicò e cadde a sua volta. Rialzatosi sulle ginocchia, con un ringhio rabbioso fissò la monaca: la mano che impugnava il coltello guizzò fuori dalla tasca e colpì.

In un unico, lunghissimo attimo Eufrasia rivide scorrere davanti agli occhi tutta la propria vita. La sua coscienza, impegnata a chiedere l'estremo e definitivo perdono a Dio per i peccati commessi, non percepì il dolore. Gli ultimi suoni che udì arrivarono smorzati alle sue orecchie, come provenienti da una grande distanza: le urla di raccapriccio delle consorelle le parvero il pigolio lieve di nuovi passeri nel nido. Poi, tutto divenne buio e la vita se ne andò.

Capitolo 44

Matthew percorreva incerto i vicoli, gli slarghi e i coperti che conducevano al quartiere della Boema. Il tragitto che divideva il monastero da quella zona della città non era breve e, soprattutto, era affollato di botteghe, di chiese e di altri conventi che il frate non riusciva ancora a distinguere bene l'uno dall'altro.

Il desiderio di rivedere Guglielma si era fatto, negli ultimi giorni, sempre più pressante. Aveva riflettuto a lungo nel buio della sua cella, mentre, di notte, ascoltava il russare lieve di Hamid: non avrebbe dovuto cercarla ancora, lo sapeva bene. Sarebbe stato un rischio per lui e, indirettamente, per Arnolfo che, con tanta cura, stava cercando di districarsi fra le trame vischiose degli inquisitori. D'altra parte, l'impulso che lo trascinava verso quella donna era come la corrente di uno di quei larghi fiumi, quieti ma inarrestabili, della sua terra lontana.

Le cure che nell'ultima settimana aveva prestato a Hamid durante la sua reclusione forzata lo avevano in parte distratto da quel pensiero ossessivo. Eppure, era stato proprio il bambino, quella mattina, a fargli finalmente prendere la sua decisione. Dopo la colazione nella foresteria, Hamid era ritornato di corsa nella cella e, dopo averlo preso da parte, aveva raccontato in tono concitato di come la notte precedente gli fosse apparsa in sogno

Guglielma, mentre lo chiamava dal loggiato della sua casa. «Aveva in mano una candela» aveva spiegato «e, mentre parlava, la fiamma a poco a poco si ingrandiva e le avvolgeva il corpo... Alla fine, l'aria era piena di fuoco ma lei rimaneva lì, e sorrideva e io vedevo muovere le sue labbra ma non udivo più le parole...» Mentre cercava le frasi adatte a calmare il bambino, ancora impaurito da quel sogno angoscioso, Matthew sentiva nascere dentro di sé il dubbio che la visione di Hamid potesse essere una sorta di profezia, un richiamo destinato proprio a lui: forse il piccolo saraceno, ancora una volta, aveva fatto da messaggero, forse la Boema voleva incontrarlo... Non dicevano tutti che quella donna fosse una veggente? In ogni caso, aveva pensato, una passeggiata per la città gli avrebbe chiarito le idee. Animato da un cauto entusiasmo, dopo le funzioni era uscito e si era diretto verso il Broletto.

A mano a mano che si allontanava dal monastero la sua determinazione diventava meno salda. Cosa stava per fare? A quali altri pericoli lo avrebbe esposto il suo carattere imprudente e impulsivo? Sebbene fosse cosciente di essere sul punto di cimentarsi in una partita di cui non conosceva il finale, quella che lo rendeva inquieto era un'altra questione. In verità, più che la propria temerarietà, paventava l'ira di Arnolfo, che, ne era certo, si sarebbe abbattuta come un maglio sopra di lui non appena avesse saputo di un suo nuovo incontro con la Boema. D'altra parte, pensava con una punta di amarezza, la generosità dimostratagli dall'abate in tutti quei mesi non era stata del tutto disinteressata: Arnolfo lo aveva in qualche modo usato per conseguire i propri scopi, che, sebbene lodevoli, erano in qualche misura legati all'esercizio del potere. Non sarebbe stato in quella città che Matthew avrebbe trascorso tutti i suoi giorni a venire e, in ogni caso, entro poco tempo se ne sarebbe andato di lì: ormai il suo incarico era stato portato a termine e nulla lo tratteneva più a Milano. Forse sarebbe tornato verso la valle Augusta, seguendo il viaggio di ritorno di Aimone o, forse, se l'Altissimo lo avesse concesso, si sarebbe diretto ancora verso la sua terra...

Perso nei suoi pensieri, non vide il cumulo di rifiuti che, molliccio e marcescente, occupava il bordo della strada: i suoi piedi nudi, calzati nei sandali, ci affondarono in mezzo, facendolo quasi scivolare. Chinato lo sguardo sulla tonaca, scoprì di avere l'orlo unto e infangato. Reggendone un lembo con la mano, cercò di scuotere via tutta quella lordura, senza tuttavia ottenere un risultato apprezzabile. Deluso, rialzò gli occhi e si avvide di essere giunto allo sbocco del vicolo che immetteva nella larga via di San Pietro all'Orto.

Era ancora incerto se proseguire, quando, accompagnato da grida e schiamazzi, un lieve sentore di fumo arrivò alle sue narici. Incuriosito, avanzò di qualche passo, ma subito si arrestò. Intorno al palazzo di Guglielma si stava ammassando una piccola folla che, ondeggiando disordinata, fissava terrorizzata verso l'alto. Dalle due finestre del loggiato uscivano dense volute di fumo scuro che, strappato via da un vento deciso, si stemperava acre lungo la via. In preda all'angoscia, Matthew tentò di avvicinarsi ancora, ma un violento accesso di tosse lo costrinse a fermarsi.

«L'acqua, l'acqua, andate a prendere l'acqua!...»

Le voci, stridule di paura, si sovrapponevano le une alle altre, mentre, dai vicoli laterali, cominciavano ad arrivare uomini, donne e bambini con secchi, pentole, barili e tinozze colmi d'acqua.

«Guardate! L'incendio si sta propagando!» urlò una serva, indicando del fumo che sgusciava dalla porta di una casa vicina.

«Oh Dio, oh Santa Vergine! Cosa facciamo adesso?! Qualcuno corra al Broletto, per Dio, ad avvisare, a chiedere aiuto!...»

Le voci atterrite furono sovrastate da uno scampanio insistente: la campana di San Pietro all'Orto stava già suonando a distesa per dare l'allarme, seguita, dopo pochi istanti, da quelle di tutte le chiese vicine. Matthew, incapace di muoversi, si era rannicchiato contro un muro. I suoi occhi dilatati, arrossati dal fumo, fissavano il portone semiaperto e annerito dal fuoco. Oltre la soglia si indovinavano le fiamme ancora alte: baluginii rossastri illuminavano le fessure delle piccole finestre sprangate del piano terra, mentre crepitii sordi provenienti dall'alto facevano intuire come il fuoco fosse già arrivato a lambire le assi del pavimento al piano superiore.

Il vento si fece più forte. In un attimo, che a Matthew parve lungo un secolo, una enorme, gonfia lingua di fuoco uscì ruggendo dal tetto e, sospinta da una folata più violenta delle altre, avvolse nel suo abbraccio malefico pareti, anditi, tegole e loggiati di ogni costruzione che incontrò sul suo cammino. La folla urlò. I recipienti con l'acqua si rovesciarono a terra e rotolarono lontano mentre tutti fuggivano verso i vicoli e gli slarghi più lontani dall'incendio. Matthew, inebetito dall'orrore di quello spettacolo, non riusciva a muoversi. Fu il provvidenziale spintone di un uomo in fuga che lo riscosse: caduto a terra in malo modo, si rialzò proprio un istante prima che le assi del loggiato di Guglielma esplodessero in mille pezzi e crollassero poco lontano dai suoi piedi.

Mentre fuggiva insieme agli altri, trasportato suo malgrado dall'onda della folla, il pensiero del frate corse alla Boema: si era salvata quella donna? E gli altri, i suoi seguaci? C'era qualcuno in quella casa quando era scoppiato l'incendio? Pregando Dio che non fosse così, si chiese il motivo di tutto quel fuoco. Era mai possibile che di giorno, in piena estate, quando il focolare serviva solo per cucinare ed era quindi ben curato, una scintilla bastasse a creare tutto quel disastro? E se, invece che essere accidentale, l'incendio fosse stato appiccato a bella posta? Un brivido gelato gli percorse la schiena sudata: se fosse stata vera quell'ipotesi, chi avrebbe potuto essere la vittima designata, se non la Boema?

D'improvviso, senza che si rendesse conto del cammino percorso, Matthew si trovò di fronte la facciata della Basilica Maggiore. Le campane stavano suonando a distesa: dal vicino Broletto un manipolo di soldati correva verso San Pietro all'Orto. Sebbene fossero molti i vicoli che separavano la zona dell'incendio da quella della basilica, il puzzo di fumo era già arrivato fin lì. Voltandosi a guardare indietro, il frate vide con orrore che altre lingue di fuoco si levavano dai tetti.

«Ma allora, frate della malora, cosa fai lì fermo come una statua?! Aiutami a portare questo secchio, per Dio! Non vedi che la città intera va a fuoco?!»

Matthew fissò con occhi vacui l'uomo che lo aveva così rudemente rampognato: senza rispondere, si voltò e, preso da un terrore incontrollabile, cominciò a correre verso il Broletto. Senza udire gli insulti che seguirono la sua fuga, continuò la sua corsa finché l'affanno non gli bloccò il respiro. Allora, appoggiate le mani sulle ginocchia, si fermò e riprese fiato. Poi, mentre calde lacrime di paura e di umiliazione gli scendevano sulle guance, riprese il cammino verso San Simpliciano.

Le mani di Juditha reggevano la ciotola colma d'acqua. Sulla superficie, i lenti movimenti dell'olio mescolato con l'acqua formavano ombre evanescenti che solo lei sapeva leggere.

Dalla porta accostata della casupola entrava una lama di luce che, percorrendo il pavimento di terra battuta, disegnava una lunga linea bianca: il raggio vivido andava a morire nella fessura aperta fra due assi sbilenche della parete. La donna roteò con grande delicatezza il recipiente di bronzo scuro. L'acqua si increspò per qualche istante poi si fermò, immota.

Gli occhi di Juditha si socchiusero e mentre le sue pupille dilatate fissavano la superficie liquida, il suo corpo si irrigidì: il respiro si fece più breve e le dita che sostenevano il fondo della ciotola presero a tremare impercettibilmente. Una dopo l'altra, due gocce di sudore caddero dalla sua fronte china precipitando nell'acqua sottostante, dove produssero piccoli cerchi concentrici che, a contatto con l'olio galleggiante, spezzarono la loro circonferenza perfetta formando nuove, bizzarre figure.

Juditha abbassò le palpebre e dalla sua bocca semiaperta proruppe un lamento che, iniziato in sordina, si fece a poco a poco più sonoro, fino a diventare un lungo, interminabile grido. Un'allodola che sostava sul ramo di un albero vicino volò via spaventata.

Improvviso com'era cominciato, quel suono lugubre finì.

La donna sollevò la ciotola e, spostando con il gomito la porta della sua stamberga, uscì sulla minuscola aia. Qui, tra le erbacce e i rovi che la infestavano, vuotò tutta l'acqua che, in un attimo, venne assorbita dal terreno. I suoi occhi verdi si alzarono verso le fronde degli alberi. Il vento, che da qualche ora si era levato imperioso, agitava i suoi capelli rossicci: fra i lembi di cielo terso che si intravedevano fra gli squarci del fogliame fitto del bosco si muoveva veloce una lunga e sottile scia grigia.

Stringendo al petto il recipiente vuoto, Juditha mormorò un'unica, definitiva frase.

«Tutto sta per compiersi.»

Poi, deposta la ciotola sul pavimento della casupola, accostò la porta e, stringendosi le braccia attorno alla veste lacera, si avviò verso la radura.

Capitolo 45

Nisan si aggirava inquieto per la casa. Di tanto in tanto abbassava il capo e annusava fremente: la coda ritta segnalava la sua attenzione a cogliere qualunque odore inconsueto. Un acuto sentore di muffa si levava dagli angoli della stanza. Il forziere era stato spostato verso la soglia dell'abitazione. Un informe fagotto di canapa, adagiato sul pavimento, conteneva tutte le proprietà di Rachele: infilato fra le cinghie di cuoio che stringevano il grosso involto, c'era il bastone di Isaac. Lo specchio d'argento, ancora avvolto nel panno scuro, era stato staccato dalla parete e giaceva accanto al forziere.

Come a voler prolungare ancora il suo tempo fra quella mura, Rachele continuava a ripetere gli stessi gesti. Radunava insieme le stoviglie sbreccate a lato del focolare, allineava le due sedie lungo il bordo del tavolo, rassettava ancora una volta i paglierici. Il suo incarnato olivastro aveva assunto una tonalità cinerea e la veste sciupata pendeva sul corpo smagrito: solo i capelli corvini, non ancora raccolti sotto la cuffia, mantenevano la loro naturale lucentezza, danzando ribelli intorno al viso a ogni suo movimento.

Aimone, che da più di un'ora la osservava in paziente silenzio, non riuscì più a nascondere il suo disagio.

«Rachele, dobbiamo andare... Non c'è più nulla che vi

trattenga qui: il mulo è pronto nel vicolo. Venite, dunque, andiamo...»

La ragazza lo guardò. I suoi occhi gonfi tradivano l'arrivo imminente delle lacrime. Aimone si avvicinò e, senza parlare, la strinse in un abbraccio delicato. Rachele si abbandonò contro di lui e, lasciando finalmente uscire dalla gola contratta i singhiozzi che da ore le opprimevano il petto, pianse come una bambina.

Senza pronunciare altre parole che sapeva sarebbero state inutili, Aimone accolse su di sé le sue lacrime. Ignorando il brivido di eccitazione che il contatto con il corpo di Rachele gli procurava, il castellano attese che quello sfogo disperato avesse fine. I suoi pensieri scivolavano via disordinati e, subito dopo, tornavano: il ricordo del lungo, difficile colloquio che due giorni prima aveva avuto con la giovane lo turbava ancora. Rachele lo aveva ascoltato, seduta davanti a lui, in quella stanza pregna dell'odore della morte. La sua espressione, dapprima stupita, aveva a poco a poco manifestato una consapevolezza nuova: i suoi occhi avevano studiato a lungo il volto del castellano. Aimone, che si era sentito frugato fino nelle profondità dell'anima da quello sguardo penetrante, le aveva confessato lo strano e inaspettato trasporto che, fin dal loro primo incontro, aveva nutrito per lei. Mettendo da parte pudore e riservatezza, le aveva parlato ancora della sua vita e del suo castello, di suo figlio e della moglie perduta troppo presto. Le aveva chiesto, infine, di seguirlo a Graines: là avrebbe potuto offrirle protezione e, se il tempo avesse sanato le ferite di entrambi, forse, un giorno, avrebbe potuto farne la sua sposa. Rachele non aveva risposto subito: si era presa il volto fra le mani e, raggomitolata su se stessa, aveva taciuto a lungo. Poi, risollevando la testa, aveva sussurrato poche parole: «Va bene, verrò con voi...». Aimone, che in quel momento avrebbe volentieri rinunciato al suo feudo e a tutti i suoi averi pur di ottenere un assenso da lei, l'aveva fissata con una espressione di tale fanciullesca gratitudine da strapparle un sorriso. Si era inginocchiato ai suoi piedi e, dopo averle preso le mani, gliele aveva baciate. Rachele, a cui nessuno aveva mai tributato tanta rispettosa considerazione, era rimasta immobile, incapace di parlare. Non riusciva a capire: quell'uomo, quello sconosciuto era lì a proporle di condividere la vita con lui. Perché? Quali motivi poteva mai avere per desiderare di farle un dono così grande e inatteso? Il suo naturale ritegno la spingeva ad essere cauta, sebbene una curiosa e inesplicabile sintonia di sentimenti la attraesse verso Aimone. Che cosa la affascinava in quell'uomo? La forza d'animo unita a una singolare gentilezza nei modi o la passione che, sebbene severamente controllata, intuiva nel brillio del suo sguardo e nei suoi gesti trattenuti? E lei, che non aveva mai sperimentato l'amore, che cosa provava adesso? Era possibile che quella mescolanza di tenerezza e gratitudine che sentiva verso di lui, quell'insolito languore di visceri che la spossava quando lo fissava negli occhi fosse amore? Che cosa giustificava quel sentimento? Come poteva essersi innamorata in così breve tempo di un uomo tanto diverso da lei? Come poteva essere certa che questa nuova passione non si sarebbe esaurita dopo che la sua inquietudine sul proprio futuro fosse stata lenita dalla rassicurante compagnia del castellano? E tuttavia, accogliendo su di sé lo sguardo acceso e implorante di Aimone, si sentiva sempre più attratta da lui: avrebbe voluto abbracciarlo, lasciarsi cullare fra le sue braccia forti, per trovare finalmente la serenità che nessuno, fino a quel momento, aveva saputo darle. Ricacciando indietro quell'impulso assurdo, aveva accompagnato le sue parole di accettazione con un sorriso incerto, faticando a dominare il nodo d'ansia che le serrava la gola: avrebbe celato i suoi sentimenti, nell'attesa che i giorni e i mesi a venire svelassero una verità che lei stessa non conosceva.

Erano rimasti in silenzio, mentre le dita di Aimone sfioravano il palmo delle sue mani in una delicata, prolungata carezza. Prima di congedarsi, le aveva detto che avrebbe pensato lui a saldare ogni suo debito rimasto in sospeso: lei avrebbe dovuto occuparsi solo di radunare le sue poche cose e di farsi trovare pronta. Di lì a qualche giorno, non appena lui avesse sbrigato le ultime incombenze in città, sarebbero partiti per la valle Augusta.

Nisan, finalmente quieto, sonnecchiava davanti alla soglia. All'improvviso sollevò il muso verso l'alto e prese ad annusare freneticamente l'aria. Rizzatosi sulle zampe, sgusciò fuori dalla porta e, dopo un attimo di esitazione, cominciò a mugolare. Quasi contemporaneamente ai guaiti del cane, nel vicolo risuonarono un vociare confuso e uno scampanio violento.

«Signore!... Uscite, signore! Deve essere scoppiato un incendio nel centro della città!»

La voce spaventata del servo di Aimone, che bussava convulsamente alla porta socchiusa, giunse chiara alle orecchie di Rachele. Sciоltasi dall'abbraccio del castellano, si precipitò all'uscio e lo spalancò: un inconfondibile lezzo di bruciato stava ammorbando l'aria. Sopra i tetti, trasportata da un vento che nelle ultime ore si era fatto sempre più forte, una lunga nuvola nera si spostava veloce per il cielo.

«Presto, Rachele, raccogliete la vostra roba! E tu, Joseph, aiutami a portare fuori il forziere, dobbiamo andarcene subito da qui!»

Obbedendo prontamente all'ordine concitato del castellano, il servo entrò in casa e afferrò il grosso scrigno. Rachele, sollevato il fagotto di canapa, uscì e lo depositò sulla groppa del mulo. Poi, dopo aver preso in braccio Nisan, rimase immobile, al fianco di Aimone.

«Dicono che sia scoppiato un incendio vicino alla Basilica Maggiore...» disse affannato Joseph. «Non potremo certo entrare dalla Porta Romana per raggiungere il vostro sestiere, signore, o incontreremo il fuoco! Dovremo cercare un'altra strada, ma quale? Non conosciamo abbastanza Milano per...»

«Ve la indicherò io la strada,» intervenne Rachele «e credo che sia l'unica percorribile. Se, invece che dirigerci verso le mura, costeggeremo il fossato dall'esterno, arriveremo fino alla Pusterla dei Fabbri da dove potremo entrare in città: da lì, in poco tempo, arriveremo al sestiere dove abitate...»

«Ma,» chiese Aimone «dovremo deviare per il contado seguendo questo itinerario? Ho sentito dire che la via per Lodi pullula di soldati e non vorrei che, in qualche modo, avessimo a che fare con loro!»

«No, Aimone, non dovremmo incontrare più armigeri del consueto fuori dalle mura» rispose Rachele. «Si tratterà di oltrepassare ancora qualche vicolo poi supereremo magazzini, piccole cascine e mulini affacciati sulle rogge defluenti del fossato, senza tuttavia addentrarci nella campagna.»

«Bene, allora... Non perdiamo altro tempo!» esclamò il castellano, rivolto a Joseph.

Il servo finì di sistemare il basto del mulo: dopo aver allacciato sotto il suo ventre le cinghie di cuoio che tenevano ferme le masserizie caricate sulla groppa, afferrò le redini e cominciò ad avanzare. L'animale, innervosito dallo scampanio incessante e dalle urla della gente che, precipitatasi fuori dalle case, stava occupando quasi tutto lo stretto spazio del vicolo, si muoveva con riluttanza. Puntando gli zoccoli delle zampe anteriori, si bloccò del tutto: il forziere oscillò pericolosamente e fu solo la prontezza di Aimone, che gli camminava accanto, a impedire che rotolasse a terra.

«Guarda!» sussurrò ansimando, rivolta al marito una donna che, come tutti gli altri, stava correndo verso lo slargo che conduceva al fossato. «La giudea se ne va! E il padre? Dov'è il padre? E quell'uomo che la accompagna, chi sarà mai quell'uomo? Hai visto come è vestito? Deve essere un aristocratico! Cosa ci farà con una pezzente come lei?»

«Ma ti pare questo il momento di preoccuparti dell'ebrea, per Dio, con questo incendio che si sta propagando per la città!» le rispose iroso il marito, strattonandola per un braccio. «Andiamo a vedere se hanno bisogno di noi, piuttosto, e speriamo solo che l'acqua del fossato spenga le fiamme, se arriveranno fin lì!»

Nisan, serrato fra le braccia della sua padrona, tremava: il suo naso continuava a odorare l'aria e, di tanto in tanto, dalle sue narici bagnate colava una goccia che, cadendo sulla manica di Rachele, aveva già formato una chiazza umida. La giovane camminava qualche passo avanti ad Aimone: da quando erano partiti, non si era mai voltata indietro.

Quella notte, era tornata di soppiatto al camposanto dei lebbrosi e aveva dato l'addio a suo padre. Aveva accarezzato le foglie secche che ricoprivano la fossa, e mentre le sue labbra silenziose recitavano la preghiera per i morti, aveva giurato a Isaac e a se stessa che la sua arte non sarebbe andata perduta: un giorno, senza ancora sapere quando né dove, lei, Rachele, figlia di Isaac ben David, sarebbe diventata medico.

La piccola carovana proseguì. Dopo essersi fatti largo con difficoltà in mezzo a una folla sempre più cospicua, giunsero in vista della via per Lodi. Dal fondo della strada un gruppo di soldati a cavallo, in tenuta da battaglia, stava avanzando lentamente verso di loro.

«Attraversiamo adesso la via, o dovremo aspettare chissà quanto prima di poter passare!» esclamò Aimone, sollecitando Joseph a trascinare il mulo per la cavezza.

Il servo obbedì e, dopo aver percorso le sei tese che li

separavano dall'altro lato della strada, si addentrarono in un altro sestiere. Qui, fra le catapecchie che lo affollavano, scorreva una piccola roggia attraversata da uno sbilenco ponticello di legno. Al di là, si indovinava la sponda del fossato che, prolungandosi lungo le mura della città, ne delimitava il perimetro separandolo dalla campagna.

Alzando gli occhi verso l'alto, Aimone vide che la striscia nera che fino a poco prima solcava minacciosa il cielo si andava a poco a poco stemperando, sfrangiandosi in lunghi lembi più chiari. Il vento, un po' meno impetuoso, li trascinava lentamente verso est.

L'ultimo fuoco si spense nella casa di San Pietro all'Orto. Fra le travi crollate e annerite, il frammento di tela imbevuta di olio di noce bruciò piano e, dopo un estremo guizzo di fiamma, si estinse, formando un fragile mucchietto di cenere.

Capitolo 46

Con la bocca spalancata a cercare aria, dopo quella corsa a perdifiato fino alla Porta Romana, Allegranza si voltò. La via Porticata brulicava di gente spaventata che si dirigeva in fretta verso i vicoli che immettevano nella zona del Brolo: dai camminamenti delle mura provenivano le grida delle guardie che impartivano ordini concitati a un gruppo di armigeri radunati in formazione nello slargo sottostante. Un altro manipolo di soldati stava oltrepassando proprio in quel momento il fornice della porta.

Gli occhi di Allegranza, dilatati dalla paura, frugarono la via: anche se fosse stato alle sue calcagna, sarebbe stato impossibile distinguere il suo inseguitore in mezzo a quella folla disordinata. L'odore acre del fumo che ammorbava l'aria segnalava che da qualche parte era scoppiato un incendio, probabilmente di vaste proporzioni, a giudicare dal trambusto che regnava in quella parte della città. Mentre si imponeva di cacciare dalla mente il volto di Eufrasia e il suo urlo disperato che la incitava alla fuga, Allegranza cercò di pensare in fretta. Se Lanfranco sapeva che lei era nascosta al Lentasio, quasi certamente conosceva anche l'ubicazione della sua casa e quindi sarebbe stata una sciocchezza correre a nascondersi proprio là. Dove avrebbe potuto fuggire? Non certo verso il centro della città, in cui, con quella confusione, nessuno avrebbe potuto proteggerla: il bosco! Ecco dove doveva correre, al bosco del Quadronno! Lì, fra alberi e arbusti sarebbe stato più facile nascondersi: inoltre, dicevano che poco lontano dalla radura ci fosse una casupola abitata da una donna solitaria. Avrebbe potuto supplicarla, chiederle aiuto...

Dopo un'ultima occhiata angosciata alle sue spalle, si avviò adagio: in fondo vestiva un abito monacale e una novizia che correva all'impazzata attraverso la porta d'ingresso della città avrebbe attirato l'attenzione delle guardie. Doveva mantenere la calma, era assolutamente necessario che mantenesse la calma. Tenendo stretto con le mani il velo che le copriva i capelli, avanzò fino alla torre: gli ultimi soldati del manipolo in marcia verso Lodi erano già al di là del fossato. Mescolandosi a un piccolo gruppo di pellegrini, riuscì a oltrepassare il ponte inosservata.

Ignorando l'abituale direzione che l'avrebbe condotta verso San Calimero, deviò a sinistra e, imboccato un vicolo tortuoso, lo percorse tutto, sbucando alla fine dietro all'ospizio di San Lazzaro, poco lontano dalla casa dell'ebrea. Con il cuore che le martellava nel petto, si fermò un momento, appoggiandosi al muro cadente di una casupola diroccata. Si guardò intorno circospetta: l'unico essere umano che vide fu un bambino piccolo che, seminudo, la fissava dalla soglia della sua abitazione.

Riprese a correre. In un attimo attraversò la strada grande e, rischiando di finire fra le zampe del mulo di un pellegrino che stava procedendo verso la sua stessa direzione, si precipitò tra i vicoli dall'altro lato. Il bosco era ormai vicino.

Se non avesse avuto altro per la testa, Federico sarebbe sicuramente esploso in una facezia colorita nel vedere quella giovane monaca che, trafelata come se avesse il diavolo alle calcagna, si era quasi gettata sotto il suo mulo.

Si limitò a un sorriso e, rivolto a Tarik, che lo affiancava sulla sua cavalcatura, gli chiese se l'imbocco della strada per Pavia fosse ancora lontano: il folto gruppo di armigeri diretti a Lodi da cui si erano appena lasciati precedere lo aveva confermato nell'esattezza della scelta stabilita sulla direzione da prendere. Sarebbe stato davvero troppo rischioso scegliere il cammino più breve, meglio fare come aveva consigliato il suo servo: anche se più lunga, la via che conduceva a Pavia sarebbe stata più sicura.

«Non è lontano, mio signore» rispose Tarik. «Vedete quegli alberi laggiù? Ecco, quello è il bosco del Quadronno: la strada che dovremo percorrere comincia appena oltre.»

Un bosco... Il cuore di Federico mancò un battito, mentre una morsa gelata gli attanagliava la nuca. Se l'era quasi dimenticato quel discorso della Boema. Dopo aver passato una notte insonne a chiedersi il significato delle sue parole allarmanti, si era imposto di ignorarle: altre e ben più gravi erano le preoccupazioni che lo agitavano e dar credito alle farneticazioni di un'invasata, solo perché lo aveva riconosciuto e sapeva della sua malattia, sarebbe stata un'inutile perdita di tempo. E tuttavia, ora che una parte della città stava bruciando, come forse aveva predetto quella donna, e mentre gli zoccoli del suo mulo cominciavano ad affondare fra l'erba del bosco, Federico fu preso da un'inquietudine profonda. La sua mano corse al posteriore della sua cavalcatura: dietro di lui, ben legata e in perfetto equilibrio sulla groppa, la sacca che conteneva il falco ondeggiava lieve a ogni movimento del mulo. Gli occhi dell'imperatore si levarono verso l'alto. Non lontano, sotto la nube fumosa e ormai sottile che ancora offuscava il cielo, una colomba volava veloce, descrivendo ampi cerchi sopra di loro.

Federico si fermò. In silenzio, sotto gli sguardi attoniti di Tarik e Aisha, slegò la sacca e, calzato il guanto di cuoio, estrasse delicatamente il falco ponendoselo sul pugno. Poi, rimontato in sella, diede ordine di proseguire verso il bosco.

Malgrado si sentisse il volto in fiamme, Lanfranco era terreo. Il sudore gli colava sugli occhi, trattenuto a malapena dalle folte sopracciglia aggrottate; la veste, lordata da una vasta macchia di sangue, gli si appiccicava fastidiosamente al corpo.

Dov'era finita quella cagna maledetta? Come aveva potuto sfuggirgli? Non appena aveva udito le urla delle altre monache, si era precipitato fuori dal monastero e si era lanciato verso la via Porticata, confondendosi fra la folla. Aveva sogghignato soddisfatto rendendosi conto che, proprio quel mattino, era scoppiato un incendio. Nessuno, in quella situazione, avrebbe avuto il tempo e la voglia di inseguirlo. Tuttavia, si era accorto ben presto che la stessa confusione che proteggeva la sua fuga, avrebbe coperto anche quella di Allegranza. L'aveva cercata dappertutto, sotto i coperti, tra le bancarelle delle botteghe, negli androni, ma le sue ricerche non avevano avuto esito. Ora, dopo aver aperto con una spallata l'uscio sprangato della casa di Angiolina e aver rovistato rabbiosamente per quei miseri locali senza trovare nessuno, sentiva montare un'ira incontrollabile.

Furibondo, uscì nel vicolo e si guardò intorno. L'affanno che lo aveva assalito gli impediva quasi di respirare. Comprimendosi il petto con le mani, si impose la calma e cercò di ragionare con freddezza: dove avrebbe potuto essere Allegranza, se non era tornata a casa sua? In un altro luogo che potesse darle rifugio, sicuramente, ma quale?

I suoi occhi esaminarono con attenzione tutte le porte che davano sul vicolo: in fondo, preceduta da un piccolo slargo, la chiesa di San Calimero sorgeva a chiudere la visuale. Al di là del tetto, si indovinavano rami fitti e frondosi che, intrecciandosi fra di loro, formavano una vasta macchia verdeggiante. Il bosco... Il bosco del Quadronno! Ecco dove poteva essere andata Allegranza! Come aveva fatto a non pensarci prima?! Ruggendo a mezza voce una bestemmia, si incamminò a passo veloce verso la roggia che, adiacente alla basilica, divideva il quartiere dalle prime propaggini della boscaglia.

Mentre attraversava il ponticello di legno gettato sopra lo stretto corso d'acqua, Lanfranco non poté impedirsi di pensare che quella dannata ragazza aveva dimostrato la furbizia degna di una volpe: come avrebbe mai fatto a trovarla nel fitto del bosco, con tutti quegli alberi e quei rovi e quegli avvallamenti del terreno tra i quali anche il suo cavallo faticava a orientarsi? Doveva agire con calma: invece di avventurarsi allo scoperto, si sarebbe mosso con cautela, sfruttando il riparo di ogni tronco e di ogni arbusto, avrebbe strisciato come un serpente fra l'erba e, non appena l'avesse vista, sarebbe balzato su di lei e l'avrebbe uccisa. Quella storia doveva finire, e in fretta: prima di sera l'incendio in città sarebbe stato domato e, per allora, lui avrebbe dovuto essere al sicuro nel suo palazzo: se qualcuno fosse venuto a cercarlo e a chiedere spiegazioni sui suoi movimenti di quella giornata, il suo servo avrebbe testimoniato qualunque cosa lui gli avesse ordinato. Con una smorfia bieca sul volto, affondò la mano nella tasca e afferrò ben saldo il pugnale: sì, per l'indomani tutto sarebbe stato finito.

Capitolo 47

Allegranza si fermò. Il respiro affannoso le stringeva il petto in una morsa dolorosa. Cercando di inspirare quanta più aria possibile, si guardò ancora una volta intorno. Al di là del grande tronco dietro il quale si era nascosta, la boscaglia si faceva ancora più fitta: malgrado il caldo dell'estate avesse dissecato le foglie più alte degli arbusti, i loro rami offrivano ancora sufficiente riparo. Un inaspettato fruscio la fece sobbalzare: alzando gli occhi verso l'alto, vide che due cornacchie si erano appena posate sullo stesso ramo. La fissavano immobili. D'improvviso si rese conto del silenzio che la circondava: nessuno degli abituali abitanti del bosco faceva udire la sua voce. L'unico suono, amplificato da tutto quel silenzio, era lo sciacquio di una roggia poco lontana.

Acquattandosi ancora di più sotto l'albero, Allegranza studiò il terreno: fin lì, nessuna impronta lasciava intendere che qualcuno lo avesse calpestato prima di lei. Dopo aver lanciato un'ultima ansiosa occhiata alle sue spalle, si mise a strisciare fra i rovi, seguendo il rumore dell'acqua. Se davvero esisteva quella casupola di cui le avevano parlato, era certa che fosse vicino a una roggia o a un torrentello: chiunque l'avesse abitata non avrebbe potuto sopravvivere senz'acqua.

Mentre passava carponi sotto un grande cespuglio di

rosa selvatica, le lunghe spine dei suoi rami si impigliarono nel velo e lo lacerarono. In preda all'angoscia, Allegranza tentò inutilmente di strapparlo dai rovi, ma non ci riuscì: il tessuto leggero si era avvoltolato intorno alle spine che lo trattenevano saldamente, come fosse un nuovo, grottesco fiore sbocciato dalla pianta. Guardandosi le mani graffiate e sanguinanti, la ragazza fu assalita dalla paura: quel velo perduto avrebbe potuto costituire una traccia per il suo inseguitore. Col cuore in gola, strisciò fino al tronco di un altro albero e cautamente si rialzò: i suoi occhi spaventati misurarono lo spazio circostante. Recuperando tutto il suo coraggio, decise di rischiare. Arrotolandosi la veste fino alla vita e trattenendola con le mani, spiccò una corsa a perdifiato, saettando da un albero all'altro, come una lepre inseguita dai cani.

Poco lontano, Juditha, accucciata fra l'erba alta, la guardava avvicinarsi: per un attimo, un sorriso aleggiò sulle sue labbra.

Federico, in piedi ai margini della radura, accarezzava distrattamente il dorso del falco che tratteneva sul pugno. Una trentina di passi dietro di lui, Tarik e Aisha avevano legato le cavalcature al tronco sottile di un giovane pioppo e, come era stato loro ordinato, mantenevano il silenzio.

La colomba, che fino ad allora aveva volteggiato sopra le loro teste, era scomparsa alla vista. Mentre cercava di ignorare qualche fitta residua che, di tanto in tanto, gli trafiggeva ancora il costato, Federico osservava la macchia, sforzando gli occhi a distinguere qualunque segno di vita celato fra alberi e arbusti. I suoi sensi erano all'erta. La quiete insolita che lo circondava non avrebbe mai potuto ingannare il suo animo di cacciatore: sentiva che là in mezzo stava per accadere qualcosa. Il suo nervosismo fu avvertito anche dal falco che, spostando il proprio peso da una zampa all'altra, oscillava sul guanto del suo padrone. D'un tratto, la colomba riapparve. Svolazzando verso di lui, si posò sul ramo più basso di un nocciolo, che vibrò a lungo sotto il suo peso. Federico si avvicinò piano. La colomba arruffò le piume e, dopo un attimo, riprese il volo e scomparve oltre le cime degli alberi.

Lanfranco fissava il velo. Con un gesto rabbioso, lo strappò violentemente dal roseto.

«Ti ho trovato, finalmente, cagna maledetta, ti ho trovato!...» mormorò fra sé, mentre il suo sguardo frugava il terreno in cerca di tracce. Qualche passo davanti a lui, l'erba appariva calpestata da poco. Lo sciabordio costante che udiva già da un po' si fece più intenso: doveva trattarsi di una delle tante rogge che attraversavano il bosco e a cui, più di una volta, aveva fatto abbeverare il suo cavallo. Attento a cogliere ogni altro rumore, avanzò cauto fino a un lieve pendio: qui, accucciato fra l'erba, osservò la radura sottostante.

E finalmente la vide.

Con la veste rialzata sui fianchi, correva per un po' e poi si acquattava tra l'erba, guardandosi intorno come un animale braccato. Pur essendo lontano, Lanfranco riuscì a cogliere il tremito violento che le scuoteva le membra. Un sogghigno soddisfatto gli stirò le labbra.

«Aspettami, Allegranza, aspettami... Sto arrivando da te...» sussurrò in un soffio, mentre una smorfia malvagia gli stravolgeva i lineamenti. Strisciò silenzioso fra gli ultimi arbusti del sottobosco, poi, appiattendo il ventre sul terreno, si lasciò scivolare lungo la china, fino alla radura.

Allegranza si rialzò dal suo provvisorio nascondiglio: per un attimo, le parve di intravedere, quasi del tutto coperto dal fogliame, il tetto di una casupola che sorgeva appena al di là dei primi alberi oltre lo spiazzo aperto.

Con un gemito disperato, senza guardarsi alle spalle, riprese a correre verso quella direzione.

Giunto in fondo al declivio, Lanfranco si guardò intorno: il bosco era deserto. Mettendosi carponi e tenendo il capo appena più alto del corpo per poter vedere la sua preda, avanzò ancora.

Federico si era addentrato cauto nella radura: l'innaturale movimento prodotto dalla sommità degli steli d'erba aveva reso più vigile la sua attenzione. Si sarebbe detto che là sotto si stesse muovendo qualcuno: l'ondeggiare dell'erba era troppo pronunciato, per essere causato da uno dei piccoli, silenziosi animali che popolavano quella boscaglia. Come a confermare le sue supposizioni, all'improvviso una figura femminile guizzò repentina da un avvallamento del terreno e cominciò a correre. Se la cosa non gli fosse sembrata assurda, avrebbe detto che si trattava della stessa novizia incontrata poco prima, lungo la strada verso il bosco. Mentre si chiedeva se il caldo non gli stesse procurando un'allucinazione, con la coda dell'occhio colse un brusco movimento alla sua destra. Indietreggiando di un paio di passi, si nascose dietro un alberello di sorbo e, tenendo ben saldo il falco, osservò meglio. A una trentina di tese dal punto in cui si trovava, vide una testa di corti capelli scuri e ricciuti che, a intervalli ravvicinati, si levava appena al di sopra del limite ultimo della vegetazione per tornare subito dopo a nascondersi nel folto dell'erba. Volgendo lo sguardo in alto, si avvide che la colomba, scomparsa fino a poco prima, era tornata e volteggiava calma sopra la radura.

"...il falco ucciderà il rapace e la colomba sarà risparmiata..." Come se una eco impossibile si fosse levata tra gli alberi e gli arbusti di quella foresta di pianura, le parole della Boema risuonarono cupe nelle orecchie di Federico. L'accenno di un tremito, subito dominato, lo scosse: ormai certo che le parole di quella donna avessero profetizzato il vero, intuì che qualcosa di orribile stava per accadere.

Con grande circospezione, uscì dal suo riparo: favorito dalla statura poco elevata, scivolò invisibile da un tronco all'altro, fino a trovarsi nell'erba alta. Qui, tenendo ben saldi i geti che bloccavano il falco, si immobilizzò.

Allegranza risalì l'ultimo avvallamento della radura. Sebbene il pendio fosse dolce, non riusciva quasi più a respirare. L'afrore acidulo della paura che sentiva salire dal suo corpo si mescolava al profumo selvatico della boscaglia, il sudore gelato che le colava lungo la schiena le intorpidiva i muscoli. Quando poco prima, in procinto di scivolare sugli sterpi, si era puntellata sul terreno, le sue mani avevano incontrato un sasso aguzzo e la cicatrice ancora fragile fra le due dita aveva preso a sanguinare: le pulsazioni che partivano dal dorso della mano risalivano sorde lungo il polso e il braccio, arrivando fino al cervello.

Si fermò un attimo. Mentre ascoltava il rumore affannoso del proprio respiro, le sue orecchie colsero un fruscio. Il terrore le bloccò i muscoli del collo: non poteva essere lui, non poteva averla trovata... Lentamente, molto lentamente, voltò il capo e si guardò alle spalle.

Era lì, a pochi passi da lei.

Il suo volto gonfio era una maschera di ferocia: gli occhi allucinati la studiavano, le labbra carnose erano diventate sottili come una fessura e, semiaperte, si stavano tendendo in un ghigno demoniaco.

Alzandosi in tutta la sua statura, Lanfranco avanzò di due passi. La sua mano destra, ancora nascosta fra le pieghe della veste, stringeva già il pugnale.

«Adesso morirai, lurida cagna! Qui non ci sono monache compiacenti a salvarti la vita... Morirai come quella puttana di tua madre!»

La voce di Lanfranco risuonò stentorea per la radura. Allegranza fissò suo padre, incapace di muoversi. Per un lunghissimo istante, le parve che il cielo si oscurasse, come se sui suoi occhi sbarrati fosse calata una nebbia fitta.

Lanfranco avanzò ancora. Lentamente alzò il braccio: il sole brillò per un attimo sulla lama del pugnale.

Un grido scosse la boscaglia: cominciato come il guaito di un animale ferito, continuò più forte, diventando acuto e interminabile. Senza rendersi conto di aver lanciato lei stessa quell'agghiacciante urlo di terrore, Allegranza si guardò intorno stordita, alla ricerca della fonte di quel suono. Vide solo una colomba che, planando lieve, stava per posarsi accanto a Lanfranco. Questi, agitando le braccia e accompagnando il gesto con un calcio, la scacciò lontano e si avvicinò ancora.

Federico procedeva silenzioso. Quando fu oltre la metà della radura, alzò il pugno guantato di cuoio e lanciò il falco. Nel silenzio improvviso del bosco, rotto soltanto dal pigro sciabordare delle rogge, l'unico suono fu lo sbattere ritmico delle ali possenti del rapace, che, raggiunto in pochi attimi un perfetto assetto di volo, cominciò a volteggiare nel cielo. Era salito talmente in alto, che nessuno avrebbe potuto distinguerne la sagoma elegante. Il falco continuò a salire descrivendo cerchi sempre più larghi, finché non divenne altro che un punto scuro. Ad un tratto scomparve: Federico, che ne aveva seguito l'ascesa con lo sguardo, strinse le palpebre per distinguere meglio. La luce, fino a quel momento vivida, si era inaspettatamente appannata: le prime grigiastre avvisaglie di una pesante cortina di nuvole stavano oscurando il sole. Mentre un'ingiustificata punta d'ansia gli faceva gorgogliare i visceri, Federico si fece scudo con la mano e guardò ancora. I suoi occhi percorsero il cielo, frugandolo da nord a sud, finché, lontanissimo e ancora indistinguibile, gli parve di cogliere un minuscolo segno nero, in lento movimento. La sua bocca si distese in un sorriso: il suo falco non aveva mai mancato una preda e non sarebbe certo stata quella la prima volta... Mentre un sospiro di sollievo gli liberava il petto, l'imperatore si accucciò fra l'erba alta e, continuando a fissare oltre le nuvole, rimase in attesa. Poco lontano da lui, un coniglio terrorizzato, i cui sensi vigili avevano colto il pericolo imminente, spiccò alcuni balzi scomposti fra gli arbusti.

Il falco lo ignorò. Lentamente discese verso la radura. A poco a poco, le sue ali spiegate si fecero visibili, sempre più maestose. Librandosi nell'aria, il rapace sembrò indugiare per qualche istante. Compì larghi giri sopra le cime degli alberi più alti poi, all'improvviso, raccolte le ali contro il corpo, si lanciò verso il basso.

Lanfranco non si accorse di morire. La mano alzata stava già per affondare il pugnale nelle carni di Allegranza, quando un'enorme ombra nera calò davanti ai suoi occhi. Non avvertì dolore: la sua coscienza percepì soltanto l'impatto di una violenta frustata e la sensazione di un calore viscido e repentino che dal collo si diffondeva lungo la spalla e il petto. Nello spazio di pochi attimi il suo respiro si fece gorgogliante e poi finì: mentre i suoi occhi attoniti fissavano Allegranza, cadde scompostamente a terra, dove rimase, inerte. Dal profondo squarcio della sua gola schizzò un violento fiotto di sangue: in pochi istanti una vasta pozza cremisi si allargò sul terreno.

Il falco, posatosi poco più in là, arruffò le piume e rimase in attesa.

Federico avanzò veloce fra l'erba alta e, in pochi istanti, lo raggiunse. Dopo avergli offerto un boccone di carne che il rapace divorò senza esitare, lo riadagiò sul pugno.

Prima di andarsene, guardò Allegranza. La giovane era immobile. I suoi occhi sbarrati lo fissavano: il grido disperato che fino a poco prima era echeggiato per il bosco si era spento nella sua gola.

Trattenendo ben saldo il falco sul pugno, l'imperatore si voltò e a lunghi passi risoluti tornò alla sua cavalcatura.

Juditha avanzò china fra i cespugli, diretta verso Allegranza. La giovane non si muoveva: le sue membra irrigidite sembravano quelle di una statua. Dopo aver atteso che il pellegrino e il suo seguito fossero scomparsi oltre gli ultimi alberi, la donna del bosco si raddrizzò e, messe le mani a coppa davanti alla bocca, emise un lungo suono modulato che, iniziato come il canto melodioso di un'allodola, proseguì come l'ululato di un vento lontano.

Quel suono inusitato riscosse i sensi di Allegranza: girò su se stessa, e guardò all'intorno, finché i suoi occhi non incontrarono quelli verdi di Juditha. La donna sorrise e tese le mani verso di lei. Senza abbandonarne lo sguardo penetrante, Allegranza mosse alcuni passi incerti verso la sommità dell'erta: la sua volontà era come stregata, guidata unicamente da quelle iridi chiare che la chiamavano a sé.

Quando le giunse di fronte, Juditha allargò le braccia e la accolse contro il suo corpo. Solo allora, stretta in quell'abbraccio materno, Allegranza riuscì a sciogliere la tensione: un singhiozzo, sepolto nelle profondità della gola contratta, lottò a lungo per uscire dalla sua bocca. Mentre i suoi occhi fissavano, senza vederlo, il volto della donna che aveva di fronte, una violenta e dolorosa convulsione ai muscoli del collo permise il passaggio dell'aria nella trachea e il singulto giunse alle sue labbra, sgorgando finalmente libero.

«Andiamo via di qui...» mormorò Juditha, sostenendo Allegranza per le spalle e sospingendola oltre la radura. «Andiamo, presto!...»

Le foglie degli arbusti e degli alberi più bassi le celarono in fretta alla vista. Trascinata da un vento ancora alto nel cielo, una massa compatta di nuvole scure come piombo nascose il sole. Le prime gocce di pioggia caddero all'improvviso.

La colomba, che si era alzata in volo sulla radura, sbatté veloce le ali e virò veloce verso un pruno dove si riparò, in attesa.

Capitolo 48

Il rumore della pioggia lo assordava. Matthew aveva spalancato del tutto il piccolo battente: il vento, che continuava a soffiare a raffiche discontinue, gettava violenti scrosci bagnati fin dentro alla cella. Immobile davanti alla finestrella, il frate si lasciava sferzare il viso e la tonaca dall'acqua: sul pavimento, il rivolo che gocciolava dalla strombatura della finestra aveva formato una larga pozza che, lentamente, si allargava verso i suoi piedi. Respirando a pieni polmoni l'aria umida, Matthew cercava di controllare la sua angoscia.

Poco prima, con un pretesto, aveva mandato Hamid dal frate elemosiniere. Appena era tornato a San Simpliciano, il bambino lo aveva assalito con un'infinità di domande: era presente anche lui quando era scoppiato l'incendio? Che cosa aveva fatto la gente? C'erano stati dei morti? Fino a dove erano arrivate le fiamme? Matthew, che si vergognava ancora della codardia dimostrata con quella sua fuga precipitosa, aveva risposto con parsimonia alla curiosità di Hamid. Sebbene il bambino insistesse per conoscere altri particolari, non aveva aggiunto molto, esortandolo invece a frenare il suo interesse morboso per un avvenimento tanto drammatico. Poi, per toglierselo di torno, gli aveva detto che nella foresteria ci sarebbe stato bisogno anche del suo aiuto, nel caso fossero arrivati pellegrini in fuga dall'incendio. Hamid non se lo era fatto ripetere due volte e, eccitato alla prospettiva di avere nuove notizie, era uscito di corsa dalla cella.

Il frate aveva bisogno di riflettere. Il suo primo desiderio, appena varcate le mura del monastero, era stato quello di farsi ricevere da Arnolfo, a cui avrebbe voluto chiedere consiglio: gli avrebbe confessato la sua decisione sconsiderata di incontrare ancora la Boema e avrebbe chiesto perdono per la sua viltà, accettando di espiare, in qualunque modo lui avesse deciso, le proprie colpe. Non aveva potuto, tuttavia, soddisfare il suo desiderio: l'abate non era al monastero. Frate Giustino gli aveva detto che era stato chiamato d'urgenza presso il palazzo arcivescovile, forse a causa dell'incendio, o forse per qualche altra ragione che lui ignorava.

Mentre attraversava il chiostro per raggiungere la scala che conduceva alle celle, aveva cominciato a piovere. Matthew aveva pensato che quel temporale estivo tanto violento sarebbe stato una grazia di Dio per la città: l'opera iniziata dagli abitanti con secchi e tinozze sarebbe stata portata a termine con maggiore efficacia da quell'acqua battente che, in poco tempo, avrebbe spento anche gli ultimi focolai.

Ora, mentre rimaneva immobile a farsi frustare dall'acqua, osservava il rettangolo di cielo visibile al di là della finestra: appoggiandosi con i gomiti allo stipite, si sporse fin dove lo permetteva il muro e guardò le nuvole biancastre che, più basse della compatta massa scura che occupava l'intero orizzonte, si inseguivano rapide, sovrapponendosi le une alle altre, mescolandosi in un nuovo ammasso gonfio e indistinto.

Che cosa avrebbe dovuto fare? Chi mai avrebbe potuto aiutarlo a prendere una decisione? Come e dove sarebbe proseguito il suo pellegrinaggio? E la penitenza? Avrebbe potuto considerarla conclusa, o lo avrebbe accompagnato, angosciante e gravosa, per tutta la vita? Sarebbe stato inutile chiedere consigli e assoluzioni ad Arnolfo, rifletté: nessuno può vivere l'esistenza dell'altro come se fosse la propria, ognuno deve farsi carico delle sue responsabilità e dei suoi errori, confidando nella misericordia dell'Altissimo. L'Altissimo... "Quanto tempo è" pensò costernato, "che non prego Dio affinché illumini i miei passi? Quanto tempo è che mi limito a ripetere meccanicamente orazioni e salmi, recitati nella navata spaziosa di una basilica imponente e bellissima, ma estranea alle mie radici di umile frate benedettino?" «Non è solo colpa mia...» mormorò fra sé, torcendosi nervosamente le mani bagnate. «Questa città non mi appartiene e la sua atmosfera mi offusca la mente: qui il denaro e il potere vengono anteposti al rispetto per gli altri e alla contemplazione delle meraviglie del Padre...»

D'improvviso, gli tornò in mente Guglielma: anche lei aveva espresso concetti simili ai suoi, anche lei predicava l'amore per tutte le creature... Con uno scatto iroso richiuse il battente della finestrella. "Sono proprio un idiota!" pensò furibondo. "Non devo più occuparmi di quella donna, né rimuginare sulle sue parole!"

Si sedette sul giaciglio e, passandosi una mano fra i capelli fradici, si impose la calma. Nel giro di un paio di giorni sarebbe andato da Aimone: all'inizio di quella settimana, in occasione della sua visita di congedo all'abate, il castellano aveva detto che, a breve, sarebbe ripartito per Graines. Quando infine erano rimasti soli, aveva aggiunto che Bartolomeo desiderava salutarlo e che lui, per parte sua, nell'incontro successivo avrebbe forse avuto delle novità da comunicargli. Matthew non aveva indagato oltre, ma l'espressione eccitata di Aimone lo aveva incuriosito: che cosa mai avrebbe avuto da dirgli? Che cosa aveva potuto trovare di tanto stimolante a Milano, una città in cui la vita, sotto le apparenze di una florida ricchezza, si svolgeva fra grettezze, intrighi e macchinazioni?

La pioggia continuava a sbattere violenta contro l'anta serrata della finestra. Matthew si alzò e si diresse alla porta della cella: sarebbe sceso alla foresteria a chiedere al frate elemosiniere se avesse qualche incombenza da affidargli. Mentre i suoi occhi scrutavano con attenzione i gradini bui della scala ripida che conduceva all'andito sottostante, la sua mano frugò nella tasca della tonaca, alla ricerca dei sassolini della Boema. Ormai quei ciottoli erano diventati, suo malgrado, una sorta di talismano e, sebbene si vergognasse della propria debolezza, non poteva fare a meno di portarli sempre con sé.

«Eccoti qui, frate Matiù!» esclamò Hamid, allegro, comparendo trafelato davanti a lui ai piedi della scala. «Venivo giusto a cercarti! Frate Giovanni mi ha appena incaricato di chiederti se puoi andare alla pusterla della Chiusa a controllare l'arrivo di un carico di grano per il monastero: sai, mi ha detto che tutti i monaci sono indaffarati ad accogliere pellegrini, a procurare provviste, ad approntare giacigli... Sembra che l'incendio abbia provocato un bel trambusto in tutta Milano, anche nei quartieri lontani dal primo focolaio e che alle carovane provenienti da nord non sia permesso entrare in città, almeno fino a che l'incendio non sarà del tutto domato. La gente viene fermata qui alla Porta Comacina: ti immagini quanto daffare avranno alla foresteria? Ah... volevo chiederti... non posso venire con te? È tanto tempo che sono rinchiuso qua dentro e...»

In mezzo a quel profluvio concitato di parole, Matthew si aspettava da un attimo all'altro la richiesta accorata del bambino. Comprendeva molto bene il desiderio di libertà di Hamid, ma Arnolfo era stato categorico: il piccolo non avrebbe dovuto lasciare i confini del monastero fino a suo nuovo ordine. Quindi, scompigliandogli con tenerezza i capelli ricciuti, lo ringraziò della sua ambasciata, aggiungendo che non avrebbe potuto condurlo con sé, pena una grave punizione da parte dell'abate che, senza distinzioni, sarebbe ricaduta sul capo di entrambi.

Un velo di tristezza scese sugli occhi scuri di Hamid.

«Va bene, frate Matiù,» rispose deluso «allora scendo da frate Giovanni... Ma tu fa' presto a tornare: gli altri monaci mi parlano come se fossi uno stupido, nessuno mi racconta niente, tutti lì ad assicurarsi che non rubi niente dalla dispensa e che non mi faccia vedere troppo in giro...»

Matthew sorrise e, dopo averlo rassicurato sulla sua rapidità nel portare a termine quella nuova incombenza, si avviò verso la foresteria, a ricevere ordini.

Il cadavere giaceva sulla riva. Alcuni uomini e un armigero di guardia alla pusterla lo avevano tirato fin lì: affondando pericolosamente fino ai fianchi nell'acqua della Vettabbia, lo avevano arpionato con ganci e bastoni, in modo da evitare che la corrente lo portasse lontano. Era accaduto tutto in un attimo: il novizio stava attraversando il ponte, quando il cavallo che trainava un carretto carico di pietre si era improvvisamente imbizzarrito e, scalciando alto davanti a sé, aveva colpito il giovane frate al petto. Il colpo era stato talmente violento da gettarlo contro la spalletta del ponte che, troppo bassa, non ne aveva arrestato la caduta rovinosa: il novizio era precipitato nel fiume dove un intrico di rami spezzati si era impigliato alla veste, impedendo che il corpo fosse trascinato via dalla corrente.

Mentre il servo che lo aveva accompagnato contava il numero dei sacchi di grano, constatando con disappunto che ne mancavano due dal numero di quelli che erano stati ordinati, Matthew osservava il cadavere. Sebbene l'abito fosse quello di un monaco, i capelli troppo lunghi e l'assenza della croce al collo o di altri segni che lo identificassero come appartenente a un qualsiasi ordine lo lasciò perplesso.

L'armigero lo issò ancora di più sulla sponda: dalla tasca rivoltata della tonaca scivolò fra l'erba una selce focaia.

«E questa roba cosa ci fa nelle tasche di un novizio?» borbottò fra sé la guardia, mentre rigirava fra le mani la pietra. «Bah,» si rispose «sarà stato addetto alle cucine... Ehi, voi,» continuò, rivolto agli altri uomini «c'è qualcuno che lo conosce questo ragazzo, che mi sa dire da che monastero veniva? Nemmeno tu, frate?»

Tutti, compreso Matthew, scossero la testa: nessuno l'aveva mai visto. Seccato da quel nuovo grattacapo che, ne era certo, gli avrebbe rovinato la giornata costringendolo a recarsi a Broletto a fare rapporto, l'armigero sbuffò e, rialzatosi, si avviò verso la pusterla.

Intanto il servo, un giovane robusto e di mente molto sveglia che non si era minimamente curato del trambusto causato dall'incidente, si avvicinò a Matthew e gli disse: «Qui i conti non tornano, frate, e qualcuno vuole imbrogliare l'abate: o il fittavolo, contando sulla sua disattenzione, ha fornito meno grano del dovuto, o il carrettiere ha fatto sparire due sacchi lungo il tragitto. Facciamo così: mentre io corro a San Simpliciano a spiegare questa faccenda, voi restate qui a fare la guardia al carico. Sono certo che frate Giustino mi dirà cosa fare».

Prima che Matthew potesse rispondere, il servo era già sparito oltre la pusterla. Il carrettiere, per nulla impensierito dai sospetti manifestati nei suoi confronti e dall'attesa forzata a cui era stato costretto, si sedette su una grossa pietra e, estratto dalla bisaccia un pezzo di formaggio duro, cominciò a sbocconcellarlo pigramente.

Aveva smesso di piovere. La cortina di nuvole che fino a poco prima aveva chiuso la città in una cappa scura e opprimente si stava lentamente spostando verso sud.

Salvo qualche raffica residua, il vento era calato: il terreno fradicio sprigionava un'umidità greve.

Matthew era stanchissimo. Allo sgomento provocato quel mattino dall'incendio che aveva visto nascere e svilupparsi fino a quelle dimensioni mostruose, si era sommato lo sforzo della corsa sotto l'acquazzone per raggiungere in fretta la pusterla della Chiusa. Appoggiandosi a una delle pietre massicce che costituivano lo zoccolo delle mura, cercò di rilasciare i muscoli intorpiditi del dorso. Mentre teneva d'occhio il carrettiere, e ignorando volutamente i maneggii che si stavano svolgendo intorno al corpo del novizio, il suo sguardo fu attratto da una figura ancora indistinta che, proveniente dall'altra sponda della Vettabbia, stava per inoltrarsi sul ponte. A mano a mano che si avvicinava, i suoi lineamenti si facevano riconoscibili: la statura alta, i capelli color della paglia, gli occhi chiari. Circondata da due donne e un uomo, avanzava adagio verso la città.

Con il cuore in tumulto, il frate ammiccò per vedere meglio. La certezza che si trattasse della Boema lo fece boccheggiare: avrebbe voluto andarsene, fuggire, ma come poteva, se aveva ricevuto l'incarico di stare lì fino al ritorno del servo? Tentò di voltarsi di tre quarti, stringendosi addosso la tonaca e abbassando il cappuccio: sperava che, in tutta quella confusione, Guglielma non si sarebbe accorta della sua presenza. Con la coda dell'occhio, la vide dirigersi nella sua direzione. Si girò ancora di più, rischiando di perdere di vista il carrettiere. Dopo aver fermato con un gesto i suoi tre compagni di cammino, la donna mosse ancora qualche passo e si arrestò proprio davanti a lui. Il suono modulato della loro lingua comune, gli rimescolò le viscere.

«Perché fingete di non vedermi, frate Matthew? Avete forse da temere qualcosa da me?»

Matthew alzò gli occhi. Lo sguardo fermo di Guglielma lo scrutava: i suoi capelli, sfuggiti a ciocche dalla crocchia sulla nuca, erano scompigliati dagli ultimi refoli di vento e danzavano disordinati intorno al suo viso. La sua espressione era serena.

«Io... io non... come potete pensare che...?»

L'incerto balbettio del frate strappò un sorriso alla Boema.

«Non mentite, frate, non mentite, e, soprattutto, non abbiate paura del vostro stesso turbamento: ricordate che il Cristo ci ha esortato ad amare il nostro prossimo nella stessa misura in cui amiamo noi stessi. Ditemi, dunque, come potremo sopportare l'imperfezione altrui, se non abbiamo pietà della nostra? Come possiamo comprendere e giustificare negli altri incertezze, vigliaccherie, crudeltà, doppiezze, avidità, se il nostro corpo mortale non ha mai sperimentato anche solo un briciolo di queste passioni? E tutti noi siamo imperfetti, frate Matthew, anche gli stolti che, qualunque azione compiano, si sentono comunque assolti, anche coloro che, per il solo fatto di vestire la tonaca, pensano di possedere l'unica verità. La verità... quante volte, nel corso della storia, essa è stata piegata al volere subdolo dei potenti o dei malvagi? "In principio era il Verbo", questa sola è la verità, null'altro.»

Mentre la ascoltava senza osare interromperla, Matthew sentiva crescere dentro di sé un'ondata di ribellione: sebbene fosse sollevato nel vederla scampata all'incendio di cui probabilmente era stata la vittima designata, quella predica severa lo infastidiva. Cosa credeva quella donna, che lui fosse tanto idiota da non aver mai riflettuto sulle parole dei Vangeli? Che non avesse studiato la storia e non si fosse stupito di quante volte i bisogni dello spirito fossero stati trascurati, travolti dalla ricerca del potere e del profitto? E poi, cosa ne sapeva di lui, di tutto il suo tormento nel cercare di dare una risposta adeguata al suo peregrinare, dell'obbedienza dovuta sempre e comunque, della fatica spesa nel tentativo costante di spegnere desideri e passioni?

Matthew si umettò le labbra aride e, raccogliendo tutto il suo coraggio, estrasse dalla tasca i ciottoli e, mostrandoli a Guglielma, cominciò a parlare.

«Il giorno in cui mi avete dato questi sassi, mi avete detto che avrei dovuto portare a termine una missione e, sebbene con parole oscure, me lo avete ancora ricordato più avanti, quando il piccolo Hamid mi ha portato la vostra ambasciata. Ancora adesso non capisco a chi si riferissero le vostre parole: chi sono il "vescovo", il "re" e la "regina"? Di quale inquietante partita di scacchi stavate parlando e, se di questa similitudine si trattava, quale è stato il mio ruolo? Voi, Guglielma, che dicono una veggente, sapete indicarmi la strada? Sapete dirmi per quale motivo sono stato coinvolto mio malgrado in un pericoloso gioco di potere? Sì, la giovane che cercavo è stata ritrovata, ma per finire dove? In un monastero, braccata dagli inquisitori, bollata come eretica e questo è accaduto perché frequentava la vostra casa... Dov'è dunque la sua colpa, o non è piuttosto vostra la responsabilità? E io? Come entra la mia persona in tutto questo grottesco viluppo di avvenimenti di cui non riesco a vedere la fine? Che missione ho mai portato a termine se la persona che dovevo salvare rischia ancora la propria vita?»

Le labbra di Matthew tremavano, le sue palpebre erano gonfie di rabbiose lacrime trattenute. Guglielma lo osservava, in silenzio. Il frate avrebbe voluto continuare, ma non ci riuscì: la sua voce si spezzò in un singhiozzo roco.

«Non possiamo sapere, frate Matthew,» disse la Boema, con grande dolcezza «nessuno di noi può conoscere prima ciò che l'Altissimo ha deciso per noi... Non abbiate del risentimento verso la mia persona: io non sono che uno strumento nelle Sue mani. Non sono io che ho deciso di condurre questa vita, Qualcun Altro l'aveva già stabilita per me: io ho soltanto obbedito ai Suoi voleri e, credetemi, non è certo facile... Voi non lo sapete ancora, ma il vostro intervento ha cancellato gli ostacoli che impedivano il naturale fluire di molte esistenze: come vi avevo predetto, ormai tutti i nodi sono stati sciolti. Tornate alla vostra terra, frate Matthew, e portate con voi il mio rimpianto. Quella terra lontana è anche la mia.»

Guglielma tacque. Matthew la fissò: anche se erano ancora molte le cose che non capiva, le parole pacate di quella donna in qualche modo lo pacificarono. Avrebbe voluto chiedere, sollecitare rassicurazioni, in cerca di un coraggio che sapeva di non possedere, ma non osò: nessuno avrebbe potuto sostituirsi a lui nel portare il fardello di cui era stato gravato, avrebbe dovuto cavarsela da solo. Nei momenti di disperazione che, ne era certo, sarebbero tornati in futuro, avrebbe tentato di prendere ad esempio il comportamento di Guglielma, rammentandone la forza interiore e la serenità, frutto, probabilmente, di una fede ben più salda della sua.

Come se ne avesse indovinato i pensieri, la Boema, che aveva pazientemente taciuto fino a quel momento, sorrise: i suoi occhi benevoli rivelavano una grande stanchezza.

«Fra molti anni, quando sarete ormai tornato alle vostre contrade e la vecchiaia renderà più faticosi i vostri passi, sentirete ancora parlare di me, frate Matthew. Allora, altre fiamme si leveranno ad avvolgere la mia persona, ma non saranno quelle dell'inferno: sarà la stolta incomprensione degli uomini a distruggere il mio corpo, ma nessuna creatura di questa terra riuscirà a impedire che la mia anima si innalzi a godere della visione del Padre...»

Come se la sua tunica bigia si fosse improvvisamente fatta di ghiaccio, Guglielma rabbrividì: un lungo, incontrollabile tremito le scosse le spalle. Dopo averli abbassati per un breve istante, rialzò gli occhi lucidi sul frate e, inaspettatamente, si inginocchiò di fronte a lui.

«Datemi la vostra benedizione, frate Matthew,» sussurrò «vi prego, datemi la vostra benedizione...»

Matthew la fissò, smarrito. Per un attimo, rimase immobile: poi, riscosso dalla supplica muta che lesse nel suo sguardo, lentamente obbedì.

Guglielma si alzò. Senza pronunciare altre parole, si voltò e, a passi lievi, raggiunse i suoi compagni.

Mentre uno struggimento molto simile al dolore gli riempiva il petto, Matthew la guardò allontanarsi. La sua mano scivolò nella tasca della tonaca: i ciottoli erano ancora lì. Consapevole all'improvviso che quello sarebbe rimasto l'unico ricordo tangibile che avrebbe conservato di quella donna, li sfregò delicatamente fra le dita: poi, stringendo nel pugno chiuso il suo talismano, si incamminò adagio verso la pusterla.

Capitolo 49

«Avete saputo cos'è successo? Al Broletto dicono che quell'uomo, quel Calgario, sia stato assalito da un falco... Ma si è mai sentito di un uccello da preda che uccida un cristiano? Certo che di questi tempi ne accadono di cose strane... E proprio il giorno dell'incendio! Anzi, mi hanno detto addirittura che l'incidente è avvenuto mentre divampavano le fiamme: sempre che sia un incidente, poi... Sapete, si mormora che il Calgario stesse per assassinare una ragazza, là nel bosco del Quadronno... Mah, e se tutto questo, l'incendio, il falco, fossero un cattivo presagio per la città? Non sarà che l'imperatore piomberà ancora su Milano, non sarà lui il falco che ci ucciderà tutti quanti?»

La voce della giovane serva risuonava accorata nell'angolo del coperto, appena al di là della bottega dei pesci. Cinque o sei persone la ascoltavano in silenzio, attente a non perdersi nemmeno una parola: tutti sapevano che, lavorando nelle cucine del palazzo podestarile, la ragazza costituiva una fonte attendibile. Là, in sotterranei e anditi, non appena giunte alle orecchie di domestici, servitori, guardie e stallieri, le notizie venivano riportate di bocca in bocca, diffondendosi veloci per l'intera città. Facendo correre lo sguardo sui suoi interlocutori, la serva abbassò la voce e, con atteggiamento complice, continuò.

«E non è tutto. La ragazza è stata chiamata a testimoniare qui al Broletto e sembra che abbia raccontato una storia incredibile: che quel Calgario era suo padre e che, tanti anni fa, aveva assassinato l'amante, che poi era la sua vera madre, e che ora, per non essere denunciato di quel tremendo delitto, aveva deciso di eliminare anche lei, prova vivente di quel lontano assassinio... E poi,» proseguì in un sussurro «pare che la giovane fosse figlia di un'aristocratica, una certa Gisalbertini di Calepio...»

Remigio, che insieme con gli altri si era soffermato ad ascoltare, sbarrò gli occhi. Le sue mani, che reggevano un paniere con le provviste appena acquistate in vista del viaggio imminente, si contrassero a tal punto sul manico del canestro, da farne scricchiolare il giunco.

«Si chiama Allegranza,» rispose la serva alla domanda incuriosita di uno degli astanti «e, non ci credereste mai, è la figlia adottiva di Graziolo, il domestico personale del podestà! Pensate un po' ai casi della vita: un domestico che si ritrova una figlia aristocratica! Forse l'ho intravista qualche volta a palazzo, ma non sono sicura che sia lei: la cuoca mi ha detto che è una bella giovane e si dice anche che sia già promessa a qualcuno...»

Le gambe di Remigio presero a tremare. Mentre la ragazza continuava a raccontare, lusingata dall'interesse crescente che leggeva negli occhi del suo pubblico, il minatore si allontanò adagio, senza dare nell'occhio. Aveva sentito abbastanza. Combattuto fra il desiderio di comunicare subito a Bella quella notizia sconvolgente e il pensiero, forse più saggio, di lasciarla all'oscuro di tutto, si avviò lentamente verso la via Porticata. Se ne fosse venuta a conoscenza da altre bocche invece che dalla sua, Bella non gli avrebbe mai perdonato la scelta del silenzio: erano anni che si tormentava sulla sorte della piccola e ora che gli eventi ne avevano svelato l'esistenza e l'identità, avrebbe certamente voluto incontrarla, non fosse altro che per poter confessare, e farsi perdonare, il suo abbandono di tanti anni prima.

Perso nei suoi pensieri, non si accorse di essere giunto a casa. Dal fondo del vicolo, dove stava annusando la scia odorosa di uno dei suoi simili, il cagnolino di Bella lo vide e, trotterellando zoppicante verso di lui, gli si fermò di fronte. Remigio, che abitualmente non perdeva tempo a dispensare le moine che l'animale si aspettava da lui, questa volta indugiò, incerto. Il cane si accucciò sulle zampe posteriori, in attesa. Colto, suo malgrado, da una tenerezza nuova, Remigio si chinò e, deposto a terra il paniere, accennò una carezza: con uno scodinzolio frenetico, il cane si rizzò immediatamente sulle zampe e, alternando uggiolii ad abbaiate stridule, prese a girargli intorno eccitato.

«Cosa sta succedendo qui?»

La voce di Bella risuonò nel vicolo. Dalla soglia, la donna osservava perplessa quello spettacolo inconsueto: un sorriso stupito le illuminava il volto. Remigio alzò gli occhi, senza smettere di vezzeggiare il cane. Ormai aveva deciso: le avrebbe detto tutto.

«Succede che oggi è una giornata particolare e che devo dirti una bella cosa... Andiamo,» ordinò burbero, rivolto al cane «andiamo dalla tua padrona!»

Bella guardava annichilita il medaglione che Allegranza le aveva adagiato sul palmo della mano. I suoi occhi immobili, disseccati da ogni umore, non riuscivano a staccarsi dal piccolo tondo smaltato che, tanti anni prima, aveva infilato lei stessa intorno al collo della neonata. Con uno sforzo che le costò una fatica immensa sollevò lo sguardo su Allegranza.

«È proprio il vostro...» balbettò, rossa in volto. «Quando... sì, insomma... quel mattino... nella fretta di fuggire... io dimenticai di prenderlo... Forse, se lo aveste indossato sopra la vestina, le monache di San Celso avrebbero capito subito, avrebbero potuto...»

Bella abbassò gli occhi umidi, senza riuscire a concludere la frase. Allegranza, in piedi davanti a lei, si sforzava di dominare il proprio turbamento: dopo un lungo istante di silenzio, finalmente parlò.

«Non dovete rimproverarvi nulla, Bella, né tantomeno chiedere perdono. Se voi non mi aveste nascosto, mettendo a repentaglio la vostra stessa vita, io non sarei qui oggi. Credo, invece, che entrambe dobbiamo ringraziare l'Altissimo perché ci ha concesso questo incontro. Avervi ritrovato è per me una grande consolazione: finalmente qualcuno mi parlerà di mia madre... Sapeste quante volte mi sono chiesta chi fosse la donna che mi ha partorito e se la mia nascita fosse stata accolta con gioia o non piuttosto come una maledizione! Anche se ormai conosco le mie origini, vorrei sapere qualcosa di più su Caterina: voi l'avete conosciuta bene e solo voi potete raccontarmi di lei. Vi prego, Bella, ditemi, ditemi com'era...»

Bella restituì ad Allegranza il medaglione e, imponendosi di reggere lo sguardo di quegli occhi tanto simili a quelli della sua antica padrona, cominciò a parlare.

Dall'altro locale, dove si era ritirata con grande discrezione, Angiolina udiva brandelli di parole, senza tuttavia cogliere l'intero significato del discorso. Quando, la sera prima, si era presentato alla sua porta Remigio chiedendo di poter parlare con lei e con Graziolo, aveva temuto altri guai. Poi, mentre l'uomo spiegava le ragioni della sua visita, il primo pensiero era stato quello di cacciarlo dalla sua casa: quali altri dolori avrebbe dovuto sopportare Allegranza? Quanto grande sarebbe stato il suo turbamento nell'incontrare l'unica persona che aveva conosciuto la sua vera madre? Sua figlia aveva sofferto già fin troppo nei pochi anni della sua giovane vita: per un lungo istante una voglia incoercibile di fuggire da tutto e da tutti l'aveva assalita e il suo sguardo rabbioso aveva turbato Remigio, che, imbarazzato, era stato sul punto di andarsene. La sua ira, tuttavia, era stata di breve durata: rendendosi improvvisamente conto che anche per lui non doveva essere stato facile trovare il coraggio di venirle a parlare, lo aveva ascoltato rassegnata. Anche se avesse deciso di tenere sua figlia all'oscuro di quella visita, non sarebbe riuscita nel suo intento: mentre l'uomo stava per prendere congedo, Allegranza era tornata dal Brolo, dove era stata chiamata dall'economo Aicardo. Non appena aveva saputo che la serva di Caterina era ancora viva e la voleva incontrare, una frenesia incontrollabile l'aveva assalita: nemmeno la confessione, espressa da Remigio con grande pudore, che Bella esercitava il mestiere di prostituta l'aveva dissuasa. Dopo averne chiesto il permesso ad Angiolina, aveva fissato un convegno per il giorno seguente: l'avrebbe ricevuta lì a casa e avrebbe udito dalla sua bocca tutto ciò che c'era da sapere sul passato di sua madre.

Ora, mentre ripiegava il bucato con la lentezza necessaria a prolungare la sua permanenza nell'altro locale, ancora una volta si stupiva della saggezza e della forza di Allegranza. Nonostante quello che aveva già subito, la ragazza non aveva esitato nemmeno un istante nel voler sapere, nel voler conoscere. Se da una parte la maturità di sua figlia la inorgogliva, dall'altra temeva gli effetti che quel colloquio avrebbe potuto produrre. Che cosa avrebbe fatto sua figlia? Come sarebbe cambiato il suo atteggiamento verso di lei? Ora che sapeva di essere di progenie aristocratica, avrebbe ancora accettato di essere stata allevata da una contadina? Avrebbe ancora ascoltato di buon grado i suoi consigli e le sue rampogne, o l'avrebbe ripudiata con alterigia?

Una fitta dolorosa alla schiena le tolse il respiro. Stava diventando vecchia: per quanti anni ancora avrebbe potuto fare la lavandaia, per quanto tempo ancora sarebbe riuscita a sopportare fatiche e preoccupazioni? Mentre riponeva sul panchetto l'ultimo panno ripiegato, si sentì chiamare.

«Madre, vi prego madre, venite qui...»

Con il cuore in tumulto, Angiolina tornò nell'altra stanza. Sua figlia la attendeva, in piedi: i suoi occhi arrossati erano ormai asciutti e brillavano di un'eccitazione trattenuta a stento. Bella sembrava svuotata di ogni energia: avvolta nel tessuto da poco prezzo della sua veste troppo scollata per quell'occasione, di tanto in tanto sussultava piano, cedendo a un tremito discontinuo che le faceva vibrare il corpo.

«Madre,» mormorò Allegranza «questa donna ha bisogno del nostro aiuto. Troppe finora sono state le sue sofferenze e le sue paure, non possiamo lasciarla sola...»

«Ma,» la interruppe perplessa Angiolina «il minatore Remigio...»

«Remigio vive con lei, è vero, ma io intendevo un altro tipo di solitudine, quella del cuore: per molti anni Bella ha condotto un'esistenza solitaria, gravata da ricordi angosciosi che nessuno ha potuto condividere con lei. Perché ora che ci siamo ritrovate dobbiamo perderci un'altra volta? Se ho avuto salva la vita, lo devo a lei e, in fondo, cos'altro mi resta della mia vera madre? No,» continuò accorata, vedendo che gli occhi di Angiolina cominciavano a gonfiarsi di lacrime «non piangete, vi prego. Il fatto che io desideri coltivare l'affetto verso la sola persona che ha conosciuto Caterina non significa che io ne tolga a voi: soltanto voi siete stata, e sarete sempre, l'unica vera madre che io abbia mai avuto. Non piangete, dunque, ma cercate di capire il motivo per cui vorrei tenermi vicina questa donna...»

Vergognandosi della propria disperazione, Angiolina si lasciò ricadere sul panchetto: i suoi occhi, appannati dalle lacrime, fissavano la figlia, stentando a riconoscere nella sua espressione consapevole quella della bambina che aveva allevato.

Smarrita, guardò Bella, come se lei avesse potuto lenire il suo dolore: poi, capendo all'improvviso che quello sarebbe stato soltanto il primo di tanti, futuri distacchi, si asciugò le guance arrossate con la manica della veste e, raccogliendo tutto il suo coraggio, accennò un sorriso.

Sul volto di Allegranza, che per tutto quel tempo aveva temuto una reazione scomposta alle sue parole, si dipinse il sollievo: con tre lunghi passi raggiunse sua madre all'altro lato della stanza e, inginocchiatasi davanti a lei, la abbracciò. Angiolina la tenne stretta contro di sé per un momento poi, spostando lo sguardo su Bella e schiarendosi rumorosamente la gola, le rivolse la parola.

«Remigio mi ha detto che state per lasciare la città, non è forse vero? Bene,» continuò, di fronte alla risposta affermativa della donna «non potremo certo impedirvi di andarvene, dopo tutto quello che è successo. Sappiate, in ogni caso, che la nostra porta resterà sempre aperta per voi e, se Dio vorrà, dopo che Allegranza sarà andata sposa, potrete forse tornare da lei. In fondo, potreste ancora svolgere per mia figlia il lavoro che conducevate per Caterina...»

Gli occhi di Bella si dilatarono, la sua bocca si spalancò. Senza riuscire a emettere una sillaba, si alzò. Barcollando, si avvicinò alle due donne.

«Voi non sapete...» mormorò, «non potete immaginare ... io sono una prostituta... la gente penserà... oh mio Dio, come potete anche solo credere che...»

«La gente farà andare la lingua,» la interruppe decisa Angiolina «come succede in ogni occasione! Se nel corso della mia vita io avessi temuto le chiacchiere della gente, non avrei fatto quello che ho fatto! Credete forse che la gente abbia apprezzato la presenza di Hamid in questo quartiere? Credete che sia stato facile far accettare un bambino saraceno, far capire che sotto la sua pelle scura batte un cuore uguale a quello degli altri? No, Bella, il vostro mestiere non mi interessa, tanto più che, ne sono certa, è stato una necessità e non una scelta: non credo che vogliate continuare ad esercitarlo e quindi... Si tratta di aspettare ancora qualche tempo, di lasciare che le cose si appianino: poi, con calma, e quando Dio lo vorrà, la vostra e la nostra vita cambieranno, finalmente...»

Angiolina si voltò, per nascondere gli occhi che si erano fatti di nuovo lucidi. Bella era immobile al centro della stanza: non riusciva più a parlare. Avrebbe voluto ringraziare, dimostrare la sua gratitudine per l'accoglienza che le era stata concessa e, soprattutto, avrebbe voluto urlare tutta la sua gioia per aver ritrovato quella bambina che, tanti anni prima e anche se per un periodo breve, aveva curato come se fosse stata una creatura sua. Alleganza, a cui la propria tacita sofferenza aveva insegnato a leggere negli occhi degli altri molte parole non dette, le si avvicinò e le prese le mani: dopo un attimo di incertezza, durante il quale il suo sguardo incrociò quello titubante di Bella, lo smarrimento di entrambe svanì e un lungo abbraccio suggellò una nuova, inaspettata intimità.

Con un groppo in gola, Angiolina uscì nell'orto. Nel cielo, di un celeste opaco, nuvole alte, bianche e gonfie, si muovevano lente verso sud. Angiolina le guardò a lungo, poi, avvicinatasi al pozzo, slegò il secchio dalla carrucola e lo lasciò scendere adagio verso l'acqua.

Capitolo 50

«Sedete, frate Matthew, sedete...»

La voce di Arnolfo risuonava stanca nello scriptorium deserto. Matthew si avviò verso la panca che gli era stata indicata: invece che nel parlatorio, luogo più consono a un discorso di congedo, l'abate lo aveva convocato lì, come se la compagnia delle pergamene miniate che tanto amava, avesse potuto lenire il disagio di quel distacco.

Arnolfo era turbato: non esistevano motivi plausibili che giustificassero la pena che provava per la partenza del frate inglese. Certo, l'aiuto di quell'uomo gli era stato prezioso, senza il suo impegno nel portare a termine le ricerche non avrebbero mai potuto ritrovare la giovane Gisalbertini. Ma non era solo questa la ragione per cui gli dispiaceva che Matthew se ne andasse: sebbene la loro consuetudine non si fosse prolungata per più di qualche mese, sentiva che l'acuta intelligenza del frate gli sarebbe mancata. E, inoltre, quell'uomo coltivava dentro di sé qualcosa di misterioso, di inafferrabile, una sorta di "segno" che, se da una parte metteva a disagio la sua lucida razionalità, dall'altra attraeva le parti più profonde e incontrollabili della sua mente.

Dopo un lungo sospiro, l'abate cominciò a parlare.

«Quando il piccolo Hamid è stato ricondotto a casa da frate Giustino, mi sono recato anch'io dai Compagnoni, per comunicare loro nuove, più confortanti notizie. Poiché, come forse saprete, gli inquisitori hanno sospeso l'inchiesta sui devoti di Guglielma, ho detto ad Angiolina e Graziolo che da ora possono considerarsi liberi da ogni pendenza, ma li ho anche esortati a diradare, per cautela, la frequentazione della Boema. La loro felicità e il loro sollievo erano talmente grandi, che non mi hanno nemmeno chiesto i motivi di questa nuova decisione maturata nelle stanze dell'autorità ecclesiastica. Anche se ho preferito non spiegare nulla, in realtà credo che il lavorio di minori e domenicani sia stato inopinatamente bloccato da direttive superiori: probabilmente i cistercensi di Chiaravalle, che proteggono Guglielma, hanno trovato la strada per intervenire presso l'arcivescovo, facendogli riconsiderare la convenienza di tutta l'operazione. In un momento delicato come questo, in cui l'imperatore minaccia nuovamente di calare su Milano, nessun governante, sia esso civile o religioso, può permettersi di disperdere energie in un'impresa che non sia assolutamente necessaria. Per parte mia, penso che la forma ereticale della Boema sia abbastanza blanda da poter attendere tempi migliori per essere adeguatamente repressa. Lo stesso segretario dell'arcivescovo, pur senza fornirmi chiarimenti in merito all'inchiesta, è stato molto vago durante l'ultimo colloquio che ho avuto con lui: mi ha esortato ad occuparmi del monastero e a svolgere con la massima cura la mia missione pastorale, ma non ha più fatto cenno agli inquisitori...»

Arnolfo si interruppe. Il suo sguardo manifestava una grande prostrazione. Matthew, che da subito aveva intuito con quanto disagio l'abate lo stesse mettendo a parte di riflessioni legate più agli accadimenti mondani che a quelli divini, lo fissò per un istante: poi, imbarazzato, abbassò gli occhi e parlò a sua volta.

«Mi hanno detto che la giovane Allegranza sta per andare sposa...»

Sollevato da quel benefico mutamento di argomento, Arnolfo riacquistò la sua abituale pacatezza e rispose.

«Sì, e Graziolo mi ha confermato che la famiglia dei Martinengo ha accettato la dote proposta: sebbene sia modesta, i genitori di Damiano non hanno espresso né rimostranze, né ulteriori condizioni per dare il loro assenso alle nozze. L'Altissimo deve aver illuminato le loro menti o, forse, la prospettiva di ereditare l'intero patrimonio dei Gisalbertini li ha resi più disponibili... Graziolo mi ha anche detto che, essendo ormai dimostrato dalle vicende accadute come Allegranza sia figlia di Caterina, la ragazza erediterà tutte le sostanze della famiglia. Nonostante il periodo trascorso da quel barbaro omicidio sia lungo, le proprietà, pur trascurate, sono ancora esistenti: il palazzo di famiglia è vuoto ma salvo dalla rovina e le terre continuano ad essere lavorate dai fittavoli. Il Compagnoni mi ha confidato che, mettendo a frutto le sue conoscenze all'interno della dimora podestarile, ha svolto indagini molto discrete scoprendo che il notaio dei Gisalbertini, ormai vecchissimo, conserva ancora presso di sé tutta la documentazione relativa a terreni e proprietà che, malgrado l'età avanzata e la salute malferma, in tutti questi anni ha fedelmente provveduto ad amministrare. Come vedete, dunque, le cose si stanno a poco a poco risolvendo per il meglio: dobbiamo ringraziare l'Onnipotente per tutto questo... Ma, piuttosto, ditemi, siete sicuro di non voler incontrare Allegranza, prima di andarvene? In fondo, siete stato voi a permetterci di ritrovarla e lei non vi conosce nemmeno...»

«No, abate, preferisco di no. Credo che, sia per lei che per me, sia tempo di mettere fine all'inquietudine: entrambi abbiamo bisogno di pensare al nostro futuro, e, per fare chiarezza in noi stessi, dobbiamo lasciare che il passato abbia la possibilità di sedimentarsi dentro di noi, senza essere di continuo rimestato. Che Allegranza riconosca o no il mio volto fra quelli di altre persone non ha la minima importanza: io, voi, magistra Eufrasia non siamo stati altro che pedine nelle mani dell'Onnipotente, lo sapete bene Arnolfo. Come sapete, del resto, che Dio dispensa la Sua grazia a chi ritiene più meritevole di riceverla...»

Un'ombra di risentimento passò negli occhi dell'abate. Gli parve che le parole di Matthew, pronunciate con grande franchezza, contenessero una punta di rimprovero: come osava quel frate mettere in dubbio la sua fede? Come se avesse ascoltato i suoi pensieri, Matthew lo fissò intensamente e, strofinando, in un gesto che gli era ormai consueto, la croce che gli pendeva sul petto, parlò ancora.

«Perdonate, Arnolfo, la mia arroganza e il mio rifiuto. Sono molto stanco e, soprattutto, confuso: il desiderio di tornare alla mia terra si fa sempre più forte e ho bisogno di un periodo di riflessione che, tuttavia, preferirei vivere lontano da qui. Voi siete stato molto generoso verso la mia persona e vi sarò sempre grato per la considerazione che mi avete dimostrato. Questa è una città dura che sta vivendo tempi difficili e io mi sento inadeguato: non ho, e non avrò mai, né la vostra sapienza né le vostre capacità. Capite ora perché me ne devo andare? Capite ora perché le mie parole possono sembrare quelle di uno stolto? Perdonate, Arnolfo, perdonate...»

L'abate taceva. La domanda che da mesi avrebbe voluto rivolgere a Matthew e alla quale il frate sarebbe stato costretto a rispondere con sincerità, rimase ancora una volta confinata nelle profondità della sua gola. Perché quell'uomo era lì? Quanto grande era stata la sua colpa per essere punito con quel penoso pellegrinaggio espiatorio? E lui stesso, perché finora non aveva trovato il coraggio di chiedere, di esigere una spiegazione?

Irritato con se stesso, e senza offrire il conforto di una benevola assoluzione, si alzò. Il frate, stupito dal suo silenzio, si alzò a sua volta e rimase in attesa.

«Ognuno di noi deve seguire la propria strada, frate Matthew, e, qualunque sia quella che ha stabilito per voi l'Altissimo, Egli troverà il modo di indicarvela. Non posso certo costringervi a restare a San Simpliciano, anche se ritengo» proseguì fissandolo severamente «che l'espiazione di una colpa andrebbe portata fino in fondo, senza considerare i disagi e le sofferenze che inevitabilmente essa porta con sé. Se saremo capaci di fare dono a Dio dei nostri patimenti, frate, Egli saprà come ricompensarci e non avremo più nulla da temere. Vedete bene come io stesso debba sopportare i travagli e le inutili dispute prodotte dalla mala erba delle eresie e debba far fronte a queste nuove preoccupazioni, quando il mio primo e unico dovere sarebbe il buon governo del mio monastero... E allora? Non è forse anche questo un pellegrinaggio, una penitenza, anche se conchiusa fra le mura di questa città? La differenza fra noi consiste nel fatto che, mentre voi siete libero di andarvene, io ho degli obblighi verso i confratelli e devo restare, gravato mio malgrado dal peso delle responsabilità e da questa strenua lotta contro l'eresia...»

Mentre le parole fluivano risentite dalla bocca dell'abate, Matthew lo fissava sbalordito: mai si sarebbe aspettato una simile rampogna, dopo tutti quei mesi di pensieri e progetti apparentemente condivisi. Si sentì tradito e una rabbia sorda, annunciata da un doloroso rimescolio dei visceri, cominciò a montare dentro di lui. Pur sapendo di essere in procinto di commettere un grave errore, non riuscì a trattenersi.

«L'eresia, abate? La parola greca "airesis" non significa forse "scelta"? E allora, se di scelta si tratta, perché combatterla con tanta asprezza, fino a innalzare roghi? Forse solo per stabilire senza ombra di dubbio da che parte stia il potere? Il lezzo di carne bruciata è un terrificante ammonimento per chi lo odori anche solo una volta ed è impossibile da dimenticare... Non saranno i roghi a fare grande questa città, abate, né le lotte intestine fra una e l'altra fazione, siano esse parte dell'autorità civile o di quella religiosa. Voi stesso mi avevate detto che avreste voluto incontrare la Boema per parlarle, per capire: che cosa vi ha fatto cambiare idea, le minacce altrui o la paura di riconoscervi nelle sue parole, abdicando alle vostre certezze e ai vostri privilegi? Incontratela, abate: vi renderete conto che la sua non è, come mi avete fatto intendere, una "blanda forma ereticale", ma una intensa professione d'amore verso Dio e tutte le Sue creature. La sua fede è incrollabile, così come la sua sapienza non ha bisogno di verifiche da parte di dotti. Non so cosa ne sarà di lei, ma sono certo che se mai un rogo verrà attizzato intorno al suo corpo, tutte le acque di questa città muteranno il loro corso e si precipiteranno a spegnerlo...»

Dopo queste ultime parole, pronunciate con veemenza, Matthew chinò gli occhi e tacque.

Pallido in volto, Arnolfo lo guardava con gli occhi sbarrati. Era immobile: solo un muscolo a lato della bocca guizzava a scatti involontari. Dopo un lunghissimo momento di silenzio, si voltò e a lunghi passi si diresse verso una delle alte finestre dello scriptorium. Matthew, che si era già pentito del suo sfogo temerario, non osò sollevare lo sguardo da terra: ancora una volta aveva sbagliato, ancora una volta si era fatto trascinare dalla passione, senza capire le ragioni della convenienza e senza ottemperare all'obbligo incondizionato dell'obbedienza.

Assalito dalla vergogna, stava per giustificarsi e chiedere perdono per la sua stoltezza, quando Arnolfo, senza girarsi a guardarlo, gli rispose: la sua voce risuonava opaca e gravata da un'enorme stanchezza.

«Vi ringrazio, frate Matthew. Se riuscirò a portare avanti il mio mandato lo dovrò a voi: anche se la mia fede è probabilmente meno salda di quella della Boema e forse anche della vostra, sono certo che è stato l'Altissimo a condurvi sulla mia strada. Senza le vostre parole, non sarei mai riuscito a guardare dentro me stesso: non è facile, sapete, nella mia posizione... Nessuno osa interloquire, tutti temono anche solo consigliare: il risultato è una dolorosa solitudine che, privando del confronto, sottrae la necessaria lucidità. Avete ragione: devo incontrare Guglielma, devo parlarle, devo capire... Quanto a voi, è tempo che ve ne andiate. Vi prego solo di ricordarmi nelle vostre preghiere: chissà che, insieme alle mie, non aiutino entrambi a proseguire lungo la via, senza smarrire la giusta direzione...»

L'abate si voltò e, avvicinatosi a Matthew, gli prese le mani in un gesto di saluto. Poi, senza più pronunciare parola, uscì dallo scriptorium. Il frate lo seguì con lo sguardo: un lungo brivido gli percorse il corpo. Trascinando le gambe, divenute pesanti come piombo, si avviò verso la sua cella.

Capitolo 51

La sacca era quasi del tutto pronta. Le ultime cose erano ordinatamente allineate sul tavolo della cella: il minuscolo scrigno con la croce di rubini, i rami di ginepro ormai disseccati, la piuma della colomba e un piccolo crocefisso di legno rozzamente intagliato. Dopo aver disposto quegli oggetti fragili su un panno di lino, Matthew li avvolse con cura, annodando strettamente le cocche del tessuto: poi, con grande delicatezza, depose il fagotto sopra le camicie e le brache che, ben ripiegate, occupavano il fondo della sacca. All'alba sarebbe partito. Sebbene non fosse ancora ben certo della sua definitiva destinazione, aveva deciso di percorrere almeno una parte del cammino insieme con Aimone che, proprio per quel giorno, aveva fissato il ritorno a Graines.

I suoi occhi percorsero il perimetro della cella. Ora, mentre stava per lasciarla, gli sembrava che il tempo trascorso fra quelle quattro mura fosse stato breve: forse erano stati i gesti, reiterati sempre uguali, a trasmettergli quella sensazione. O forse, l'accavallarsi degli avvenimenti accaduti in quei sei mesi passati a Milano era stato talmente frenetico da alterare le sue percezioni temporali.

Sebbene la prospettiva di un nuovo, lungo viaggio non lo entusiasmasse, desiderava andarsene da lì: quella città non avrebbe lasciato rimpianti nel suo cuore. L'aveva detto anche ad Aimone quando, qualche giorno prima, si era recato alla sua abitazione: il castellano aveva annuito, dimostrando di capire il suo disagio. Aveva tuttavia aggiunto che, a suo parere, la complessità della vita condotta in una grande città, pur con tutte le asprezze, le difficoltà, le perfidie che entrambi avevano potuto sperimentare, costituiva un'esperienza feconda per una più completa comprensione del mondo. «Io, per esempio,» aveva detto «che credevo di essere un abile politico e un buon negoziatore, ho scoperto come fosse più facile esercitare queste qualità all'interno del mio piccolo feudo: giunto qui, a contatto con intrighi che non avevo mai conosciuto, ho dovuto ridimensionare la mia presunzione. L'arroganza non paga mai, frate, e la scoperta dei propri limiti è sempre benefica: sono certo che un atteggiamento più consapevole da parte mia non potrà che migliorare la gestione del feudo.»

Matthew lo aveva ascoltato, senza controbattere. Non sarebbe certo stato lui a spegnere l'entusiasmo che vedeva crescere negli occhi del castellano. Sebbene pensasse che l'origine di quel sentimento nuovo scaturisse da ben altre motivazioni, non voleva in alcun modo turbare la felicità di quell'uomo. L'amore che Aimone nutriva per Rachele, per quanto repentino e incomprensibile, appariva talmente profondo da aver in qualche modo mutato il carattere del castellano. Una curiosa commistione di esuberanza e ponderatezza traspariva dalle sue parole e perfino dai suoi lineamenti: la pelle del volto si era fatta più fresca, i suoi occhi grigi avevano perduto l'abituale gravità e, sempre più spesso, lasciavano trapelare guizzi di infantile eccitazione. Chiunque in precedenza avesse già goduto della sua compagnia, avrebbe stentato a riconoscere in lui lo stesso uomo che, poco più di un mese prima, era partito da Graines. Anche Bartolomeo, pur nella sua giovane età, doveva aver capito che suo padre era cambiato, intuendo, probabilmente, la vera ragione di quell'atteggiamento insolito: da subito, infatti, si era dimostrato ben disposto verso Rachele, facilitato in questo anche dalla gioia di aver trovato in Nisan uno straordinario compagno di giochi. Mentre gli raccontava del suo colloquio col figlio, Aimone aveva aggiunto di essere certo che il bambino avesse intuito più di quanto gli fosse stato detto, ma che, conoscendone la delicata sensibilità, lui stesso non aveva osato fornire ulteriori spiegazioni: quando fosse stato il momento, le cose si sarebbero chiarite da sole. Rispettando l'aspettativa fiduciosa del castellano, Matthew non aveva replicato, anche se temeva che quella scelta non sarebbe stata esente da rischi, soprattutto in considerazione della fede religiosa di Rachele. D'altra parte, come avrebbe potuto disilludere Aimone, senza ferirne i sentimenti? E poi forse si sbagliava: forse, a Graines, nessuno avrebbe fatto caso più che tanto alla presenza di Rachele, o forse l'avrebbero accolta con l'onore dovuto alla nuova castellana. Lui, che per parte sua si sentiva già da tempo ben consapevole dei propri limiti e delle proprie manchevolezze, era sempre più disorientato: malgrado le parole rassicuranti della Boema, non aveva ancora capito quale sarebbe stato il suo destino più prossimo: dove sarebbe andato, avrebbe mai potuto tornare al suo monastero? Quali altre insidiose prove aveva in serbo per lui l'Altissimo?

Mentre il primo chiarore dell'alba illuminava fioco l'interno della cella, Matthew spense il mozzicone di candela e, gettato un ultimo sguardo all'intorno, raccolse la sacca sulle spalle. Poi, richiusa la porta dietro di sé, procedette cauto nel buio dell'andito, diretto all'uscita del monastero. Il cammino fino alla Porta Vercellina, dove avrebbe atteso il suo compagno di viaggio, non era lungo: per non rischiare di perdersi fra i vicoli, avrebbe costeggiato le mura.

Cavalcavano da ore. Il fogliame fitto del bosco li aveva preservati fino a quel momento dalla calura che, ancora pesante, gravava sulla brughiera. I rami delle betulle si allungavano quasi fino a sfiorare il terreno, mescolandosi spesso con le estremità spinose dei pruni e con i cespugli di biancospino che, a tratti, formavano un intrico difficile da superare. Più avanti, verso la fine del sentiero tracciato, la macchia si diradava a poco a poco, lasciando filtrare una luce più intensa.

«Ecco,» disse Aimone a Matthew che gli cavalcava al fianco «quello è il Ticino. Là abbevereremo i cavalli e, se il corpo di guardia ce lo permetterà, ci fermeremo per un po': dopo questa sosta, proseguiremo senza fermarci almeno fino ad aver superato il Sesia. Sai, mi hanno detto che, poco meno di un mese fa, re Enzo, il figlio dell'imperatore, aveva fatto abbattere il ponte alla confluenza tra il fiume e il torrente Cervo, in modo che gli alleati di Milano non potessero più entrare nella zona di Vercelli. Sembra tuttavia che i soldati della lega lo abbiano già ricostruito e che finalmente si possa passare: spero che sia ben protetto e che il cammino che ancora ci separa dalla valle Augusta sia ragionevolmente tranquillo. Del resto, finora non abbiamo incontrato che pochi drappelli di armigeri e marciavano tutti in senso contrario alla nostra direzione: questo può significare che la situazione sulle rive del Sesia sia ormai sotto controllo...»

Matthew tacque. Dietro di lui, Bartolomeo cavalcava a fianco di Rachele che, in un paniere ben legato sulla sella, custodiva Nisan. Il cane ansimava: al disagio causato dal caldo si aggiungeva quello provocato da quella posizione scomoda e instabile. Quando, alla partenza, lo aveva scorto sul cavallo di Rachele, il frate aveva capito che il cagnolino avrebbe fatto parte della loro piccola carovana. Aveva sorriso, pensando che, come era già accaduto più volte durante il suo pellegrinaggio, uno di quegli animali servizievoli e intelligenti avrebbe condiviso ancora il cammino con lui: come già in terra di Francia e lungo i sentieri della valle Augusta la presenza muta e partecipe di un cane lo avrebbe fatto sentire meno solo.

La macchia si stava diradando. Al di là degli ultimi alberi, si indovinavano i barbagli dell'acqua. A mano a mano che si avvicinavano al fiume, gli zoccoli dei cavalli risuonavano sordi sul terreno che, da duro e sassoso come era stato fin lì, andava facendosi sabbioso. Aimone, in testa alla carovana, avanzò cauto fra le ultime sterpaglie: prima che i suoi occhi potessero distinguere lo stretto camminamento che conduceva al ponte, le sue orecchie colsero il brusio concitato prodotto dal nutrito corpo di guardia. Avvicinandosi ancora, al suono delle voci si aggiunse il tintinnare della cotte di maglia e delle armi.

«Voi fermatevi qui. Io vado ad annunciare il nostro arrivo al capo degli armigeri.»

Scortato da uno dei suoi servi, il castellano si avviò lentamente lungo la sponda del fiume. Matthew e Bartolomeo scesero da cavallo e, dopo aver condotto gli animali alla riva, li lasciarono abbeverare. Rachele slegò Nisan e lo depose delicatamente a terra: il cane si scrollò vigorosamente e per un attimo si guardò intorno smarrito. Poi, dopo una frenetica annusata all'aria circostante, trotterellò verso l'acqua.

«Di che specie sono questi alberi, frate Matthew?» domandò Bartolomeo, indicando un folto gruppo di piante, i cui rami si allargavano sul terreno, quasi a sfiorare la sabbia inumidita dalla corrente.

«Questo è il salice nero e ama le zone umide: cresce anche nella mia terra, dovunque scorra un corso d'acqua. Vedi come le sue chiome si allarghino verso l'alto, quasi che ogni singola foglia voglia essere la sola a ricevere la sua razione di umidità? Il tronco che intravedi a malapena al di là dei rami è avvolto da una corteccia che possiede proprietà medicinali e dicono che...»

«Senti, frate Matthew,» lo interruppe Bartolomeo, manifestamente disinteressato a quella estemporanea lezione di medicina «ti devo dire una cosa. Questa mattina, quando siamo partiti, c'era una donna sul ponte della Porta Vercellina: era lì, immobile, sola. Era alta e il suo viso era in penombra: alla luce livida dell'alba i suoi capelli chiari sembravano quasi bianchi, ma il suo non pareva il corpo di una vecchia. Ti ha guardato a lungo, frate, e, quando tu stavi per volgere gli occhi nella sua direzione, si è voltata di scatto e se ne è andata. Poi, dopo pochi passi, si è girata e mi ha sorriso, accennando un saluto con la mano. Chi può essere quella donna, frate, la conosci forse?»

Matthew aprì la bocca per parlare, ma dalla sua gola uscì soltanto un suono inarticolato. Il bambino lo fissò con curiosità: non capiva perché il frate fosse improvvisamente impallidito e faticasse a respirare. Rendendosi conto che il suo piccolo interlocutore lo osservava con espressione stupita, Matthew cercò di riprendere il controllo di se stesso e, vergognandosi profondamente della sua viltà, rispose.

«No, non la conosco, non so chi possa essere...»

Bartolomeo lo guardò ancora per un istante poi, distratto dall'abbaiare eccitato di Nisan, si voltò e dedicò tutte le sue attenzioni al cane.

L'aveva rinnegata. Come l'apostolo Pietro aveva negato di conoscere il Cristo, così lui aveva disconosciuto Guglielma: come aveva potuto essere tanto codardo? E, d'altra parte, come sarebbe riuscito a spiegare al bambino chi fosse e come vivesse la Boema? Chi gli avrebbe dato il diritto di turbarlo, fornendogli un resoconto dettagliato di eresie, processi inquisitoriali e roghi innalzati sulla pubblica piazza? No, non sarebbe stato lui a parlargliene, sarebbe stato compito di suo padre: se lo avesse ritenuto giusto, sarebbe stato Aimone a raccontare, a spiegare... Lui, per parte sua, non poteva fare altro che domandarsi che cosa avesse voluto comunicargli la Boema con quell'ultimo, silenzioso saluto. Molto tempo prima lo aveva esortato a tornare alla sua terra: ecco, forse era stato proprio questo il messaggio che aveva affidato, come già un'altra volta, alle labbra innocenti di un bambino. Forse il viaggio cominciato quel mattino avrebbe avuto come meta finale il suo monastero: quanti mesi, quanti anni ci sarebbero voluti? Quante altre difficoltà e incertezze e paure avrebbe dovuto superare prima di tornare fra le mura rassicuranti di St Albans?

Si sedette su un masso lungo la riva. Con le mani sfiorò la superficie della pietra: era levigata, liscia al tatto. Il fiume davanti a lui si allargava in una vasta ansa in cui la corrente scorreva tranquilla: qua e là sporgevano a pelo d'acqua piccole isole di sabbia dalla quale spuntavano i rami intricati di bassi cespugli di ginepro.

Una bava di spuma più lunga delle altre bagnò i piedi di Matthew. Abbassando lo sguardo, il frate scorse la estremità di un rametto che spuntava dal terreno: dopo averlo afferrato, lo divelse dalla rena e lo soppesò nelle mani. Come se fino ad allora ne avesse spiato i gesti, Nisan si precipitò di fronte a lui e, scodinzolando smanioso, si arrestò in attesa. Il frate sorrise e scagliò il legnetto lungo la sponda: il cane spiccò una corsa e, scivolando scompostamente fra la sabbia, lo ritrovò e lo afferrò saldamente fra i denti. Bartolomeo, coinvolto quanto Nisan nel divertimento di quel nuovo gioco, lo inseguì e, ridendo felice, glielo tolse di bocca e lo lanciò di nuovo.

Il sole aveva da poco superato il suo zenit. Sforzando gli occhi al di là delle cime degli alberi, appena mosse da una brezza leggera, Matthew scorse una catena di montagne. Le vette più alte apparivano ammantate di ghiaccio che, pur da tanta distanza, riluceva nitido contro l'orizzonte. Lo sguardo del frate corse dalle montagne alla corrente che, incessante, scorreva davanti a lui: da dove proveniva quell'acqua, dove sarebbe andata, quanti altri ciottoli avrebbe trascinato con sé e levigato prima di giungere al mare?

Raccolse una manciata di sabbia e la lasciò scivolare fra le dita: in un attimo, il vento leggero la disperse. La sabbia ricadde su altra sabbia, confondendosi con essa.

Gli occhi di Matthew si levarono verso l'alto. Lontano, stagliato contro il turchino del cielo, un falco volava verso le montagne di ghiaccio.

Nota dell'autrice

Sebbene le vicende narrate in questo romanzo siano frutto della mia fantasia, alcuni personaggi incontrati nel corso del racconto rispondono a verità storica. Due, in particolare, sono le figure a cui mi sono ispirata e che, pur sotto le vesti dell'invenzione narrativa, ho ritenuto di voler inserire nello svolgimento della trama: l'imperatore Federico II e Guglielma la Boema. Mentre della personalità e delle vicende vissute da Federico durante gli anni del suo regno conosciamo quasi tutto per merito delle preziose ricerche compiute dagli storici, degli avvenimenti che caratterizzarono la vita di Guglielma conserviamo soltanto quel poco che risulta dagli atti del processo inquisitoriale a cui furono sottoposti i seguaci della sua dottrina. Personaggio in odore di eresia, Guglielma ebbe una singolare influenza di pensiero su alcuni esponenti della popolazione milanese della seconda metà del Duecento: la sua predicazione trovò terreno fertile fra la gente, nonostante l'appartenenza sociale dei suoi adepti non fosse omogenea. Mercanti e diseredati, aristocratici e popolani ne fecero la loro guida spirituale: protetta dai cistercensi dell'abbazia di Chiaravalle, che dopo la sua morte ne suggerirono la possibile santità, Guglielma fu tumulata con grandi onori nell'importante abbazia, sita nell'immediato contado milanese. Malgrado il rilevante seguito devozionale, che non cessò nemmeno con la sua morte, la Chiesa milanese istituì un processo ai suoi adepti che, inquisiti di eresia, furono riconosciuti colpevoli: dopo la sentenza, le spoglie della donna furono riesumate e date alle fiamme. Il monito espresso dalla Chiesa milanese con questo ennesimo rogo era chiaro: Guglielma era stata un'eretica e nessuno avrebbe dovuto considerarla altro che tale.

A partire dal XIII secolo, come è noto, molte furono le forme ereticali che attecchirono in Europa e la Chiesa di Roma impegnò tutte le sue forze, anche militari, nel reprimerle. A Milano e in Lombardia era piuttosto attivo il movimento dei catari, le cui istanze, tuttavia, ben poco avevano a che spartire con la predicazione di Guglielma, la cui tensione spirituale si può forse paragonare piuttosto alle grandi personalità mistiche femminili del Medioevo, come la tedesca Ildegarda di Bingen o l'inglese Giuliana di Norwich. Sebbene non si conosca con precisione il periodo della predicazione milanese della Boema, si sa che la donna morì nel 1280 e che le sue spoglie furono bruciate nel 1300: ho ritenuto quindi di poter ipotizzare una sua presenza a Milano intorno alla metà del secolo, anche se, probabilmente, la necessità di inserirla nella narrazione mi ha costretto ad anticipare di qualche anno le vicende della sua vita.

L'arcivescovo Leone da Perego, il domenicano Pietro da Verona, il legato pontificio Gregorio da Montelongo, il podestà Catelano e qualche altro personaggio minore il cui nome compare nel corso della narrazione corrispondono alla realtà storica del 1243, anno in cui si svolge la vicenda, mentre all'anno precedente risale il cosiddetto "miracolo di San Satiro" che tanta fama ha contribuito a fornire all'omonima basilica.

Per quanto attiene a vie, quartieri, chiese e basiliche di Milano, credo che, fatto salvo qualche mutamento toponomastico, zone ed edifici religiosi siano chiaramente riconoscibili. Il Broletto, la piazza Mercanti, la via San Pietro all'Orto, le basiliche di San Simpliciano e di San Calimero, sono tuttora presenti nel tessuto urbano della città. L'attuale corso di Porta Romana, corrispondente all'antica "via Porticata", era delimitato dalla monumentale porta omonima, uno degli ingressi più frequentati della città: della porta non si conserva purtroppo nessun frammento architettonico. L'unica testimonianza rimasta è costituita da un rilievo iconografico scolpito dopo la distruzione della città perpetrata dal Barbarossa: la scultura, risalente al XII secolo, è ora conservata al Castello Sforzesco. Appena oltre le mura che delimitavano la "via Porticata" scorreva il fossato che divideva la città dal contado: preceduta da disordinati quartieri di casupole e da qualche ospizio (come l'Ospedale di San Lazzaro, sito più o meno all'altezza dell'attuale largo Crocetta), la campagna alternava estesi coltivi a boscaglia fitta e ricca di selvaggina. Il "bosco del Quadronno", più volte citato nel racconto, iniziava presumibilmente nella zona della via omonima e si stendeva su un'area molto vasta che sicuramente comprendeva molti degli attuali quartieri edificati, per spingere le sue propaggini fino nel contado. Nella tradizione popolare, questa particolare boscaglia era nota per essere "dimora di streghe".

L'antico Ospedale del Brolo, fondato nel 1150, era situato più o meno sull'area dell'attuale piazza Santo Stefano ed era il più grande e organizzato della città: poco oltre gli anni in cui si svolge la narrazione, intorno al 1262, sarà ampliato, rinnovato e ribattezzato con il nome di "Ospedale Nuovo".

La canzone *Come diruto Mediolano*, riportata per esteso nel testo, è la più antica canzone popolare milanese di cui si abbia notizia. Le sue parole, risalenti ai tempi di Federico Barbarossa, erano state dipinte nel chiostro della Casa degli Umiliati di Brera a commento di un ciclo di affreschi: le pitture murali erano state commissionate da un gruppo di cavalieri che, dopo i disastri compiuti dal Barbarossa, avevano stabilito di fondare una congregazione di umiltà e penitenza come voto religioso, affinché la città risorgesse dalla rovina.

Per quanto riguarda gli ebrei, rimane da spiegare che, a differenza di molte altre città italiane, a Milano non esisteva una comunità ebraica. Mentre in altri luoghi le peculiari capacità degli ebrei venivano apprezzate e sfruttate a vantaggio della popolazione cristiana (artigiani, tintori, commercianti, titolari di banchi di pegno), Milano non li tollerava all'interno del contesto urbano. Non potevano fermarsi in città più di una notte né avere contatti prolungati con i residenti: per questo motivo le fonti storiche non riportano alcuna notizia su luoghi di culto, cimiteri o quartieri abitati da ebrei, né all'interno, né all'esterno delle mura. Tuttavia, considerando come la tolleranza umana, affinata dall'esperienza di secoli, sappia aggirare ogni regolamento e divieto, ho ritenuto di poter immaginare una sorta di furtiva convivenza tra i personaggi di fede ebraica e quelli di fede cristiana. Spiegazioni di usanze e denominazione di oggetti tipici della tradizione ebraica sono state ricavate dai testi storici a disposizione dello studioso: qualunque eventuale inesattezza è da attribuire soltanto alla mia imperfetta familiarità con questa millenaria cultura.

Sulla medicina antica e medioevale esistono numerosi e interessanti trattati che, oltre a illustrare conoscenze specifiche, diagnostica e terapia, illuminano lo studioso sul particolare valore filosofico attribuito dai contemporanei alla figura del medico. Nel tratteggiare le caratteristiche dei due medici che compaiono all'interno del romanzo, ho preferito attribuire loro una sorta di precoce modernità, manifestata in parole, atteggiamenti e metodiche, piuttosto che sottolineare il lato "magico" che questa professione rivestiva nella sensibilità comune. L'uso delle erbe, dei rimedi "semplici" o "composti" che già da secoli costituivano il substrato della farmacopea universale sono stati ulteriormente studiati, affinati e sperimentati nel corso del XIII e XIV secolo, così come nuove metodiche, anche chirurgiche, devono la loro diffusione agli scambi culturali fra le diverse scuole di medicina fiorite proprio nell'Europa medioevale. Privilegiando questo aspetto sperimentale nelle figure dei due medici, ho ritenuto di fornire un esempio di come la professione dovesse essere esercitata dai suoi esponenti più illuminati.

Qui di seguito vengono forniti chiarimenti o traduzioni di alcuni termini ormai desueti o decisamente tecnici senza l'apprendimento dei quali sarebbe impossibile comprendere alcuni passaggi della narrazione.

Maspilli: bottoni usati per chiudere le maniche delle vesti femminili più ricercate; spesso compaiono solo sui polsi, più raramente per tutta la lunghezza della manica.

Zendado: tessuto prezioso, spesso contenente filato d'oro, presente nel corredo delle corti o, più raramente, in quello di famiglie molto ricche.

Magistra: appellativo con cui veniva chiamata la badessa del monastero.

Geto: striscia di cuoio legata alle zampe dei falconi.

Logoro: strumento in pelle e cuoio utilizzato dal cacciatore per richiamare a sé il falcone dopo la cattura della preda.

Famulo: inserviente di ospedale.

Converso: volontario ospedaliero con funzioni di assistenza.

Semplici: farmaci ricavati da erbe medicinali coltivate generalmente negli orti dei monasteri.

Triaca: farmaco ricavato dalla carne di vipera, al quale vengono attribuite proprietà magiche e antivenefiche.

Fisico: medico generico che, di norma, non esercita la chirurgia.

Tintinnabulum: strumento formato da piccole campane agitato nelle mani dai giullari che accompagnano i pellegrinaggi verso i luoghi santi.

Kaddish: preghiera ebraica recitata alla morte di un parente o in occasione della ricorrenza annuale del lutto.

Menorah: candelabro a sette braccia, simbolo ebraico per eccellenza.

Mezuzah: rotolo di pergamena contenente passi biblici, contenuto in una scatolina e appeso ritualmente sulla parte destra della porta di casa. La *mezuzah* era ritenuta utile a preservare l'abitazione da demoni e forze malefiche.

Tallit: scialle da preghiera indossato dagli ebrei maschi durante la preghiera rituale mattutina; alla morte, il corpo veniva avvolto nel *tallit* di cui si provvedeva a tagliare parte delle frange.

Tefillin: involucri di pelle nera contenenti passi biblici, da legarsi con una cinghia al braccio sinistro e alla fronte degli ebrei maschi durante la preghiera rituale del mattino.

Torah: i primi cinque libri della Bibbia, insegnamento fondamentale della dottrina ebraica.

Ringraziamenti

Per le ricerche storiche relative a questo particolare periodo della storia milanese e lombarda mi sono state di grande aiuto due studiose: Giuliana Albini, professore associato di Storia Medioevale presso l'Università degli Studi di Milano, che mi ha fornito notizie preziose su ospedali e assistenza e Marina Gazzini, ricercatrice presso l'Università di Parma, che ha chiarito molti dei miei dubbi sulla vita sociale e politica della Milano del 1200. Ermanno A. Arslan, direttore del Museo Archeologico di Milano e massimo esperto italiano di numismatica, oltre a permettermi la consultazione del *Corpus Nummorum Italicorum*, insostituibile trattato sull'antica monetazione italiana, ha contribuito a dissipare le mie incertezze sul valore di scambio della moneta in uso nel XIII secolo. Dalla biblioteca della Fondazione del Centro di Documentazione Ebraica Contemporanea mi sono stati suggeriti i testi più appropriati allo studio della storia degli ebrei in Italia, mentre Don Marco Re, sacerdote della basilica di San Celso, ha arricchito con ulteriori notizie le mie conoscenze sulle caratteristiche architettoniche della basilica. Kadder Grandi mi ha generosamente aiutato nella scelta dei nomi arabi da attribuire ai personaggi saraceni del racconto. Insieme con Ruggero Dujany, che già una volta mi ha consigliato sulle tematiche della medicina, devo ringraziare anche Giorgio Soldà che, con affettuosa sollecitudine, ha chiarito le mie incertezze sulla chirurgia in uso nel Medioevo. La rettitudine e la profonda umanità esercitata da entrambi nell'assolvere la loro difficile professione hanno ispirato la mia fantasia nel tratteggiare le due figure di medico presenti nella narrazione.

Un ringraziamento particolare va a mio marito Giulio e alla sua vasta e approfondita conoscenza del mondo dei libri: senza il suo aiuto, spesso non sarei riuscita a reperire testi e trattati, utili a rendere con sufficiente verosimiglianza uno spaccato di vita cittadina del XIII secolo. A lui, che con amore ha seguito passo per passo tutto lo svolgimento del romanzo, devo anche qualche suggerimento rivelatosi prezioso a superare snodi difficili nella trama.

A mia figlia Elisabetta, che con Mattia ha ancora una volta svolto l'ingrato compito di "lettrice", sono infinitamente grata: senza i suoi consigli e le sue critiche, implacabili ma giuste, alcuni passaggi della narrazione sarebbero risultati meno efficaci.

Ringrazio anche tutti i lettori del mio primo romanzo che, direttamente o per interposta persona, hanno voluto farmi conoscere il loro apprezzamento per il mio lavoro: l'entusiasmo che ho spesso colto nelle loro parole ha grandemente contribuito a moltiplicare le mie forze, permettendomi di portare a termine anche questa seconda fatica.

Finito di stampare nel febbraio 2015 presso
Grafica Veneta - via Malcanton, 2 - Trebaseleghe (PD)
Printed in Italy

RCS
Libri
ISBN 978-88-17-08061-3